Gespräche mit Goethe

歌德谈话录

〔德〕约翰·彼得·爱克曼　辑

安书祉　译　范大灿　注

商务印书馆

The Commercial Press

Johann Peter Eckermann

GESPRÄCHE MIT GOETHE

in den letzten Jahren seines Lebens

Insel Verlag, erste auflage 1981

参照德国岛屿出版社1981年第一版译出

涵芬楼文化出品

歌德肖像

爱克曼肖像

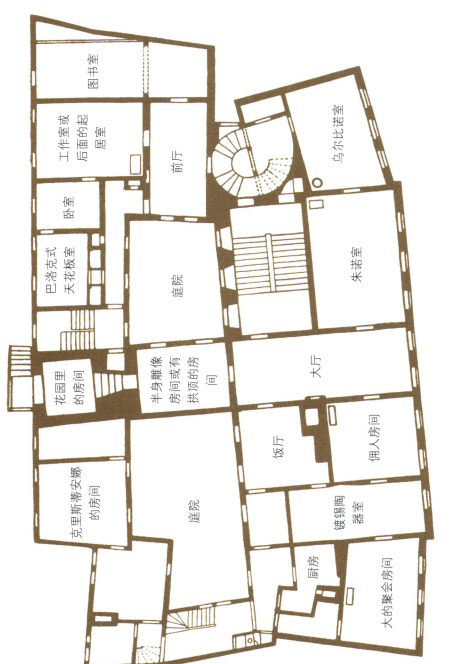

魏玛歌德住宅底层层以上的楼层

图书室

工作室或后面的起居室

卧室

巴洛克式天花板室

花园里的房间

克里斯蒂安娜的房间

前厅

庭院

半身雕像房间或有拱顶的房间

庭院

乌尔比诺室

朱诺室

大厅

饭厅

佣人房间

镀锡陶器室

厨房

大的聚会房间

代译序[*]

窥视伟人的内心世界
——读《歌德谈话录》

一

歌德活了八十三岁，他走上文坛后，接待过无数来访者，与这些来访者进行过无数次的交谈，其中有不少人将谈话内容整理后公开发表。所以，爱克曼的《歌德谈话录》只是已经公开发表的《歌德谈话录》中的一种，诚然，是影响最大的一种。

爱克曼辑录的《歌德谈话录》共分三部分，第一部分和第二部分于1836年出版，第三部分于1848年出版。19世纪的30和40年代是德国历史上的革命年代，德国文学界和评论界关心的是革命和政治问题，文学本身也政治化了。这样，一向对革命、对政治采取怀疑和疏远态度的歌德就成了民主激进派攻击的对象。人们不仅不承认他是文学巨匠，反而认为他是革命的绊脚石。在这种情况下，爱克曼这本记述歌德谈话的书就理所当然地受到评论界

---

* 2000年我为《中学生课外文学名著导读》写的一篇文章，题目是"窥视伟人的内心世界"，重读后，觉得从今天的角度看，这篇文章仍然可以引导读者了解这部作品的背景，理解它蕴含的内容，以及学者们为什么将这部并非歌德自己撰写的作品视为歌德的著作。因此，我以为，将这篇"旧文"作为新译的《歌德谈话录》的"代译序"还是合适的。

和广大读者的冷遇。1848年革命失败以后，德国的政治形势起了变化，歌德随之也越来越受公众重视。特别是1871年德国统一以后，歌德更成为"奥林匹斯神"。既然歌德本人已成了"圣人"，这本记载这个"圣人"谈话的书也就成了"圣书"。学术界更是将这本书看作是研究歌德的必读书目；更有甚者，凡是研究歌德的人，不论对歌德的态度如何，都把这本书看作歌德自己的书，像德国20世纪初著名的歌德专家贡多尔夫把爱克曼的这本书干脆列入了歌德自己创作的著作之中，奥地利著名作家海尔曼·巴尔在他写的《歌德传》中竟然说，这本书是歌德的所有作品中"被人谈得最多的一本"。另外，许多学者对书中记述的情景和谈话一点也不怀疑会有失真的地方，绝对相信它们的可靠性。因此，像卢卡契这样一位国际知名的学者在引用书中歌德的"谈话"时，从不说"据爱克曼转述的歌德的话说：'……'"，而是直截了当地说"歌德说：'……'"。总之，从19世纪末到20世纪，绝大多数学者都把爱克曼的这本书看作是客观地、忠实地记载了歌德的谈话，是一份绝对可靠的第一手文献。但是，这样看待爱克曼的这部著作与爱克曼本人的原意是相违背的。他在第一部分和第二部分的前言中指出，这本书勾画出来的歌德是"我的歌德"，特别强调书中的歌德是经过他的头脑反映出来的歌德，而任何经过别人的头脑反映出来的人都必然带有反映者的因素。他这么说："歌德在不同的情境对不同的人所显现的形象也是不同的，所以就我这方面来说，我只能谦逊地说，这里所显现的是我的歌德。这句话不仅适用于歌德怎样把自己显现给我看的方式，而且也适用于我怎样了解他和再现他的方式。这里呈现出来的是个经过反映的形象，一个人的形象经过另一个人反映出来，总不免要丢掉某些特征，掺进某些外来因素。"爱克曼完全知道，他记载的那些情景和谈话都带有他自己的主观成分，由他塑造出来的这个歌德只是他所看到的、他所认识到的以及他所能表现出来的歌德。尽管他也力求真实，但他的最终目的不是客观地传达歌德说了些什么，而是要为歌德树立一座丰碑。他在1844年3月5日写给海因里希·劳伯的信中说："……就对这些谈话的理解和表述而言，这本书也只能说是我的，正如任何一个作者都会说他写的书是他的一样。不错，这本书确实部分地再现了'什么'，但它并没有再现出'如何'。即使是'什么'，我也必须在一定程度上把它们变成我自己的东西，以便真正吃透它们的精神，从而能够恰如其分地，包括细节也真实可靠地把它们再现出来。有人认为，我的作品是我的良好记忆的产物，它能机械地反射出已经接收到的印象……如果真是那样的话，所产生的东西就不会有更高效果，它的效果就会同一张照片所产生的效果没有两样；如果是那样的话，伟大的和渺小的、可以理解的和不可理解的、恰当的和不恰当的，就都会混杂在一起，就会像在日常生活中那样，全都成了偶然的。但是，我心中有更高的目标。即使说，我一点也没有虚构，一切全都是真实的，那也是经过我精选的。因此，我从不把接收到的印象马上就写下来，而是要等几天或几周，把那些无关紧要的忘掉，只留下比较重要的。至于那些更重要的要等很长时间以后才写下来，有的等的时间甚至更长。"由此可见，爱克曼辑录的《歌德谈话录》中的"谈话"并不是歌德谈话的原始记录，而是经过爱克曼筛选、整理、编排和加工以后的"谈话"。但问题是，尽管书中歌德的"谈话"并不是歌德的原话，而像贡多尔夫和卢卡契这样一些一向以学风严谨而著称的权威歌德专家仍然认为这些"谈话"就是歌德的原话。很显然，他们这样做绝非出于无知和草率，而是来自坚实的信念。那么，爱克曼的这本书为什么会产生这样的效果呢？为了回答这个问题，我们就得了解一下爱克曼与歌德的关系以及爱克曼记录、加工和出版歌德谈话的过程。

二

爱克曼是个既无名望也无地位的"小人物"，但他居然能与名声显赫的"大人物"歌德长期合作，这既是偶然也是必然。爱克曼1792年出生在汉堡附近的一个农村，家境贫寒，很晚才上学读书，虽然也勉强上了大学，但没毕业就中途辍学。他从小就为能够生存下去而不断奔波，这种生存状态决定了他的性格。他谦虚自卑，但勤勤恳恳，一丝不苟；他不大相信自己的力量，但善于向他人学习，特别崇拜名人；他乐于依附"大人物"，但是还要表现出自己的独立性；他才智平平，却又想出人头地。一次偶然的机会，他发现自己还会画画，就求师学画，想当个画家，但终因缺乏绘画才能而放弃了这一理想。拿破仑入侵德国，他也像其他青年一样投入反对外国入侵的斗争，他特别崇拜当时作为解放战争歌手而闻名德国的诗人特奥多尔·克尔纳，并对诗歌产生了浓厚兴趣。德国军队打败拿破仑，从法国凯旋，他兴奋不已，写了一首诗，印了几百份，广为散发。这首诗受到了普遍欢迎，从而又使他决心做一个诗人。他当时崇拜的偶像除克尔纳外还有席勒。1817年他第一次读到歌德的诗，并立即将歌德放在与席勒同样重要的地位，他在1817年7月13日写给一位朋友的信中说："如果我不能像敬重席勒那样敬重歌德，那我就是一个蠢驴。"在此以后，他又读了歌德的其他作品，如《威廉·迈斯特》《浮士德》等。这时他的兴趣和爱好完全转向歌德，歌德成了他崇拜的唯一偶像，成了他生活和思想的指路明灯。爱克曼不仅崇拜歌德，而且竭力效仿歌德，按照歌德写诗的风格和习惯创作诗歌，1821年结集出版。同年8月30日他将这部诗集连同他的简历托人送给歌德，想以此为契机见到他心目中的偶像歌德。不料，歌德对此没有什么特别的反应，只是写信说他收到了书，一般性地向他表示了感谢。歌德这种不冷不热的态度并没有使爱克曼泄气，反而鼓舞他要更加深入地研究歌德。他中断了在哥廷根大学的学业，躲在汉诺威附近的一个地方全力撰写他的《论诗——特别以歌德为证》。这是一部论文集，其中并没有什么创见，但所有的观点和论据都是来自歌德的作品，这说明他不仅仔细阅读过歌德的作品，而且理解了其中的含义。1823年5月爱克曼将这部已经写成但尚未出版的论文集寄给了歌德，这一次真的感动了歌德。歌德看到了一位真正认真阅读而且读懂了他的作品的读者，看到了一位真心诚意喜爱他的崇拜者，一位真正了解他内心世界的知音。当爱克曼1823年来到魏玛时，歌德不仅接见了他，而且建议他留在魏玛。同年9月歌德从玛丽浴场休养回来就正式对他说："我直截了当地告诉你，我希望你今年冬天留在我这里，留在魏玛。"从此爱克曼开始与歌德合作，一直到歌德逝世。

歌德将爱克曼留在身边，交给他的主要任务是编辑由歌德亲自审订的《歌德文集》，从1827年到1830年共出了40卷。1830年歌德的儿子去世，1831年1月20日歌德立下遗嘱，由爱克曼全权负责他全部未发表的文稿，后来他又将他的信件的发表权也交给了爱克曼，并于1831年6月10日将装有歌德全部未发表文稿的箱子的钥匙交给了爱克曼。从此，爱克曼就致力于歌德未发表文稿的整理和编辑工作，1833年年底有15卷付印，其中包括《浮士德》第二部。

<h1 style="text-align:center">三</h1>

既然爱克曼的主要任务是编辑《歌德文集》，他就得从头到尾仔细阅读歌德的全部作品，此外他还直接参与了从《玛丽浴场哀歌》到《浮士德》第二部等歌德晚年的全部创作。可以说，没有爱克曼的参与，也许《浮士德》第二部就难以在歌德生命的最后时刻完成。由于工作关系，爱克曼有可能并且也有必要经常与歌德就各种问题进行交谈。爱克曼从来就认为他与歌德的关系是"学生与老师"的关系，他同歌德交谈不是两个平等伙伴之间的对话，而是学生向老师请教，学生聆听老师的教诲。因此，他不仅认真听，而且尽可能地记在脑子里，然后写在日记里或写在信中。他很早就开始将记在脑子里的歌德的谈话整理成文，交给歌德审阅，1824年2月15日歌德在他的日记中记下过这样的话："爱克曼……带来一份前不久进行的谈话的记录稿。"

1824年英国出版了《拜伦谈话录》，与歌德朝夕相处的魏玛公国宰相米勒也准备出版他与歌德的谈话。这些外在因素促使爱克曼下定决心将他记录的歌德谈话也公之于众。爱克曼的这一计划显然得到了歌德的同意，因为歌德在他的日记中一再提及此事。比如，1825年4月10日的日记："爱克曼……还在准备他的谈话录。"1825年6月5日的日记："讨论了由爱克曼辑录的谈话录。"歌德的积极支持和配合使爱克曼大受鼓舞，他在1825年6月6日给未婚妻的信中写道："我的工作¹进展缓慢，但也有极好的消息。歌德……为我的工作感到十分振奋，而且认为我做得很出色。我一定会因此走鸿运，不仅在德国，而且在法国和英国也会因此出名。"既然爱克曼与歌德心中都十分明白，他们之间的谈话有朝一日要面对广大读者，这就不能不影响到他们谈话的内容和方式。尤其是歌德，他大概早已将爱克曼辑录的那些谈话看作是自己的潜在作品，把同爱克曼谈话看作是向广大读者阐述自己观点的一条渠道。

1826年爱克曼正式向歌德提出要出版他辑录的《歌德谈话录》的请求。那时由他编辑的《歌德文集》即将出版，他建议将他编的这本小册子与《歌德文集》一齐出版，而且放在前面，理由是这"对你自编自销的文集将会起有利的作用"。大概因为歌德认为，他的文集无须以这种方式促销，所以他的回答是：等正在编辑中的他与席勒的通信出版以后再考虑这个问题。1829年，《歌德与席勒通信集》正式出版，1830年爱克曼再次向歌德提出出版《歌德谈话录》，这次仍遭歌德拒绝，只是在1830年10月12日的信中安慰他说，他"很乐意"与爱克曼一起"通读和校订"手稿，因为"如果我能证实一下它完全符合我的意思，将大大提高这本书的价值"。歌德一再婉拒爱克曼的请求，可能是他清醒地估计到整理编辑这些谈话将花费很多时间（后来爱克曼正式着手编辑时所花的时间证实了这一点），而这样一来就会影响编辑他的文集。很显然，歌德虽然把爱克曼的这本书看作是他自己的潜在作品，但它的意义和价值不能与他自己写的作品相比，因而他不愿在他的文集还没有出齐以前就出版由别人辑录的谈话录。

爱克曼是个非常执着的人，虽然歌德不同意马上出版，但回忆、整理、编排歌德谈话的工作并没有停止，只是由于主要工作是编辑《歌德文集》，这项工作就只能业余进行。1832年歌德逝世，出版《歌德谈话录》再也没有什么外在障碍了，爱克曼在编辑歌德遗稿之余全力准备这本书。但正如前面已经提到的，真正准备起来是很费时间的，直到1836年才正式出版，全书分成两个部分，第一部分包括从1823年至1827年的谈话，第二部分包括1828年至1832年的谈话。第一版印了3000册，第一年只卖出946册。不仅销售情况

1　指辑录歌德的谈话。

不佳，评论界的反应也十分冷淡！除了一些真正的歌德崇拜者，其他人对此毫无兴趣。这种情况并没有影响爱克曼继续编辑《歌德谈话录》的热情。第一部分和第二部分并没有用完他记下的全部材料，他要继续编第三部分。1837年7月他向出版社提出出版第三部分的计划，但在编辑过程中遇到的困难比他原来想象的要大得多。1842年提前单独发表了1828年3月11日的一篇谈话，他于同年5月5日写信给劳伯，谈到了他编写这篇谈话的艰辛。他写道："正如人们可以想象的，我对这次谈话只有一些模糊的印象。我拿我的日记，里面只写着：'星期四，3月11日，晚上在歌德家，进行了有意义的谈话——创造性，天才，拿破仑，普鲁士。'……但是，谈话的内容在我的脑子里还是朦朦胧胧，经过长时期的思索，主要部分才又明确起来，并以精神提炼的法则将这些主要部分以恰当的形式联系起来。这样做，是很不容易的，仅这一篇谈话就花了我四周的时间。"正是这些困难，决定了第三部分与第一部分和第二部分的不同，明显的不同是叙述多于对话，而最大的不同是这部分本身的风格不统一，其原因是这部分除采用他自己的材料外还借用了别人记的材料。爱克曼自己剩下的材料不够编一本书，他只好求助于他的好友索雷。索雷是来自日内瓦的自然科学家，任魏玛亲王的教师，与歌德有广泛接触。他们两人经常讨论自然科学的各种问题，歌德还借助索雷的矿物学知识开发矿山，并请他将自己写的《植物的演化》译成法文。索雷也将他与歌德的谈话记录了下来，准备将其出版。他记的内容，除歌德的谈话外，还有魏玛宫廷的各种情况，而且是阴暗面多于光明面。鉴于这种情况，他自知这部稿子难以通过魏玛宫廷的审查，因此当爱克曼提出要借用时，他就慷慨地将稿子交给了爱克曼，供他随便使用。索雷这部稿子的风格与爱克曼自己的风格有很大不同。索雷虽然也敬仰歌德，但并不将他作为偶像崇拜，因而对歌德的讲话也不是毫无保留地接受。他不像爱克曼那样，尽量将自己记忆中歌德讲的话变成符合歌德讲话习惯的"原话"，而是以客观的态度转述歌德的话，并常常加上一些自己的评论。爱克曼知道他与索雷之间的差别，他在采用索雷的材料时采取了与自己有关的方针，不仅在从法文译成德文时常常离开原文，而且将间接引语改变成直接引语，以适应他自己的风格。尽管做了这样一些努力，索雷的部分还是难以与爱克曼自己的部分融为一体。为了让读者知道这第三部分是由两部分组成的，所以凡是采用索雷的部分他都加上了标记。第三部分于1848年出版，时间跨度是从1822年到1832年。这一部分不仅填补了第一部分和第二部分留下的空白，而且还扩大了谈话的范围，特别是关于自然科学的话题。

第三部分出版以后，爱克曼本想再出一卷，主要是关于《浮士德》第二部的谈话，可惜还没有定稿他就于1854年去世，留下来的只是一些只言片语。

四

从上面的介绍可以看出，爱克曼是个崇拜歌德到了放弃自我程度的虔诚的追随者，为了歌德他甘愿做出最大牺牲。他为歌德编辑文稿不领取任何报酬，他留在魏玛无法与远在哥廷根的早已订婚的未婚妻结婚，他参与歌德的创作无法实现自己也想当作家的美梦。正是这种出于无限敬仰而产生的无私奉献精神，使他最愿意也最能够深入到歌德的内心世界，将歌德的思想当作自己的思想，使自己融入歌德的精神世界中。一个人与另一个人在思想上相融到这种程度，那他转述另一个人的观点时，不管字面上是否与原话相符，在精神实质上不会有大的出入。这就是那些歌德专家相信爱克曼辑录的歌德的"谈话"具有最高可靠性的根本原因。

另外，爱克曼是这样一个人，他并不具有出众的创造力，从他写的诗歌来看，他不具有可以称道的原创性和独创性，但却具有非凡的感受力和模仿力。他的那部诗集是在与歌德见面以前写成的，那时他只读了歌德的一小部分诗。但是，他领悟到了歌德诗的精髓，因而他模仿歌德写出来的诗简直与歌德的诗如出一辙。正是这种领悟能力和模仿能力，使他靠记忆记下来的歌德的谈话能够符合歌德的原意，使得经他改写过的谈话也可以读出歌德的语气。爱克曼能奉献给读者这样一本堪称经典的作品，除了他的主观条件以外，客观条件也起着不可忽视的作用。他不仅是当时唯一从头到尾读过歌德全部作品的人，而且还亲身经历或者在一定程度上亲自参与了歌德最后十年的创作；他不仅直接经历了歌德最后十年的生活，而且由于参与歌德自传的编写，对歌德的生活也有全面细致的了解。正是这些难得的客观条件，使他无论是对歌德其人，还是对歌德的思想与创作、生活与性格、习惯与爱好，都有准确深入的了解。当然，爱克曼辑录的《歌德谈话录》之所以成为研究歌德的经典，成为了解歌德的百科全书，基本原因还不止于此。在这本书里，歌德不是躲在他创作的人物和情景背后的带有某种神秘色彩的作家，而是在实际生活中向他人倾吐衷肠的普通人。因此，读者看到的就不再是那个好像近在咫尺但又觉得远在天涯的、看得见却摸不着的歌德，而是一个与读者面对面进行交谈的活生生的歌德。这样，我们读者就直接地看到了歌德这个人，看到了他的世界，以及他与世界的关系，在我们面前出现的是一个完整的、立体的、活生生的歌德。

这里我们需要强调的是，爱克曼书中的那些谈话并不是他同歌德进行的所有谈话。据专家研究的结果，从1822年到1832年爱克曼造访歌德950次到1000次，而收入书中的谈话大约有245次，只占所有谈话的四分之一（如果再加上借用索雷材料编成的63篇，全书共有308篇）。这就是说，还有四分之三的谈话或者爱克曼根本没记，或者他记了但没有采用。换句话说，我们在书中读到的那些谈话是从近千次谈话中精选出来的，而精选的标准就是要有助于树立爱克曼心中的歌德的理想形象。另外，不论书中记载的谈话还是记叙的情景，都有与实际情况不符的地方。1924年柏林研究德语文学的专家尤利乌斯·彼得森更对爱克曼这本书的可靠性提出质疑，从而引起了一场关于这本书到底可信不可信的激烈争论。这样的争论除了说明这类书的确引人注目以外不说明任何问题，因为即使是自己写的自传也很难保证所写的一切都完全符合事实。在这一点上，歌德是最诚实的人，他写的自传特地加上了一个标题：Dichtung und Wahrheit（虚与实）。意思就是告诉读者，他这本自传里写的有虚有实。[1] 我们还知道，爱克曼善于把歌德复杂的思想加以归纳整理，善于解读歌德使用的深奥的比喻与象征，而且善于用警句式的语言把经他归纳整理的思想和经他解读的比喻和象征表达出来。这种做法大大帮助了读者更好地理解歌德，但也带来了简单化的弊病。比如，歌德不论对浪漫派这个文学流派还是对浪漫派的一个个作家，都是有褒有贬的，但爱克曼概括出来的那句名言"古典是健康的，浪漫是病态的"，却只是在语气上符合歌德的语言习惯，而在内容上却是误解甚至曲解了歌德的意思。像这样的缺点乃至错误还有很多，但这并不影响这本书的价值。任何一本书都不可能尽善尽美，读者读任何一本书都需要有批判的眼光和创造的态度，而这一点正好也是爱克曼所希望的，他说："如果读者要理解一位作家，他自己就得有创造性。如果他读一本书不能有所创造，那这本书就是死的。"

范大灿

---

[1] 歌德的这本自传中文译成《诗与真》，这个译法值得商榷。首先，Dichtung这个词在德语中的意思并不是"诗"，而是"文学作品"。它是由动词dichten派生出来的，而dichten的意思是"虚构"，转义是"文学创作"，因为文学创作的实质是它记载的并不是实实在在发生的事情。其次，"Dichtung und Wahrheit"在德语中是个成语，说一个人说的话是"Dichtung und Wahrheit"，就是说，他说的话有真有假，不完全与事实相符。

目　录

歌德谈话录

歌德谈话录

第三部分（1822—1832年）

歌德谈话录

歌德谈话录

前　言

　　我天生喜欢把自己觉得有价值或是值得注意的任何一次经历都写成文字，以便理解掌握，这部与歌德聊天和谈话的集子得以产生，绝大部分就是要归因于这种天性。

　　再者，我需要不断地得到教诲，不论在我初次与这位杰出人物见面的时候，还是在我与他已经相处多年之后，我都乐于领会并记录下他言谈的内容，为我未来的生活做储备。

　　但是，当我考虑到在那九年的时间里我有幸聆听他发表的大量意见，而现在看到的只是其中用文字记下来的一小部分时，我觉得自己就好像一个孩子，力图用张开的双手接住清凉的春雨，而大部分雨水却是从手指间流走了。

　　不过，像人们通常所说，书籍有它们自己的遭际，正如这句话既可以用在它们的产生，以及它们后来走向广阔的世界一样，它同样也适用于眼前的这本书的产生过程。有时候星象不利，或是身体不适，或是为了平日的生计忙于各种活动，常常几个月过去了，连一行字都写不出来；但随后又有吉星出现，把舒适感、闲情逸致以及写作的兴趣集于一体，结果使我又前进了可喜的一步。又何况，长时间一起相处难免会不时出现一些值得好好珍惜，而自己当时没有怎么留心的瞬间！

我提及这一切特别是因为，假如读者喜欢密切跟踪事实，他就会发现一些重要疏漏，我必须为这些疏漏请求原谅。在这样一些疏漏中，有的是本该辑录的好东西，特别是歌德关于他的遍布各地的朋友，以及这位或是那位在世的德国作家的作品说的一些好话，而记下来的却是一些似是而非的表述。不过如前面所说：书籍在产生过程中就已经有了它们自己的遭际。

此外，深深感恩上苍的安排，让我看清楚在这几卷书中，哪些我能够使其成为自己的财富，哪些在一定程度上应看作是我生活的点缀；是的，我甚至有某种信心，我愿与世界分享这一切，世界也是会感谢我的。

我认为，这些关于生活、艺术和自然科学的谈话不仅包含若干启迪和若干极其珍贵的教诲，而且这些直接来自生活的素描也特别有助于充分体现人们从歌德丰富多彩的作品中可能已经获得的关于歌德的形象。

然而我又是一点都不相信这些素描刻画出了歌德的全部内心世界。人们有理由把这位非凡的天才和人，同一颗每一个方向都映射出另外一种颜色的多棱钻石相比较。正如他在不同情况下和面对不同人物时总是另外一个人一样，在我这里，我也只能本着完全谦虚的态度说：这是**我的**歌德。

这句话不只适用于他呈现给我的是怎样的形象，尤其适用于我如何理解他和表述他的能力。这些情况就像照镜子时反射出来的影像一样，一个个体在通过另一个个体时，不丢失一点自己特有的东西，不掺杂一点陌生的东西进来，那是十分罕见的。劳赫、戴维、施蒂勒和大卫制作的歌德的立体肖像在很大程度上是真实的，但所有这些肖像都或多或少带有它们的制作人的个性特征。既然实体的东西都是这样，更何况瞬间即逝的、看不见摸不着的精神的东西呢！至于我的情况，不管记录得真实还是不完全真实，但愿那些由于精神的力量，或由于与歌德的个人交往有权判断这件事情的人，不要误判我为追求尽可能的忠实所做的努力。

在我简单地叙述了大多涉及对于事物的理解的问题之后，下面我要就作品的内容本身说几句。

那种人们称之为**真实**的东西，即使只关乎唯一一个事物，它也绝不是什么微不足道的、狭隘的、有局限性的小事；其实，即使一些简单的东西，也是包罗万象的，如同一项影响广泛而深远的自然法则能给出各种各样的启示一样，也是不那么容易就说清楚的。不是用一句话，也不是用两句话，也不是用一句话和一句反驳它的话就能了事，而是要把这一切都加在一起才能做到近似，更不必说达到真实这个目标本身了。

举例来说，歌德关于诗的个别表述常常给人片面性的印象，甚至常常给人明显互相矛盾的印象。他时而只重视世界提供的素材，时而只重视作家的内心世界；时而认为一切运气都存在于事物本身，时而认为一切全取决于加工处理；时而认为关键在于有一个完整的形式，时而忽视所有的形式，认为一切来自精神。

但是，所有这些正反两方面的表达都是真实的不同侧面，它们共同描述了事物的本质，导致的结果是接近真理本身，因此我在出版这部谈话录时，既在这种也在类似的情况下都谨防把由于各种不同原因与不同年代和时间而产生的这一类表面上的矛盾扣压下来，不予公之于世。同时，我相信有文化修养的读者，他们有眼光和总览全局的能力，不会被个别细节迷惑，而是会关注整体，把一切矛盾都理顺并且使之结合起来。

同样，读者也许会碰到一些乍一读好像并不重要的小事。但是，假如你们进一步观察就会发现，这些不重要的小事常常是一些重要事件的载体，也常常为后来发生的事件提供根据，或许也有助于给歌德性格的描述加上随便的小小一笔，因此这么做作为一种需要，即使不被视为神圣的，也该得到原谅。

在此，我要向这本酝酿良久而即将问世的书致以最良好的祝愿，祝愿它好运，令人喜爱，催生一些好的思想，传播一些好的精神。

1835年10月31日于魏玛

第一部分

（1823—1827 年）

序

　　我于90年代初出生在汉堡和吕讷堡之间的温森，那是一个位于卢厄河畔与低湿地的和荒草原毗连的小镇。我降生在一间可以称之为小屋的茅棚里，那只是一个能够生火取暖的临时住所，没有楼梯，要上储藏草料的顶棚时必须从紧挨房门立着的梯子直接爬上去。

　　父亲是二婚，我是父母生的最后一个孩子，他们成为我的父母时，实际上已经不年轻了，我在他们两人中间成长感到有些孤独。父亲的第一次婚姻留下两个儿子，一个当了水手，曾远航各地，最后在遥远的大陆被俘，随之销声匿迹；另一个多次去格陵兰捕鲸鱼和海豹，后来回到汉堡，过着温饱的生活。父亲的第二次婚姻共有三个子女，我还有两个姐姐，我十二岁的时候，她们已经从父母家搬走，有时在当地，有时在汉堡做事。

　　维持我们这个小家庭的主要经济来源是一头奶牛，它不仅给我们提供每天所需要的牛奶，我们每年还能用它的奶喂养一头小牛，此外，有时还能卖牛奶赚得几个小钱。除这头奶牛外，家中还有一块耕地，我们一年所需要的各种必要的蔬菜都是从这块地里收上来的。但烤制面包的谷物和烹饪用的面粉必须购买。

　　我的母亲在纺织方面特别心灵手巧，她剪裁和缝制的女士便帽也特别令人满意，所以这两项手艺便成了她的一些收入的来源。

　　我的父亲相反，他真正的业务是经营小本生意，随不同季节而变化，因此经常不在家，很多时候是在附近一带徒步转悠。夏季里，我们看到他背上背着一个轻便的小木箱漫步于荒郊野外，带着带子、针线、丝织品等从一个村庄到另一个村庄，沿途叫卖。同时从那里买些毛线袜子和亚麻呢（一种用褐色野绵羊毛和亚麻混纺的织物）来，在易北河对岸菲尔兰德地区再以同样方式兜售出去。在冬天，他做一种未加工的钢笔尖和未经漂白的亚麻布的生意，从荒草原和低湿地那边的村庄里收购，然后用船运到汉堡。但不管怎样辛劳还是所获甚微，所以我们的生活总是有些拮据。

至于说到**我**孩童时的活动，那同样因季节而异。春天伊始，通常易北河泛滥的洪水已经消退，我便每天去收集被冲积到内堤和其他隆起处的芦苇，为我们的奶牛堆一个要经常用的草垫子。当随后在辽阔的牧场上冒出第一缕嫩绿的时候，我就要和其他几个男孩一起在牛棚里住上许多天。整个夏季我都是在我们的耕地里种田；为了炉灶的需要，我还整年地从不到一小时远的森林里拉干木柴回来。麦收季节，我要在田地里拾几个星期的麦穗儿，之后，秋风吹动树木，我又去拾落下的果实，把它们磨成粉，卖给较富裕的居民去喂养他们的鸭子。当我长到能陪伴父亲的时候，我就跟他一起从这一村到那一村地转悠，还帮着他扛小包行李。这段时间是我最愉快的青春记忆的一部分。

我就是在这样的环境中一边工作，一边定期上学念书，学习必要的读和写，一直长到十四岁；要承认，这时要与歌德建立亲密关系还有一大步要走，而且那时什么迹象还都没有。我也不知道，世界上有文学艺术这类东西，所以我也就幸而没有在心中对这些东西产生一点点渴望和追求。

有人曾经说，动物是通过器官来学习的；这样，我们就可以说，人常常是通过他完全偶然做的一件事情获知在自己身上蕴藏着一些高素质的东西。这样的事情发生在了我的身上，尽管事情本身并不重要，但它让我的整个生活转向了另外的方向，因此，我把它铭刻在心，永志不忘。

一天晚上，我和父母坐在桌旁的灯光下。父亲从汉堡回来，讲述他做买卖的经过和进展情况。他因为喜欢抽烟，还带回了一包香烟，香烟放在我面前的桌子上，商标是一匹马。我觉得这匹马是一幅非常好的图画，于是立刻拿起钢笔、墨水和一张纸，一种不可抗拒的临摹的欲望占据了我。父亲继续讲述汉堡，我则专心致志地画马，未被父母察觉。画完后，感觉我的临摹与模本完全相似，我品尝到一种从未有过的幸福。我把画的画拿给父母看，他们不得不夸奖我，我能画得这么好出乎他们的意料之外。这一夜，我因为兴奋有一半儿时间没有睡着，总是想着我画的那匹马，急切地盼望清晨到来，好再看一看它，再感受一下它带给我的快乐。

从这时起，我就再也没有放弃过曾经被唤醒的临摹图像的欲望。但是，在我住的地方我在这方面得不到一点进一步的帮助，因此，当我的邻居，一位陶器工匠，给了我几本他绘制碗盘儿时用作模本的画册时，我喜出望外。

我用钢笔和墨水非常仔细地临摹这些草图，不久便有了两本素描传来传去，也传到了地区第一号人物迈尔长官手里。他让人把我叫去，赠送了我礼物，并且极为亲切地夸奖了我。他问我，是否想当画家，他愿意在我成年以后送我去汉堡一位技巧熟练的师傅那里。我说我很愿意去，但这件事我得和父母一起考虑考虑。

可是，我的父母两人都是农民出身，生活在一个绝大部分时间是从事耕田和饲养牲畜的地方，他们想象的画家不过是一个涂抹门窗的油漆匠，因此十分关切地劝我打消这个念头。他们提出的理由是，这门手艺不仅脏，而且很危险，有可能摔断脖子和腿，尤其在汉堡八层高的楼房上，这种事情屡屡发生。因为我个人对于画家的理解也同样不高明，所以对这个行当也就没了兴趣，回绝了那位好心长官的建议。

这期间，突然有些更高一层的人士注意到我，他们观察我，试图想办法提携我。他们让我去念给少数有钱人家子弟在家中上的课程，我学习了法语、一点拉丁语和音乐。同时，他们还给了我一些好一点的衣服，尊敬的帕里奇乌斯总经理很喜欢让我坐在他自己的餐桌上。

从那时起，我开始喜欢上学；我寻觅有利的情况，尽可能长时间地继续学下去，我的父母也因此同意，在我到十六岁的时候就为我举行成人仪式。

然而，现在的问题是，我将来干什么。要是依照我的愿望，该把我送到一所正规中学去完成自然科学学业。不过，这不可能，因为，不但找不到一点让我上学的办法，而且我家境十分贫困，要求我赶快不仅能够照管自己，还可以对可怜的父母有一点帮助。

成年仪式过后，我立刻面临这样一种可能性，那里的一位法官向我建议，要我去他那里做文书和其他小型服务性工作，我高兴地同意了。在过去一年半的时间里，我勤奋地上学读书，其收获是不仅写得一手好字，还通过各种各样的形式练习写文章，因此，我认为自己对于这样的职位具有特殊知识和专门能力。这个职位持续了两年，期间我办理过一些小规模律师事务，也经常遵循传统形式草拟起诉书和判决书，直到1810年，这一年在卢厄河畔温森的汉诺威办事处被解散，温森成为下易北河的一个行政区，被并入法兰西帝国。

我在吕讷堡直接税税务管理局办公室谋得一个固定职位；这个管理局到第二年同样被解散了，我于是来到于尔岑镇长官下衙署办公室工作。我在这里一直干到大约1812年年底，之后承蒙长官冯·迪林先生提拔当了贝文森市政文书。在这个岗位上我待到1813年春天，这时哥萨克人靠近，让我们对从法兰西统治下解放出来抱有了希望。

我告别于尔岑镇，回到故乡，没有别的计划和想法，只是想尽快加入在一些地方开始悄悄形成的卫国战争战士的队伍。这个心愿实现了，我于大约夏末作为自愿军荷枪实弹参加基尔部队步兵军团，在克诺普上尉连队里与军团一起，打了1813年到1814年冬横扫梅克伦堡、荷尔斯泰因和汉堡郊区的反对达沃斯特元帅的战役。随后，我们行军跨越莱茵，向迈松将军进攻，那年夏天多次往返于富饶的佛兰德和布拉班特。

在这里，在巨幅尼德兰油画前，我领悟了一个新的世界；我终日在教堂和博物馆里度过。总之，这是我一生中所看到的第一批绘画。此时，我看到了当一个画家的意义；看到了学习绘画的人取得的卓越而出色的进步，我想为自己曾经放弃走一条类似的道路而哭泣。不过，我决心已定；我在图尔奈认识了一位年轻画家，我搞到一些碳粉画笔、一张最大规格的绘图纸，随即坐在一幅画前开始模仿。热切的绘画欲望弥补了我缺乏练习和指导的不足，就这样，我顺利地完成了人物的轮廓；我还开始从左侧给整幅画涂上阴影，这时，一声列队行军的号令打断了这一愉快的工作。我急忙在还没有画上明暗层次的部分用一个个字母标示出来，希望在静下来的时候，我能够按照标示把这部分完成。我卷起我的画，把它放进一个纸筒里，和我的来复枪一起背在背上，从图尔奈出发向哈默尔恩长途跋涉。

这里的步兵军团于1814年秋天解散了。我返回家乡；父亲已经去世，母亲还活着，这期间大姐已经结婚，接受了双亲的房子，母亲跟她住在一起。我立刻开始画我的画，首先把那幅从布拉班特带来的画完成。接下来在没有合适的模本时，我就以兰贝格的小型铜版雕刻为基础，把它们用碳粉画笔放大。然而，很快我就发觉自己在这方面缺乏应有的训练和知识。我对于人体和动物解剖学几乎没有概念；对于处理不同树种和土壤知道得也不多，所以，我以自己的方式把画画得大体像现在这个样子，付出的辛劳是难以用语言形容的。

因此，我很快就领悟，要想当一名画家，我应该以稍微不同一点的方式起步才是，我此后在自己的道路上独自追求和探索绝对是白费了力气。我计划，去拜一位有才能的师傅，完全从头开始。

关于师傅，我只想到了汉诺威的兰贝格；我还以为，我在这个城市能够比较容易待下去，因为那里有一位青年朋友，境况很好，我可以指望他的衷心支持，他会经常邀请我的。

于是，我毫不迟疑，立刻捆起行李，在1815年冬天只身一人穿过被厚厚的积雪覆盖的荒野，步行差不多四十个小时的路程，几天之后顺利抵达汉诺威。

我毫不怠慢，马上去见兰贝格，向他陈述来意。根据提交的样品他好像不怀疑我的才能；但他提醒我，搞艺术事关家庭的生计，克服技术上的困难要求花很多时间，指望靠艺术谋生的前景还远着哩。不过，他表示愿意给我提供一切帮助，立刻从他大量的绘图中找出几张适合画人体各部分的素描，让我带回去临摹。

我于是住到我的朋友家里，按照兰贝格的原件绘图。我取得了进步，因为他给我的那几张画对我学习临摹帮助越来越大。我精心描绘人体的结构，不厌其烦地反复画那些难以处理的手和脚。就这样，我度过了几个愉快的月份，此间已是5月，我开始生病，接着6月临近，我再也不能拿粉笔，两只手发颤。

我们去一位医术精湛的大夫那里求助，他认为我的情况严重。他解释说，由于长年征战皮肤的排泄功能变差，消耗体能的火气进入内脏，要是再继续硬拖下去两个星期，我肯定就得去见上帝了。他立刻给我开了热敷和类似的有效药物，以便恢复皮肤的活动能力。不久便出现了可喜的好转迹象，但再继续练习绘画是不可能了。

到那时为止，我在我的朋友家受到了亲切的对待和照顾；他没有我会累赘他或是以后将成为他的累赘的想法，连一点点暗示也没有。可我想到了，也许正是这个早就蕴含在心中的隐忧助长了潜藏在我身上的疾病的暴发，现在，当我为了康复不得不支付大量费用时，它以其全部威力显露出来。

在这种内外交困的时期，我有了去一个与战争事务相联系的委员会谋得一个固定职位的希望，这个委员会从事的业务是装配汉诺威的军队，因此，我屈服环境压力，放弃走画家的道路，申请这个位置并且高兴地接受了它，是不足为怪的。

我很快便痊愈了，长时间没有享受到的良好感觉和愉悦心情得以恢复。我觉得这种情况在一定程度上回报了我的朋友对我的那种慷慨帮助。我全神贯注地思考我所要适应的新职务，看来我的上司都是精神境界高尚的人，而我的同事，其中有几个人曾经和我一起在同一个兵团打仗，我们很快就建立起牢靠的、亲密无间的信任。

情况稳定之后，我才开始稍微自由地观察保存着不少好东西的首府，还在休息时间不厌其烦地反复游览附近景色优美的郊野。我曾经与兰贝格的学生，一位很有发展前途的青年画家建立了亲密友谊，现在我漫游时，他总是陪伴着我。我由于健康和其他一些情况不得不继续放弃艺术实践，所以至少每天能与他聊聊我们这位共同的"女友"，对于我来说就是很大的安慰。我参与他的设计，他经常把设计图案拿给我看，我们互相详细地讨论。他引导我阅读一些有教育意义的著作，我读了温克尔曼，读了门斯；但因为我对这些人所论述的问题缺乏了解，所以读了这些书也只能把最一般的东西学会，实际上收获不大。

我的朋友生在诸侯的首府并在这里长大，他的文化修养从任何方面看都在我之上，他对纯文学也有相当不错的了解，而我则一无所知。那一时期，特奥多尔·克尔纳是受追捧的当代英雄；朋友把他的诗歌《绞弦琴与剑》（*Leier und Schwert*）带给我，这些诗自然也给我留下了深刻印象，使我不胜钦佩。

人们对一首诗的**艺术**效果谈得很多，对它评价很高，但我觉得，**素材的性质**才是真正有影响力的，是一切的关键。我从《绞弦琴与剑》这本小书中不自觉地体验到了这一点。因为，我和克尔纳一样都对压迫我们多年的敌人心怀仇恨，我和他一样参加过解放战争，和他一样经历了所有艰苦行军、夜宿郊野、打前哨和小规模交战等情况，我们对这些经历有着相似的想法和感受，这就使我在内心深处对这些诗歌产生了极大共鸣。

但是，正如有些有意义的事情在没有深深打动我、没有让我积极行动之前不能轻易影响我一样，克尔纳的这些诗对我也是如此。我回想自己童年时代和随后几年曾经不时地写过一些小诗，但没有进一步重视，因为我那时对这一类容易做的事情不大看得起，也因为通常评价文学的才能要求思想总得成熟一些。但是现在，我觉得克尔纳的这一天赋绝对是值得称赞的、令人羡慕的，我心中产生了一种要试一试的强烈冲动，稍微模仿一下他，不知是否会成功。

卫国战争的战士从法国归来给了我一个理想的机会。我对一个士兵在战场上要经历的那些非语言所能表达的艰难困苦记忆犹新，而家中懒散的市民经常是过着舒适安逸的生活，于是我想，把士兵们的情况用一首诗表达出来，以此打动人心，为让归来的部队受到更加衷心地欢迎做准备。

我将这首诗自费复印了几百份在城市里散发，效果比我预期的好。这使我有幸结识大批友人，他们蜂拥而至，与我分享我所表达的感受和看法，鼓励我做类似的尝试，他们都认为，我表现出了一种值得花力气开发培养的才能。一些杂志上刊登了这首诗，有些地方还翻印和零星销售，此外，让我高兴的是，一位很受爱戴的作曲家为这首诗谱了曲，尽管这首诗由于篇幅长而且激昂慷慨根本不适合演唱。

从这时开始，我没有一个星期不因写了一首随便什么新的诗而感到快乐。是年，我二十四岁，胸中怀抱一个有感情的、有强烈追求和良好愿望的世界；但我一点文化修养和文化知识都没有，有人建议我研读我们那些伟大作家的作品，特别向我推荐席勒和克洛卜施托克，我设法搞到他们的作品阅读，很欣赏，但觉得提高不大；那时我还不知道，这些天才走的道路离我自己天生的倾向相去甚远。

这一时期，我第一次听到**歌德**的名字，第一次获得了他的一本诗集。我阅读他的歌体诗，一遍又一遍地读来读去，享受到了一种难以言表的幸福。我感觉自己仿佛刚刚开始觉醒，有了真正的意识。我觉得这些歌体诗照映出我到那时为止自己还不清楚的内心世界。我没有碰到一处是一些我个人的思想感受尚不足以接受的奇异和玄妙的东西，也没有碰到让我无法想象的外国的和古代神祇的名字；相反，我发现在他的全部渴求包括幸福与痛苦之中，存在一颗人的心灵，我发现德意志人的本性如同眼前的白昼一样，是一种被轻微的神化的光芒照耀的纯粹的真实。

我整个星期、整个月地生活在这些歌体诗里。后来我搞到了《威廉·迈斯特》（*Wilhelm Meister*），再后来搞到了他的生平，再后来得到的是他的戏剧作品。我把所有的节假日都用来阅读《浮士德》（*Faust*），最初我对书中人性的堕落和蜕化望而生畏，但浮士德极其难以捉摸的行为一再吸引我，赞叹和热爱与日俱增。我无时无刻不生活在这些作品之中，想的说的全是歌德。

从研读一位伟大作家的作品中所获得的好处是多种多样的；但主要收获可能在于，我们不但更清楚地意识到我们自己的内在世界，而且也意识到了我们身外的形形色色的世界。歌德的作品对我就产生了这样的影响。它们促使我更好地观察和理解感性的事物和人的性格，我渐渐明白了什么叫统一，什么叫个人与他自己内在世界的和谐。于是，为什么不仅自然现象，而且艺术现象也都那么千姿百态，这个秘密我越来越清楚了。

在对歌德的著作有了一些基本了解，并且在业余做了一些文学创作的实际尝试以后，我开始阅读几个外国的和古代的伟大作家，在最优秀的翻译著作中不仅有莎士比亚的最杰出的剧本，还有索福克勒斯和荷马的作品。

然而，我很快就发觉，我只能理解这些高深作品中一般的人性部分，而理解特殊的东西，无论从语言上还是历史上看，都要以科学知识，尤其是以一定的教育为前提，通常这种教育只能在中学和大学里获得。

此外，一些方面也让我察觉，靠自己单干是白费力气，一个作家没有受过所谓正规教育永远做不到既能稳妥而灵活地运用自己的语言，又能创作出思想和内容都很杰出的作品来。

也是因为我这一时期正在阅读许多重要人物的传记，想看一看他们为了做出点成绩来走的是什么样的成长道路，而我到处看到，他们走的都是通过中学和大学这一条道路，所以我决定，尽管自己不再年轻，境况又如此艰难，但我还是要像他们那样去做。

我立刻向在汉诺威高级中学工作的教师，一位优秀的语文学家求教，听他私人授课，不仅学习拉丁语，还学习希腊语，我的职务每天起码占用六小时，剩下的全部闲暇时间我都用在了这些课程上。

我学习了一年，大有长进；但是，由于心里那种无法形容的追求上进的欲望十分强烈，感觉好像长进得还是太慢，我应该想别的办法。我幻想着，如果我能做到每天去上学四五个小时，这样，我就完完全全过上学者式的生活了，我会取得完全别样的进步，会无比快捷地达到目的。

内行人士的建议证实我的这种想法是正确的；因此我决定这么做，而且很容易就得到了我上司的批准，把在学校的课时绝大部分放在我白天没有工作任务的时候。于是，我报名参加录取考试，在一个星期天的上午我由我的老师陪着去见尊敬的校长，通过必要的考试。尽管校长考试时对我尽量宽容，可我因为头脑里对于提到的中学课程里的问题没有准备，我虽然十分勤奋，但并不真正熟练，所以考试结果不如我的实际情况好。但是，我的老师保证，我知道的比根据这次考试所得到的印象要多，校长考虑到我非同寻常的努力把我收进了文理中学六年级。

无须解释，我作为一个快到二十五岁的人，已经在王国的工作部门任职，在这些绝大部分还稚气的男孩中间是一个奇怪的人物，因此，这种新的处境最初让我感到有些不自在，有些怪怪的；但是，我对科学的渴望让我对于这一切视而不见，我全都忍受了。总体上，我也没有可抱怨的。老师们尊重我，班级里比较大一点的和好一点的学生对我非常友好，甚至几个极端傲慢自负的学生也都很照顾我，不对我蛮横放肆。

总的说来，我因为自己的意愿达到了，所以很高兴，并且以极大的热情向前迈进。早上五点醒来，随即做我的课业练习。大约八点去学校直到十点。从学校急忙赶到我的办公室处理公务，公务要求我在那里待到下午一点；然后我急速回家，吃一点午饭，一点之后又立刻赶回学校。课时到四点结束，紧接着我又得忙于我的职务直到七点以后，接下来的晚上用于做练习和去听家庭授课。

这种忙忙碌碌的生活我过了几个月；然而，这样的劳顿超出了我的体力，一则古老的箴言证实：一仆不能伺二主。缺少自由的空气和活动，没有时间，不能安安静静吃饭、喝水和睡眠，这使得我的身体状况逐渐不正常，感觉身心疲惫，迫于这种急切需要，最后不得不要么中途退学，要么放弃职位。但是，由于生计的原因放弃职位是不可能的，所以没有别的办法，只能按照前者去做，我于1817年初春又退学了。**什么都试一试**仿佛是我独特的命运，所以我绝不后悔去学校尝试了一段时间。

这期间我有很大进步，我因为一如既往地关注着大学，所以没有别的办法，只能继续去听家庭授课，并且怀着全部乐趣和爱好。

熬过多事的冬天之后，春天和夏天过得比较轻松；我经常待在空旷的大自然里，并且由衷地感到今年大自然对我异常亲切，我写了许多诗，我尤其把歌德年轻时代的歌体诗作为崇高的榜样，写诗时它们就浮现在我的眼前。

一入冬我就开始认真思考，怎么才可能至少在一年之内进大学。我在拉丁语方面已经进展到能够用诗体翻译贺拉斯的颂歌、维吉尔的牧羊诗，以及奥维德《变形记》中几个特别吸引我的段落，我还能够不太费力地阅读西塞罗[1]的演说词、尤利乌斯·恺撒写的战争故事。我虽然还不能认为自己已经为大学学习做好了准备，但相信一年之内我还会有很大进步，然后还缺少什么到大学里去补上。

我在官府里的达官显宦中赢得了几个资助者；他们答应协助我，但前提是，我要做出决定，选择为谋生而学习。然而，因为我本性中不存在这种学习志向，我一直坚信，人只能耕耘他内心不断渴求的东西，所以我固执己见，谢绝了他们的帮助，最终只接受了供应穷大学生的免费午餐。

我没有别的办法，只能靠自己的力量实施我的计划，集中精力搞点有些意义的文学创作。

这一时期米尔纳的《罪责》（Schuld）和格里尔帕策的《老祖母》（Ahnfrau）被提上议事日程，引起很大轰动。这些矫揉造作的作品与我对大自然的感受相悖，我尤其不能接受和适应他们的命运观，我认为，他们的命运观会对人民产生一种不正派的影响。因此我决定，站出来反对他们并阐明，命运存在于性格之中。但我不想用语言与他们争辩，而是用行动。我要发表一个剧本，表达这样一个真理：人现在播下的种子，在未来开花结果，果实或好或坏按照人播下的种子而定。我不懂世界历史，只能虚构人物和情节的发展程序。我酝酿了大概一年时间，详细地设想出每一场和每一幕，终于在1820年冬天用几个星期的清晨时间写了这个剧本。写作让我享受到极大的幸福，因为我发现，一切都很容易、很自然地表现了出来。但与那些所谓的作家相反，我不让现实生活伤害我，我从不去考虑舞台和观众。因此，这个剧本也是一幅静止的场景图像，而不是那种紧张的、快速进展的情节，而且只有在人物和场景需要的时候，它才抒情和有诗韵。次要人物的活动空间太大，整个剧本拉得太长。

我把剧本传给我最亲近的朋友和熟人，然而，他们没有明白我的意愿；有的责备说，有几个场景属于喜剧；有的还责备说，我读书太少。我因为期

---

1 西塞罗（Marcus Tullius Cicero，公元前106—公元前43），古罗马政治家、思想家和演说家，他的演说词、修辞学著作、政治哲学论文对罗马演说艺术和散文的发展很有贡献。

待得到好一点的反应，所以最初暗自感到受了伤害，但我渐渐有了这样的信念：我的朋友们不是完全没有道理，我的剧本即使人物描写得正确，整体考虑得也很仔细，一定程度上表现出了我所要的那种审慎和灵活，但是，根据剧本里展示的生活它还是处于很低级的阶段，不适于公开上演。

考虑到我的出身和我微薄的学识，这并不奇怪。我打算改编这个剧本，使之适应舞台，但在此之前我在学识上得有所长进，以便有能力把一切都调整到较高的位置上。我渴望上大学，希望在那里获得我缺少的东西，也想以此进入较高层的生活环境，这种渴望现在变成了无法抑制的激情。我决定出版我的诗，这对我上大学也许会起作用。因为我现在没有名气，不能期待出版商给我一份可观的稿酬，所以我选择了对我的情况比较有利的认购贷款的办法。

这个办法是由朋友们提出来的，进行得十分理想。现在我又带着去哥廷根的意图去见我的上司，请他允许我辞职。这次，他们相信我态度真诚严肃，而且不会让步，所以支持了我的要求。经我的主管，当时的贝尔格上校介绍，战事办公厅同意了我的退职请求，并且每年从我的薪水中拿出一百五十塔勒供我学业需要，为期两年。

心怀多年的计划得以实现，我很欣慰。我让人把我的诗以最快速度印刷发送，扣除一切费用，我从所获效益中净得一百五十塔勒。随后，我丢下心爱的情人，于1821年5月前往哥廷根。

我第一次上大学的尝试由于我执拗拒绝任何所谓为谋生学习而失败。但是，经验使我吃一堑长一智，我十分清楚地意识到我那时所做的不可名状的斗争既得罪了我身边的人，又得罪了有影响的高级人物，现在我完全懂得了，要顺应世间占优势的观点，选择为谋生而学习，并且立刻宣布，愿意致力于法学研究。

我的有权有势的资助者，以及所有关心我在世间继续进步并且对我巨大的精神需求没有概念的人，他们都认为这种选择很明智。一切异议骤然被搁置一旁，我到处受到友好的对待，人们都愿意协助我实现我的意图。同时，他们还怀着十分良好的心意提出，学习法律绝不会不给精神带来较高的收益，以此对我表示认可。他们说，这样我就可以了解一下市民的和世俗的境况，这是我用任何别的方法都办不到的。法学研究的范围也绝不是那么大，你还能附带做许多所谓更高级的事情。他们给我举出各个著名人士的名字，这些人都是学法律的，但他们同时都获取了其他性质的最高深的学问。

然而，我的朋友们和我都忽略了，那些人不仅带着中学里学到的扎实的知识来到大学，而且他们用在学习上的时间也比我的特殊的窘迫处境所能容许的要多得多。

够了，正如我迷惑过别的人一样，我也在渐渐地迷惑自己，最后真的自以为，我可以诚心诚意地学习法律，但同时又能达到自己本来的目的。

我怀着寻求一点我根本不希望占有，也不希望应用的东西的幻想来到大学之后，立刻开始学习法律。然而我发现，这门科学绝对不是让我反感的那种；相反，如果我的头脑里不是塞满了太多其他的打算和追求的话，我可能很乐意学习法律。

这样，我的情况就如同一个姑娘，对给她介绍的婚姻对象提出各种不同意见，只是偏偏因为她心中有一个秘密情人。

我在学院和法学系的大课上，经常克制不住自己去编造戏剧场景和剧本的每一幕。我费尽全力想把心思放在所听的课程上，但我的注意力总是被强行劫持。我不想别的，只是不停地想着文学和艺术，以及我个人的发展前途，这是我多年来无时无刻不强烈地渴求上大学的原因啊。

第一年对我下一步的目标有重要帮助的人是黑伦。他的人种学和历史科学为我进一步学习这一学科打下了最好的基础，他讲的大课清楚扎实，就其他方面而言这对我也有很大益处。我爱听他的每一节课，下课时总是对这位优秀的老师满怀高度敬意和爱戴。

大学二年级，我开始完全排除法律课的学习，这样做是明智的。事实上，法律课太重要了，我不可能把它作为无关紧要的课程来学习，它其实是压在我身上的一个太大的障碍。我决定学习语文学。正如第一年多亏有黑伦一样，现在我多亏有蒂森。因为不仅他的大课给我的学习提供了我真正要寻找的、我所渴求的营养，我感觉自己每天都有提高，都受到启蒙，根据他的暗示我对于未来的创作有了确定的方向，而且我还有幸亲自与这位可尊敬的人认识，在学业上得到他的指导、支持和鼓励。

此外，每天与同学中相当有头脑的人接触，散步时不停地谈论极其高深的话题，直到深夜，这对我异常珍贵，对于我越来越自由地发展有着极为有利的影响。

这期间，我的助学金快用完了。与此相反，一年半以来我每天都接纳新的知识财富；继续积累而不实际应用不符合我的本性和我的人生进程，因此我有一种强烈的欲望，写几本书使自己经济上又能够独立，然后再去争取继续学习。

我打算既把就其素材我依然有兴趣，但觉得形式和内容更为重要的戏剧创作，也把有关文学创作基本原则的思想，特别是那些逐渐形成的反对当时占统治地位的观点的思想，一个接着一个充分圆满地表达出来。

我于是于1822年秋天离开大学，搬进汉诺威附近的一所乡村住宅。我首先写些理论文章，希望这些文章特别是对于有才能的年轻人不仅有助于他们的创作，也有助于他们对文学作品的判断，我给这些文章取的书名是《论诗》（*Beiträge zur Poesie*）。

1823年5月我完成了这项工作。依我那时的处境，我感到关键不仅要有一个好的出版商，还要有一份优厚的稿酬，因此，我迅速决定把手稿寄给歌德，请他写几句话向科塔先生推荐。

在作家中间，歌德始终是我每日举目仰望的可靠的指路明灯，他说的话与我的想法很一致，把我的观点不断调整到更高水平，我试图越来越多地研究和努力效仿他处理各种极不相同题材的高超艺术，我对他由衷的爱戴和崇敬几乎具有狂热的性质。

到达哥廷根不久，我就把我的一本诗集连同一份我的生平和成长的简略介绍寄给他，让我极为高兴的是，不仅收到了他写来的几句话，还从旅行者们那里听说，他对我有不错的评价，并打算在《艺术与古代文化》（*Kunst und Altertum*）月刊里提及我。

得知这一点对于处在当时那种境况的我意义重大，我也当即就有了勇气，满怀信心地把刚刚完成的手稿给他寄去。

我心中没有别的愿望，只是想有一天能亲自在他近处待上几刻。为实现这个愿望，我于大约5月底启程，徒步旅行经哥廷根、维拉山谷，来到魏玛。

因为炎热，旅途常常很辛苦，而在我内心深处留下的那个印象一再安慰我，我仿佛蒙贵人们的特殊指引，感觉这次行程对我未来的生活可能产生重要结果。

— 1823年 —

1823年6月10日，星期二，魏玛

（歌德宅邸，初见歌德的印象）

我来这里已经几天了，今天首先去拜访歌德。[1] 他非常热情地接待了我，他的音容笑貌给我印象极深，我将这一天看作是我生平最幸福的一天。

昨天我请人去询问何时可以拜访时，他说，他欢迎我今天中午十二点去。我按约定的时间去了，看见他的佣人 [2] 已经在等候着我，准备立刻带我到楼上去。[3]

屋子里面的陈设并不富丽堂皇，一切都极其典雅简朴，给我一种很舒

1　1817年爱克曼第一次读到歌德的诗，从此他的兴趣和爱好完全转向歌德，歌德成了他的偶像。他不仅崇拜歌德，还竭力模仿歌德，按照歌德写诗的习惯和风格创作诗歌，并于1821年把写好的诗结集出版。1821年8月底，他把自己的"生平简历"和这部诗集寄给了歌德。1821年10月21日歌德声明，对近期寄来的邮件（其中也包括爱克曼寄来的两份邮件）表示感谢。歌德这种不冷不热的态度不仅没有使爱克曼泄气，反而鼓舞他更深入地研究歌德及其作品。1822年他中断了哥廷根的学习，搬到汉诺威附近的一家农舍，在那里潜心研究歌德的诗，并写成《论诗——特别以歌德为证》。这是一部论文集，其中所有的论点和证据均来自歌德的作品。1823年5月他把这本书的手稿寄给歌德，并附了一封信，请求歌德把他的书稿推荐给科塔，希望科塔出版社能出这本书。爱克曼的这一表现打动了歌德，歌德看到了一位真心诚意喜欢他的作品的读者，看到了一位认真阅读他的作品并能领会其中深刻含义的年轻人。歌德乐于见这位青年，于是约定与他会面。1823年6月2日爱克曼从哥廷根动身，6月5日至7日间来到魏玛。9日爱克曼告知歌德他已经到了魏玛，双方约定于次日（即10日）见面。

2　歌德的这位佣人叫施塔德尔曼（Johann Karl Wilhelm Stadelmann，1782—1840）。

3　爱克曼来到的是歌德位于魏玛市中心的寓所，这是一幢两层楼房，始建于1710年，卡尔·奥古斯特为感谢歌德于1790年陪伴他远征，于1792年将这套房子赠送歌德，并捐助一千五百塔勒用于安装内部设备；现为歌德故居博物馆。

服的印象。摆放在楼梯上的各种古代雕像复制品显示歌德对造型艺术和古代希腊的特殊爱好。我看见几位妇女在楼下的屋子里忙来忙去，还有一个小男孩[1]，他是奥提丽的两个漂亮儿子中的一个，他不认生，朝着我跑过来，瞪大眼睛看我。

我略微向四周看了一下，然后跟着这位健谈的佣人一起上楼，来到二层楼上。他推开一个房间的门，门槛前嵌着 *SALVE* 的字样[2]，我跨过这个字走进屋内，这个意为"祝你平安"的拉丁文字预示，我将受到热情的欢迎。那位佣人带着我穿过这个房间，又推开下一个房间的门，这个房间比刚才那个稍微宽敞一些，他让我在这里等候，自己去向主人报告我已经到了。这里的空气极其清新凉爽，地板上铺着地毯，上面安放着一张红色长沙发和几把同样颜色的椅子，房间里配上这些家具显得分外亮堂；紧挨在沙发一旁的是一架大钢琴，墙壁上挂着许多素描和各种不同风格和不同型号的绘画。

通过对面那扇敞开着的门，可以看见里面还有一个房间，墙壁上也挂着一些绘画。这位佣人就是穿过这个房间进去报告我已经到了的。

没过一会儿歌德出来了，穿着蓝色上衣和正式的鞋[3]。多么崇高的形象啊！我不禁惊喜交集，但他说话和蔼，使我立刻就不拘束了。我们在沙发上坐下。看见他，而且近在咫尺，我高兴得不知所措，一时语塞，几乎说不出话来。

他立刻开始谈我的手稿[4]。他说："我是放下你的手稿过来的，整个上午我都在阅读它；这份稿子用不着推荐，它本身就是对自己的推荐。"接着，他称赞我思路清晰，文笔流畅，一切都建立在扎实的基础上，都是经过深思熟虑的。他又说："我想赶快把这份稿子寄出去，今天我就给科塔先生[5]写封信，

1　歌德有两个孙子，一个叫瓦尔特，一个叫沃尔夫冈，这里提到的那个男孩，可能是瓦尔特，也可能是沃尔夫冈。冯·奥提丽（Ottilie von Goethe, 1796—1872）是这两个孩子的母亲，歌德的儿媳，她于1817年6月17日与歌德的儿子奥古斯特结婚，因此书中爱克曼称她为冯·歌德夫人。

2　进了歌德寓所的门，从楼梯走上来，木地板上用马赛克镶嵌着拉丁文字 *SALVE*，意思是"祝你平安"。

3　不是拖鞋或室内穿的便鞋，而是在公开场合穿的鞋，这里表示对客人的尊重。

4　即在本书第19页注1中提到的爱克曼寄给歌德的那本《论诗》的手稿。

5　冯·科塔（Johann Friedrich von Cotta, 1764—1832），出版商，科塔出版社创始人。歌德的很多作品都是由科塔出版社出版的，而且从1802年起这家出版社就拥有歌德作品的独享出版权。经歌德介绍，爱克曼的《论诗——特别以歌德为证》于1824年由科塔出版社出版。

请驿站的马车带走，明天再把包裹通过邮车寄过去。"

我用语言和眼神对他表达了我的谢意。

接下来我们谈到我下一步的旅行。我告诉他我本来的目的是去莱茵一带，打算在那里找个合适的地方住下来，写点新的东西。不过，我想首先从这里去耶拿，在那儿等候冯·科塔先生的回复。

歌德问我在耶拿是否有熟人；我回答说，我希望能与克涅伯尔先生[1]取得联系。他当即答应写一封信给我随身带去，以便确保我在那里受到比较好的接待。

然后他说："好极了！你要是在耶拿，那我们仍然离得很近，可以互相拜访，一旦有事，也可以互相通信。"

在宁静亲切的气氛中我们一起坐了很长时间。我扶着他的膝盖，默默地看着他，怎么也看不够，忘记了说话。他的面孔轮廓清晰，皮肤呈棕褐色，布满了皱纹，每一道皱纹都有丰富的表情。总之，诚实而坚定，安详而伟大！他说话慢条斯理、从容不迫，每逢开口，都会让你想到面前仿佛是一位上了年纪的君主。看得出，他心态平和，超然于毁誉之上。待在他身边，我感到说不出的幸福，就好像一个备尝艰辛、长久等待的人，终于看到自己最殷切的心愿获得满足时一样，心里踏实了。

接着他谈起我的那封信[2]，说我说得对，一个人如果能把一件事阐述清楚，他也就能够把其他许多事都阐述清楚。[3]

然后他又说："不知道情况会如何发展，我在柏林有几个很不错的朋友，这几天我在考虑把你介绍给他们[4]。"

歌德慈祥地笑了。然后他提醒我这些天在魏玛都应该看些什么，他还想

---

1 克涅伯尔（Karl Ludwig Knebel, 1744—1834），魏玛公爵卡尔·奥古斯特的弟弟康斯坦丁的老师。1774年在法兰克福介绍卡尔·奥古斯特与歌德会见，1781年来到伊尔默瑙和耶拿，从事古代语言研究，奥古斯特邀请歌德去魏玛。

2 1823年5月爱克曼给歌德寄他的《论诗》手稿时，还附了一封信，信中表达了他对歌德的敬仰和崇拜。这封信和书稿打动了歌德。

3 爱克曼的《论诗》还有一个副标题《特别以歌德为证》。这就是说，爱克曼是以歌德的诗为基础，以歌德对诗的见解为依据讨论诗的一般规律的。歌德显然很赞成他这种由特殊到一般的论证模式。

4 这里的"他们"指的可能是策尔特、洪堡、舒尔茨等，他们都是柏林的知名人士。

请秘书克罗伊特先生[1]给我当向导。他特别建议我一定要去剧院看戏。接着他问我现在住在哪里，说想和我再见一次面，找到合适的时间派人去通知我。

我们分别时依依不舍。我沉浸在极大的幸福之中，他的每句话都表现出对我的关爱，我感觉，他对我很有好感。

1823年6月11日，星期三

（歌德1772—1773年为《法兰克福学术评论》写的书评）

今天早上我再次收到歌德的邀请，名片是他亲笔写的。我于是又去拜访他一个小时。我觉得他今天与昨天判若两人，处处都显得敏捷而果断，像是一个年轻人。

他走到我跟前，拿给我两本很厚的书。他说："你这么来去匆匆，不好，我们再多熟悉熟悉，也许会更好些。我希望能多见到你几次，多和你谈谈。一般性的东西范围太广，因此我立刻想到一点特殊的东西，让它作为第三者充当连接我们的一个点和我们交谈的话题。这是1772年和1773年的两本《法兰克福学术评论》（*Frankfurter gelehrten Anzeigen*）[2]，我当时写的那些短评几乎全部都刊登在这两本杂志上。我没有标明哪些是我的文章，但你了解我的风格和思维方式，一定会从其他文章中把我的找出来。我希望你能仔细地看一看我的这些青年时代的习作，然后将你的意见告诉我。我想知道，这些文章是否值得收入我将要出版的那个作品集子里[3]。这些文章如今离我个人太远了，我已经不能判断它们了。但你们年轻人应该知道，它们对于你们是否有价值，按照时下的文学观点它们还有多大用处。我已经让人制作副本，以后你会拿

---

1 克罗伊特（Friedrich Kräuter，1790—1856），自1816年任魏玛图书馆的文书。歌德特别喜欢这个青年，称他是一个"朝气蓬勃，特别熟悉图书档案业务的年轻人"，后来成为歌德收藏品的总管。

2 《法兰克福学术评论》是18世纪70年代德国的一份学术刊物，主编是歌德的好友默克（Johann Heinrich Merck，1741—1791）和施洛瑟（Johann Georg Schlosser，1739—1799）。歌德是该刊物的主要撰稿人，他的文章发表在1772年和1773年两期上。

3 指当时已经确定由歌德亲自编定的《歌德全集最后手定本》，这套全集共四十册，于1828年至1830年出版。

到的，拿到后可以与原文对照一下。如果编辑工作做得仔细，接下来是否就可以考虑有些地方做些小的删节和补充，但总体上不能损害作品的风格。"[1] 我回答说，我很愿意试一试，没有别的想法，只是希望能够把这项工作做好，完全符合他心意。

歌德说："你一旦钻研进去就会发现，你完全能够胜任这项工作，甚至会感到易如反掌。"

接着他对我透露，打算大约八天以后去玛丽浴场[2]，希望在离开之前，我还能留在魏玛，这样我们便可以在这段时间内时常见面，互相谈谈，增进个人了解。

他又补充说："我还希望，你在耶拿也不要只停留几天或者几个星期，你应该整个夏天都住在那里，等到我入秋时从玛丽浴场回来之后再走。关于你的住处等问题我昨天已经写信去请他们关照[3]，要让你一切都感到舒适方便。

你在那里可以为下一步的研究找到各种极不相同的原始资料和辅助手段，你还能结识一些很有修养、很融洽的朋友。此外，那一带的风景千姿百态，你可以在五十条不同的路上散步，每次散步都会让你感到愉快，几乎都适合你安安静静地思考问题。你将有空闲和条件在这段时间里自己写点新的东西，同时也帮助我实现我的意图。"

他的建议很好，我对此提不出任何意见，对一切都高兴地表示同意。我临走时，他满怀深情地约我后天再去同他继续交谈一小时。

1823年6月16日，星期一

（为《艺术与古代文化》最初十一期编目）

这些天我多次去歌德家里。今天我们谈的大部分是业务上的事。我也谈

1　从这段话可以看出，歌德认为爱克曼是参与编辑他的全集的合适人选。

2　玛丽浴场和卡尔浴场，均为波希米亚的疗养胜地，歌德经常去这两个地方疗养。这里歌德说要去玛丽浴场，这是他最后一次去那里疗养，时间为1823年7月2日至8月20日。这次在玛丽浴场，歌德又遇到了早先相识并相爱的乌尔里克。当时已经七十四岁的歌德向这位刚十九岁的少女求婚，但由于少女亲友的反对以及少女本人的犹豫，歌德求婚未果，悲痛万分，因而写下不朽名诗《玛丽浴场哀歌》（*Elegie von Marienbad*）。

3　歌德于1823年6月11日写信给住在耶拿的韦伯，请他为爱克曼安排住所。

了对他在法兰克福时写的那些短评的看法，称这是他大学时代的回响。他好像很喜欢这种提法，因为这种提法表明人们是从什么立场出发观察他的那些青年时代的作品的。

然后他又把《艺术与古代文化》[1]最初的十一期拿给我，让我除他的那些在法兰克福时写的短评外，把这十一本杂志作为第二项工作一起带到耶拿去。

他说："我希望你把这十一本杂志仔细地研究一下，不能只做一份一般性的内容目录，而是要草拟一份报告，说明哪些题目还没有做完，这样我便清楚，我要接着哪些线索把题目继续做下去。这既能大大减轻我的负担，你也能从中获益，你通过这种实践的方式可以比单凭个人爱好一般地阅读能更敏锐地看待和吸收每一篇文章的内容。"

我觉得他说的这些话都很好，很正确，因此表示，这项工作我也愿意接受。

1823年6月19日［？］，星期四

（歌德在耶拿的朋友）

我本来打算今天就去耶拿。但是昨天歌德很恳切地请求我在魏玛住到星期天，然后搭邮车过去，他还把替我写的几封介绍信[2]也交给了我，其中有一封是写给弗罗曼[3]一家的。他说："你会喜欢这一家人的，我曾在他们那里度过许多美好的夜晚。让·保罗[4]、蒂克[5]、施莱格尔兄弟[6]以及其他一些德国有

---

1 《艺术与古代文化》是歌德与迈尔合办的一份专门探讨古代希腊文化艺术的刊物，时间从1817年至1823年，歌德在这个刊物上发表了许多关于文艺问题的文章。歌德拿给爱克曼的十一本《艺术与古代文化》是1817年至1822年出版的前三卷，每卷三期，以及1823年已经出版的两期。

2 写给克涅伯尔和韦伯的介绍信。

3 弗罗曼（Karl Friedrich Ernst Frommann，1765—1837），耶拿书商。歌德与弗罗曼一家的关系非常密切，他每到耶拿都一定去拜访。另外，这家的养女明娜·赫尔茨利布长得美貌端庄，歌德对她很动情。

4 让·保罗（Jean Paul，1763—1825），德国浪漫文学作家。他的作品在当时很受读者欢迎，但歌德对他评价不高。

5 蒂克（Ludwig Tieck，1773—1853），德国早期浪漫文学的代表作家之一。他于1799年认识歌德，并把作品寄给歌德，自1825年起为德累斯顿宫廷剧院顾问。

6 施莱格尔兄弟，即奥古斯特·威廉·施莱格尔（August Wilhelm Schlegel，1767—1845）和弗里德

（转下页注）

名气的人都去过，都愿意到那里做客。就是现在弗罗曼家也仍然是许多学者、艺术家和其他知名人士聚会的地方。过几个星期之后请你给我往玛丽浴场写封信，告诉我，你过得怎么样，是否喜欢耶拿。我也吩咐了我的儿子[1]，我不在家的时候过去看看你。"

歌德对我这样悉心照顾，我非常感激。从这一切可以看出，他把我算作了自家人，而且今后会一直这样对待我，我感到很温暖。

1823年6月21日，星期六

（爱克曼的愿望与计划）

我告别歌德，于次日来到耶拿。我在一幢花园里的寓所住下，房东都是很善良朴实的人。由于有歌德的介绍，克涅伯尔先生和弗罗曼先生两家都热情地接待了我，与他们交往使我受益良多。我带来的任务[2]进展十分顺利；此外，我到这里不久便收到了冯·科塔先生的来信，很是高兴，信中他不仅表示愿意出版我寄去的手稿，而且还答应给我一份数目可观的稿酬；他安排书稿在耶拿印刷，让我亲自监印。

这样，我的生计起码有了一年的保障。我踌躇满志，想在这段时间里写出一点新的东西，为我今后能有幸成为一名作家奠定基础。我希望通过我《论诗》中的那些文章最终结束我理论方面和评论方面的工作；我曾经试着通过那些文章把诗歌创作中最精深的规则解释清楚，而现在，我的全部内在性情敦促我从事实际创作。我计划写大量诗歌，包括长诗和短诗，还要写各种

（接上页注）

里希·施莱格尔（Friedrich Schlegel，1772—1829），他们是早期浪漫文学的创始人和理论家。奥古斯特于1796年在耶拿与歌德相识，两人的友好交往一直持续到1806年。他对欧洲古代文学和现代文学有精湛研究，从1816年起转而研究印度古代语言梵文，与他人一起创立了古代印度文学研究。弗里德里希是1797年与歌德相识的，他称歌德的小说《威廉·迈斯特的学习时代》、法国大革命以及费希特（Johann Gottlieb Fichte，1762—1814）的知识学代表18世纪末最伟大的时代倾向。

1 奥古斯特·冯·歌德（August von Goethe，1789—1830），歌德的儿子，魏玛亲王的侍从官。

2 指歌德交给爱克曼审读和编辑的他发表在《法兰克福学术评论》和《艺术与古代文化》两份刊物上的文章。

不同题材的戏剧作品。我觉得自己现在的问题只是，应该从什么地方着手才能比较轻松地将作品一件接着一件从容不迫地展示出来。[1]

从长远看，我不喜欢耶拿，我觉得这里太安静、太单调。我向往大城市，那里不仅有第一流的剧院，而且市民生活也很丰富活跃，我可以吸取许多重要的生活要素，最迅速地提高自己的文化素养。同时我希望自己在这样一个城市里完全默默无闻地生活，离群索居，随时都能不受任何干扰地从事写作。

这期间，我已经草拟出一份歌德安排我做的《艺术与古代文化》前四卷的内容目录，并把这份内容目录同一封信一起寄给在玛丽浴场的歌德，信中我坦诚地谈了我的愿望和计划。不久我便收到如下来函：

> 内容目录我已准时收到，完全符合我的心愿和意图。请你在我回魏玛之前将我那些法兰克福时期写的短评以同样方式编审完毕，为此暂且向你默默地表示最衷心的谢意，我也将你的想法、情况、愿望、意图和计划时时放在心上，以便我回去之后就你的甜蜜事业与你更透彻地交谈。今天就写这么几句。离别玛丽浴场时还有些事需要考虑和处理，我痛感与这么多好人一起相处的时间实在太短了。

> 希望我见到你的时候，你正在静心工作，因为对世界的最可靠、最纯洁的认识和体验归根到底都是从这里产生的。[2]祝你生活愉快；我期待着能与你更长时间地、更密切地团聚。

> 1823年8月14日于玛丽浴场，歌德

收到歌德来信，我非常高兴，心情暂时又平静下来。我决定不擅自行动，而是完全听从他的忠告和意见。[3]这段时间里我写了几首小诗，编审完了他在

---

1 写完《论诗》之后，爱克曼认识到自己并不适合做理论和评论方面的工作，因此决定不再沿着这个方向发展；他觉得自己的秉性和气质更适合从事文学创作，打算写诗歌和各种类型的戏剧作品。现在他正在考虑，从何处入手才能比较顺利地把要做的事一件接着一件有条不紊地做完。

2 爱克曼在1823年8月8日写给歌德的信中抱怨，耶拿太冷清，生活在那里好像与世隔绝；歌德信中最后的几句话是针对他的抱怨所做的婉转批评，劝他不要烦躁，只有静下心来，才能有所收获。

3 看来爱克曼懂得了歌德信中的意思，接受了歌德的忠告。

法兰克福时期写的短评，我还写了一篇关于歌德的短文 [1]，文中谈了我对他的那些短评的看法。我殷切地盼望着他从玛丽浴场归来。此间，我那部论文集《论诗》的印刷工作也已接近尾声，我打算无论如何也要在今年秋天去莱茵河畔小住几个星期，稍事休息，恢复精神。

1823年9月15日，星期一，耶拿

（挽留爱克曼，列举魏玛的有利条件）

歌德从玛丽浴场平安归来，因为他此地花园里的住宅条件不够舒适方便，所以在这里只住了几天。[2] 看到他身体健康，精力充沛，能徒步行走几小时，我感到由衷的高兴。

我们高兴地互相问安，随后他立即开始谈我的事情。

他开始说："我直截了当地告诉你，我希望你今年冬天留在我这里，留在魏玛。"这是他开头的几句话，然后他又进一步解释说："你在诗歌和评论方面状态极佳，你天生就有这方面的基础，这是你的特长，你要守住这个特长不放，它可以很快就使你生活得相当不错。还有一些东西本来并不属于你的专业范围，但是你必须知道。关键是，你不要在这上面花费太多时间，而是很快把这个阶段跨越过去。这就是你今年冬天在我们魏玛这里应该做的，到明年复活节的时候，你将惊讶地发现自己有了多么大的进步。在这里，你有最优越的学习条件，因为最好的辅助手段都掌握在我的手里。这样，你一生就站稳了脚跟，获得生活乐趣，无论出现在何处你都会拥有自信。"

听到这些建议，我很高兴，我说，我愿意完全按照他的意见和愿望行事。

歌德又说："我将想办法在我附近给你找一个住所，让你整个冬天每时每刻都过得很有意义。在魏玛还有许多好处，你可以渐渐结识那些层次高的人，

1　这篇短文，经歌德推荐，发表在《艺术与古代文化》1826年第三期上。

2　歌德在玛丽浴场与乌尔里克的爱情以失败告终，为了排除失恋的痛苦，他在耶拿暂住。他住在耶拿植物园管理人员住的一间小屋子里，那里缺少必要的设备，舒适度达不到歌德的要求，因此他在耶拿只住了几天。

他们同一切大城市中最优秀的人物别无二致。也有一些相当出色的人与我个人保持着联系，你要慢慢地认识他们，与他们交往对你会很有教育意义，会很有好处的。"

歌德给我列举了几个有名望的人的名字，对他们每个人的特殊成就都简单地介绍了几句。

他接着说："你在何处能像在这块弹丸之地找到这么多好的东西！我们还有一个非常好的图书馆和一座剧院，其主要方面绝不比其他德国城市最好的图书馆和剧院逊色。因此我再重复一遍：留在我们这里吧，不只是今年冬天，你就选择魏玛作为你长久的住地吧！这里有通向世界各个角落的门户和通道。夏天你可以出去旅行，把想看的东西渐渐看遍。我在这里已经住了五十年，什么地方我没有去过！——可我总是愿意再返回魏玛。"

我又来到歌德身边，聆听他讲话，感到很幸福。我觉得，我已经完全被他折服了。我想，我只要有你，只要能够有你，其他一切就都知足了。因此我又说了一遍，凡是他考虑到我的特殊情况认为有益的事，我都愿意去做。

1823年9月18日，星期四，耶拿

（歌德给青年作家的忠告）

昨天上午歌德启程回魏玛之前，我又有幸到他那里坐了一个小时。他这次谈话非常重要，对我简直是无价之宝，我将终身受益。德国的所有青年作家都应该了解他的这次谈话，这对他们会有帮助的。

谈话一开始他就问我，今年夏天有没有写诗。我回答说，我虽然写了几首，但总的说来我对写诗缺乏兴趣。他接下来说："你要注意，不要写大部头作品。我们许多很优秀的作家，而且恰恰是那些既很有才能又很奋发向上的作家，他们正是在这一点上吃了苦头。我在这一点上也吃过苦头，因此知道自己遇到了哪些害处。我有多少写作计划都一股脑儿地扔到井里去了！我要是把我完全有可能写得很好的东西都写出来的话，那就是写一百卷也写不完哩。[1]

---

1 歌德以自己的切身经历告诫青年作家不要一开始就写大部头作品。

"眼前的生活有要求表现它的权利[1]；作家每天产生的思想和情感，都要求表达出来，而且也应该得到表达。但是，如果你脑子里想的是一部大部头作品，你就不可能再想别的，你把其他一切思想全然拒之脑外，这时候你也就失去了对生活本身的乐趣。为了把各种材料编排成一个结构完美的巨大整体，你得付出多大辛苦，消耗多少精力！然后再把它恰当而流畅地表达出来，你又要花费多少力气，而且你还要有安静的、不受干扰的生活环境。一旦整体上出了差错，你的全部心血也就付诸东流；此外，你在处理这个庞大的题材时，要是在某些细节上未能完全驾驭材料，整体就会出现破绽，大家就要指责你；你作为作家尽管付出许多辛苦和牺牲，结果得到的不是赞誉和快乐，而只是烦恼和精力衰竭。相反，作家如果每天都能抓住眼前的生活，总是趁热打铁，立即处理眼前出现的事物，他就总可以写出一点好东西来，即使偶尔不成功，也不会有什么损失。

"在柯尼斯堡有个奥古斯特·哈根[2]，是个很有才能的作家。你读过他的《奥尔弗里德和丽泽娜》(Olfried und Lisena)吗？史诗中有些段落写得好得不能再好了，把波罗的海海滨的风光以及那里其他各种景物描绘得出神入化。然而，这仅仅是一些优美的段落，作为整体，这部史诗不能令任何人喜欢。可是他付出了多大辛苦，花费了多少力气啊！他几乎因此筋疲力尽。现在看来，他写的是一部悲剧！"

说到这里，歌德微笑着停住一会儿。我开始说话，我说如果我没有弄错的话，他在《艺术与古代文化》上曾经劝过哈根只写一些小的题材。歌德回答说："是的，我是劝过他，可是我们老年人说的话有谁肯听呢？每个人都以为自己知道得最清楚，有些人正是因此一败涂地，还有些人则长期乱撞一气。然而，现在没有时间再去乱撞了，我们老年人乱撞过；如果你们年轻人还想重走我们的老路，那我们的全部探索和乱撞还有什么用处呢？这样我们就永远不能前进了！我们老年人犯错误还可以原谅，因为我们没有已经铺平的道路可

---

1 这句话的意思是，不能忽略眼前的生活，它有权得到表现。因此歌德提倡，作家，尤其是青年作家，要把此时此刻产生的思想和感情表达出来。

2 哈根（August Hagen，1797—1880），柯尼斯堡的文学教授、作家。歌德曾在《艺术与古代文化》1821年至1822年的第三期上评论过他的史诗《奥尔弗里德和丽泽娜》。

走，但是对于后生之辈要求就要高一些，他们不应再重新乱撞和探索了，应该充分利用老年人的忠告，立刻在正确的道路上向前迈进。光是向着将来某一天要达到的目标迈进还不够，每一步都应该是目标，迈一步就要前进一步。

"你仔细考虑考虑这些话，看看其中哪些符合你的情况。其实我并不为你担心，但是我的劝告也许能帮助你快一点跨过这个与你当前的思想状态不一致的阶段。[1]如前面所说，你暂且就写一些小的题目，坚持把每天呈现在你眼前的一切都立即写下来，通常情况下你总会写出一些好作品的，而且每天都能给你带来快乐。你要把作品首先印成小册子或者发表在杂志上；切莫屈从别人的要求，要永远按着自己的意志办事。

"世界如此之博大，生活如此之丰富多彩，永远不会没有促使你写诗的动因。但你应该只写即事诗，就是说，你的诗必须由现实提供写作的动因和材料。一个特殊的情况正是因为通过**诗**人的处理才具有了普遍性和诗意。我写的诗全部都是即事诗，都是受了现实的启发才写的，因此有现实作基础和土壤。我认为那些凭空想出来的诗是毫无价值的。[2]

"不要说现实缺乏诗意，诗人的本领就在于他有足够的才智，从普通的事物中找出引人入胜的那个侧面。诗的母题，必须表达的要点，即诗的真正内涵必须由现实提供；而由此构筑一个完美的、富有生命力的整体就是诗人的事了。[3]你知道菲恩斯泰因[4]，那位所谓自然诗人，他曾经写过一首关于种植啤酒花的诗，写得好极了。现在我交给他一项任务，让他写关于手工行业的歌，特别是纺织工人的歌，我坚信，他肯定会获得成功，因为他从青年时代起就

1　爱克曼的思想状态是想写大题材，歌德认为，他在文学创作方面还是一个新手，不宜马上就写大的题材，应该从小题材、小作品入手。歌德讲这些话，是想帮助爱克曼放弃贪大的念头，并且尽快越过这个新手的阶段。

2　这段话概括了歌德的文艺观，即现实生活是文学创作的基础和出发点。

3　现实与作家的关系是：现实不乏诗意，问题在于作家能否把它挖掘出来，把它表达出来。现实可以提供母题即要表达的要点，但要把它构建成完美的整体，那就是作家的事了。这里，歌德反对两种倾向，既反对脱离现实、凭空虚构，又反对直接摹写现实。

4　菲恩斯泰因（Anton Fürnstein, 1783—1841），波希米亚作家。歌德到波希米亚旅行，于1822年8月3日认识了他，并在《艺术与古代文化》1823年第四卷第二期上发表文章《描写大自然的德语作家》，对这位讲德语的波希米亚作家的作品大加赞扬，同时还刊登了这位作家的几首诗，其中就有那首关于种啤酒花的诗。

生活在这些人中间，写这个题材驾轻就熟，他能够驾驭材料。这正是写小型作品的好处，就是要选择这样一类题材，选择你熟悉的、能够驾驭的题材来写。但是，写一部大型的文学作品这样就不行了，所有与整体有关联的、已经编入计划之中的各个部分都必须描绘出来，而且要描绘得惟妙惟肖。年轻人对于事物的认识还不全面，而一部大部头作品要求有多方面的知识，他们就是在这里摔跤了。"

我告诉歌德，我曾打算写一首描写一年四季的长诗，把各行各业的劳动和快乐都编排进去。歌德说："这跟我刚才说的情况一样，你可以把许多段落写得很成功，但涉及那些你也许还没有透彻地研究过、你还不熟悉的内容，你就不会成功。你也许会把渔夫写得很好，但不一定就能写好猎人。而且一旦整体上有些不尽人意的地方，即便各个部分写得再好，整体也还是不完善的，这样，你也就没有写出什么完美的作品来。相反，如果你把自己能写好的部分分开来单独进行描述，你肯定能写出一点好东西的。

"我特别提醒你不要自己大量编造故事，因为自己编造故事必须对事物发表看法，而年轻人的看法往往是不成熟的。其次，故事的人物和观点是作家的左右侧翼，作家一旦把它们全都抖搂出去，他就没有充足的材料继续大量写作了。最后一点，自己编造故事，进行结构安排和情节组合要浪费多少时间啊，就算是最后把作品写出来了，谁会说我们好，让我们感到惬意呢？

"相反，写**现成**的题材，情况就完全不同了，而且也比较容易。因为事实和人物都是流传下来的，作家要做的只是创作一个生机勃勃的整体。与此同时，作家也可以保住自己的大量储存，他只需从自己的积蓄中拿出很少一部分补充进去；时间和精力的消耗也会大大减少，因为他只需在叙述上下功夫。我甚至劝你采用别人已经用过的题材。[1]伊菲革涅亚[2]的题材不是就经常被采用

1　歌德不赞成作家自己大量编故事，他主张采用现成的题材，事实上他的很多作品都是采用现成题材的，有历史题材，也有别人已经采用过的题材。他的这种态度恐怕与他的这样一个看法有关：文学作品的根本任务是传达情感、表达思想，而不是给读者讲述生动有趣的故事。

2　伊菲革涅亚是《荷马史诗》中阿伽门农的女儿。有关她的故事，希腊悲剧作家欧里庇得斯（Euripides，公元前480—公元前406）写过，法国17世纪古典主义作家拉辛也写过。歌德也根据欧里庇得斯的《在奥利斯的伊菲革涅亚》和《伊菲革涅亚在陶洛人里》写了《伊菲革涅亚在陶里斯岛》。

吗，但所有写出的作品都不相同，因为作家们对事物的看法和处理事物的态度各有千秋，他们都是按照自己的方式进行写作的。

"暂且把大型题材通通搁在一边。你已经奋斗了很久，现在是过轻松日子的时候了，而写些小的题材正是达到这个目标的最佳手段。"

我们一边谈着，一边在他的房间里踱来踱去。我由衷地感觉到他说的每一句话都是真理，因此我总是只能表示赞同。我每走一步都感到轻松了许多，也愉快了许多，我必须承认，那些我迄今一直未能想清楚的各种大计划曾经是我的一个不小的包袱。现在我把这个包袱卸下来，先搁置在那里，等到有一天我通过对世界的研究渐渐掌握了有关材料的各个部分，那时我再以轻松愉快的心情选择一个题目，一段接着一段地写。

听了歌德的话，我感觉自己聪明多了，长大了好几岁。我从灵魂深处认识到，什么才叫作与一位真正大师相遇的幸运。它给我带来的益处无法估量。

我今年冬天在他这里有什么东西学不到呢！即便有些时候他没有说什么重要的话，只要同他接触就会有收获。——就是在他沉默无语的时候，只要看见他这个人，只要能在他的身边，我都感到在受教育。

1823年10月2日，星期四，魏玛

（普鲁士枢密顾问舒尔茨）

昨天，天气风和日丽，我从耶拿回到这里。为了欢迎我返回魏玛，我一到家歌德就派人给我送来一张在剧院预定的戏票。我利用昨天一天的时间整理房间。因为法国公使赖因哈德伯爵[1]和普鲁士枢密顾问舒尔茨[2]分别从法兰

1　赖因哈德伯爵（Karl Friedrich Reinhard，1761—1837），任法国驻法兰克福德意志联邦议会的公使直到1829年，1807年与歌德相识，两人经常讨论人文和自然科学方面的问题。

2　舒尔茨（Christoph Ludwig Friedrich Schultz，1781—1834），普鲁士枢密顾问，歌德的颜色学理论的拥护者，从1814年起经常从柏林来魏玛拜访歌德。他这次来魏玛，是为了向歌德赠送罗马神话中的女神朱诺头像的复制品。

克福和柏林前来拜访，歌德家中反正是不会清静的。

今天上午我去拜访歌德。他见我回来十分高兴，样子格外和蔼可亲。我要离开的时候他说，他想先介绍我认识一下舒尔茨枢密顾问。他于是带我来到隔壁的一个房间里，我看见他要介绍的这位先生正在专心致志地观赏艺术品。歌德把我介绍给他，让我们两人自己交谈，他就出去了。

舒尔茨说："你留在魏玛帮助歌德编审他迄今尚未印刷出版的作品，这是很令人高兴的。歌德告诉我，有你协助工作，可以使他受益良多。他还希望再写一些新的作品。"

我对舒尔茨说，我生活的全部目的就是想为德国文学做一点有益的事，我愿意将我个人文学方面的打算暂且放后，希望能把**这里**的工作做好。我又补充说，与歌德在工作上打交道，对我进一步提高自己的修养是极有益处的。我希望几年之后能达到一定的成熟程度，把现在还只是刚刚能应付的事完成得更好。

舒尔茨说："像歌德这样一位杰出的人物和大师，他个人的影响肯定是无法估计的。我到这里来的目的也是为了从这位伟大的智者身上再一次吸取精神力量。"

接着他询问了我那本书的印刷情况，关于这本书的事歌德去年夏天就写信告诉他了。我对他说，希望过几天耶拿那边能寄几份样书来，届时我一定敬上一份，如果他已经离开这里，我就把书寄到柏林去。[1]

然后我们亲切地握手告别。

1823年10月14日，星期二

（歌德家中茶会，歌德谈看戏与阅读）

今天晚上我第一次参加歌德家中的大型茶会。我是第一个到的，看见所

1　1823年10月3日爱克曼把他的《论诗》分别寄给歌德和舒尔茨各一本。

有的房间全都灯火通明，房间的门敞开着，一个房间直接通到另一个房间，心里真是畅快。我看见歌德在靠里面的一间房间里笑容满面地迎着我走来。他身穿黑色制服，制服上佩戴着他的星形勋章[1]，这套装束很适合他。我们独自待了一会儿，然后来到所谓的巴洛克式天花板室[2]，在一张红色的长沙发上方挂着湿壁画《阿尔多布兰蒂尼的婚礼》（Aldobrandinischen Hochzeit）[3]，这幅画特别吸引我。窗前绿色的帷幔向两侧拉开，它在充足的光照下映入我的眼帘，我静静地观看着，感到赏心悦目。

歌德说："古代人不仅有远大的志向，而且还能把志向表现出来。相反，我们现代的人虽然也可能有远大志向，但我们很少有能力把它们像我们所想象的那样，有力地、有血有肉地表现出来，不是吗？"

这时里默尔[4]和迈尔[5]、冯·米勒[6]总管以及宫廷里其他几位有名望的先生和贵妇也到了。歌德的儿子也走了进来，还有冯·歌德夫人，我在这里第一次与她认识。这时房间里的人渐渐地多起来，处处洋溢着欢快活跃的气氛。在场的还有几位长得很漂亮的年轻的外国人，歌德用法语同他们交谈。

我喜欢这样的聚会，大家很随便，无拘无束，有人站着，有人坐着，有人逗乐，有人笑，有人跟这个谈谈又跟那个谈谈，一切随心所欲。我和歌德的儿子热烈地讨论几天前上演的侯瓦尔德的《肖像》（Bild）[7]。我们对这部

1　萨克森－魏玛公国颁发的"英雄勋章"。

2　歌德在魏玛的寓所有多个房间，每一个房间都有一个专门名称。这个房间叫Deckenzimmer，意思是有天花板而天花板是巴洛克式的雕刻。不过，根据爱克曼的描述，他们进的不是这个天花板是巴洛克式雕刻的房间，而是"朱诺室"。

3　《阿尔多布兰蒂尼的婚礼》是古罗马的湿壁画，歌德寓所里挂的这一幅是迈尔1797年临摹的。

4　里默尔（Friedrich Wilhelm Riemer，1774—1845），歌德的儿子奥古斯特的家庭教师，后来成为魏玛文科中学有教授头衔的教师；他也是歌德的助手，与爱克曼一起编辑了歌德的遗稿。

5　迈尔（Johann Heinrich Meyer，1759—1832），瑞士画家，1786年与歌德相识，两人成为密友，他为歌德画过像。1792年应歌德邀请来到魏玛，是歌德在造型艺术方面的顾问，1807年成为魏玛美术学校的教授；著有《希腊罗马造型艺术的历史》。

6　冯·米勒（Friedrich von Müller，1779—1849），1808年与歌德相识，1815年成为魏玛宫廷的总管，保留并传播歌德的谈话，参与出版歌德的遗作。

7　冯·侯瓦尔德（Christoph Ernst Freiherr von Houwald，1778—1845），命运悲剧代表作家，当时很受大众欢迎，代表作有《肖像》（1821）、《仇敌》（1825）。

剧的看法是一致的。我高兴的是，他分析起剧情来是那么才智充盈、激情似火。

茶会上，歌德本人显得格外和蔼可亲，他一会儿走近这个人，一会儿走近那个人，总是宁愿多听听，而是让客人讲话，自己少说。冯·歌德夫人也常常走过来，偎依在他的身边，亲着他。不久前我对他说，我感到看戏是一桩极大的乐事，当我完全沉浸在对作品的印象之中不做太多思考的时候，真是心旷神怡。歌德听了好像挺满意，看来这符合我目前的状况。

歌德领着冯·歌德夫人走到我跟前说："这是我的儿媳，你们俩已经认识了吗？"我们告诉他，我们刚才认识的。他对儿媳说："奥提丽，这也是一位戏迷，跟你一样。"我们很高兴，我们两个人都有这样的爱好。歌德又补充说："我的女儿[1]是一个晚上都不耽搁的。"我回答说："只要上演的剧目好，我赞成这样做；但是剧目不好也要忍耐一点。"歌德说："这就对了，我们不能走开，遇到不好的作品，也要强迫自己听下去和看下去。因为对不好的东西心里充满憎恶，能使你更好地认识那些好的东西。这和读书不一样，如果你不喜欢这本书，你可以把它撒手扔掉，但是在剧院里必须忍耐。"我赞成他的意见，心里想，老人附带说说的话也总是很精辟。

我们分散开，分别加入到我们周围以及在这间和那间房间里大声谈笑的其他客人中间。歌德去贵妇们那里，我则走近里默尔和迈尔，他们给我们讲了许多意大利的情况。

最后施政参议施密特[2]坐到钢琴前，演奏了贝多芬的作品，在场的人仿佛都被乐曲深深打动。接着一位很睿智聪慧的女士[3]讲述了贝多芬个人的许多趣闻逸事。渐渐地到了夜里十点，这个晚上我过得非常愉快。

---

1 歌德自己没有女儿，他称儿媳为"我的女儿"。

2 施密特（Friedrich Christian Schmidt），魏玛宫廷的施政参议，演奏钢琴的高手。

3 "很睿智聪慧的女士"（eine geistreiche Dame）指的是库尼贡达·冯·萨维尼（Kunigunda von Savigny），娘家姓布伦塔诺，是克莱门斯和贝蒂娜·布伦塔诺的妹妹，柏林大学教授、普鲁士政府官员、著名法学家F. K. 冯·萨维尼的夫人。

1823年10月19日，星期日

（歌德家中午餐，谈及拜伦和颜色学）

今天中午我第一次在歌德家中吃饭。一起进餐的除歌德外，还有冯·歌德夫人、乌尔里克小姐[1]和小瓦尔特。我们大家很随便。歌德摆出一副十足的一家之长的架势，分别从各道菜中取出一点菜来放到每个人的碟子上，又把烤鸡切开，动作特别灵巧，他还不失周到地一再给大家斟酒。我们其他人则扯一些有趣的闲话，诸如剧院啦、那几位年轻的英国人啦，以及当天发生的其他事件。乌尔里克小姐尤其活跃，很健谈。歌德基本沉默不语，只是偶尔插上几句颇有分量的话。与此同时，他不时地看看报纸，告诉我们几段新闻，特别是那些有关希腊人取得进展的消息。[2]

随后话题转到我还得学习英语的事上，歌德极力劝我学，特别是为了拜伦勋爵[3]的缘故，像拜伦勋爵这样品格卓越的人过去不曾有过，今后也难得会再出现。我们把此地的教师逐个审核一遍，找不到一个发音是无可挑剔的。因此大家认为最好去找那几位年轻的英国人。

饭后，歌德让我看了几个关于颜色学的实验[4]。但我对颜色学完全陌生，对于这种现象我了解的只有他讲的那么一点。不过，我希望将来能有空闲和机会，也略微熟悉一下这门科学。

1　乌尔里克的全名是乌尔里克·冯·波格维施（Ulrike von Pogwisch，1804—1875），歌德儿媳奥提丽的妹妹，她常来歌德家做客。

2　1821年至1830年希腊人民开展了反抗土耳其侵略的解放战争，歌德很关心这场战争，始终站在希腊人民一边。

3　拜伦（George Gordon Byron，1788—1824），英国著名浪漫主义诗人。1823年年初，从希腊传来反抗土耳其的斗争进入高潮的消息，拜伦放下正在写作《唐璜》（Don Juan）的诗笔，毅然去希腊参加战斗，但由于劳累过度，身体不支，于1824年4月19日病逝于希腊军中。从1816年起，歌德就怀着极大的热情关注这位诗人的发展，对他作品中表现出的朝气无比赞扬。歌德曾翻译过拜伦作品的一些片段，并写诗歌颂这位诗人，如《致拜伦勋爵》（An Lord Byron）。为了纪念拜伦参加希腊解放战争的壮举，他在《浮士德》第二部第三幕以拜伦为原型塑造了欧富良这个人物。

4　颜色学是歌德在自然科学方面的一个研究领域，并写出了专著《颜色学》（Zur Farbenlehre）。歌德不同意牛顿关于颜色的观点，认为颜色不是客观的物理现象，而是主观的心理现象。

1823年10月21日，星期二

（谈舒巴特、乌兰德、德国建筑古代艺术）

我今天晚上去拜访歌德，我们谈到了《潘多拉》(*Pandora*)。我问他，是否可以将这部作品看作是一部完整的作品，抑或还存在一些其他部分。[1] 他说，没有别的了，他没有再继续写，原因是第一部分的布局弄得这么大，使得后面的第二部分写不下去了。已经写成的部分完全可以看作是一个整体，因此他到此搁笔也安心了。

我告诉他，这部作品很难懂，我是读了多次，几乎都能背诵出来之后，才渐渐理解的。歌德笑了，他说："这话我相信，所有的环节就像互相楔住了一样。"

我对他说，舒巴特[2]认为这部作品把《维特》(*Werther*)、《威廉·迈斯特》、《浮士德》和《亲和力》(*Die Wahlverwandtschaften*)各部作品所表现的一切都结合在一起了，我不太满意他的这种评论，因为这样就把作品弄得太深奥，难以理解。

歌德说："舒巴特常常有些钻牛角尖，但他是很有才能的，他所表达的一切都很简明扼要。"

我们又谈到乌兰德[3]。歌德说："我认为，伟大的结果总是以伟大的起因作为前提，乌兰德能享有如此广泛的盛名，他本人肯定有某种优秀之处。此外，我不能对他的《诗集》(*Gedichte*)给予评价。我怀着最良好的愿望把这本集子拿在手里，然而从一开始读到的就全是些软弱无力的、灰心丧气的诗，败坏了我继续读下去的兴致。接着我拿来他的叙事谣曲，我在这里发现了他的

---

1 《潘多拉》是歌德于1807年至1808年间为节日庆典写的一部剧，但没有写完，留下的只是片段和一份如何继续写下去的提纲。

2 舒巴特（Karl Ernst Schubarth，1796—1861），德国美学家、古典哲学家、古典语文学家，《艺术与古代文化》杂志的撰稿人；与歌德关系密切，1818年发表他的专著《联系相关的文学和艺术评价歌德》，1820年再版时附有歌德致书作者的信。爱克曼早在1821年12月8日写给他未婚妻的信中就表达了对这本书的不满。

3 乌兰德（Ludwig Uhland，1787—1862），德国作家，施瓦本人，图宾根大学教授，所谓"施瓦本浪漫文学"的首领。他的《诗集》于1815年出版。他关心政治，参加过符腾堡争取地方立宪的运动，1819年和1826年当选议会议员，1832年因参加议会活动被迫辞去图宾根大学的教职。

杰出才能，完全可以想象，他享有声誉是有一定根据的。"

接着我问歌德对于德国悲剧的诗体有什么看法。他回答说："在德国，对于这个问题的看法是很难统一的。每个人想怎么写就怎么写，只要与作品大体相称即可。当然六音步抑扬格配悲剧最合适，但对于我们德国人来说这种诗行太长；由于我们缺乏形容词，通常一行诗用五音步就完成了。而英国人因为单音节词多，需要的音步就更少了。"

随后歌德给我看了几幅铜版画，接着谈起德国古代建筑[1]，他说他想将这一类作品陆续拿出一些来给我看。

歌德说："我们把德国古代的建筑看作是一枝在特殊情况下盛开的花朵。谁遇见这样一枝花朵，都会为之惊叹；但是，谁要探索植物内在生命的奥秘，探索它们表现出来的力量以及花朵是如何渐渐绽开的，他就要用另外的眼光进行观察，他就得懂得自己看的是什么。

我想安排你在今年冬天对这一重要学科有个初步了解，这对你明年夏天去莱茵一带参观斯特拉斯堡大教堂和科隆大教堂会有帮助的。"

为此我很高兴，心里很感激他。

1823年10月25日，星期六

（评论劳帕赫、科策布、霍多维茨基的作品；歌德《1797年瑞士之行》）

傍晚我在歌德那里待了半个小时。他坐在写字桌前的一把木制的靠背椅上，我发现他神态平和、温情脉脉，胸中充满仙境一般的宁静，好像正在回味曾经品尝过的甜美的幸福，这种幸福现在又完全浮现在他的心头[2]。他令施

---

1 歌德一直十分关心建筑艺术，尤其对于德国的建筑艺术更是赞赏不已。他曾两次著文讨论，一次在1773年，一次在1823年，两次所用的题目都是《论德国的建筑艺术》，前者主要讨论斯特拉斯堡的大教堂，后者主要讨论科隆大教堂。

2 1823年10月24日晚波兰女钢琴家斯琴玛诺夫斯卡（1795—1831）受邀来到歌德的寓所，她的到来使歌德想起在玛丽浴场度过的美好时光，在那里他与乌尔里克相爱，与这位女钢琴家相识。这些回忆使歌德精神焕发。

塔德尔曼给我拿来一把椅子，让我坐在他身边。

我们谈起戏剧，这也是我今年冬天的主要兴趣。劳帕赫的《尘世之夜》（*Erdenn*）[1] 是我到目前为止最后看的一部戏，我对这部戏发表了如下评论：这部戏没有表现出适合于作家的思想，剧中占统治地位的是观念，而不是生活，抒情的成分多于戏剧成分，这部用五幕编排和连贯起来的戏要是用两幕或者三幕会好得多。歌德补充说，全剧的主题思想也是围绕君主专制和民主展开的，一般人对此没有兴趣。

相反，我称赞了我看过的科策布[2]的作品，即《宗亲》（*Veruwandtschaften*）和《和解》（*Versöhnung*）。我对作者用新鲜的目光透视现实生活，成功地抓住生活中引人入胜的方面，其间有些描述很真实精湛表示赞赏。歌德同意我的意见，他说："能连续二十年一直受到大众青睐的作品肯定有其独到之处。科策布如果安于自己的能力范围，不做超出能力之外的事，一般说来他是能写出点好东西的。他的情况跟霍多维茨基[3]一样，霍多维茨基能把市民的场景描写得十分完美，但是他如果描写罗马或者希腊英雄的话，就什么也写不出来了。"

歌德又给我列举了科策布的几部好剧本，特别是那本《两个克林斯贝尔格》（*Die beiden Klingsberge*）。他说："不可否认，科策布对生活是熟悉的，他很注意观察。"

他接着说："我们不能否认，新一代悲剧作家有思想和某种诗情，可是绝大多数人缺乏简单而生动地进行描述的能力；他们追求的是超出他们能力之

1　劳帕赫（Ernst Raupach，1784—1852），德国二流剧作家，他的剧本常在柏林和魏玛演出，《尘世之夜》是一部五幕话剧，爱克曼于1823年10月23日在魏玛观看了这部话剧的演出。

2　冯·科策布（August von Kotzebue，1761—1819），德国剧作家，长期在沙皇俄国的宫廷供职，1817年返回德国，任沙皇的私人情报员。他反对当时为争取自由而进行斗争的学生，学生们把他视为俄国的间谍，他于1819年被耶拿大学学生桑德刺杀。科策布喜欢文学，尤其喜欢戏剧，写下了大量作品，是当时很受观众喜爱的剧作家。单是剧本的演出场次就远远高于歌德和席勒，在这方面只有另一位大众剧作家伊夫兰特能与他相比。歌德不喜欢科策布，他们两人之间有过争执。不过，他在同爱克曼的谈话中还是客观地评价了这位深受观众喜爱的剧作家。

3　霍多维茨基（Daniel Niklaus Chodowiecki，1726—1801），德国铜版雕刻家、画家，曾为歌德的《维特》和《赫尔曼与窦绿苔》（*Hermann und Dorothea*）画过插画。

外的东西，就这一点而言，我想说他们是一些**明知不能而硬要为之的人**。"[1]

我说："我怀疑这样的作家能写散文体的剧本，我认为，用散文体写剧本是检验他们才能的试金石。"歌德同意我的看法，但他补充说，诗行能增强乃至诱发诗兴。

我们又谈了一些手头上的工作，谈到他那份《途经法兰克福和斯图加特去瑞士旅行》（*Reise Über Frankfurt und Stuttgart nach der Schweiz*）的笔记[2]，共有三册，他想寄给我，让我把各个细节都阅读一下，然后提出建议，如何用这些材料写出一部完整的作品来。他说："你将看到，都是一些瞬间的记录，信手写来，就像'从桶里往外倒水似的'，根本没想要有个计划，要有一个完美的艺术形式。"

我很喜欢这个比喻，我觉得用这个比喻描绘那种毫无计划、想到什么写什么的状态是很合适的。

1823年10月27日，星期一

（关于斯琴玛诺夫斯卡，《玛丽浴场哀歌》，曹佩尔）

今天清晨我去看望歌德，他邀请我晚上到他家喝茶和听音乐。佣人给我看了他邀请的客人的名单，从中可以看出，这次聚会来的人很多，而且都是一些耀眼的人物。他告诉我，一位年轻的波兰女士[3]已经到了，她将为大家演奏钢琴。我愉快地接受了邀请。

回来后，有人送来剧院的节目单，今晚上演《象棋机器》（*Die Schach-maschine*）[4]。我没看过这部剧，我的女房东可是对它赞不绝口，使得我也很想去

1　1812年12月歌德曾写过一篇文章，标题为《有才能但自不量力的人的时代》。

2　1797年7月底，歌德经法兰克福、斯图加特去瑞士旅行，他在那里认识了迈尔，1797年11月与迈尔一起回到魏玛。歌德在旅行期间记下了一路上的所见、所闻和所想，现在他把这些记录交给爱克曼，请他整理编辑。经爱克曼整理编辑的这本书于1823年出版，标题为《1797年瑞士之行》（*Reise in die Schweiz vom Jahre 1797*）。

3　指的是斯琴玛诺夫斯卡，她于1823年11月5日离开魏玛。

4　《象棋机器》是英国人亨利·贝克写的一部喜剧，从1798年起，魏玛剧院就开始上演这部剧。

看看。此外，我这一整天感觉欠佳，我越来越觉得，我好像更适合去看那种轻松滑稽的喜剧，而不是去参加上层人物的聚会。

傍晚，剧院开演前一小时，我去歌德那里。整个住宅都活跃起来了；我走过时听到，在那间比较大的房间里有人在给钢琴调音，这是为音乐欣赏做准备。

我去见歌德，就他一个人在房间里；他已经是一身节日打扮，我好像来得正是时候。歌德说："你就待在这儿吧，在其他人都到齐之前，我们先聊聊。"我心里想，这下你可走不开了，你非得留下来不成；虽然现在跟歌德一个人在一起你觉得很舒服，可是等那些陌生的先生和女士到来之后，你可就不会那么自在了。

我同歌德一起在房间里踱来踱去。没过一会儿，戏剧便成了我们谈话的题目，我趁此机会再一次表示，这是我不断获得新的娱乐的源泉，尤其是因为我过去几乎没有看过什么戏，所以现在我对差不多所有的剧目都感到很新鲜。我又补充说："尽管我今天晚上可以参加你家中这么重要的聚会，可心里还是矛盾重重，甚至焦虑不安，我觉得很惭愧。"

歌德停住脚步，瞪大眼睛亲切地看着我说："你看这样好吗？你去看戏！不要不好意思！如果你今天晚上去看一场轻松的戏剧演出会感到更合心意，更适合你的情况，那你就去吧。我这里总是有音乐听的，你今后还有的是机会。"我说："好吧，那我就去看戏了。反正笑一笑对我也许更有好处。"——歌德说："就这样吧，你在这里待到大约六点，我们还可以聊上几句。"

施塔德尔曼拿来两支蜡烛放到歌德的写字桌上。歌德要我坐在烛光前，想给我一点东西阅读。他给我读的是什么呢？是他最新的、最喜爱的诗，他的《玛丽浴场哀歌》[1]。

关于这首诗的内容我需要在这里追补几句。这次歌德从前面提到的那个浴场一回来，这里就散布一种传说，说他在那里认识了一位身体和心灵都同样可爱的年轻妇女[2]，对她产生了强烈的爱慕之情。说他每逢在温泉的林荫大

1　这首《玛丽浴场哀歌》是歌德于1823年9月5日至12日之间，在从玛丽浴场回家的路上写的。

2　这位"身体和心灵都同样可爱的年轻妇女"就是歌德在玛丽浴场与之相识并相爱的乌尔里克。

道上听到这位妇女的声音时，他总是赶紧脱帽，急步追上前去。还说他没有错过一刻能同她在一起的时间，他有过不少幸福的时日。后来分手的时候，他依依不舍，春心荡漾，于是写了一首极为优美的诗，但他把这首诗看作是一种圣物，秘而不宣。

我相信这则传说，因为它不仅与歌德硬朗的身体相符，而且也与他拥有创作能力的思想和充满青春活力的心灵完全吻合。很长时间以来，我一直非常想看到这首诗，但碍于应有的礼貌，我没有向他索要。因此，当这首诗出现在我眼前的那一瞬间，我为自己受到的宠爱而庆幸。

他亲手用拉丁字母把诗行写在坚固的仿羊皮纸上，用一张红色摩洛哥羊皮包裹着，上面系着一根丝带[1]。从外表上就可以看出，歌德认为，比起其他一切手稿来这份手稿尤其珍贵。

我怀着愉快的心情阅读诗的内容，发现每一行诗都在证实那则家喻户晓的传说。可是开头几行就立刻表明，他们不是这一次才认识的，而是**再次**相**逢**[2]。全诗始终以自己为轴心，仿佛总是从哪里开始又返回到哪里去似的。收尾干脆利落，完全别具一格，扣人心弦。

当我把诗读完之后，歌德又走到我跟前，他说："是吧，我给你看的这个东西不错吧。过几天把你对这首诗的高见告诉我。"歌德说这句话的意思是，不要求我马上发表评论，我高兴极了，因为刚才走马观花得到的印象实在太新鲜、太快速，我不可能讲出什么中肯的意见来。

歌德答应说，闲暇的时候再把这首诗拿来给我阅读。这时，看戏的时间已到，我于是同他亲切地握手告别。

尽管《象棋机器》是一部很不错的戏，演得也很好，但我还是心不在焉，心里总是想着歌德。

散戏后，我从他家门前路过，里面灯火辉煌，我听到弹钢琴的声音，后

1　由此可见，歌德对《玛丽浴场哀歌》这首诗多么重视。

2　1806年歌德在卡尔浴场认识了乌尔里克的母亲莱韦措夫人，两人相爱。十五年后，即1821年，歌德在浴场又遇到莱韦措夫人，不过这次吸引他的不是这位夫人，而是她的女儿乌尔里克。乌尔里克不知道歌德是个大人物，但她特别喜欢这位老人，两人心心相印。1823年歌德去玛丽浴场疗养，与乌尔里克再次相遇。

悔没有留在那里。

次日人们告诉我，昨晚隆重的聚会是为欢迎年轻的波兰女士斯琴玛诺夫斯卡而举行的，她钢琴弹得十分出色，令所有在场的客人为之心醉。我还得知，歌德是今年夏天在玛丽浴场同她认识的[1]，她这次专程来拜访歌德。

中午，歌德给我寄来一份不厚的手稿，是曹佩尔的《论文集》（*Studien*）[2]，我发现文章中一些评注很确切，恰到好处。而我给歌德寄去的是我今年夏天在耶拿写的几首诗，此事我曾经对他说起过。

1823年10月29日，星期三

（歌德称，写诗要从描写一般到描写特殊）

傍晚，华灯初上的时候，我去歌德那里。看见他精神焕发，两眼在烛光的辉映下炯炯有神，全部表情彰显着爽朗、青春和力量。

他一开始就立刻说到我昨天寄给他的那几首诗，我们边谈边在房间里踱来踱去。

他开始说："我现在明白了，你在耶拿时为什么不听我的意见，而是表示想写一首关于一年四季的诗。现在我劝你写，你马上从冬天开始写。你好像对自然界的景物有特殊的悟性和目光。

"对你的诗我只想说两句话。你现在已经站到了有必要去冲破艺术的真正高度和难度的点上，即你要去理解个别事物了。[3]你必须竭尽全力将自己从观

---

1 1823年歌德在玛丽浴场认识这位波兰女钢琴家，聆听她的演奏，音乐让歌德感动得流下眼泪，这眼泪化解了他与乌尔里克失意的痛苦。他在这位钢琴家的留言册上题了三节诗，标题为《化解》。歌德在编他的《歌德全集最后手定本》时，把《玛丽浴场哀歌》《化解》，以及为纪念《维特》出版五十周年而写的《致维特》三首诗合在一起，冠名《爱欲三部曲》（*Trilogie der Leidenschaft*）。

2 曹佩尔（Joseph Stanislaus Zauper，1784—1850），中学教师，著有《歌德研究论文集》，1822年出版，书中附有歌德给书作者的信。

3 在这一段以及后面几段，歌德谈到他美学思想中的一个核心概念"特殊性"或曰"个别性"。歌德认为，"对特殊的理解和描述也是艺术的真正生命之所在"，"到了描述个别事物的阶段，我们所说的艺术创作就开始了"。这说明，歌德反对从观念出发进行创作，要求创作从特殊或曰个别出发，通过特殊（或曰个别）表现一般（或曰普遍）。

念中解脱出来；你有才能，你的进步已经达到这种程度，现在是**必须**做的时候了。你前些日子去过悌夫尔特[1]，我就先出悌夫尔特这个题目给你做。你也许还会去上三四次，先仔细地观察，然后找出那个地方的特征，把所有的题材都搜集齐全。你不要怕付出辛苦，把一切都研究透彻，之后再进行描述；这个题目是值得做的。我本人早就想做这个题目，但我办不到，因为我亲身经历过那里发生的许多重大事变，被紧紧地束缚在那些事变之中，因而脑海里总是情不自禁地冒出太多具体细节。而你作为一个陌生人来到那里，关于过去，你可以请教当地的寨主，你自己只需观察现有的、突出的和有意义的东西。"

我答应他愿意试一试，尽管不可否认，我对这个题目十分生疏，感到难度很大。

歌德说："我知道这个题目确实很难，但是，对特殊事物的理解和描述也是艺术的真正生命之所在。

"此外：如果我们老是停留在描述一般的事物上，任何人都可以模仿我们；如果我们描述的是特殊事物，别人就无法模仿了。为什么呢？因为他们没有亲身经历过。

"当然，你也不要担心特殊的事物不能引起共鸣。每一种人物性格，不管多么古怪，每一个要描述的对象，从石头到人，都具有普遍性；因为所有的事物都是反复出现的，世上没有任何一种事物只出现**一次**。"

歌德又说："到了描述个别事物的阶段，我们所说的**艺术创作**也就开始了。"

我没有立刻弄清楚这句话的意思，但我也没有再细问，我想，他指的也许是理想与现实在艺术上的融合，即我们的身外之物与我们与生俱来的内在本性的结合。[2]当然他指的也许是别的什么。

歌德继续说："还有一点，你要在每首诗后面注明日期，注明你何时写的。"我疑惑地看着他，想知道为什么注明日期如此重要。他补充说："这样

---

1 悌夫尔特是一座花园，距离魏玛不远，那里风景如画。早先魏玛公爵的弟弟康斯坦丁亲王和他的教师克涅伯尔住在那里，后来变成了奥古斯特公爵的母亲安娜·阿玛利亚夏日居住的地方。因为老公爵夫人热爱艺术，喜欢文学，悌夫尔特就成了艺术家、作家聚会的地方，那里常常举办各种文艺活动。

2 这是爱克曼对歌德上述谈话的反应，看来他没有理解歌德的意思。

你同时也就写了你的工作日记。这可不是小事一桩，我多年来一直这么做，认识到了这么做意味着什么。”

这时，剧院开演的时间快到了，我于是告别歌德。他在我背后风趣地冲我喊着说："你去芬兰了！"因为上演的这部戏叫《芬兰的约翰》（*Johann von Finnland*），作者是魏森图恩夫人[1]。

剧中有许多场景效果不错，但是催人泪下的因素太多，处处都能看出作者的意图太多，因此我对这部戏总体上印象不好。不过我很喜欢最后一幕，这又缓解了我的不满心理。

因为看了这部戏，引起我做如下的评论。由一位作家只是平平淡淡地刻画出的人物，放到舞台上表演时会获得成功，因为演员作为有血有肉的人，会把人物也表演得栩栩如生，并且使他们具有某种个性。相反，一位大作家往往出手不凡，他刻画出的人物都已经具有鲜明的个性，放到舞台上表演时必然失败，因为演员通常不可能完全适合角色的需要，只有极少数演员能够把自己的个性彻底掩盖起来。如果演员与他表演的人物不完全相同，或者他不具备彻底掩盖个人性格的天赋，那么就会产生一个混合体，人物因而就要失去他的纯洁性。因此，就会出现这样的情况，一部真正伟大的作家的剧本总是只有几个人物能够体现作品本来的意图。[2]

1823年11月3日，星期一

（题材的重要性，以及题材应当如何处理）

大约五点，我去歌德家里。一上楼梯，就听见在那间比较大的房间里人

1　冯·魏森图恩夫人（Johanna von Weißenthurn，1773—1847），维也纳的演员、剧作家，她写的《芬兰的约翰》是一部五幕剧。

2　这是爱克曼自己对剧本与演员演出之间的关系的看法。他的意思是，如果剧本中人物被写得平平淡淡，演员在舞台上就有施展自己才能的空间，把人物演活，使人物具有个性。相反，如果剧中的人物已经刻画得很有个性，演员就很难把他演好，因为演员要彻底掩盖自己的个性，去完全适应剧中人物的个性，那是很困难的。

声鼎沸，笑语喧哗。佣人告诉我，那位年轻的波兰女士刚才在里面吃过饭，出席宴请的客人还没有散去。我想要走开，但佣人说，主人有令，我来了要向他报告；说不定他的主人会高兴呢，因为现在时间已经不早了。我没有阻拦那位佣人，又等了一会儿，歌德笑容满面地从里面出来，然后和我一起来到对面他的房间里。看来我的来访很合他的心意。他立刻令人拿来一瓶葡萄酒，他给我斟酒，自己偶尔也斟上一杯。

接着他一面在桌子上找什么，一面说："这是给你的一张音乐会的门票[1]，免得一会儿忘记。斯琴玛诺夫斯卡夫人明晚在市政大厅举行公众音乐会；这场音乐会你可不能错过。"我告诉他，我不会再重复我最近做的那桩傻事了。[2] 我补充说："听说她那次钢琴弹得很好。"歌德说："好极了！"我问："她弹得也跟胡梅尔[3]一样好吗？"歌德说："你必须考虑到，她不仅是一位大钢琴演奏家，同时还是一位漂亮的女人；这就让我们觉得，仿佛一切都更加优美；她的演奏技巧娴熟，令人惊赞！"我又问："但是她弹得也很有力量吗？"歌德说："是的，也很有力量，这正是她最引人注目的地方，因为通常妇女们都欠缺这一点。"我说，我很高兴，能去听她的演奏。

秘书克罗伊特走进来，汇报图书馆里的事务。他走后，歌德称赞他在办事方面既有很强的能力，也很可靠。

之后，我把话题转到他1797年途经法兰克福和斯图加特去瑞士的那次旅行上面。他是前几天把那次旅行的笔记手稿交给我的，共三册，我已经认真地研究过了。我提到，他当时和迈尔一起对造型艺术的**题材**问题思考得很多。[4]

歌德说："是的，有什么比题材更重要呢？没有题材就没有整个艺术学说。如果题材不行，全部才能只能白白浪费。正是因为新一代的艺术家缺乏

---

1 这天晚上波兰女钢琴家和胡梅尔举行音乐会，演奏贝多芬的作品，上午歌德就为爱克曼买了音乐会的门票。

2 1823年10月27日，波兰女钢琴家在歌德家中为大家演奏钢琴，歌德请爱克曼来听，但爱克曼要去看戏，没有来参加这次家庭音乐会。后来，他很后悔，表示像这样的机会再也不会错过了。

3 胡梅尔（Johann Nepomuck Hummel，1778—1837），莫扎特的学生，著名钢琴家，从1819年起任魏玛宫廷乐队总监。

4 1797年歌德在瑞士旅行期间曾经口授一篇文章，题目是"绘画艺术的题材"，爱克曼没有把这篇文章收进《1797年瑞士之行》，1896年才正式发表。

有价值的题材，全部新一代的艺术也就举步维艰。我们大家都在吃这种苦头；我不否认，自己身上也有这种新时代的病灶。"

他又说："只有极少数艺术家清楚这一点，并且知道什么东西能让他们放心地使用。譬如，有些人用我的《渔夫》（*Der Fischer*）为题材作画[1]，但不考虑，这首诗是根本画不出来的。在这首叙事谣曲中所表现的仅仅是对于水的感觉，即那种在夏天引诱我们下水游泳的优美的感觉。此外什么也没有，这怎么能画呢！"[2]

我还提到，我很高兴，他在那次旅行中对一切事物都有兴趣，并且领略了全部，诸如山脉的形状与位置，以及山上的各种岩石、土壤、河流、云、空气、风和天气；还有城市以及它们的产生和逐渐形成的过程；建筑艺术、绘画、剧院；市政设施和管理、手工行业、经济结构、道路建设；人种、生活方式和特征；还有政治、各种战事以及其他上百种事物。

歌德回答说："但是你找不到一句话是谈音乐的，因为我对音乐是外行。[3]每个人出去旅行时都必须清楚自己要看什么，自己的职责是什么。"

总管先生走进来，与歌德说了几句话，然后十分友好地对我表示他最近读了我的那部著作[4]，谈了对拙作的看法，观点颇有见地。随后他又到妇人们那边去，我听到那里有人在弹钢琴。

总管先生走后，歌德把他大大夸奖一番，然后说："这些人都是很优秀的，你现在同他们建立了良好的关系，这就是我所说的故乡[5]，人总是乐意回故乡的。"

我反驳他说，我已经开始觉察到我住在这里所受到的令人欣慰的影响，

---

1 《渔夫》是一首叙事谣曲，讲的是一个渔夫坐在水边钓鱼，由于全神贯注地看着水中出现的女人，因而坠入水中的故事。有位叫许布纳（Julius Hübner）的画家为这首诗画了一幅钢笔画。

2 歌德认为，可以用文字表达的东西，不一定画得出来；同样，能画出来的东西，不一定适合文字表达。在这一点上，歌德与莱辛（参见1827年2月7日的谈话）在《拉奥孔》中表达的观点是一致的。

3 有的学者怀疑，爱克曼记录的这句话可能有误，因为歌德在日记中曾记载他在斯图加特听音乐的情景，并发表了评论。

4 即爱克曼写的《论诗》。

5 这里的"故乡"指的是固定的朋友圈子，这样爱克曼就会愿意留在这里了。

我已经从过去喜欢观念和理论的倾向中渐渐走出来，越来越重视瞬间状态的价值了。[1]

歌德说："你若不是这样，那就严重了。希望你坚持下去，永远牢牢地抓住眼前发生的事情。每一种情况，乃至每一瞬间，都有无尽的价值，因为每一种情况、每一瞬间都代表着整个永恒。"

过了一会儿，我把话题转到悌夫尔特以及描写悌夫尔特时应采用什么样的形式上面。我说："做这个题目可以用各种各样的形式，但要找到一种能贯穿始终的形式是很困难的。对我来说，用散文形式写可能最方便。"[2]

歌德说："不要用散文形式写，这个题目还不够有意义。那种所谓说教式的描写形式，虽然总体说来可以选用，但并不完完全全合适。你最好把这个题目分成十至十二首单独的短诗来写，要押韵，但要根据不同角度和不同画面的要求，采用多种多样的韵律种类和形式，从而清楚而简要地阐明整个题目。"这个建议很适合我的情况，我愿意照办。歌德又说："你何不也试一试用戏剧形式来写，譬如写一段与一个园丁的对话，这于你又有什么妨碍呢？把题目分割成小段写起来比较容易，而且能更好地表达题目不同侧面的特征。相反，写一个包罗万象的庞大整体总是很困难的，很少能写出什么完美的作品来。"

1823年11月10日，星期一

（歌德病中谈"帕里亚"、诗与绘画，称赞吕克特）

近几天来歌德身体欠佳，看样子是传染上了重感冒[3]。他不停地咳嗽，虽然咳的声音大而且痛快，但咳嗽时好像很疼痛，因为他常常用手按住心脏的一侧。

今晚剧院开演前我去陪伴他半个小时。他坐在一把靠背椅上，后背靠在一个靠垫上，说话显得很吃力。

我们说了几句话之后，他要我读一首诗，他要用这首诗开启现在正在筹备

---

1 爱克曼接受了歌德对青年作家的忠告，越来越重视瞬间状态的价值。

2 爱克曼曾经打算以悌夫尔特为题材写一首表现四季的诗，但最终没有写出来。

3 歌德从1823年11月7日夜开始患伤风感冒。

之中的《艺术与古代文化》最新一期[1]。他依旧坐在椅子上，给我标明那首诗所在的位置。我拿来一支蜡烛，坐到稍稍离开他一点的写字桌旁，开始读起来。

这首诗的风格很奇妙，我读完一遍之后，虽然没有全部读懂，却受到了特别的触及和感动。这首诗的题材是歌颂帕里亚[2]的，作为三部曲处理。存在于全诗中的语气对于我来说就像来自一个陌生的世界，描述的方式让我感觉这个题材死气沉沉，没有活力。歌德坐在我旁边也妨碍我全神贯注；我一会儿听他咳嗽，一会儿听他叹气，我这个人被分成了两半儿：一半儿读诗，一半儿感受他的存在。因此，为了多少还能读进去一点，我必须一遍又一遍地读这首诗。然而，我越是深入钻研，越是觉得这首诗的风格好像不同一般，好像达到了艺术的更高阶段。

读完诗之后，我同歌德讨论起这首诗的题材和处理方式，通过他给我的几点提示，诗中的某些部分在我眼前变得生动起来。

歌德说："不错，这首诗处理得简洁扼要，要想真正掌握它，必须好好钻研才行。我自己也觉得这首诗就像一柄用钢丝铸造的大马士革剑一样。四十年来我一直考虑应该如何表现这个题材[3]，这样当然就有时间使题材净化，祛除一切不合适的成分。"

我说："这首诗一旦与读者见面，是会产生影响的。"

"哎，读者！"歌德叹了一口气。

我说："能不能这样，为帮助读者理解这首诗，我们就像解释一幅绘画那样，通过展示过去的一些瞬间力图使真正眼前的东西变得生动起来？"

歌德说："我不同意这个意见，绘画是另一回事；一首诗就如同是许多词的组合，一个词是可以抵消另一个词的。"

1　歌德于1821年12月至1822年4月写成《帕里亚传奇》，1822年6月至12月写成《帕里亚的祈祷》，1823年写成《帕里亚的感恩》。这三首诗合成《帕里亚》三部曲，刊登在《艺术与古代文化》1824年第三卷第四期上。

2　帕里亚是印度的贱民。

3　1783年苏黎世出版了索纳拉特写的《1774年至1781年的东印度和中国之行》的德文版，歌德对这本书非常感兴趣，一再借来阅读。通过这本书，他了解了帕里亚的故事，并且一直思考如何用诗的形式把它表现出来。

我觉得歌德的这番话十分准确地点出危险之所在，许多分析诗歌的人通常正是由于看不到这种危险才失败的。但问题是有没有可能避免这种危险发生，我们还是借助文字去帮助读者理解一首诗，同时又丝毫不伤害诗的娇嫩的内在生命。

临走时，为了让我继续研究这首诗，歌德要我把《艺术与古代文化》的那一期校样带回家去；他还让我把吕克特的《东方的玫瑰》(*Östlichen Rosen*)[1]也带回去，歌德好像很器重这位作家，对他寄予厚望。[2]

1823年11月12日，星期三

（普鲁士国务大臣威廉·冯·洪堡来访）

傍晚我去拜访歌德，但是在楼下听到，普鲁士的国务大臣冯·洪堡[3]在他那里，我很高兴，相信有老朋友来访他肯定会非常开心的。

随后，我来到剧院，那里正在演出《布拉格的姐妹们》(*Schwestern von Prag*)[4]。在全体演员的参与下，演出十分完美，观众自始至终笑声不断。

1823年11月13日，星期四

（歌德夜间观察北极光，预言地震）

几天前的一个下午，天气晴朗，我沿着去爱尔福特的大道走去，一位上

1　吕克特（Friedrich Rückert, 1778—1866），东方学教授，翻译过许多东方的作品；他同时也是个诗人，写过一千多首诗，大多具有东方风格。1821年写成《东方的玫瑰》，歌德在《艺术与古代文化》1822年第三卷第三期上著文评论过这首诗。

2　从歌德对帕里亚的兴趣和对吕克特这位东方学学者写的具有东方风格的诗歌的赞许可以看出，东方文化深深吸引了这位老人。

3　冯·洪堡（Wilhelm von Humboldt, 1767—1835），著名学者，普鲁士高官，歌德和席勒的密友。除与他们保持频繁的书信来往外，他还经常到魏玛拜会歌德。这次访问是从1823年11月12日至12月23日。

4　《布拉格的姐妹们》为两幕歌剧，由作曲家米勒（Wenzel Müller, 1767—1835）作曲。

了年纪的男子走过来与我结伴而行，看他的外表，我想他是一个富裕市民。我们没说几句话就谈到了歌德。我问他是否见过歌德本人。他带着几分得意回答说："你问我是否见过歌德本人！我给他当了近二十年的管家[1]。"接着他便开始滔滔不绝地赞美起这位昔日的主人来。我请求他给我讲一点歌德青年时代的情况，他欣然同意了。

老人说："我到他家的时候，他大概是二十七岁[2]，瘦瘦的身材，小巧玲珑，我能很容易地把他背起来。"

我问他，他刚到歌德家的时候歌德是否也很爱说爱笑。老人回答说，是的，他同那些活泼开朗的人在一起是有说有笑的，但永远只到一定限度，一旦超越了限度，他往往就会严肃起来。永远不停地工作、不停地研究，永远把心思放在艺术和科学上，这是他主人通常坚持不懈的方向。晚上公爵[3]经常来拜访他，他们讨论一些深奥的题目，常常直到深夜，有许多次歌德觉得公爵待的时间太长，耽搁的时间太多，以至于想他怎么还不想走呢。老人又补充说："他那个时候就已经把探讨自然视为己任了。[4]

"有一次，歌德夜里按铃，当我来到他的卧房时，他已经把他那张带轮的铁床从卧房的最里面推到靠近窗子的地方，正躺在那里观察天空。他问我：'你没看见天上有什么东西吗？'当我回答说什么也没看见的时候，他说：'快去值勤室，问一下值勤的人，他是否也什么都没看见。'我跑过去问，值勤的人说他什么都没看见，我回来向我的主人报告时，他依旧躺在那里目不转睛地观察着天空。然后他对我说：'你听着，我们正处在一个重要的时刻，不是马上发生地震，就是即将发生地震。'他于是让我坐到他的床上并且指给我

---

1 这位上了年纪的男子叫祖托尔（Christoph Sutor，1754—1838），1776年至1795年给歌德当管家。

2 歌德应魏玛公爵邀请，于1775年来到魏玛，次年即1776年开始在魏玛宫廷任职，从此在魏玛定居，是年二十七岁。

3 即卡尔·奥古斯特（Carl August，1757—1828），1775年开始执政，直到1828年去世；1815年晋升为大公。

4 歌德到魏玛以后，在担当行政职务同时，还从事自然科学研究，他花在这方面的时间和精力远远超过花在文学创作方面的时间和精力。

看，他是根据哪些迹象做出这个推测的[1]。"

我问这位善良的老人，当时天气如何。

老人说："乌云密布，一点风都没有，四处鸦雀无声，很闷热。"

我又问老人，对歌德说的这段话，他是否每一句都立刻相信了。

老人说："是的，我相信歌德说的每一句话；因为他的预言总是正确的。"
老人又说："第二天我的主人在宫廷里讲述了他所做的观察，一位妇人对她身旁的另一位妇人悄声说：'听！歌德在胡思乱想哩！'但是公爵和其他人都相信歌德，不久便证实歌德的观察是正确的。几个星期之后传来消息，就在那天夜里一场地震把墨西拿的一部分毁掉了[2]。"

1823年11月14日，星期五

（哲学思辨有碍席勒的文学创作；多情的和质朴的文学）

傍晚歌德派人来邀请我去看望他。他说，洪堡正在宫廷做客，因此更欢迎我也去。我看见他跟前几天一样仍然坐在他那把靠背椅上；他亲切地把手伸给我，非常温和地同我说了几句话。他的一侧是一块放在火炉前面的很大的金属板，这块金属板同时遮住了放在前面桌子上的蜡烛的光芒。总管先生进来了，加入到我们中间。我们挨着歌德坐下，说些轻松的事情，为的是让他只听着，不要说话。过了一会儿，内廷参事雷拜因医生[3]也来了。他说，他发现歌德的脉搏相当清晰，跳动轻捷。对此我们很高兴，还跟歌德开了几句玩笑。歌德抱怨说："要是心脏的这一侧不疼就好了！"雷拜因建议给他那里贴一块膏药；我们俩都说这种方法效果很好，歌德于是表示同意这么做。雷拜

1　祖托尔所讲歌德观察北极光的故事，可能源于歌德1783年4月6日给施泰因夫人的信。信中歌德说，他在1783年4月5日至6日的夜里观察到了北极光，他担心会发生两个月前在墨西拿发生的大地震。

2　墨西拿是意大利西西里岛上的城市，1783年2月5日至7日发生大地震，城市被严重破坏。祖托尔把歌德让他观察北极光的那个夜里发生的地震与这次在墨西拿发生的大地震混在一起，从时间上看他显然是弄错了，前者在1783年11月13日，后者在1783年2月5日至7日之间。

3　雷拜因（Wilhelm Rehbein，1776—1825），魏玛公爵卡尔·奥古斯特的贴身医生，歌德的家庭医生，是歌德的密友。

因把话题转到玛丽浴场，看来好像唤起了歌德许多愉快的回忆。大家计划来年夏天再去一次，而且补充说，大公[1]也不能缺席。这个计划使歌德的心情豁然开朗。我们还谈到斯琴玛诺夫斯卡夫人，怀念起她在这里的日子，那时男士们都争着向她奉献殷勤。

雷拜因走后，总管拿起印度诗歌[2]阅读。歌德则跟我谈他那首《玛丽浴场哀歌》。

总管是八点走的；当时我也想走，但歌德要我再稍留一会儿。我又坐下，话题转到戏剧方面，说是第二天要上演《华伦斯坦》（*Wallenstein*）[3]，这样我们就谈起席勒来[4]。

我说："我对席勒有一种奇怪的感觉，读他那些大部头剧作时剧中有些场面我真是喜爱，赞叹不已，可是随后读到他违背自然真实的地方，我就读不下去了。就连读《华伦斯坦》，情况也是如此。我不得不认为，席勒的哲学倾向损害了他的诗情诗意。因为他的哲学倾向使得他把理念看得高于一切自然，因而也就毁灭了自然。他认为，凡是他能够想象的，不管是符合自然还是违背自然，都一定会实现。"

歌德说："看到这样一位具有非凡天才的人总是被对他毫无帮助的哲学思维方式弄得心力交瘁，是很令人悲哀的[5]。洪堡把席勒在那段苦思冥想的痛苦

---

1 指卡尔·奥古斯特。

2 即歌德的《帕里亚》三部曲。

3 《华伦斯坦》是席勒的代表作。这是一部历史剧，取材于三十年战争；主人公华伦斯坦是一个历史人物，三十年战争中的重要将领，剧本着重表现他与各种势力的矛盾与斗争，以及他自己内心的矛盾与斗争。《华伦斯坦》是一部三部曲，分《华伦斯坦的兵营》《皮柯乐米尼父子》和《华伦斯坦之死》三部。这里所说的第二天要上演的《华伦斯坦》是第三部《华伦斯坦之死》。

4 席勒（Friedrich Schiller, 1759—1805），德国的伟大作家，与歌德齐名。这两位德国文坛巨人于1794年结成友谊联盟，直到1805年席勒逝世。在这十年间，他们互相讨论，彼此学习，共同创造了德国文学史上最辉煌的时期即"古典文学时期"。

5 歌德与席勒有许多共同点，因而能长期合作。但他们自己也都十分清楚，他们俩是有很多差别的。譬如歌德注重观察，席勒喜欢思考；歌德花很多时间和精力从事自然科学的研究，席勒则忙于研究哲学和历史。在文学创作方面，歌德把客观现实作为创作的基础和出发点，席勒则更多从理念出发。但是，这些差别不仅不妨碍他们的合作，相反—— 正如歌德所说——他们"每个人都补充另一个人"。席勒逝世对歌德是重大的打击，他到了晚年还一直怀念这位合作伙伴，在与爱克曼的谈话中经常谈到席勒。不过，他更多强调自己与席勒的不同，对席勒爱哲学、重理念非议较多。

日子里写给他的信带给了我[1]。从这些信件里可以看出，席勒当时是怎样辛辛苦苦地试图把多情的文学从质朴的文学中完全分离出来。然而，他不能替多情的文学寻找到立足点，这使他陷入不可名状的困惑之中。"歌德微笑着接下去说："多情的文学源于质朴的文学，而他认为好像多情的文学没有质朴的文学作基础也可能存在似的！"[2]

歌德又说："席勒的问题是，他不能在一定程度上无意识地、仿佛是本能地进行创作，相反，他对他要写的每一部作品都非得反复琢磨不可；这也就是他为什么对自己的写作计划总是谈来谈去，以至于把自己后来创作的所有剧本都跟我逐场逐场地仔细讨论过的原因。[3]

"我的天性则完全相反，我不与任何人交谈我的写作计划，就连席勒我也不跟他谈。我把一切都不声不响地放在心上，通常一部作品在完成之前是没有人知道的。当我把写好了的《赫尔曼与窦绿苔》拿给席勒看时，他大为惊讶，因为我事先没有向他透露过一句写这部作品的打算。

"但是我很想知道，你明天看完《华伦斯坦》会有什么想法！你将看到一些伟大的人物形象，这部剧给你留下怎样的印象，你大概是意想不到的。"

1823年11月15日，星期六

(《华伦斯坦》的演出，爱克曼看后观感)

晚上我在剧院里第一次观看《华伦斯坦》。歌德昨天没有夸大其词；这部戏给我的印象很好，打动了我的内心深处。绝大部分演员都还是席勒和歌德

1　从1795年10月到1796年1月席勒多次写信给洪堡，讨论把文学分为"质朴的文学"和"多情的文学"的必要性以及两者之间的区别。根据歌德日记里记载，歌德是在1823年11月13日读到这些信的。

2　席勒撰写的《论质朴的和多情的文学》于1795年至1796年发表，这是他的最后一篇美学论文。文中，席勒认为，古代文学（即古希腊文学）是"质朴的"，现代文学是"多情的"。歌德显然不同意这种区分，而且认为硬要这么区分只能使人陷入困境。

3　歌德与席勒的友谊联盟持续了十年，其最大特点是，通过书信相互切磋各自正在创作的作品，因此在这十年中，他们每人创作的作品都包括对方的心血。

在这里的时候亲自培养的[1]，他们把剧中全部重要人物展示在我的眼前，使我能想象出每个人物的个性，这是我在阅读时办不到的。这也就是，为什么这部剧能以不同寻常的力量吸引我，我甚至夜里都还在想着它的原因。

1823年11月［15日，星期六］16日，星期日

（索雷，金质奖章，《玛丽浴场哀歌》的产生）

晚上我去歌德家里。他还是坐在他那把靠背椅上，样子有些虚弱。他的第一个问题就是问《华伦斯坦》。我向他汇报了这部戏在舞台上给我留下的印象，他听了显然很高兴。

索雷先生[2]由歌德的儿媳冯·歌德夫人陪着走进来。他受大公的委托送来几枚金质纪念章[3]，他把纪念章拿给歌德看并与歌德交谈了近一个小时。看来这使歌德非常开心。

冯·歌德夫人和索雷先生到宫廷里去了，这样就又剩下我和歌德两个人。

歌德想起他要在适当时候把他的《玛丽浴场哀歌》再拿给我看的承诺，于是站起来，把一支蜡烛放到他的写字桌上，然后把那首诗拿给我。我很高兴能再一次读这首诗。歌德又默不作声地坐下来，让我静心阅读。

我读了一会儿之后，想要对他说说我的想法；然而我感觉，他似乎已经睡着了。于是我便利用这个有利的空当儿，一遍又一遍地阅读这首诗，获得了一次难得的享受。总的看来，我觉得这首诗最感人肺腑的特征是，青年人强烈的爱情火焰被崇高的思想品德平息了。此外我还觉得，这里所表达的感情似乎比我们通常在歌德其他诗歌中所遇到的还要强烈。我推断，这是受了拜伦的影响，这一点歌德也不否认。

---

1 歌德曾长期领导魏玛剧院，并直接参与对演员的培训。

2 索雷（Friedrich Jakob Soret，1795—1865），瑞士法语区人，日内瓦的博物学家，1822年至1836年任魏玛亲王的教师，1836年回日内瓦研究自然。他与歌德来往甚密，曾把歌德的《植物的演化》（*Die Metamorphose der Pflanzen*）译成法文，于1836年出版。索雷也记录了一些他与歌德的谈话，爱克曼在他编的《歌德谈话录》第三部中采用了其中某些部分。

3 歌德是金质奖章爱好者，他收藏了许多这类奖章。

歌德接着说:"你读的这首诗是一次热恋的产物,那时我困于情网,不能自拔,觉得世上的什么东西都可以没有,就是不能缺少它,现在我无论如何也不想再陷进去了。

"我是一离开玛丽浴场就着手写这首诗的,当时我对这次经历还保持着全新的感觉。早上八点在第一站开始写第一段,然后坐在驿车里接着往下写,从这一站写到下一站,就这样把保存在记忆中的一切全都写了下来,到了晚上这首诗已经完整地写就于纸上。[1]因此,这首诗是由一定程度的直接感受一气呵成的,这对于诗的全貌可能不无好处。"

我说:"与此同时,这首诗的整体风格也有许多独特的地方,这在你其他任何一首诗中都是没有的。"

歌德说:"这可能是因为我打出了现实这张牌[2],就像人们把一笔可观的金额押在一张纸牌上一样,试图尽可能地,但也不过分地提高它的筹码。"

我觉得这番话十分重要,它阐明了歌德的创作方法,使我们明白他的诗为什么具有能受到普遍赞赏的多样性。

时间已近九点;歌德叫我去喊他的佣人施塔德尔曼,我去把他喊来了。

歌德让施塔德尔曼把医生[3]开的膏药贴在胸部心脏一侧。这时我站到窗前去,背朝着他们,只听歌德对着施塔德尔曼抱怨,他的病情根本不见好转,看来是好不了了。佣人把膏药给他贴上之后,我又到他边上坐了一会儿。他也对着我抱怨说,他好几夜没有合眼了,什么都不想吃。他说:"这个冬天只能这么过去了,我什么事都不能做,一点材料也不能搜集,总是打不起精神来。"我努力安慰他,请他不要总是想着工作的事,希望目前这种状况很快过去。他接着说:"是的,我不是没有耐心,这一类情况我经历得太多了,我已经学会忍受和忍耐。"他坐在那里,身穿一件白色的法兰绒睡袍,膝盖和脚围着一块毛毯。他说:"我不要上床去,就在这把靠椅上坐个通宵吧,我反正是睡不着的。"

到了我该走的时候,他亲切地把手伸给我,我于是告辞了。

---

1 根据爱克曼在这里的记载,歌德的《玛丽浴场哀歌》是在一天之内写成的。实际上这首诗是从1823年9月5日至12日写的,爱克曼的记载不够准确。

2 这里歌德再度强调,"现实"在他的创作中的重要地位。

3 指雷拜因医生。

当我来到楼下佣人房间取大衣的时候，我发现施塔德尔曼很是惊慌失措。他说，刚才主人的样子使他很害怕，他的抱怨正是一种不祥之兆。他的双脚一直有些浮肿，现在好像突然全消下去了。他想第二天一大早就去找医生，把这些严重的症状报告给他。我试图让他平静下来，可是他不听劝说，还是害怕。

1823年11月17日，星期一

（人们询问歌德病情）

晚上我去剧院的时候，许多人迎面过来，忧心忡忡地询问歌德的健康状况。一定是他的病情在城里很快传开了，也许说得比他的实际情况更严重。有几个人对我说，他得的是胸膜积水。我一晚上心里不好受。

1823年11月19日，星期三

（歌德病中谈对古代人的文学的研究）

我昨天忧心忡忡，坐立不安，因为除他的家人之外不准任何人去看他。

今天傍晚我去歌德那里，他们让我进去了。我看见他仍然坐在他的靠背椅上，外表看上去似乎同我星期日离开时完全一样，但精神很好。

我们特别谈到曹佩尔以及从对古代人的文学的研究中产生出来的极不相同的效果。[1]

1823年11月21日，星期五

（诗人普拉滕和加泽尔诗体）

歌德派人来喊我去他那里。我看见他又能站起来，而且在房间里走来

---

1 歌德认为，研究古代人充满人道主义精神的作品并不一定就能产生出人道主义思想。

走去，心里十分高兴。他把普拉滕伯爵[1]的那本小书《加泽尔体诗歌集》（*Ghaselen*）拿给我。他说："我曾经打算在《艺术与古代文化》上发表一点对于这本书的意见，这些诗是值得谈一谈的。可是我的身体状况使我什么事都做不成。你仔细读一读，看看是否能读进去，从这些诗中找出一点好东西来。"

我答应可以试一试。

歌德又说："加泽尔诗体[2]的特点是要求诗歌要有极其丰富的内容含量；相同的韵脚一再重复，这就要求总要有相似的思想做储备。因此不是每个人都能用这种诗体写诗的。但你会喜欢这些诗。"医生走进来，我便告辞了。

1823年11月24［？］日，星期一

（关注德国新锐作家及其作品）

星期六和星期日我都在钻研加泽尔体诗歌。今天早上写了我对这些诗歌的看法[3]，然后给歌德寄去了，因为我听说，医生禁止他讲话，最近几天不让任何人去见。

可是今天傍晚他还是把我叫去了。当我走进他的房间时，看见已经有一把椅子摆在他边上；他把手向我伸过来，非常和蔼可亲。他立刻开始谈我的那篇简短的书评。他说："我很高兴，你有这么好的天赋。"接下来他又说："我想跟你说一件事，今后如果有别的地方要求你做文学方面的项目，请你拒

---

1 冯·普拉滕伯爵（August Graf von Platen，1796—1835），德国作家。他坚持在那个时代已经遭人质疑的人道主义理想，把当时被人攻击的歌德作为崇拜偶像。早在1821年他就把他写的《加泽尔体诗歌集》寄给了歌德，歌德在评论吕克特的《东方的玫瑰》时提到了它，并给予很高评价。这里谈的《加泽尔体诗歌集》是1823年新写的。

2 加泽尔（Ghasel），阿拉伯的一种诗体，它的特点是：全诗有三到十五个由两诗行组成的叠行，第一个叠行押韵，后面所有的偶数叠行均与第一叠行押同样的韵，其余的叠行均不押韵。因而它的格式是aa，ba，ca，da。这种诗体源于阿拉伯国家，后传到波斯、土耳其和印度，波斯诗人哈菲兹是运用这种诗体的大师级人物。歌德在他的《西东合集》（*West-östlicher Divan*）中也采用了这种诗体。除歌德外，采用这种诗体的德国诗人还有施莱格尔、吕克特以及普拉滕等。

3 爱克曼对普拉滕1823年写的《加泽尔体诗歌集》的评论，刊登在《艺术与古代文化》1824年第四卷第三期上。

绝，或者至少事先对我说一声；因为你既然已经与我联系在一起，我就不愿意让你与其他人发展关系。”

我回答说，我愿意只对他忠贞不渝，况且我目前对其他方面的关系根本不感兴趣。

他很高兴，然后说，他想在今年冬天和我一起做些有意思的工作。

接着我们开始谈《加泽尔体诗歌集》，歌德很高兴，认为这些诗歌写得十分完美，还说我们当代文学确实能产生出一些优秀的作品来。

他说：“我建议你着重研究一下我们这些最年轻的作家，把注意力放在他们身上。希望你把我们文学中出现的一切重要作品都能熟悉一下，将最值得嘉许的那部分拿给我看，以便我们在《艺术与古代文化》刊物上对这些作品进行讨论，把好的、高尚的和优异的部分提出来并加以肯定。因为我年事已高，又有各种各样的公务缠身，即使怀着最良好的愿望，没有别人协助，也是做不了这件事的。”

我答应做这件事，同时我还高兴地看到，歌德对我们最年轻一代的作家和文学家的关心程度超出我原来的想象。

为实现上述意图，几天之后歌德便派人给我送来了几份最近的文学日报。我这几天没有去他那里，他也没派人来喊我。我听说，他的朋友策尔特[1]来看望他了。

1823年12月1日，星期一

（谈策尔特、舒巴特、伊默曼）

今天歌德请我去吃饭。我进屋的时候，看见策尔特已经坐在他边上。他们站起来，上前几步同我握手。歌德说：“这是我的朋友策尔特。你与他认识很有好处；我想过两天派你去一次柏林，你会得到他的精心关照的。”我说：

---

1 策尔特（Karl Friedrich Zelter，1758—1832），音乐家、艺术学院音乐教授，创建柏林男声合唱团。他是歌德的密友，曾为歌德多首诗歌谱曲，在音乐方面歌德深受他的影响；他与歌德之间的通信集极富教育意义，就其价值和影响而言仅次于歌德与席勒之间的通信集。

"柏林一定很不错。"策尔特笑着说:"是的,在柏林你可以学到许多东西,但也可能荒废许多东西。"

我们坐下来,谈话的题目无所不包。我问到舒巴特,策尔特说:"他至少每星期来看我一次。他已经结婚,但没有人聘用他,因为他把同柏林语文学界同人的关系搞糟了。"

接着策尔特问我是否认得伊默曼[1]。我说:"我经常听人提到他的名字,但至今还没读过他的作品。"策尔特说:"我是在明斯特认识他的,他是一位很有发展前途的年轻人,要是他的职务能多给他留出一些时间从事艺术就好了。"歌德也很称赞他的才能。但他说:"我们要看一看他的发展,看一看他最终是否同意净化他的品位,在形式方面是否把公认的最好的模式作为准则。他独辟蹊径,这固然可圈可点,但也很容易误入歧途。"

小瓦尔特蹦蹦跳跳地跑来,向策尔特和他的爷爷问这问那。歌德说:"这个小淘气,你一来就把我们的谈话破坏掉了。"不过歌德很爱这个小孙子,满足他的一切要求,从不腻烦。

冯·歌德夫人和乌尔里克小姐进来了;还有歌德的儿子,他身穿军装,佩带着军刀,是准备到宫廷里去的。我们大家坐下来共进晚餐。乌尔里克小姐和策尔特特别活跃,整顿饭他们总是以非常优雅的方式逗乐取笑。我对策尔特这个人和他的在场都颇有好感。他是一个快乐而健康的人,每一瞬间都全神贯注,说话遣词造句总能恰到好处。而且他心地善良,乐观开朗,随随便便,愿意把什么都说出来,有时甚至很粗俗。受他本人无拘无束的思想的感染,在他身边什么谨小慎微、瞻前顾后很快就都通通消失。我暗中希望能与他相处一段时间,并且坚信,这对我会有益处。

饭后,策尔特很快告辞,晚上有公主[2]召见。

---

1 伊默曼(Karl Leberecht Immermann, 1796—1840),德国小说家、剧作家。1818年至1823年在明斯特任见习陪审员,他的成名作是小说《后裔》和《闵希豪生》,自认为是歌德和席勒的继承人,但歌德并不欣赏他。

2 这里公主指的是玛丽亚·保罗夫娜(Maria Paulowna, 1786—1859)。她是俄国沙皇保罗一世的女儿,俄罗斯的公主,1804年与魏玛亲王卡尔·弗里德里希结婚。1828年卡尔·奥古斯特大公逝世,卡尔·弗里德里希继位成为魏玛的大公,玛丽亚·保罗夫娜成为大公夫人。

1823年12月4日，星期四

（作曲家策尔特给人的印象）

今天清晨秘书克罗伊特送来歌德的请柬邀我去他家吃饭。他同时转告，歌德提醒我将我的《论诗》敬赠策尔特一本。我照办了，而且将书送到他下榻的客栈。策尔特回赠我一本伊默曼的《诗集》（*Gedichte*）。他说："我愿意把这本诗集赠送给你，不过你会看见，这本书是作者送给我的，它对于我来说是一份珍贵的纪念，我本应该自己保存。"

开饭前我和策尔特出去散步，我们穿过公园朝魏玛高地那边走去。走到一些地方他回想起过去的年代，给我讲了许多关于席勒、维兰德[1]和赫尔德[2]的往事，那时他们都是非常要好的朋友，他认为这一段友情使他一生获益匪浅。

接着他谈了许多有关作曲的问题，还吟咏了歌德写的几首诗歌。他说："每当我想为一首诗谱曲的时候，我总是首先深入理解歌词，使歌词所表达的情境在我脑海里栩栩如生，然后我再大声朗读歌词，直到能够背诵为止。由于我一遍又一遍地反复吟咏，曲调也就自然而然地产生了。"

我们本想多走一会儿，风雨迫使我们提前返回。我陪他走到歌德宅邸前，他上楼去找冯·歌德夫人，要在开饭前同她一起再唱上几曲。

我两点过来吃饭时，看见策尔特已经坐在歌德那里，正在观赏铜版意大利风景画。冯·歌德夫人进来后，我们一起入座进餐。乌尔里克小姐今天没有来，歌德的儿子也不来吃饭，他只是进来问了日安，然后便到宫廷里去了。

今天，席间的话题特别广泛，讲述了许多趣闻逸事，有策尔特讲的，也有歌德讲的。这些趣闻逸事全都是讲他们共同的朋友柏林的弗里德里希·奥

---

1 维兰德（Christoph Martin Wieland，1733—1813），德国启蒙运动的代表人物之一，1772年来到魏玛当卡尔·奥古斯特的老师。魏玛成为德国著名作家荟萃的地方是从他开始的。

2 赫尔德（Johann Gottfried Herder，1744—1803），德国狂飙突进文学运动的奠基人，1770年在斯特拉斯堡与歌德相遇，歌德受他的影响成为狂飙突进文学运动的主将。歌德到魏玛以后，赫尔德也于1766年来到魏玛，任剧院总监、大教区牧师等职。

古斯特·沃尔夫[1]的性格特征的。此外关于尼伯龙人的故事[2]也讲了不少，还讲到了拜伦勋爵，说他可能要来访问魏玛[3]，冯·歌德夫人对此事尤为关注。还讲到在宾根举行的罗胡斯节[4]，这是一个非常愉快的话题，说到这里策尔特特别回想起了两位美丽的少女，她们娇柔妩媚，深深印入他的记忆之中，至今想起来仿佛仍倍感欣喜。大家对歌德写的欢乐的歌体诗《战争之福》（*Kriegsglück*）[5]谈得十分热烈。策尔特不厌其烦地讲述那些受伤士兵和漂亮女人的趣闻逸事，为的是用这些人物证明这首诗的真实性。歌德自己说，这一类真人真事他不需要到远处去寻找，他在魏玛全都亲自经历过[6]。但是冯·歌德夫人总是唱反调，她不愿承认，女人就像这首"令人作呕"的诗歌所描绘的那样。

今天餐桌前的几个小时就这样十分愉快地过去了。

当后来只剩下我和歌德两个人的时候，他问我对策尔特印象如何。他说："你觉得他怎么样？"我说，他这个人给人的感觉极好。歌德补充说："初次见面他可能显得有点太粗气，有时甚至不够文雅，但这只是表面现象。我几乎找不出任何一个人像策尔特这样，既有些粗气，同时又如此**柔情脉脉**。此外不要忘记，他在**柏林**生活了半个多世纪，我从对各方面的观察发现，在那里有那么一类人搭帮结伙，很是放荡不羁，因此靠小心谨慎是不够的，你必须得强词夺理，有时为了免遭灭顶之灾，还非得粗鲁一点不可。"

1　弗里德里希·奥古斯特·沃尔夫（Friedrich August Wolf，1759—1824），德国古典语文学家、历史批判学派的创始人。他认为，《荷马史诗》不是一个人写的，而是多个人的集体创作。歌德不赞成这种观点，认为《荷马史诗》是由一个人创作的，史诗的风格和内容是统一的。1824年8月8日，沃尔夫在法国马赛去世。

2　《尼伯龙人之歌》是德国中世纪骑士文学的一部代表作，著名古代语文学家和日耳曼语言文学学者卡尔·拉赫曼（Karl Lachmann，1793—1851）把沃尔夫就《荷马史诗》提出的论断推广到《尼伯龙人之歌》上，他认为这部史诗也是多个人的集体创作。

3　1823年7月24日拜伦为了报答歌德在诗歌《致拜伦勋爵》中表达的好意，决定来魏玛拜会歌德，但这一打算没有实现。

4　罗胡斯是传说中的圣人，多种瘟疫的克星。为纪念这位圣人，1814年在宾根举办罗胡斯节，歌德与策尔特一起参加了这次活动，1818年歌德在《艺术与古代文化》上著文记述了这次活动。

5　《战争之福》一诗写于1814年2月12日至14日，诗中讲了许多趣闻逸事。

6　1813年，当时还没有与歌德的儿子结婚的奥提丽和阿本华·叔本华两位姑娘一起精心照料住在魏玛的反拿破仑自愿军的受伤战士亨克，两位姑娘对这位伤员的感情达到了如痴如醉的地步。策尔特讲这些"事实"，是为了证明《战争之福》一诗的真实性，而歌德则强调，这样的"事实"他经历得太多了。

— 1824年 —

1824年1月27日，星期二

（晚年歌德回顾一生）

歌德同我商谈他目前正在编写的他的自传续篇¹。他提到，对于他晚年时期的叙述不能像《诗与真》（*Dichtung und Wahrheit*）²里叙述他青年时期那样详细。

歌德说："我必须用写编年史的方式处理我的晚年，其中要多表现我的活动，少表现我的生活。一般说来，一个人最重要的时期是他的发展时期，就

---

1 这里说的"自传续篇"大概是指歌德的《记事录》（*Tag-und Jahreshefte*），歌德有时也称这部《记事录》为《编年史》。自1815年以来，人们对于歌德作品产生的时间以及他的创作与他的生活有什么关系十分关心，而歌德已经发表的自传体作品没有提供这方面的信息。为了弥补这一缺陷，歌德从1817年开始撰写《记事录》。但是，写作时断时续，直到1822年年底歌德才决定集中精力写这部自传，1826年基本完成，标题为《我的生活编年史》。1829年付印前又做了一些修改，1830年正式出版，标题为《记事录》，副标题为《我的其余自白的补充》。

2 如本书"代译序"注释所说，把"Dichtung und Wahrheit"译成"诗与真"似乎不够贴切，但因为这个译法在中国已经广泛流传，因而我们还是沿用这个译法。这是歌德写的《自传》的副标题。他加这个副标题的用意是，他写这部自传不是简单地罗列事实，而是站在新的高度审视自己年轻时的所作所为，对与自己成长有关的社会环境、有关的人和事做出某种判断。也就是说，这部"自传"不光有"实"，而且也有"虚"，是"虚实结合"。

《诗与真》共四部，二十卷。歌德于1809年开始写第一部，1811年脱稿。第二部和第三部分别于1812年和1814年完成。此后，《诗与真》的写作一度停顿，原因是歌德一时不知道如何处理他和莉莉的恋爱关系。到了1824年，由于有了与乌尔里克从相爱到失恋的经历，歌德也就知道应如何表述与莉莉的恋爱关系了。但是，这次歌德还是没有把《诗与真》写完。1831年7月写完《浮士德》之后，他又恢复对《诗与真》的写作，1831年10月第四部脱稿，歌德去世后出版。

我的情况而言，《诗与真》中每一卷的详细描绘已经把我的这一时期叙述完毕。此后我与世界的冲突开始了；而这种冲突只有产生某些结果时才特别有意思。

"况且，一个德国学者的生平算得什么呢？就拿我的情况来说吧，有些东西或许是好的，但不能言传，而那些可以言传的东西又不值得费力去传。再说，哪里会有听众让我怀着几分惬意给他们叙述我的生平呢？

"我现在已经上了年纪，每当我回首我的青年和中年时代的生活，想到那些当年同我一样年轻的人现在已经所剩无几的时候，我总会想起那次在一个浴场度过夏日的情景。你一到那里，马上会结识一些人，与他们交上朋友，这些人已经来了一些时候，再过几个星期就要回去了。他们走了你会很难过。接着你与第二批人相依为命，和他们共同度过相当一段时光，彼此很亲密。可是这批人也是要走的，把我们孤零零地留给第三批人。但这批人刚到，又该是我们离开的时候，我们跟这批人就没有什么关系了。[1]

"大家总是把我誉为幸运的特殊宠儿，我自己也没有什么要抱怨的，对于自己一生的历程不想批评责备。我的一生基本上就是辛勤劳动，可以说，我活了七十五岁，没有过过一个月真正闲适的日子。就好像一块不停地滚动着的石头，总是翻起来覆下去。上面这些话指的是什么，我的记事录都将解释清楚。无论是外界还是自己内心，要求我做的事实在太多了。

"而我真正的幸福之所在，是我的文学感受和文学创作。但它受到我外面职务的多少干扰、限制乃至妨碍呀！假如我能少参与一些公共事务和社会活动，多过一点离群索居的生活的话，我会更幸福，作为作家，我做的事情也会多得多。[2]但是在《葛兹》（Götz）[3]和《维特》问世后不久，一位先哲[4]的话在

1　这时歌德已经七十五岁，曾经与他相处共事的人有些已经陆续离开人世。这种境况就像他在浴场疗养时一样，与一批又一批人结识，而后又与这些人一批一批地分手。想到这种情况，已经步入晚年的歌德不免有些伤感。

2　看来歌德对他一生未能集中精力从事文学创作感到遗憾。

3　歌德在狂飙突进时期写的一部历史剧，内容是16世纪的骑士起义和农民起义。

4　这是一位法国先知，歌德在《诗与真》第十六卷引用过他的这句话。

我身上应验了，他说，假如你为世间做了一点好事，世间就会设法不让你再做第二次。

"人在一生中，能扬名四海、身居高位都是好事。但我没有因自己的名望和地位凌驾一切，我对别人的意见总是保持缄默，以免伤害他们。我这样做有一个好处，我知道了别人是怎么想的，而别人却不知道我是怎么想的，不然的话，那就真的是恶作剧了。"

1824年2月15日，星期日

（歌德感叹当下时代青年人难有作为）

今天早饭前歌德派人来邀我乘车出去兜风。我走进他的房间时，他正在吃早点，看样子，心情很好。

我一进来，他就高兴地对我说："我有一位可爱的客人来访，他叫迈尔[1]，威斯特法伦人，是一位很有发展前途的青年，刚才还在我这里。他写了一些诗，从这些诗中能够看出他是很有希望的。他才十八岁，但所达到的程度已经令人难以置信。"

接着他笑着说："我庆幸自己现在不是十八岁。我十八岁的时候，德国也才十八岁，那时你还有些事情可干；而现在，对你的要求高得不近情理，所有的路都已经被踏破。[2]

"德国自身在各个学科都达到了很高的水准，以至于我们几乎不能俯瞰全貌，现在还要我们当希腊人、拉丁人，乃至英国人和法国人！而且还荒诞不经地示意我们面向东方，这样势必要把一个年轻人搞得晕头转向，茫然不知所措。

1　迈尔（Friedrich Karl Adolf Meyer，1805—1884），事实上，他不是像这里所说的威斯特法伦人，而是黑森人。当时，他在耶拿大学读书；年轻时喜欢写诗，后来成了普鲁士官员。

2　歌德年轻时，德国百废待兴，可干的事情很多，到了19世纪初，至少在文化领域德国已有长足发展，哲学、音乐以及文学等跃居欧洲之首，大师级人物层出不穷。在这种情况下，一个青年人要有所作为就变得十分困难，除非是静下心来专攻一门学问。这里，所谓"要求高得不近情理"是指要求太多、太过分，"所有的路都已经被踏破"是指前辈把所有的路子都千百遍地试验过了。

"为了安抚这位年轻人，我给他看了我的那尊巨型朱诺雕像[1]，作为一种象征，希望他坚持研究希腊，安心地从事这项工作。他是一个非常优秀的青年！如果能注意不要分散精力，他是可以有所作为的。

"但是如前面所说，我感谢上苍，让我在现在这个完全发迹变态的时代里不再年轻了。否则我不知道该待在哪里。现在，我即使逃到美洲去，也已为时过晚，因为那里的人也已经很机灵了。"

1824年2月22日，星期日

（观赏意大利风情素描和法国近代画家如普桑等人的作品）

今天与歌德和他的儿子一起进餐，他的儿子给我们讲述了一些他学生时代，尤其是他在海德堡逗留期间的趣闻。那时他在假期里常常与朋友们一起去莱茵河畔游玩，他特别提起，有一位酒馆老板使他至今深深怀念。当时，他与另外十个同学在这家酒馆里过夜，这位老板向他们免费供应葡萄酒，他这么做，仅仅因为喜欢这种所谓的学生宴。

饭后，歌德拿来着色的意大利风情素描给我们看，特别是北部意大利的风情素描，上面画着与它交界的瑞士的山脉，还有马焦雷湖。博罗梅奥群岛倒映于水中，岸上有一些车辆和渔夫捕鱼的用具，歌德让我们注意，这个湖就是他在《漫游时代》（*Wanderjahren*）里写的那个湖[2]。在西北朝着杜富尔峰的方向，是一片濒临湖水的山麓小丘，呈浓重的深蓝色，就像太阳刚刚落山时的情景。我插话说，我是在平原上出生，这种阴森凝重、庄严崇高的气势使我感到恐怖，在这种峡谷里漫游我肯定不会感觉到乐趣。

歌德说："有这种感觉是正常的。对于一个人来说，实际上只有他的出生

1　前面即1823年10月2日的谈话中已经提到，舒尔茨于1823年送给歌德一尊朱诺头像的复制品。朱诺是古罗马神话中最重要的女神，在希腊神话中为神后赫拉。

2　《威廉·迈斯特的漫游时代》第二卷第七章有这样一个情节：威廉与一位画家为体验迷娘的生活环境来到了"大湖"，这个大湖就是马焦雷湖。

地和他的出生环境适合他的情况。没有远大抱负、不想远走高飞的人，留在家中要幸福很多。我初到瑞士时，那里给我的印象好极了，以致使我迷惘和不安；当我在晚年又去那里只是从矿物学的角度观察山脉时，我才能安下心来研究它们。"

随后，我们观赏了一组某法国画廊里近代画家作品的铜版复制品。这些画所表现的想象力几乎一律薄弱，我们在四十幅画中勉强找出四到五幅是好的。这四五幅好画中，一幅画的是一个少女请人帮她写情书；一幅画的是一个妇人在一间标明出售却没有人要买的房子里；一幅画的是捕鱼；一幅画的是在圣母像前的几个音乐家。还有一幅模仿普桑[1]风格的风景画也还算不错。观看这幅画时歌德发表了如下意见，他说："这些画家对于普桑的风景画有了一般的概念，于是便自己动手画起来。我们对他们的画不能说好，也不能说坏。不能说坏，是因为处处都能看出他们的画有一个很不错的蓝本；但是我们也不能说好，因为这些画家通常缺少普桑的伟大人格。作家们的情况也是如此，譬如有一些人，他们对莎士比亚的大家风范的模仿就显得很不尽如人意。"

最后我们对劳赫制作的歌德纪念像模型观赏和讨论了很长时间，这尊纪念像是准备送往法兰克福的。[2]

1824年2月24日，星期二

（评拜伦的《该隐》，赞古典雕刻艺术真实自然）

今天下午一点去歌德那里。他把为《艺术与古代文化》第五卷第一期口述的手稿拿给我[3]。我发现他为我的那篇关于德国的《帕里亚》的评论加了一

1　普桑（Nicolas Poussin，1594—1665），17世纪法国著名风景画家，长期住在罗马。

2　劳赫（Christian Daniel Rauch，1777—1857），德国雕塑家，多次为歌德画像。他计划在法兰克福为歌德竖立一座纪念像，1824年把制作的模型寄给歌德，这尊纪念像最终没有建成。

3　这里所说的"口述的手稿"是歌德口述的他自己写的关于《帕里亚》的文章和他对拜伦的评论。

段附录，这段附录既涉及了那部法国悲剧，也涉及了他自己的那部诗歌三部曲，这样，这个题目在一定程度上便是一个整体了。[1]

歌德说："你利用写这篇评论的机会了解了印度的状况，这很好；因为在我们学习过的东西中，到最后只有在实践中能应用的那一部分我们才能记得住。"

我表示同意他的看法，并且说，我在上大学时也有过这样的经验，对于老师讲的课程，只记住了我在实践中能够应用的那一部分；相反，凡是我后来未能用得上的，我全都忘得一干二净。我说："我听过黑伦[2]的近代史和古代史课程，现在连一个字也想不起来了。但是，如果我现在研究历史上的一个问题，目的是为了把它写成剧本，那么，我肯定会把研究所得永远牢记在心里的。"

歌德说："一般说来，大学里教授的东西太多了，而且很多都是没有用处的。个别教师把他们教授的科目铺得很开，远远超出听课人的需要。[3]在过去，化学和植物学都是作为药物学的一部分教授的，医学系的学生学药物学就够了。如今化学和植物学已经成为范围极其广泛的独立的科学，学习其中哪一门都需要付出毕生的精力，可是人们期望一个医学系的学生把这两门科学也一起掌握！然而，这样是什么也学不会的，学了这一门就要忽略和忘记另外一门。因此，聪明的人总是拒绝一切分散精力的要求，把精力只用在一门专业上，并且把这一门专业学好。"

接着歌德把他写的一篇评论拜伦的《该隐》(Kain)的短文拿给我看[4]，我

---

1 爱克曼写了一篇评论德国作家贝尔（Michael Beer，1800—1833）的戏剧《帕里亚》的文章交给歌德审阅，歌德在这篇文章后面加了一段附录，附录中评论了法国德拉维涅（Casimir Delavigne，1793—1843）写的悲剧《帕里亚》，以及他自己写的诗歌《帕里亚》三部曲。三部关于《帕里亚》的作品合在一起构成了一个整体。这篇评论文章发表在《艺术与古代文化》1824年第五卷第一期上，题目是"三部《帕里亚》"（Paria, Die drei）。

2 黑伦（Arnold Hermann Ludwig Heeren，1760—1842），哥廷根大学历史学教授。

3 歌德批评当时的大学教了许多没用的东西，分散学生的精力。他重视专业能力的培养，主张每个人都要有自己的专长。这个思想体现在他的晚年作品《威廉·迈斯特的漫游时代》里。

4 歌德对拜伦1821年发表的神秘剧《该隐》著文评论，题目是"该隐——拜伦勋爵的一部神秘剧"（Cain A Mystery bei Lord Byron），发表在《艺术与古代文化》1824年第五卷第一期上。

很有兴趣地读起来。

歌德说："我们可以看出，教会教义的弊端如何困扰像拜伦这样一位具有自由思想的人，拜伦又是如何力图通过这样一部作品从强加于他的教义中摆脱出来。这一点英国的僧侣们当然不会感激他；但是，要是他不再继续描写与其邻近的《圣经》上的矛盾，要是他会放过像所多玛和蛾摩拉的覆灭这样的题材，我也是会感到奇怪的。"[1]

发了这一番文学方面的议论之后，歌德把我的兴趣引向造型艺术，让我看一件前一天他就赞赏过的古代石雕。看到这幅作品所表现的质朴，我喜欢极了。石雕上刻的是一个男子正从肩上卸下一只沉重的水罐，想让一个男孩儿喝罐中的水。但是，这对于这个男孩儿并不容易，他的嘴够不到罐口，罐里的水又流不出来，因此他用一双小手捧着水罐，仰着头望着那个男人，好像在请求他，把水罐再倾斜一点。

歌德说："怎么样，你喜欢这件石雕吗？"他又说："我们近代人虽然感觉得到这样一种纯自然的、纯朴素的母题很美，对于它是如何制作的也有知识和概念，但我们不会去制作它，因为我们受理智主宰，永远不会有这种令人陶醉的优美感受。"[2]

接着我们观赏了一块徽章，是柏林的勃兰特[3]雕刻的，上面刻的是年轻的忒修斯[4]正在从一块石头底下取出他父亲的武器。人物的姿势有不少值得称道之处，但我们感到不足的是，要掀起那么重的石头他的四肢用力不够。而且，这位年轻人已经用一只手握着武器，而另一只手却在掀石头，这看来也是考虑得很不周到，因为按照事物的自然顺序他应该首先将那块沉重的石头推到一旁，然后再取出武器。歌德说："作为对照，我再给你看一块古代普通的宝石雕刻，用的是同样题材，是由一位古代人创作的。"

1　所多玛和蛾摩拉是古代迦南的两座城市，那里的居民作恶多端，荒淫无度，因此耶和华降天火与硫黄使全城覆灭。有关他们的故事见《旧约·创世记》第十八章和第十九章。
2　歌德认为，我们现代人有了理智、知识和概念，却失去了自然、纯朴和情感。因此，现代人创作的艺术品不像古代人创作的艺术品那样感动人。
3　勃兰特（Heinrich Franz Brandt，1789—1845），柏林著名的徽章制作大师。
4　忒修斯（Theseus）是传说中的雅典王子，据说他的力量之大可以与赫库勒斯相比。

他喊施塔德尔曼取来一个匣子，里面装着几百件古代普通宝石雕刻的复制品，这是他去意大利旅行时从罗马带回来的。我看到了那块由一位古代希腊人用同样题材创作的宝石雕刻，多么的不一样啊！那位年轻人使足全身的力气支撑着那块石头，他确实支撑住了，因为我们看到他已经克服了石头的重量，已经把石头掀到马上就要向一边翻倒的切点上。这位年轻的英雄用他全身的力气支撑着那块沉重的石头，只是把目光向下盯着放在他面前那块石头底下的武器。

我们喜欢这种处理方法，很真实自然。

歌德笑着插话："迈尔总是说，**思维若不是那么艰难该多好！**"接着他又爽朗地说："而不幸还在于，一切思考都无助于思维；人必须天生正派，这样，好的想法就总会像上帝的自由之子一样站在我们面前，对着我们喊：我们在这里！"[1]

1824年2月25日，星期三

（诗的形式的重要性，蒂德格的《乌拉尼娅》）

今天歌德给我看了两首很另类的诗[2]，两首诗都具有高度伦理倾向，但个别母题又是毫无顾忌地自然和真实，以致世人常常称这一类诗是不正派的，因此他一直保密，不想公开发表。

他说："假如精神和较高的修养能成为一种共同财富，那么作家的角色就好扮演了；他可以永远有一说一，有二说二，不必惧怕把最真实的话说出来。而现在，他始终要把自己保持在一定水准上，他要考虑到，世上什么人都有，他的作品会落到各种各样人的手里，因此必须当心不要因为自己过分爽直引

---

1 这里，歌德再度强调，艺术创作不是靠思考，而是靠本能。

2 这两首诗，一首是《日记》（Das Tagebuch），另一首是《比我惩罚更有过之》。前一首写于1808年10月，1861年公开发表；后一首是《罗马哀歌》（Römische Elegien）中的一首，但没有与《罗马哀歌》一起发表，而是直到1914年才公开发表。这就是说，这两首诗在歌德生前都没有发表过。

起多数善良百姓的反感。况且，时间是一个怪物，是一个喜怒无常的暴君，对于人们的言行在不同的世纪摆出不同的面孔。允许古代希腊人说的话，**我们**说就不再合适。同样，完全可以要求莎士比亚时代的强健的英国人接受的东西，1820年的英国人就不再能忍受。因此，大家感到在当今的时代需要出版一部家庭版莎士比亚作品集[1]。"

我补充说："形式也有很大关系。那两首诗中，一首[2]是用古代人的语气和韵律写的，因此并不使人反感。虽然个别母题原本不太好，但处理得当，使整体显得宏伟庄严，我们感到，仿佛在听一位古代人铿锵有力地朗诵，我们仿佛被带回到古希腊的英雄时代。另一首诗[3]相反，是用阿里奥斯托[4]大诗人的语气和韵律写的，实在让人啼笑皆非。诗中讲的是一个现代的冒险故事，用的是现代语言，因此在它毫无掩饰地直接出现在我们眼前时，那一个个具体的勇敢行为就显得太放肆了。"

歌德说："你说的话有道理。各种不同的文学形式都能产生出神秘莫测的巨大效应。如果有人把我写的《罗马哀歌》的内容用拜伦在《唐璜》[5]里所用的语气和韵律翻译出来，那么我说的话就会显得非常庸俗。"

这时送来了法国报纸。法军在安古莱姆公爵率领下对西班牙进行的战役宣告结束[6]，这引起歌德极大兴趣。他说："我必须赞赏波旁王室采取的步骤，因为通过这一步骤，他们赢得了军队，从而也才能赢得国王的宝座。现在这个目的达到了。这位战士怀着对国王的忠诚回国了，他从自己的胜利以及众

1　早在1807年鲍德尔（Thomas Bowder）就编辑出版过《莎士比亚作品集》（家庭版），共二十部，到1825年这样的"家庭版"就更多了。鲍德尔的编辑原则是："凡是在家庭里无法大声朗读的词语和表达方式都一律删除。"

2　即《罗马哀歌》中的《比我惩罚更有过之》。

3　即《日记》。

4　阿里奥斯托（Ariost，1474—1533），意大利诗人，1502年至1532年间创作长篇叙事诗《疯狂的罗兰》，歌德在《日记》中采用了他使用过的诗歌形式。

5　《唐璜》是拜伦的未完成的史诗，前两歌于1819年出版。

6　西班牙国王斐迪南七世在1820年的革命中被迫让位。法国宫廷坚决站在斐迪南一边，为恢复他的王位，不惜于1823年4月至9月对西班牙发动了一场流血战争，革命被镇压下去，斐迪南恢复了王位。在这场战争中，歌德站在法国宫廷一边。

多受命作战的西班牙士兵的失败中得出一个信念，听命于一个人和听命于许多人没有什么不同，这支军队保持了以往的荣誉，并且向世人表明，它会继续保持内部纪律严明，没有拿破仑也能够取得胜利。"

接着歌德的思路转向此前的历史，谈了七年战争中普鲁士军队的许多情况¹。在腓特烈大帝²的率领下，这支军队习惯于不断地打胜仗，因此被宠坏了，结果由于过分自信后来的许多次战役都打了败仗³。那段历史的全部细节，他都历历在目，我真佩服他有这么好的记忆力。

歌德又说："我有一个非常有利的条件，我出生时，世界上的重大事件已经提上议事日程，它们伴随我漫长的一生。因此，我就成了七年战争、美国脱离英国而独立，以及法国大革命，最后从整个拿破仑时代到英雄的覆灭，还有随后发生的一些事件的活着的见证人。这样，我所得出的结论和获得的认识就与现在出生的人可能得出的结论和获得的认识完全不同,因为他们必须通过书本获得有关这些重大事件的知识，而那些书本他们是读不懂的。

"今后几年将给我们带来什么，我们无法预言；但我担心，我们不会很快能过上安生日子。世界上的人没有知足的：大人物不知足，因为他们不能滥用权力；大众百姓也不知足，因为他们不安于中等的生活状况，期待着逐步有所改善。假如能把人类变得十全十美，一种十全十美的生活状况也才可以想象；而现在一切总是摇来摆去，一部分人受苦，另一部分人养尊处优，自私和嫉妒这两个恶魔处处作祟，党派之间的斗争永无休止。

"人人都干自己生来注定要干的那一行，干自己学过的那一行，不去妨碍别人干人家自己的事，这永远是最明智的。让鞋匠守着他的楦子，让农夫扶犁耕作，而王公要懂得如何治理国家，因为治理国家也是一门行业，必须学

---

1 七年战争（1756—1763）是以普鲁士为主的一方与以奥地利为主的另一方，为争夺西里西亚而进行的一场战争。这是德意志帝国内部的一场战争，普鲁士取得了胜利，从而结束了在帝国内部普鲁士与奥地利两强争霸的局面，普鲁士占据帝国内部的霸主地位，奥地利被迫边缘化。

2 腓特烈大帝（Friedrich der Große，1712—1786），普鲁士国王，历史学家认为他是一位"开明君主"，在他的领导下普鲁士成为德意志帝国内部实力最强的邦国。

3 拿破仑入侵德国，普鲁士军队连连失败。普鲁士军队的大溃退在普鲁士引起强烈反响，要求改革的呼声一浪高过一浪。歌德认为，普鲁士吃败仗的原因是过于自信。

习才行，不懂得这门行业的人，切不可不自量力。"

歌德说完这番话之后又谈到法国报纸。他说："自由派可以发表言论，如果他们的言论有道理，人们就愿意倾听；而手中掌握实权的保守派，他们不宜于发表言论，而是要行动。他们可以兴兵讨伐，可以执行斩首和绞刑，这都无可非议；但是在报刊上公开压制不同意见，为自己所采取的措施进行辩护，这就与他们的身份不相称了。除非受众都是国王，那他们才可以讲话。"

歌德又说："就我本人的所作所为而言，我总是坚持以保皇派的方式行事。让别人胡说去吧，我做的都是我认为有益的事。综观自己的事业，我知道我要追求的目标。如果我一个人犯了错误，我可以把它改正过来；但是如果我和另外两个人或者几个人一起犯了错误，那就不可能改正过来了，因为人多了什么意见都有。"

后来吃饭的时候，歌德的情绪极好。他把冯·施皮格尔夫人[1]的宾客留言册拿给我看，上面有他写的非常优美的诗句。这块地方曾经为他空了两年时间，现在他很高兴，终于实现了一项过去许下的诺言[2]。我读完他给冯·施皮格尔夫人写的这首诗之后，继续翻阅那本留言册，看到了一些重要人物的名字。紧接着下一页上是蒂德格写的一首诗，这首诗在思想和语气上完全与他的《乌拉尼娅》一脉相承[3]。歌德说："我曾经一时心血来潮，想要在那下面加上几行诗句；但让我高兴的是我没有这么做，因为我说话不留有余地曾经使不少好人反感，结果好心被当作了驴肝肺，这样的事已经不是第一次了。"

歌德又说："可是蒂德格的《乌拉尼娅》也让我饱受痛苦，有一段时间歌唱和朗读的全是《乌拉尼娅》。无论你到哪里去，所有的桌子上都摆着《乌拉尼娅》，每次谈话的题目也都是《乌拉尼娅》和永生不死。我绝对不想缺

---

1 冯·施皮格尔夫人（Emilie von Spiegel），魏玛内廷总监施皮格尔的夫人，1824年2月22日访问歌德，带来了她的宾客留言册，歌德在上面题写诗句。

2 早在1821年1月歌德就答应为冯·施皮格尔夫人题词，终于在三年后兑现了他的诺言；这里，"这块地方曾经为他空了两年时间"可能有误。

3 蒂德格（Christian August Tiedge，1752—1841），1801年写了一首题为《乌拉尼娅》的诗，大谈上帝、永生和自由，一时间大受欢迎。

失那种相信生命会在来世延续的幸福；我甚至想借用洛伦佐·德·梅迪奇[1]的话说，所有那些不希望有**来世**的人，对于**现世**来说他们也就死亡了；只是这些让人捉摸不透的事情距离我们太远，我们不会把它们作为平日观察和费尽脑汁冥思苦想的对象。其次，相信生命会延续的人应该把幸福放在自己心里，他没有理由为此骄傲自负。在此我想借谈论蒂德格的《乌拉尼娅》的机会提出这样的看法，正是贵族和基督教徒构成了某种专制统治。我看见有些愚蠢的女人，她们很自豪，因为自己能同蒂德格一起相信永生。当有些人妄自尊大，就这个问题考问我时，我只好忍受。但是，我作弄他们说，如果在现世生活结束之后我们还能再活一次的话，那会很合我的心意；不过，我要求在彼岸不要与曾经在现世相信永生说的人相遇。因为否则的话，我就更加痛苦不堪了！基督教徒们会围上前来对我说：难道我们说的不对？难道我们没有预言过？难道我们的话没有应验？这样，在彼岸的烦恼可就永无休止了。"

歌德又说："研究永生说是有闲阶层，特别是那些无事可做的女人的事。而一个能干的人，一个打算在现世就要体面正派，因而每天都在努力、在奋斗、在工作的人，他不会去干预来世，而是要在现世中积极劳作，造福于人。此外，永生的思想是为那些在追求现世幸福方面不甚顺利的人而存在的，我敢打赌，如果善良的蒂德格能交上好运的话，他的思想也会更好一些。"

1824年2月26［？］日，星期四

（如何欣赏绘画作品，谈天赋与经验）

我和歌德一起吃饭。吃过饭收拾完餐桌之后，他令施塔德尔曼将一大皮夹铜版画画册抱了来。皮夹上面积了一点灰尘，因为手边没有可以用来擦拭的抹布，歌德很生气，责备了他的佣人。他说："我最后一次提醒你，如果你今天还不去买经常要用的抹布来，明天我就自己去买，你看着吧，我说话是

1　梅迪奇（Lorenzo de' Medici，1448—1492），意大利政治家、外交家和艺术家，文艺复兴时期佛罗伦萨的实际统治者，他热心文艺，使佛罗伦萨成为当时意大利的文艺中心。

算数的。"施塔德尔曼出去了。

歌德口气轻松地对着我说:"我跟演员贝克尔[1]发生过类似的情况,有一次,他拒绝扮演《华伦斯坦》中的一名骑士,我就让人告诉他,如果他不想演这个角色,我自己演。这一招果然生效,因为他们了解我对待剧院工作的态度,知道我在这一类事情上是不开玩笑的,我会有足够的牛劲说到做到,最疯狂的事也干得出来。"

我问他:"你那时当真要演这个角色吗?"

歌德说:"是的,我是真的要演这个角色的,而且要是我演的话,贝克尔先生就微不足道了,因为我对这个角色的理解比他透彻。"

随后我们打开皮夹,开始观赏那些铜版画和素描。在观赏过程中,歌德给我解释得非常仔细,我感觉他的用意是,要把我的艺术鉴赏能力提到较高的水平。他只让我看每一类画中最完美的作品,给我详细说明画家的意图和功绩,以便使我能够做到:深入思考那些最优秀的画家的思想,并且立刻察觉哪种思想是最好的。他今天说:"我们所说的品位就是这样形成的。品位不能靠中等作品,只能靠最优秀的作品来培养。因此,我只让你看最好的作品;等你通过这些作品把基础打扎实了,你就有了用来衡量其他作品的标准,不会把它们估计过高,却是会欣赏它们。我把各类画中最优秀的部分都拿给你看,是要让你知道,任何一类画都不得轻视,在任何一类画中,只要有一个才能很高的人达到了顶峰,这类画就会令人喜欢。譬如这幅法国艺术家[2]的作品所具有的风流韵味是任何其他作品都比不上的,因此它就成了这一类画的典范。"

歌德把这幅画递给我,我高兴地欣赏着。画上是一座消夏别墅中的一间很别致的房间,透过敞开着的门窗,可以看见外面的花园;房间里面是一群风姿妩媚的人物。其中有一位美丽的妇人,三十来岁,她坐着,手里捧着一

---

1 贝克尔(Heinrich Becker,1764—1822),直到1807年是魏玛剧院演员,也当过导演。他的夫人是歌德的美惠三女神之一,她死后,歌德于1797年写了一首同名哀歌。

2 这位法国艺术家名为范洛(Charles Amedee Vanloo,1707—1771),18世纪法国宫廷画师,1735年至1752年在马德里从业,后来为巴黎宫廷肖像画画师。

本乐谱，好像刚刚唱过歌的样子。稍后一点，坐着一个十五岁左右的少女偎依在她的身旁。再往后，在敞开着的窗子前面站着另一位少妇，她手里拿着一把琉特，好像还在弹奏着乐曲。正在这一瞬间进来一位青年男子，妇人们把目光投在他的身上。这位男子好像是打断了她们的音乐消遣，站在那里微微欠身致意，给人的印象是，他在道歉，妇人们满意地听着。

歌德说："我想，这幅画所表现的风流韵味可以与卡尔德隆[1]的任何一个剧本媲美，你现在看了这一类画中最优秀的作品。你对此有什么看法？"

他一边说着话，一边把著名动物画家罗斯[2]的几幅版画递给我看。画的全是羊，这些羊各有各的姿势和状态，有的憨头憨脑，有的面相丑陋、毛发蓬乱，但都十分真实，好像真羊一样。

歌德说："每逢我看到这些动物，心里总感觉恐惧不安。它们那种局促、呆笨、似睡非睡、张着嘴打哈欠的样子不免引起我的恻隐之心；我害怕自己会变成这样的动物，我甚至相信，这位画家本人就曾经是一只羊。但是他能够深入到这些生物的灵魂中去体会它们的思想和情感，让外壳里面的内在性格如此真实地显露出来，这无论如何都是十分令人惊叹的。由此可以看出，一个有才华的画家如果坚持画与他的本性相近的题材，他能创作出多么好的作品来。"

我说："这位画家是否也画过狗、猫以及其他肉食动物，而且也画得这样逼真呢？既然他具有能够把思想感情移入陌生环境的巨大天赋，那么他是否也能够把人的性格处理得同样惟妙惟肖呢？"

歌德说："不能，你说的这些题材都不属于他的领域，他只是孜孜不倦地反复画绵羊、山羊、母牛一类驯服的吃草动物，这里才是他真正施展才能的地方，他一生没有离开过这个领域。他画这样的题材得心应手！他生来就对这些动物的状况具有同情心，天生就了解这些动物的心理，所以对于它们的形体情况也独具慧眼。相反，他对于其他生物也许看得就不那么透彻，因此也就既不感到义不容辞，也没有强烈的欲望去画它们。"

1　卡尔德隆（Calderon，1600—1681），西班牙17世纪著名作家、剧作家，对18世纪和19世纪初的德国文学有很大影响。

2　罗斯（Johann Heinrich Roos，1631—1681），德国法兰克福的动物和风景画家。

歌德的这番话引起我不少联想，一些类似的情况又生动地浮现在我的心头。譬如，他不久前曾经对我说过，一个真正的作家生来就有对于世界的认识，他进行创作时根本不需要太多经验和感性认识。他说："我写《葛兹·冯·伯利欣根》（ *Götz von Berlichingen* ）时才是一个二十二岁的青年，十年之后，我对自己当时描述得那么真实仍感到惊讶。众所周知，我没有见过这部作品中的人物，也没有经历过这部作品中的故事[1]，因此我必须凭预感来获得对各种各样人物状况的认识。

"在我认识外在世界之前，我只是喜欢描述我的内在世界。当我后来在现实中发现，外在的世界跟我原来想象的一样时，我就开始讨厌它，因此也就没有兴趣再去描述它了。我可以这样说：要是我一直等到认识了这个外在世界之后再去描述它的话，那我的描述就会变成揶揄和讽刺。"

还有一次他说："在人物的性格中存在一定的必然性和一贯性，一个人物性格除这个或者那个基本特征外，还会有某些次要的特征。这一点通过经验足以能够认识，但对于个别的人来说，这种认识也可能是与生俱来的。我不想去探讨，在我身上天生的和经验的东西是否得到了结合；但我起码知道：如果我和一个人谈上一刻钟的话，我在作品中就能让他说上两个小时。"

歌德也这样谈论过拜伦勋爵，说他把世界看得很透彻，因此能够凭预感描述它。接着我提出几点疑问，譬如拜伦是否能够描述那种低级动物的本性，因为我觉得他的个性太强，不会热衷于这类题材。歌德承认这一点并且说，只有当作者的才能与他要写的题材接近时，预感才能发挥作用。我们一致认为，描述者的预感是广泛的还是局限的，与他本人描述才能的大小成正比。

我接着说："如果你老人家宣称，作家生来就了解世界，你指的大概只是内在世界，而不是经验的、可接受的现象世界；如果作家也要能够真实地描述这个现象世界，他还是得研究现实生活吧？"

歌德回答说："那当然了喽，是这样的。爱与恨，希望与绝望，不管这些心灵的状态和情绪叫作什么名称，对于作家来说，这个领域是与生俱有的，他可以成功地把它描述出来。但是法院如何进行审判，议会如何工作，国王

1　歌德于1771年写完《葛兹·冯·伯利欣根》初稿，于1773年修改后正式出版。《葛兹》是一部历史剧，写的是16世纪骑士起义和农民起义的故事。

如何加冕，就不是生来就知道的了；作家写这种题材时为了不违背真实，必须向经验和文化遗产学习。所以我可以凭预感把《浮士德》中主人公悲观厌世的忧郁状态和格蕾琴[1]的恋爱心情写得很好，但是，例如我说：

> 半圆的红月亮带着迟发的余辉，
>
> 阴惨惨地升了上来，
>
> ——[2]

这就需要对自然界稍加观察了。"

我说："但是在整部《浮士德》中没有一个诗行不带着仔细深入地研究世界和生活的鲜明痕迹，绝对不会让读者想到，好像你不需有非常丰富的经验，一切即可信手写来。"

歌德回答说："这是可能的，不过，我如果不是通过预感使心中已经怀有这个世界的话，那我对它就会视而不见，一切研究和经验都只不过是一场不起作用的劳动，白费力气。我们周围有光和颜色，如果我们自己的眼睛里没有光和颜色，我们也就看不见外面的光和颜色了。"[3]

1824年2月28日，星期六［25日，星期三］

（创作切忌草率和功利）

歌德说："有些人写作从不临时应付、草率从事，他们的本性要求他们每次都要静下心来，深入地、透彻地研究要写的题材，这样的人是很优秀的。

---

1 格蕾琴是《浮士德》第一部中的重要人物，与浮士德相爱，生下一个婴儿，最后酿成悲剧。

2 这是《浮士德》第一部《瓦尔普吉斯之夜》一场中的两行诗，译文采用绿原译《浮士德》，见《歌德文集》第一卷，人民文学出版社，1999年，第123页。

3 在这篇谈话中，歌德特别强调"预感"在创作中的重要性，这里他用光和颜色来比喻。在创作中，"预感"固然不可忽视，但歌德似乎夸大了它的作用。其实，他在写《葛兹》之前阅读过很多有关16世纪骑士起义和农民起义的书籍，通过阅读这些书籍，他才有了"预感"，因此"预感"不是凭空而来的。歌德的伟大在于，他的这些通过阅读而产生的"预感"符合历史真实。

而我们对这样一些有才能的人往往缺乏耐心，因为我们很少能从他们那里得到马上就要的东西；然而，正是按照这些人的路子走才能创作出最高水平的作品来。"

我把话题转向兰贝格[1]。歌德说："他无疑完全是另一类的艺术家，一位十分可喜的天才，而且具有独一无二的即席作画的本领。有一次在德累斯顿，他要求我出一个题目给他画。我就让他画阿伽门农，画他从特洛伊返回故里时是如何下车的，以及他迈进家门时心中如何感到那种不可名状的恐惧。你会承认，这种题目最难画，要是其他画家画这个题目，是需要一番深思熟虑的。然而，兰贝格还没等我把话说完就开始画起来，而且令我钦佩的是，他立刻就正确地理解了这个题目。我不否认，我很想得到几幅兰贝格亲笔画的素描。"

随后我们又谈到一些其他画家，这些人对待自己的作品草率从事，最后落入矫揉造作的俗套，不能自拔。

歌德说："一落入这种俗套，就总是想着赶快把画画完，因而享受不到工作的乐趣。而真正的、名副其实的伟大天才是在完成绘画的过程中得到最大快乐的。罗斯孜孜不倦地忙着画他的那些山羊和绵羊的毛发，我们从他没完没了的精雕细琢中可以看出，他是在绘画过程中享受着最纯真的幸福，并不想把画画完了事。

"这样的艺术满足不了那些才能低微的人；他们在绘画的时候心里只惦记着这幅作品完成之后能拿到的那份报酬。然而，本着这种世俗的目标和倾向，是不可能创作出什么伟大作品的。"[2]

1824年2月29日，星期日

（欧仁·拿破仑去世，他修建多瑙—莱茵运河的计划）

歌德派人来请我在午饭前跟他出去兜风，我于十二点到他家里。我进

1　兰贝格（Johann Heinrich Ramberg，1763—1840），德国画家，1790年歌德在德累斯顿与他认识，他从此为歌德的作品画插图。

2　歌德认为，在艺术创作过程中，艺术家是专心致志沉浸于艺术创作，充分享受艺术创作的快乐，还是一边创作一边想着这部作品完成之后将得到什么报酬，这是区分伟大的和平庸的艺术家的标志。

屋时，看见他正在吃早点，我在他对面坐下，跟他谈起我们为重新出版他的作品正在共同进行的工作。我劝他把他的《诸神、英雄以及维兰德》（*Götter, Helden und Wieland*）和《牧师的信札》（*Briefe des Pastors*）[1]都收入这个新的版本里。

歌德说："我站在现在的立场上，已经判断不了那些青年时代写的作品了，请你们年轻人决定吧。但我不想对那些起步时的成果求全责备；当然，我那个时候的思想还很模糊，只是凭着本能的追求在默默地奋斗。不过，我对于正确的东西有一种悟性，它是一把探矿叉，向我显示金子埋藏在哪里。"

我提醒他说，这一点恐怕每一位有伟大才能的人都是一样的，否则他们在这个鱼龙混杂的世界里尽管睁着眼睛也捕捉不到正确的东西、回避错误的东西。

这时马已经套上缰绳，我们随即乘车行驶在去耶拿的路上。我们五花八门什么都谈，歌德提到了最近的法国报纸。

他说："在法国国民身上潜藏着这么多腐败的因素，所以法国的宪法是建立在与英国宪法完全不同的基础之上的。在法国，通过贿赂什么事都能办成，可以说，整个法国大革命的指导思想就是贿赂。"

歌德接着告诉我，他今天早上收到了洛伊希滕贝格的公爵欧仁·拿破仑[2]去世的消息，看上去他对此事深感悲痛。他说："他是那些具有刚强性格的伟人之一，这样的人越来越少了，如今世界又失去了一位重要人物。我见过他本人，去年夏天我在玛丽浴场的时候还同他在一起。他是一位英俊的男子，大概四十二岁，但看上去老成一些，如果考虑到他忍受的痛苦，考虑到他一

---

1 《诸神、英雄以及维兰德》是歌德于1774年匿名发表的攻击当时负有盛名的德国启蒙运动作家维兰德的滑稽剧。

《牧师的信札》的全称是《×××的牧师致×××的新教牧师的信》，这封信与另一篇文章《两个迄今没有解释过的〈圣经〉上的问题》（*Zwo wichtige biblische Fragen*）一起于1773年发表。

上述作品都是歌德青年时期的创作，锋芒毕露，毫无忌惮，不满什么就反对什么。

2 欧仁·拿破仑（Eugen Napoleon，1781—1824），原名是欧仁·维孔特·德·博阿尔内（Eugene Vicomte de Beauharnais），洛伊希滕贝格的公爵，后被封为拿破仑的养子，故得名"欧仁·拿破仑"。歌德于1823年7月在玛丽浴场与他相识。

生中一次接着一次的远征，一次接着一次的壮举，也就不奇怪了。在玛丽浴场的时候，他告诉我他有一项计划，并且与我多次商谈如何实施这项计划。他打算修一条运河把莱茵河和多瑙河连接起来。这可是一项规模庞大的工程，要考虑到那里的地理条件修运河是很困难的。但是，对于曾经在拿破仑手下服役，并且与他一起震撼过世界的人来说，没有不能做的事情。当年查理大帝就有过这样的计划，而且已经开始动工；但工程不久便停顿下来，因为沙质土壤经受不起开凿，一再从两侧塌方。"[1]

1824年3月22日，星期一

（与歌德漫步在他花园别墅所在的园林）

饭前和歌德一起乘车去他的花园[2]。

花园位于伊尔姆河[3]对岸一片丘陵西侧的斜坡上，在一座公园附近，幽深静谧。丘陵的斜坡把从东北面刮来的风挡住，花园向着西南面的天空敞开着，受其影响，园中温暖和煦，生意盎然，这就使它尤其在春秋两季成为极其合人心意的去处。

在西北面有一座城市，离这里很近，几分钟就可以走到，但是，如果你向四周张望，却看不见一座建筑物或是一个高耸的塔尖提醒你这附近还有一座城市；公园里高大茂密的树木把投向那边的视线全部遮住了。树木向左，即向北方延伸，在北极星的指引下直伸向一条马车道旁，这条马车道直接从花园门前经过。

西面和西南面空旷开阔，望上去是一片宽广的草原，在足有一箭之遥的地方，伊尔姆河静静地从那里蜿蜒流过。河的对岸同样是绵延起伏的丘陵，

1　查理大帝（Karl der Große，742—814），法兰克王国的皇帝，793年下令修建从雷格尼兹到阿尔特穆尔的运河，试图把多瑙河与莱茵河连接起来，这个计划没有实现。莱茵—多瑙运河最后是由巴伐利亚国王路德维希一世于1836年至1845年间建成的。

2　这是一座花园别墅，是魏玛公爵送给歌德的，歌德1776年来魏玛后就住在那里，一直住到1782年。

3　伊尔姆河为萨尔河左侧支流，流经魏玛。

在斜坡上和山岗上，高大的椴树、白蜡树、白杨树和桦树的枝叶，形状各异，明暗相间；在宽阔的公园里，中午和傍晚的临界之间有一段距离，这时公园渐渐变成绿色，看上去令人赏心悦目。

掠过草原看到的公园，特别是在夏日里给你的印象是，你仿佛来到一片能走上几个小时的森林近处，你会以为随时都可能有鹿、狍子跑到草原上来。你会觉得自己已经置身于大自然的幽静之中，万籁俱寂，只有乌鸦孤独的啼叫声或是林中的啄木鸟断断续续的歌唱时而打破这种寂静。

然而，塔楼上偶尔敲响的钟声、公园上空传来的孔雀的啼鸣，或者营房里士兵们的击鼓声和角号声，把我们从这种完全与世隔绝的梦境中唤醒。但我们并不觉得这些声音刺耳，因为伴随这些声音，那种以为自己已经远离几里之外的故乡却是令人欣慰地近在咫尺的感觉油然而生。

在一天的某些时段和一年的某些季节里，这片草原是寂静的。时而有农夫去魏玛赶集或是做工，然后再从那里回来，时而有各种各样的人沿着蜿蜒曲折的伊尔姆河，尤其是沿着去魏玛北城的方向散步，每逢一些特定的日子，那里是游人很喜欢去的地方。接着是收割干草的季节，届时，这一带处处喜气洋洋，随后有羊群来这里吃草，也有附近农业经营社肥壮的瑞士奶牛来这里放牧。

然而，这一切使人心旷神怡的夏日景象今天还看不到痕迹，草原上几乎没有几处绿地，公园里树上的枝杈和叶芽还是褐色的。不过，燕雀的拍打声以及不时传来的乌鸦和啄木鸟的歌唱正预示着春天即将来临。

空气像在夏天里一样，清爽宜人，从西南方向吹过来的微风拂拂。几块小小的雨云从晴空掠过，可以看见高空上的团团云卷正在消散。我们仔细观察天上的云彩，发现在低空浮动着的滚滚云团也消散了，歌德得出结论说，气压肯定正在上升。

接着他谈了许多气压升降的问题，他把气压上升称作水短缺，气压下降称作水过剩。他说，地球是按着永恒的规律呼吸的[1]，如果水持续处于过剩状

1　歌德认为，"呼"与"吸"是生命最原始的现象，同样自然界也是要"呼"和"吸"的。

态（即下雨），就有可能发大洪水。此外，每个地方都有自己的大气环境，但欧洲的气压却是高度一致。自然界是不能用同一单位计量的，在大量非规律性的事物中很难找出它们的规律性。

我们在花园里宽阔的沙石路上走来走去，歌德一边走一边教我懂得这些高深的事物。我们来到一幢房子跟前，他令看守将房门打开，想等一会儿让我进去看一看。房子外面粉刷成白色，周围种满了蔷薇，蔷薇的藤蔓顺着花架子一直爬到房顶。我绕着房子走了一圈，十分欣喜地发现在墙上蔷薇丛的藤蔓之间有大量各式各样的鸟巢，这些鸟巢都是去年夏天留下来的，现在蔷薇的叶子还未长满，因此可以看得见。尤其是金翅雀和各种草蝇，它们有的喜欢把巢搭在高处，有的喜欢把巢搭在低处，鸟巢错落不齐，就更容易看见了。

接着歌德带我进到房子里面，这是我去年夏天错过了机会未能看到的。房子底层只有一间可以住人的房间，墙上挂着几张图片和几幅铜版画，还有一幅一人高的歌德彩色肖像[1]，这是歌德和迈尔这两位朋友从意大利回来后不久迈尔给他画的。画上的歌德是一位年富力强的中年男子，皮肤黝黑，颇为壮实。他的脸上没有笑容，表情十分严肃；可以相信，你看见的这位男子是一个胸怀大志的人。

我们爬上楼梯来到上面。这里有三个房间和一间阁楼，但都很小，缺乏应有的方便设备。歌德说，他早年曾经在这里住过相当长一段时间，过得很愉快，工作起来也很安静。

房间里的温度有点低，我们又想到外面稍微暖和一点的地方去。我们一边在那条主要的人行道上晒着中午的太阳走来走去，一边谈着当代文学，谈到了谢林[2]，另外还谈到普拉滕最近写的几部戏剧[3]。

1　这幅画是迈尔1792年画的。

2　冯·谢林（Friedrich Wilhelm Joseph von Schelling，1775—1854），德国著名哲学家，他的哲学思想对德国浪漫文学有很大影响。他与歌德私交甚笃。他于1798年被聘为耶拿大学教授，是与歌德的支持分不开的。

3　这个说法不准确，普拉滕最近只写了一部戏剧，而不是几部。这部剧名为《玻璃做的拖鞋》，1824年3月17日普拉滕把手稿寄给歌德，歌德于1824年3月19日和20日看了这份手稿，1824年3月27日把手稿退还给普拉滕，理由是，他"目前根本没有可能给这部作品应有的注意"。

但我们的注意力很快又回到我们周围的大自然上面。皇冠花和百合花已经生出许多嫩芽，道路两旁的锦葵也已经开始吐露新绿。

花园的上半部分位于山丘的斜坡上，是一片草地，一些果树稀稀拉拉地分散在上面。几条小径沿着山坡蜿蜒而上，再从上面蜿蜒而下，这引起我想上去看一看的兴趣。歌德沿着小径向上攀登，很快就走在了我的前面，看到他精力充沛，我很高兴。

在上面的灌木丛里，我们发现一只雌性孔雀，看样子是从那边皇家公园里跑过来的；这时歌德告诉我，他在夏日里常常用孔雀喜欢吃的食物把它们引诱到这边来，让它们习惯这里的环境。

我们从另一侧沿着曲曲弯弯的小径走下来，我看见在一堆矮树丛里有一块石头，上面刻着那首著名诗歌的诗句：

在这里，有情人默默思念着他的情侣——[1]

我感觉自己置身在一处留下了典故的地方。

我们来到紧挨在石头边上的一片未成熟的橡树、冷杉、桦树和山毛榉树前。在冷杉树下我发现有一块乌鸦吐下来的残食；我把它指给歌德看，歌德回答说，他在这个地方经常看到这一类残食。由此我推想，这些冷杉可能就是人们常常在这一带发现的那几只猫头鹰所喜爱的栖息之处。

我们绕着那片树林转来转去，然后又回到那幢房子附近的主要人行道旁。刚才走过的那片树林，橡树、冷杉、桦树和山毛榉树掺杂在一起在这里组成一个弧形拱顶，在拱顶下面的空间里放着一张圆桌，周围摆了几把小椅子，我们于是走进去坐下。阳光很强烈，那些还没长出叶子的树干投下的稀疏阴影已经使我们感到很舒服了。歌德说："在炎热的夏季，我只知道这里是最好的避暑的地方。这些树是我四十年前亲手栽种的，我曾经高兴地看着它们长大，很久以前我就开始享受它们的阴凉了。橡树和山毛榉树的叶子多么强的

1　这是歌德于1782年5月5日献给冯·施泰因夫人的诗句。

阳光也照射不透；在温暖的夏日我喜欢饭后坐在这里，草地上和整个公园常常寂静无声，要是古人来此一游，他们会说：**潘神正在睡觉**。"

这时，我们听见城里报时的钟声已经敲响两点，于是乘车返回。

1824年3月30日，星期二

（德国人独特的文艺批评观，谈与蒂克和施莱格尔兄弟的关系）

晚上在歌德家里。—— 只有我一个人和他在一起。我们五花八门什么都谈，还喝了一瓶葡萄酒。我们谈到法国戏剧，拿它与德国的戏剧对比。

歌德说："要德国的观众能像意大利和法国的观众那样做出某种纯粹的判断，是很困难的。对于我们特别不利的是，在我们的舞台上什么种类的戏都上演，杂乱无章。我们昨天在这个舞台上看的是《哈姆雷特》（*Hamlet*），今天看的就是《施塔伯勒》（*Staberle*）[1]，明天《魔笛》（*Zauberflöte*）让我们着迷，后天我们又得向《新生的幸运儿》（*Neuen Sonntagskindes*）[2]去寻找乐趣。这样就给观众造成判断上的混乱，把不同种类的剧目掺杂在一起，他们永远无法学习怎样正确鉴赏和理解。而观众又都各有各的要求，各有各的愿望，因此看戏总是要到能实现他们的要求和愿望的地方去。一个人在同一棵树上，今天摘了无花果，想明天再去摘，若是一夜之间长出了黑刺莓，他就会非常扫兴。爱吃黑刺莓的人应该到荆棘丛中去寻找。

"席勒曾经有过一个很好的想法，打算建造一座专门上演悲剧的剧院，而且每周上演一部，只供男人们观赏。但是，建造这样剧院的前提是，要有一个很大的宫廷，在我们这种狭小的环境里[3]，他的打算是无法实现的。"

1　指喜剧《施塔伯勒的婚礼》，剧作者是维也纳喜剧作家和小说家博伊尔勒（Adolf Bäuerle，1786—1859）。

2　《新生的幸运儿》是一部滑稽歌剧，由德国作曲家文策尔·米勒创作，歌德的妻兄乌尔皮乌斯（Christian August Vulpius，1762—1827）改编过这部歌剧。

3　18世纪德国的很多剧院都是由宫廷出资建立的，例如魏玛剧院就是由魏玛宫廷出资建立的。席勒的计划比较庞大，需要有雄厚财力才能实现，而这一点只有大宫廷能够做到，魏玛这样的小宫廷是无法做到的。

我们谈到伊夫兰特[1]和科策布的剧本，歌德对他们的这种剧本评价很高。他说："人们有一个毛病，不能对各种剧本种类恰当地加以区分，正是因为这一点，两位作家的剧本往往受到不公正的指责。[2]可是，要想再有几个像这样受群众喜爱的有才能的作家出现，我们可得等着哩。"

　　我称赞了伊夫兰特的《怪僻的老鳏夫》（Hagestolzen），说看过舞台演出觉得很喜欢。歌德说："《怪僻的老鳏夫》无疑是伊夫兰特最好的剧本，是他唯一一部由平淡无味向着有思想见地过渡的作品。"

　　接着他告诉我，他曾经和席勒一起搞了一部戏剧作为《怪僻的老鳏夫》的续篇，但只写了一些对话，还没写成一部作品。歌德把故事情节一场一场地讲给我听；很优美动人，引起我极大兴趣。

　　歌德又谈到普拉滕的几部新剧本[3]。他说："从这些剧本里可以看出卡尔德隆对他的影响。剧本写得饶有风趣，在一定意义上也是完美的；但它们缺乏一种特殊的分量，一种有一定分量的思想内容。它们不是那种能在读者心中激起深刻而持久的兴趣的作品，相反，只是轻微地、暂时地拨动一下我们的心弦，像水上的软木塞一样，轻飘飘地浮在水面上，不留任何印记。

　　"德国人要的是一定程度的严肃认真，思想观念要在一定程度上伟大崇高，内心世界要在一定程度上广博充实，由于这个缘故，席勒受到各方的高度评价。我绝不怀疑普拉滕是一个品格优异的人，但是也许由于艺术观点上的偏差，他的品格在这些剧本里没有表现出来。他只是展示了自己丰富的学识和才智、恰到好处的幽默和近乎完美的艺术功底；但是光做到这一些，尤

1　伊夫兰特（August Wilhelm Iffland，1759—1814），演员、剧作家。像科策布一样，他也是当时最受观众喜爱的剧作家，从1796年起任柏林国家剧院院长，四次来魏玛演出，歌德很赏识他。从1799年到1800年歌德和席勒改写过他的多部剧本，1815年歌德决定在魏玛剧院演出他的《怪僻的老鳏夫》。

2　伊夫兰特和科策布的戏剧大多以家庭生活为题材，是所谓的"市民煽情剧"。这种戏剧不求思想深刻、形式典雅、风格高尚，只求故事有趣、人物生动，能吸引观众。因此，这是一种"通俗剧"。歌德认为，既然伊夫兰特和科策布写的是"通俗剧"，就不应该用"高雅剧"的标准去判断它。但是，有些人完全忽视"通俗剧"与"高雅剧"之间的区别，用同一个标准衡量不同种类的戏剧，这就使伊夫兰特和科策布的剧本常常遭受不公正的待遇。

3　即1824年3月22日谈话中提到的剧本。

其对于我们德国人来说是不够的。

"一般说来，对于观众产生重要影响的是作家的个人品格，而不是他的艺术技巧。拿破仑是这样谈论高乃依[1]的：'假如他还活着，我要封他为王。'——拿破仑不阅读高乃依的作品。但他阅读拉辛[2]的作品，却没有说要封拉辛为王。因此，拉封丹[3]受法国人的高度崇敬，也不是因为他在文学创作方面的功绩，而是因为他在作品中所表现出的品格是伟大的。"

随后我们谈到《亲和力》[4]，歌德告诉我，一位旅行途经这里的英国人说，他回到英国就提出离婚。歌德觉得这种愚蠢行为很好笑，还举了几个离了婚的人的例子，说他们离婚后还是谁也离不开谁。

他说："德累斯顿已故的赖因哈德[5]常常感到奇怪，我在涉及婚姻的问题上有很严格的原则，而在其他一切事物上却是很马虎。"

我觉得歌德的这番话很值得注意，原因是它确切地表明了歌德对于那部经常遭到曲解的小说的真实想法[6]。

我们又谈到蒂克[7]和他个人对歌德的态度。

歌德说："我打心眼儿里喜欢蒂克，他对我总的来说也很友好；但是，在他与我相处的关系中还是存在一点不应该有的东西。不过这不是我的过错，也不是他的过错，而是别的原因造成的。

"当施莱格尔兄弟开始崭露头角的时候，我对于他们来说，威力太强大，

---

1 高乃依（Pierre Corneille，1606—1684），法国古典主义作家。

2 拉辛（Jean Baptiste de Racine，1639—1699），法国古典主义作家。

3 拉封丹（Jean de la Fontaine，1621—1695），法国著名寓言作家。代表作《寓言诗》，其他作品有《故事集》、韵文小说等。

4 《亲和力》是歌德晚年写的一部小说，夏绿蒂和爱德华是一对夫妻，他们家来了一男一女两位客人，结果爱德华与女客人奥迪莉相爱，夏绿蒂与男客人脉脉传情。这样，夏绿蒂与爱德华就面临维持原来的婚姻，还是离婚，然后与各自相爱的人结合的抉择。因此，离婚是这部小说的主题之一。

5 赖因哈德（Franz Volkmar Reinhard，1753—1812），萨克森宫廷的首席牧师，歌德是在卡尔浴场同他认识的。

6 人们常常曲解歌德的《亲和力》，说他提倡离婚。实际上，这部小说写的是感情与理智之间的矛盾，提倡用理智克制感情。歌德对于爱情和婚姻的观点是，可以自由相爱，但不可轻易离婚。

7 蒂克的创作倾向与施莱格尔兄弟的理论主张不谋而合。

为了同我形成均势，他们必须寻找一个有才能的人与我抗衡。于是，他们找到了蒂克，为了让蒂克在读者眼里足以跟我同样重要，他们就得把他说得比他的实际情况好。这就损害了我与蒂克的关系，因为这样一来，就使得蒂克无意之中把自己跟我的位置摆错了。[1]

"蒂克是一个有才能的人，声望很高，他的卓越业绩没有一个人能像我看得这么清楚；但是，如果把他捧得比他本人高，让他跟我并驾齐驱，那就错了。我可以对此直言不讳，因为这与我有什么关系呢，反正我不是自己把自己吹出来的。同样，要是我想把自己同莎士比亚比较，情况也是如此。莎士比亚也不是自己吹出来的，他是更高一种类型的人物，我对他只能举目仰视，表示崇敬。"

今天晚上歌德精神特别好，谈笑风生。他取来一份未复印的诗歌手稿念给我听。听他朗诵完全是一种独一无二的享受，不仅仅是诗歌的独特力量和蓬勃朝气极大地激励了我，歌德在朗诵时也展示出了迄今为止我尚未曾领教过的他的一个非常重要的侧面。多么浑厚有力的声音！在他布满皱纹的宽阔的面庞上有着什么样的表情和生命力！还有，那是一双什么样的眼睛啊！

1824年4月14日，星期三

（哲学思辨对德国人的负面影响；歌德的各类反对者）

下午一点，我陪歌德乘车出去兜风。我们谈到各种不同作家的风格。

歌德说："总的说来，哲学思辨对德国人是有害的[2]，使他们的风格往往流于没有感情、不可理解、庞杂而烦琐。他们越是热衷于某些哲学派别，就越

1　这里暗指1800年左右以歌德和席勒为一方与以施莱格尔兄弟为另一方两者之间的争论。这次争论使歌德与施莱格尔兄弟——特别是与弗里德里希·施莱格尔——之间的关系恶化。1799年至1801年蒂克也加入了以施莱格尔兄弟为核心的早期浪漫文学的行列，但他始终与歌德保持着良好关系。

2　德国的知识分子，特别是德国的作家，喜欢哲学思辨，这是事实。不过，这是德国作家的特点，而不是他们的缺点。歌德本人虽然并不热衷于任何一个哲学流派，但他的作品仍然充满哲学思考，他也追求作品的哲学深度。

是写得不好。而那些从事实际工作、注重生活的德国人，他们只致力于实践，因而写得最好。我目前正在忙于阅读席勒的那些极有意义的信札[1]，从中我发现，一旦他放弃哲学思辨，他的风格就会最优秀、最具影响力。

"在德国妇女中同样有才华出众的佼佼者，她们能写出相当出色的风格来，在这一点上甚至比我们某些备受赞扬的男作家还强。

"通常英国人都写得很好，他们是天生的演说家和面向现实的实践者。

"法国人共有的性格特征也表现在他们的风格上，天生好交往，绝不忘记他们所面对的读者和观众；为了让读者信服，他们力求写得清楚明了，为了使读者喜欢，还要写得优美生动。

"总的说来，一个作家的风格是他内心世界的忠实写照；一个人如果想写出*简洁明了*的风格来，首先他的心里必须清楚明白；一个人如果想写得*辉煌壮观*，那么他就要有光明磊落的人格。"

接着歌德谈到一些反对他的人，说这种人总是层出不穷[2]。他说："他们人数很多，大体可以分为几类。

"第一类人反对我是由于**愚蠢**，这是一些没有理解我的人，他们不了解我就对我进行指责。这批人数量可观，给我一生制造过不少烦恼；不过我可以原谅他们，因为他们不知道自己干的是什么事。

"第二类人的数量也很大，他们是出于**嫉妒**。他们看到我凭着自己的才能获得了幸运和尊荣地位，心里很不痛快。他们破坏我的声誉，恨不得把我搞垮。只要我不贫困潦倒，他们是不会罢休的。

1　1823年4月歌德开始整理席勒写给他的信件，1824年春完成。1824年4月10日席勒的夫人冯·夏洛特（Charlotte von Lengefeld，1766—1826）把歌德写给席勒的信寄给歌德，至1824年12月底《歌德席勒文学书简》编辑完成。1828年11月《书简》第一卷出版，1829年11月其余四卷出版。《歌德席勒文学书简》是德国文学中极其重要的文献。

2　拿破仑入侵德国，于1806年大败普鲁士，一向不怎么关心政治的德国人（特别是知识分子）突然迸发出前所未有的爱国热忱，从1813年至1814年发动了声势浩大的民族解放战争。歌德对这场战争持冷眼旁观的态度，同时他也很尊重拿破仑，拿破仑也亲自接见过他。歌德的这种表现使那些反对拿破仑的爱国者感到愤怒，把他视为攻击的对象。另外，歌德在创作方面固守古典文学的原则，晚年写的作品在读者中几乎没有什么反应；他对文学创作中新的倾向不是视而不见，就是横加指责，因此他成了一个不合时宜的人。所以，到了19世纪，歌德就成了这样一个作家："他的名字人人皆知，但他的作品只有少数精英阅读。"晚年的歌德不仅十分孤独，而且常常遭受攻击。

"还有很多人是由于自己**时运不济**才变成我的对头的。这批人中不乏天禀聪颖者，只是因为我使他们相形见绌，所以不能宽恕我。

"第四类反对我的人是有**理由**的。因为我是一个人，有人的毛病和弱点，所以我的作品也就不可能没有毛病和弱点。不过，我对待自己的修养是严肃认真的，能始终不渝地努力完善自己的品格，因此我总是在不断地进步，往往发生这样的情况，他们为了一个错误指责我，可这个错误我早已改正了。这些人对我可谓友好，给我的伤害最少，因为在他们向我开枪的时候，我已经在几里地之外了。一般说来，一部作品一旦脱稿，对我也就无关紧要了，我不再继续为它操劳，而是立刻考虑新的计划。

"此外，还有一大批人反对我，是因为他们在**思维方式**和**观点**上与我有**分歧**。人们说，一棵树上几乎找不到两片叶子一模一样，因此在一千个人当中也很难找到两个人，他们的思想情感和思维方式是完全和谐一致的。如果我接受这个前提的话，我就大可不必为有那么大量的反对者感到惊讶，相反，我要惊讶的倒是我还有那么多的朋友和追随者。我和我的整个时代背道而驰，我的时代完全处于主观倾向的笼罩之下，而我则努力向着客观方向求索，这就使我完全处于单枪匹马的不利地位。

"在这一方面，席勒比我占了很大的便宜[1]。一位好心的将军[2]曾经明确地提示我，说我应该像席勒那样进行写作。比起这位将军来，我更了解席勒，于是就把席勒的业绩给他好好地分析了一番。我从容不迫，继续走自己的路，不再去操心什么成就的事，尽可能少去理会我的对手们。"

我们回到家中之后，吃饭时气氛活跃。冯·歌德夫人不久前从柏林回来，讲了许多那里的情况；她说坎伯兰公爵夫人[3]对她很热情，说到这里语气特别亲切。歌德怀着特殊的好感回忆起这位贵妇人，因为她还是年轻公主的时候

---

1 歌德强调，当时的潮流是主观盛行，席勒倾向主观，因而受到赞扬，而他自己坚持客观，所以处于单枪匹马的不利地位。这只是他自己的一种解释，不见得符合实际。

2 这位将军是谁，无法考证。

3 冯·坎伯兰公爵夫人（Herzogin von Cumberland，1778—1844），普鲁士王后路易斯的妹妹，后来成为汉诺威公爵的夫人。歌德于1793年5月认识她，1815年又在法兰克福相遇。

曾经在歌德的母亲那里住过一段时间。

晚上，我在歌德家里听音乐，这是一次很有意义的艺术享受，听的是亨德尔的《弥赛亚》（*Messias*）[1]中的几个片段，演唱由埃贝魏因[2]指挥，几位优秀的歌手加盟合作。卡罗利妮·冯·埃格洛夫施泰因伯爵夫人[3]、冯·弗罗里普小姐[4]，以及冯·波格维施夫人[5]和冯·歌德夫人，也都加入到女歌手们中间，和她们一起热情洋溢地歌唱，从而实现了歌德长久以来藏在心中的愿望。

歌德坐得稍后一些，聚精会神地听着，这个晚上他过得很愉快，对这部辉煌之作惊赞不已。

1824年4月19日，星期一

（歌德设宴欢迎古典语文学家沃尔夫）

当代最伟大的语文学家，柏林的弗里德里希·奥古斯特·沃尔夫在去法国南部旅行途中经过这里。今天歌德设宴欢迎他，出席宴会的除我之外还有大教区主教勒尔[6]、总管冯·米勒、建筑工程总监库德赖[7]、里默尔教授和内廷参事雷拜因等魏玛朋友。席间气氛格外活跃：沃尔夫说些临时想到的俏皮话为大家助兴，歌德则总是心平气和地扮演他的对手。歌德后来对我说："我和

1　亨德尔（Georg Friedrich Händel，1685—1759），德国18世纪作曲家，他的清唱剧《弥赛亚》于1742年写成。

2　埃贝魏因（Franz Carl Eberwein，1786—1868），德国作曲家，1818年起任魏玛音乐总监，曾为歌德《西东合集》中的诗歌和罗马神话中冥界王后珀耳塞福涅谱曲。

3　卡罗利妮·冯·埃格洛夫施泰因伯爵夫人（Gräfin Karoline von Egloffstein，1789—1868），魏玛亲王的夫人玛丽亚·保罗夫娜的宫廷侍女。

4　冯·弗罗里普小姐（Emma von Froriep，1779—1847），魏玛首席医疗顾问冯·弗罗里普（Friedrich von Froriep）的女儿。

5　冯·波格维施（Henriette von Pogwisch，1776—1851），宫廷侍女，歌德儿媳奥提丽的母亲。

6　勒尔（Johann Friedrich Röhr，1777—1849），魏玛（新教）大教区主教，他给歌德的孙子沃尔夫冈洗礼，为歌德致悼词。

7　库德赖（Clements Wenzeslaus Coudray，1775—1845），魏玛建筑工程总监，曾主持修建魏玛的市民学校和公爵陵墓。

沃尔夫没有别的办法和睦共处，只能装成梅菲斯特跟他唱对手戏。否则他也没有别的办法把自己肚子里的宝贝抖搂出来。"

宴席上说的那些笑话固然很风趣，但都是瞬间的产物，印象不深，无法记下来。沃尔夫答话机智敏捷、善于应对，但我觉得，还是歌德比他略胜一筹。

几个小时的宴会很快过去，不知不觉已经是六点了。我陪歌德的儿子去剧院看戏，那里上演《魔笛》。后来我看见沃尔夫和大公卡尔·奥古斯特也坐在包厢里。

沃尔夫在魏玛住到25日，然后起程去法国南方。他的健康状况不佳，对此歌德也无法掩饰自己内心的忧虑。

1824年5月2日，星期日

（谈社交与性格的培养，艺术与宗教的关系）

歌德责怪我没有去拜访这里的一个有名望的人家[1]。他说："去年冬天你本可以在那里度过一些非常愉快的夜晚，还可以新结识一些知名人士；天知道，鬼使神差让你把这些机会都失掉了。"

我回答说："尽管我生性易于激动，又有兴趣广泛、好对不熟悉的情况探其究竟的气质，但我最讨厌、最感到有害的莫过于新的印象太多。我没有学习过社交，没有养成与人交往的习惯。我过去的情况就是这样的，因此我觉得，我的生活仿佛是在自从来到你身边的这段不长的时间里才开始的。我现在对一切都感到新鲜。每次晚上去看戏，每次与你晤谈，都在我内心深处开辟了新的纪元。有些事对于受过另一种教养、养成另外一种习惯的人来说无

---

1 "有名望的人家"，可能是指魏玛宫廷主管大学事务的枢密顾问冯·弗里奇（Karl Wilhelm von Fritsch, 1769—1851）家，也可能是指女作家约翰娜·叔本华（Johanna Schopenhauer, 1766—1838）家，她是德国著名哲学家叔本华（Arthur Schopenhauer）的母亲，1806年与歌德相识。

关紧要，转瞬即逝，对于我则会产生极大影响；因为热切地渴望受到教育，所以我能用心捕捉一切，并且尽可能多地从中汲取营养。由于我心里是这么一种状况，因此去年整个冬天能看戏、能与你交往就觉得足够了，我若是热衷结识新的朋友和进行其他交往的话，就会破坏内心的平静。"

歌德笑着说："好一个古怪的基督教徒，你想干什么就干什么吧，我不干预你的行动。"

我又说："此外，我与人交往时，通常总是带着个人的喜好和厌恶以及某种程度的爱与被爱的需要。我寻求与我生性融洽的人，愿意与他们倾心相处，不愿意与其他的人打交道。"

歌德回答说："你这种天生的倾向无疑是属于不合群的那一类；但如果我们不用我们的全部文化教养试图去克服我们天生的倾向，那我们的文化教养还有什么用处呢？要求别人都来与自己协调一致，那是很愚蠢的。我从来不做这种蠢事。我总是把一个人看作是一个独立存在的个人，努力去研究他、了解他的特点，但绝不要求有进一步的感情共鸣。这样，我就能够跟所有的人打交道，也只有这样我才了解了各种各样的性格，才能做到必要的游刃有余。我们要特别注意跟那些恰恰与自己生性相反的人搞好关系，从而激活我们自己性格中一切不同的方面，并使其得到培育和发展，因为这样做的结果，我们就会很快感觉到自己什么都能面对了。你也应该这样做。你这方面的天资比你自以为的要好；但光有天资是无济于事的，你必须投入到广阔的世界中去，同意也罢，不同意也罢，你反正是要去的。"

我把这番忠告铭记在心，决定尽可能按照他的话去做。

傍晚时歌德派人来邀我乘马车出去走走。我们一路穿过魏玛北城又越过小山坡，从那里可以眺望西边的公园。树上繁花盛开，白桦已经长满了叶子，草地全然是一块绿色的地毯，夕阳的余晖照在上面。我们找到一片如诗如画的树丛，贪婪地看着。我们注意到，开白花的树不宜入画，因为它们构不成一幅图案，而抽芽的白桦也不宜放在一幅画的前景里，因为把嫩叶与白树干放在一起不能维持均衡，无法通过强烈的明暗对照把那大片风景突显出来。

歌德说:"因此,雷斯达尔[1]从来不把长满叶子的白桦放在前景里,他只画光秃秃的、被折断而且没有叶子的白桦树干。这样的树干放在前景里非常合适,因为它明亮的身躯能显现得最为雄伟挺拔。"

我们粗略地提及一些其他事情之后,接着又谈到某些艺术家想把宗教变成艺术的错误倾向[2],对于他们来说,艺术就应该是宗教。歌德说:"宗教对于艺术的关系,也和其他较高层次的人生旨趣对于艺术的关系一样。应该把宗教仅仅看作是一种题材,与其他一切生活题材享有同等权利。信仰宗教与不信仰宗教都不是用以理解一部艺术作品的感觉器官;相反,人要理解艺术作品,需要完全另外的力量和才能。而艺术对于这些人来说,就是我们用以理解艺术的感觉器官;艺术如果做不到这一点,它就达不到自己的目的,就会与我们擦肩而过,发挥不了应有的影响。一种宗教题材同样可以成为很好的艺术题材,不过前提是,它得具有普遍的人性。因此,抱着圣婴的圣母就是个很好的题材,表现这个题材的作品,可谓百看不厌。"

此间,我们已绕过林木丛,在悌夫尔特附近转到回魏玛的路上,这时我们看到太阳落山了。歌德沉思了一会儿,然后对我朗诵了一位古人的诗句:

甚至那西沉的也永远是这同一个太阳。[3]

接着他十分豁达开朗地说:"人到了七十五岁,总不免偶尔会想到死。我对此处之泰然,因为我深信,我们的精神具有坚不可摧的本性,它永远存在,周而复始,就像太阳一样,我们用肉眼看,好像是落下去了,实际上它永远

1　范·雷斯达尔(Jakob van Ruysdael,1628—1682),17世纪荷兰风景画画家,歌德持有他亲手制作的铜版画,并著文评论过他的三幅画。

2　19世纪初德国绘画界出现了一个名为"拿撒勒"(Nazarener)的画派,追随者都是浪漫主义者,主张艺术应成为宗教。歌德曾著文批评过他们。

3　1817年歌德收到俄国学者彼得堡科学院院长乌瓦罗夫伯爵撰写的论述古希腊诗歌的著作,这部书是在彼得堡出版的。在书的结尾,作者引用公元5世纪住在埃及巴诺波里斯的希腊诗人依努斯(Nonnus von Panopolis)的诗句。歌德在这里引用的就是依努斯的这句诗。他十分欣赏这句诗,还以此写了一首格言诗:"不仅仅是早晨,就是中午也只有它快活/甚至西沉的也永远是它。"

不落，永远不停地照耀着。"

这时，太阳在埃特斯山[1]后面落下去了，我们在树丛中感到黄昏带来了丝丝凉意，于是让车夫快马加鞭，直驶进魏玛，在歌德家门前停下。歌德要我再跟他上去坐一会儿，我就上去了。他情绪极好，特别和蔼可亲，谈得特别多的是关于他的颜色学以及他的那些顽固不化的论敌[2]。他还说，他确信自己在这门科学里是做出了一些成就的。

他趁此机会又说："众所周知，要在世界上开创一个时代，需要有两个条件：第一要有一副好的头脑，第二要争取一份巨大的遗产。拿破仑继承了法国大革命，腓特烈大帝继承了西里西亚战争，路德[3]继承了教士们的黑暗，而我所分得的那份遗产则是牛顿学说的错误。虽然现在这一代人不知道我在这方面做了什么贡献，但未来的时代将承认，落到我手里的绝不是一份坏的遗产。"

今天清晨歌德给我寄来一捆关于戏剧方面的文稿；我特别注意到那些分散在文稿中的一条条评注，其中包括他为了把沃尔夫[4]和格林纳[5]培养成优秀演员而与他们一起研讨过的规则和作品习作。我觉得这些具体的评论和注释很重要，对于年轻演员极富教育意义，因此打算把它们整理出来，编一本戏剧问答手册之类的书[6]。歌德赞成这个打算，我们于是进一步详细地讨论了这件事。这就引起我们想到几位从他的学派里脱颖而出的著名演员，我借此机

1　魏玛北面的山丘。

2　主要指牛顿（Sir Isaac Newton, 1643—1727），英国物理学家和数学家。他认为，颜色是一种物理现象，白色光是由七种颜色组成，因为通过棱镜白色光可以分解为七种颜色的光。牛顿的这个观点是正确的；但歌德认为是错误的，并且大张旗鼓地批判牛顿关于颜色的理论，结果招致学术界对他很反感，因此也影响了学术界对于他在自然科学方面一些有价值的研究成果的接纳。歌德的观点是，颜色不单是物理现象，更是一种心理现象，因此，他的研究重点是视网膜受到刺激以后产生的心理反应。

3　路德（Martin Luther, 1483—1546），德国16世纪宗教改革运动发起人。

4　沃尔夫（Pius Alexander Wolff, 1782—1828），歌德亲自培养的演员，1803年至1816年在魏玛剧院演出，后来转到柏林剧院供职。1828年路过魏玛时去世。

5　格林纳（Karl Franz Grünner, 1780—1845），演员，先在魏玛当演员，后为法兰克福剧院院长。

6　在歌德的指导下，爱克曼把1803年歌德与演员沃尔夫和格林纳的谈话稿编成《演员守则》，于1832年出版，编在《歌德全集最后手定本》第四十四卷。

会首先询问了海根多夫夫人[1]的情况。歌德说:"我可能对她有过影响,但她实际上并不是我的学生。她天生就是属于舞台的,在其他各方面也同样沉稳,并且像鸭子浮在水面上一样,绝对灵活而熟练。她不需要我的指导,凭着本能就可以把一切都做得恰到好处,这一点也许连她自己都不知道。"

接着我们谈到他担任剧院领导的那些年份,以及他因此失去的那些不知多少可以用于写作的时间。歌德说:"若不是担任剧院领导,我那些年无疑是能够写出几个好剧本的,可是仔细想想,我并不后悔。我总是象征性地看待自己的工作和成就,至于我制作的是锅还是碗,其实对于我来说都无关紧要。"

1824年5月6日,星期四［16日,星期日］

(整理歌德的书信、遗稿,为出版全集做准备)

如前面所说,我去年夏天来魏玛的时候,并没有打算留在这里,我只是想认识一下歌德本人,然后去莱茵一带找一个合适的地方多住上一段时间。

但是,歌德待我特别亲切友好,把我给拴在魏玛了。他让我逐渐深入到他的兴趣中去,为出版他的作品全集做准备,交给了我一些并非不重要的工作。这样,我同他的关系就渐渐发展成一种有实用价值的关系。

因此,我去年一个冬天主要是从那些杂乱无章的纸捆里整理出了几大部分《温和的格言警句》(Zahme Xenien)[2],编辑了一本新诗集以及那本前面已经提到的戏剧问答手册,还草拟出一份概述各类艺术中所表现出的非专业倾向的文章提纲[3]。

但想去看一看莱茵河的打算,我一直念念不忘。为了让我不再继续因为藏在心中的愿望未得到满足而苦恼,歌德主动建议我,今年夏天拿出几个月

---

1 冯·海根多夫夫人(Karoline von Heygendorf, 1777—1848),演员,先是伊夫兰特的学生,后到魏玛当演员,成为魏玛大公卡尔·奥古斯特的情人。1817年她把歌德排挤出魏玛剧院的领导层。

2 《温和的格言警句》是歌德写的一首格言诗。

3 歌德、席勒和迈尔三人曾打算写一篇文章,专门讨论在各种艺术中表现出的非专业倾向,并已拟好提纲,但最终没有写成。

时间去那一带看看。

不过，他希望我一定要再回到魏玛来。他提出的理由是，刚刚建立起来的关系又要中断是不好的，生活中的一切，凡是想使其生根开花的，都必须要有一个结果。他说这些话的意思很清楚，他是选中了我，让我与里默尔保持联系，不仅全力支持里默尔准备重新出版他的作品的工作，也因为他本人年事已高，一旦有个三长两短，我就能与他的这位朋友一起把这项工作独立承担起来。

今天早上他把一大捆信札拿给我看，这些书信本来是在那间所谓半身雕像室里摊开来摆放着的。他说："这些信都是自1780年起[1]我国最重要的人士写给我的；其中包藏着真正的思想财富，留待你们将来把它们公之于众吧。我现在让人做一个柜子，把这些信件连同我其余的文学遗著都放在里面。在你出去旅行之前，请把它们整理好，通通归置在一起，这样我就放心了，了却了一桩心事。"

然后他向我透露，他今年夏天又要去玛丽浴场，但要到7月底才能走，他还把为什么这么晚走的理由都悄悄地告诉了我[2]。他表示，希望我能在他启程之前回来，以便有事还能跟我谈谈。

几个星期之后，我首先去看望我在汉诺威的亲人，然后在莱茵河畔逗留了六七个月，在那里，特别是在法兰克福、海德堡和波恩又结识了歌德的几位可敬的朋友。

1824年8月10日，星期二

（商讨续写《诗与真》，爱克曼的建议）

我从莱茵旅行归来已经八天了。歌德见我回来，喜形于色，而我又来到

---

1 歌德于1779年第二次去瑞士旅行之前把所有到那时为止别人寄给他的信通通销毁了；1797年第三次去瑞士旅行之前又销毁了一部分截止到1792年收到的信件。
2 这次去玛丽浴场疗养的计划没有实现。

他的身边，也倍感欢悦。他要对我说的话和要告诉我的事情很多，所以最初几天我几乎无法从他身边走开。他放弃了原先要去玛丽浴场的打算[1]，今年夏天哪儿也不想去了。昨天他对我说："现在你已经回来，我这个8月份会过得很不错的。"

几天前他同我谈了《诗与真》续篇[2]的开头部分，续篇是用一个四开纸的本子写的，本子不到一指厚。有一些已经写了出来，绝大部分还只是简单的提示。但写出的这一部分已经包括五卷，如果把为每一卷草拟的简单提示放在一起，稍微研究一下便可以综观全部内容的概貌。

我觉得业已写出来的那部分很精彩，草拟的简单提示所包含的内容也很重要，因此，这样一项极富教育意义又能让人得到享受的工作，如果陷于停滞，我会感到十分惋惜。我将想方设法敦促歌德赶快继续往下写，把它全部写完。

这部分的整个布局有很多小说的成分。温柔的、甜美的、热烈的，以欢乐开始，经过田园诗般的历程，最后以双双默默地断念而悲凉告终的爱情，蜿蜒曲折地贯穿在四卷书里[3]，把这四卷结合成为一个井然有序的整体。对莉莉[4]这个人物的魅力描写得很细腻，可以吸引住任何一个读者，就如同把那个正在爱着她的人紧紧缠住一样，这个人非得一再逃离才能得救[5]。

这里所描述的这段生平同样具有很强的传奇性质，或者说，它将成为一部小说，因为它是围绕着主要人物演绎和发展的。但是，这段生平的特殊意

1　歌德这次放弃去玛丽浴场疗养的计划，可能是因为怕在那里再次遇到曾经给他带来欢乐和痛苦的乌尔里克及其家人。不过，也有另外一种说法，御医雷拜因考虑歌德的身体状况，建议他不要去玛丽浴场疗养。

2　《诗与真》的续篇是指第四部的十六卷至二十卷，也就是全书的最后五卷。这部分于歌德去世后1833年出版。

3　《诗与真》的最后一部共有五卷，写歌德与莉莉关系的部分只限于后四卷，前面那一卷可以作为序幕。

4　莉莉是伊丽莎白·舍内曼（Elisabeth Schönemann，1758—1817）的爱称。她1775年与歌德订婚，然而，最后与她结婚的不是歌德，而是斯特拉斯堡的银行家。歌德与莉莉从相爱、订婚到最后分手是歌德到魏玛以前个人生活中最重要的经历，因而也是《诗与真》最后五卷的主要内容。对于这样一段刻骨铭心的经历，当事人只有等到有了更多阅历以后，才能从更高的角度俯视这段历史，把它写得更真切。这就是为什么歌德到了晚年才写《诗与真》最后五卷的原因。

5　指歌德被莉莉的魅力深深吸引，以至于不得不通过一再逃离来挽救自己。

义和重要性却在于，它作为魏玛时期的序幕决定了歌德整个一生。如果想从歌德生平中取出任何令人感兴趣的一段，并且使人产生要详细描述它的愿望，那么非这一段生平莫属。

为了唤起歌德对于这项中断了的搁置多年的工作的新的兴趣和喜爱，我不仅立即同他口头上谈了这件事，今天还把下面的摘记交送给他，让他知道，什么已经完成，哪些地方还需要详细阐述和另作安排。

第一卷

这一卷按照最初的意图，可以看作已经完成，在那篇具有引言性质的文章中特别表达了主人公参与世界事务的愿望，魏玛的邀聘实现了这一愿望，从而这一整个时期就结束了。为了使这一卷与整体衔接得更紧密，我建议，让贯穿后面四卷的对于莉莉的爱情在第一卷就开始，一直延续到歌德逃往奥芬巴赫为止。这样也可以扩大第一卷的篇幅和重要性，防止第二卷的篇幅增加太多。

第二卷

第二卷展示的是奥芬巴赫的田园生活，他和莉莉幸福相爱，直到最后情况开始变得令人忧虑、严峻乃至悲凉。从施蒂林[1]的模式看来，此处很适合探讨那些严肃的问题，只需用几句话把意图提示一下，就能让人从中获得许多非常重要的教诲。

第三卷

第三卷包括续写《浮士德》的计划[2]等，这一卷可以看作是一个插曲，通

1　施蒂林（Stilling），原名荣格（Heinrich Jung, 1740—1817），也叫荣格－施蒂林（Jung-Stilling），医生、作家，歌德在斯特拉斯堡求学时的好朋友。后来，荣格－施蒂林成为虔诚主义的首领，与歌德的关系逐渐疏远。

2　1816年11月6日歌德口授了一份续写《浮士德》的提纲，计划放到《诗与真》第十八卷里，但这份提纲最终未收入《诗与真》。

过将要与莉莉分手的尝试同样能够与其他几卷衔接起来。

至于这份续写《浮士德》的计划应该公布还是不要公布，这个疑虑要等到审阅过已经完成的片段以后，从而弄清楚续写《浮士德》的希望应当全部放弃还是有所保留时，才能够排除。

第四卷

如果第三卷以试图与莉莉分手结束，那么第四卷以施托尔贝格兄弟[1]和豪格维茨[2]的到来开始就非常合适，这样便解释了去瑞士旅行的动机，从而也就说明了第一次从莉莉身边逃离的理由。从现在已有的这份关于这一卷的详细提纲看，有一些事情极其有趣，并且强烈地激发我们希望作者尽可能把细节都描述出来。那种对莉莉的一再迸发、无法压抑的激情以其青春爱情的炽热把这一卷烤得暖烘烘的，并且以一种完全特有的、迷人的、令人愉快的方式照射着那位旅行者的处境。

第五卷

这一卷写得很美，同样也已接近完成。起码应该把提到乃至说出那种玄妙而高深的天命的中间和结尾两个部分看作是完全写完了，只是还需要加几句导言，导言怎么写也已经有了一份非常清楚的提纲。因为导言首先谈到魏玛时期的状况，因而首先引起对魏玛状况的兴趣，所以根据提纲把导言写出来就更加必要，更加值得期待了。

1　施托尔贝格兄弟（Graf Christian von Stolberg，1748—1821，Graf Friedrich von Stolberg，1750—1819），歌德年轻时的好朋友，狂飙突进文学运动的参与者，他们是歌德第一次瑞士之行的旅伴。

2　豪格维茨（Graf Heinrich Christian Carl Haugwitz，1752—1831），施托尔贝格兄弟的教师，后来成为普鲁士的部长。他与歌德以及施托尔贝格兄弟曾于1775年一起去瑞士旅行。

1824年8月16日，星期一

（妙语几则）

这些日子与歌德交谈的内容十分丰富，但我因为忙于其他事情[1]，未能将他大量谈话中的一些重要部分写下来。

我在日记中只记录了下面几段，但各段之间的联系和它们产生的前因后果我都忘记了。这几段是：

"人是漂浮在水上的盆盆罐罐，它们总是互相撞击。

"我们清晨最聪明，但忧虑也最多；不过忧虑也是一种聪明，尽管这种聪明是消极的。愚蠢就不懂得忧虑。

"不要把青年时代的错误带入老年，因为老年本身也有自己的不足。

"宫廷生活如同一部音乐，每个人必须掌握自己的节奏。

"廷臣们如果不懂得用仪式来填满他们的时间，他们会因无聊而丧生。

"劝一位君主在小事情上不履行君主职责，这是不可取的。

"要想培养演员，就必须有无限的耐心。"

1824年11月9日，星期二

（谈克洛卜施托克、赫尔德、默克）

晚上我在歌德家里。我们谈到克洛卜施托克[2]和赫尔德，我很愿意倾听他是怎样对我解释这两个人的伟大业绩的。

他说："如果没有这些强大的先驱，我们的文学就不会变成像现在这个样子。这些人出现时是走在时代前面的，好像是拖着时代跟着自己走，但是现在时代已经跑在**他们**的前面了。这些一度很必需、很重要的人物如今已经不

1　这时爱克曼正在写他的《论诗》第二卷，另外他还在教几个英国青年学德语。

2　克洛卜施托克（Friedrich Gottlieb Klopstock，1724—1803），他与维兰德和莱辛一起被称为德国启蒙运动最重要的三位作家，他们分别在诗歌、小说和戏剧方面把德国文学带入了现代文学的发展期。歌德在诗歌方面的成就直接受益于克洛卜施托克的影响，他年轻时很崇拜克洛卜施托克，克洛卜施托克也很赏识歌德，曾两次（1774年和1775年）在法兰克福拜访他。

再能充当工具。一个青年人如果在今天还想从克洛卜施托克和赫尔德那里吸取文化修养，那就太落后了。"

我们谈到克洛卜施托克的《救世主》(*Messias*)[1]和他的《颂歌》(*Oden*)[2]，回忆了两部作品的功绩和不足。我们一致认为，克洛卜施托克在观察和理解感性世界以及描写人物性格方面都没有什么倾向和天资，他缺少成为叙事作家和戏剧作家，甚至可以说，缺少成为一个作家的最本质的东西。

歌德说："这里我想起他的那首颂体诗[3]，诗中描写一位德国的艺术女神与一位英国的艺术女神赛跑；两位姑娘甩开双腿，竞相奔命，脚后尘土飞扬，试想，这实际上是一幅什么样的图像，我们完全可以推测，善良的克洛卜施托克在这里所描写的，他既没有在生活中见过，也没有象征性地在头脑中演绎一下，否则不可能出这样的差错。"

我问歌德，他在青年时代怎样看待克洛卜施托克，那时是怎样评价他的。

歌德说："我怀着我特有的敬畏之心尊敬他；把他看作我的长辈。我对他做的一切都十分尊重，没想过要进行思考和提出什么批评。我一方面接受他最好的影响，另一方面走自己的路。"

我们又回过来谈赫尔德，我问歌德，他认为赫尔德的著作哪一部最好。歌德回答说："他的《对人类历史的一些想法》(*Ideen zur Geschichte der Menschheit*)[4]

1　《救世主》是克洛卜施托克的代表作。这是一部史诗，共二十歌，内容讲述的是耶稣的生平。开头几歌于1748年公开发表，在文坛引起轰动，"救世主热"席卷全德国，作者本人也一举成名，成为众人崇拜的偶像。可是，到了18世纪70年代，当全书完整地呈现在读者面前时，除职业研究者外几乎无人阅读。德国文学从18世纪40年代到70年代经历了飞速发展的时期，因此，40年代初露峥嵘的创新到70年代就成了无人问津的古董。

2　克洛卜施托克的颂体诗开创了德国诗歌的新时代，在德国人第一次读到由德国人自己写的有真情实感的诗。克洛卜施托克的诗不仅语言典雅优美，而且感情真挚充沛、崇高庄严，这正好符合当时读者的感情需要，因而打动了他们的心。克洛卜施托克在诗歌创作领域的另一项伟大成就是，创造性地运用了源于古希腊的"颂歌体"，使其适应德语的特点，从而使这种古老的诗歌形式德国化。在他以后的诗人，如歌德、荷尔德林等都采用过这种经他改造过的形式。

3　《两位艺术女神》，写于1752年。

4　这部著作的正式书名是《对人类历史哲学的一些想法》，1784年开始发表，1791年出齐，共五卷。原计划还要写下去，但由于种种原因计划未能实现。这部著作篇幅浩繁，涉及面很广，几乎包含所有领域。赫尔德写这本书时，正值他与歌德的关系由冷变热的时期，融洽的关系使他们有可能坦诚交换意见。此时，歌德正在研究自然科学，他的自然观对赫尔德有很大影响，使赫尔德能够把自己所坚持的历史观与歌德的自然观结合起来。

无疑是最好的。后来他向消极方面转化¹，就不能令人高兴了。"

我用坚定的语气回答说："尽管赫尔德十分重要，但我不能赞同他的是，他对某些事物似乎缺乏判断能力。譬如，他把《葛兹·冯·伯利欣根》的手稿，特别是在德国文学处于当时的情况下，对其好的方面不做任何评价，只加了几条嘲弄人的注脚就寄了回来²，对此我不能宽恕他。他肯定是对某些题材感觉迟钝。"

歌德说："赫尔德在这方面是很差的。"接着他又巧妙地补充说："如果此刻他的魂灵出现在这里的话，它不会听得懂我们在说什么。"

我说："相反，我必须称赞默克³，是他敦促你把《葛兹·冯·伯利欣根》送去付印的。"

歌德说："是的，这是一位脾气古怪的知名人物。他说：'把这份东西送去付印吧！虽然毫无用处，但还是印出来吧！'他不主张彻底修改是有道理的；因为修改后面目可能改变了，但不会更好。"

1824年11月24日，星期三

（对比古代史与现代史、法国文学与德国文学之不同）

晚上去剧院之前我看望了歌德，发现他精神很好，心情愉快。他问到在魏玛的那几个年轻的英国人⁴，我告诉他，我打算与杜兰先生一起阅读普鲁塔

---

1 赫尔德是作为启蒙运动尾声的狂飙突进文学运动的理论奠基人，在一定意义上，歌德是因为受了他的启发才成为狂飙突进运动的主将的。不过，歌德没有停留在狂飙突进阶段，到18世纪90年代与席勒一起超越了启蒙运动，开创了德国文学发展的古典文学新阶段。而赫尔德仍固守启蒙运动的基本理念，竭力反对歌德与席勒的新主张、新观点。因此，从歌德的角度看，他由积极转向了消极。

2 歌德在1772年7月10日给赫尔德的复信中提到赫尔德对《葛兹》的批评："莎士比亚把你完全毁了"，"全部都是设想出来的"。这些批评使歌德很不愉快。但是，这些话是否就是赫尔德对歌德这部作品的最终评价，还很难下结论，因为赫尔德在给别人的信中对《葛兹》的评价完全是正面的。

3 默克是歌德青年时代的朋友，两人共同出版《法兰克福学术评论》。是他鼓励歌德把《葛兹》交出版社付印的。

4 爱克曼正在教在魏玛的几个年轻的英国人学习德语，他打算与杜兰（Robert Doolan）一起读普鲁塔克作品的德译本。

克作品的德文译本¹。这就把话题引到罗马和希腊历史方面,歌德对此表示了如下看法。

他说:"罗马史对于我们实际上已经不合时宜,我们变得人道了,对于恺撒的战功不能不心起反感。希腊史也没有多少令人高兴的事。虽然希腊人在抵御外敌时英勇卓绝、战绩辉煌,但他们城邦割据、内战连年,战争中这一帮希腊人对另一帮希腊人大动干戈,更是让人难以忍受。而我们自己这个时代的历史则是伟大的、有重要意义的。其中莱比锡战役²和滑铁卢战役³最为突出,它们简直使那些马拉松战役⁴以及其他类似战役黯然失色。而且,我们的一些英雄人物也并不落后:法国的元帅们,还有布吕歇尔⁵和威灵顿⁶丝毫不比那些古代英雄逊色。"

话题转到现代法国文学以及法国人对德国作品的日益增长的兴趣上。

歌德说:"法国人在开始研究和翻译我们德国作家的作品,这么做就对了;因为要克服形式和母题方面的局限性,他们没有别的办法,只能向外国寻求借鉴。可能有人会指责我们德国人不大讲究形式,但我们在材料方面比

1　普鲁塔克(Plutarch,约46—约120),古希腊历史学家、哲学家、作家,著有《希腊罗马名人比较列传》。

2　1813年10月16日至19日,拿破仑领导的法国军队加上莱茵联邦的军队,与由普鲁士、奥地利、俄罗斯、瑞典等国军队组成的联军在莱比锡附近进行决战,最后法军溃败,被迫向西撤退。由于参加这次战役的军队来自不同国家,因而史称"各民族大会战"。这次战争是德国解放战争的转折点。

3　1815年6月18日,英国与普鲁士的军队在威灵顿等人的统率下,在比利时南部的滑铁卢大败拿破仑的军队,20日拿破仑宣布退位。

4　公元前490年雅典人在马拉松战胜了波斯人。

5　冯·布吕歇尔(Gehard Leberecht von Blücher,1742—1819),解放战争中普鲁士军队的统帅,莱比锡战役中普鲁士的指挥官。1814年德国雕塑家沙多(Johann Gottfried Schadow)为纪念布吕歇尔的军功建立了一座纪念碑,歌德在碑上题词:

　　　　在等待和战争中,
　　　　在失败和胜利时
　　　　他自觉而气势磅礴。
　　　　就这样,把我们
　　　　从敌人那里挣脱。

6　威灵顿公爵(Duke of Wellington,1769—1852),本名阿瑟·韦尔斯利(Arthur Wellesley),1814年受封元帅、威灵顿公爵,1815年任反法盟军统帅,因在滑铁卢大败法军而闻名于世。

他们占优势。科策布和伊夫兰特的剧本中母题十分丰富，他们可以长期采用，直到全都用完为止。而特别受他们欢迎的还是我们的哲学观念；因为每一种精神上的东西都可以服务于革命的目的。"

歌德接着说："法国人有头脑和智慧，但不踏实、不忠厚。什么眼下用得上，什么对他们的党派有利，他们就觉得什么正确。因此，他们称赞我们绝不是因为承认我们的业绩，而只是在能用我们的观点加强他们的党派时，他们才这么做。"

接着我们谈到我们自己的文学和那些对我们当代某些青年作家有害的东西。

歌德说："我们大多数青年作家的唯一缺点是，他们的主观世界平庸，又不善于到客观世界里寻找素材。他们最多也只能找到那种与他们相似的、符合他们自己心意的材料；至于要他们对那些自身就具有文学意味的材料，即使主观上不喜欢也应该采用，那是根本办不到的。

"但是如前面所说，如果优秀人物都只能通过刻苦学习和由生活境遇来造就的话，那么，对于我们年轻的诗人来说起码前景是可以很看好的。"

1824年12月3日，星期五

（建议爱克曼做好正业，拒绝英国某期刊邀约；但丁何以难懂）

前几天我收到一份邀约，一家英国期刊要我每月就德国文坛的最新作品写出报告寄去，条件很优厚。[1] 我很想接受这份邀约，但是考虑，把这件事先跟歌德商量一下也许妥当些。

为此我在傍晚上灯的时候去歌德那里。歌德坐在刚才吃过晚饭的那张大桌子前面，窗帘已经垂下，桌上点着两支蜡烛，烛光照在他的脸上，也照在摆在他面前桌子上的一尊巨型半身雕像上，他正在专心地观赏着。他跟我亲

1　1824年8月底，爱克曼收到一份由海德堡的一位历史学家转来的邀约，内容是，英国期刊《欧洲评论》约他每月就德国最新散文体作品写出评介文章寄去。

切地打过招呼之后，就指着雕像问我说："这是谁？"我说："是一位作家，而且好像是一位意大利人。"歌德说："这就是但丁[1]。这尊雕像做得不错，头部很美，但不完全让人喜欢。他已经老了，弯着腰，郁郁寡欢，面容憔悴，脸耷拉着，仿佛刚从地狱里出来似的。我有一枚但丁在世时为他制作的像章，各个部分都远比这尊雕像美。"歌德站起来去取像章。"你看，这里的鼻子多么有魄力，上唇明显隆起，下颚径直地向前倾，正好与下颌骨契合在一起。这尊巨型半身雕像上，其眼睛部分以及前额都几乎和像章上一样，但其余部分通通软弱和苍老。不过，我不想因此责备这件新作品，总体上还是很成功的，很值得称赞。"

然后歌德问我这些天来过得怎么样，想了些什么，做了些什么。我告诉他我接到一份邀约，一家英国报刊要我每月就德国散文体文学的最新作品写出报告寄去，条件很优厚，我很想接受这项任务。

至此歌德一直是和颜悦色，听到我的这些话马上沉下脸来，我从他的每一个表情都能看出他不同意我的打算[2]。

他说："我真是希望你的朋友们不要打搅你，你为什么要干不是你的正道、与你天生的倾向完全相悖的事呢？我们有金币、银币和纸币，每一种都有它的价值和行情。而要对每一种货币进行评估，就要了解它的行情。文学也是如此。你可能会评估硬币，但未必会评估纸币，因为你不是制造纸币出身，你的评估就会不正确，你就要把事情搞糟。同样，如果你想做事公正，肯定和承认每一种类的作品，你首先就得把自己和我们的中等文学作品的位置摆平，并且下大功夫去研究它们。你必须回首看一看施莱格尔兄弟曾经有过哪些意图，他们取得过什么成就，然后再把所有最新的作家，如弗朗

1　但丁（Dante Alighierie，1265—1321），意大利中世纪后期最伟大的作家，《神曲》是他的代表作。歌德十分崇拜但丁，这里说的半身雕像是雕塑家 P. E. 施密特创作的。

2　歌德不同意爱克曼为英国期刊撰稿，显然是怕他因此分散精力，不能全力以赴地完成自己交给他的任务。但是，歌德提出的理由还是很有道理的。一个人要想评介某一类文学作品（如散文体作品），如果不对这类作品的历史发展和演变有所了解，如果没有大量阅读新出现的作品以及有关的各种评论，如果不同时也关注其他种类的作品，他的介绍就不可能全面，判断就不可能准确。

茨·霍恩[1]、霍夫曼[2]、克劳伦[3]等人的作品都浏览一遍。这还不够,你还要坚持阅读各种报刊,从《晨报》(*Morgenblatt*)[4]到《晚报》(*Abendzeitung*)[5],以便及时了解有哪些新作品产生,这样,你就把自己的大好时光都糟蹋了。再说,所有的新书,你要想把预告做得透彻一点,就不能只是浏览,而是要进行研究。这你怎么能受得了呢!最后还有,如果你认为坏的东西是坏的,你还不能说出来,否则你就要冒与四面八方交战的风险。

"写信回掉这份邀约吧,我刚才说过,这不是你的正业。总而言之,你要当心别分散自己的精力,而是要集中自己的精力。我如果三十年前就这么明智的话,可能做的就完全是另外的事情了。我和席勒在他主编的《季节女神》(*Horen*)[6]和《艺术年鉴》(*Musenalmanachen*)[7]上浪费了多少时间呀!这些天我正在翻阅我们的通信,一切往事又历历在目,回想当时干的那些工作全被别人滥用了,自己一无所获,不能不感到懊恼。有才能的人看到别人做什么,相信自己也当然能做;其实不然,他要为自己白白浪费精力后悔的。我们的头发如果只卷上一夜有什么用处呢? 不过是把卷发纸放在头发里了而已,到了第二天晚上头发照样又笔直了。"

歌德又说:"你现在的关键是,要积累一笔永远用之不尽的资本。你已经

---

1 霍恩(Franz Horn,1781—1837),德国文学史家,他在自己写的文学史中称"歌德是德国的喜悦和骄傲";霍恩同时也是一位拥有大量读者的小说家。

2 霍夫曼(E. T. A. Hoffmann,1776—1822),一位多才多艺的作家、音乐家和画家,他的小说在德国文学史上占有重要位置,他的影响一直延续到20世纪。但歌德对这位晚辈评价很低,认为他是病态作家。

3 克劳伦(Heinrich Clauren,1771—1854),德国小说家。

4 《晨报》由出版家科塔创办,在斯图加特出版,全名是《有教养阶层的晨报》,歌德经常在这份报纸上发表文章(大多是匿名)。

5 《晚报》是在德累斯顿出版发行的一份报纸,全名是《德累斯顿晚报》。

6 《季节女神》是席勒1795年创办的一份文学刊物。席勒邀当时德国文化界名流赐稿,其中也包括歌德。歌德欣然答应,这次合作为他们建立友谊联盟拉开了序幕,这份刊物成为实现他们共同目标的媒介,因此在一定意义上也可以看作是他们共同创立的古典文学的机关刊物。《季节女神》于1797年停刊。

7 《艺术年鉴》1796年由席勒创办,1801年停刊。《艺术年鉴》也是歌德和席勒合作的一个阵地,登载了歌德与席勒共同创作的《赠辞》(*Xenien*),还刊载了他们两各自创作的《叙事谣曲》。

开始学习英国语言和英国文学，从中你将获得这种资本。要坚持下去，那几位英国青年给你提供了绝好机会，你要抓紧利用。你少年时学的古代语言绝大部分都荒废了，因此现在应该在像英国人这样的优秀民族的文学中找一个支撑点。况且，我们自己的文学绝大部分就是从英国文学来的。我们的小说、我们的悲剧，不都是从哥尔德斯密斯¹、菲尔丁²和莎士比亚那里来的吗？就是今天，你在德国到哪里能找出三位文学泰斗可以与拜伦勋爵、莫尔³和沃尔特·司各特⁴并驾齐驱呢？我再说一遍，你要打下坚实的英语和英国文学基础，把精力集中在有价值的东西上面，把一切对于你徒劳无益、一切不适合你的东西通通放下。"

我很高兴，引起歌德说了这一番话，现在心里完全踏实了，我决心处处都遵照他的忠告去做。

这时有人报告总管米勒先生来了。他同我们坐到一起，我们的话题又回到摆在面前的那尊但丁的半身雕像以及他的生平和著作上。我们特别谈到但丁的作品艰涩隐晦，连他的本国同胞都从来没有读懂过，外国人就更不可能穿透那里的幽暗了。歌德对我和善地说："就这一点而言，你的忏悔教父也完全应该禁止你研究这位作家。"

歌德进一步说明，但丁的作品难懂，主要应归咎于它的韵体笨重。不过，他谈到但丁时是充满敬畏之情的，我特别注意到，他觉得用**才能**这个词形容但丁还不够，他把但丁称作**自然之子**，好像是要说，但丁具有更全面、更富预见性，能更深入、更广泛地观察世界的天性。

---

1 哥尔德斯密斯（Oliver Goldsmith，1730—1774），英国作家，歌德年轻时读过他的《威克菲尔德的牧师》，歌德的小说创作受这位作家很大影响。

2 菲尔丁（Henry Fielding，1707—1754），英国18世纪著名小说家、戏剧家。

3 莫尔（Thomas Moore，1779—1852），英国作家，拜伦的好友。

4 司各特（Walter Scott，1771—1832），英国著名小说家，曾经把德国作家毕尔格的《莱诺勒》和歌德的《葛兹》译成英文。

1824年12月9日，星期四

（涅瓦河决堤看似偶然，其实在规律之中）

傍晚我去歌德家里。他一面亲切地伸过手来，一面问候我，称赞我为舍尔霍恩周年纪念写的那首诗[1]。我带给他的消息则是，我已经写信谢绝了那家英国期刊的邀约。

他说："谢天谢地，你又自由清静了。我现在还想再给你一点提醒，可能有作曲家来找你，想要你写一部歌剧，你可要同样立场坚定，拒绝他们的要求，因为这也是一件徒劳无益、白白糟蹋时间的事。"

接着歌德告诉我，他已经通过尼斯·冯·埃森贝克[2]将喜剧节目单给《帕里亚》的作者[3]寄到波恩去了，让他知道，他的剧本已经在这里上演过。他补充说："生命是短暂的，大家要努力互相使对方开心。"

他面前放着柏林的报纸，他告诉我彼得堡正遭遇洪水[4]，并且把报纸递给我，让我自己看。然后他说彼得堡的地理位置不好，又笑着赞许卢梭[5]说过的一句话：靠在一座活火山附近建一座城市是防止不了地震的。

歌德说："自然界有自己的运行轨迹，我们觉得好像是例外的现象，其实正在规律之中。"

接着我们回忆了发生在各个海岸的强烈风暴，以及报纸上报道的其他一些自然界的骤变。我问歌德，人们是否知道这些自然现象的内在联系如何。歌德回答说："没有人知道，对于这些神秘的事物大家几乎都一无所知，就更不用说去表达它们了。"

1　舍尔霍恩（Franz Wilhelm Schellhorn，1751—1836），魏玛宫廷档案保管员，1824年12月3日是他供职周年纪念日。在歌德的授意下，爱克曼为此写了一首诗表示祝贺，歌德审阅了这首诗，并添了几行。

2　尼斯·冯·埃森贝克（Christian Gottfried Nees von Esenbeck，1776—1858），植物学家，歌德的好友。

3　《帕里亚》的作者是M.贝尔，该剧于1824年11月6日在魏玛首演，节目单包括剧情介绍。

4　1824年11月9日彼得堡附近的涅瓦河决堤，河水泛滥。

5　卢梭（Jean-Jacques Rousseau，1712—1778），法国作家和哲学家，著名启蒙主义者，对德国知识界的影响远远超过了他在法国的影响，歌德青年时代是卢梭的追随者。

有人报告建筑工程总监库德赖到了，一同来的还有里默尔教授。二位坐到我们跟前，我们又详细地谈了一遍彼得堡的水灾，库德赖画出彼得堡市的地形图，来帮助我们弄清楚涅瓦河对那里的影响，以及其他地方的情况。

— 1825年 —

1825年1月10日，星期一

（谈外语学习以及《哀格蒙特》《塔索》《浮士德》等）

由于对英国人民抱有极大兴趣，歌德要我把在魏玛的几位英国青年陆续介绍给他。我曾经在歌德面前讲过英国工程官H先生[1]不少好话，因此约好今天下午五点，我暂且先陪这位英国人来见他。我们按时到了，佣人把我们带到一个舒适温暖的房间里，通常歌德在下午和晚上总是待在这里的。桌子上点着三支蜡烛，但歌德不在里面，我们听见他在隔壁厅里说话的声音。

这时，H先生向四下看了看，除看到墙上挂着的一些绘画和一张山区大地图外，还看到一个装着许多文件夹的书橱。我告诉他，夹子里装的是许多出自名家之手的素描和各种画派杰作的铜版画复制品。这是歌德一生中逐渐搜集起来的，反复观赏这些作品是他的娱乐消遣。

我们等了几分钟之后，歌德走进来，热情地欢迎我们。他转向H先生说："我直接用德语跟你谈话可以吗？听你讲话，你的德语已经相当熟练了。"H先生客气地回答几句，然后歌德请我们坐下。

H先生这个人给歌德的印象肯定很好，因为他今天对这位客人表现出的美意和温情十分真切。他说："你到我们这里来学习德语，这样做是对的。在

1　H先生的正式名字是Hutton，英国工程师。

这里你不仅能够容易而且快速地学会语言，还可以把作为这个语言基础的要素，诸如我们的土地、气候、生活方式、风俗习惯、社交和政治制度等等，作为精神收获带回英国去。"

H先生回答说："现在在英国对德语的兴趣很大，德语日渐普及，英国殷实人家的青年几乎没有一个不学德语的。"

歌德很友好地插话说："我们德国人在这方面要比贵国早走了半个世纪[1]。五十年来我一直从事英国语言文学的研究，所以对于你们的作家以及贵国的生活和机构设施都很熟悉。我如果到英国去，不会感到陌生的。

"但是如前面所说，你的年轻同乡们现在到我们这里来并且学习我们的语言，这是做得对的。因为不仅我们的文学本身值得学习，而且不可否认，如果把德语学好，许多其他种语言就用不着学了。我说的不是法语，法语是一种交际语言，特别在旅行时不可缺少，因为人人都懂法语，所以无论到哪一国去，它都可以顶替一个很好的译员[2]。至于希腊文、拉丁文、意大利文和西班牙文，这些国家最优秀的作品我们都可以读到很好的德文译本，除非有特殊需要，否则没有理由花那么多时间费大力气去学会这些语言。尊重一切外国的风格、适应外国的特点，这是德国人的天性。这一点以及我们的语言所具有的巨大包容性，使得德文译文对于原著绝对忠实，没有疏漏。[3]

"此外，通过一种好的译本一般是可以学到很多东西的，这一点也不容否认。腓特烈大帝不懂拉丁文，可是他通过法文译本读西塞罗，跟我们其他人读原著效果一样好。"

---

1 从16世纪开始，德国的学校很重视外语学习，要求学生不仅学习古希腊语和拉丁语，英语、法语等现代语言也在必修之列。因此，17世纪以来，德国的作家不仅都受过高等教育，而且都会几种外语。

2 在歌德那个时代，法语在欧洲（至少在上流社会）是一种通用语言，人人（尤其想要涉足上流社会的人）学习法语，正像当今人人争先恐后要学习英语一样。

3 进入近代以来，德国作家发现自己的国家在文学方面也落后于法国、英国、西班牙乃至意大利。为了摆脱落后状况，向先进国家学习，最佳途径就是把它们有价值的文学作品翻译成德文，让德国人阅读。因此，在德国翻译文学很受重视，很多著名作家都参与翻译，译本质量很高，往往可以与原著媲美。

接着话题转到戏剧。歌德问H先生是否常去看戏。H先生回答说："我每晚都去看，而且发现，看戏使我在听懂语言方面大有收获。"歌德说："很奇怪，耳朵以及整个理解能力总是比说的能力先行一步，一个人可以很快什么都能听懂，但绝对不能把什么都表达出来。"H先生回答说："我每天都能感觉到这话是千真万确的；因为凡是别人说的，我都能听懂，自己读的，我也都能明白，如果有人说的德语没有表达正确，我甚至都能够感觉得到。可是自己一开口说话就卡壳了，不知道如何把自己想说的话正确地说出来。在宫廷里简单地交谈，跟妇人们开个玩笑，舞会上闲聊聊，这些我还可以做到。但是，每逢想用德语就某个较高深的题目发表一点看法，说出一点独到的、有见地的话来，就顿住了，我就说不下去了。"歌德说："不要着急，你已经不错了，因为表达这样一类不寻常的内容，就连我们用自己的母语也都感到困难。"

随后歌德问H先生读过哪些德国文学作品。H先生回答说："我读过《哀格蒙特》(Egmont)，很喜欢这部书，已经反复读过三遍了。阅读《托尔夸托·塔索》(Torquato Tasso)也使我得到不少乐趣。目前在读《浮士德》，但是觉得有点难。"听到这句话，歌德笑了起来。他说："是的，要是我的话就不会劝你现在去读《浮士德》。这是一部很不寻常的书，超越了一切通常的感受能力。不过，既然你没有问过我，是自己主动去读的，那么也可以试试看自己如何突破这一难关。浮士德是一个古怪的人，只有极少数人能够体察他的内在状态。梅菲斯特说话冷嘲热讽，而且老于江湖，是游历过大世界的生灵，其性格也很难琢磨。不过，你还是注意看一看能从中得到哪些启发。相反，《塔索》则远为接近一般人的情感，表现形式详尽也是让人容易理解的有利因素。"H先生说："可是在德国，人们认为《塔索》很难，当我告诉他们我在读《塔索》的时候，他们很惊讶。"歌德说："读《塔索》的主要问题是，你不能再是一个孩子，你需要与上层社会有交往。如果一个青年人，出身殷实人家，本人头脑聪颖、感觉敏锐，在与上层和最上阶层的完美人士的交往中，风姿仪表都获得了足够修养的话，他就不会觉得《塔索》难懂了。"[1]

话题转到《哀格蒙特》，歌德说了如下的话："我写《哀格蒙特》这部作品是在1775年[2]，已是五十年前的事了。我当时严格地忠于历史，力求尽可能写得真实[3]。十年之后，我在罗马从报纸上看到，作品中所描写的尼德兰革命的场景又丝毫不差地重演了[4]。我由此认识到，世界永恒不变，我的描述肯定有一些生命力。"

在谈论这些及类似话题的过程中，看戏的时间已到，我们站起身，歌德亲切地让我们走了。

在回家的路上我问H先生觉得歌德怎么样，他回答说："我从未见过一个人像他这样，除慈祥和蔼外还具有这么多与生俱来的威严。无论他挺身应战，还是屈尊俯就，他永远是伟大的。"

1825年1月18日，星期二

（点评一般意义上的女作家、各民族的文学创作；回忆与席勒的合作）

我已经有几天没见到歌德了，今天下午五点去他家里，和他一起度过了一个愉快的夜晚。我到那里时已是黄昏时分，看见他坐在工作室里正在同他

1　《塔索》的故事发生在宫廷，写的是主人公塔索作为作家与宫廷里其他各类人之间的关系。因此，对宫廷生活不熟悉或与贵族接触少的人，读《塔索》有一定难度。

2　1775年歌德只写了《哀格蒙特》的一部分，1778年至1779年又接着写，也没有写完，最后完成是在1787年意大利旅行期间。

3　《哀格蒙特》取材16世纪尼德兰争取自由的斗争，但歌德在剧中所写的与实际的历史相距甚远。16世纪的尼德兰革命是欧洲近代史上的一场伟大斗争，但歌德不写这场斗争本身，只写了革命前的一些场景，甚至也没有明确指出西班牙当局的血腥镇压是爆发革命的导火线。席勒等人批评歌德，说他的剧本没有反映尼德兰人民的伟大斗争。歌德解释说，他写这个剧本的目的本来就不是想展现民众反抗暴力和外来侵略的斗争，而是要写人在这种特定环境下的表现；尼德兰人民为争取自由而进行的斗争只是他为了写人而采取的历史背景。

4　这里所说的"重演"，指的是1786年至1787年在尼德兰发生的抗议斗争。1786年统治尼德兰的奥地利当局颁布法令，要对教会和政务进行改革，这引起了尼德兰新教教徒（奥地利信奉天主教）的不满，他们于1787年7月初在布鲁塞尔奥地利执政官的官邸门前集会，要求废除这项法令。

的儿子和他的医生——内廷参事雷拜因谈话。我走近他们，在桌旁坐下。暮色中我们又谈了一会儿；这时有人送来一盏灯，我看到面前的歌德精神焕发，兴致勃勃，心里很高兴。

跟往常一样，歌德关切地问我这些天有什么新鲜事。我告诉他，我认识了一位女作家[1]，同时称赞这位女作家的才能非同一般。歌德也读过她的几篇作品，同意我对她的赞许。歌德说："她有一首诗是描写她故乡的某一个地方的，写得很有特色。她对于表现外在事物有良好的倾向，她的内在素质也很优秀。当然有些地方也是可以批评的，但还是让她自己发展吧，让她在她的才能所指引的道路上走下去，不要被我们误导。"

话题转到一般意义上的女作家，内廷参事雷拜因补充说，他觉得妇女们的文学才能往往是作为精神上的性冲动出现的。歌德眼睛看着我，笑着说："你听听，**精神上的性冲动**！大夫怎么拼凑出这么一组词来！"雷拜因接着说："我不知道这样表达是否准确，不过就是这个意思。通常这些人在爱情方面不幸福，于是想在精神方面寻找补偿。要是她们及时结婚，生儿育女，她们就不会想到要进行文学创作了。"

歌德说："我不想探讨就这一情况而言你在多大程度上是正确的；我倒总是发现还有一类有才能的妇女，她们一结婚就什么都不干了。我认得一些姑娘，她们素描画得很好，可是一旦成了妻子和母亲就一切都完了；她们要照看孩子，再也不摸画笔了。"

他不无兴致地接着说："不过还是让我们的女作家们一直创作下去吧，她们想写多少就写多少，只是希望我们男人们写的不要像女人们那样！我所不喜欢的就是这一点。看一看我们那些报刊和小册子吧，一切都是那么软弱，而且越来越软弱无力！假如我们现在把《切里尼》（Cellini）[2]里的一章刊登在

1　这位女作家很可能是阿格内斯·弗朗茨（Agnes Franz），她发表过一部诗集，标题为《归乡》。

2　切里尼（Benvenuto Cellini，1791—1830），意大利佛罗伦萨做金首饰的师傅、雕塑家，歌德把他的自传《本维努托·切里尼》于1795年译成德文，发表在1796年的《季节女神》杂志上。本文中的《切里尼》即指切里尼的这部自传。

《晨报》上，那会是什么样子！"

他又爽朗地说："我们暂且把它放下，来欣赏一下我们文笔犀利的哈雷姑娘吧¹，让她用男人所特有的气概引导我们走进塞尔维亚世界。这些诗好极了！其中有几首可以与《雅歌》媲美，这就很了不起。我写了一篇论述这些诗的文章，已经印出来了。"他一边说着话，一边把《艺术与古代文化》最近一期前四页的清样递给我，我看见上面是他的那篇文章。歌德说："我根据每首诗的主要内容分别做了简单说明，诗的主题精美，妙趣横生，你会很欣赏的。雷拜因对于文学也在行，起码涉及内容和题材部分他不会不懂，如果你把这一段朗读一下，他也许乐意跟我们一起听。"

我慢慢地念每一首诗的内容，其中勾画出的情景绘影绘声，我每读一句话，整首诗就浮现在我的眼前。我觉得下面这些句子特别优美：

1. 一位塞尔维亚姑娘端庄娴静，她从不睁开那双美丽的眼睛。

2. 恋爱中的男人内心烦乱，他作为男傧相把自己心爱的人儿带到别人面前。

3. 姑娘心里牵挂情人，因此不想歌唱，以免给人她很快乐的印象。

4. 不满世风日下：老翁与少女成亲，小青年迎娶寡妇。

5. 小伙子抱怨，妈妈对女儿管得太松。

6. 姑娘跟一匹马亲密交谈，这马向姑娘透露了它主人的喜爱和打算。

7. 姑娘不要自己不爱的人。

8. 漂亮的女招待员；她的情人不在顾客中间。

9. 找到了情人，把她轻轻唤醒。

10. 丈夫是干哪一行的？

---

1 这位"哈雷姑娘"名叫特蕾泽·冯·雅各布（Therese von Jakob，1797—1870），塞尔维亚的学者编了一本塞尔维亚的歌体诗诗集，她把其中一部分译成德文寄给了歌德。歌德很欣赏这些诗，特地写了一篇文章刊登在《艺术与古代文化》1825年第五卷第二期上，题目是"塞尔维亚之歌"。

11. 闲聊爱情度日，多么快乐。

12. 情人来自远方异地，白日将她窥视，夜晚给她惊喜。

　　我补充说，光是这些主题就使我感到这么生动，我好像就是在读诗歌本身，因此根本不要求读详细的描述了。

　　歌德说："你这话完全正确，情况就是这样。你由此可以看出母题多么重要，而这一点没有人能领会。我们的妇女对此也毫无概念。她们说这首诗很美时，指的仅仅是感觉、文辞和诗的格律。但是，一首诗真正的力量和效果全在情景和母题之中，这是她们想不到的。正是由于这个缘故，她们写了上千首诗，诗中却是全然没有母题，只是通过感觉和铿然有声的诗句表现一种存在。总而言之，那些半吊子诗人，特别是女诗人们对于文学创作的概念很薄弱。他们往往以为只要懂得一点作诗的技巧，就是抓住了本质，自己也就是训练有素的大诗人了；然而，他们大错而特错了。"

　　有人报告里默尔教授已到；内廷参事雷拜因告辞。里默尔同我们坐到一起，谈话继续围绕塞尔维亚爱情诗的主题进行。里默尔已经知道我们在谈什么，于是发表意见说，我们不仅可以根据前面所说的内容提要作出诗来，而且不从塞尔维亚引进那些主题，德国人自己也是能够运用和创造那些主题的。他回想起自己写的几首诗，我也列举了刚才阅读时就想到的歌德的几首诗歌。

　　歌德说："世界永远是同一个世界，各种情境一再重现，这个民族和那个民族一样地生活、一样地恋爱、一样地感受，那么，为什么这个诗人就不能和另一个诗人一样地作诗呢？各种生活情境可以相同，为什么各种诗的情境就不能相同呢?"

　　里默尔说："正是这种相同的生活和相同的感受才使我们能够懂得其他民族的诗歌。如果不是这样的话，我们在读外国诗歌时就会不知所云了。"

　　我接着说："所以我总觉得有些学问渊博的人非常奇怪，他们似乎认为，作诗不是从生活到诗，而是从书本到诗。他们总是说：这个他是从这里拿来的，那个他是从那里拿来的！譬如，他们发现莎士比亚作品中有些部分曾经在古人那里也出现过，于是便说这是莎士比亚从古人那里拿来的！在莎士比亚作品的诸多情境中有这样一个情境：一看到美丽的姑娘，大家便都高兴地赞美这位姑娘的双亲以及那个将要把她作为新娘迎娶回家的小伙子。因为同样的情境在《荷马史诗》里出现过，所以莎士比亚作品的这个情境也肯定是从荷马那里拿来的！——真是咄咄怪事！仿佛这一类事情非走出很远去寻找不可，而不是每天都能看到、感受到和说出来似的！"

歌德说："是的，真是太可笑了！"

我又说："甚至拜伦勋爵也不比他们高明，他把你的《浮士德》拆成碎片，并且认为，这一片你是从这里拿来的，那一片你是从那里拿来的。"[1]

歌德说："拜伦勋爵举出的那些美妙的例证我绝大部分都没有读过，更不用说在写《浮士德》时会想到它们了。拜伦勋爵只有在进行创作时才是伟大的；一旦要运用思考，他就是一个孩子。所以，当他的同胞针对他本人进行类似的无理攻击时，他就束手无策，他本应该把话说得更强硬些。他应该说，我作品里写的都是我自己的！至于它们来源于生活还是来源于书本，都是无所谓的，关键在于我是否用得恰当！沃尔特·司各特援用过我的《哀格蒙特》中的一个场景[2]，他有权这样做，而且由于经过了思考，所以还应该得到称赞。他还在他的一部小说里模仿过我所写的迷娘这个人物[3]，至于他是否有与我同样的智慧，那是另一个问题。拜伦勋爵所写的变形魔鬼是我的梅菲斯特的进一步发展[4]，这么做是对的！如果他硬是偏离蓝本独出心裁，那肯定写得更糟。所以我的梅菲斯特唱了莎士比亚的一

---

1 歌德在1820年评论拜伦的《曼弗雷德》时，说拜伦在这部作品中吸纳了许多《浮士德》中的场景。拜伦对此深为不满，他反唇相讥，说歌德的《浮士德》借用了莎士比亚、卡尔德隆、马罗作品中以及《旧约·约伯记》中的许多场景。

2 司各特的《坎尼沃斯》中有一个情节：阿米很欣赏她情人的上衣和奖章。类似的情节曾出现在歌德的《哀格蒙特》中。

3 司各特的小说《山上的佩沃里尔》中有一个人物很像歌德的《威廉·迈斯特的学习时代》中的迷娘。

4 在拜伦的未完成的戏剧《变形的畸形儿》中，主人公是个奇丑无比的人物，他是魔鬼变形以后的产物。

首歌[1]，他为什么不能唱呢？ 如果莎士比亚的这首歌很合适，说了应该说的话，我为什么还要费力自己另作一首呢？ 如果说我的《浮士德》的序曲有些像《旧约》中的《约伯记》[2]，这也无可非议，我应该因此受到称赞而不是指责。"

歌德的兴致很好，他叫人拿一瓶葡萄酒来，亲自给里默尔和我斟上，自己喝玛丽温泉的矿泉水。他今天晚上的安排大概就是与里默尔一起通读他的自传续篇的手稿[3]，看看在言辞表达方面是否有些地方还需要做些修改。歌德说："爱克曼就留在这里和我们一起听听吧。"我很高兴听到他这样吩咐。歌德于是把手稿摆在里默尔面前，里默尔开始从1795年读起。

去年夏天我曾经有幸把这部自传中一直到最近时期全部尚未付印的部分都反复地阅读和研究过。但是现在有歌德在场听别人大声朗读，我得到的是一种全新的享受。——里默尔把注意力集中在表达方式和风格上，我则有机会欣赏他遣词造句的洒脱熟练和丰富多彩。而对于歌德本人，所描写的这个时期的生活重又涌上心头，他沉浸在回忆之中，听见提到某些人和某些事的时候，就用详细的口述来补充已经写下的文字。——这是一个多么惬意的夜晚啊！ 歌德反复念叨那些与他同时代的最著名的人物，但是，话题又总是回

---

1 《浮士德》第一部有一场戏叫作《夜》，戏中梅菲斯特唱了一首歌，歌的第一段是这样的：

> 天刚破晓，
> 上门把郎找，
> 卡特琳小妖妖
> 你想干啥事？
> 千万别进门！
> 你若把门进
> 进去女人身，
> 出来就不是。

（《浮士德》，绿原译，人民文学出版社，1999年，第116—117页。）

这一段是歌德根据莎士比亚的《哈姆雷特》中的奥菲莉在第四幕第五场唱的一首民歌改编而成的。
2 《浮士德》第一部的《天上序幕》是根据《旧约·约伯记》1:6—12改写而成的。
3 这里说的自传续篇手稿就是《记事录》的手稿。

到与1795年至1800年这段时期联系最密切的席勒身上。戏剧是他们两个人的共同事业，歌德最好的作品也是在这段时期写成的 [1]。《威廉·迈斯特》脱稿之后，紧接着构思并且写完了《赫尔曼与窦绿苔》，为席勒主编的刊物《季节女神》翻译了《切里尼》，与席勒合作为他主编的《艺术年鉴》写了《赠辞》[2]，两位诗人每天都少不了接触。这一切在今天晚上都谈到了，而且歌德还总能找到机会发表一些非常有趣的见解。

此外，歌德还说："《赫尔曼与窦绿苔》几乎是我较大篇幅诗歌中唯一一部至今仍让我感到欣慰的作品；每次读它都会在我的内心引起共鸣。我尤其喜爱这部作品的拉丁文译本 [3]，我觉得译本更高雅，从形式上看仿佛回到了这种诗歌的起点。"

他也反复谈到《威廉·迈斯特》。他说："席勒责备我不该往这本小说里掺杂悲剧的因素，好像小说就不能有悲剧因素似的。然而，我们大家都知道，他的话不正确。他对《威廉·迈斯特》的最重要的看法和意见都写在了给我

1　1794年歌德与席勒建立友谊联盟，这个联盟延续了十年，直到席勒1805年去世。从友谊联盟建立之日起，他们两人就进入了各自创作的新阶段，完成了一系列传世佳作。歌德把《威廉·迈斯特的戏剧使命》扩展成为《威廉·迈斯特的学习时代》，在《浮士德原稿》和《浮士德——一个片段》的基础上写成了《浮士德》第一部，还写了长篇叙事诗《赫尔曼与窦绿苔》以及许多诗歌。席勒除诗歌外，集中精力写戏剧，从《华伦斯坦》到《威廉·退尔》等五部剧作都是在这一时期完成的。必须强调的是，上述这些作品都是经过他俩互相磋商后完成的。

2　席勒创办的刊物《季节女神》，在歌德加入以后实际上成了实现他们共同目标的阵地。他们对这份刊物期待很高，希望通过它把高尚的精神和高雅的品位灌输给大众，从而创造一种有利于高雅文学蓬勃发展的良好氛围。但事与愿违，该刊出版后，不仅读者寥寥，而且招来各方面的批评和攻击。歌德和席勒认为，攻击他们的人都是些迂腐之徒，是德国文化发展的最大障碍，于是决定反击。怎么反击呢？歌德建议采用"赠辞"这种形式。"赠辞"源于古希腊，最初是刻在墓碑或建筑物上的短诗，后来发展成为一种独立的诗体，除前面所说的功能外还用以表达敬重、对人的纪念等等。这种诗体传入古罗马以后，罗马诗人把它用于讽刺。歌德和席勒就是利用这种诗体的讽刺功能向他们认为该批判的人物、作品和社会现象开火的。他们写的《赠辞》是他们两人的共同创作：一个人出主意，一个人写词句；一个人写正文，一个人加标题；一个人写初稿，一个人再补充。这样，他们共写了几百首《赠辞》，其中有很大一部分连他们自己都分不清究竟是谁写的。《赠辞》写于1796年，这一年定为"赠辞之年"，刊登在1797的《艺术年鉴》上，这期年鉴被称为《赠辞年鉴》。

3　1822年出版了由菲舍尔（Benjamin Gottlieb Fischer）翻译的《赫尔曼与窦绿苔》的拉丁文译本，1825年又出版了由伯利欣根的约瑟夫伯爵翻译的第二个拉丁文译本。

的信件里 [1]。此外，这是一部最难以衡量的作品，连我自己都没有衡量它的窍门。要找出一个中心点是很困难的，而且也并不合适。我倒是认为，展现在我们眼前的丰富多彩的生活本身就具有一定价值，用不着说出什么意向，意向毕竟是诉诸概念的。但是，如果人们坚持要有意向一类东西的话，他们就该记住在书的结尾处弗里德里希向我们的主人公说的那些话，他说：'我看你很像基斯的儿子扫罗。他出去寻找父亲的一群母驴，结果找到了一个王国。'就记住这段话，因为全书要说的归根到底不过是：不管人干了什么蠢事，犯了什么错误，由于有一只高高在上的手给他指引方向，他总会达到幸福的目标。"[2]

接着我们回顾最近五十年来高度发达的中产阶级文化在德国普及的情况，歌德把这项功劳主要归于赫尔德和维兰德，而不是莱辛 [3]。他说："莱辛的知性至高无上，只有和他有同样高水平知性的人才能真正学习他。对于中等能力的人他是危险的。"他提到一位报界人士 [4]，此人按照莱辛的榜样进行自我修养，在上世纪末曾经扮演过一种角色，不过并不是一种高尚的角色，因为他比他伟大的先行者差得太远了。

歌德说："整个德国高地地区的文风都要归功于维兰德，人们从维兰德那里学到了很多东西，恰如其分地进行表达的能力并非是微不足道的。"

在提到《赠辞》时，歌德特别称赞席勒的赠辞，说席勒的赠辞一针见血，

1　1797年10月20日席勒写给歌德的信中说："很显然，《迈斯特》中的悲剧色彩太浓了。我认为，那种预兆不祥的、不可捉摸的、主观神奇的气氛，虽然与富有诗意的深刻和朦胧相协调，但是与清晰明白无法相容，而清晰明白是小说必须具有的，而且只有在小说中清晰明白才能很好地显现出来。——简而言之，您在这里采用了一种作品不允许您采用的手段。"

2　这段话出自《威廉·迈斯特的学习时代》第八卷第十章，译文参见冯至译的《威廉·迈斯特的学习时代》，载《歌德文集》第二卷，人民文学出版社，1999年，第578页。

3　莱辛（Lessing Gotthold Ephraim，1729—1781），德国启蒙文学运动最伟大的代表，剧作家、理论家。歌德认为，就普及文化方面所做的贡献而言，他不及赫尔德和维兰德，原因是莱辛他的知性太强，一般人难以学习。

4　这位"报界人士"是弗里德里希·尼古拉（Friedrich Nicolai，1733—1811）。尼古拉是德国启蒙主义者，莱辛的朋友和合作伙伴。他对德国启蒙运动的贡献主要在出版方面，编过很多刊物，通过这些刊物传播启蒙思想。但尼古拉不能随着时代的进步而变化，始终坚持启蒙运动的理性原则，竭力反对以歌德为代表的狂飙突进文学运动。到了晚年，他成为众人讽刺攻击的老顽固，他是歌德与席勒写的《赠辞》中讽刺攻击的对象之一。

令人信服，而他自己的则不关痛痒，无足轻重。他说："我读席勒的《黄道带》(Tierkreis)时总是赞叹不已。这些格言警句当时对德国文学所产生的积极影响是无法估量的。"与此同时还提到许多赠辞所针对的人物；但他们的名字我都记不得了。

歌德就这样用这些和上百句其他有趣的见解和插话打断里默尔，直到把自传续篇的手稿朗读和讨论到1800年年底之后，他将稿子放在一旁，让人在我们就座的这张大桌子的一端摆上餐具，再备上一些简单的晚餐。我和里默尔有滋有味地吃起来，歌德本人则一口不沾；我从未见过他在晚上吃东西。他坐在我们旁边，给我们斟酒，修剪灯芯，同时还说一些锦言妙句，在精神上帮助我们消除疲劳。他很怀念席勒，所以这个晚上的后半部分就全用来谈席勒了。

里默尔回忆起席勒其人，他说："他的身材、走路的姿态，以及每一个动作都很高傲，只有眼神是温和的。"歌德说："是的，他只有那双眼神是温和的，身上其余部分都很高傲、很了不起的样子。他的身体是这样，他的才能也是这样。他有胆量去抓住一个大题目，把它翻来覆去地观察，仔仔细细地看，认认真真地处理。然而，他好像只从外表看他的题目，不擅长静心地去发掘题目的内涵。他的才能不够专一，所以总是拿不定主意，永远没个了结。他经常临到预演前还要改动角色。

"因为他处处行动果断，这样也就不赞成太多的行为动机。我还记得，为了《威廉·退尔》(William Tell)我跟他费了多少口舌！他想直接让盖斯勒从树上摘下一个苹果（放在退尔的儿子的头上），再（叫退尔）用箭把苹果从男孩头上射下来。这完全违背我的本性，我极力说服他先让退尔的儿子对地方长官盖斯勒夸他父亲射艺高超，说他能从一百步远的地方把一个苹果从树上射下来，这样至少可以为（盖斯勒）如此残忍的动机铺垫一下。席勒起初不以为然，但是最终还是听从了我的意见和忠告，照着我的建议做了。

"相反，我自己往往对于动机说明太多，结果使我的剧本远离了舞台。例如我的《欧根妮》(Eugenie)[1]是一连串纯粹的动机，这在舞台上是不可能走运的。

---

1 《欧根妮》是歌德的《私生女》最初的标题。

"席勒天生有写戏剧的才能。他每写一部剧本，就前进一步，自己就更完美一些。但是有一点很奇怪，自《强盗》（*Räubern*）以来他就对写残酷无情有某种兴趣，即使在他创作的黄金时期也始终没有完全放弃过这种兴趣。我还记得很清楚，在《哀格蒙特》里的监狱一场中，当向哀格蒙特宣读死刑判决书时，他要让阿尔巴戴着假面具，身披一件外套出现在背景上冷眼观看死刑判决书对哀格蒙特产生的效应，通过这种安排来描绘阿尔巴的穷凶极恶和幸灾乐祸[1]。我坚决反对这样做，没有让这个幽灵出现。席勒这个人很伟大，也很古怪。

　　"每隔八天他就要变成另一个人，变得更加完美；我每次见到他都觉得他在阅读、学识和判断力方面又进步了。他写给我的那些信是我从他那里得到的最珍贵的纪念品，也是他所写的最优秀的作品的一部分。我把他的最后一封信[2]作为圣物与我的宝藏珍藏在一起。"歌德站起来去取那封信，然后把信递给我说："你看一看，读一读吧。"

　　这封信文字优美，笔力刚劲。信中写的是对歌德为《拉摩的侄儿》（*Rameaus Neffe*）[3]所作评注的看法。歌德在评注中描述了当时的法国文学，他曾经把手稿送席勒试读。我把信念给里默尔听。歌德说："你们看，他的判断多么中肯、多么集中，字里行间不露任何一点软弱的痕迹。他是一个了不起的人，是带着饱满的精力离我们而去的。这封信是1805年4月24日写的——席勒于5月9日去世。"

　　我们互相轮流读这封信，欣赏他清楚明了的用词风格和隽秀的字体。歌德又满怀深情地说了一些思念他这位朋友的话。时间已近十一点，我们就离开了。

1　魏玛剧院决定演出歌德的《哀格蒙特》，为此请席勒把该剧改编成适合舞台演出的剧本。经过席勒改编的《哀格蒙特》于1796年4月15日在魏玛演出。

2　席勒写给歌德的最后一封信的日期是1805年4月24日，他于1805年5月9日去世。

3　《拉摩的侄儿》是法国作家狄德罗的作品，1805年歌德把它译成德文并加了评注。

1825年2月24日，星期四

（评说拜伦，关于"三一律"）

歌德今天晚上说："如果我现在还担任主管魏玛剧院的职务，我就会把拜伦的《威尼斯执政官》（Dogen von Venedig）[1]搬上舞台。当然这个剧本太长，需要压缩；但什么也不能砍掉和删除，而是要这样处理：保留每一场的内容，只是把它更简练地再叙述一遍。这样会使剧本比较紧凑，不致因改动而受到损害。而效果一定会很强烈，优美之处也基本上不会有些许丧失。"

歌德这番话使我增长了新的见识，知道在上演成百部其他类似的戏剧时应该如何处理，我非常喜欢这些座右铭式的谈话，当然这样的话只能出自一位有聪明头脑而且懂得本行业务的作家之口。

我们继续谈论拜伦勋爵。我提到拜伦在和梅德温[2]谈话时曾说过，为剧院写作是一件最困难、最费力不讨好的事。歌德说："这要看作家是不是懂得迎合观众的品位和兴趣的发展轨迹。如果作家才能的趋向与观众品位和兴趣的趋向一致，就会大获成功。侯瓦尔德就是以他的剧本《肖像》迎合了观众品位和兴趣的发展轨迹，所以博得普遍喝彩。而就拜伦勋爵而言，只要他的趋向一旦偏离观众的趋向，他也许就不能如此幸运。在这个问题上，人们是不问作家有多么伟大的；相反，倒是一个并不比普通观众突出多少的人，往往能得到大家的宠爱。"

我们继续谈论拜伦勋爵，歌德很钦佩他的非凡才能。他说："我感觉，就我所谓的想象能力而言，世间没有一个人能超过拜伦。他解决戏剧冲突的方式方法总是出人意料，而且总是比人们想象得更好。"我回答说："我对莎士比亚也有这样的体会，特别是对他的那个福斯塔夫[3]，当福斯塔夫漫天撒谎不

---

1 《威尼斯执政官》是拜伦在意大利时写的一个剧本，原名为《马林诺·法里埃罗，威尼斯执政官》（1821）。剧中有一位老公爵，他的妻子遭人诽谤，得不到元老院的同情。于是，他求助民众，准备联合民众一起推翻以他自己为首的威尼斯共和国。

2 梅德温（Thomas Medwin，1788—1869），英国作家，拜伦的好友，1824年出版了《与拜伦勋爵的谈话录》。

3 福斯塔夫是莎士比亚几部历史剧中的著名丑角。

能自拔时，我问自己，我该叫他怎么做他才能解脱出来呢？而莎士比亚的解决方法就远远超出我的一切考虑。你对拜伦勋爵也有同样的评论，这对他可就是极高的赞扬了。"我又补充说："作家能清楚地俯瞰事情的始末，面对视野狭窄的读者，他是占有很大优势的。"

歌德赞成我的话，他觉得拜伦勋爵很好笑，这个人在生活中从来不屈服，从来不顾及什么法则，最终却是服从了那个愚蠢透顶的三一律[1]。歌德说："拜伦和其他人一样不懂得什么是三一律的根本。三一律的根本是**易于理解**，只有使作品易于理解时，它才是好的。如果三一律妨碍理解，还要把它视为法则，作为法律来服从，那就不可思议了。三一律是从希腊人那里开始的，然而就是希腊人也不总是遵循它；例如欧里庇得斯的《法厄同》(*Phaethon*)[2]以及其他一些剧本里的地点都更换过。由此可见，对于希腊人来说，表现好他们的题材比盲目尊重一种本身就没有多大意义的法则更为重要。莎士比亚的剧本都尽可能地超越时间和地点的统一，但是它们都易于理解，没有什么剧本比它们更易于理解了，因此希腊人也不会指责它们。法国作家力图最严格地遵守三一律，但是他们不是用戏剧的方式，而是通过叙述的方式来解释戏剧的法则，这就违背了易于理解的原则。"

这里我想到侯瓦尔德的剧本《仇敌》(*Die Feinde*)。在这部剧本中作者束缚住自己的手脚，为保持地点的统一，他在第一幕就违背易于理解的原则，把这部剧本可能达到的更好的效果完全葬送在这个任何人都不会感激他的怪诞不经的念头上。相反，我也想到《葛兹·冯·伯利欣根》，这部剧本则尽可能地超越时间和地点的统一，但是让一切都在眼前发展演绎，我们可以直接

---

1 在如何写诗剧的问题上，拜伦反对向莎士比亚学习，他推崇17世纪法国古典主义的原则，严格遵守"三一律"。"三一律"是从亚里士多德的《诗学》中总结出来的，17世纪法国古典主义把它奉为金科玉律，而英国的莎士比亚则根本不知道何为"三一律"。18世纪上半叶，德国戏剧也走法国古典主义的道路，但从18世纪中期开始逐渐摆脱"三一律"的束缚，走上了"莎士比亚化"的道路，到歌德的《葛兹》时达到顶点。青年时代的歌德是"三一律"的坚定反对者，"莎士比亚化"的忠实拥护者。到了晚年，歌德不再笼统地反对"三一律"，认为只要有利于对剧本的理解就可采用。

2 《法厄同》是一部未完成的剧作，只留下一些残片。歌德于1821年曾经试图与其他人合作把它还原成一部完整的剧本。

看见。因此，它就像世上任何一部剧本一样，是一部纯戏剧性质的、易于理解的作品。我还想到，如果一件事实的规模不大，能在应有的时间内让我们看到它发展的全部细节，那么时间和地点的统一就是自然的，也符合希腊人的思想；但是，在一个由不同地点构成的大的故事情节里，我们就没有理由把故事情节局限在一个地方，特别是鉴于我们现在的舞台，随意变换场景已经毫无障碍，这就更没有理由把故事情节局限在一个地方了。

歌德继续谈论拜伦勋爵，他说："一贯追求放荡不羁是拜伦的天性，他通过遵守三一律对自己加以限制，倒是很合适的。当然，他要是在道德方面也能这样进行自我约束的话，那该多好啊！他正是因为不能做到这一点，所以堕落了，完全可以这样说，他是因为自己放荡不羁才毁灭的。[1]

"他对自己太胸中无数，总是靠激情混日子，不知道也不考虑自己在干什么。自己随心所欲，对别人做的事则一律反对，这样必然是既损害了自己，又惹得世人反感。他的那篇《英格兰诗人和苏格兰评论家》(*English Bards and Scotch Reviewers*)一发表就把当时文坛上最杰出的人物得罪了。[2] 后来为了活下去，他只得退让一步。不过，在接下来的作品里他仍然不是反对就是指责，国家和教会一律不予豁免。这种不顾后果的行为迫使他离开了英国，长此下去，他也可能被赶出欧洲哩。他觉得到处都太狭窄，即使享有最无限的个人自由，他还是感到憋闷；在他看来，世界就像一座监狱。他决定去希腊并非出于自愿，而是因为与周围世界格格不入才被迫去的。[3]

"他与传统的、爱国的东西决裂，不仅使这样一位如此优秀的人毁灭了，他的革命思想以及与此相结合的持续不断的煽情鼓动也使他的才能不能

1　拜伦出身贵族，私生活放荡。伪善的上层社会对拜伦在道德方面的越轨行为横加指责，特别是当他刚刚结婚一年的妻子提出与他分居时，这种指责达到了高潮。拜伦忍受不了，愤然移居意大利。

2　拜伦的第二部诗集《闲暇的时刻》(1807)出版后受到《爱丁堡评论》的批评，拜伦写了《英格兰诗人和苏格兰评论家》一文回击对他的批评，同时也攻击了当时英国文坛的名流。

3　歌德认为，拜伦以为自己享有无限自由，可以任意攻击国家和教会，也可以任意攻击其他人。他的攻击自然要遭到反击，因而他觉得周围世界都在反对他，感到自己没有自由，仿佛生活在一座监狱里。因此，歌德认为，拜伦去希腊表面的原因是他要以实际行动支持希腊人民的解放斗争，而深层的原因是他想逃避那个他感到无法容身的环境。

得到应有的发展。他一味地反对和指责，这对于他现有的优秀作品本身也是极其有害的，因为不仅作家的不满情绪会传给读者，而且一切反对行动最后都要走向否定，而否定就是虚无。我如果把坏的东西说成坏的，那有多大意义呢？可是，如果我连好的东西都说成是坏的，那害处可就大了。谁要想真正发挥作用，就不要责骂，完全不必为颠倒了的是非操心，只管做好事就是了。因为关键不在于摧毁，而在于建设，在建设的过程中人类才能感受纯粹的快乐。"

这番话真是精彩，使我耳目一新，我很高兴能聆听这么精辟的箴言。

歌德接着说："必须把拜伦勋爵作为一个人、作为一个英国人、作为一个有卓越才能的人来看待。他的好品质主要来自他是一个人，他的坏品质来自他是英国人和英国上议院的议员，而他的才能则无法估量。

"所有的英国人都不善于真正的沉思内省；休闲消遣和宗派思想使他们不能静心修炼自己。但是作为干实事的人，他们是伟大的。

"拜伦勋爵也是这样，他从来不会对自己进行反思；因此他的全部思考也就都不成功，他的那个'**要大量金钱，不要当权者**'[1]的象征符号就是例证，因为无疑是大量金钱使当权者瘫痪的。

"然而，他不管创作什么作品都是成功的，我们确实可以说，在他身上灵感代替了思考。他应该永远写下去，因为凡是出自人，特别是出自人的心灵的作品都是优秀的。他写作就像女人们生了漂亮小孩儿一样，她们没想到，也不知道怎么就生出来了。

"他**天生**就是一个有伟大才能的人。我觉得就真正的文学创作才能而论没有人能超过拜伦。在把握外在事物和洞察过去各种事态方面，他可以与伟大的莎士比亚比美。不过作为纯粹的个人，莎士比亚占据优势。这一点拜伦深有感受，所以，他虽然能够整段整段地背诵莎士比亚的作品，但不大谈论莎士比亚。他恨不得把莎士比亚排斥掉，因为莎士比亚的爽朗性格给他造成了障碍，他觉得自己比不过莎士比亚。但是他并不排斥蒲柏[2]，因为他觉得蒲柏

1　这句话出自拜伦的《唐璜》第十二歌。

2　蒲柏（Alexander Pope，1688—1744），英国诗人。歌德认为，拜伦很少谈论莎士比亚，原因是他觉得莎士比亚比他高明，他想排斥莎士比亚。相反，他竭力抬高蒲柏，那是因为他觉得蒲柏不如他。

没有什么可怕的。相反，他一有机会就提起蒲柏，对蒲柏表示尊敬，因为他心里很明白，蒲柏对于他来说只是一个无声的存在。"

关于拜伦，歌德似乎有说不完的话，而我也总是不厌其详地听他述说。在几句简短插话之后，歌德继续说：

"处于英国上议院议员这样高的位置，对于拜伦很不利；因为任何有才能的人都要受到外界打扰，更不必说一个出身高贵又有大片家产的有才能的人了。对于有才能的人来说，处于中等阶层的某个位置远为有益；所以我们发现凡是大艺术家和大作家都属于中等阶层。如果拜伦出生在一个比较低微的家庭，没有多少财产，他的那种放荡不羁的脾气就远不会这样危险。可是，现在他有权把每个心血来潮时的念头都付诸实施，这就把他牵连进数不尽的纠纷里。再说，像他那样高地位的人什么阶层能引起他敬重，使他有所顾忌呢？他想到什么就说什么，这也使他处于和世人永无休止的冲突之中。"

歌德接着说："听说一个高贵而富有的英国人竟然把一生中很大一部分光阴用在拐骗和决斗上，你会感到惊讶。拜伦勋爵亲口说过，他的父亲就拐骗过三个女人[1]。他的这个儿子才只拐骗过一个，比起父亲来还算是理智哩！

"拜伦实际上永远生活在原始状态，处于这种状态之中，他每天心里都得想着需要紧急自卫。所以他总要开枪射击，每时每刻都准备着会有人前来挑衅。

"他不能孤独地生活，因此尽管有许多怪脾气，对和他有交往的人却极其宽容。有一天晚上，他朗诵了那首关于莫尔将军之死的诗[2]，诗写得很精彩，可他那些高贵的朋友听了都支支吾吾。但是他并不在乎，又把诗稿放回口袋里了。他作为作家确实像一只绵羊，要是换个别人，早就让那些人见鬼去了！"

---

1 拜伦的父亲没有——像爱克曼在这里记述歌德所说的——拐骗过三个女人，他两次结婚，只有第一个妻子是拐骗来的。

2 莫尔（Sir John Moore，1761—1809），英国将军，1809年他指挥的军队大败拿破仑的军队，但自己不幸阵亡。英国诗人沃尔夫（Charles Wolfe，1791—1823）写了《将军之死》一诗纪念他，爱克曼把这首诗译成了德文。在这里，歌德错误地把这首诗说成是拜伦写的。

1825年4月20日，星期三〔19日，星期二〕

（批评文坛的浮躁之风，谈知识和生活实践的重要性）

今晚歌德给我看了一位青年学生的来信，这个学生向歌德索要《浮士德》下卷的写作提纲，因为他打算自己把这部作品写完。他枯燥乏味、心态平和而坦诚地陈述了自己的愿望和意图，最后竟毫不掩饰地说，虽然当前所有其他人在文学上的努力都收效甚微，但是在他身上一种新的文学必将绽放新蕊[1]。

如果我在生活中碰上一位年轻人，他准备继续拿破仑征服世界的事业，或者碰上一位年轻的建筑爱好者，他正打算完成科隆大教堂的扩建，对他们我就不会再感到惊奇，不会觉得他们比这位年轻的文学爱好者妄想只凭兴趣就能写出《浮士德》第二卷更为荒唐和可笑。

我甚至认为扩建科隆大教堂比按歌德本意继续写《浮士德》更可行一些！因为前者必要时可以借助数学的功用，我们能用肉眼看见它，能用手去触摸它。而衡量一部精神的作品什么样的准绳和量具才够用呢？它是看不见的，完全以主观为基础，一切都靠敏锐地察觉，这就要求有大量亲身经历的生活作为洞察的素材，要有受过长期训练的、达到纯熟完美程度的技能去进行洞察。

谁认为从事创作是一件轻而易举的事，就算只是认为能够办得到的事，这个人也肯定是个平庸之辈，因为他对于什么是高和难一无所知。因此完全可以断言，假如歌德想自己完成他的《浮士德》，只是还缺很少几句诗行，那么，这样一个青年人就连把那还缺少的几句诗行恰当地填补上的能力都没有。

我不想探讨我们当代的青年何以如此自负，竟然认为人们迄今为止只有通过多年的学习和体验才能得到的东西，他们却是生来就有。但我以为可以这样说，现在在德国经常出现的那种主张随便跨越一切循序渐进的发展阶段

1　这个学生名叫舍内（Christian Schöne, 1779—1852），于1821年7月22日致信歌德，表示要写《浮士德》第二卷；尽管歌德反对，他还是写了并于1823年在柏林出版。此人后来成了一名医生。

的说法，只能使在未来产生优秀作品的希望变得渺茫[1]。

歌德说："国家的不幸在于谁也不愿意过安逸舒闲的日子，人人都想掌握政权。而艺术的不幸在于，谁也不乐于欣赏已经创作出来的作品，人人都想自己再去创作。

"而且，谁也不想让一部文学作品引导自己在自己的道路上前进，而是人人都要立刻再创作出一部同样的作品来。

"此外，这里缺乏一种严肃的全局观点，不愿为全局出力，大家都努力追求个人名声，尽可能让自己引起世人的注意。这种错误的企图到处可见，人们效仿的是那些最新派的演奏能手，这些人不选择能使听众获得纯粹音乐享受的作品，只选择那些能让自己掌握的技巧博得喝彩的作品来演奏。到处都是炫耀自我的个人，看不见任何为了全局、为着事业宁可把自己这个个人摆在后面的诚实可靠的努力。

"其结果，人们就在不知不觉中陷入粗制滥造的境地。从小孩子起就开始作诗，作到青年时代便以为自己已是才高八斗，一直到壮年以后才终于认识到世间现有的作品是多么优秀，于是不禁对为自己那一点错误的、极其不够的奋斗而失去多年时光感到惊愕。

"当然，很多人始终不能认识那些完美的作品，也不能认识自己的缺憾和不足，而是一味地敷衍了事，直到老死为止。

"如果能让每个人都及早意识到世间最优秀的作品比比皆是，意识到要写出能与之媲美的作品来还需要做哪些工作，那么，在现在那些作诗的青年人当中，一百个人里几乎找不出一个人有足够的恒心、才能和勇气，为了达到某种近似的成功而平心静气地写下去。

"许多青年画家要是及早知道并且理解像拉斐尔[2]这样的大师到底都做了什么，他们的手就绝不会去沾画笔。"

---

1 到19世纪初，德国在各个方面都有很大发展，但人们期待能够发展得更快，因此产生浮躁情绪，忽视循序渐进。这种情绪在文学创作中的反映是，急于求成，追求飞跃式发展，喜欢不断更新变化。

2 拉斐尔（Raffael/Raphael，意大利语 Raffaello Sanzio，约1483—1520），意大利画家。

话题转到普遍的错误倾向上，歌德接着说：

"因此，过去我在实践方面倾向于造型艺术，这其实是错误的，因为我天生没有这方面的才能，在我身上也不可能培养出这种才能来。我的特点是对周围的自然风景怀有某种深情，因此最初画的那些画还是一个很有希望的开端。意大利之旅毁掉了我作画的乐趣；取而代之的是广阔的视野，但满怀深情的能力不见了，而且，既然一种艺术才能既不能通过技巧，也不能通过对美术的爱好培育出来，那么我的奋斗就只能化为乌有。"

歌德继续说："有人说，应该把人的各种力量联合起来培养，这话有道理，而且也是最好不过的。但人不是天生就能做到这一点，实际上每个人都必须作为单独的人在成长，只是要力求懂得大家联合起来是一个什么概念。[1]"

听到这里，我想到《威廉·迈斯特》，作品中有同样一段话，说只有把所有的人合在一起才能组成人类，而我们也只有懂得个中的价值，自己才能受到尊敬。[2]

我也想到《漫游时代》里的蒙坦，他总是劝人学一门手艺，他说，现在是片面性的时代，**谁**理解这一点并且秉承这种意旨为自己和他人工作，大家就应该为他庆幸。[3]

现在的问题是，一个人要有什么样的手艺才既不越出自己的能力界限，又不过分惜力呢？

谁的本职需要综观、判断和领导**多种**行业，他就应该力求对多种行业获得尽可能深刻的认识。因此，一位君主或者一位未来的国家领导人，他的修养无论多么宽泛都不过分，因为他的本职工作就需要兼备多种才能。

---

1 歌德认为，要求将一个人培养成为具有人的所有能力的人，是不现实的。人是作为单独的个体来到世界上，他只能具有某一方面或某几个方面的能力，不可能具有人的全部能力，但他们必须对人类共有的东西有个概念。

2 这句话出自《威廉·迈斯特的学习时代》第八卷第五章，雅尔努说："只有所有的人才构成人类，只有所有的力量联合起来才构成世界。"

3 这段话出自《威廉·迈斯特的漫游时代》第一卷第四章。歌德认为，全面发展曾经是普遍的要求，但随着社会的进步，劳动分工越来越精细，人成为"通才"的可能性越来越小，用武之地也越来越小，只有"专才"才能成为有用之才，因而现在是雅尔努所说的"片面性的时代"。

同样，一位作家也应该努力获得各种各样的知识，因为整个世界都是他的写作素材，他必须懂得如何处理和表达这些素材。

但是，一个作家就不要再想当画家了，他应该满足于用言辞描述世界，就如同我们让演员通过他们个人的表演来向我们展示世界一样。

要把**认识**和**生活实践**区分开来，应该考虑到，每一门艺术，一旦付诸实践，都是十分艰巨而伟大的，要想成为名家高手则要求付出毕生的精力。

所以歌德虽然力求见多识广，但在生活实践中却只限于从事**一种**行业。他只从事唯一一门艺术，而且造诣很高，那就是**用德语写作**。至于他所表达的题材具有多方面性质，那是另外一回事。

同样，也要把**培育**和**生活实践**很好地区分开来。

为了了解外界事物要千方百计培养自己的眼力，这是作家应有的修养。如果说歌德曾经想把自己向着造型艺术发展的实践倾向作为他的生活实践，可以称之为错误的，那么把自己培养成为作家作为他的生活实践，就很合适。

歌德说："我的作品内容具体，这要归功于我的注意力极其专注和对眼力的训练；我也高度评价由此而获得的知识。"

但是，我们也要谨防把修养的范围拓得太宽。

歌德说："否则，首先上当的是那些研究自然科学的人，因为研究自然界确实需要有一种全面而均衡的修养。"

但是另一方面，一旦所涉及的是一个人本行中不可或缺的知识，他就要努力防止狭隘和片面。

一个作家要想为剧院写作，就要有舞台方面的知识，以便衡量他可以支配的各种手段，尤其要知道该做什么、不该做什么；同样，为歌剧作曲的人必须对文学有深入了解，这样他才能把好的作品与坏的作品区分开来，不致让自己的本领浪费在那些低劣的东西上。

歌德说："卡尔·马里亚·冯·韦伯[1]没有必要为《欧里安特》（*Euryanthe*）

1　冯·韦伯（Carl Maria von Weber，1786—1865），德国作曲家、浪漫主义歌剧的创始人，自1816年担任德累斯顿管弦乐队指挥，创作并指挥过《自由射手》（1821）、《欧里安特》（1823）、《奥伯龙》（1826）等歌剧。

谱曲；他应该立刻看出，《欧里安特》这个题材不好，是写不出什么东西的。能否看出这一点是作曲家艺术才能的一部分，我们有权把这种眼力作为一位作曲家的先决条件。"

画家也应该有辨别题材的知识；因为知道什么该画、什么不该画，这是他专业的需要。

歌德说："不过，归根到底最大的艺术还是要会限制和孤立自己。"

因此，自从我生活在他身边以来，他总是努力保护我不要驰心旁骛，让我始终把精力集中在一门专业上。一旦我表现出一点想熟悉一下自然科学的兴趣，他就劝我不要这么做，让我现在就守住文学不放。如果我想读一本书，而他知道这本书目前无助于我继续进步，他就总是劝我不要读，说这本书对我没有实际用处。

有一天他说："我把太多的时间花费在不属于我本行的事情上了。每逢想到洛佩·德·维加¹都写了什么，我就觉得自己写的文学作品数量太少。我应该更多地遵循自己本来的专业方向发展。"

还有一次他说："如果我不是在石头上下那么大的工夫，而是把时间用在更好一点的事情上，我得到的可能是最漂亮的钻石首饰。"

出于相同的原因，他赏识和称赞他的朋友迈尔，说他整个一生就研究艺术，因而大家公认他在这一专业领域见地极高。

歌德说："我也很早就开始沿着这个方向发展，用了差不多半生的时间观赏和研究艺术作品，但是，在某些方面我还是不及迈尔。所以我很谨慎，不把一幅新的绘画立刻拿给这位朋友看，而是事先看一看，自己还差多远能赶上他。当我相信已经完全看清楚这幅画的成功与不足之处时，我再把它拿给迈尔看，他的眼力当然比我尖锐得多，在一些方面还可能感悟出完全其他的东西来。这样，我就总是一再地重新认识到，要在**一项**事业上大有作为意味什么，都需要什么。迈尔对整整几千年的艺术都有深刻见解。"

但人们可能会问，那么歌德呢，他既然如此强烈地主张人应该只从事一

1　维加（Lope de Vega，1562—1635），西班牙作家、剧作家，写了一千多部悲剧和喜剧。

种专业，为什么恰恰是他本人把一生用在了极其多种多样的志向上呢？

我对这个问题的回答是，歌德如果出生在当今的世界，看到他的民族在文学和科学上的追求已经达到像现在这样的高度，而且绝大部分是通过他达到的，他肯定找不出理由促使自己抱有如此多种多样的志向，他肯定会紧缩自己的精力把它放在唯一一种专业上。

因此，他进行全方位研究，要把人世间的事物都弄清楚，并不仅仅是他本人的天性所致，把耳闻目睹到的东西表达出来也是时代的需要。[1]

他入世时必须接受两大遗产，即**错误**和**不足**，要清除它们，就要求他向多个方面做毕生的努力。

倘若歌德不觉得牛顿的理论是一个巨大的、对人的思想极其有害的错误的话，你能相信他会有朝一日突然想起来要写一部《颜色学》[2]，并且为这样一种次要的志向花费多年的心血吗？绝对不能！然而，正是在与这种错误进行斗争的过程中，他寻求真理的情感驱使他，让他把纯洁的思想之光也照进这片昏暗的地方。

他的演化论[3]情况也是如此。如今我们感谢他提供了一种科学探讨的模式。但是，如果歌德当初看到了他的同时代人已经迈上奔向这一目标的征程，他肯定不会想到要写这样一部著作的。

这一点甚至也适合他那种多方面的文学创作活动。如果那时他的民族已经有了一部像《威廉·迈斯特》这样的作品，歌德是否还会写这样一部小说，这就要大打问号了。他在这种情况下会不会就完全献身于戏剧文学创作了，

1　爱克曼认为，歌德年轻时，世界还存在许多错误和缺陷，他觉得自己有责任改变这种状况。因此，他在许多方面施展才能，可以说，这是时代的需要。爱克曼的分析很有道理。不过，我们可以补充的是：歌德到晚年时发现自己不该把精力分散在许多方面，而应该集中到写作上来，这也是一种老年心态。通常，人在年轻的时候总觉得自己什么都能干，什么都想尝试一下；到了晚年，每当回首往事的时候，发现自己在某一方面有所成就，在其他方面不是一无所获，就是成绩平平，这时才认识到自己适合从事什么，不适合从事什么。他们于是哀叹：如果我从青年时代起就集中精力从事这项事业，那该多好！

2　歌德的《颜色学》共两卷，1810年出版。

3　关于演化论研究，歌德著有《植物的演化》，此外还写了诗歌《植物的演化》和《动物的演化》（*Die Metamorphose der Tiere*）。

这也是不好说的。

假如歌德只有一个单方面的志向，他能创作出哪些作品，产生什么影响，这一切根本无法预见；但有一点是肯定的，只要我们综观全局，头脑正常的人都希望，歌德所创作的一切都不是它们的创作者心血来潮所致。

1825年5月12日［？］，星期四

（关于原创性，接受前辈和同辈的影响）

歌德兴致勃勃地谈到米南德[1]，他说："除索福克勒斯[2]外，没有一个人让我这样喜爱。他非常纯洁、高尚、伟大、朝气蓬勃，他优美的风格不可企及。我们只拥有他很少的作品，这当然很遗憾，但就是仅有的这一点点也是无价之宝，聪明的人可以从中学到许多东西。"

歌德继续说："关键始终在于，我们想要学习的那个人必须符合我们的性情。譬如卡尔德隆，尽管他很伟大，我也十分敬佩他，但他对我没有产生过任何影响，既没有产生过好的影响也没有产生过坏的影响。席勒则不然，卡尔德隆对他可能就很危险，会把他搞得晕头转向。因此，卡尔德隆到席勒去世之后才在德国被普遍接受是一种幸运。[3]卡尔德隆在技巧和戏剧效果方面十分杰出，席勒则在意图上远为优秀、沉稳、气势宏伟，所以这样的品质若是有些微损失，而在其他方面又没有达到卡尔德隆的高大程度，那是很可惜的。"

我们谈到莫里哀[4]，歌德说："莫里哀是很伟大的，我们每次重读他的作

1　米南德（Menander/Menandros，公元前342—公元前290），古希腊喜剧家，写了一百五十部喜剧，但只有两部较为完整地保存下来，其余的都是一些零散的残篇。两部较为完整的残篇和一些零散的残篇大多是在1905年以前被发现的。

2　索福克勒斯（Sophocles，约公元前496—公元前406），古希腊三大悲剧家之一。

3　德国文学界早已知道西班牙作家卡尔德隆，席勒本人也知道这位作家。但是，把卡尔德隆奉为学习榜样，是在1803年至1809年A. W. 施莱格尔将他的戏剧作品译成德文以后。席勒于1805年病卒，因此卡尔德隆在德国真正走红的时候，席勒已经去世。

4　莫里哀（Molière，原名Jean Baptiste Poquelin，1622—1673），法国古典主义时期著名喜剧家。歌德青年时期读过莫里哀的作品，他的早期剧作如《同罪人》等深受这位剧作家的影响。

品，都会又一次感到惊讶。他是个与众不同的人，他的剧本都近乎悲剧，让人惴惴不安，这一点没有人有勇气敢于模仿他。他的《悭吝人》（Geiziger）尤其卓著，剧中父子之间的不道德行为把一切虔敬孝道全部推翻，这在很大程度上是悲剧性的。[1]但是，如果德国人对它进行加工，把儿子改成一位亲属，这部剧就会变得软弱无力，因而意义也就不大了。德国人害怕看到这种不道德行为的真正本质显露出来；然而，除去这种令人不能容忍的东西之外，还能剩下什么呢，还有什么能产生出悲剧效果呢？

"正如我有时候也观赏照意大利大师们的作品复制的铜版画一样，我每年都要读几部莫里哀的剧本。我们这些小人物没有能力将这些作品的伟大之处铭刻在心里，因此必须经常回过头来再读一读、看一看，以便重温留在我们头脑中的印象。

"人们总是谈原创性，这有什么意义呢！我们一出生，世界就开始对我们施加影响，这种影响一直持续到我们入土为止。除掉精力、力量和意志外，究竟还有什么可以称作是我们自己的！假如我能说一说我都有哪些东西应归功于伟大的前辈和同辈的话，那么剩下来的就不多了。[2]

"当然，在我们一生中哪一个时期接受一位陌生的重要人物的影响，这绝非无关紧要。

"莱辛、温克尔曼[3]和康德[4]都比我年纪大，我青年时代受到前两人的影响，晚年受到康德的影响，这对我十分重要。

"此外，席勒比我年轻许多，正当他朝气蓬勃、奋发向上的时候，我已经

---

1 《悭吝人》写的是父亲阿尔巴贡和儿子克莱昂特为争夺遗产而发生的纠葛。

2 歌德认为，一个人，甚至像他那样的伟人所成就的一切，都不是他们自己的"原创"，而是接受前人以及同代人对自己的影响所产生的结果。

3 温克尔曼（Johann Joachim Winkelmann, 1717—1768），德国艺术史家，崇尚古希腊艺术，经过系统研究，写成《古代艺术史》以及其他经典论著。温克尔曼的基本观点是：古希腊艺术是美的，艺术品位是高的，因而这种艺术至高无上。温克尔曼的研究和他所持的观点对18世纪德国文学界具有深远影响，德国作家从此将目光从法国古典主义文学转向古希腊艺术，走上了崇尚和学习古希腊的轨道。歌德就是在这一轨道上成长和发展起来的。

4 康德（Immanuel Kant, 1724—1804），德国伟大的哲学家。18世纪德国涌现出许多伟大的哲学家，歌德对他们没有太多兴趣，只有康德例外。他赞赏康德的观点，接受他的影响。

开始对世界感到厌倦；同样，洪堡兄弟和施莱格尔兄弟都是在我眼皮底下开始显露头角的，这一点极其重要，由此给我带来的好处，不可名状。"

谈过这些重要人物对他的影响之后，话题转到他对别人的影响上面。我提出毕尔格[1]，在这位纯粹的天才身上看不到一点来自歌德方面影响的痕迹，我觉得这似乎有问题。

歌德说："毕尔格作为一个有天赋的人与我很相似，但他的道德修养之树完全植根于另外一种土壤，完全具有另外的倾向。一个人怎样开始的，他就会沿着他的成长路线继续向上走。一个上了三十岁年纪的人能写出像《施尼普斯夫人》（*Frau Schnips*）那样的诗，他的道路肯定与我的有所不同。他通过自己的卓越才能也赢得了一批读者，能完全满足他们的心意，因此，他也就没有理由去理会一位与他毫不相干的同代诗人有什么特点了。"

歌德继续说："一般说来，人只是向他所喜爱的人学习。对我抱有这种想法的人大概都是现在正在成长中的有才能的青年作家，而在与我同时代人当中这样的人就微乎其微了。我甚至举不出一位有影响的人物曾经觉得我完全合乎他的心意。他们对我的《维特》同样纷纷指责[2]，我要是将他们责骂过的每一处都删掉的话，我的整本书就一行字也不剩了。然而，所有的指责对我都毫无伤害，因为一些个别人的，尽管是著名人物的主观判断，被大众的评价抵消，从而又恢复了平衡。谁要是不能指望会有上百万读者，他就一行字都不要写。

"二十年来大家一直在争论谁更伟大，是席勒还是我；他们应该高兴，因为总还有这么两个家伙可以让他们争论。"

1　毕尔格（Gottfried August Bürger，1747—1794），德国作家、诗人。他的最大功绩是确立了"叙事谣曲"在德国文学中的地位，他的代表作《莱诺勒》《施尼普斯夫人》都是叙事谣曲。
　　毕尔格是狂飙突进文学运动的重要代表人物之一，但不属于以歌德为代表的斯特拉斯堡和法兰克福作家群，而是与狂飙突进的另一个作家团体"林苑社"关系密切。他不是正式成员（"林苑社"由哥廷根大学的学生组成，成立时毕尔格已经离开哥廷根大学），但思想倾向与"林苑社"的成员一致。以歌德为代表的作家群和"林苑社"的奋斗目标都是创立德意志文学，但他们的背景和所走的道路不同，彼此没有直接联系。
2　歌德的《维特》出版后虽然受到广大读者的欢迎，出现了所谓"维特热"，但反对的声音也非常强烈。首先是行政当局下令禁止，其次是像莱辛这样有影响的大作家们开始批判《维特》，要求歌德能写出"更好的维特"来。至于像尼古拉这样的顽固派更是倾注全力地讽刺攻击，他还嬉拟歌德的《维特》写了一部《少年维特的喜悦》来表示自己的不满。

1825年6月11日，星期六［1日，星期三］

（谈历史与文学、特殊与一般）

今天吃饭的时候，歌德对帕里少校写的那本关于拜伦勋爵的书谈得很多[1]。他十分赞赏这本书，并且说，与迄今所有记叙拜伦的文字相比，这本书对于拜伦勋爵和他远大志向的描述都更为全面、更为清楚。

歌德说："帕里少校肯定也是一位同样优秀乃至同样高尚的人，因此他才能够如此精确地理解他的朋友，并且把他描述得这样完美。书中有一段话我特别喜欢，很符合我的理想，堪比是那位古希腊人普鲁塔克所言。帕里说：'高贵的勋爵不具备任何装点市民阶级的美德，他的出身、他所受的教育和他的生活方式都使他无法养成这样的美德。然而，那些不说他好话的评论者全部来自中等阶层，他们当然就一面指责，一面为勋爵身上没有那些他们有理由引以为自豪的东西而惋惜。这些老实人也不想一想，对于身居高位的勋爵所拥有的那些业绩，他们连一点概念都没有。'"歌德说："你觉得这段话怎么样？这样的话我们不是天天都能听到的，不是吗？"

我说："我很高兴，能够了解帕里公开发表的这一看法，这是对一切心胸狭窄、欲把一位地位较高的人拉下来的非难者的打击，使他们彻底丧失活动能力。"[2]

接着我们谈到文学创作中的世界历史题材，特别谈到这一国人民的历史在多大程度上比另一国人民的历史对作家更有利些。

歌德说："作家应该抓住特殊，只要这种特殊是一些健康的东西，他就能从中塑造出一般来[3]。英国的历史很适合用文学的方式描述，因为它是一些优异的、健康的，因而也是一再反复出现的一般性东西。相反，法国历史不适合用于文学创作，因为它只表现一个一去不再复返的生活时代。法国人民的

---

1 帕里（Willian Parry），英国少校军官，与拜伦同在一个旅，是拜伦的好朋友，1825年出版了他写的拜伦传记《拜伦勋爵最后的日子》。

2 这话一语双关，既指那些攻击拜伦的人，也指攻击歌德的人。

3 这里，歌德又一次谈"特殊"在文学创作中的作用。他认为，"特殊"只有当它能够代表"一般"时，它对于文学创作才有价值。

文学，只要以那个生活时代为基础，它就是一种随着时间的推移而渐渐变得陈旧的特殊。"

歌德后来又说："对现代的法国文学还根本不可能做出判断，德国因素的侵入在法国文学中酿成了巨大骚动，其结果如何，我们要在二十年后才能看到。"

我们还谈到一些美学家[1]，他们费尽心力要给文学创作和作家的本质下抽象的定义，结果却什么也未讲清楚。

歌德说："有什么必要下那么多的定义？对于情境的真实情感加上表达这种情感的能力，这就是作家。"

1825年10月15日［12日］，星期三

（当代文学一切弊端的根源是作家的人格缺失）

我发现歌德今晚兴致极高，我有幸又一次从他口里听到一些重要谈话。我们谈到当代文学的状况，歌德发表了如下意见。

他说："一些研究者和从事写作的人，他们本人人格的缺失，是我们当代文学中一切弊端的根源。

"尤其在评论界，这种缺失有损于社会，因为它不是以假充真，就是用一种微不足道的真使我们失去一些伟大的、对于我们可能更有好处的东西。

"迄今为止，世人都对卢克蕾蒂娅[2]和穆启乌斯·斯凯沃拉[3]这两个人

1　歌德一贯讨厌探讨文学创作理论和那些制定文学创作规则的美学家。

2　卢克蕾蒂娅（Lucretia）是罗马王政时代末期的一位贵族少妇。根据古罗马传说，公元前509年，卢克蕾蒂娅被国王的儿子赛克斯图斯（Sextus）强奸，因无法忍受这种暴行，当众自杀。这一事件激怒了罗马人，人民愤而起义，推翻了国王塔克文的统治，从而结束了罗马的王政时代，使罗马历史进入了一个新篇章——共和时代。

3　穆启乌斯·斯凯沃拉（Mucius Scaevola）是古罗马传说中的英雄。据传，在罗马被伊特鲁里亚人围攻时，他深入敌营，被敌人捉获。他威武不屈，当着敌人的面，用火焚烧自己的右手，这一英勇行为感动了伊特鲁里亚国王波尔西纳，致使他决定放弃对罗马的围攻。由此，穆启乌斯获得了"斯凯沃拉"的绰号，意为"使用左手的人"。

物的英雄精神深信不疑，从而深感温暖和鼓舞。但是现在出现了一种历史评断[1]，说这两个人从来不曾存在过，只能把他们看作是罗马人的伟大想象力虚构和杜撰的故事。这么可怜的一点真实对我们有什么用处！如果说罗马人之伟大足以能够虚构出这种故事的话，那么，我们起码也应该如此伟大，足以去相信这个故事。

"我对13世纪的一件重大史实一直抱有兴趣：皇帝弗里德里希二世忙于应付教皇，使北部德国为一切敌人的入侵敞开大门。亚洲的原始部落果然侵入并且已经逼近西里西亚；但是，里格尼茨公爵把他们打败，他们惊魂未定，继而转向梅伦，在那里被施特恩贝格伯爵歼灭。因此，这些无畏之士作为德意志民族的伟大救星至今一直活在我心中。可是现在，那些历史批评派却说，那些英雄完全是无谓牺牲，因为亚洲的原始部落此前已经被召返，他们是主动撤退的[2]。就这样，一桩伟大的、爱国的史实被废止和抹杀，这真是让人十分痛心。"

说完历史批评派之后，歌德谈到另一类研究者和文人。

他说："我如果不曾通过对自然科学的研究来考察这类人的话，我就绝不会了解这些人多么贫乏低微，以及他们对真正伟大的目标多么冷漠。但是，我在研究自然科学时看到，对于大多数人来说科学只是他们赖以生存的手段，只要能够保障生计，他们甚至奉荒谬为神圣。

"文学的情况并不比自然科学好。在这个领域，伟大的抱负和对于真实与

1　按照爱克曼的理解，歌德是暗指"历史评断"的创始人尼布尔（Barthold Georg Niebuhr，1776—1831），因为他是《罗马史》的作者。歌德在别的场合（如1831年1月5日与米勒的谈话）对尼布尔评价很高，只是说"他摧毁了想象"，并没有把他归入"缺失人格"的那一类人。

2　腓特烈二世（Friedrich II.，1194—1250）是腓特烈大帝巴巴罗萨的孙子，霍亨斯陶芬王朝的最后一位皇帝，为与教皇格列高利九世（Gregory IX.，1227—1241年在位）争夺对神圣罗马帝国的统治权，进军意大利，扩大皇帝的势力。1240年，正当他的军队推进罗马城下的时候，来自亚洲的蒙古人侵入波兰，直逼西里西亚。西里西亚的公爵里格尼茨（Herzog von Liegnitz）在与蒙古人激战中英勇善战，不怕牺牲，不幸于1241年4月9日阵亡。蒙古人虽然取得了这场战役的胜利，但伤亡惨重。1241年6月，冯·施特恩贝格伯爵（Jaroslav von Sternberg）率军重创蒙古军队，蒙古人不得不于1243年撤退。从那以后，人们把阵亡的里格尼茨和打了胜仗的施特恩贝格视为英雄，奉他们为欧洲的救星。但是，历史批评派的专家们却认定，蒙古人撤退是他们为争权夺利而引起内讧所致。

优秀的真正理解和传播也是非常少有的现象。甲呵护和抬举乙，因为希望以此换得乙的呵护和抬举。对于真正伟大的东西他们是反感的，恨不得把它们都铲除掉，以便自己还能有些价值。大众如此，一些显要人物也好不了多少。

"×××[1]凭着他的卓越才能和渊博学识本来可以受到他的民族的**青睐**，然而，因为他没有人格，所以既未能对他的民族产生非凡影响，他本人也未能博得国人的尊敬。

"我们需要一个像莱辛那样的人。莱辛之所以伟大，全凭他的人格，他能坚持己见！像他一样聪明、一样有文化修养的人很多，但哪里有这样一位有性格的人呢！

"许多人才华横溢、满腹经纶，但他们也是虚荣心切，为了让那些目光短浅的人赏识自己机智聪敏，他们不知羞耻、无所畏惧，什么事都做得出来。

"所以，让利斯夫人[2]与伏尔泰[3]争吵，反对他的自由和放肆是完全正确的。因为伏尔泰说的一切尽管才识卓异，实际上对于世界毫无用处，不能提供任何依据。甚至还会把人弄得眼花缭乱，使他们无所适从，因而贻害无穷。

"再说，我们究竟知道什么呢！凭着我们的全部才智，我们能够知道多少呢！

"人生下来，不是为着解决世界的问题，而是为着探索问题从哪里开始，然后坚持停留在可知解的界限之内。

"人的能力不足以能够衡量宇宙的活动，凭他狭隘的视角，任何想要给宇宙注入理性的努力，都是完全徒劳无益的。人的理性和神的理性是极不相同

1　指伯丁格（Karl August Böttinger，1760—1835）。伯丁格是考古学家，1791年至1804年任魏玛文科中学校长，后任德累斯顿古代博物馆总监。此人酷爱写作，但写作目的只是为了出名，因而粗制滥造，东拼西凑，不计后果。爱克曼为什么要隐去其姓名，他在1836年6月14日给瓦恩哈根·冯·恩泽（Varnhagen von Ense，1785—1858）的信中做了解释，说他这样做主要是为了不伤人。当时伯丁格本人已经过世，但他的儿子还在，并且与歌德的孙子来往甚密。

2　让利斯夫人（Gräfin Stephnie-Felicite Genlis，1746—1830），法国小说家，虔诚的天主教教徒。歌德于1825年8月至9月读了她的《回忆录》，书中她猛烈攻击伏尔泰。

3　伏尔泰（Voltaire，1694—1778），法国启蒙运动的代表人物之一。他的文学创作主要集中在戏剧方面，先后写了五十多部剧本。由于演出剧本匮乏，歌德于1799年把伏尔泰的《穆罕默德》、1800年把《天真汉》译成德文，并搬上舞台。

的两件事。[1]

"我们一旦给人以自由，上帝的无所不知就被颠覆了；因为，神一旦知道我将做什么，我就不得不按照它的意旨行动。

"我提出这一点只是作为一个象征，表明我们知道得多么少，神的秘密是不可轻易撼动的。[2]

"而且，我们应该说出的也只能是那些对世界有益的较高的准则，把其他的准则藏在自己心里，愿它们将像一轮隐蔽着的太阳，用柔和的光辉照耀我们所做的一切。"

1825年12月25日，星期日

（谈莎士比亚、拜伦等）

我今晚六点去歌德家里，看见他孤单一人，我于是同他一起度过了几小时美好的时光。

歌德说："这段时间里，我的心情受到多方干扰，好消息从四处传来，我只是忙着致谢，以至于无法按部就班地生活。一些宫廷陆续答应保护我的作品不被翻印[3]，因为这些宫廷的情况各不相同，所以每种情况都要求有特定的回报。大量书商们的邀约纷至沓来，都需要考虑、处理和答复。此外，还有成千上万人为我来魏玛的周年纪念日[4]送来祝福，为此，我的感谢信至今还没有写完。而我又不愿意言之无物，泛泛而谈，总想对每一个人都说点得体而且恰如其分的话。不过，我现在渐渐空闲了，因此又有了聊天的兴趣。

1　人的理性是人自己的思想和观念，而神的理性是整个世界的运行规律。既然整个世界是按照神的理性运行，那么人要想用自己的思想和观念去支配客观世界就是枉费心机。

2　人如果不遵照上帝制定的规则行事，想要享有完全的自由，那就等于上帝不存在了。可是，到头来人还是得按照上帝的旨意行事，因为上帝制定的规则是无法撼动的。

3　1825年歌德向德意志联邦提出申请，要求保护他的作品不被翻印。但是，在德国1845年才实行版权法，因而德意志联邦把歌德的申请转给了他所属的各州（即各个宫廷），有些州（即宫廷）已答应保护歌德的作品。

4　歌德于1775年来到魏玛，1825年正好是五十周年。

"我最近有一个看法，想告诉你。

"我们所做的一切都会有一个结果。但是，聪明和正确并不总是产生有利的结果，愚蠢和错误也并不总是产生不利的结果，更确切地说，其结果往往完全相反。

"我前些时候与那些书商谈判时就犯了一个错误，为此深感愧悔。可是现在情况发生了变化，如果我不曾犯那个错误的话，我可能会犯更大的错误[1]。生活中类似的情况一再发生，因此我们看到，了解这一点的世人做起事来厚颜无耻、有恃无恐。"

我觉得这种对事物的观察很新颖，便把它记录下来了。然后我把话题转到他的几部作品上，我们也谈到《亚历克西斯和多拉》（*Alexis und Dora*）那首挽歌[2]。

歌德说："人们指责这首诗结尾时感情太激烈，他们要求挽歌应该和风细雨、心平气和地结束，不要那么嫉妒和冲动[3]。但我看不出这些人有什么道理。这里嫉妒是可以理解的，而且切合主题，如果没有嫉妒，这首诗就缺少了什么。我本人曾经认识一位年轻人，他在热恋中对自己很快就得到的姑娘呼叫着说道：'难道她对另外一个人就不会也像对我一样吗？'"

我完全赞同歌德的意见，然后说起这首哀歌的情境很有特点，用寥寥几笔就把在如此狭小空间里的一切描述得恰到好处，使人以为从中看到了出场人物的家庭环境和他们的全部生活。我说："诗中描述的一切看来很真实，仿

1　歌德于1815年与科塔出版社签订的出版合同于1822年到期，如果科塔出版社想继续拥有歌德作品的出版权，就得与歌德重新签订合同。在谈判中，科塔出版社未能满足歌德的要求，因此谈判暂时搁浅。这时，歌德的儿子建议他马上与出价更高的出版社谈判，但他拒绝了这种商业性考虑——这大概就是正文中歌德所说的"错误"。歌德的这一态度感动了科塔，促使他们做出让步，双方于1826年1月8日签订了新的合同。这就是说，如果当时歌德不犯"错误"，即与其他出版社签了约，那么他就会犯更大的"错误"，即失去后来与科塔出版社重新签约的机会，因为从学术角度看，科塔出版社是出版歌德作品的最佳出版社。

2　这道诗于1796年写成，描写的是一对男女的恋情。全诗等于是男青年的独白，表达他在女友离开以后的心情；嫉妒和希望是这首诗的主题。

3　席勒于1796年6月18日写信给歌德，谈到他读了《亚力克西斯和多拉》（*Alexis und Dora*）以后的感受。他除赞扬这首诗外，对嫉妒这个主题提出了质疑。

佛是根据一次真实的经历写的。"

歌德回答说："我很喜欢你对这首诗有这样的感觉。现在很少有人对事物的真实性具有想象力，他们更喜欢徜徉在自己一无所知的、由幻觉异想天开创造出来的奇怪的地方和情境里。

"当然还有另一类人，他们绝对抱着真实不放，一点诗意都没有，因此对真实的要求也就十分狭隘。譬如有些人要求我在这首挽歌中给阿勒克希斯配备一个佣人为他扛行李，但他们不想一想，这样就会把那个情境中的全部诗意和宁静给破坏了。"[1]

话题由《亚力克西斯和多拉》转到《威廉·迈斯特》。

歌德接着说："有些评论家很奇怪，他们指责这部小说，说主人公过分地混迹于坏人圈子里[2]。然而，正是由于我把所谓坏人圈子看作是一个容器，把我对好人要说的话放入其中，这样我就得到一个有诗意的而且形式多样的载体。假使我把好人圈子又是用所谓好人加以标明的话，那这本书就没有人愿意读了。

"《威廉·迈斯特》表面上看没有多大意义，但它始终有一点高尚的东西作为基础，关键仅仅在于，我们是否有足够的眼力，对于世界有足够的认识，是否能俯瞰全貌，在区区小事中看出伟大之处。对于其他的人来说，书中所描绘的生活作为生活可能就足够了。"

随后歌德给我看一部非常重要的英文作品。这是一部用铜版画图解的莎士比亚作品全集，每页上用六幅小画表现一部单独的剧本，下面写着几行诗句，这样，每部作品的主旨和最主要的情境便都呈现在眼前了。全部不朽的悲剧和喜剧就是以这样的方式像化装游行队伍一样从我们的脑海里走过。

歌德说："翻阅这些小画你会感到惊讶，这时你才发现，莎士比亚是多么广博而伟大！人类生活的母题他没有一个不曾描述过和表现过，而且都是那样的轻车熟路，挥洒自如！

1　席勒在1796年6月18日的信中向歌德报告，说他的一位朋友读了《亚力克西斯和多拉》以后，觉得如果加上一个细节即"给阿勒克希斯配备一个佣人为他扛行李"那就更好了。

2　赫尔德、施托尔贝格兄弟、雅各比兄弟等都不赞成歌德在小说中让威廉混迹于坏人圈子里。

"我们根本没有能力谈论莎士比亚,所有对他的谈论都不充分。我在我的《威廉·迈斯特》里曾经稍微谈到一点[1],但意义不大。莎士比亚不是一个为剧院写作的作家,他从来不考虑舞台。对于他的伟大心灵来说,舞台太狭窄了,就是全部可以看得见的世界他也觉得太狭窄。

"他实在太渊博、太强势了。一个有写作天赋的人,如果不想让他压垮,每年就只能读他的一个剧本。我通过我的《葛兹·冯·伯利欣根》和《哀格蒙特》摆脱莎士比亚,这是做得对的。拜伦不过分崇拜他,而是走自己的路,他做得更对。有多少优秀的德国人没让他和卡尔德隆压垮呢!"[2]

歌德继续说:"莎士比亚给我们的是**用银盘盛着的金苹果**。我们通过学习他的剧本,拿到了银盘,但我们只能把土豆盛在盘子里,这就太糟糕了!"[3]

我笑了,很喜欢这个精彩的比喻。

接着歌德把策尔特的一封信读给我听,信中讲到《麦克白》(*Macbeth*)在柏林的一次演出[4],说剧中的音乐未与剧本的伟大思想和个性同步,对此,策尔特通过各种表述做了详细说明。这封信一经歌德朗读,又恢复了全部生命力。读到一些话语中肯之处,歌德往往停顿一下,和我一起欣赏玩味。

这时歌德说:"我认为《麦克白》是莎士比亚最好的一部舞台剧本;他对于舞台的理解绝大部分都包含在这部剧本之中。但是,如果你想认识莎士比亚的自由心灵,那你就要读《特洛伊罗斯和克瑞西达》(*Troilus und Cressida*),

---

1 歌德在《威廉·迈斯特的学习时代》第三卷的第八章、第九章和第十一章,第四卷的第三章、第十三章至十六章,以及第五卷的第四章至第七章、第九章和第十一章都谈到了莎士比亚。《学习时代》中有关莎士比亚的论述早已被莎士比亚研究者看作是研究莎士比亚的经典文献。

2 歌德承认莎士比亚的伟大,主张向他学习;但他同时强调,不要被他压倒,要敢走自己的路。

3 在《威廉·迈斯特的学习时代》第五卷第四章,威廉与赛罗就演出莎士比亚的《哈姆雷特》要不要做一些删节争论不休。威廉认为莎士比亚的作品不可以有缺点,主张一点都不能删节。赛罗认为,任何艺术作品都会有某些不足之处,删节是必要的,这样才能做到尽善尽美。赛罗说,因为"艺术家必须把金苹果盛在银盘里献给客人"。
在正文的这段谈话中,歌德用这个比喻要说明的内容是:莎士比亚的作品不论外在形式(银盘)还是内容(金苹果)都是上乘之作,我们学习莎士比亚时,如果只学习外在形式(即只拿到银盘),不注重内容(即盛在盘子里的只是廉价的土豆),那是很糟糕的。

4 当时策尔特住在柏林。

在这部剧本里他是以自己的方式处理《伊利亚特》(*Ilias*)这个题材的。"[1]

话题转到拜伦，谈到他不如莎士比亚那么纯洁爽朗，还谈到他由于各种各样负面表现，所以经常招来大半是不无道理的谴责。歌德说："假如拜伦在议会里有机会反复发言，大放厥词，把心中的反对意见都能说出来的话，他作为作家可能会纯洁得多。然而，在议会里几乎轮不上他说话，他只好把心中对他国家的不满通通藏在自己心里，要想把它释放出来，没有别的办法，只能将其改编成文学作品加以表达。因此，我想把拜伦具有负面影响的一大部分言论和批评称为**被扣压的议会演说**，我以为这样称呼它们不能说是不合适吧。"[2]

我们接着谈到普拉滕，我们同样都不赞成他的否定倾向[3]。歌德说："不可否认，他具有某些光彩夺目的品质，但他缺乏**爱**。他不爱他的读者，不爱与他同辈的作家，也不爱他自己。针对这种情况，我们也可以把耶稣使徒的那句话用在他身上：'如果我有三寸不烂之舌，能说会道，却没有爱的话，那么我就是一粒能发声音的矿砂，或者是一个叮当作响的铃铛。'我这几天刚刚读了普拉滕的诗，他才华横溢是显而易见的。但如前面所说，他缺乏**爱**，所以永远产生不了他必须产生的影响。他令人畏惧，怕他成为自己心中的偶像，对什么都持否定态度，但没有他那样的才能。"

---

1 荷马的《伊利亚特》第二十四歌讲到特洛伊罗斯和克瑞西达的故事。

2 拜伦作为议员本可以在议会上发表反对意见，批评一切他认为应该批评的人和事。可实际上，在议会轮不上他发言，他只能把心中的愤怒和不满通过文学作品发泄出来。因此歌德把他通过文学作品发泄出来的反对意见和批评言论称为"被扣压的议会演说"。歌德这段话的潜台词是：发表反对意见和批评言论本应属于议会范畴，放在文学作品里并不合适。拜伦之所以不如莎士比亚那么纯洁爽朗，是因为他的作品里有太多"议会语言"，即批评和否定。

3 普拉滕的"否定倾向"指批评与攻击。歌德认为，文学要表达爱心，而不是一味批评和否定。

― 1826年 ―

1826年1月29日，星期日晚

（作家的所谓"主观性"和"客观性"）

德国第一位即兴表演艺术家，汉堡的沃尔夫博士[1]几天前来到这里，并且已经公开展示过他的不寻常的才能。上星期五晚上他为广大听众和魏玛宫廷做了一次精彩的即兴朗诵，当晚就收到一份请柬，邀他于次日中午来歌德家中晤面。

昨天中午沃尔夫博士为歌德做了即兴表演，我于晚上去见他。他非常高兴，说这是他一生中划时代的时刻，因为歌德用很少几句话就把他带上了一条崭新的道路，对他的批评一针见血。

今晚我来到歌德家之后，我们立刻谈起了沃尔夫。我说："你老人家给沃尔夫博士提出了一个很好的忠告，他非常高兴。"

歌德说："我当时对他很坦诚，如果我的话对他起了作用，对他有所激励的话，这是一个很好的预兆。他是一个绝对有才能的人，这是毫无疑问的，但他患有我们这个时代的通病即主观性，我要给他医治这个病症。我给他出了一个题目，想考一考他，我说，请你给我描述一下你回汉堡的旅程。他马上答应，立刻就说出几句音调悦耳的诗来。我不能不佩服他，但不能表扬他。

1　沃尔夫（Oskar Ludwig Bernhard Wolff，1799—1851），即兴表演艺术家，后来成为耶拿大学文学教授。受歌德儿媳的邀请，1826年1月28日在歌德家中做即兴表演。

他给我描述的不是回汉堡的旅程，只是一个儿子回到父母、亲戚和朋友那里的感受。可以把他的这首诗看作是描述返回汉堡的旅程，同样也可以看作是描述返回梅泽堡和耶拿的旅程。但是，汉堡是一个极其优美、极具特色的城市，如果他懂得并且敢于恰当地抓住这个题目，汉堡可以为他进行专门的描述提供一片多么富饶的田野啊！"

我补充说，对于这种主观性的倾向读者是有责任的，因为凡是卖弄感情的地方他们一律齐声喝彩。

歌德说："可能是这样，不过，如果我们给读者提供更好一点的东西，他们会更满意的。我确信，一个像沃尔夫这样具有即兴表演才能的人，如果能把罗马、那不勒斯、维也纳、汉堡和伦敦这些大城市的生活描绘得惟妙惟肖、活灵活现，使听众以为一切都是自己亲眼所见，他是可以拨动听众的心弦，使他们欣喜若狂的。他要是能突破客观性这一部分，那就保险了：一切在于他自己，因为他不是没有想象力。现在他必须赶快下定决心，然后大胆地去抓住客观事物。"

我说："恐怕这比我们想象的要难，因为这要求转变整个思维方式。一旦思维方式转变了，他的创作必定要进入暂时的停顿状态，在他熟悉了客观事物，并使之成为他的第二天性之前，需要经过一段长时间的练习。"

歌德回答说："当然，这一跨越非同小可；但他只需要有勇气，当机立断。这种情况就像游泳时害怕水一样，我们只要赶紧跳下去，水就归我们驾驭了。"

歌德接着说："一个人如果想学唱歌，一切在他音域以内的音他都会觉得自然而且容易，但对于在他音域以外的那些音，开始时他会感到非常困难。为了成为一名歌手，他就得克服这些困难，因为他必须得能支配*所有*的音。对于作家来说，情况也是如此。只要他仅仅能说出自己的那一点点主观感受，他还不能称之为作家；但是，他一旦把世界占为己有，并且善于把它表达出来，那他就是一个作家了。从此，他的创作力取之不竭，并且永远富有新意；相反，一个天性倾向主观的人很快就会把他那一点内心感受说完，最终因陷入矫揉造作把自己毁掉。[1]

---

1 歌德认为，一个真正的作家不能只讲自己的那一点主观感受，亦即不能犯主观性错误，他必须了解整个世界，并善于把它表达出来，亦即写作要从客观实际出发。

"人们总是说要学习古人[1]。不是别的意思，无非就是说：你要面向现实世界，设法把它表达出来；因为古人活着的时候就是这样做的。"

歌德站起来在房间里走来走去，我遵照他的意思仍在桌旁的椅子上坐着。他在火炉旁站了一会儿，然后若有所思地朝我走过来，用手指按着嘴唇对我说：

"我要向你透露一点想法，你在生活中会得到多方证实的。一切正处于倒退和瓦解中的时期都是主观的；相反，一切向前进的时期都有一种客观的倾向[2]。我们现在的这一整个时期是一个倒退的时期，因为它是一个主观的时期。这一点你不仅在文学方面，在绘画和许多其他方面都能看得到。然而，正如你从一切处于真正蓬勃向上并且本质上具有客观倾向的伟大时期里所看到的那样，每一项卓有建树的奋斗都要从内心世界转向外在世界。"

由于说到这些，我们便饶有兴味地聊了起来，特别回忆起15世纪至16世纪那个伟大的时期[3]。

接着话题转到戏剧方面，我们谈到最新出版的作品不是软弱无力，就是感伤和忧郁。我说："现在我正在从莫里哀那里汲取安慰和力量。我已经把他的《悭吝人》翻译出来，眼下在翻译他的《屈打成医》(*Arzt wider Willen*)。莫里哀是一个多么伟大而纯洁的人啊！"歌德说："是的，**纯洁的人**，这是能用在他身上的名副其实的称呼；在他身上没有任何一点扭曲和畸形，有的是那种大家风范！他主宰着他那个时代的风尚，而我们的伊夫兰特和科策布相反，他们是受他们那个时代的风尚所主宰，被局限和束缚在里面[4]。莫里哀是通过真实地描绘那些人的方式来惩戒他们。"

---

1 指古希腊人、古希腊的作家。

2 歌德把崇尚主观，还是崇尚客观，看作是衡量一个时代是倒退、衰落，还是进步、上升的标志。

3 15世纪和16世纪是近代历史的开始，在历史上是一个伟大的转折，歌德特别重视这个转折的时代。

4 是作家主宰他那个时代的风尚如莫里哀，还是时代的风尚主宰它那个时代的作家如伊夫兰特和科策布，这是有根本区别的。前一种作家的作品能流传后世，后一种作家的作品只能产生一时效应。作为作家，歌德显然要引领时代的风尚，但他的努力在当时得不到受众的支持，他晚年的作品大多不受读者喜爱，其价值是后来才被人渐渐认识的。作为剧院领导，歌德必须考虑演出效果，因此深受当时观众欢迎的伊夫兰特和科策布的剧本在魏玛剧院上演的次数超过其他任何一个作家，其中也包括莎士比亚、席勒以及歌德本人。

我说:"我多么想能在舞台上看到完全纯正的莫里哀喜剧;但据我了解,观众肯定会觉得他的剧本太凝重、太真实。他这种过分细腻的风格是不是来源于某些作家的所谓理想文学呢?"

歌德说:"不是,它来自社会本身。此外,我们年轻的姑娘们在剧院里做什么呢? 她们根本不适合进剧院,而是应该进修道院,剧院只是为了那些通晓人情世故的男男女女而存在的。莫里哀写作的时候,姑娘们都在修道院里,他根本没必要考虑她们。

"然而现在,我们很难把我们年轻的姑娘们带出剧院了,而且人家还不停地上演那些软弱无力的因而正适合她们的剧本,所以你要聪明一点,采取我的做法,不进剧院。

"当初,在我能对剧院产生实际影响的时候,我一直对它怀有真正的兴趣。把这一教育场所提到一个较高的等级上,曾经是我的快乐所在,至于在演出过程中,我很少关心剧本,而是注意看演员是否尽到了自己的职责。我把要批评的话写在一张纸条上,第二天早晨送给导演,这样我就可以放心,下次演出时肯定看不到那些错误了。而现在,我在剧院里不再具有实际的影响,因此我也就没有责任再到剧院去。让我看着缺点毛病发生而不能加以纠正,这样的事情我做不到。

"我阅读剧本的情况也是一样。德国的青年作家们经常给我寄悲剧剧本来。可是让我拿这些剧本怎么办? 我过去阅读德国的剧本目的是看一看能否拿去上演。除此之外,它们对我无关紧要。然而,就我现在的处境,让我如何对待这些年轻人的剧本呢? 阅读它们吧,对我自己毫无用处,这种事情通常人们是不做的,另外,生米已经煮成熟饭,我对这些青年作家无能为力了。要是他们不是把已经印好的剧本,而是把一部剧本的写作计划寄给我,我起码还可以说:写这个剧本吧,或者不要写这个剧本,或者说,你要这样写,或者那样写;这多少还有几分意义和用处。

"全部灾难来源于在德国诗文化已经相当普及,没有人会再写出一行蹩脚的诗了。那些把他们的作品寄给我的青年作家并不比他们的前辈们平庸,现在他们看到前辈们受到如此高度的赞扬,因此不理解,人们为什么不同样赞扬他们呢。然而，我们不要去鼓励他们，因为现在有这样才能的人数以百计，在还有那么多有用的事情需要做的时候，我们用不着去提拔那些剩余的人。假如有个别的人超群出众，那当然很好，因为世界就是要有杰出者为之效劳。"

1826年2月16日，星期四

（歌德论说民族意识和民族英雄）

我今晚七点去看歌德，见他独自一人坐在房间里。我走过去在桌旁坐下，向他报告我昨天在客栈里看见威灵顿公爵路过这里去彼得堡的消息[1]。

歌德颇有精神气儿地说："是吗，他怎么样？给我讲讲他的情况。他的模样跟照片上一样吗？"

我说："很像，但比照片上好，更有特点！看过一眼他的面孔，他的全部照片就都黯然失色。他能给人留下这样的印象：只要看上他一次，就永远不会忘记。他的眼睛呈棕褐色，炯炯有神，你可以感觉到他目光的力量。他的嘴即使闭着的时候也富有表情。看样子他是一个深谋远虑的人，且有不俗的经历。他对待世事宁静而致远，再也不受任何干扰。我觉得他像一柄大马士革宝剑，冷酷而坚韧。

"他外表看上去有五十多岁，腰板儿笔挺，身材修长，个子不太高，身体有一点瘦弱，不够硬朗。我看见他正要上车，然后起程离去。当他从列队为他送行的人群中间走过的时候，用手指按着帽檐儿，微微欠身致意，显得非常和蔼可亲。"

歌德仔细地听我描述，显然很有兴趣。他说："你又多见到一位英雄，这总会是有点意义的。"

我们谈到拿破仑，我很遗憾，没有看见过他。歌德说："当然，争取见一

1　威灵顿公爵1826年作为英国的特使去彼得堡参加俄国沙皇尼古拉一世的登基典礼，同时参加诸大国就希腊问题举行的会谈。

见他**还**是值得的。——这幅世界的缩影！[1]"我问歌德："他看上去是不是像一个什么人？"歌德回答说："他就是这个样子，就是你从外表上看到的样子，很简单。"

我给歌德带去一首很特殊的诗[2]，几天前我曾经对他说过。这首诗是他自己写的，但深深地尘封在过去的岁月里，他已经不再记得了。这首诗于1766年年初刊登在当时在法兰克福出版的一份名为《透视》(*Sichtbaren*)的杂志上，后来由歌德的一位老佣人[3]带到了魏玛，再经这位老佣人的后代传到我的手里。这无疑是我们所熟悉的歌德全部诗歌中最早的一首。诗的题目是"**耶稣的地狱之行**"，我感到奇怪的是，作者这么年轻，竟然如此熟悉宗教上的那些概念，诗的思想观点可能来源于克洛卜施托克[4]，但是用完全另外一种风格写成的；这首诗更有力，更自由潇洒，能量更大，笔锋更苍劲，火辣辣的感情让人想起一个热血沸腾的青年。由于材料不够，全诗只围绕自身兜圈子，因此拖得过长。

我把那张已经完全发黄、几乎连接不到一起的报纸放到歌德面前，因为亲眼看到了，他才又想了起来。他说："这首诗可能是克勒滕贝格小姐[5]让我写的；标题上写着：**应要求而作**。我不知道，我的朋友当中有谁会要求我不这么写这样一个题目呢。我当时没有材料，一旦有一点什么可以歌颂时，我就高兴极了。就在这几天，我又偶然发现了一首那个时期的诗，是用英文写的[6]，我在诗中抱怨文学创作的题材太贫乏。我们德国人的情况也确实很糟：我们对于自己的远古历史十分模糊，对于此后的历史，由于缺乏一个独一无

1　1808年10月拿破仑在爱尔福特会见歌德，几天之后两人又在魏玛会面。

2　这是歌德1764年（或1765年）写的一首诗，全部标题是《关于耶稣地狱之行的一些富有诗意的想法》(*Poetische Gedanken über die Höllenfahrt Christi*)。在歌德不知情的情况下，他的亲友们把这首诗发表在法兰克福出版的杂志《透视》1766年第十二期上。

3　这位老佣人叫菲利普·赛德尔（Philipp Seidel，1755—1820），歌德父亲的佣人，1775年随歌德从法兰克福来到魏玛，并把那张报纸也带到魏玛，他的儿子路德维希·威廉·赛德尔又把这张报纸交给了爱克曼。

4　即克洛卜施托克的《救世主》。

5　冯·克勒滕贝格小姐（Susanna Katharine von Klettenberg，1723—1774），歌德母亲的好友。

6　这首英文诗的标题是《不相信自己之歌》，大约写于1766年。

二的君主王朝而引不起全民族的兴趣。克洛卜施托克曾经用赫尔曼做过尝试，但这个题材太久远，没有人跟它有关系，没有人知道它有什么用处，因此克洛卜施托克的描述既没有影响，也没有广泛流传[1]。我选择了《葛兹·冯·伯利欣根》，选得很合适，这个题材与我骨肉相连，我当然就可以有所作为[2]。

"相反，写《维特》和《浮士德》的时候，我就得挖空心思了，因为流传下来的材料并不尽如人意。我只写过一次魔鬼和女巫；我很高兴，已经把我的北方遗产[3]全部用完，现在要向希腊人讨饭吃了。假如我当时像今天这样清楚地知道，千百年来有那么多优秀的东西存在，我可能一行字也不写，而是做别的事情了。"

1826年3月26日，复活节

（歌德谈拜伦的才能、作品和他搜集到的全部有关资料）

今天吃饭的时候，歌德心情由衷地兴奋。他今天收到一张纸，这张纸对于他来说十分珍贵，这是拜伦勋爵在他的《萨达纳帕拉》（*Sardanapal*）上所写

1　赫尔曼（Hermann）原来的德文名字是阿明（Armin），拼成拉丁文是阿米纽斯（Arminius），从17世纪开始被称为赫尔曼。赫尔曼是舍鲁斯克人部落的首领，曾联合其他西日耳曼部落于公元9年打败罗马军队，日耳曼人由此摆脱了罗马人的统治，后人把他看作是日耳曼民族的英雄，把打败罗马军队的那场战役称作"赫尔曼战役"。克洛卜施托克根据他的事迹写了三个剧本：《赫尔曼战役》《赫尔曼与王公们》和《赫尔曼之死》。

2　歌德的《葛兹》取材德国16世纪的骑士起义和农民起义。16世纪在德国历史上是个伟大的时代，相继发生了人文主义运动、宗教改革、骑士起义、农民起义等对于德国的发展具有重大影响的历史事件，这些事件与18世纪直接相关。因此，歌德说，16世纪发生的事件是他的"骨中骨，肉中肉"。相反，发生在9世纪的"赫尔曼战役"对于德国近代历史的发展并无多大影响。值得注意的是，不是所有德国作家都这么看待赫尔曼这个人物。在克洛卜施托克之前，埃利亚斯·施莱格尔（Johann Elias Schlegel，1719—1749）就写过《赫尔曼》，在他之后19世纪的著名作家冯·克莱斯特（Heinrich von Kleist，1762—1823）也采用赫尔曼的题材写过剧本。这就是说，在德国文学史上有一些作家很喜欢赫尔曼这个人物和他的事迹。他们与歌德的不同之处在于，他们要为德意志民族寻找一位可以代表德意志精神的民族英雄，而歌德则是要寻找当前与过去历史的衔接点，为德国当今和日后的发展找出历史的起点。

3　指北欧的神话传说。

献词的手迹[1]。在吃最后一道甜食的时候，他把这份手迹拿给我们看，同时纠缠着他的女儿把拜伦从热那亚寄来的信还给他[2]。他说："亲爱的孩子，你看，我现在已经把有关我与拜伦关系的材料全部搜集在一起，就连这张不同寻常的纸片今天也奇迹般地回到我的手里，现在我只缺这封信，别的全都有了。"

可是，这位可爱的拜伦崇拜者舍不得交还这封信。她说："亲爱的父亲，你既然把它送给了我，我就不还给你了；如果你想把同类的东西放在一起的话，那么你最好把今天的这张精美的纸片也交给我，我把它们一起保管起来。"歌德更加不乐意了，他们继续心平气和地争论了一会儿，直到争论化为一般的兴致勃勃的交谈为止。

我们吃完饭后，妇人们都到楼上去了，只剩下我和歌德两个人。他从他的工作室里取来一个红皮夹子，和我一起走到窗前，然后把皮夹子打开。他说："你看，有关我跟拜伦勋爵关系的材料全都在这里了。这是他从里窝那寄来的信[3]，这是他的献词的复印件，这是我的诗[4]，这是我为梅德温的拜伦谈话录写的文章[5]；现在就差他从热那亚寄来的那封信了，可是我的女儿不愿意交出来。"

之后，歌德对我说，他今天收到一份从英国发来的热情邀请函，是关系到拜伦勋爵的[6]，这使他深为感动。这时他的头脑完全被拜伦所占据，滔滔不绝地讲起拜伦本人、他的作品和他的才能来，洋洋洒洒上千言。

---

1 拜伦写好他的剧本《撒丹纳巴勒斯》之后，还写了给歌德的献词，并把献词的手迹寄给歌德，征询他的意见是否可以印在剧本上。歌德表示同意，但他的答复太晚了，所以1821年出版的《撒丹纳巴勒斯》第一版没有印上给歌德的献词。1823年剧本再版时，歌德把拜伦献词的手迹借给了出版社，并要求印在书上。1826年3月26日歌德收到出版社寄回来的拜伦手迹原件和印刷复印件。

2 这里说的"他的女儿"是指歌德的儿媳，热那亚的来信是1823年4月6日写的。

3 拜伦从里窝那寄来的信是1823年7月24日写的，这封信是对歌德1823年6月24日写的《致拜伦勋爵》一诗的回应，信中向歌德表示感谢。

4 即《致拜伦勋爵》。

5 歌德于1824年为梅德温的《拜伦谈话录》写过一篇文章，题目是"为纪念拜伦勋爵而作"，文章是用英文写的。

6 与收到拜伦献词的手迹和印刷复印件同时，歌德还收到英国一家出版社的邀请函，请歌德参加拜伦墓碑建造委员会。

他特别说道:"随便英国人如何评价拜伦,至少有一点是肯定的,他们提不出一个诗人能与拜伦相比。拜伦不同于其他所有诗人,而且大多数情况下比他们都伟大。"

1826年5月15日,星期一[14日,星期日]

(谈施特凡·许策)

我同歌德谈起施特凡·许策[1],歌德对他大加赞许。

他说:"我上星期生病的那几天,读了他的《欢乐时刻》(*Heiteren Stunden*)。我很喜欢这本书。许策要是生活在英国,可能就是一个划时代的人物;他有观察和描述的天赋,但没见过意义重大的生活,这是他唯一的缺憾。"

1826年6月1日,星期四

(关于巴黎出版的《环球》杂志)

歌德谈起巴黎出版的杂志《环球》(*Globe*)[2]。他说:"这份杂志的工作人员都是有世界眼光的人,胸襟豁达,头脑清楚,而且极具开拓精神。谴责别人时很文雅,彬彬有礼,而德国的学者们相反,他们总是认为,谁跟他们想的不一样,就要立刻对他表示憎恨。我把《环球》视为最令人感兴趣的杂志之一,我不能缺少它。"

---

1 许策(Stephan Schütze,1771—1834),魏玛内廷参事、作家,著有《欢乐时刻》。

2 《环球》是在巴黎出版的一份刊物,于1824年创刊,1830年改为日报,1831年停刊。《环球》在政治上拥护自由主义,1828年起开始宣传圣西门主义;在文学艺术方面,反对古典,倡导浪漫,尊重莎士比亚。刊物的撰稿人大多是当代法国名流,其中也包括雨果。歌德从1824年9月起几乎每期都收到寄赠,他很喜欢这份刊物,除少数几期外,保存了从1824年至1831年的所有各期。

1826年7月26日，星期三

（剧本有适于舞台与不适于舞台之分，剧院必须有保留剧目）

今晚我有幸聆听歌德关于戏剧方面的一些意见。

我对歌德说，我的一个朋友[1]有意把拜伦的《福斯卡里父子》（*Two Foscari*）[2]搬上舞台。歌德对于能否成功上演表示怀疑。

他说："这当然是作有诱惑力的事情。当一部剧本读起来对我们影响很大时，我们就会想，把它搬上舞台，它对台下的观众肯定也是这样，于是便自以为，这事不用费多大力气就能做到。然而，在舞台上演是另一回事。一部剧本，如果原来不是作者有意并且运用他的熟练技巧为舞台而写的，就不能在舞台上演，否则不管你怎么处理，总会保留某些不得体的，甚至令人反感的东西。我为写《葛兹·冯·伯利欣根》花的力气可真是不少；但把它作为舞台剧本还是不合适。它太长，我不得不把它分成两部分，虽然后一部分可以产生舞台效果，但前一部分只能看作是后一部分的引子。如果为了介绍剧情的由来，只把前一部分演出一次，以后反复上演时只演后一部分，那也许还可以。席勒的《华伦斯坦》也有类似的情况；《皮柯乐米尼父子》部分不必反复上演，但《华伦斯坦之死》部分人们会常看不厌的。[3]"

我问，一部剧本必须具有什么样的性质才适合在舞台上表演。

歌德回答说："剧本必须具有象征性。这就是说，每个情节本身必须有意义，旨在引出一个更有意义的情节来。在这一点上，莫里哀的《伪君子》（*Tartüffe*）[4]是个极好的范例。你只需要想一下它的第一场，那是一个多么好的引子！一切从一开始就都很有意义，并且让你由此推断出后面还有更为有意义的场景来。莱辛的《明娜·冯·巴恩赫姆》（*Minna von Barnhelm*）[5]的引子也

1　大概是爱克曼的英国学生。

2　《福斯卡里父子》是拜伦的一部剧本，写于1821年，以意大利为题材，歌德很喜欢这个剧本。

3　席勒的《华伦斯坦》是一部三部曲，包括《华伦斯坦的兵营》《皮柯乐米尼父子》和《华伦斯坦之死》。

4　《伪君子》是莫里哀的一部喜剧。

5　《明娜·冯·巴恩赫姆》是莱辛写的一部喜剧。在德国文学中喜剧并不多见，优秀的喜剧更是凤毛麟角，而莱辛的这部喜剧是其中之一。

很不错，但《伪君子》的引子才是举世无双，它是现存这一类别戏剧中最伟大、最优秀的一个。"

我们谈起卡尔德隆的剧本。

歌德说："在卡尔德隆那里你会发现，他的作品具有同样完美的戏剧表演性质。他的剧本完全适于舞台，剧本中没有一笔不是为着预期的舞台效果而考虑的。同时卡尔德隆还是一个具有非凡理解力的天才。"

我说："很奇怪，莎士比亚的剧本并不是真正意义上的剧本，可他却全部都是为他的剧团而写的。"

歌德回答说："莎士比亚的这些剧本是凭他的天性写出来的，而且他的时代以及当时的舞台设置也没有对他提出什么要求；莎士比亚怎么写，大家都不挑剔。但是，如果他是为马德里宫廷或者为路易十四的剧院而写作的话，很可能就要适应一种比较严格的戏剧形式了。不过，这也不必惋惜，因为，我们认为莎士比亚作为戏剧作家所失去的东西，他作为一般意义上的作家又都赚了回来。莎士比亚是一个伟大的心理学家，从他的剧本中我们能了解人们心里是怎么想的。"

接着我们谈到领导好一个剧院的难处。

歌德说："领导一个剧院的难处在于，要善于借用偶然性的东西，而又不因此背离自己的最高原则。这些最高原则是：要有一批好的，由优秀的悲剧、歌剧和喜剧组成的保留剧目，这是必须瞄准的目标，而且要把它看作是确定不变的。至于我所认为的偶然性的东西，即一部观众想看的新剧本、一个客串角色，诸如此类，等等。但不能让这些东西误导我们，我们必须经常回到保留剧目上来。我们这个时代不乏确实优秀的剧本，对于一个行家来说，制定一套好的保留剧目是一件极容易的事，而坚持按着保留剧目演出却是一件再难不过的事了。

"当年我和席勒一起领导剧院的时候，我们有一个有利条件，整个夏季都在劳赫施塔特[1]演出。那里有一批很优秀的观众，非好戏不看，这样，我们每

1　劳赫施塔特位于哈雷市附近，那里有温泉，歌德于1802年在那里建立了魏玛剧院分院。

次回到魏玛时那些最好的剧目都已经练得很熟，在这里一整个冬天可以把夏季里演过的戏全部重复上演[1]。此外，魏玛的观众很信任我们的领导，即使上演的东西没有什么可取的，他们也总是坚信，我们的做法和安排是基于一种更高的宗旨。"

歌德继续说："到了90年代，我真正对戏剧感兴趣的时期已经过去，我不再为舞台写任何东西了，而是完全转向叙事体作品。席勒唤起了我已经消失的戏剧兴趣，为了他和他的剧本我才又重新关心起戏剧来。在我写《克拉维果》（Clavigo）[2]的时期，我要写出一打剧本并不难，有的是题材，搞点创作对我来说不费吹灰之力；我可以每周写出一个剧本来，但我没这样做，为此我至今还跟自己生气呢。"

1826年11月8日，星期三

（比较拜伦与莎士比亚的戏剧作品）

歌德今天又一次谈到拜伦勋爵，不胜钦佩。他说："我把他的《变形的畸形儿》（Deformed Transformed）[3]又读了一遍，必须说，我感觉他的才能越来越高。剧本中的魔鬼来源于我的梅菲斯特，但不是模仿，一切都十分独特而新颖，都是那样简洁、精练，而且充满智慧。通篇没有一处是软弱无力的，除创见和睿智外，所剩的空当儿小得连一根针头都插不进去。只是病态性的抑郁和消极妨碍了他，否则他会跟莎士比亚和古人一样伟大。"我表示惊异。歌德说："是的，你可以相信我，我又重新研究了他，我不能不越来越承认他的确是这样。"

在早些时候的一次谈话中歌德表示过：拜伦勋爵经验的东西太多。我没

---

1 文学研究专家认为，这里爱克曼把在劳赫施塔特的演出与在魏玛演出的关系给弄颠倒了，实际情况是，在劳赫施塔特演出的剧本都是在魏玛演出取得良好效果的剧本。

2 《克拉维果》是歌德的早期作品，1774年出版。

3 歌德读过拜伦的诗剧《变形的畸形儿》，打算写评论。

听明白他这么说指的什么，但我克制住自己没有问他，只是默默地思考，然而，靠思考是什么也思考不出来的，我只好等待，等我的文化修养有了进展，或者碰上好运气再来揭开这个谜底。运气果然出现了，那时剧院里每天晚上上演《麦克白》[1]，演出十分精彩，我受其影响，第二天就去把拜伦勋爵的作品找到手，读起他的《别波》（*Beppo*）[2]来。可与《麦克白》相比，这首诗不合我的口味，我越是往下读，便越是明白歌德说那句话的时候他想的是什么了。[3]

《麦克白》给我留下印象的是它的思想，这是一种伟大、有力和宏伟的思想，除莎士比亚本人外没有人能产生出这样的思想来。它是一个天资既高又深的人生来就有的，而正是这种天资使拥有它的那个人超凡入圣，从而成为伟大的作家。在这部剧本里，世界和经验所提供的一切都服从作者的创作思想，它们只效力于让创作思想说话并主导一切。是这位伟大的作家在主宰着，并且把我们提升到与他的程度相当，达到他的认识的高度。[4]

相反，阅读《别波》时我感觉到的是，一个腐化堕落的经验世界占据上风，而引领我们感知这个世界的思想在一定程度上与这个世界合二为一了。在这里，我遇到的不再是一个天才作家的那种与生俱来的、更伟大和更纯洁的感受，而是作者由于经常混迹于这个世界，因而仿佛已经与这个世界同流合污了的思维方式。他看上去与一切出身高贵、思想丰富、通晓世道常情的人处在同一水平线上，与这些人不同的仅仅是，他具有很强的表现才能，因

1　爱克曼这里所说的《麦克白》的演出，是指该剧1826年3月27日在魏玛剧院的演出。谈话中的感受就是由那次演出引起的。

2　《别波》是拜伦1818年写的一首叙事诗，内容是一位久离家庭的丈夫回家，发现妻子另有新欢，最后以一杯咖啡化解了纠纷。

3　通过拿拜伦的《别波》与莎士比亚的《麦克白》对比，爱克曼明白了歌德所说的"拜伦勋爵经验的东西太多"这句话的真正含义，即歌德看重文学作品的思想，不赞成作家把自己的品位降低到世俗水平。同时，他也就明白了莎士比亚为什么比拜伦伟大。

4　莎士比亚的伟大，在于他有"伟大、有力和宏伟的思想"，而这种思想是与生俱来的，别人产生不出这种思想来。歌德认为，在一部作品中，思想居支配地位，世界和经验从属于思想，都是为思想服务。莎士比亚之所以是一个"伟大的作家"，就是因为他用思想统领读者，引导他们达到自己的水平。

此可以被看作是他们的代言人。[1]

总之，在阅读《别波》时我感觉：拜伦勋爵经验的东西太多，而且不是因为他给我们展示的真实生活太多，而是因为他那崇高的创作天赋沉默了，甚至可以说，好像被一种经验的思维方式所驱逐了。

1826年11月29日，星期三

（德拉克罗瓦创作的《浮士德》插图）

我也把拜伦勋爵的《变形的畸形儿》读完了，饭后与歌德交谈起来。

他说："开头几场写得非常好，而且很有诗意，不是吗！其余那些分散的和去围困罗马的部分，我就不能称赞它们有诗意了，但必须承认，还是很有见地的。"

我说："很有见地，但是，如果作者对一切都采取玩世不恭的态度，就不会产生有见地的艺术。"

歌德笑了，他说："你的话不是全无道理；当然必须承认，作家说的比人们想要听的多；他讲真话，但别人听了不舒服，宁愿看着他闭口不言。世界上有些事情，对于作家来说是掩盖容易揭露难；然而，揭露是拜伦的性格，如果不让他这么做，那就把他毁了。"

我说："是的，拜伦的确很有见地。譬如下面这句话就讲得十分到位：

　　魔鬼讲的真理往往多于他自以为是的真理，
　　而它的听众太无知愚昧。"[2]

1　与莎士比亚相反，主宰拜伦的不是思想，而是经验。拜伦不是站在世界和经验之上，向下俯视，而是站在它们中间，与它们为伍，受它们支配。这样，他的思维方式就与一般世人一样，他的思想与他们处在同一水平线上。他唯一的长处是"具有很强的表现才能"，因此成了他们的代言人。
2　拜伦作品《变形的畸形儿》中的两句话。

歌德说:"这的确跟我的梅菲斯特说的任何一句话同样好而且坦率。"

歌德继续说:"既然我们谈到了梅菲斯特,我想拿一点东西给你看,是库德赖托人从巴黎带来的[1],你看一看有什么意见。"

他把一幅石版画放在我面前,画面上表现的情景是,浮士德和梅菲斯特为了把格蕾琴从地牢里救出来,夜里骑着两匹马从一个刑场旁边疾驰而过[2]。浮士德骑的是一匹黑马,这匹马三步并作两步地奔跑着,好像和它的主人一样很害怕绞刑架下的那些亡灵。它带着主人跑得如此之快,以致浮士德要使出大气力才能坐稳;劲风迎面吹来,把浮士德用防风皮带系在脖子上的帽子吹得远远地跟在他后面飘悠着。浮士德将他惊诧疑惑的脸朝向梅菲斯特,悄悄地倾听梅菲斯特说话。梅菲斯特则安然地、若无其事地坐在马上,望之俨然。他骑的不是一匹活马,因为他不喜欢活着的马。他也不需要活着的马,他的意志会以最想要的快速推动着他前进。他所以得有一匹马,只是为了让人想象他是骑着马的,因此,一副从临近最好的动物尸体处理站匆忙捡来的、只还由毛皮连在一起的骨骼架子就够他用了。这副骨骼架子是浅色的,在夜晚的黑暗中好像发着磷光,既没有套缰绳,也没有备马鞍,就这么走着。这位超凡的骑马人坐在马背上,悠闲自得、漫不经心地跟浮士德谈话;迎面吹过来的气流对他没有影响,他和他的马什么也没有感觉到,他们的毛发纹丝不动。

我们很喜欢这幅画的布局,构思巧妙。歌德说:"必须承认,我们自己是不会设想得如此完美的。这里是另一幅画,你对这幅画有什么看法?"

这幅画表现的是在奥尔巴赫酒馆狂饮的场景,而且是那个作为全剧核心的最重要瞬间,即泼出来的葡萄酒作为火焰熊熊燃烧,喝酒的人以各种各样

1　瑞士作家施塔弗(Frederic Abert Alexander Stapher,1802—1892)把歌德的《浮士德》翻译成法文,法国画家德拉克罗瓦(Eugene Delacroix,1798—1863)为《浮士德》的法译本画了插图。1826年11月27日库德赖托人从巴黎把根据德拉克罗瓦的插图制作的石版画带给了歌德。

2　这是《浮士德》第一部《夜,开阔的原野》一场的场景。浮士德从梅菲斯特那里得知格蕾琴因为杀死她与浮士德的婴儿被关进地牢,等待被处死。现在,他在梅菲斯特的陪同下,骑马疾速前往,想赶在格蕾琴被处死之前把她救出来。

的方式发泄他们的兽性¹。人们沉浸在狂热和骚动之中，只有梅菲斯特和往常一样泰然自若，对于站在他身边那个人的恶言恶语、狂呼乱叫和手中颤动着的钢刀充耳不闻，视而不见。他在一个桌角旁坐下，摇晃着两条腿，他举起一个手指就足以能把那火焰和狂热压制住。

我们越是观赏这幅杰作，越是感觉这位艺术家智力高超，他塑造的每一个人物都与另一个不同，而每一个人物都体现剧情发展的另一个阶段。

歌德说："德拉克罗瓦先生是一个很有才华的人，他恰恰在《浮士德》这里找到了真正的营养。法国人指责他逞性妄为，然而，在这里逞性妄为对他是相当有益的。大家希望他把全部《浮士德》都加上插图，我尤其盼望他给女巫的丹房²和布罗肯山上的那些场景加上插图³。可以看得出，他在生活中经历过多少艰难岁月，而像巴黎这样的城市为此给他提供了最好的机会。"

我强调，这样的插图大大有助于更好地理解《浮士德》。歌德说："这是毫无疑问的，因为这样一位艺术家的完美想象力会迫使我们跟他本人一样完美地想象那些情境。如果连我都得承认，德拉克罗瓦先生超越了我本人对于自己所写的一些场景的设想的话，那么读者怎能不加倍地感觉一切都是那么栩栩如生，超出了他们的想象呢！"

1826年12月11日［？］，星期一

（赞扬亚历山大·冯·洪堡）

我发现歌德的心情格外激动。他很兴奋地冲着我说："今天早上亚历山大·冯·洪堡⁴在我这里坐了几个小时。一个多么了不起的人！我虽然认识他

1　这是《浮士德》第一部《莱比锡的奥尔巴赫地下酒馆》一场的场景，几个大学生在那里饮酒作乐。

2　《女巫的丹房》是紧接着《莱比锡的奥尔巴赫地下酒馆》的一场，在那里浮士德恢复了青春。

3　在《浮士德》第一部有一场戏叫《瓦尔普吉斯之夜》，在这一场戏里各路魔鬼齐集"布罗肯"山峰狂欢。

4　亚历山大·冯·洪堡（Alexander von Humboldt，1769—1859），自然科学研究者、地理学家，1797年在耶拿与歌德相识，从此交往密切，1826年12月11日至13日在魏玛逗留。

这么长时间，可还是又一次对他感到惊讶。可以说，在知识和活的学问方面没有人能与他为伍。如此博大精深，我觉得没有人能跟他一样！不管你提到什么，他都了如指掌，把大量的精神财富一股脑儿地倒给你。他像一口山泉，有许多泉眼，无论在何处，你只需将容器放在泉眼下面，就有泉水往容器里涌流，清凉舒爽，永不枯竭。他要在这里待几天，我已经感觉到，对我来说，这几天会像过几年一样。"

1826年12月13日，星期三

（关于自学成才还是要名师指导）

饭桌上，妇人们不停地赞赏一位青年画家[1]画的一幅肖像。她们还补充说："值得钦佩的是，这一切全是画家自学的。"这一点大家也注意到了，特别是那双手画得不正确，不符合艺术规范。

歌德说："可以看得出，这位年轻人是有才能的；但他一切都靠自学，所以你们不应该赞赏他，而是要责备他。对一个有才能的人不能一生下来就任其自流，他必须学习艺术，请教良师，由良师们培养他成才[2]。有一位男爵曾经把自己写的乐曲寄给莫扎特，前几天我读了莫扎特给这位男爵的回信[3]，信中内容大体如下：'我必须痛斥你这个半吊子，因为你们这些人通常只能有两种情况：不是没有自己的思想或者把别人的思想拈来，就是即使有了自己的思想，也不知道如何对待。'说得真是妙极了！莫扎特针对音乐发出的这一至理名言，难道不也适用于一切其他艺术吗？"

歌德又说："达·芬奇[4]说：'在你儿子身上，如果没有潜藏懂得用强烈

1　这位青年画家是谁，无从知晓。

2　歌德不认同自学"成才"，他以为，一个有绘画才能的人必须有良师指导，接受严格的艺术培训，他的绘画天赋才能得以正常发挥，他才能画出符合艺术标准的作品，从而成为真正的艺术家。

3　莫扎特的信发表在1824年《维也纳汇报》上。歌德是通过策尔特等人得知这封信的内容的。

4　达·芬奇（Leonardo da Vinci，1452—1519），意大利文艺复兴时期的著名画家，著有《绘画论》。歌德在罗马时读过这本书，后面这段话就出自这本书，但只是大意。

的明暗对比把他所画的素描烘托出来，以致使人有想用双手去抓的那种感觉的话，他就是一个没有绘画才能的人。'接着达·芬奇又说：'如果你的儿子完全掌握了透视法和人体结构的知识，那你就把他送到一位好画师那里去培养。'"

歌德说："而现在，我们的青年画家们在离开他们师傅的时候，还没掌握这两门学问哩。时代真是大不一样了。"

歌德接着又说："我们的青年画家所缺乏的是气质和精神。他们虚构的东西既没有内容，也不起作用；他们画的刀既不能砍也不能凿，他们画的箭打不中靶子。因此我不禁常常想，精神似乎已经完全从世界上消失了。"

我说："不过，应该相信，近年来的一些大的战事[1]还是使人们的精神振奋了起来。"

歌德说："振奋起来的与其说是精神，毋宁说是意志；与其说是艺术精神，毋宁说是政治精神。相反，质朴和感性通通丢失了[2]。然而，一个画家如果达不到这两大要求，又怎么能画得出使人喜闻乐见的作品呢？"

我说，我这几天在他的《意大利游记》（*Italienischen Reise*）[3]中读到他对柯勒乔的一幅画[4]的描述，这幅画表现的是给孩子断奶，耶稣之子躺在马利亚怀里，在母亲的乳房和递过来的一个梨子之间他犹豫不决，不知道该选择其中哪一个。

歌德说："对了，这才是一幅让人喜欢的绘画！精神，纯洁质朴的感性欲求一并收入画中。这个宗教题材已经变成普遍人性的题材了，成为我们大家都要经历的一个生活阶段的象征。一幅这样的画才是永恒的，因为它既追溯到了人类最古老的过去，又捕捉到了人类最遥远的未来。相反，如果他画的是基督如何让孩子到自己这里来，那么这幅画就什么也没有说出来，至少是

1　指拿破仑入侵德国引起的战争。

2　拿破仑侵略德国，激起德国人民奋力反抗；但歌德认为，激活了的不是德国人民的精神，而是意志，而意志和精神是两回事，因此，质朴和感性就通通丢失了。

3　《意大利游记》是歌德根据在意大利旅行期间的日记和写给亲友的书信加工整理而成的，书中记载了他在意大利的所见、所闻和所想。

4　指的是那不勒斯博物馆收藏的意大利著名画家柯勒乔（Antonio da Correggio，1494—1534）的一幅画。

毫无意义的。"

歌德又说："我对德国的绘画已经观察五十多年了，而且不仅仅观察，我还试图从我这方面施加一点影响。现在我只能说，照目前情况看，没有多大希望。必须要有一个有卓越才能的人出现，他立即把我们时代的全部精华据为己有，从而超越一切。各种手段都已具备，路已指明而且铺平了。我们眼前甚至还有菲迪亚斯[1]的作品作为目标，这在我们年轻的时候是不可想象的。我刚才已经说过，现在是万事俱备，只差一个有卓越才能的人了。我希望这个人终会出现，也许他已经躺在摇篮里，你可能还会活到看见他大放光彩的时候。"

1826年12月20日，星期三

（歌德谈《颜色学》，聘用外来名演员客串的好处）

饭后我告诉歌德，我有一个发现，使我非常高兴。我在一支燃着的蜡烛上观察到，火焰下面的那一段透明的部分好像呈现出了一片蓝天，这个现象跟透过被照亮的浑浊去看幽暗处时所看到的现象一样。

我问歌德，他是否知道蜡烛的这个现象，是否把这个现象纳入了他的《颜色学》。他说："毫无疑问。"他从书架取下一卷《颜色学》，把有关章节[2]念给我听，我发现他所描写的跟我看见的完全一样。他说："我很高兴，你自己意识到了有这样的现象，而不是从我的《颜色学》中了解到的；现在你理解了这个现象，可以说，你已经掌握了它。这样，你也就有了一个立足点，从这个立足点出发可以进一步观察其余现象。我现在就想马上给你看一个新

1　菲迪亚斯（Phidias，公元前490或485—公元前432），古希腊雕塑家，擅长神像雕塑。作品有《雅典娜》铜像，有嵌金象牙雕塑《宙斯》像等。这些作品已不存在。据说保存下来的帕特农神殿（Parthenon）的装饰雕像也是在他的领导和监督下完成的。这些装饰雕塑被认为是古希腊全盛时期的代表作，收藏在英国大英博物馆里。1817年魏玛的艺术爱好者报告，在大英博物馆可以观赏菲迪亚斯的作品。

2　这些章节是《颜色学》中《理论部分》的第一百五十九、一百五十五和六十五节。

的现象。"

时间大约四点，天空布满阴云，暮色开始降临。歌德点燃一支蜡烛，然后拿着蜡烛走到窗户附近的一张桌子旁，把蜡烛放在一张白纸上，又竖立一根小棍儿在上面。结果，蜡烛的光线从小棍儿那里向着光亮处投下一个阴影。歌德说："你对这个阴影有什么说的？"我回答说："阴影是蓝色的。"歌德说："这下你又看到蓝色了；但是在小棍儿的另一边向着蜡烛的方向，你看见了什么？""也是一个阴影。""是什么颜色的？"我回答说："这个阴影是金红色的；可是，为什么出现两种现象呢？"歌德说："这就是你的事了，你仔细去观察，就能弄清楚。原因是可以找到的，但是很难。在你放弃自己会弄清楚的希望之前，你先不要去查阅我的《颜色学》。"我欣然地答应了。

歌德继续说："在蜡烛的下半部，当透明的光亮部分与昏暗相遇时就会产生蓝色，现在我要把这种现象放大给你看一看。"他拿起一只羹匙，倒上酒精，然后把酒精点燃，这时又出现了透明的亮光，使得昏暗处呈现蓝色。如果我把燃烧着的酒精放到朝着昏暗的方向上，蓝色会变得更蓝。"如果我让它对着光亮处，蓝色就会减弱或者完全消失。"

我觉得这个现象很有趣。歌德说："是的，这正是自然界的伟大之处，它如此平凡，让最伟大的现象总是在小事情上反复出现。使天空变成蓝色的那个法则，我们同样可以在一支燃着的蜡烛的下半部分，在燃烧着的酒精上，以及在由一座幽暗的山岭前面的村庄升起的被照亮的炊烟上看到。"

我问歌德："可是牛顿的学生是怎样解释这个极其简单的现象的呢？"

歌德回答说："这你根本不需要知道。去研究这种荒谬的事情，简直太愚蠢了，人们难以相信，这对一个完好的头脑会造成何等损害。你用不着为牛顿的学生们操心，你只研究纯粹的理论就够了，而且还会感到状态良好。"

我说："对于错误的东西进行研究，情况也许跟要接受一部蹩脚的悲剧，对这部悲剧的每一部分都得加以探讨并且把它的弱点表现出来一样，令人不快而且有损健康。"

歌德说："一点也不错，不到非不得已时不要去研究它。数学这门学问，只要把它应用在恰当场合，它就是我所敬重的最崇高、最有用的科学；但是，有人把它滥用在根本不属于它范畴之内的事情上，使这一高尚的科学看上去似乎在胡说八道，这我就不能赞许了。仿佛一切只有在数学上能得到证明才存在似的。假如有一个人，因为姑娘不能用数学向他证明自己的爱情，他就不相信姑娘爱他，这岂不是愚蠢透顶！姑娘可以用数学向他证明自己的嫁妆，但不能证明她的爱情。就连数学家不是也没有发现植物的变异吗？我没有用数学就完成了这项工作，而且数学家们都不得不认可。为了理解颜色学的各种现象，只需纯粹的观察和健全的头脑，此外什么都不需要；当然，纯粹的观察和健全的头脑，两者并不像人们以为的那样多见。"

我问："现在的法国人和英国人是怎样看待颜色学的？"

歌德回答说："这两个民族都有自己的优点和缺点。英国人不论做什么事都讲求实际，这一点是好的，但他们过分认真，太拘泥细节。法国人头脑灵活，但他们认为一切都应该是正面的，如果情况不是这样，他们就要把情况变成这样。诚然，他们在颜色学方面颇有进展，涌现出一批优秀学者，其中的一位[1]已经很接近这门学问了。他说：'颜色是给具体的事物置备的，正如在自然界有形成酸性的物质一样，自然界也有涂染颜色的物质。'当然，这句话并未解释有关颜色的现象，但这位法国人把这个课题放到自然界，把它从数学的限制中解放了出来。"

仆人送来了柏林的报刊，歌德坐下来读报。他也递给我一份，我在戏剧消息一栏中发现，柏林的歌剧院和皇家剧院跟我们这里一样也上演一些很差的剧本。

歌德说："不这样怎么办？毫无疑问，我们当然不能为了每天晚上能上演一部好戏，就借助英国人、法国人和西班牙人的好剧本来拼凑一份好的节目单。可是，我们的民族哪里还有总是要看一部好戏的需要？埃斯库罗斯、索福克勒斯和欧里庇得斯写作的时代完全是另一个时代：那个时代的背后有一种精神，它只是永远追求真正最伟大和最优秀的东西。而在我们这个糟糕的时代，

---

1 "其中的一位"指的是法国物理学家勒普兰斯（H.S.Leprince），他也研究颜色学，著有《颜色的形成》（1819）。

哪里还有对于最优秀东西的需要？哪里还有接受最优秀东西的器官呢？"

歌德又说："此外，人们总想要一点新的东西！无论是在柏林还是在巴黎，观众到处都一样。在巴黎每周都有无数新的剧本问世并且被搬上舞台，观众总是要耐着性子看完五六部非常糟糕的戏之后，才能看上一部好戏作为补偿。

"现在，要使德国的剧院保持住自己的地位，唯一的办法就是聘请演员来客串角色。假如我现在还担任剧院领导的话，这一整个冬天我只把角色派给优秀的客串演员。这样做不仅使所有的好剧本都能反复与观众见面，而且还可以把兴趣更多地从剧本引导到表演上面。观众可以比较和判断，可以增加见识，而且我们自己的演员们也可以通过一位优秀的客串演员的出色表演不断得到启发，积极地去效仿他们。如前面所说：聘请演员客串角色，要不断聘请演员客串角色，你们将对这样做给剧院和观众带来的好处感到吃惊的。

"我预见，由一个头脑聪明、能胜任工作的人同时接管**四家**剧院，并且经常配置客串演员的时代即将到来，而且我确信，这个人领导**四家**剧院时，他的经济状况肯定比只领导一家剧院更好。"

1826年12月27日，星期三

（就爱克曼的实验谈颜色学）

我在家里认真地思考了那个蓝色和黄色阴影的现象，尽管很久以来这一直是我的一个谜，但我坚持不懈地观察，结果还是恍然大悟了，我渐渐相信，自己已经理解了这个现象。

今天吃饭的时候我告诉歌德，我的谜团已经解开。歌德说："这可小视不得；吃过饭你给我演示一下。"我说："我宁愿把它写下来，因为口头解释轻易找不到恰当的词语。"歌德说："你以后还可以写下来，今天你先把它在我面前演示一下并且加以口头说明，让我看看，你做得是否正确。"

饭后，天还大亮着，歌德问我："你现在可以做实验了吗？"我说："不行。"歌德问："为什么不行?"我回答说："天还太亮,必须等到天渐暗的时候,这样,烛光可以投下一个明显的阴影;但外面还要有足够的光线,以便能照亮这个阴影。"歌德说："哼!不是没有道理。"

黄昏终于来临,我对歌德说,现在是时候了。歌德点燃蜡烛,给我一张白纸和一根小棍儿。他说:"现在请你来做实验和讲授吧!"

我把点亮的蜡烛放到窗户附近的桌子上,把纸放到蜡烛一旁,当我把小棍儿竖立在外面的光线和烛光之间的那张纸的中心时,我们要看的那个现象完美地出现了。向着烛光投下的阴影显然是黄色的,向着窗户那边投下的阴影则完全呈蓝色。

歌德说:"那么,蓝色的阴影最初是如何产生的?"我说:"在解释这一点之前,我想首先说明这两个现象是由什么基本原理推导出来的。"

我说:"光和暗都不是颜色,而是两个极限,颜色存在于这两个极限之间,而且是通过这两个极限的变异而产生的。邻近光和暗两个极限产生的两种颜色分别是黄和蓝:我透过浑浊物观看到的光,在光的临界线上是黄色,我透过被照亮的透明体观看到的暗,在暗的临界线上是蓝色。"

我继续说:"现在来谈一谈我们的那个现象,我们看到的是,小棍儿由于烛光的力量投下一个明显的阴影。如果我把百叶窗关上,截断外面的光线,阴影看上去就是一片黑暗。但是现在外面的光线透过敞开的窗户直接照射进来,形成一个被照亮的介质,我通过这个介质去看那个黑暗的阴影,于是根据上述原理阴影就呈现出蓝色来。"歌德笑了,他说:"这是蓝色的阴影,那么如何解释黄色的阴影呢?"

我回答说:"根据透过浑浊物观看光的原理。点燃的蜡烛投在白纸上的光已经有了一层薄薄的黄色。但外面光线的影响力之强足以能从小棍儿那里向着烛光投去一道微弱的阴影,阴影所能覆盖之处外面的光线变暗,于是根据上述原理出现黄色。如果我想使黑暗减弱,我就将阴影尽可能向光线处靠近,这时便出现纯粹的浅黄色;如果我要使黑暗加深,我就让阴影尽可能远离光线处,这时黄色渐渐变暗直到变成粉红色,乃至成为红色。"

歌德又笑了,而且笑得很诡异。我问他:"我说对了吗?"歌德回答说:

"你把这个现象看得很仔细，讲得也很漂亮，但是你没有解释它。你讲解得很清楚，也颇有趣味，但你的讲解不是真正的解释。"

我说："请你帮助我吧，帮助我解开这个谜，我现在已经等不及了。"歌德说："你应该自己去体验，但不是今天，也不是通过这个途径。下次我想让你看另一个现象，通过这个现象你将亲眼看到一个规则。你已经很接近这个规则了，但你若继续沿着这个方向走是达不到这个规则的。不过，你一旦理解了这个新的规则，你就进入了一个全新的领域，而且会超越很多人。找一个晴天中午，你在开饭前一小时到我这里来，我想让你看一个清晰的现象，通过这个现象你可以立刻理解作为这个现象基础的那个规则。"

他又说："我很高兴，你对颜色有如此兴趣；它将是你无法描述的快乐的源泉。"

晚上，我离开歌德家之后，脑海里总是想着那个现象，甚至做梦都在想着它。即使这样我还是没能看得更清楚一点，没有向着揭开谜团的目标走近一步。

前些时候歌德说："我还要继续慢慢地编我那些自然科学小册子[1]。倒不是因为我认为现在还可以大力提倡科学，而是为着保持那许多与友人之间令人愉快的联系。从事自然界研究是最纯洁的工作。现在根本别想就美学方面进行通信和联系了。大家想知道的是，我在《赫尔曼与窦绿苔》里写的那个城市指的是莱茵河畔的哪个城市![2]——好像随便想出一个城市来就不好似的!——他们要真实，要现实，他们就这样把文学给毁了。"

1　歌德编的那些自然科学小册子叫《自然科学通论》（*Zur Naturwissenschaft überhaupt*），从1817年至1824年共出六期。1826年年底，歌德曾计划继续出下去，但没有成功。

2　《赫尔曼与窦绿苔》的故事发生在莱茵河畔的一个城市。据说，这个问题是瓦伦哈根·冯·恩泽于1823年11月7日向歌德提出的。

— 1827年 —

1827年1月3日，星期三

（坎宁关于葡萄牙形势的演说）

今天吃饭的时候，我们谈到坎宁那篇为葡萄牙辩护的精彩演说[1]。

歌德说："有些人称这篇演说粗俗；但是这些人不知道自己想要什么，他们有一种癖好，就是与一切伟大的东西对立。这就不是反对了，而是赤裸裸地制造矛盾。他们一定要有一点伟大的东西让自己憎恨才成。拿破仑在世的时候，他们恨他，把他作为一个好的发泄管道。拿破仑去世以后，他们马上就与神圣同盟[2]闹对立，不过始终未能编造出点伟大的、能够造福于人类的东西来。现在轮到了坎宁。他那篇为葡萄牙辩护的演说是一种伟大意识的产物。他能恰如其分地感觉到自己权力的范围和地位的高度，他怎样感受就怎么说，这是做得对的。然而，那些无套裤汉[3]不能理解这一点，我们其他人看着是伟

---

1 坎宁（Georg Canning，1770—1827），英国政治家、外交家，曾任驻葡萄牙大使、英国外交大臣等职。他反对神圣同盟干预欧美各国的革命和争取独立的斗争。葡萄牙反对宪政的团体和个人在西班牙当局的支持下，发动了恢复专制的叛乱，1826年12月12日坎宁在英国下院发表演说，主张保卫葡萄牙的共和制。

2 打败拿破仑以后，俄国、普鲁士、奥地利于1815年9月结成神圣同盟，除英国、土耳其以及梵蒂冈外，所有欧洲的和德国的君主国都参加了这个同盟，神圣同盟的宗旨是镇压一切市民运动和民族运动。

3 1789年法国大革命期间，第四等级的人自称"无套裤汉"。当时的贵族都穿齐膝的套裤，第四等级的人为表示自己有别于贵族，因此只穿长裤，不穿套裤。后来"无套裤汉"一词逐渐转化为嘲笑激进革命党人的专有名称。歌德曾写过一篇文章《文学上的无套裤汉》，反对德国文学界的激进主义思潮。

大的东西，在他们看来却是粗俗的。他们觉着伟大的东西不舒服，没有崇拜伟大东西的那根筋，不能容忍伟大的东西。"

1827年1月4日，星期四晚

（谈雨果，以及文学艺术的继承关系）

歌德很赞赏维克多·雨果[1]的诗。他说："雨果是一个绝对有才能的人，他曾经受过德国文学的影响。可惜他青年时代的文学创作由于染上古典派的迂腐、刻板的学究习气而失去了活力。但是，他现在得到《环球》的支持，所以才能在文坛上春风得意[2]。我想拿他同曼佐尼[3]比较。他很客观，我感觉他的重要性全然不亚于拉马丁[4]和德拉维涅这些先生。当我仔细观察他的时候，我看出了他和那一批跟他有同样才能的其他年轻人都来源于何处。他们来源于夏多布里昂[5]，夏多布里昂无疑是一位非常重要的，兼有演说才华和创作才华的作家。但是，为了让你看一看维克多·雨果的写作风格，你就读一读他关于拿破仑的这首诗《两个岛》（Les deux isles）[6]吧。"

歌德把书放在我面前，自己站到火炉一边，我于是读起来。歌德说："他把景象描绘得多么精彩！他处理题材的思想多么自由奔放啊！"他又走到我跟前，对我说："你只需看这一段，多么美妙！"他朗读了描写乌云的那一段，从乌云中发出的闪电从下向上击中了那位英雄。"这是很美的！因为景象真

1　雨果（Victor Hugo，1802—1885），法国著名诗人和作家，浪漫文学的杰出代表。

2　雨果青年时代受古典主义影响，在古典主义与浪漫主义的争论中逐渐改变方向，放弃了古典主义，选择了浪漫主义。因此，他得到了提倡浪漫主义的《环球》杂志的支持。

3　曼佐尼（Alessandro Manzonie，1785—1873），19世纪初意大利最著名的浪漫派诗人、小说家和戏剧家，出身米兰一个贵族家庭，他的小说和戏剧都以历史事件为题材，歌德细心阅读过他的作品，对他评价很高，并为他作品的德译本写序。

4　拉马丁（Alphonse de Lamartine，1790—1869），法国浪漫派诗人，著有《沉思集》（1820）和《诗与宗教的和谐集》（1830）。

5　夏多布里昂（Francois Rene de Chateaubriand，1768—1848），法国浪漫主义文学的领袖，青年作家的引路人。

6　雨果为歌颂拿破仑写了一组诗歌，《两个岛》是其中的第六首。

实。往往在山下雷雨大作、闪电从下击向上方的时候，站在山里的人就能看到这种景象。[1]"

我说："我赞赏法国人，他们的文学创作从来不离开现实这块坚固的土壤。人们可以把他们的诗歌译成散文，而诗歌中本质的东西依然不变。"

歌德说："这是因为法国作家有知识；相反，我们德国的傻瓜们却不是这么想，他们认为，如果花力气去获取知识，会使他们丢掉自己的才能，尽管任何一种才能都得靠知识来滋养，而且只有这样，才能才可以发挥出它的力量。我们姑且不去管他们吧，我们帮助不了他们。真正有才能的人会找到自己的道路的。现在许多从事写作这一行的青年作家，他们根本没有真正的才能；他们只是用他们的作品证明自己是由于受到德国文学高度繁荣的刺激才从事写作的，除此之外没有别的本事。"

歌德继续说："法国人在文学创作方面由迂腐、刻板的学究习气产生出较为自由的风格，这并不奇怪。狄德罗[2]和一些与他类似的思想家早在大革命之前就试图开创这条道路了。后来大革命本身以及拿破仑统治时代对于这种变革事业都是有利的。尽管在战争年代不可能有真正的文学创作兴趣出现，那段时间对于缪斯们不利，但是那个时代培养了一批具有自由思想的人，到了和平时期，这批人觉醒过来，于是作为重要的有才能的人物崭露头角了。"

我问歌德，古典派是否也反对过那位杰出的贝朗瑞[3]。歌德说："贝朗瑞所写的诗属于比较老的、传统的、我们所习惯的那个种类，不过，就是他在某些方面的行为举止也还是比他的前人灵活自由，因此受到学究派的攻击。"

话题转到绘画和仿古派的害处上[4]。歌德说："你宣称自己不是绘画方面的

1　这是歌颂拿破仑组诗中第三首的结尾和第四首开头所描绘的景象。

2　狄德罗（Denis Diderot，1713—1784），法国启蒙主义者、百科全书派成员、作家、哲学家，歌德翻译过他的《画论》（1798—1799）和《拉摩的侄儿》（1805）。

3　贝朗瑞（Pierre Jean Béranger，1780—1857），法国诗人，反对法国的古典主义（即学究派）。他是19世纪法国具有民间色彩的诗人，他的《诗集》从1815年至1833年相继出版。贝朗瑞也是一位政治诗人，1821年因指控政府被革职，甚至遭监禁。

4　指的是19世纪初德国的"拿撒勒画派"。这个所谓"仿古派"继承的不是拉斐尔的绘画风格，而是在拉斐尔之前的绘画风格。歌德不赞成这个画派，曾经与迈尔一起著文批评这个画派的画家，标题是《德国新出现的宗教和政治艺术》。

内行，可我还是要给你看一幅画。尽管这幅画出自一位我们最好的、现在还活着的德国画家之手[1]，但你还是会一眼就看出其中一些违反艺术基本规则的重大错误。你将看到，具体细节都画得不错，但整体让你感到不尽如人意，你不知道该拿它怎么办。倒不是因为完成这幅画的大师没有足够的才能，而是因为指导他才能的思想也像其余仿古派画家的头脑一样不清醒，以致他们对完美的画师置之不理，退回到不完美的前人那里[2]，把他们奉为楷模。

"拉斐尔和他的同时代人是冲破狭隘的俗套走向自然和自由的。而现在的画家们不感谢上帝，也不利用拉斐尔等人提供的有利条件沿着康庄大道继续前行，反而又回到狭隘的老路上。这太糟糕了，我们简直不能理解这些人的头脑怎么如此不清楚。他们因为在这条老路上不能从艺术本身得到支撑，于是便去宗教和党派那里寻找；因为没有这两者，他们将由于自身软弱根本不能存在下去。"

歌德接着说："有一种继承关系贯穿全部艺术。如果你看到一位大师，你总会发现他吸取了前辈的精华，正是这种精华培育他成为大师的。像拉斐尔这样的人物并不是从地里冒出来的，而是植根于古代艺术，植根于在他们之前已经创造出的优秀成果之中。假如他们没有利用他们那个时代提供的便利，关于他们也就没有多少可说的了。[3]"

话题转到德国古代文学；我回忆起弗莱明[4]。歌德说："弗莱明是一个颇有才能的人，但有点平淡乏味和市民气；他现在没有什么用处了。"歌德又说："说来很奇怪，尽管我写了不少的诗，却没有一首能够放到路德宗的赞美诗集里。[5]"我笑了，承认他说得对，同时心里在想，他这句话是妙语双关，包含的意思比从字面上看要多。

1　画这幅画的是"拿撒勒画派"的一位画家，究竟是谁尚未考证出来。

2　这里"完美的画师"是指拉斐尔和与他类似的画家，"前人"是指拉斐尔以前的画家。歌德不赞成把像拉斐尔这样划时代的大师们搁置一旁，去学习在拉斐尔之前的画家，因为撇开现成的有利条件不用，去狭隘的老路上寻求支持，这不是前进，而是倒退，不利于绘画的发展。

3　歌德特别强调继承的重要性。所有的大师都是吸收了前人成果中的精华才成为大师的。

4　弗莱明（Paul Fleming，1609—1640），德国17世纪诗人。

5　不来梅的路德宗出版了一本赞美诗集，其中收入了1812年以来的诗歌。歌德是路德宗的反对者，他说这句话是在讽刺这本赞美诗集。

1827年1月12日［14日］，星期日晚

（埃贝魏因一家的音乐演奏）

晚上我去看歌德，发现他正在欣赏音乐，为他演奏的是埃贝魏因一家[1]和乐队的几个成员。在不多的几位听众中，有大教区主教勒尔、内廷参事福格尔[2]，还有几位妇人。歌德曾经表示想听一位著名的年轻作曲家[3]的四重奏，所以他们首先演奏了这个曲目。十二岁的卡尔·埃贝魏因演奏钢琴，歌德听得十分满意，事实上他的演奏也的确好极了，把这部四重奏弹得如行云流水，无懈可击。

歌德说："高度发达的技术和力学要把当今的作曲家引向何处，真是匪夷所思，他们的作品已不再是音乐，它们超出了人的感觉的水准，我们不可能再把自己的思想和内心感受融入这样的作品里了。一切都只停留在我的耳朵里，你觉得呢？"我说，在这方面我的情况也并不好到哪里。歌德又说："不过快板部分很有个性。那永无休止的回旋和转动让我想起布罗肯山上女巫跳舞的情景，所以我还是得到了一种直接体验，这是我能够接受这种奇异音乐的前提。"

休息时，大家一边聊天，一边喝些冷饮，之后歌德请求埃贝魏因夫人演唱几首歌曲。她首先演唱了由策尔特谱写的那首美妙的《午夜时分》（*Um Mitternacht*）[4]，给大家留下很深的印象。歌德说："我每逢听这首歌的时候，总是觉得它很优美。它的旋律中有一点永恒的、经久不衰的东西。"接下来她

---

1 这里的埃贝魏因一家包括丈夫弗朗茨·卡尔·埃贝魏因（Franz Karl Eberwein，1786—1868），魏玛音乐总监、作曲家，曾为歌德的《西东合集》谱曲；妻子亨莉特·埃贝魏因（Henritte Eberwein，1790—1849），歌唱家；儿子卡尔·埃贝魏因（Karl Eberwein），钢琴弹得很好。

2 福格尔（Karl Vogel，1798—1864），1825年雷拜因去世后，接任魏玛大公卡尔·奥古斯特的御医。

3 指后来成为德国著名作曲家的费利克斯·门德尔松（Felix Mendelssohn，1809—1847），他的祖父是德国启蒙运动代表人物莱辛的合作伙伴摩西·门德尔松（Moses Mendelssohn，1729—1786），父亲是银行家亚伯拉罕·门德尔松（Abraham Mendelssohn，1776—1835）。门德尔松少年时就与歌德有交往，深受歌德的影响。

4 《午夜时分》是歌德1818年2月13日写的一首诗，1821年策尔特为它谱曲。

又唱了由马克斯·埃贝魏因[1]谱写的《渔家女》(Die Fischerin)[2]中的几首歌曲。《魔王》(Erlkönig)[3]受到热烈喝彩；而后是咏叹调《已经把它告诉了我的好妈妈》(Ich hab's gesagt der guten Mutter)[4]，大家听了一致表示：这首乐曲写得真是恰到好处，正合大家的心意；也极大地满足了歌德本人的要求。

这是一个美好的晚上，最后埃贝魏因夫人应歌德的要求演唱了《西东合集》[5]中的几首歌曲，这是根据她丈夫的著名乐曲谱写的。歌德尤其喜欢"我想借用约瑟夫的魅力"[6]那一段。他对我说："埃贝魏因有时是在超越自己。"接着他又请埃贝魏因夫人演唱《啊，为了你湿润的翅膀》(Ach, um deine feuchten Schwingen)[7]，这首歌同样能打动人内心深处的情感。

客人散去之后，我和歌德一起又单独待了一会儿。他说："今天晚上我觉察到，《西东合集》里的歌曲跟我再也没有一点关系了。在我身上，无论诗中的东方色彩还是热烈激情都已不复存在；它们就像蛇蜕下的皮一样撂在了路上。相反，《午夜时分》那首歌仍与我有关联，是我生命的一部分，继续与我同在。

"此外，我经常有这种情况，对自己的作品感到完全生疏了。最近几天我读了一点法文的东西，阅读时心里想：这个人说话真是再明智不过，你自己也会这么说的。当我仔细看去时发现，这一段是从我本人的作品中翻译过去的。[8]"

1　马克斯·埃贝魏因（Max Eberwein，1775—1831），弗朗茨·卡尔·埃贝魏因的哥哥，他为歌德写的清唱剧《渔家女》作曲。

2　《渔家女》是歌德于1782年写的清唱剧。

3　《魔王》是歌德的一首叙事谣曲，写于1782年。

4　这首咏叹调是一首立陶宛的新娘歌，歌德把这首歌放在了他的《渔家女》中。

5　《西东合集》是歌德晚年写的一部诗集。他读了波斯诗人哈菲兹的诗以后，激起对东方的神往，写了这部诗集，诗中充满异国情调。

6　《西东合集》共十二篇，其中《苏来卡篇》是诗集的中心，主题是男女之间的爱情。这一段是《苏来卡篇》中《无题》一诗的结尾。

7　这是《苏来卡篇》中《苏来卡》一诗的第一句。

8　作品为何，译者是谁，不得而知。

1827年1月15日，星期一晚

（歌德谈《漫游时代》《中篇小说》以及《浮士德》第二部的创作）

歌德写完《海伦》（*Helena*）[1]之后，于去年夏天转向《漫游时代》续篇的创作[2]。他经常把这项工作的进展情况讲给我听。有一天，他告诉我说："为了更好地利用现有材料，我将第一部分彻底拆散，把旧材料和新加进来的材料混合在一起，重新组成两个部分。现在我让人把付印稿全部抄写下来；凡是要加入新内容的地方，我都做了记号；誊写员抄写到这样的记号时，我就接下去口授。为了不让工作停顿下来，我不得不采取这种办法。"

另一天，他又告诉我说："《漫游时代》的付印稿已全部抄写完毕；我要重新写的地方都塞上了蓝纸，这样，我便可以把我必须做的部分看得很清楚。我的工作越是往下进行，塞上蓝纸的地方越少，我对此感到欣慰。"

几星期前我听歌德的秘书[3]说，歌德正在写一部新的中篇小说[4]；因此我晚上尽量不去拜访他，每星期在饭桌上见一次面，我就知足了。

那部中篇小说已经完成一段时间了，今天晚上他把开头几页拿给我，让我试读。

我高兴极了，一直读到那个著名的段落：众人围着死老虎站着，饲养员来报告，上面的那头狮子正躺在废墟上晒太阳。

我一边阅读，一边赞赏他把映入你眼帘的一切景物直至一块最小的地方

1　《浮士德》第二部共有五幕，歌德写这一部时不是按照顺序一幕接着一幕往下写，而是从第三幕即《海伦》那一幕开始的。早在1797年至1806年完成第一期间，歌德就已经写出了《海伦》的一些片段，停顿了一段时间之后，于1825年着手写《浮士德》第二部，而且还是首先把第三幕写完的。1826年12月21日写成第三幕初稿，经过几次修改，于1827年以"海伦：古典—浪漫的梦幻剧，《浮士德》的插曲"为题公开发表。

2　《威廉·迈斯特的漫游时代》从1809年开始创作，到1829年最后完成，历时二十多年。1821年完成"第一稿"，并正式出版，共十八章，没有分卷。1825年又开始对已经出版的"第一稿"进行修改、补充，原计划扩充为两卷，但到最后实际变成了三卷。

3　这位秘书叫约翰（Johann August Friedrich John，1794—1854），从1814年至1829年任歌德的秘书。

4　这部中篇小说的标题就叫《中篇小说》。

都写得异常清楚。出游狩猎、古堡遗址的素描、集市、通向遗址的田间小路等，通遭鲜明地呈现在你眼前，你不得不按着作者的意愿去想象他所描绘的一切。同时，笔触稳健、审慎且有控制力，使你既不可能预料未来，也不可能去看除你正在阅读以外的任何一行。

我说："你老人家肯定是按照一个很确定的提纲写的吧。"

歌德回答说："对，我是有一个提纲的，早在三十年前我就想把这个题材写出来，从那时起脑子里就一直在考虑。不过，我觉得这项工作很蹊跷。当初写完《赫尔曼与窦绿苔》之后，我就想立刻用叙事形式和六音步诗行处理这个题材，为此目的我还草拟了一份详细的提纲。当我现在又拿出那个题材要写作的时候，我草拟的那份提纲找不到了，因此我不得不重拟一份，而且完全是按照我现在打算为这个题材采用的已经改变了的形式拟订的。可是这份新的提纲做完之后，那份旧的又出现了，我庆幸自己没有早一点拿到它，否则我会感到无所适从。按照新的提纲，虽然故事情节及其发展过程没有变动，但细节部分完全不一样了；原来设想完全用史诗形式处理而且采用六音步诗行，而现在用这种散文体描述，可能六音步诗行就根本用不上了。"

话题转到作品的内容方面。我说："有一个情境很生动，霍诺里奥站在侯爵夫人对面，旁边是那只四脚八叉趴在地上的死老虎，一个号啕大哭的女人带着一个小男孩跑了过来，侯爵也带着他狩猎的扈从急忙奔向这个不寻常的人群。用这个情境肯定可以画出一幅绝妙的图画，我真想看到有人把它画出来。"

歌德说："是的，这可能是一幅很美的图画。"他思考了一会儿接着说："不过，这个题材似乎太丰富，人物似乎太多，这样，人物的编排以及光与暗的分布对于画家来说就可能很困难。但是，我把在此之前霍诺里奥跪在老虎身上、侯爵夫人站在对面那匹马一旁的那个瞬间，设想为一幅很好的图画，这是可以做的。"我感觉，歌德说得有道理，于是补充说，这个瞬间实际上也是整个情境的核心，一切都取决于这个核心。

我还对这部中篇小说[1]发表了如下意见：它与《漫游时代》里一切其余的故事相比，具有一种完全不同的性质，在这部小说里描述的全部是外在的东西，全部都是真实的。歌德说："你说得对，你读这部作品几乎根本读不到什么内在的东西，而在我其余作品中内在的东西又几乎太多。"我说："我很好奇，想知道人们是怎么制服那头狮子的；我甚至猜想，是完全采用了一种另外的方式，但是什么方式我就全然不知了。"歌德说："如果你光是猜想，这也并不可取，是什么方式我今天不想向你透露，星期四晚上我把结局告诉你；这期间就让那头狮子晒太阳吧。"

　　我谈起《浮士德》的第二部，特别谈到《古典的瓦尔普吉斯之夜》（ *Klassische Walpurgisnacht* ）[2]，那还仅仅是一份草拟的提纲，前些时候歌德对我说，他打算把这份草拟提纲拿去付印。当时我就劝他不要这么做，因为我担心，一旦作为草拟提纲付印了，这一幕就可能永远这么搁置下来了。这期间歌德可能仔细考虑过，因为他这次马上就表示同意我的劝告，他说，他已经决定不把那份草拟提纲送去付印了。我说："我很高兴，因为我还是期望你能把这一幕全部写完。"歌德说："用三个月时间就可以全部写完，可我哪里能有安静的时候！白天需要我做的事实在太多，要保持与世隔绝和离群索居是很困难的。今天早上大公的长子[3]在我这里，大公夫人[4]令人通知明天中午前来会见，我把这样的来访视为很高的恩典，它们使我蓬荜增辉；可是这样的

1　《威廉·迈斯特的漫游时代》的结构很独特，有一个"框架情节"，有八个相对独立的"插入故事"，另外还有两部分格言。这八个"插入故事"被称为Novelle。按照《德汉词典》的释义，Novelle的汉译是"中篇小说"。其实德国文学中的Novelle与篇幅的长短无关，Novelle之所以被称为Novelle，不是因为它的篇幅比Roman（汉译：长篇小说）短，而是因为它只写一件事，而且这件事必须是"闻所未闻"的。这里说的那篇题为《中篇小说》的"中篇小说"最后没有收入《漫游时代》里。

2　《古典的瓦尔普吉斯之夜》是《浮士德》第二部第二幕的主要部分，是为过渡到第三幕《海伦》做准备的。

3　这里爱克曼的记载有误，实际上来访的不是大公的长子，而是大公本人。

4　即卡尔·奥古斯特大公的夫人路易丝·奥古斯特（Luise Auguste, 1757—1830），1775年与魏玛大公卡尔·奥古斯特结婚，1828年她的大儿子卡尔·弗里德里希继承王王位，成为大公，她因此被封为大公太夫人，与歌德交往密切。

来访也使我心情紧张，我得考虑，有什么新的东西呈献给这些高贵人物，我该如何与他们晤谈，以示敬重。"[1]

我说："可是你去年冬天还是把《海伦》那一幕写完了，你那时所受的干扰也不比现在少啊。"歌德说："当然，要写也是可以的，肯定能够写，但是很困难。"我说："你有一份这么详细的提纲，这就很有利。"歌德说："提纲是有的，不过最重要的是还得去做，而真的做起来一切又更是取决于运气。写《古典的瓦尔普吉斯之夜》必须押韵，因为一切必须具有古典文化的特征[2]，找到这样的韵律并不容易更何况还要写成对话！"我说："难道在提纲里没有把对话也一起设想出来吗？"歌德回答说："提纲里只设想了要写什么，没有设想怎么写。况且你要考虑到，在那个疯狂的夜晚什么都会成为话题的！浮士德对珀耳塞福涅讲那段话，目的是要感动她，让她把海伦交出来；而能让珀耳塞福涅感动得自己流下眼泪[3]，这得是一段什么样的演说呵！——这一切做起来并不容易，在很大程度上取决于运气，可以说几乎完全取决于那一瞬间的心情和精力。"

1827年1月17日，星期三

（关于时尚品位和青年人的文学情趣）

最近一段时间歌德有时感到身体不适，所以我们总是坐在他那间朝向小

---

1 这里表现出歌德面对大公的矛盾心情：一方面，大公及其夫人来访表明，恩主对他很器重，他绝对需要这种器重，因此精神很紧张，不知如何才能显示出自己的谦恭仰慕之情，讨恩主高兴；另一方面，这些高贵人物来访又打破了他的宁静，使他不能安静下来潜心创作，耽误了他心里想要做的事情。

2 《古典的瓦尔普吉斯之夜》的故事发生在古希腊，因而必须具有古希腊的文化特征。但是，古希腊的诗是不押韵的，而德语的诗必须押韵。

3 《古典的瓦尔普吉斯之夜》的中心内容之一是浮士德寻找海伦。但是，海伦已经死了，要找她只能到冥府去，而没有冥府的掌管者珀耳塞福涅的许可海伦是走不出冥府的。因此，浮士德必须首先说服珀耳塞福涅，让她把海伦放出来。在《浮士德》的定稿中，没有放进浮士德如何说服珀耳塞福涅的那段话。看来歌德在这里也坚持他写《浮士德》只写结果、省略过程的一贯原则，因为他认为，重要的不是海伦如何才能从冥府走出来，而是她走出来的结果。

花园的书房里。今天又在那间所谓乌尔比诺室[1]里摆放上餐桌，我认为这是一个好迹象。我进去的时候，看见歌德和他的儿子在那里；父子俩以他们朴素亲切的方式热情地欢迎我；歌德精神很好，面色红润，看得出他心情非常舒畅。隔壁那间所谓巴洛克式天花板室[2]的门敞开着，我看见里面总管米勒先生正俯身观看一幅大型铜版画[3]。他很快就朝我们走过来，我高兴地欢迎他与我们一同进餐。冯·歌德夫人还未到，我们就先在餐桌前就座了。大家谈到那幅铜版画，赞叹不已。歌德告诉我，这是巴黎著名画家热拉尔的作品，这幅画是他前几天送给歌德的礼物。歌德又补充说："你赶快过去看看，在上汤之前略饱一下眼福。"

我按照歌德的意见同时也是自己的兴趣做了；我很高兴看到这幅备受赞赏的作品，特别是画家题款将这幅画献给歌德，以此来证明他对歌德的尊敬。但是我没能观赏太长时间，冯·歌德夫人进来了，我赶忙回到自己的座位上。歌德说："不错吧？这是一幅很了不起的作品！要把里面丰富的思想和完美的形式全部弄清楚，你可以研究几天乃至几个星期。"他说："这项工作留给你过些天去做吧。"

席间，我们谈笑风生。总管先生告诉大家，巴黎的一位著名人士[4]写来一封信，此人在法国占领期间担任驻魏玛公使这项艰巨的职务，从那时起他与这个城市一直保持友好关系。他想念大公和歌德，并且为魏玛庆幸，在那里这位天才能与最高的当权者结成至交。

冯·歌德夫人为大家的交谈添加情趣。她逗弄小歌德，说要购置一些大件物品，而小歌德不愿勉为其难表示同意。歌德说："对那些美丽的妇人，我

1　在乌尔比诺室挂着一幅意大利画家巴罗奇（Federico Barocci，1526—1612）绘制的意大利乌尔比诺城公爵的画像，此室因而得名。

2　这里，爱克曼的记载有误，乌尔比诺室的隔壁房间不应是"巴洛克式天花板室"，而是陈列朱诺雕像的"朱诺室"。

3　这幅铜版画是托斯基（Paloro Toschi，1790—1854）根据法国画家热拉尔（Francois Gerard Baron，1770—1837）的画刻出来的，画中表现的是亨利四世进入巴黎的情景。歌德认为，不论是原画，还是铜版画，都是顶峰之作。

4　这位著名人士叫圣－艾尼昂（Etienne de Sait-Aignan，1770—1858），1811年至1813年间任法国驻魏玛公使。

们不要过分纵容她们的不良习惯，因为她们很容易贪得无厌。拿破仑还在厄尔巴就收到制女帽的女工们寄来的账单，要他付款。不过，在这一类事情上拿破仑容易做得太少，而不是做得太多。从前在杜伊勒里宫曾经有一位时装商人当着他的面向他的夫人[1]展示昂贵的服饰。当拿破仑做出不想买的样子时，商人暗示拿破仑，就在这方面为他的夫人尽一点心意吧。拿破仑一声不响，只是目不转睛地看着他，以致那商人收拾起自己的东西立刻就走，从此再也未露面。"冯·歌德夫人问："他是以最高行政长官的身份这样做的吗？"歌德回答说："可能是以皇帝的身份，否则他的目光不会那么可怕，吓得那商人毛骨悚然，我不禁要笑这个商人，他大概觉得自己要被砍头或者被枪毙了。"

我们大家兴致很高，继续谈论着拿破仑。小歌德说："我想拥有表现他全部业绩的优秀绘画或者铜版雕刻，用它们装饰一个大房间。"歌德反驳说："那这个房间必须很大才行，他的业绩如此丰富，即使这样，也未必能把全部绘画都放进去。"

米勒总管把话题转到卢登的《德意志人民的历史》(*Geschichte der Deutschen*)[2]上，令我佩服的是，小歌德把官方报刊对这本书提出的指责归因于这本书的写作时代以及作者当时胸怀的民族感情和利益考虑，说得多么灵巧机智、透彻而恳切。接着又谈到，是拿破仑的战争才把恺撒的那些战争解释清楚。歌德说："早先，恺撒的著作最多不过是学校里学生们的一份单纯的家庭作业而已。"[3]

话题从古德意志时期转到哥特时代[4]，谈到一个哥特式书橱；然后又谈到

1　即拿破仑的第一任夫人约瑟芬（Josephine，1763—1814）。

2　卢登（Heinrich Luden，1780—1847），耶拿大学教授、历史学家，1825年起出版《德意志人民的历史》。

3　拿破仑的经历与恺撒的经历有很多相似之处，他们都是从无名小卒逐步晋升为军事统帅，率领大军南征北战，最后成为皇帝。拿破仑很崇拜恺撒，著有《恺撒战争简介》。另外，恺撒自己也写过一本书，叫《高卢战记》。这里歌德说的是哪一本书，难以确定。

4　哥特式（Gotik）是欧洲中世纪的一种建筑风格，于1150年以前首先出现在法国北部，随后扩展到欧洲各国，其中也包括德国。到了15世纪，首先在意大利，随后在欧洲其他国家，哥特式建筑风格逐渐被文艺复兴风格取代。这就是说，哥特式建筑在中世纪的整个欧洲占据统治地位，因而所谓"哥特时代"就是欧洲的中世纪。

最时尚的品位，即把全部房间都布置成古德意志式和哥特式的，并且居住在这样一种古老时代的环境里。

歌德说："在一幢大房子里有许多房间，让其中几间空着，一年大概只进去三四次，这样的喜好也还过得去，但也可以有一个房间是哥特式的。庞库克夫人[1]在巴黎家中就有一个房间是中国式的，我觉得很不错。但是，如果把她的起居室的环境也配以这样一种异乡的、古老的格调，我就绝对不能恭维了。这永远是某种伪装，时间长了，无论如何都不可能令人感到舒适，而对于办理这件事情的人，其影响肯定是不利的。因为这样的环境与我们置身其中的日常生活不和谐，它起源于一种空洞的、狭隘的思想意识和思维方式，又在这里得到了支持和鼓励。一个人完全可以在一个快乐的冬夜打扮成土耳其人去参加假面舞会，但是，如果他要整年都戴着这样一副假面具，我们会怎么看待他呢？我们可能会想他不是已经疯了，就是先天具有很快变成疯子的体质。"

歌德谈的是一个与生活息息相关的题目，我们觉得很有说服力，因为在座的人谁也未把他的某些话作为轻微的责备与自己联系起来，所以大家都十分高兴地感到他说的是实话。

话题转到戏剧方面，歌德打趣我，说我上星期一晚上为了他牺牲了看戏。他转向其余的人说："他在这里三年了，这是第一个晚上为了让我高兴而没去剧院；他此举不简单，我给予高度评价。此前我邀请他，他答应说来，可我还是怀疑他是否遵守诺言，尤其当时钟已敲响六点半而他还没有到的时候。我甚至盼望他不来，这样我就可以说：'这个人完全发疯了，把看戏放在他最亲爱的朋友之上，他顽固地坚持自己的爱好，什么都不能阻拦他。'不过，我也给你补偿了！对吧？我不是给你看了一些很美妙的东西吗？"歌德说这句话指的是那部新的中篇小说。

接着我们谈到上星期六上演了席勒的《菲斯柯》（Fiesco）。我说："我第一次看这部戏，我一直在琢磨，是否可以把那些相当凶残的场面表现得缓和

---

1 庞库克夫人（Ernestine Panckoucke）是巴黎一位富有书商的夫人，她的女婿于1825年把歌德的诗译成法文出版。

一点；但我觉得，这很难，要是改动的话就会损害整体风格。"

歌德回答说："你说得完全正确，这是行不通的。席勒曾经常常与我讨论这个问题，他最初的几个剧本连他自己都忍受不了，我们俩在剧院共事期间[1]，他从不让这些剧本上演。可是我们剧本匮乏，曾经很想把那最初的三部[2]充满残暴的剧本收入保留剧目。但是做不到，全部人物情节盘根错节，难解难分，使得席勒本人也对这项工作失去了信心，不得不放弃他的打算，把剧本原封不动地搁置下来。"

我说："这是很可惜的，因为即便残暴的成分再多，比起我们某些最年轻的悲剧作家写的那些软弱无力、矫揉造作的剧本来，我还是上千倍地喜欢席勒的剧本。席勒表现的永远是伟大的精神和品格。"

歌德说："这正是我想说的，不管席勒怎么写，他创作出的成果永远比我们那些年轻作家最优秀的作品要伟大得多。可以说，席勒即使给自己修指甲，都比那些先生高明。"

我们大家都笑了，很喜欢这个强有力的比喻。

歌德接着说："但是，我曾经认识一些人，他们一点都不满意席勒的早期作品。有一年夏天，在一个浴场里，我从一条被封起来的、直通向一座磨坊的狭窄小道穿过，偶然与×××侯爵[3]相遇。正在这时，几匹驮着面粉口袋的骡子朝我们走来，我们必须让路，于是走进一间小房子里。这是一间很窄的小屋，依照侯爵的习贯，我们立刻就神明和人类之事深入地交谈起来；我们也谈到席勒的《强盗》（Räuber），侯爵发表了如下言论，他说：'假若我是上帝，正准备创造世界，而在那一刹那我预见到，在这个世界里会写出席勒的《强盗》来，那我就不会创造这个世界了。'"我们禁不住都笑了。歌德说："你们**对此**有何**见解**？这的确是一种有一点过分而且几乎无法解释的反感。"

1　从1800年起，席勒参与魏玛剧院的领导。

2　席勒"最初的三部"剧本是《强盗》《菲斯科在热那亚的谋叛》和《唐卡洛斯》。

3　这位侯爵的名字是普奇亚廷（Nikolai Putzatin，1745—1830），俄国沙皇的枢密顾问，后失宠。歌德在卡尔浴场与他相遇，他们关于席勒的谈话是在1806年7月5日。

我用坚定的语气回答说："我们的青年人，尤其是我们的大学生正好相反，这种反感他们一点也没有。席勒等作家们的最优秀的、最成熟的剧本可以上演，但在剧院里却很少或者根本看不到青年人和在校学生；可是，要是上演席勒的《强盗》或者席勒的《菲斯科》，剧院就几乎全被大学生占满。"歌德说："五十年前和现在一样，五十年后大概也是如此。青年人写的东西最好还是由青年人享用。不要以为，世界在文明和高雅品位方面已经进步到连青年人也都已经超越了那种比较粗野的阶段！即使世界总体上在前进，但青年人还是必须一而再再而三地从头开始，他们作为一个个人必须经历世界文明的各个阶段。这已经不再能激怒我了，我早就为此作了一首诗[1]，诗是这样写的：

> 不禁止约翰节前夕燃烧大篝火，
>
> 欢乐就永远不会丢失。
>
> 扫帚总是用到秃头平顶，
>
> 小家伙一个个接连出世。

我只需向窗外凭眺，就总能看到那打扫马路的扫帚和围着篝火跑的儿童，他们正是这个不断消损而又总是变得年轻的世界的象征。因此，儿童的嬉戏和青年的娱乐要保持，并且要一个世纪接着一个世纪地传下去。尽管这些嬉戏和娱乐在一个成年人看来可能非常荒唐，然而，孩子永远是孩子，而且各个时代的孩子都是相似的。所以我们也就不应该禁止约翰节前夕燃烧大篝火，不要毁掉可爱的孩子们的乐趣。"

在这样和类似的轻松愉快的闲聊中，吃饭的时间很快过去。之后，我们年轻人上楼去上面的房间[2]，总管仍留在歌德这里。

1　这首诗叫《约翰节的篝火》（*Johannisfeuer*），为反对警察禁止约翰节点燃篝火而作，时间是1804年。

2　歌德的儿子和儿媳的房间。

1827年1月18日，星期四晚

(《中篇小说》中爱的力量，歌德和席勒各自的自由理念)

　　歌德答应今天晚上把那篇中篇小说的结尾部分交给我。我于六点半去他家，看见他独自一人待在他那间舒适安逸的书房里。我在他跟前的桌旁坐下，我们谈了近几天来发生的一些事件之后，歌德站起身，把他准备好的小说的最后几页给了我。他说："你读一读这个结尾部分。"我开始读起来。这期间歌德在房间里走来走去，时而在火炉旁边站一站。我像往常一样独自轻声地读着。

　　这几页是描写那个最后的晚上，结尾是这样的：那头狮子在古代废墟的围墙外一棵有百年树龄的山毛榉树下躺着晒太阳，人们正准备捉获它。侯爵想派几个猎手过去，那个陌生人却请求对他的狮子手下留情，因为他确信，可以用温和的手段把狮子引回到铁笼子里。他说，这个小孩子将通过悦耳的歌曲和用笛子吹出的甜美的声音完成这项任务。侯爵同意了陌生人的意见，部署必要的防范措施之后，就带着他的下属骑马回城里了。霍诺里奥带着一群猎手占领了那条狭窄的小路，万一那头狮子从上面下来，就点火把它吓唬回去。母亲和小孩子由城堡看守带领往废墟上面爬，那头狮子就躺在环绕废墟的围墙的另一边。

　　他们的目的是把那头凶猛的野兽引诱到城堡中宽敞的庭院来。母亲和看守躲在上面半坍塌的骑士大厅里，小孩子只身穿过黑洞洞的院墙的垛口朝着狮子走去。这时，出现一阵充满期待的间歇，他们不知道小孩子情况如何，他的笛子声突然停止了。看守自责没有跟小孩子一起去；母亲则很平静。

　　终于又听到笛子的声音了；这声音越来越近，小孩子通过那个垛口又来到城堡的庭院，那狮子驯服地跟在他后面缓缓走来。他们在庭院里绕了一圈，然后小孩子在一块有阳光的地方坐下，狮子温顺地躺在他一旁，把一只沉重的爪子放在他的怀里。爪子上扎进了一根刺，小男孩把刺拔出来，摘下系在脖子上的小丝巾，用它把爪子包扎上。

　　母亲和看守从上面的骑士大厅里目睹了这整个场景，他们喜不自胜。那狮子被带到安全的地方，而且已经驯服，为了使这头猛兽安静下来，小孩子用笛子交替吹出多种声音，让它不时地听到温和悦耳的歌曲；小孩子同时唱着下面的诗句，结束了这篇中篇小说：

> 因此，快乐天使乐于给
> 善良的孩子们出点主意，
> 谨防恶毒的意图
> 促成美好的业绩。
> 用虔诚的情感和乐曲
> 把这个森林的霸王，
> 召唤到爱子细嫩的膝下，
> 把它牢牢吸引住，牢牢地。

我读到结尾的这段情节，不无感动。然而，我不知道自己该说什么；我得到了惊喜，但没有得到满足。我觉得小说的结尾好像太孤寂、太理想化、太田园式了，起码其余人物中还应该再出现几个，增加结尾的宽度，以此结束整个作品。

歌德看出我心里有疑虑，便试图帮我调整。他说："我要是在小说结尾让其余人物中再出现几个的话，故事结局就会变得平淡乏味。因为全部问题都解决了，要他们出来干什么、说什么呢？侯爵带领他的下属已经骑马返城，那里需要他扶助。霍诺里奥一旦听到上面的那头狮子被控制起来，他就会带着他的猎手随后跟上，他会拿着从城里带来的铁笼子很快赶到现场，把狮子引进铁笼子里。这都是一些可以预见的事情，因此不必说出来，也不必详细叙述。如果要叙述的话，那也是干巴巴的。

"但是，一个理想化的，乃至抒情诗式的结尾是必要的，必须有这样的结尾。那个男人的慷慨陈词已经是一篇文学散文，之后必须提升情感，我必须转而写抒情诗，甚至就写歌曲本身。"

歌德继续说："为了给这篇中篇小说的进程打个比方：你不妨设想一棵从根部冒出来的绿色植物，过一段时间从这棵植物的一根坚挺的茎上长出许多苗壮的绿叶伸向四方，最后长出一朵花来。这朵花来得出人意料，使人惊异，但它非得来不可；至于那些绿叶只是为它而存在，没有这朵花，就不值得为绿叶操心了。"

听了他的这番话我松了一口气，我恍然大悟，心中开始预感，这个奇妙的布局是多么精彩。

歌德又说："这篇中篇小说的任务就是要展示，用爱和虔诚往往比用暴力更能制服那些难以控制的、不可战胜的东西，在小孩子和狮子身上体现出的这种美好的宗旨诱使我要详细地叙述。这就是我要阐述的思想，这就是我用以比拟的那朵花。绿叶部分无疑是真实的展示，但绿叶只是为花朵而存在，只是因为有了花朵它们才具有一些价值。因为，真实本身有什么用呢？ 如果表现的是真实事物，我们会感到高兴，这甚至可以让我们对某些事物认识得更清楚；但是，对于我们这些具有高级本性的人来说，根本的收获仅仅在于来自作家心灵的高尚的思想。"

我强烈地感觉到歌德的话是多么在理，因为小说的结尾还在影响着我，使我产生一种长久以来未曾有过的强烈的虔敬心情。我默默地思量，这样一位如此高龄的老人还能写出这么美妙的作品来，他的作家的情怀该是多么纯洁和真挚啊！我禁不住要对歌德说出自己的感受，我还要对他说，尤其使我高兴的是，现在居然还有这样一部在风格上独一无二的作品存在。

歌德说："如果你满意，那我很高兴，我本人感到欣慰的是，一个三十年来一直放在心上的包袱现在终于抖搂掉了[1]。当初，我曾经把我的打算告诉过

---

1 早在1797年歌德就有了创作这部《中篇小说》的想法，但没有文字材料证明他从那时起已经着手写作。到了1826年至1828年，歌德又表示要创作这部小说，在与爱克曼的谈话中多次提到此事。1826年，写完《威廉·迈斯特的漫游时代》之后，他终于开始写这部《中篇小说》，并且改韵文为散文，1828年正式出版。

席勒和洪堡，他们都劝我不要做这件事情¹，因为他们不可能知道此事有什么意义，而只有作者自己才清楚，他能够给这个题目赋予哪些魅力。所以，当你想写点东西的时候，绝不要问任何人。席勒在写《华伦斯坦》之前，假若问我他该不该写的话，我肯定会劝他不要写，因为我从来不能想象，用这样的题材竟然能写出一部如此优秀的剧本来。我在写完《赫尔曼与窦绿苔》之后曾经想立刻用六音步诗行处理我的这个题材，席勒表示反对，他建议我采用八行诗节。你大概看到了，我现在用散文形式写效果最好。因为关键是要把地点准确地描绘出来，要是用六音步诗行的韵律去写，我会感到受拘束。此外，用散文形式可以最好地表现中篇小说那种开头相当真实、结尾相当理想化了的特征，就连那些小的诗段现在也都显得非常优美，这要是用六音步诗行或是用八行诗节写是不可能做到的。"

我们谈到《漫游时代》里其余几篇短篇小说和中篇小说，指出它们每篇各不相同，各有特殊的风格和语调。

歌德说："我想给你们解释一下怎么会出现这样的情况。我进行写作时就像画家作画一样，某些景物要避免用某些颜色，而另一些景物又要以这些颜色为主。例如画早晨的风景，就要在调色板上多放蓝色颜料，少放黄色颜料；画晚景时相反，要多用黄色，几乎完全不用蓝色。我在写作各种不同的文学作品时就是采用了类似的方法，如果人们认可它们的风格不一样，原因可能就在这里。"

我心里想，这是一条极其明智的准则，很高兴，歌德把它用语言表达出来了。

然后我还赞赏了细节部分，尤其在前面说的这部中篇小说里对自然风景的描述很仔细。

歌德说："我从来不是为文学创作的目的而观察自然的。但是，因为我早年练习风景素描，后来又进行自然科学研究，这就驱使我不断地仔细观察自然界的景物，我渐渐地能把自然界最细微的地方都记在心里，这样，当我作

1　在创作《中篇小说》的过程中，歌德曾与席勒和洪堡多次通信讨论小说该怎么写，席勒和洪堡都不赞成用散文写。

为作家需要什么的时候，它们就招之即来，我也轻易不会犯违背真实的错误。席勒就没有这种观察自然的本领。他在《退尔》里所用的瑞士地方风情都是我告诉他的。但席勒的才思令人钦佩，他听了我的叙述之后，自己就能写出具有真实性的东西来。[1]"

话题完全转到席勒身上，歌德接着说了下面的话[2]：

"席勒创作的根本特点在于表现崇高的理想，可以说，在德国文学或是其他外国文学中很少有与他相同的人。他有拜伦勋爵的大部分优点，不过在世态人情方面他胜于拜伦。我曾经很想看到他活着的时候与拜伦勋爵晤面，他对拜伦这样一位与他如此相近的天才将怎么评说，会让我惊奇的。不知道席勒在世时拜伦是否已有作品出版？"

我表示怀疑，但也不能肯定说没有。歌德于是取出百科全书来，朗读关于拜伦的那个词条，同时不失时机地插进一些简短评注。我们找到的是：拜伦勋爵在1807年以前什么都没有出版过；因此，席勒当然也就没见到过他的作品。

歌德又说："贯穿席勒全部作品的是关于自由的理念。随着席勒在文化修养方面继续进步以及他本人的彻底转变，自由理念的形式也发生了变化。在青年时期，困扰他的是物质的自由[3]，这都写进了他的文学作品之中，在他后来的生活中，困扰他的则是精神的自由。

"自由是一种奇怪的东西，一个人只要懂得知足，心中释然，他就容易满足。自由过多，不能都用上，这对于我们有什么益处呢？[4]试看这个房间和隔

1　席勒能把瑞士的自然景色写得如此真实，其实，不只是听了歌德的描述，他自己也曾找各种材料进行研究。

2　从这里开始主要谈的是席勒，包括对席勒这个人以及对自由的精辟见解。但是，对爱克曼编的这部《歌德谈话录》做过研究的专家指出，歌德的这些话显然不是1827年1月18日一天说的，而是爱克曼根据歌德的多次谈话归纳出来的，因而有些地方不准确，特别是关于席勒的薪金问题与实际情况相差较大。

3　这里所说的"物质的"具有宽广的含义，泛指精神和内心以外的东西。比如，席勒青年时被关在卡尔学校里，失去了与外界交往的自由；他想从事文学创作，但遭到欧根公爵的反对，只好在"地下"进行。

4　这是歌德对"自由"的理解，用中国的俗话叫作"知足者常乐"。

壁的斗室，通过敞开的门你可以看到里面安放着我的床铺，它们都不大，空间本来就有限，还摆放了各种各样的必需品，书籍、手稿和一些艺术品，但对我来说这两个房间就足够了，我整个冬天都住在里面，前面那些房间我几乎没进去过。我要这么宽敞的住宅和那从一个房间走到另一个房间的自由做什么？我没有利用它们的需要！

"一个人只要有能够健康地生活和能够从事自己本职工作的自由，这就够了，而这么多的自由每个人都容易得到。不过，我们大家只有在必须履行一定条件的前提下才是自由的。市民只要守住上帝通过他的出身阶级给他规定的界限，他就和贵族一样自由。贵族和君主也能一样自由，因为只要他在朝廷上遵守少许的礼仪，他就可以自我感觉与君主是同一类人。使我们享有自由的不是不承认有人比我们地位高，恰恰相反，正是我们尊敬了那些地位比我们高的人。因为，通过尊敬他们，我们也使自己向上与他们靠近；通过承认他们，我们就表明自己身上拥有高尚品质，配得上做他们的同类。我在旅行途中常常碰到德国北方的商人，当他们在餐桌前粗鲁地挨着我坐下来的时候，他们以为我们就是同一类人了。然而，在餐桌前粗鲁地挨着我坐下来并不能使他们跟我一样；如果他们懂得尊重我，善于对待我，那时他们就和我一样了。[1]

"缺乏物质自由曾经给青年时代的席勒带来许多苦恼，其原因虽然一部分是他的思想性格所致，但绝大部分来源于他在军事学校[2]必须忍受的压抑。

"但是后来，他在生命的成熟时期有了足够物质自由的时候，就转而追求精神的自由了，我甚至想说，这个观念断送了他的性命；因为这就要他对自

---

1 这一段关于"自由"的言论对于研究歌德十分重要，这里不仅包括他对于"自由"的理解，也包括他从自己待人接物中总结出来的经验。第一，对待自由不要贪多，有能够维持健康的生活，可以从事本职工作的自由就够了。第二，不要有非分的想法，寻求超出自己所属等级界限以外的自由。第三，尊敬比自己地位高的人，也会感到自由。

2 这所"军事学校"是符腾堡公爵卡尔·欧根建立的，名叫"卡尔学校"。因为学校实行军事管理，学生不得外出，家长不得探视，所以也被视为"军事学校"。学校的宗旨是，为卡尔·欧根公爵培养驯服的臣仆，有人称它为"奴隶养成所"。1773年1月16日席勒遵照公爵的命令进入这所学校，1780年12月14日毕业离校。

己的自然肌体提出对于他的体力来说太残暴的要求。[1]

"席勒来到魏玛时，公爵规定每年给他一千塔勒的薪金[2]，并且主动提出，万一他因病不能工作，这个数目还要增加一倍。席勒拒绝接受后面的这项建议，从未使用过增加的那一部分[3]。他说：'我有能力，应该能够自助自救。'可是，随着家庭人口在最后几年陆续增加，为了维持生计，他每年都必须写出两部剧本来[4]。为了完成这项任务，即使有几天或者几个星期身体不适，他也要强迫自己工作。他的才能每时每刻都听他差使，供他使用。

"席勒从不多喝酒，是个很有节制的人；但是在身体虚弱的时刻，他就试图用烧酒[5]或者含酒精一类的饮料来提神。这既消耗他的身体机能，对他的作品本身也是有害的。

"我推断，这就是一些头脑聪明的人指摘席勒作品的根源。凡是他们称之为不妥的段落，我都把它们叫作病态的段落，因为席勒在写这些段落的日

1　席勒在其生命的最后几年，不顾日益恶化的健康状况，拼命写作。这固然出于他对创作的热爱，但也是为了满足家庭的物质需求。这时，席勒的经济状况虽然有所好转，但家庭人口增加了许多，要过与自己的身份相符合的生活，光靠魏玛大公给的那点薪金远远不够，因此必须拼命写作，换取稿酬。

2　这里，爱克曼关于席勒薪金的记载不准确。实际情况是，1787年席勒来魏玛，1789年到耶拿当教授，但这个教授职位没有薪金。从1789年年底开始魏玛公爵给他的薪金是二百塔勒，1791年席勒生病，请求公爵给他加薪，遭拒绝。丹麦王子弗里德里希·克里斯蒂安得知他尊敬的大作家经济拮据，生活困难，于1791年11月写信给席勒，答应给他资助，每年一千塔勒，为期三年。1799年魏玛公爵把席勒的薪金从二百塔勒增加到四百塔勒，同年，席勒移居魏玛，薪金增加到六百塔勒。1804年普鲁士女王以高薪邀请席勒去柏林工作，魏玛公爵为留住席勒把他的薪金提高到八百塔勒，他给席勒的薪金从未达到过一千塔勒。席勒的薪金，不仅与月收入几个千乃至上万塔勒的歌德无法相比，就是与一般公职人员相比也是很低的。因此，席勒到了晚年也仍然为缺钱而苦恼。

3　这一段的确切情况是，不是席勒拒绝加薪，而是他要求公爵给他加薪。1795年席勒写信给公爵，请求在他旦于生病不能写作的情况下，把他的薪金增加一倍。公爵答应了他的请求，但席勒从未利用过这一允诺。

4　不是每年写"两部"，而是每年写一部。1802年席勒经过计算，他每年写一部剧本，挣一千三百塔勒就可以维持体面的生活了。
　　以上三个注（即注1，2，3）指出的一些数据与事实不符，这种差错可能不是源于歌德，而是爱克曼记述有误。

5　席勒喝的不是烧酒，而是咖啡。

子里身体乏力，无法找到合适而且正确的母题。我对'绝对命令'[1]敬佩之至，知道绝对命令能够产生出多少好的东西来，但是，我们也不必对它恭敬得过分，否则精神自由这个理念肯定不能导致任何好的结果。"

在这种饶有兴趣的议论和关于拜伦勋爵以及一些著名德国作家的类似的交谈中，晚上的时光很快过去；席勒曾经说过，在那些著名的德国作家中他比较喜欢科策布，因为科策布确实搞出了点东西[2]。歌德把那部中篇小说交给我带走，让我在家里再安安静静地阅读一遍。

1827年1月21日 [？]，星期日晚

（索尔格和他对《亲和力》的评论）

今晚七点半钟我去看歌德，在他那里待了近一个小时。他把盖伊小姐[3]的一部新法语诗集拿给我看，而且对这个集子大加赞赏。他说："法国人发展得很好，了解一下他们是值得的。我正在努力熟悉当代法国文学的状况，要是成功的话，还想就此发表点意见。[4]看到那些在我们这里早已通行无阻的基本要素，在他们那里才刚刚开始发生作用，我感觉极其有趣。具有中等才能的

---

1 "绝对命令"是康德哲学中的关键概念。康德把理性分为两种，一种是理论理性，一种是实践理性。前者用于认识，后者用于行动。理论理性具有强制性，它告诉我们，这个就是这样；而实践理性只是告诉我们，你应该这样做。因此，实践理性是道德准则，相当于命令。命令又分为有条件的命令和无条件的命令。无条件的命令就是在任何条件下都必须执行的命令。康德称这种命令为"绝对命令"。按照康德的解释，"绝对命令"的意思是："不论做什么，都应该做到使你的意志所遵循的准则永远同时可以成为一条普遍的立法原则。"这就是说，不论做什么，你的动机（即你的意志）都必须符合普遍的道德原则。席勒是康德的追随者，他的"绝对命令"就是"精神自由"。

2 歌德在1831年10月20日写给策尔特的信中说，席勒不喜欢施莱格尔兄弟，甚至恨他们："有一次，他对我说，科策布硕果累累，因而他觉得，与那些毫无成就可言的、从根本上讲总是落在后面的，并把疾速向前进的人召回原地的，而且起阻挡作用的一代人相比，科策布更应受到尊敬。"

3 盖伊（Delphine Gay，1804—1855），法国作家，1824年在巴黎出版《政治论文集》，并一举成名。歌德读过她的作品。

4 这篇文章最终没有写完，只留下一个片段。

人当然总是受时代的约束，因为他们必须从时代所拥有的基本要素中吸取营养。在法国人那里，除当代的虔诚主义思想外，一切都和我们这里一样，只是表现得略有风度，更加俏皮风趣而已。"

"那么您老人家对于贝朗瑞和《克拉拉·加苏尔戏剧集》（*Stücke der Clara Gazul*）的作者[1]有何评论？"

歌德说："我把他们排除在外，他们是一些很有天赋的人，自身就有根基，不受时下思想方法的左右。"我说："听到您说这些话，我非常高兴，因为对于这两个人我差不多也有同样的感觉。"

话题从法国文学转向德国文学。歌德说："我想还是给你拿点东西看看，你会感兴趣的。请从你面前的那两本书中拿一本递给我。你知道索尔格[2]吗？"我说："当然，我甚至很喜欢他。我有他翻译的索福克勒斯的作品，无论译作本身还是他为译作写的前言都早就使我对他有很高的评价。"歌德说："他几年前去世了，你知道吗？ 他遗留下的著作和书信现在已经汇编成集出版了。他用柏拉图对话形式所做的哲学探讨不太成功，但他的书信写得很出色。在一封写给蒂克的信中，他谈到了《亲和力》，我必须把这封信给你朗读一下，因为对于那部小说轻易不会有更好的评论了。"

歌德把这篇优秀的论文念给我听，我们逐点进行讨论，同时对一个具有伟大品格的人所产生的见解以及由他推导出的结论赞叹不已。尽管索尔格承认，发生在《亲和力》中的事实源于全体人物的本性，但他还是谴责爱德华的品格。

歌德说："我不能责怪索尔格不喜欢爱德华，我个人可能也不喜欢他，但为了把事实说出来，我必须这样写他。此外，他在许多方面是真实的，因为

1　这位作者是法国浪漫派作家梅里美（Prosper Mérimée，1803—1870），1825年托名发表《克拉拉·加苏尔戏剧集》，称这是西班牙人的作品。1827年再次隐名发表诗集《居士拉》，称这是塞尔维亚的民歌。

2　索尔格（Karl Wilhelm Ferdinand Solger，1780—1819），德国语文学家、哲学家、浪漫主义美学家。他翻译的索福克勒斯的作品于1804年至1808年出版，他的遗著和书信于1820年出版。歌德曾著文评论。

在上层社会像他这样的人很多，他们都以固执取代个性。"[1]

索尔格将这位建筑师[2]放在比其他所有人都高的位置上，因为，"如果说小说中其余的人物都表现得柔情缱绻或者软弱乏力的话，那么他就是唯一一个保持坚强和不受约束的人。正是他本性中的这种美不仅没有使他卷入其余人物的那些纠葛之中，而且作者把他写得如此伟大，使他也不可能卷入到那些纠葛中去"。

我们都很喜欢这句话。歌德说："这当然是很好的。"我说："我也一直觉得建筑师的性格很优秀，也很可爱，不过他之所以如此出色，是由于本性的缘故才不可能卷入那些爱情的纠葛之中，这一点我当然没有想到。[3]"歌德说："你不必奇怪，我写他的时候自己也没有想到这一点。但索尔格说得有道理，这当然是他的看法。"

歌德又说："这篇文章1809年就已经写好，要是当时能听到这样一句关于《亲和力》的好话，我会很高兴的，而恰恰在那段时间以及后来人们对于我的那部小说不抱太多好感。[4]

"我从这些书信中看出，索尔格对我很友好；他在其中的一封信中抱怨，他把《索福克勒斯戏剧集》寄给我，我连一个回音都没有。[5]天哪——可我怎么能做得到呢！这是不足为怪的。我曾经认得一些大人物，常常有人给他们寄作品来。他们制作了一些表格和客套话，用以答谢每一部寄来的作品，这

---

1 《亲和力》共有四个主要人物，爱德华和夏绿蒂是一对夫妇，上尉是爱德华的朋友，奥迪莉是夏绿蒂的亲戚。后两位来爱德华和夏绿蒂家中拜访，爱德华爱上了奥迪莉，上尉与夏绿蒂也互相倾慕。其中三人都处于情感与理智的矛盾之中，并尽量用理智克服情感，唯独爱德华完全受情感支配，不顾一切要与奥迪莉结合，与夏绿蒂离婚。

2 指爱德华。

3 爱克曼在他的《诗论》中讨论过《亲和力》。

4 《亲和力》1809年出版。像歌德晚年的其他作品一样，这部小说出版后，也是读者寥寥，来自评论界的声音更是批评多于赞扬。由于小说涉及性爱、婚姻和离婚等问题，所以在这些问题上主张自由开放的浪漫主义作家嫌它过于保守，而坚持传统道德的人又批评它过于放纵。

5 索尔格翻译的《索福克勒斯戏剧集》1808年出齐后，他随即寄给歌德一本，请歌德指正，但歌德没有回应。所以，索尔格在1808年12月4日写给友人的信中抱怨，歌德对他的译文不做任何评论，使他很伤心。歌德到1827年才著文评论索尔格的译文，不过那时索尔格已经过世。

样，他们就写了上百封信，每封信都一样，说的通通是空话。但我从来不愿做这种事。如果我不能对某个人就他每次寄来的作品说出一点特殊的和恰当的话来，我宁可一个字都不写。我认为说肤浅的客套话有失体面，因此就出现了这样的情况：人家诚心诚意，我本来很想给他写信，却未能回复他。我的情况你本人也看到了，每天都有邮件从世界各地寄来，你不能不承认，要想对每份邮件都简单回复几句，恐怕一生的时间都不够用。不过，我对不住索尔格；他确实非常优秀，对待他我理应比对待许多其他人更友好一些。"

我谈起那部我在家中反复阅读和钻研的中篇小说。我说："小说的整个开始部分只是一个引子，但其中只把必要的内容介绍了，而且写得很优美，结果，你就不会以为它是为另外的部分而存在，而只是为自己而存在，可视为是独立的。"

歌德说："你如果这样看，我很高兴。不过有一点我还必须做。这就是，按照一个好的引子的准则，我应该让动物的主人在一开头就出现。当侯爵夫人和老翁从那间简陋的小木屋经过时，木屋里的人应该出来请侯爵夫人也光顾一下他们的寒舍。"我说："对，你说得有道理；因为在引子里其余一切人都提到了，所以也应该提到这些人，这完全在情理之中，因为他们一般都待在小木屋那里售票，不会让侯爵夫人不受任何阻拦地骑着马通过的。"歌德说："你看，像这样的作品，即使在整体上已经完成了，个别部分还总是有事要做的。"

接着歌德对我讲到一个外国人[1]，那段时间里这个外国人时常去拜访他，并且说想翻译他的某些作品。歌德说："他是一个好人，但在文学方面显得十分外行。他还不会德文就已经在谈他翻译的作品和给这些翻译作品卷首付印的肖像。这正是外行们的本质，他们不了解一项工作的困难所在，总想做一些自己力所不能及的事情。"

1　据推测，这个外国人可能是查尔斯·德沃（Charles des Voeux），他是英国外交官，于1827年把歌德的《塔索》译成了英文。

1827年1月29日［25日］，星期四晚

（歌德赞贝朗瑞的诗，谈《海伦》的出版和"中篇小说"的题名）

晚七点左右我带着那部中篇小说的手稿和一本贝朗瑞的诗集去歌德家里，看见他正在和索雷先生谈论法国文学。[1]我很有兴趣地专心听着，他们谈到，当代那些有才能的诗人所写的好诗很多是从德里勒[2]那里学来的。索雷先生在日内瓦出生，德语说得不太流利，但歌德的法语运用自如，所以谈话是用法语进行的，只有在我插话的地方才说德语。我从手提包里取出贝朗瑞诗集递给歌德，他想重温一下这些优秀的诗歌。索雷先生认为卷首的作者肖像不太像。歌德则高兴地将这个精致的版本拿在手里，他说："这些诗歌很完美，在这一类体裁中算得上是上品，尤其是再把用常声和假声迅速交替歌唱叠句的这种曲调考虑进去的话[3]，因为如果没有这种迅速交替歌唱叠句的曲调，它们作为歌体诗就不免过于严肃，思想太多，语言也太简练。贝朗瑞总是让我想起贺拉斯[4]和哈菲兹[5]，这两个人都是超然于各自时代之上，用讽刺和戏谑的态度谈论风俗的腐朽。贝朗瑞对他周围的环境也抱着同样的态度，但是，因为他是从下层阶级升上来的，所以对放荡和粗俗并不十分痛恨，处理起来还带有某种偏爱。"

我们又反复地谈了许多关于贝朗瑞和其他法国青年作家类似的事情，直到索雷先生返回宫廷[6]，就剩下我和歌德两人为止。

桌子上放着一个密封的包裹，歌德把手放在上面。他说："这是什么？ 这

1　歌德从1827年1月起一直在研究法国新文学，曾经打算写一篇系统介绍和评论法国文学的文章，但最终没有写成。

2　德里勒（Jacques Delille，1738—1813），法国作家，教育诗《花园》的作者。

3　这是阿尔卑斯山区居民的一种唱歌（或呼喊）的调子（Gejodel des Refrains），特点是用常声和假声反复重唱。

4　贺拉斯（Quintus Horatius Flacus，公元前65—公元前8），古罗马诗人，他的诗继承了罗马诗人的讽刺传统、嘲笑吝啬、贪婪、淫靡等各种恶习。

5　哈菲兹（Hafis，1320—1389），波斯诗人。1814年6月歌德开始阅读哈菲兹诗集的德译本，受到很大启迪和鼓舞，再加上其他一些经历，他诗兴大发，1815年和1816年写下大量的诗，最后形成一部集子，于1819年出版，取名《西东合集》。"合集"一词用的是波斯语的Divan。

6　索雷作为宫廷教师，除星期三外，其他日子只是在下午五点以前可以离开宫廷，到五点必须返回。

是《海伦》，是要寄给科塔出版社付印的。[1]"听到这句话，我无法用语言说出自己的感受，我感觉到了这一刻的重要性。正如一艘刚刚造好的船第一次出海，而我们不知道它将遭遇什么样的命运一样，一位大师的思想成果也是如此，它第一次走向世界，要影响许多时代，要制造和经历各种各样的命运。

歌德说："到现在为止，我还总是不断发现有些小地方需要改进和修补。但是事情总得有一个结束，我很高兴，终于可以把它寄出去了，现在我的精神得到了解脱，可以去做点别的什么了。让它自己去经历世情的冷暖吧！我感到安慰的是，德国文化现在已达到非常高的水平，我们不必担心这样一部作品会长时间不被理解、不能产生影响。"

我说："在这部作品中蕴藏着全部古代文化。"歌德说："是的，语文学家们会发现他们有事情做了。"我说："我不担心古代希腊部分，这部分描述得很仔细，对各个细节的阐述极其透彻，把应该说的都直截了当地说了出来。而近代的浪漫部分很难，以半个世界史为背景：处理这样大型的素材只能点到为止，因此对读者要求很高。[2]"歌德说："不过，考虑到在舞台上演，要吸引每个人的注意力，所以一切都是感性的。我不曾有更多奢望。但愿这本书的**出版**能给观众们带来乐趣；同时也能像《魔笛》以及其他一些作品那样，让内行人觉察到它更高层的意义。"

我说："一部剧本作为悲剧开始，作为歌剧结束，这在舞台上会产生不寻常的印象。[3]不过，要表现人物的伟大，他们说出的话语和诗句要庄严崇高，这是需要点功力的。"歌德说："第一部分要求用一流的悲剧表演艺术家，在后面歌剧部分里的角色要由一流的男女歌剧演员扮演。海伦这个角色不能只由一个人扮演，必须由两个大表演艺术家扮演；因为一名歌剧演员同时又是

1　1826年歌德写完《浮士德》第二部的第三章《海伦》，于1827年出版。

2　《海伦》单独出版时用的标题是《海伦：古典—浪漫的梦幻剧，〈浮士德〉的插曲》。这里，"古典"指希腊的古代文化，由海伦代表；"浪漫"指欧洲中世纪的宫廷文化，由浮士德代表。海伦与浮士德结合产生了第三种文化，即近代文化。所以，歌德把欧洲文艺复兴以来的近代文化简化为两个因素的结合，即希腊的古代文化和欧洲中世纪的宫廷文化的结合。

3　歌德曾设想，把《海伦》改编成一部歌剧，这个愿望未能实现。

一名重量级的悲剧表演艺术家，这种情况是很少有的。"

我说："整部剧要求舞台布景和服饰必须富丽堂皇和丰富多彩，我不否认，我盼望看到这部剧在舞台上演出。要是再有一位真正的大作曲家给谱曲就好了！"歌德说："肯定会有一位的，他要像迈尔贝尔[1]那样曾经在意大利长期生活过，因而能把德意志的本性与意大利的方式方法结合起来。这位大作曲家肯定会出现，我坚信不疑；让我高兴的是，这部作品终于脱手了。安排合唱队不愿再下到阴间，而是要留在欢乐的地球上面投身于大自然，这个想法确实让我感到几分得意。"[2]我说："这是一种新一类的永生。"

歌德接着说："那么，那部中篇小说的情况呢？"我说："我把它带来了。重新阅读一遍之后，我觉得，你老人家打算做的改动不要做了。如果站在被打死的老虎旁边的那些人，最初作为穿着和举止都出格怪异的外乡人出现，而后又自称是老虎的主人，这样产生的效果会更好。但是，如果你把他们早早就放在引子里，那种不错的效果就可能完全被削弱，甚至被毁掉。"

歌德说："你说得对，我不要动它，让它保持原样。毫无疑问，你说得完全正确。在拟第一稿的时候我肯定也考虑过不要让这些人出现太早，正因为如此我才把他们拿掉了。我之所以打算再改回来是理智的要求，这差一点让我犯了一个错误。但是，为了不犯错误就得偏离一项常规，这是一个很稀奇

1　迈尔贝尔（Giacomo Meyerbeer，1791—1864），德国歌剧作曲家，从1816年至1825年在意大利生活，掌握了意大利著名歌剧作曲家罗西尼的风格和手法。歌德不认识迈尔贝尔，也没有听过他的歌剧，大概是通过策尔特了解他的，因为迈尔贝尔是策尔特的学生。另外，曾经为歌德的《渔家女》谱曲的卡尔·埃贝魏因曾有意为《浮士德》谱曲，但策尔特认为他能力不够，因而歌德在这里又想到了迈尔贝尔。

2　特洛伊战争结束以后，海伦在由一群特洛伊少女组成的合唱队的簇拥下来到她原来住过的王宫前面。海伦以及合唱队都以为她们真的又回到了一度离开的地方，可以享受曾经享受过的荣耀了。可是，在王宫门前接待她们的不是欢呼雀跃的群众，而是由梅菲斯特扮演的弗尔基亚斯。这位现任的王宫总管告诉她们，海伦早已死亡，她们属于阴曹地府。这一沉重的打击让海伦和陪同她的合唱队从幻觉中回到现实。不过，弗尔基亚斯同时也告诉她们，海伦作为一种精神，作为美的象征，还可以继续存在并发挥作用，只是她必须与拥有权力的浮士德结合。海伦和合唱队接受了这个建议，没有再回阴曹地府。歌德通过这样巧妙的处理，表明了希腊的古代文化和欧洲中世纪的宫廷文化结合的可能性和必要性。希腊的古代文化只有与欧洲中世纪的宫廷文化相结合才能起死回生，流芳百世；欧洲中世纪的宫廷文化只有吸收希腊古代文化的精髓才能发展成为近代文化。

的美学案例。"

然后说到应该给这部"中篇小说"取一个什么样的书名；我们提了一些建议，有几项适合于小说的开头，有几项适合于小说的结尾，但没有一项建议能与整体相配，也就是说，没有一项建议对于整体是合适的。歌德说："这样吧，我们就称它为《中篇小说》[1]；因为一部中篇小说不外就是一起发生过的闻所未闻的事件[2]。这是它本来的意思，在德国，许多冠以'中篇小说'的作品根本不是中篇小说，而仅仅是短篇小说或者随便你称它别的什么。《亲和力》中的那篇'中篇小说'[3]，也是以一起本来意义上的闻所未闻的事件出现的。"

我说："如果我们仔细想一想，一首诗产生时总是没有标题的，它是什么样子就是什么样子，不包括标题，因此，应该相信标题与诗本身毫无关系。"歌德说："标题也不是一首诗的组成部分，古代诗歌都没有标题，用标题是现代人的习惯，古代人诗歌的标题是在后来的时代里由现代人给加上去的。不过，在文学广泛传布的今天，为了称呼和区分不同作品引入这种习惯是必要的。"

歌德说："这里，我有一点新的东西给你，你读读看。"他一面说着一面把格哈德[4]先生的一首塞尔维亚诗歌的译文递给我。我津津有味地读着，这首诗写得很美，译文简单明了，阅读时没有任何障碍。诗的标题是《监狱的钥匙》(*Die Gefängnisschlüssel*)。我这里不谈情节的发展过程；但结尾让我感到

1　这部小说的最后名称是 Novelle（中篇小说）。最初歌德给这部小说的名称是 Die Novelle，出版社认为加定冠词 die 不大合适，建议改为不定冠词 eine，即 Eine Novelle。1828年3月4日歌德写信给出版社，说既不要定冠词，也不要不定冠词，就叫 Novelle。

2　这是歌德给 Novelle（中篇小说）下的经典定义。这里有两点值得注意：第一，这种小说只写"一起事件"，而不是多起事件的交叉或平行；第二，这个事件"闻所未闻"，而不是一起平常的事件。德语中的 Roman（中译"长篇小说"）与 Novelle（中译"中篇小说"）的区别不在于篇幅长短（像中文译名所昭示的那样），而是各有各的特点。

3　《亲和力》第二部第十章有一篇"中篇小说"，题目是"离奇的邻家孩子"。这篇小说只有四千多字，但仍然是一部中篇小说。

4　格哈德（Wilhelm Gerhard，1780—1858），德国商人、作家，他翻译了塞尔维亚的歌体诗《监狱的钥匙》等。

突然，我不太满意。

歌德说："这正是妙处之所在，这样可以刺激一下读者的心灵，激励他们自己去想象随之而来的各种可能性。结尾留下来的素材可以写一部完整的悲剧，但这一类素材过去已经有很多人写过了。相反，诗中所描述的内容才是真正新的和美的东西，作者的做法很聪明，他只描述新的和美的东西，把其他部分留给读者。我很愿意在《艺术与古代文化》上介绍这首诗，可是它太长了；我于是向格哈德要来下面三首韵体诗，准备在下一期上登载。你对此有什么意见？请你听着。"

歌德首先朗读的是一首描述一个老头儿爱上了一个年轻姑娘的歌，接着是一首妇女们的饮酒歌，最后是热情奔放的《特奥多尔，给我们跳个舞吧》（*Tanz uns vor, Theodor*）。每一首他都分别用不同的语调和感情朗读，极其完美，你轻易听不到比这更完美的朗读了。

我们必须称赞格哈德先生，他每次选择的韵律和叠句都十分恰当而且有个性，全部叙述言简意赅，我们不知道他怎么做才能做得更好。歌德说："我们看到，即使像格哈德这样一位有才能的人，大量的技术性训练也是很重要的。此外，他还受益于自己所从事的并不是真正的学者的职业，而是一种让他每天都要面向实际生活的职业。他多次去英国和其他一些国家旅行，鉴于有这些真实的感受，他就比我们那些受过学校教育的年轻作家具有某些优势。假使他总是坚持使用那些流传下来的好的作品，只是把它们拿来进行加工，当然就不会轻易产生出次品来。相反，一切自己的创作都要求付出很多，这是一件很难的事情。"

接下来我们讨论了当代青年作家们的作品，发现他们中几乎没有一个人曾经写过一篇好的散文。

歌德说："问题很简单。要写散文就得有话要说；但是，没有话要说的人，他能写出诗句和韵脚，因为一个词可以跟另外一个词押韵，最后写出来的东西虽然毫无内容，但看上去，似乎还像那么一回事。"

1827年1月31日，星期三

（"中国小说"，"世界文学"，历史的真实与文学的真实）

在歌德家里吃饭的时候，歌德说："这几天没有见到你，我各种各样的东西读了不少，特别是一部中国小说[1]，现在还在读着。我觉得这部小说很值得关注。"

我说："你在读中国小说？中国小说给人的印象肯定跟我们的很不一样吧。"歌德说："不，并不像人们以为的那么不同。中国人的思想、行为和感情几乎和我们一样，你很快就会感觉到自己与他们是同一类人，只不过那里发生的一切都更为明朗、清晰，更合乎道德规范。在他们那里，一切都合情合理，不偏不倚，没有强烈的激情和诗人的狂热，因而跟我的《赫尔曼与窦绿苔》以及英国理查森[2]的小说有许多相似之处。但区别在于，在他们的小说里人物总是与外部的大自然共生。你总能听到池塘里的金鱼在噼里啪啦地戏水，枝头上的鸟儿唱个不停，白天总是阳光灿烂，夜晚总是月白风清；他们经常说到月亮，但月亮并不使自然景色有所改变，月光被想象得和白昼本身

---

[1] 朱光潜先生在他翻译的《歌德谈话录》中对"中国小说"（朱先生译为"中国传奇"）是这样注释的："据法译注即《两姊妹》，有法国汉学家阿伯尔·雷米萨特的法译本。按，可能是《风月好逑传》。"（见：中学生课外文学名著必读《歌德谈话录》，人民文学出版社，2000年，第111页，注3。）中国学者吴晓樵指出，法国汉学家雷米萨特（Abel Rémusat）的确翻译过中国小说，但不是《好逑传》，而是《玉娇梨》。德国学者也认为，这时歌德读的是《玉娇梨》，而不是《好逑传》。《玉娇梨》的法译本1826年出版，歌德读到这个译本是在1827。学者们还指出，歌德在读《玉娇梨》的同时，也在读《花笺记》的英译本。《花笺记》的译者是英国人彼得·汤姆斯（Peter Perring Thoms），1827年1月29日歌德从魏玛图书馆借来这部小说的英译本阅读。因此，也有学者认为，《谈话录》中所说的"中国小说"可能是《花笺记》。

总之，中外学者的研究表明，《谈话录》中所说的"中国小说"无论如何不大可能是《好逑传》。歌德确实读过《好逑传》，但那是十多年甚至二十多年前的事。1719年英国商人詹姆斯·魏金森（James Wikinson）把《好逑传》从中国带回英国，并开始翻译，可惜没有译完他就与世长辞。英国主教托马斯·帕西（Thomas Percy）接着翻译，并于1761年出版。德国学者克里斯托夫·冯·穆尔（Christoph Gottlieb von Murr）把《好逑传》从英文译成德文，于1766年出版。1796年1月12日歌德读到此书，十分着迷。1815年10月14日威廉·格林在给他的哥哥雅各布·格林的信中说，歌德在阅读和注释《好逑传》。

[2] 理查森（Sammel Richardson，1689—1761），18世纪英国小说家，英国现代小说的创始人。

一样明亮。而房屋内部雅致纤巧，跟他们的绘画一样，例如：'我听到可爱的姑娘们在笑，当我看见她们时，她们正坐在编织精细的藤椅上'，这时你眼前立刻出现一个绝妙的情境，因为你想到藤椅就不可能不想到它那种高度的轻巧玲珑和纤细秀丽。大量传奇故事同时展开，讲得简单通俗，像运用尽人皆知的谚语一样。例如说是有一位姑娘，她双脚轻巧，能站在一朵花上保持身体平衡，而又不把那朵花折弯。[1] 还说有一位年轻男子，老实正派，三十岁时就能荣幸地与皇帝谈话。接着又说到一对钟情的男女在长期交往中贞洁自持，有一次两人不得不同在一间屋里过夜，他们整夜不眠，用谈话消磨时间，而没有私相授受。这么多的传奇故事全部针对道德和礼仪。然而，正是由于处处都保持着这种严格的节制，中国才能维持几千年之久，而且还会继续存在下去。"

歌德接着说："我认为贝朗瑞的诗歌是这部中国小说最引人注目的对立面，他的诗歌几乎每一首都是以一种不道德的、放荡不羁的素材为基础，假使不是贝朗瑞这位具有很高才能的人处理这个题材，从而使之可以容忍，甚至引人入胜的话，我是会极其反感的。你自己说说，中国作家的素材是那样彻底地合乎道德，而法国当代一流作家的素材却正好相反，这难道不是很值得注意的吗？"

我说："像贝朗瑞这样一个有才能的人是不会去写那些讲究道德的题材的。"歌德说："你说得有道理，贝朗瑞正是要通过针砭时弊来显示和展露他善良的天性。"我说："这部中国小说也许就是他们最优秀的作品之一吧？"歌德说："绝对不是，中国人有成千上万这样的作品，而且在我们的祖先还生活在森林的时代他们就有这样的作品了。"

歌德又说："我越来越认为，文学是人类的共同财富，任何地方和任何时代都有成百上千人进行文学创作。这个人比那个人写得好一点，在水面上漂

---

1 英国人汤姆斯翻译的《花笺记》还附有《百美新咏》。歌德根据英文版的《百美新咏》翻译（或者改写）了四首有关中国美人薛瑶英、梅妃、冯小玲和开元宫人的事略与诗。这四首诗以及简要说明于1827年以"中国之事"为题发表在《艺术与古代文化》第六卷第一期上。正文中讲的那位姑娘就是薛瑶英。

游的时间久一点，不过如此而已。因此，冯·马蒂森先生[1]不要以为只有他是诗人，我也不要以为只有我是诗人，每个人都应该对自己说，写作的才能并不那么稀罕，任何人写了一首好诗都没有特殊的理由因此高傲自负。当然，如果我们德国人不跳出我们自己周围这个狭小的圈子朝外面看一看的话，我们是很容易陷入这种迂腐的自大狂的。因此，我喜欢环视异国的民族，我劝别人也这么做。[2]现在民族文学不太重要了，世界文学的时代已经来临，每个人都必须为加速这个时代的到来而努力工作。[3]但我们在重视外国文学的时候，不可只停留在某种特殊的东西上，并且认为它就是楷模。我们不要认为中国的或者塞尔维亚的、卡尔德隆或者尼伯龙人[4]就是我们的楷模；如果需要楷模的话，我们得回到古代希腊人那里去，他们作品中所描述的人永远是很美的。[5]对于其余的一切我们都只能历史地观察，并且尽可能吸取其中的精华。"

我很高兴能听到歌德连续地谈论这样一个重要题目。屋外有雪橇经过传来当当的响声，我们于是走到窗前，因为估计是早晨经过这里去贝尔维德勒[6]的那个长长的车队又回来了。歌德继续谈着他那些充满教益的看法。在谈到亚历山大·曼佐尼时，他对我说，赖因哈德伯爵前些时候在巴黎见过曼佐尼先生，他作为有名望的年轻作家在社交界颇受欢迎，现在又回到米兰附近他自己的庄园里，和新建的家庭以及母亲一起安享幸福生活了。

歌德接着说："曼佐尼什么都好，差的只是他不知道自己是一个多么优秀的诗人，也不知道作为诗人他应该享有哪些权利。他太尊重历史，总是喜欢

1　冯·马蒂森（Friedrich von Matthisson，1761—1831），德国作家，多次拜访歌德，但歌德对他的作家才能评价不高。

2　歌德一贯关心德国以外的其他国家的文学，他最初关心的是德国周边国家的文学，接着又把目光转向古代希腊，到了晚年，更着力研究波斯、印度和中国等东方国家的文学。

3　歌德晚年在他的文章、书信、谈话中反复谈到"世界文学"这个话题，但每次的侧重点都有所不同。如果想进一步了解歌德关于"世界文学"的观点，可参阅拙译《论文学艺术》，上海人民出版社，2005年，第378—380页。

4　即德国中世纪英雄史诗《尼伯龙人之歌》。

5　这样看来，歌德认为只有希腊人的作品能称得上楷模。

6　避暑行宫，位于魏玛公园北面。

在所写的剧本中加上一些解释，以证明他多么忠于历史的细节。结果写的事实可能是历史事实，而写的人物却跟我写的托阿斯和伊菲革涅亚[1]一样不是历史人物。没有哪一个作家曾经了解他描写的历史人物，即使了解，要利用这些人物形象也是很困难的。作家必须知道他要制造什么样的效果，以此来安排他的人物的性格。我要是按照历史记载把哀格蒙特作为十二个儿女的父亲来写的话，那么他的轻浮行为就会显得很荒唐。因此，我的哀格蒙特必须是另外一个人，他的行为要与我作者的意图和谐一致[2]；正如克蕾尔欣所说，这个哀格蒙特是**我的**哀格蒙特。[3]

如果作家只是复述历史学家记载的历史，那还要作家干什么呢！作家必须比历史学家走得远一些，要尽可能给我们提供一些更高更好的东西。索福克勒斯的人物都承载着一部分这位伟大作家的高尚心灵，就如同莎士比亚的人物都承载着一部分莎士比亚的高尚心灵一样。这么做是对的，就应该这么做。[4]莎士比亚甚至走得更远，他把罗马人写成了英国人[5]，他这么做也是对的，否则英国人就读不懂他的作品了。"

歌德接着说："在这一点上又是希腊人伟大，他们不太注重忠于历史事实，更注重作家如何处理历史事实。所幸我们现在有《菲罗克忒忒斯》

1　托阿斯和伊菲革涅亚是《伊菲革涅亚在陶里斯》中的两个人物。

2　席勒曾经批评歌德，说他的《哀格蒙特》中的哀格蒙特与历史上的哀格蒙特不符。

3　在《哀格蒙特》第三幕结尾，克蕾尔欣问哀格蒙特："你是那个大名鼎鼎，常常见于报章，为各州所爱戴的哀格蒙特吗？"哀格蒙特回答说："不是，克蕾尔欣，我不是那个哀格蒙特。"剧中的哀格蒙特否认自己是历史上的那个因反抗西班牙统治而成为英雄的哀格蒙特，他只是深深爱着克蕾尔欣的哀格蒙特，因而他对克蕾尔欣说："这一个是你的哀格蒙特。"也就是说，歌德笔下的哀格蒙特不是历史上的英雄哀格蒙特，而是一个热爱生活、喜好享受、年轻风流、深得女人喜欢的男人。

4　歌德特别强调历史学家与作家以及历史真实与文学真实的区别。历史学家必须忠于历史事实，忠实地记录历史事件，而作家是利用历史事实表达自己的思想和感情，因而作品中的人与事不必与历史上的人与事完全吻合。历史学家只是记述历史人物，而文学作品中的历史人物则承载着一部分作家本人的心灵。

5　历史剧在莎士比亚的戏剧中占有很大分量，以罗马历史为题材的所谓"罗马剧"又在历史剧中占据重要地位。"罗马剧"中的人物实际上都是穿着罗马服装的英国人。

（*Philokteten*）[1]这么一个极好的例子，三大悲剧作家都曾经处理过这个题材，索福克勒斯是最后处理的，而且处理得最好。[2]我们很幸运，他的这部优秀剧作完整地落到了我们手里；而埃斯库罗斯和欧里庇得斯的《菲罗克忒忒斯》，我们就只找到一些零碎的片段，从这些片段中也可以充分看出，他们是如何处理他们的题材的。如果我的时间允许的话，我打算对这些剧本进行修复，就像我曾经修复欧里庇得斯的《法厄同》那样，这对我来说肯定不是一项不愉快的、徒劳无益的工作。

"要处理这个题材，任务很简单，就是把菲罗克忒忒斯连同他的弓箭一起从利姆诺斯岛接回来。但如何接回来就是作者的事了，在此，他们每个人都可以展示自己的想象力，可以一个比一个强。若是尤利西斯去接菲罗克忒忒斯的话，是让菲罗克忒忒斯认出他来还是认不出他来，他又如何才能不被认出来？尤利西斯应该一个人去，还是要有人陪同，要由谁来陪同他？我们不知道在埃斯库罗斯的《菲罗克忒忒斯》中陪同是谁，在欧里庇得斯的《菲罗克忒忒斯》中陪同是狄俄墨得斯，在索福克勒斯的《菲罗克忒忒斯》中陪同是阿喀琉斯的儿子。此外，找到菲罗克忒忒斯时他的处境如何，岛上有人居住还是没有人居住，如果有人居住的话，是否有一个有怜悯心的人收留了他，还是没有人收留他？诸如此类上百件其他的事情，作者都可以随意去想，他们通过选择什么还是不选择什么来表现自己比别人具有更高的智慧。关键就在这里。现在的作家也都应该这么做，不要总是问，这个题材已经处理过了还是没有处理过，也不要总是走南闯北到处去寻找惊人的事件，那些惊人的事件往往极度野蛮，而且也仅仅是一些事件而已。当然，要把一个简单的

1　菲罗克忒忒斯是古希腊神话人物。在赫拉克勒斯垂死之际，菲罗克忒忒斯得到这位英雄的弓箭，他带着这把弓箭去参加特洛伊战争，中途被蛇咬伤。伤口不能愈合，发出恶臭，希腊人让他留在利姆诺斯岛。特洛伊战争进行了十年，希腊人听到预言说，他们如果能得到赫拉克勒斯的弓箭，就能攻下特洛伊。希腊人于是派人去邀请菲罗克忒忒斯，将他带到特洛伊城下，给他治好了伤。菲罗克忒忒斯用箭射死了帕里斯，特洛伊陷落，他回到了故乡。

2　1826年读了赫尔曼（Gottfried Hermann）的博士论文《埃斯库罗斯的"菲罗克忒忒斯"》以后，歌德试图用表格展现古希腊三大悲剧作家埃斯库罗斯、欧里庇得斯、索福克勒斯以及阿西乌斯是如何处理"菲罗克忒忒斯"这一题材的，并打算写一篇文章。此文没有写完，只留下了残片。

题材经过精湛的处理搞出一点名堂来，这无疑需要智慧和高度的才能，而这一点正是我们所欠缺的。"

从屋外经过的雪橇又把我们吸引到窗前；然而，这一次也不是我们所预料的那列从贝尔维德勒回来的车队。我们拿一些无关紧要的事情说来说去，开心取乐；然后我问歌德，那部中篇小说的情况如何。

歌德说："这些日子我没有动它，但是，有一点还必须放到引子里，这就是：当侯爵夫人骑着马从小木屋前经过时，那头狮子必须吼叫，这样我便可以让读者好好地考虑一下这头猛兽是多么可怕。"

我说："这个主意很好，因为在引子里加进狮子吼叫这一情节，不仅对情节本身，对它这一段都是有益和必要的，而且也使随后发生的一切产生更大影响。到现在为止这头狮子显得几乎过于温和，没有露出一点野性的迹象。但是，它一旦吼叫，起码会让我们预料到这头猛兽的可怕，而当它后来温顺地听从孩子的笛子声，这样效果就更明显了。"

歌德说："通过不断的构想把尚不完善的东西提高到尽善尽美的境地，这样的改动和改进无可厚非。但是，一再重新使用现成的作品，而且还添枝加叶，夸张渲染，例如像沃尔特·司各特改动我的迷娘那样，除了她的其余特征外，还让她既聋又哑，这样的改动我就不能赞许了。"

1827年2月1日，星期四晚

（歌德称求变是自然与文艺的共同规律）

歌德告诉我，普鲁士王储[1]由大公陪同拜访了他。他说："普鲁士卡尔亲王[2]和威廉亲王[3]今天早晨也在我这里。王储和大公待了近三个小时，谈到

---

1 "普鲁士王储"即1840年成为普鲁士国王的腓特烈·威廉四世（Friedrich Wilhelm IV，1795—1861）。
2 卡尔亲王（Prinz Karl，1801—1883），普鲁士的亲王，威廉亲王的弟弟。1827年与魏玛公主玛丽（Marie von Sachsen-Weimar）结婚。
3 威廉亲王（Prinz Wilhelm，1797—1888），普鲁士的亲王，卡尔亲王的哥哥。1870年成为德意志帝国的皇帝，称威廉一世。1829年与魏玛公主奥古斯塔（Augusta von Sachsen-Weimar）结婚。

了各种各样的事情，我高度评价这位年轻君主的才智、品位、学识和思维方式。"

歌德面前放着一本《颜色学》。他说："我还一直没有给你解释有色阴影这个现象。因为解释这个现象需要许多前提并且与许多其他现象相关联，所以我今天还是不想从整体中拆下一部分给你解释。我是想，我们晚上坐在一起的时候，一块儿把《颜色学》整个通读一遍，可能会好些。这样，我们就总有一个固定的谈话题目，到你自己把全部颜色学理论都学会了，你还几乎不知道是怎么学会的。书上的记载开始在你那里生根，开花结果，我可以预见，这门科学很快就将为你所占有。好吧，请你读第一段。"

歌德一面说着一面把书打开放到我面前。他对我这样殷切地期许，我由衷地感到幸运。我读关于生理颜色的开头几节。

歌德说："你看，凡是在我们身外存在的东西，没有不是同时也在我们身内存在的，像外部世界有自己的颜色一样，眼睛也有自己的颜色。颜色学这门科学的关键首先在于要严格区分是客观的颜色，还是主观的颜色，所以我理所当然地从眼睛看到的颜色开始，这样，我们在一切感知中就总能清楚地分辨，在我们身外是否真的有颜色存在，或者它仅仅是由眼睛本身产生的一种虚假的颜色。因此我想，我首先校勘一切感知和观察都必须经由它才能实现的这个感官，我就抓住了阐述这门科学的要领。"

我继续往下读，一直读到我们所要的那些关于颜色的有趣章节，其中讲到，眼睛有变换的需求[1]，从来不愿意老是看同一种颜色，看了一种颜色就立刻要求换另一种颜色，而且要求如此之强烈，在确实看不到所要求的颜色时，就自己把它制造出来。

由此谈到了一个贯穿整个自然界，并且为全部生活和全部生活乐趣奠定基础的重大规律。歌德说："这条规律不仅适用一切其他感官，而且也适用我们人类的高级精神活动；但是，因为眼睛是一个非常优秀的感官，所以这

1　"变换的需求"是歌德《颜色学》中的一个重要概念，同时也是歌德的一个重要的哲学观点，认为世上的一切都处在变换之中，有变换才有生命。

条要求变换的规律就在观察颜色时显得特别突出，而我们也主要是在观察颜色时能清楚地意识到这条规律。我们有些舞蹈，大音阶和小音阶交替变换，非常令人喜欢，而那些只用大音阶或者只用小音阶的舞蹈，马上就会让人厌倦。"

我说："看来这条规律也是一种良好的艺术风格的基础，欣赏良好的艺术风格时，一般我们避免听刚刚听过的同一个声调。在戏剧方面，这条规律如果应用得当，也是大有可为的。剧本，特别是悲剧，如果始终用一个调子，没有变化，就会令人厌烦和困倦。如果看一部悲剧，在幕间休息时乐队还是让你听悲伤的和令人沮丧的音乐，你就会苦于难以忍受，要想方设法逃避这种感觉。"

歌德说："莎士比亚在他的悲剧中插入一些轻松愉快的场景，大概也是基于这条要求变换的规律；但是，这条规律似乎不能用于希腊人的高级悲剧，相反在希腊悲剧里，全剧有一定的基调贯穿始终。"

我说："希腊悲剧也并不太长，连续不断地听同一个音调不至于让人感到疲倦，而且合唱和对话也是交替进行的；此外，崇高宏伟的思想感情永远有一种活生生的、不可辩驳的事实做基础，所以不会使人厌烦。"

歌德说："你说得可能有道理，不过研究一下希腊悲剧在多大程度上也服从了这条要求变换的普遍规律是值得的。你会看到，一切事物都互相依存，甚至一条颜色学的规律都能引导你去研究希腊悲剧。只是必须当心，不要试图把这样一条规律过分延伸，不要把它作为许多其他事物的基础；比较稳妥的做法是，只是把它作为一种类比或者一个例证使用。"

我们谈到歌德阐述他的颜色学的方式，即他的全部理论都是从更大的元规律[1]推导出来的，并且又总是把个别现象归因于那些元规律，从而使它们可

---

1 "元规律"的德语原文是Urgesetz。在歌德的词汇中，这种带ur前缀的词很多，如Urbild（原始形象）、Urpflanze（原始植物）、Urtier（原始动物）、Urphänomen（原始现象），等等。这里的ur表示原始、起初、起始、根本的意思。歌德认为，世界本身有"源"，世界上的一切也都有"源"，世界万象都是由那个起初的"源"演化而来的。

以理解，成为一种巨大的精神收获。

歌德说："也许是这样，你可以因此赞扬我；但是，这种方法也要求学子们专心致志，有能力抓住事物的根本。有几个人相当不错[1]，他们研究我的颜色学颇有起色，但不幸的是，他们没有坚持正路，我一转眼，他们就偏离了方向，不是始终把眼睛盯住客观，而是靠观念行事。不过，一个头脑好用同时又能把心思放在寻求真理上的人，总是可以大有作为的。"

我们谈到，有一些教授[2]在有更好的学说被发现之后，他们还老是讲授牛顿的学说。歌德说："这不足为奇，这些人继续讲授错误的东西，是因为他们要靠这些错误的东西谋求生计。不然他们就得改学另一门学说，这可是一件很尴尬的事情。"我说："但是，因为他们学说的基础是错误的，他们的试验何以能证明真理呢？"歌德说："他们并不是在证明真理，这也绝对不是他们的意图，他们挂在心上的仅仅是证明自己的观点。所以，凡是可以揭示真理、说明他们的学说站不住脚的试验，他们都一律隐藏起来。

"此外，就拿那些学子来说，他们中有谁对真理感兴趣呢？这些人也像其他人一样，只要能凭着经验对一件事跟着喋喋不休，就心满意足了。如此而已。总而言之，人的天性很奇特，湖水一旦封冻，马上就有上百人跑上去，在光滑的冰面上娱乐消遣，可是有谁想到要研究一下湖水有多深、冰底下都有哪些种类的鱼儿在游来游去呢？尼布尔最近发现一份诞生于远古时代的罗马与迦太基订立的商业条约，这份条约证实，李维[3]著作中的关于罗马民族早期生活状况的全部历史不过是一些无稽之谈，因为从条约中可以看出，罗马很早以前就有高度发达的文明，远远超过李维所描述的。但是，如果你认为这份新发现的条约将使迄今为止教授罗马史的方法产生一场巨大变革，那就大错特错了。你永远想着那个结了冰的湖水吧！人就是这样的，我了解他们，

1　这几个"相当不错"的人指的是冯·亨宁（Leopold von Henning）、米勒和叔本华。

2　如耶拿大学教授弗里斯（Jakob Friedrich Fries，1797—1843），他写了《实验物理学教程》（1826）。

3　李维（Titus Livius，公元前59—公元17），古罗马历史学家，他写的《自建城以来的罗马史》有一百四十二卷，记述了从公元前753年到公元前9年的罗马历史。

他们就是这样，不是别的样子。"[1]

我说："不过，写了这部《颜色学》是不会让你后悔的；因为你不仅替这门优秀的科学创立了牢固的体系，而且还为研究这门科学的方法树立了楷模，人们在处理类似的题目时永远可以遵循。"

歌德说："我绝不后悔，尽管我在这门学问上花费了半生的精力。我若是不写《颜色学》，也许能多写出五六部悲剧来，不就是这样吗？而写悲剧，在我之后有的是人。

"你说得有道理，我也认为，我对这门科学的处理是对的，其中就有方法问题。我还用同样的方法写过一部声学[2]，我写的《植物的演化》也是基于同样的观察和推演方式。

"我用自己特有的方法写了《植物的演化》，我能写它就像赫舍尔[3]进行他的发现一样。赫舍尔很穷，买不起望远镜，只好自己制作一架。然而，这正是他的幸运，这架自制的望远镜比其他所有的望远镜都好，他的重大发现都是用它做出来的。我通过经验的途径走进植物学，至今仍很清楚，物种的形成涉及的理论太宽泛，我没有勇气去掌握它。这就迫使我用自己的方法去探索，去发现所有的植物——不分种类——都共有的东西，我于是发现了植物的演化规律。

"对植物学做进一步的详细研究根本不在我的计划之内，我把这项工作留给在这方面比我高明的人去做。我关心的只是，把个别现象归因到一个普遍

1　尼布尔的新发现纠正了李维的错误，但学术界依然采用李维的论述。歌德用这一事实比喻他与牛顿的关系。他的《颜色学》纠正了牛顿的错误，但除极少数人外绝大多数学者依然信奉牛顿的观点。歌德原以为他的《颜色学》的出版会引起学术界的注意，不料，反应十分冷淡，即便有反应也多半是负面的。歌德不能接受这个现实，因此利用各种机会为自己的《颜色学》辩护。奇怪的是，歌德晚年的文学作品也受到同样的冷遇，但对此他并不在乎，而对于《颜色学》遭遇的命运却总是愤愤不平。

2　大约在1810年歌德就起草了这部声学，但没有全部完成。把已经完成的部分附在了1826年9月6日至9日给策尔特的信后。

3　赫舍尔（Sir William Herschel，1738—1822），英国天文学家，1781年用自制的望远镜发现了天王星，后来又发现了天王星和土星的卫星。

的基本规律里。

"我也曾经对矿物学产生过兴趣，有两方面的原因：首先由于它能带来巨大的实际收益，其次我想在矿物学中找出关于史前世界形成的实证，维尔纳学说[1]使得解决这个问题有了希望。但是，自从这位卓越的科学家去世以后，在矿物学界是非颠倒，我就不再公开介入这门专业了，而是默默地继续保持自己的信念。

"在研究《颜色学》方面，我下一步首先要做的是研究彩虹。[2]这是一个非常难的课题，但我希望能攻克它。因此，我很愿意现在和你一起再把这本书通读一遍，加之你对这件事情也抱有兴趣，这样就可以把全部《颜色学》的知识重新温习一下。"

歌德接着说："我对各门自然科学都曾经进行过相当全面的尝试，但总是把方向锁定在我身边的现世环境和通过感官能够直接察觉的事物上。我之所以从来不研究天文学，就是因为研究天文学单凭感官已经不够，还必须求助于仪器、计算和力学。这些都要求一个人付出毕生的精力，这不适合我，不符合我的心意。

"如果说我在研究上述事物的征途上做出了一些成绩，那要归功于我生活的年代，那时，自然界的重大发现比其他任何年代都丰富。早在孩童时候我就接触到富兰克林[3]关于电的学说，他当时刚刚发现了电的规律。在我这一生中，直到此时此刻，重大的科学发现一个接着一个，所以我不仅很早就被引领进自然界，而且后来也一直不断地感受其巨大的激励。

"现在一切都在向前迈进，也包括在我开创的道路上的一切，这是我无法预料的。我好比是一个迎着朝霞走去的人，当太阳升起来的时候，它的光辉

1　维尔纳（Araham Werner，1750—1817），德国矿物学家。18世纪末到19世纪初关于地貌的形成有两派意见，一派叫"水成说"，一派叫"火成说"。维尔纳是"水成说"的代表，歌德赞成"水成说"，反对"火成说"。

2　歌德从1827年起用一个玻璃球做实验，研究彩虹。

3　富兰克林（Benjamin Franklin，1706—1790），美国政治家，他发明了避雷针。

让这个人惊诧不已。"

这时，歌德提到几个德国人的名字，如卡鲁斯[1]、达尔顿[2]、柯尼斯堡的迈尔[3]等，不胜钦佩。

歌德又说："只要人们不把已经找到的正确的东西再颠倒回去，把它弄得漆黑一团，那我就知足了；因为人类亟需一种积极的东西，并使其代代相传；如果这种积极的东西同时又是正确的和真实的，那岂不更好？如果人们在自然科学中重视纯正，而后坚持正确的东西，不把已经变得可以理解的一切再先验化，就此而言，我会感到高兴的。然而，人们不能保持安静，转眼之间就又是一片混乱。

"例如，他们现在在修改摩西五书，全盘否定的批评无论如何都是有害的，在宗教事务方面情况就是这样。因为这里的一切都建筑在信仰之上，你一旦失去了信仰，就不能再皈依它了。[4]

"在文学界，全盘否定的批评的害处不那么大。沃尔夫把荷马彻底毁掉了，但他丝毫损害不了荷马的史诗，因为荷马的史诗就像瓦尔哈尔[5]的英雄们一样具有神奇的力量，早上把自己大卸八块，中午就又带着完好的肢体坐到餐桌前了。"

歌德的情绪极佳，我为能又一次听到他谈论如此重要的事情感到幸运。他说："只是我们自己要默默地坚持走正确的道路，让其余一切听其自然，这是上策。"

---

1 卡鲁斯（Carl Gustav Carus，1789—1869），德国医生、画家、哲学家，歌德曾为他的《关于风景画的通信》作序。

2 达尔顿（Eduard Joseph Wilhelm d'Alton，1772—1840），德国骨骼学和艺术学学者，波恩大学考古学和艺术史教授，与歌德保持书信来往。

3 迈尔（Ernst Friedrich Heinrich Meyer，1791—1859），柯尼斯堡的植物学家，他正面评价了歌德的《植物的演化》。

4 歌德反对19世纪初兴起的历史主义，它让人把大量精力放在细节考证上。歌德认为，宗教的基础是信仰，把这种考证细节的方法用到《圣经》上面就会让人失去信仰。

5 瓦尔哈尔（Walhall）是古代北欧神话中接纳战死者英灵的宫殿。

1827年2月7日，星期三

（为莱辛的不幸惋惜）

歌德今天痛斥某些评论家，他们不满意莱辛，对莱辛提出许多无理要求。

歌德说："如果人们把莱辛的剧本与古代人的剧本比较，说莱辛的剧本很差，糟糕透了，你能说什么呢！你只能为这位杰出的人物惋惜！他生活在一个很不幸的时代，自己无能为力，除在他剧本中所加工处理的题材外，这个时代不能给他提供更好的题材。你仍要惋惜的是，他因为找不到好一点的题材，在《明娜·冯·巴恩赫姆》中不得不参与同萨克森人和普鲁士人之间的争吵[1]！还有他没完没了地进行论战，或者说不得不进行论战[2]，原因也在于他的那个时代卑劣透顶。在《爱米丽娅·伽洛蒂》（*Emilie Galotti*）里，他把矛头指向诸侯权贵；在《智者纳旦》（*Nathan der Weise*）里，他把矛头指向僧侣教士。"

1827年2月16日，星期五

（温克尔曼和瑞士画家迈尔的艺术成就）

我告诉歌德，这些日子我读了温克尔曼的文章《论对希腊艺术品的模仿》（*Über die Nachahmung griechischer Kunstwerke*）[3]，坦白地说，我常常觉得温克尔曼当时似乎还没完全弄清楚他要论述的对象。

歌德说："你说得固然有道理，有些时候我们看到他在进行某种探索，然而了不起的是，他的探索总暗示点什么，他与哥伦布相似，哥伦布在尚未发现新大陆的时候，心中就已经充满预感。当你读温克尔曼的作品时，你虽然

---

1 《明娜·冯·巴恩赫姆》以七年战争为背景，萨克森和普鲁士分属交战的双方，女主人公明娜是萨克森人，男主人公巴恩赫姆是普鲁士人。

2 莱辛的一生是在论战中度过的，就德国戏剧发展的方向问题与戈特舍德（Johann Christoph Gottsched，1700—1766）论战，就宗教问题与格茨（Johann Nikolaus Götz，1721—1781）论战。

3 这篇文章的正式标题是《关于在绘画与雕刻中模仿希腊作品的一些想法》（1755）。

学不到具体的东西，但可以有所预感。

"迈尔比温克尔曼走得远，他把对艺术的认识推向了顶峰，他的《艺术史》（*Kunstgeschichte*）[1]是一部永恒之作；但是，如果他在青年时代不是把温克尔曼作为榜样努力提高自己，并且在温克尔曼的道路上继续走下去的话，他就不会有这样的成就。由此再一次看出，一位伟大先驱者的作用是什么，如果能适当地利用他，会意味着什么。"

1827年4月11日，星期三

（歌德谈与雅各比及其朋友们的个人关系；宇宙的可知与不可知；康德的目的论）

歌德派人来约我今天中午开饭前乘车出去兜风，我于一点来到他家里。我们的车沿着通往爱尔福特的大道行驶。天气晴朗，道路两旁的庄稼竞相吐翠，让人赏心悦目；歌德的心情看上去犹如阳春三月，开朗而富有朝气，但话语却是老到，饱含智慧。

他开始说："我总是而且反复地说，宇宙如果不是如此简单，它就不可能存在。这块可怜的土地已被耕种了几千年，可它的气力依然如故。下一点雨，着一点太阳，每到春天就又是一片葱绿，如此等等。"对这番话我既没有什么可回答的，也没有什么可补充的。歌德用目光扫视绿色的田野，然后又转身对我说了如下一些其他的事情："这几天我读了一本奇特的书，即《雅各比与他的朋友们的书信》（*Briefe Jacobis und seiner Freunde*）[2]，这本书很值得关注，你

1　《艺术史》是迈尔的代表作，正式标题是《希腊罗马造型艺术的历史》（1824—1836），共三卷。歌德出于个人的偏爱，过高地评价了这部著作，它的学术价值无法与温克尔曼的《古代艺术史》相比，更不是所谓"永恒之作"。

2　雅各比（Friedrich Heinrich Jacobi，1743—1819），德国作家、哲学家。1774年与歌德相识，两人成为密友。自从歌德到魏玛以后，两人的关系逐渐疏远，原因是歌德不赞成雅各比以及他的朋友们以信仰为基础的哲学。《雅各比与他的朋友们的书信》的正式书名为《弗里德里希·海因里希·雅各比的书信精选（1825—1827）》。歌德于1827年4月初开始撰文评论这部书信集，这篇文章于1833年收录在《歌德全集最后手定本》中。

应该读一读，不是为了从中学到什么，而是了解一下人们都不知道的当时的文化和文学状况。你看到的全是一些有点名气的人物，但丝毫看不到他们有相同的志向和共同的兴趣，每个人都自成一体，走自己的路，绝不参与别人为之奋斗的事业。我觉得他们就像台球一样，在绿色的台垫上盲目地乱滚，谁也不干谁的事，它们一旦相互碰上了，只会立刻又散开得更远。"

这个极好的比喻让我笑了起来。我询问这些写信人的情况，歌德给我列举了他们的名字，同时告诉我他们每个人的一些特别之处。

"雅各比本是一个天生的外交家，一个身材修长的英俊男子，举手投足文雅而高贵，当一名公使是很合适的。要是当作家和哲学家，他还缺点什么。

"他跟我的关系很奇特。他喜欢我这个人，但不参与我致力的事业，甚至都不表示赞同。因此，需要友谊把我们俩联系在一起。而我和席勒的关系是独一无二的，因为共同的奋斗是把我们联系在一起的最好的手段，对于我们来说，不需要再有所谓特殊的友谊了。"

我问在那些信件中是否也提到了莱辛。歌德说："没有[1]，但是提到了赫尔德和维兰德。

"赫尔德对于这样一些联系不感兴趣，他自命不凡，所以缺乏思想内涵的人时间一长就使他厌烦；还有哈曼[2]，他对待这些人也是嗤之以鼻的。

"在信件中，维兰德看上去一如既往，还是那么生龙活虎、潇洒自如。他不追随任何特殊的看法，为人处世态度灵活，足以与各方建立联系。他像一棵芦苇，各种意见之风把他吹得摇来摆去，但它的根永远是牢固的。

"我个人与维兰德的关系一直很好，尤其在早些年代，那时候他是我一个人的朋友。他的那些小型短篇小说[3]都是根据我的建议写的。但是，自从赫尔德来到魏玛以后，维兰德对我就不再那么一心一意，赫尔德把他从我这里抢

---

1 这里爱克曼的记载有误，在那些信件中提到了莱辛。

2 哈曼（Johann Georg Hamann，1730—1788），德国柯尼斯堡的哲学家、语文学家，狂飙突进运动的先驱。哈曼对赫尔德的思想发展有很大影响，歌德是通过赫尔德了解哈曼及其著作的，他本人没见过哈曼，但在他的自传《诗与真》第十二卷里描述了哈曼及其对狂飙突进运动的影响。

3 指维兰德从1775年起发表在《德意志信使》上的诗体小说。

走了，因为赫尔德的个人吸引力太强了。"[1]

马车转到回去的路上。我们看见东方有层层乌云密布。我说："这片乌云面积很大，随时都有下雨的危险。如果气压上升，它们有没有可能又消散呢？"歌德说："有可能，这片乌云会立刻从上而下慢慢消失，就像纱锭把棉纱卷起来一样。我就是这样坚信气压。是的，我总是说而且断言：在彼得堡发大洪水的那个夜晚如果气压上升了的话，海浪就不会冲上来了。

"我儿子认为天气受月亮的影响，或许你也这么认为，我不责怪你们，因为月亮是作为一个太重要的天体出现的，人们不会不让它对我们的地球产生决定性作用；然而，天气的变化和气压的高低都不是由于月相变化引起的，而纯粹是地球的运行情况所致。

"我设想地球和包围着它的大气层就好比是一个巨大的有生命之物，永远不停地吸气和呼气。当地球吸气的时候，它就把大气层往自己这边吸，使得大气层靠近它的表面，并且越来越浓，最后变成云和雨。我把这种状况称作Wasserbejahung[2]，如果水的过剩的状况超过正常秩序一直继续下去，水就会把地球淹没。但是，地球不会允许这种情况发生，它又把气呼出来，把水蒸气向上方释放，让它们在整个高空中的大气层里扩散，而且变得如此稀薄，以至于不仅太阳的光芒能够穿透，甚至让无穷太空的永恒的黑暗看起来也是蓝莹莹的。我把大气层的这种状况称作Wasserverneinung[3]。因为像在水的过剩的状况下不仅天空频繁降水，而且地球上的湿气也不会蒸发和变干一样，在水的短缺的状况下则不仅没有来自天空的水分，而且地球本身的湿气也在消散，并且向上方挥发，这种状况如果持续的时间超过正常秩序，地球即使没有太阳的光照也会面临干涸或荒芜的危险。"

歌德就这样谈论这个重要的题目，我聚精会神地听着。

他接着说："这件事情很简单，我始终坚持简单彻底的原则，本着这条原

1　这里爱克曼的记载不够准确。实际上，赫尔德于1776年到魏玛以后不久就不再与维兰德来往了。他们俩后来的关系，都是随着他们各自对歌德的关系而变化。

2　水的过剩，即洪涝。

3　水的短缺，即干旱。

则从事研究，不被个别偏差所误导。高气压：干燥，东风；低气压：湿润，西风。这是我遵循的主要规律。偶尔有一次高气压，刮东风，却吹来一股雾水；或者天是蓝色的，但刮的是西风，这些都不会影响我，不会把我对这条主要规律的信仰搞乱。相反，我只是从中看出，还有一些参与起作用的因素存在，我们还不能马上掌握它们。[1]

"我有几句话想告诉你，希望你在生活中按照这几句话去做。自然界中的事物一种是可理解的，一种是不可理解的，对此要加以区分，要仔细考虑并且给予尊重。一般说来，我们只要能够看出，可理解的事物在哪里终止而不可理解的事物在哪里开始，这虽然总是极其困难，但已经有所收益了。不知道这一点的人也许要为那种不可理解的事物耗尽毕生的精力，却始终不能接近真理。而知道这一点并且头脑聪明的人，他就会停留在可理解的事物上，深入到这个领域里的各个方面并打下牢固的基础，通过这条途径他甚至还可以找出一些不可理解的事物来，虽然最终不得不承认，有些事物只能掌握到一定程度；大自然总是保留一些难以解决的问题秘而不宣，而要探索这些问题，人的能力是不够用的。"[2]

谈话间，我们又回到了城里。话题转到一些无关紧要的事情上，而歌德那些高明的见解又在我心中继续盘旋了一段时间。

我们回来得太早了，还不能马上开饭，歌德趁这个时间把鲁本斯[3]的一幅风景画拿给我看，画的是一个夏天的傍晚。在前景的左方，可以看到农业工人从田间回家；画的中间是一群羊跟在牧羊人后面往村子里走；画的右方稍后一点停着一辆干草车，周围的工人忙着往车上装草，还有卸下了套具的马在一边吃草；稍远一点是草地和灌木丛，几匹牡马带着它们的幼驹三三两两地在那里放牧，看样子，它们天黑以后也是在外面过夜的。在画面四周的地

---

1 歌德的意思是，研究自然现象要抓住普遍规律，而且还要坚信普遍规律。即使出现一些不符合普遍规律的现象，也不可怀疑普遍规律，因为这些偏离普遍规律的现象是由我们暂时还不知道的因素造成的。

2 歌德的观点是，世界上的一切并不都是可知的，人能了解的（即可知的）只是其中的一部分。

3 鲁本斯（Peter Paul Rubens，1577—1640），佛兰德斯画家，他的画融合了尼德兰和意大利的绘画传统，复兴了佛兰德斯画派。歌德藏有多幅鲁本斯的风景画。

平线上，各个村落和一座城镇灯光闪烁，你会发现，这里把动与静的意境表现得出神入化，美不胜收。

我觉得整幅画与真实联系得很密切，细节也画得惟妙惟肖，因此表达了自己的看法：鲁本斯的这幅画完全是临摹自然的。

歌德说："绝对不是，在自然界中从来看不到这样完美的景象，这种构图要归功于画家富有诗意的想象力。不过大画家鲁本斯的记忆力非同寻常，他把整个自然都装在脑袋里了，自然界的细节永远听他使唤。因此，无论这幅画的整体还是细节都这样真实，使得我们以为，这纯粹是一幅大自然的复制品。现在没有人再画这一类风景画了，这种感受的方式和对自然的观察已经完全不见了，因为我们的画家们缺乏诗意。

"此外，我们那些有才能的年轻人沉湎于孤军奋战，而能引导他们去发掘艺术奥秘的大师们已不在人世。虽然从死者那里也可以学到一些东西，但正如事实表明，更多的是看到一些细节，而不是钻研大师们精深的思维方式和工作方法。"

小歌德夫妇走进来，我们于是在餐桌前入座。大家谈着日间各种轻松愉快的话题，如剧院、舞会、宫廷等，什么都粗略地提到一点。但是，很快我们就又回到比较严肃的事情上来，而且不由自主地深陷在关于英国的宗教教义这一个话题上。

歌德说："你们必须像我五十年来研究教会史那样研究英国的宗教教义，这样才能理解各种教义是如何互相关联的。与此相反，伊斯兰教教徒用哪些教义开始他们的教育，很引人注目。[1] 作为宗教的基础，他们首先使青年人有一个牢固的信念，相信人所遭遇的一切都是由万能的神灵早就规定好的。于是，这些人就用这个信念武装和安慰自己整个一生，几乎不再需要其他东西。

"我不想探讨，这个教义里哪些可能是真的，哪些可能是假的，哪些可能有益，哪些可能有害，其实我们身上都有一点这样的信仰，即使我们并没有

---

1 歌德对基督教教义一直有浓厚兴趣，不过，他不是把基督教教义作为信仰，而是作为一种值得研究的学问。他晚年写《西东合集》时，甚至对伊斯兰教的教义也进行了广泛研究。

接受过这种教育。战士打仗时说，这颗子弹上没有写我的名字，它不会击中我。他若没有这种自信，怎么能够在岌岌可危之时还保持勇敢和乐观的精神呢？基督教的教义说，没有你们主的意志麻雀不会从屋顶上掉下来，其根源与伊斯兰教教义是一样的，都是预示一种能明察秋毫、没有它的意志和准许就什么也不会发生的天意。

"然后，伊斯兰教的信徒们开始在哲学课程里教授任何存在都有其对立面的理论；他们给青年人的课程作业是，从制定的每一项命题中发现并说出相反的意见，以此来训练头脑，催生机智灵活的思维和能言善辩的讲话能力。

"然而，在对制定的每一项命题都提出了相反的意见之后，又出现了**疑问**，命题和相反的意见两者到底哪一个真实。但疑问不会保持不动，它反而会驱使思维进一步探讨和**考核**，如果这一点做得完美无缺，就会从中得出**明确**答案，达到这一目的，人就完全放心了。

"你看，这个教义很完善，我们所有的学说体系都比不过它，也根本没有人能达到更远的目标。"

我说："你的话使我想起了希腊人，他们的哲学教育方式肯定是一种与伊斯兰教相似的教育方式，正如他们的悲剧向我们证明的那样，剧中的活动在情节发展过程中也是完完全全建立在矛盾的基础上，一个雄辩的人物能够维护的，另一个人能同样机智地说出与之相反的意见来。"

歌德说："你说得完全正确；而且也会在观众或者读者中间引发疑问，就像我们这样，直到在剧的结尾通过命运与道德衔接，并且维护道德，才得到明确答案的。"

我们吃完饭，歌德带我到下边小花园里，他要在那里和我接着谈下去。

我说："这一点在莱辛身上就很值得注意，在他的理论著作中，例如在《拉奥孔》（*Laokoon*）中，他从不直截了当地冲向结论，总是先带领我们去兜游那条穿越正面意见、反面意见和疑问的哲学之路，然后才让我们得出一个大致明确的答案。我们所看到的更多是思辨和寻找的运作程序，而不是获取适于启发我们自己的思考、让我们自己进行创作的高超见解和伟大真理。"

歌德说："你说得对。据说莱辛自己曾经表示过，假如上帝要给他真理，他会谢绝这份礼物，宁愿自己下功夫去寻找。[1]

"伊斯兰教教徒的那套哲学体系是一个很好用的标准，人们可以用它衡量自己和他人，以便了解自己和他人到底处于思想道德的哪一阶段。

"莱辛天生喜好辩论，他最愿意停留在矛盾和疑问的领域；分辨是他的本领，他高超的理解力对于他进行分辨极其有用。你会发现，我和他完全相反，我总是回避矛盾，总是设法在自己心里调解疑问，只把所找到的结果说出来。"

我问歌德，他认为在近代的哲学家中谁最杰出。

歌德说："康德最杰出，毫无疑问。他也是那么一位哲学家，其学说一直在发生作用，并且已经渗透到我们德国文化的最深层。他对你也是有影响的，尽管你没读过他的作品。现在你用不着再去读他的作品了，因为他能给你的东西，你已经都有了。如果你将来想读一点康德的著作，我向你推荐他的《判断力批判》(*Kritik der Urteilskraft*)。在这部作品中，他对雄辩术的论述很精彩，对文学创作的论述还过得去，但对造型艺术的论述不充分。"

我问歌德："你老人家是否和康德有过个人交往？"[2]

歌德说："没有。康德从来没有注意过我，尽管我出于自己的天性走了一条与他相类似的道路。我在对康德还一无所知的时候就已经写出了《植物的演化》，可是这部著作却完全符合康德的理论。对于主体和客体的区分，以及认为每一造物都是为着自身的目的而存在，诸如黄檗树不是为着让我们用来塞紧瓶子才成长起来之类的看法[3]，我和康德是一致的，我很高兴在这里和他不期而遇了。后来我写了关于实验的理论[4]，可以把它看作是对主体与客体的

---

1 这是莱辛在《答辩》一文中写的话。在对待真理的问题上，莱辛的著名观点是：重要的不在于拥有真理，而在于寻找真理。

2 歌德与康德没有个人之间的交往，但他研究过康德，尤其钻研过康德的《判断力批判》。他曾写过关于康德的文章，如《直观的判断力》(1820)。

3 康德主张严格区别主观与客观，并提出了目的论，即任何事物的存在都有自身的目的。歌德赞成目的论。

4 歌德于1792年写了《实验作为主客体的中介》(*Der Versuch als Vermittler von Objekt und Subjekt*)，该文于1823年正式发表。

批判和主体与客体的中介。

"席勒总是劝我不要研究康德哲学。他常说康德对我不会有什么帮助。但是他自己研究康德却是很勤奋的，我也研究过康德，而且并不是一无所获。"

我们一边谈着一边在花园里走来走去。这期间，乌云越来越厚重，开始下起零星小雨，我们只好回去，在屋子里又继续聊了一会儿。

1827年6月20日，星期三

（歌德赞施特恩贝格，谈拜伦的《该隐》以及策尔特的建筑和音乐才能）

家里人吃饭的餐桌上已经摆好五副餐具，几个房间都是空着的，很凉快，在天气炎热的时候很舒服。我走进餐厅隔壁的那间宽敞的房间，房间里铺着针织地毯，还摆放着朱诺女神的巨型半身雕像。我一个人刚刚来回走了几步，歌德就从他的书房里走过来亲切慈祥地欢迎我，与我打招呼。他在靠近窗户的一把椅子上坐下，然后说："你也搬一把小椅子过来，在别的人到来之前，跟我坐在这里说说话。我很高兴，你在我这里总算是认识了施特恩贝格伯爵 [1]，他已经走了，我现在又完全和往常一样工作和休息了。"

我说："我觉得伯爵不仅人格是一流的，他的学识也很渊博，无论话题涉及什么，他都了如指掌，能既透彻又严谨地谈论一切问题，不费吹灰之力。"

歌德说："是的，他是一个极其重要的人，他在德国的影响面很大，联系也很广泛。作为植物学家，他以自己的著作《古植物学志》闻名整个欧洲；此外，他也是一位极为重要的矿物学家。你了解他的历史吗？"我说："不了解，但是我很想知道一点他的情况。我知道他是伯爵和社交界名人，可同时他又是渊博的学者，我感到疑惑，希望能解决这个问题。"接下来歌德给我讲，这位伯爵青年时怎么被指定当僧侣的，怎么在罗马开始他的大学学业的，

1　施特恩贝格伯爵（Graf Sternberg，1761—1838），曾作为政府官员领导雷根斯堡主教教区，1810年返回故乡波西米亚从事植物研究，发表《古植物学志》，闻名欧洲；1822年在玛丽浴场与歌德相识，从此书信来往密切，1827年6月11日来魏玛拜会歌德。

但是在奥地利取消了某些优惠条件之后，他就去那不勒斯了。歌德就这样往下讲，仔细详尽，引人入胜，而且语重心长，他把这样一个不同寻常的人生讲得好像在修饰他的《漫游时代》，而如此人生，我自觉口拙是复述不出来的。能倾听他讲述，我感到非常幸运，对他由衷地感激。话题转向波希米亚的学校[1]以及这些学校的巨大优点，特别是有关它们周密细致的美学教育。

这时小歌德夫妇和乌尔里克·冯·波格维施小姐也进来了，我们于是在餐桌前就座。大家兴致勃勃、海阔天空地谈起来，几个德国北部城市的假虔诚派[2]信徒尤其是反复谈到的话题。大家指出，这些分离出来的假虔诚派信徒把许多完整的家庭搞得意见不合，支离破碎。我也能够讲一个类似的事例，有一位很优秀的朋友，因为无法使我转而相信他的观点，他差一点离我而去。我说："这个人已经完全沉迷在他的信仰之中，认为一切业绩和一切慈善行为都毫无意义，人只是通过基督的恩惠才与神灵建立起良好关系的。"小歌德的夫人说："我的一位女朋友也对我说过一些类似的话，但我还是不知道所谓的慈善行为和基督的恩惠是怎么一回事。"

歌德说："当今世间流传和谈论的所有这些事情，都不过是一团糨糊。你们中也许没有人知道这团糨糊是从哪儿来的，现在我来告诉你们。所谓善行论是指人可以通过做好事、赠送遗物和进行慈善捐助来清偿罪孽，因而受上帝恩典，使自己得以升入天堂，这是天主教的教义。宗教改革派们则反对和谴责这种教义，他们取而代之的主张是，人唯有自己努力去认识基督的功绩，享受基督的恩惠，结果也就自然会做出善良的行为。就是这样。而如今把一切都搅和在一起，黑白混淆，谁也不知道事情的由来。"

我心里在想，但没有说出来：在宗教事务里，从来就是不同的观点造成人们之间关系破裂，使他们成为敌人的，第一次谋杀不就是由于敬仰上帝的主张不一致而发生的吗？我说，最近几天我读了拜伦的《该隐》，特别欣赏第

---

1 歌德与波希米亚的教育官员有很多来往，通过他们了解了波希米亚的学校教育。1823年歌德还巡视过埃格尔的一所中学。

2 虔诚派是路德宗教会中的一派，它的基本教义是：无须恪守死板的教条，而是要在日常生活中表现出"内心的虔诚"；提倡认真阅读《圣经》，直接聆听上帝的声音。

三幕和对谋杀行为的动机说明。[1]

歌德说:"是的,把动机说明得极其完美!真是佳妙无双,绝世无匹。"

我说:"《该隐》在英国最初是被禁止的,但是现在人人都在阅读《该隐》,外出旅游的英国青年通常都把拜伦的全部作品带在身边。"

歌德说:"这也是愚蠢的,实际上,在《该隐》整部书里不外是英国主教们自己在说教。"

有人报告总管先生来访。他走进来,坐到我们餐桌前。接着歌德的孙子瓦尔特和沃尔夫冈也先后蹦蹦跳跳地跑进来。沃尔夫冈偎依着总管先生。歌德对他说:"把你的宾客留言册拿给总管先生,让他看看你的公主[2],看看施特恩贝格伯爵都给你写了什么。"沃尔夫冈跑上楼,不一会儿就把留言册拿来了。总管观看着公主的肖像和歌德在边上题写的诗句[3]。他继续往下翻阅留言册,看到策尔特的留言,于是大声读道:"要学会听话!"

歌德笑着说:"整本册子里这是唯一一句至理名言。不错,策尔特总是胸怀宏志,精明强干!我现在正和里默尔一起通读他的信笺[4],其中包藏许多无价之宝。尤其他在旅行途中写给我的那些信函都是极有价值的;他从来不缺少重要的判断对象,因为作为有才能的建筑师和音乐家,他有这个便利。他一旦来到一个城市,就有许多建筑物呈现在他的眼前,并且对他述说,它们身上都承载着哪些功绩和疏失。接着各音乐团体马上就会把他吸引到自己中间,让这位大师看到它们的美德和弱点。倘若有人会写速记,能把他与他的音乐弟子们的交谈都记下来的话,我们可能就会拥有一部这种风格中完全独一无二的精品,因为在这些方面策尔特是天才、是伟人,他永远能击中要害。"

1　拜伦的《该隐》写的是《圣经》中该隐杀弟的故事,但重点是对上帝的指责和嘲笑,因而出版后遭到教会人士的反对。

2　"你的公主"是指魏玛公爵的二女儿玛丽(Marie von Sachsen-Weimar)。当时沃尔夫冈只有七岁,玛丽比他大十二岁。玛丽于1827年7月26日与普鲁士亲王卡尔(Prinz Karl von Preußen)结婚。

3　即歌德为玛丽公主肖像写的题词。

4　歌德自1825年开始与里默尔一起收集和编辑他与策尔特的来往信函,1833年至1834年正式出版。

1827年7月5日，星期四

（关于维兰德的墓，题材的真实与诗意，拜伦，《海伦》）

今天傍晚我在公园旁边遇见歌德，他正乘车兜风回来。马车经过时，他向我招手，让我去拜访他。因此，我立刻转身去他家，发现建筑总经理库德赖已经在那里。歌德下车后，我们跟他一起上楼，在那间所谓朱诺室里围在一张圆桌前坐下。我们还没说多少话，总管也进来了，他也加入到我们中间。谈话转向一些政治题目：威灵顿被作为公使派往彼得堡以及可能带来的后果，卡伯底斯特里亚斯[1]，希腊的解放被推迟[2]，土耳其人只保住了君士坦丁堡[3]等等。也谈到了拿破仑统治的早期年代，但所谈尤其多的是关于昂吉安公爵和他的不慎重的革命举动[4]。

接下来谈的是较为平和的事情，其中我们谈论最多的一个话题是维兰德在奥斯曼施塔特的坟墓。建筑总经理库德赖说，他正在忙于用铁栅栏把坟墓围起来的工作。为了让我们对他的意图有一个清楚的概念，他把铁栅栏的式样画在一张纸上给我们看。

总管和库德赖走后，歌德请我在他那里再稍留一会儿。他说："我因为潜心于几千年来的历史，所以当听说雕像和大型纪念碑的时候，总感到惊异。我想到给一位有功劳的人物竖立柱形雕像时，思想里就情不自禁地出现它将被未来的士兵们炸毁和破坏的情景。我猜想库德赖用来围住维兰德坟墓的铁栏杆就是未来的一骑兵队马蹄下闪闪发亮的马蹄铁，而且我还要补充一句，

---

1 卡伯底斯特里亚斯伯爵（Johannes Anton Graf Capodistrias，1776—1831），希腊政治家，歌德于1818年在玛丽浴场与他认识，他于1822年9月和1827年5月两次来魏玛访问歌德。卡伯底斯特里亚斯因反抗土耳其占领长期流亡国外，1827年4月11日被任命为在解放战争中建立起来的独立的希腊共和国的首脑，1831年被谋杀。

2 俄国、英国和法国为了它们各自的利益主张希腊与土耳其妥协，从而结束希腊的解放战争。但由于奥地利执行亲土耳其的政策，这个计划搁浅，一直到1830年，也就是俄土战争（1828—1829）以后，土耳其才正式承认希腊是一个独立的主权国家。

3 俄土战争以后，土耳其保住了君士坦丁堡（现称伊斯坦布尔）。

4 冯·昂吉安公爵（Herzog von Enghien，1772—1804），被推翻的法国王室成员，1803年有意为英国服务，参加反法战争。1804年因据称涉嫌参与谋杀拿破仑被处决。

类似的情况我在法兰克福已经经历过一次。此外，维兰德的墓地距离伊尔姆河太近，河流拐弯时，水流湍急，不断地冲刷河岸，用不到一百年河水就要殃及那些死者。"

我们饶有兴趣地谈论人世间的事情是那么惊人地变化无常，然后又拿起库德赖画的图样，欣赏画者用起英国炭黑笔来得心应手，笔锋刚柔相济，使他的想法完整无损地跃然于纸上。

这就把话题引到素描方面，歌德给我看一幅出自一位意大利大师[1]之手的十分完美的素描，画的是孩童耶稣在圣殿里与教师们在一起。他同时还给我看一幅铜版雕刻，这是根据这幅画制作的，我们看来看去，一致认为素描更好。

歌德说："我那时很幸运，没花多少钱就买到一批很优秀的名家素描。这些素描都是无价之宝，不仅因为它们展现了艺术家的纯精神意图，而且还因为它们让我们直接感受到艺术家在他进行创作的那一瞬间的心情。例如孩童耶稣在圣殿里这幅素描，每一笔都使我们看到艺术家胸中明净清澈、轻松爽朗和无声的坚定情感，我们一观赏它，立刻就会受到这种怡悦心情的感染。此外，造型艺术有一个很大的优点，它的本性是纯客观的，它紧紧地吸引我们，却不强烈地激励我们的感受。一幅这样的作品摆在那里，要么无声无息，要么声震寰宇。一首诗则不然，它给人的印象要模糊得多，所激起的情感也根据听者的性格和能力而各不相同。"

我说："这些日子我读了斯摩莱特那本优秀的英文小说《蓝登传》(*Roderik Random*)[2]，这部作品给人的印象很近似一幅优秀的素描。描述直截了当，丝毫没有多情的倾向，而是把现实生活如实地摆在我们面前，往往足以让人反感和讨厌，但总体上给人的印象始终是愉快的，就是因为它确实是真实的。"

歌德说："我经常听人称赞《蓝登传》，我相信你提到的有关这本书的情况；不过我从来没读过它。你读过约翰逊[3]的《拉塞拉斯》(*Rasselas*)吗？你

---

1 即克雷斯皮 (Giuseppe Maria Crespi, 1665—1747)，意大利画家，属于巴洛克风格画派。

2 斯摩莱特 (Tobias Smollet, 1721—1771)，苏格兰作家，《蓝登传》是一部流浪汉小说。

3 约翰逊 (Samuel Johnson, 1709—1784)，英国著名作家、评论家和诗人，英语词典编纂家，代表作有寓言小说《阿比西尼亚国拉塞拉斯王子传》(1759) 等。

要读一读，然后告诉我你觉得如何。"我答应照办。

我说："我在拜伦勋爵的作品里经常发现，他的描述很贴近真实，给我们提供的全是具体事物，在我们内心引起的情感与一位优秀画家刚刚画的素描引起的情感没什么两样。尤其在《唐璜》里，这样的段落很多。"

歌德说："是的，在这方面拜伦勋爵是位大家；他的描述就是信手拈来、随口就说那么真实，仿佛是在即兴创作。对于《唐璜》我了解不多；但他其他诗歌中的这样一些片段我都记得，特别是在描写大海的作品里，一只船帆时隐时现，真是妙不可言，甚至让人以为也感觉到了嬉水的乐趣。"

我说："我特别欣赏他在《唐璜》里对伦敦这座城市的描述[1]，从那些简单易懂的诗行中人们会以为亲眼看到了这座城市。此外，拜伦丝毫不顾忌一个题材有诗意还是没有诗意，他碰到什么就抓住什么和使用什么，包括理发师窗前卷曲的假发或者给路灯上油的工人。"

歌德说："我们德国的美学家们大谈有诗意的题材和没有诗意的题材，在某种意义上他们也并非全无道理；但从根本上说，只要作家使用得当，真实的题材就**不会**不富有诗意。"

我说："的确是这样！我真希望这个见解能成为普遍的准则。"[2]

然后，我们谈到《福斯卡里父子》，我提出，拜伦描绘的妇女相当出色。

歌德说："他的妇女形象写得很好。不过，这也是留给我们新一代人的唯一容器，让我们把我们的观念装进去。男人们已经没有什么可写的了。荷马在阿喀琉斯和俄底修斯，即那个最勇敢和最机智的人物身上把一切都预先描写了。"

我继续说："此外，由于《福斯卡里父子》里通篇都是严酷刑讯让人有些恐惧，我几乎不能理解，拜伦为了写这部剧本怎么能够如此长时间地生活在这个令人痛苦的题材之中。"

歌德说："这一类做法完全是拜伦的基本特点，他永远自己折磨自己；因此，这样一些题材都是他喜爱的题目，正如你从他的全部作品中所看到的那

---

1 在《唐璜》第十歌有关于伦敦的描述。
2 歌德认为，从根本上讲，题材没有有诗意和没有诗意之分；只要作家处理得当，任何题材都会具有诗意。

样，几乎没有一部作品的主题是轻松愉快的。但是，他对《福斯卡里父子》的描述还是应该称赞，对不对？"

我说："描述得非常好，字字铿锵有力、意味深长、有的放矢，迄今为止我在拜伦的作品里还根本没发现有一行文字是软弱无力的。我总感觉，仿佛看见他正从海浪里走出来，生气勃勃，浑身充满富有创造性的原始自然力。"歌德说："你说得太对了，是这样的。"我继续说："我对拜伦的作品读得越多，就越敬佩他的伟大才能，你在《海伦》中为他竖立了一座不朽的爱情纪念碑[1]，你做得完全正确。"

歌德说："除拜伦外，我不能用任何其他人作为当今这个文学时代的代表，他毫无疑问可以被视为本世纪拥有最伟大才能的人。其次，拜伦既不是古典时代的，也不是浪漫时代的，他就像眼前的日子一样。我需要一个这样的人[2]。而且，他因为具有一种永远不满足的天性和那种导致他在米索隆基[3]丧生的好斗倾向，所以也很合适。写一篇文章来论述拜伦，既麻烦也不可取，但偶尔对他表示一下敬意，让大家在一些方面注意他，这是我今后要继续做的。"

因为谈到了《海伦》，歌德就接着谈了下去。他说："我最初打算写的结局完全是另外的样子，我曾做过各种各样的设想，有一次想的还是相当不错的，但我不想把它透露给你们。随后的时代给我提供了这个拜伦勋爵及其米索隆基事件，我于是把其余的设想都放弃了。但是你注意到没有，在吟咏挽歌时合唱队完全失职；以往它一直保持古典风格，或者说，从不损害它的少女气质，可是在这里它突然严肃起来，沉思内省，说出一些从来不曾想过也

1　在《浮士德》第二部第三章，浮士德与海伦结合生下了欧富良。欧富良这个文学形象，是歌德根据拜伦塑造的，因而也是为拜伦竖立的纪念碑。

2　歌德这里所说的"古典时代"是指古希腊，"浪漫时代"是指欧洲的中世纪，两者结合产生了"现代"。海伦代表古希腊，浮士德代表欧洲中世纪，他们俩结合生下欧富良，欧富良是现代的代表，是拜伦的化身。他不满足于父母构造的"阿尔卡狄亚"，更不愿意长久留在这个和谐平静的理想世界，而是要投身现实生活，直接干预现实生活。于是，他爬到"阿尔卡狄亚山峰"的顶端，看到希腊人正在为取得独立与土耳其人浴血奋战。他按捺不住内心的激情，要与希腊人一起为自由而战。他纵身跳上天空，然后坠地而死。

3　米索隆基是希腊帕特拉斯湾的一个城市，1823年拜伦参加希腊解放战争，1824年4月19日因病死于希腊军中。拜伦的逝世在欧洲引起轰动，更引起歌德的重视，因此把他写入《浮士德》，以示纪念。

不可能去想的事情。"[1]

我说："我当然注意到了这一点；但是，我自从看过鲁本斯带有双重阴影的风景画并且明白了虚构这个概念以来，类似的现象就不会把我搞糊涂了。鉴于因此所达到的那种更高层的美，这样一些小的矛盾可以不必考虑。挽歌是必须要唱的，因为没有其他合唱队在场，也就只能让少女们去唱了。"[2]

歌德笑着说："我倒是很好奇，想知道德国的批评家们对此会说什么，他们是否有足够的自由和胆量对这个问题置之不理。法国人有知解力障碍，他们不会考虑想象是有它自己的规律的，这些规律知解力应付不了，也不应该去应付。如果想象不能产生出让知解力总是感到难以应付的事物来，那么想象根本就没有多大价值了。这就是韵文与散文的区别。在散文里，永远是知解力应付一切，或者可能和应该应付一切。"[3]

听到这句意味深长的话，我很高兴并且把它牢记在心里。这时已近十点，我准备告辞。我们坐着谈话的时候没有点灯，明朗的夏夜从北方将埃特斯山照亮。

1827年7月9日，星期一晚

（19世纪欧洲人对动物的态度，歌德对"限制"的看法）

我看见歌德独自一人在观赏根据施托施小陈列室收藏的石雕制作的石膏

1　在《浮士德》第三幕，海伦始终有由少女组成的合唱队陪同。等到欧富良坠入深渊，并从地下深处发出声音"母亲，我在阴间/别让我孤单！"时，合唱队为欧富良唱了一首挽歌。歌德认为，由少女唱挽歌与她们的身份不大相符。欲读这首挽歌，可参阅绿原译的《浮士德》，《歌德文集》第一卷，人民文学出版社，1999年，第381—382页。

2　希腊戏剧的合唱队是有分工的，男声合唱队唱较为严肃的部分，女声合唱队唱较为轻松的部分。在《浮士德》第三幕，海伦一直由少女组成的合唱队陪同，所以较为严肃的部分也只好由女声合唱队来唱。

3　这段话有两层意思。第一，法国人长于想象，德国人长于知解。所谓"想象力"是凭自己的经验和知识设想各种可能的情境的能力，至于这些情境在现实世界中是否存在或可能存在，并不重要。所谓"知解力"是对经验的事实进行归纳和分析，最后推演出结论的能力，而且这个结论要经得起现实的考验。第二，文学诉诸想象力，一般议论文靠的是知解力。从古代沿袭下来的传统是，文学作品都是用韵文体写成，因此这里的"韵文"（Poesie）泛指文学，用散文体写的作品不被看作是文学，因此"散文"（Prosa）是指非文学作品，特别是议论文。

模型[1]。他说:"柏林方面很热情,把全部收藏品的模型都给我寄来让我过目[2]。这些珍品我绝大部分都看过,但这次我要按照温克尔曼编排的富有教育意义的顺序来观赏,同时也要利用他的描述,遇到自己有疑问的地方就查阅一下他的看法。"

我们没谈多长时间总管就进来了,他坐过来,给我们讲一些公众报刊上的消息,其中讲到一个动物园的饲养员,因为很想吃狮子肉就把一头狮子杀了,然后切下一大块炖上。歌德说:"我觉得奇怪,他怎么没杀一只猴子呢?据说猴子肉非常细嫩,美味可口。"我们谈到这些野兽很可恶,而且品种越是与人相似就越发令人讨厌。[3]总管说:"我不理解,那些王公贵族怎么能容忍在自己附近有这样一些动物,甚至还可能以此为乐。"歌德说:"王公贵族们备受令人讨厌的人烦扰,于是就把更为令人讨厌的动物看作是消除这样一类不愉快印象的手段。我们其他人有理由讨厌猴子和鹦鹉的叫声,因为我们是在这里看见它们的,而这个环境并不是为这些动物建造的。但是,假如我们骑着大象走在棕榈树下,就会发现猴子和鹦鹉在那种环境里很合适,我们甚至都感到赏心悦目。如前面所说,王公贵族们用一些更加讨厌的东西驱除那些讨厌的东西,他们这么做是对的。"我说:"这里我想起一段诗,您自己也许不记得了:

> 假如人要成为野兽,
> 只需引动物入室,
> 厌恶将会减少,因为
> 我们都是亚当的孩子。"[4]

1　冯·施托施男爵(Philipp von Stosch Baron,1691—1757),考古学家、艺术品收藏家,1770年把自己的收藏品交给柏林的王家古代博物馆,馆方以他的名字命名陈列这些收藏品的陈列室。温克尔曼为这些收藏品编排了顺序,莱因哈特(Karl Gottfried Reinhardt)用黄色石膏复制了这些收藏品。

2　1827年3月柏林方面的阿尔弗雷德·尼左拉斯(Alfred Nicolaois)把这些石膏复制品寄给歌德"过目",歌德买下了这些复制品。

3　由此可见,19世纪欧洲人对动物的态度完全不同于当代欧洲人对动物的态度。

4　这是歌德的《谚语集》(1815)中的一则谚语。

歌德笑了。他说："是的，就是这样。一种粗野行为只能通过另一种更加粗野的行为来驱除。我想起早年的一件事，那时在贵族中时而还有一些相当粗里粗气的先生，在一次上流社会的筵席上有一位富有的绅士发表演说，他当着妇人们的面满口污言秽语，使得听他讲话的人都感到不舒服和生气。因为用语言阻止不了他，坐在他对面的一位果敢而体面的先生就选择了另外一种办法，他做了一个有伤风化的粗鲁动作，响声很大，四周的人都很吃惊，连那个粗里粗气的家伙自己都觉得要加以收敛，再也不吭声了。从这一刻开始谈话变得文雅而且轻松愉快，使所有在场的人无不为之高兴，那位先生的果敢和罕见的胆量产生了良好效果，考虑到这一点大家都对他深深感激。"

　　我们听了这段有趣的故事，感到十分惬意，之后总管把话题转到在巴黎反对党与政府部门之间对峙的最新状况，他几乎逐字逐句地背诵了一位极其勇敢的民主党人[1]为了替自己辩护，在法庭上针对部长们发表的言辞激烈的演说[2]。我们有机会又一次领略总管先生出色的记忆力。关于这件事，尤其是限制新闻自由法，歌德和总管翻来覆去谈了许多。这是一个内容丰富的题目，歌德一如既往地表明自己是一个温和的贵族，而那位朋友到目前为止看来是坚定地站在人民一边。

　　歌德说："我丝毫不为法国人担心，他们是站在世界史的高度看问题的，因此他们的思想绝对不会再被压制下去。限制新闻自由法只会产生有益的效果，特别是因为那些限制并不涉及任何实质性的东西，而只是针对一些要人。没有限制的反对会变得平庸乏味。限制要求反对得有丰富的思想，这正是限制的一大优点。直率而粗鲁地说出自己的意见，只有当意见完全正确的时候，才可能是好的和可以原谅的。但是，一个党派正因为它是党派就不会完全正确，所以用婉转的方式比较妥当，在这方面法国人从来就是伟大的榜样。我对我的佣人可以直截了当地说：'汉斯，帮我把靴子脱下来!'这他能理解。可是我要是跟一位朋友在一起，请他为我做这项服务，我就不能这么直接地

1　这位民主党人士是谁，无法考证。

2　1827年6月法国执政当局又恢复了1824年已经废除的限制新闻报道的《报刊法》，这引起了反对党与执政当局的激烈争论。

说了，我必须想出一个悦耳的、客气的词来，感动他来热心帮忙。强制会激发人开动脑筋，如前所说，出于这个原因我甚至觉得限制新闻自由是可喜的。迄今为止法国人一直享有最富有思想的民族的声誉，他们是当之无愧的。我们德国人说话喜欢直截了当，还不太会婉转地表达自己的意见。"

歌德又说："巴黎的许多党派如果再宽容一些，再自由一些，相互做出比现在再多一些让步的话，可能会比现在更强大。他们观察世界历史比英国人站得高，在英国议会中，对峙的力量都很强，它们相互削弱，某一个人的远见卓识想得以贯彻是要费一番力气的，正如我们在坎宁身上所看到的，人们给这样一位伟大的政治家制造了多少烦恼。"

我们站起身想要告辞。但歌德精神很好，我们又继续站着谈了一会儿，然后他才慈祥地放我们离开。我陪总管回家。这是一个美好的夜晚，我们一路上谈了许多歌德，尤其喜欢重复他的那句话：没有限制的反对会变得平庸乏味。

1827年7月15日，星期日

（曼佐尼的拿破仑颂歌，卡莱尔的德国小说，以及穆绍伊斯、富凯等）

我今晚八点以后去歌德家里，看见他刚好从他的花园回来。他说："你看看，那是什么！是一部三卷本的小说，那是谁写的呢？是曼佐尼写的！[1]"我打量这几本书，装帧很漂亮，书上有致歌德的题词。我说："曼佐尼很勤奋。"歌德说："是的，看得出来。"我说："除他的拿破仑颂歌[2]外，我对曼佐尼一无所知。这几天我把颂歌的译本又阅读一遍，十分欣赏，每一段都是一幅画！"歌德说："你说得对，这首颂歌写得很好。可是你发现在德国有一个人谈起它吗？仿佛这首颂歌根本不存在似的，然而，它是这类题目的作品中最优秀的诗篇。"

---

1 曼佐尼的这部小说的德文译名是 *Die Verlobten*，中文译名是《约婚夫妇》（1825—1827）。这是一部历史小说，意大利最重要的浪漫主义作品，歌德于1827年7月读了这部小说。

2 为悼念拿破仑逝世，曼佐尼写了《五月五日》这首颂歌，1822年歌德将其译成德文。

歌德又像我进来时看到的那样继续阅读英文报纸。我拿起一卷卡莱尔翻译的德国小说[1]，而且是包含穆绍伊斯[2]和富凯[3]的那一卷。这位英国人对我们的文学非常熟悉，他总是在所翻译的作品前面加上一篇序言，序言包括作者生平和对作者的评论。我读了他给富凯写的序言，高兴地发现，作者生平写得既有见地又深刻翔实，观察这位备受爱戴的作家的批判态度表明他有很强的理解能力，对其文学功绩有非常平和而宽厚的认识。这位才华横溢的英国人一会儿把富凯与一位歌手的声音比较，虽然这声音的音域不宽，只有几个音，但这几个音的音色好，音调极其优美。然后，为了进一步表达自己的意见，他把教会里的情况拿来做比喻，他说，富凯虽然未能在文学创作的教堂里占据一位大主教或者一位其他第一流神职人员的位置，但是当一名神甫助理还是可以的，这个中等职位与他很相称。

我读完序言的时候，歌德已经回到他后面的房间里。他让佣人来请我过去一下，我跟着去了。歌德说："在我这儿再坐一会儿，咱们再说几句话。索福克勒斯作品的一个译本[4]也已寄到，读起来通顺流畅，看来翻译得很不错；不过，我还是要把这个译本与索尔格的译本做一下比较。现在说一说，你对卡莱尔有什么看法？"我告诉歌德，我读了他关于富凯的介绍和评论。歌德说："真是太棒了！甚至在大海那边也有一些有头脑的人，他们了解我们，懂得尊敬我们。"

歌德继续说："当然，在其他学科里我们德国人也不乏头脑聪颖者，我在《柏林年鉴》（*Berliner Jahrbüchern*）上读过一位历史学家写的关于施洛瑟的评论，文章写得非常好，署名是海因里希·列奥，此人我还没听说过，我们

1　卡莱尔（Thomas Carlyle，1795—1880），苏格兰哲学家和文学史家，他向英国人介绍歌德以及德国文学。从1824年起与歌德保持通信关系，1827年给歌德寄来他自己编选和翻译的《德国小说》（1825）以及自己撰写的《席勒传》。歌德曾著文介绍卡莱尔。

2　穆绍伊斯（Johann Carl Auguste Musäus，1735—1787），有教授头衔的魏玛中学教师，他翻译的《德国人的童话》使他扬名全德国，卡莱尔翻译过他的作品。

3　富凯（Friedrich de la Motte Fouqué，1777—1843），德国浪漫文学作家，1801年和1810年两次到魏玛拜会歌德，毕生敬重歌德。他最主要的作品是《涡堤孩》（1811）。

4　索福克勒斯作品的德文译者是图蒂库姆（Georg Thudichum，1794—1873），他翻译的《索福克勒斯的悲剧》第一卷于1827年出版。

应该去查询一下。¹他站得比法国人高，这一点从历史的角度看是有一定重要性的。法国人过分拘泥于实物，头脑里装不进去精神的东西，而德国人则随便要装多少装多少。关于印度严格的种姓等级制度，列奥有非常精辟的见解。人们总是大谈贵族专制和民主政体，这件事情非常简单：年轻的时候我们一无所有，或者还不懂得珍惜已经拥有的东西，那时我们是民主主义者；但是，在漫长的一生中我们积累了财富，于是不仅希望保住这笔财富，还希望我们的子孙后代也能够安然地享用这份所得。因此，即使我们在年轻时代有过其他的思想倾向，到了老年也永远是贵族的成员，毫无例外。关于这一点列奥讲得很有智慧。

"当然，在美学这一学科里我们的情况看上去最薄弱，要遇上一位像卡莱尔这样的人物还且得等着呢！但是目前，法国人、英国人和德国人之间交往密切，这种情况对于我们互相纠正错误十分有益。这是世界文学所产生的一大好处，而且这种好处会越来越明显。卡莱尔写过席勒的生平²，他对席勒的评价是一个德国人都不容易做到的。反之，我们对莎士比亚和拜伦也了解得很清楚，或许比英国人自己还更懂得评价他们的业绩。"

1827年7月18日，星期三

（评曼佐尼的人格及其作品）

今天吃饭的时候歌德的第一句话就是："我要向你宣布，曼佐尼的小说³胜过全部我们所知的这一类小说。我无须多说，只想告诉你，内在的即全部来自作者心灵的东西，都写得完美无瑕，而外在的即对地理以及诸如此类情况的描绘，也丝毫不比对内在的伟大品质的描绘逊色。这一点不容小视。"我

1　《柏林年鉴》是一份学术性的评论刊物，歌德也是编委之一。柏林大学教授，历史学家列奥（Heinrich Leo，1799—1878）于1827年3月在《柏林年鉴》上发表文章评论施洛瑟（Friedrich Christoph Schlosser，1776—1861）所著的《古代历史及其文化历史概要》一书。

2　卡莱尔的《席勒传》的德译本于1830年出版，歌德为译本作序。

3　指《约婚夫妇》。

感到惊讶，同时也很高兴能听到这番话。歌德接着说："我在阅读的时候有这样的印象，即总是让人从感动到欣赏，从欣赏再到感动，这两大影响你是一个都摆脱不掉的。我以为，这样的效果已经达到极致，不可能更好了。从这部小说更能看出曼佐尼是什么样的人。这里显露了他完整的内心世界，这是他在剧本里没有机会展现的。我打算读完这部小说之后马上读沃尔特·司各特的那部最好的小说，大概叫作《威弗利》（*Waverley*）[1]，这部小说我还没读过，我想看一看，与这位伟大的英国作家比较曼佐尼情况如何。看样子曼佐尼在内心修养方面所达到的高度很难有谁能比得上，这种修养是作为一颗完全成熟的果实让我们享用的。而对于细节的处理和描述就像意大利的天空本身一样清澈明朗。"我问："曼佐尼身上是否也有一些多愁善感的痕迹？"歌德回答说："一点都没有。他有感情，但丝毫不多愁善感；他是以纯粹男性的刚强感受事物的状态的。今天我不想多说了，我还在读第一卷，但你很快就会听到更多的东西。"

1827年7月21日，星期六

（关于悲剧效果；曼佐尼成功的因素）

今晚我去歌德家里，一进屋就看见他正在阅读曼佐尼的小说。他一面把书放在一旁，一面说："我正在读第三卷[2]，有许多新的想法。你知道，亚里士多德[3]说，一部好的悲剧必须能引起**畏惧**。不过，这一点不只适合悲剧，也适合某些其他文学创作。你会在我的《神与舞姬》（*Der Gott und die Bajadere*）[4]里看到，你会在任何一部好的喜剧而且是在错综复杂的情节里看到，你甚至也会在《七个穿制服的女孩儿》（*Sieben Mädchen in Uniform*）[5]里看到，因为我

---

1 《威弗利》是一部取材苏格兰历史的小说。

2 即《约婚夫妇》第三卷。

3 亚里士多德（Aristoteles，公元前384—公元前322），古希腊哲学家、诗学家。他在他的《诗学》第十一章讨论了悲剧所引起的效果，即"畏惧"和"怜惜"。

4 歌德于1797年写的一首叙事谣曲，副标题是《印度传奇》。

5 路易丝·安格丽（Louis Angely，1787—1835）改编的一部滑稽剧，自1825年起经常在魏玛上演。

们永远不可能知道这些乖巧的小姑娘开的这个玩笑会如何终止。这种畏惧有双重性质：可能是害怕，也可能是忧虑。当我们看到一种道德上的弊端向出场人物逼近，并且向他们蔓延开来时，忧虑的感觉就在我们心中油然而生，如同在《亲和力》里那样。而读者或是观众的害怕感觉是在出场人物受到会招致肉体伤害的威胁时产生的，例如《两个在橹舰上划桨的苦力》（*Galeerensklaven*）[1] 和《魔弹射手》（*Freischütz*）[2] 里那样；不过在狼壑[3] 那一场就不只是停留在让人害怕的程度了，而是把所有看到这场景的观众都彻底吓坏了。

"曼佐尼利用了这种害怕的感觉，而且用得极其成功，他把害怕化为感动，再通过感动引导我们去欣赏。害怕的感觉属于物质那一类，每一个读者都会产生这种感觉；而欣赏则来自于作者在各种情况下其言谈举止是何等优异的认识，这种感受只有内行人才能获得。你对这种美学有什么看法？ 如果我再年轻一点的话，我就根据这个理论写一点东西，即使作品没有像曼佐尼这部作品这样的规模。

"我现在真的很想知道《环球》杂志的先生们会对这部小说有什么看法；他们有足够的才智认识这部作品的卓越之处，作品的整个倾向也正中这些自由党人的下怀，尽管曼佐尼的态度是很温和的。不过，法国人很少像我们这样怀着纯粹的爱好接受一部作品；他们不愿意迁就作者的立场，即使最好的作品，他们也总能轻而易举地从中找出一些不合他们心意的东西，并且认为作者应该写成另外的样子。"

接着，歌德给我讲了小说里的几段，目的是把这几段作为样品，让我了解小说是用什么样的思想写成的。歌德继续说："主要有**四件**事有助于曼佐尼的作品获得巨大的优异成就。首先，他是一位杰出的历史学家[4]，因而他的文学著作非常庄重和精练，远远超出通常人们对小说的一切设想。其次，信仰天主教对他很有利，起源于天主教的许多有文学意味的情况，他若是一个新

1　配乐诗朗诵，从1824年起在魏玛偶有演出机会。作者的笔名是黑尔（Theodor Hell），真名是温克勒（Theodor Winkler，1775—1856）。

2　德国作曲家韦伯的歌剧，从1822年起列入魏玛剧院的演出计划。

3　《自由射手》第二幕的一个情节。

4　曼佐尼的小说《约婚夫妇》取材于17世纪意大利米兰的历史。

教教徒的话，就不可能了解到。第三件使他的作品受益的事是，作者经受过许多革命的磨难[1]，即使他本人没有卷进去，他的朋友们卷进去了，其中一部分人被彻底毁掉。至于第四件对这部小说有益的事就是，这部小说的故事情节发生在风景优美的科莫湖一带，作者从青年时代起对这一带的印象就已经铭刻在心里，也就是说，他对这一带的情况，里里外外了如指掌。因此，这部作品的一大主要功绩，即对于地理情况的了然于物和令人叹服的详细描绘，也是来源于这里。"

1827年7月23日，星期一

（作为历史学家的曼佐尼）

今晚八点左右我去看望歌德，听说他还没有从花园里回来。我于是朝着他那边走去，发现他在公园里菩提树下阴凉处的一条长凳上坐着，一旁是他的孙子沃尔夫冈。

歌德看到我走近好像很高兴，示意让我坐到他边上。我们刚刚说完见面时那几句简单的客套话，话题就又转向了曼佐尼。

歌德开始说："不久前我还对你说，在这部小说里似乎是我们的文学家得益于历史学家[2]，可是现在在第三卷里我发现，历史学家跟文学家开了一个恶意玩笑，曼佐尼先生突然脱下文学家的外衣，相当一段时间他都是作为赤裸裸的历史学家出现的。而且这种情况是发生在描写战争、饥荒和瘟疫的时候；战争、饥荒和瘟疫本身就已经令人厌恶，现在由于描写得像大事记一般枯燥乏味、繁杂琐碎，更使这一切变得难以忍受。[3]德国的译者必须设法避免这个

---

1 拿破仑战争期间，意大利有些地方被法军占领，为反抗异族侵略，意大利人民奋起战斗，曼佐尼本人没有直接参加斗争，但同情和支持这场斗争。

2 在1827年7月21日的谈话中，歌德说曼佐尼的《约婚夫妇》所以获得巨大成功，首要的原因是"他是一位杰出的历史学家"。

3 《约婚夫妇》里描写的是拿破仑战争、饥荒和1630年米兰暴发瘟疫的那个时期的历史，而且把历史事实写得十分详细。很显然，歌德不赞成在文学作品里如此详细地描写历史。

错误，必须把对战争和饥荒的描写砍掉一大部分，把对瘟疫的描写砍掉三分之二，只留下能把出场人物紧密编排起来所必需的部分。要是曼佐尼有一位朋友帮他出主意，他可能很容易就避免了这个错误。但是，他作为历史学家太尊重事实了。这一点已经在他的戏剧作品里招惹了麻烦，他只好把多余的、历史性的材料作为注释附在后面。然而，在这部小说里他却是如此束手无策，割舍不开历史的储存。这就很奇怪了。然而，一旦小说里的人物重新登场，他就又是一位光彩照人的作家，我们不得不又习惯性地表示赞赏。"

我们站起身，迈开脚步往家里走。

歌德接着说："人们几乎不能理解，像曼佐尼这样一位擅长把作品的结构编排得十分令人佩服的作家，怎么会在文学上有缺失的瞬间。其实事情很简单，情况是这样的：

"曼佐尼像席勒一样，生来就是一位诗人。但是，我们的时代不济，作家在他生活的人文环境中再也遇不到可使用的自然了。为了在思想和精神方面提高自己，席勒抓了两件大事：哲学和历史；曼佐尼只抓了历史一件。席勒的《华伦斯坦》是一部伟大的著作，在它这一风格的作品中再没有出现过与之类似的作品。然而你会发现，正是历史和哲学这两大得力助手给这部作品在若干部分设置了障碍，妨碍了它在纯文学意义上获得成功。同样，曼佐尼是吃了过分重视历史的苦头。"[1]

我说："我很幸运能聆听你老人家谈这样的大事。"歌德说："曼佐尼帮助我们获得一些好的想法。"他正想继续把他的看法说下去，这时总管从他家花园的小门朝我们走来，打断了我们的谈话。我们欢迎他和我们一起走。我们陪歌德沿着狭窄的楼梯上楼，穿过摆放半身雕像的房间，来到那间长方形大厅。大厅的窗帘已经垂下，窗前的桌子上点着两支蜡烛。我们围在桌旁坐下，然后歌德和总管商谈一些别的事情。

---

1 歌德认为，文学与自然是不能分割的。但近代社会的特点是自然缺失。因此，像席勒和曼佐尼这样的作家就只能靠哲学和历史或者单靠历史来提高自己。

1827年9月24日，星期三

（歌德批当下的病态文学；埃特斯山上郊游野餐）

跟歌德一起去贝尔卡[1]。刚过八点我们就乘车出发了；清晨天气晴朗。马路开始向着上坡延伸，因为自然界里没有什么可看的，歌德就又谈起文学方面的事情来。前几天，有一位著名的德国作家游览了魏玛[2]，并且把他的一本宾客题词纪念册给了歌德。歌德说："你想象不出，里面都写了些什么不堪一击的废话。作家们都在写作，可他们像生了病似的，仿佛整个世界就是一座野战医院。他们说的全是人间的痛苦和不幸，以及彼岸的欢乐，他们自己已经不满，还去煽动别人陷入更大的不满情绪之中。这纯粹是滥用文学，因为文学本是为调解生活中的小纠纷，让人满意世界和满意自己的境况而存在的。可是现在这一代人，他们害怕一切真正的力量，只有虚弱乏力才感觉舒服和富有诗意。"

歌德继续说："为了气一气这些先生，我找到了一个很合适的词，我要把他们的文学称作'野战医院文学'。相反，真正的提尔泰乌斯式[3]的文学是那种不仅高唱战斗歌曲，而且还用勇气武装人，使人能经受住生活考验的文学。"

我完全赞同歌德的话。

我们坐在车子里，脚旁边有一只用灯芯草编的带着两个把柄的篮子，这引起了我的注意。歌德说："这个篮子是我从玛丽浴场带回来的，像这样的篮子那里各种型号的都有，我已经养成了习惯，每次出去旅行都非得把它带在身边不可。你看，这只篮子空着的时候，它就自动合拢起来，不占多大地方。

1　1827年爱克曼陪歌德去乡下郊游，他们到了三个地方：埃特斯山、耶拿和贝尔卡。贝尔卡是位于魏玛西南伊尔姆河畔一处小温泉的所在地。

2　这位著名的作家是米勒（Wilhelm Müller，1794—1827）。他的诗《美丽的女磨坊主》和《冬之旅》由舒伯特（Franz Schubert，1797—1828）谱成歌曲。他曾多次来魏玛拜访歌德，1827年9月21日又来魏玛，但离开几天之后就因中风不幸逝世。

3　提尔泰乌斯（Tyrtaios），公元前7世纪的希腊诗人，以写战歌著称。他的诗与第二次迈锡尼战争密切相关，歌颂祖国是最突出的主题，号召斯巴达人要不惜一切牺牲，与敌人战斗。据说，斯巴达人是唱着他写的歌奋勇杀敌的。

要是装上东西，它就自动向四周扩大，能装进的东西比我们想象的要多。它松软，能折叠，同时结实耐用，可以用它提分量最重的东西。"

我说："这只篮子看上去美丽如画，几乎是古色古香的。"歌德说："你说对了，它与古代艺术相近，不仅制作十分合理和实用，外形也极其简朴，讨人喜欢，因此我们可以说：它达到了完美的顶点。我在波希米亚山区进行矿物考察[1]的时候，这只篮子对我特别有用。现在它里面装着我们的早点。要是也带来一把小锤子的话，我今天不会没有机会不时地凿下几块小石头来，把它们装在篮子里带回去。"

我们来到高处，向一片丘陵眺望，贝尔卡就位于丘陵的后面。再略微向左看去，是那条通向黑茨堡[2]的山谷，伊尔姆河的对岸有一座山，山的背阴面朝向我们，因为伊尔姆河谷里雾气弥漫，我眼前呈现出一片蓝色。我用望远镜向那边看去，这片蓝色明显地减少了。我于是对歌德解释说："这就可以看出，在看纯客观的颜色时主观也是起着很大作用的。一只视力弱的眼睛会使浑浊加重；相反，一只视力敏锐的眼睛会把浑浊驱除，起码会使浑浊减弱。"

歌德说："你的解释完全正确，用一台好的望远镜你甚至能使最远处从山上的蓝色消失。是的，在观察所有现象的时候，主观都是比人们想象的更重要。连维兰德都深知这一点，因为通常他总是喜欢说：只有那些懂得玩的人，我们才能使他们玩得开心。"这句话很风趣，我们都笑了。

此间，我们已经乘车沿着小山谷下来了，这里有一条马路跨过一座木制的、带有顶棚的小桥，桥下是流向黑茨堡的雨水冲积出的河床，现在河床已经干涸。筑路工人正忙着在桥的两侧堆上一些从红砂岩上凿下的石头，这吸引了歌德的注意力。在桥前面大约一掷远开外的地方，马路渐渐向山坡上延伸，这座山坡将把游人与贝尔卡分开，这时歌德让车子停下来。他说："我们在这里下车休息一会儿，看看这顿在露天里的简单早餐是不是合我们的胃口。"我们下了车，向四处张望着。佣人把台布铺在通常安放在公路边上的一

1　歌德常常利用在波希米亚的卡尔浴场和玛丽浴场疗养的时间到波希米亚的山里进行地质考察和矿物研究。

2　黑茨堡是魏玛与贝尔卡之间的一个小村庄。

个四方形石墩儿上，从车子里取来那只用灯芯草编的篮子，把篮子里新烘烤的小面包、炸山鹑肉和酸黄瓜摆在台布上。歌德切开山鹑，分给我一半。我站着，一边吃一边走来走去，歌德则坐在一个石墩儿的一角上。我想，石头是凉的，上面还挂着夜里的露水，这对他肯定不好，于是说出了我的忧虑。但歌德保证，说这对他绝对没有损害，这让我感到放心，并且把这一点看作是一个新的征兆，说明他在内心里感觉自己是多么的健壮啊。这时佣人从车里取来一瓶葡萄酒，给我们每人斟上。歌德说："我们的朋友许策每周都要到乡下去一次，不是没有道理的；我们要学习他的榜样，只要天气能大体保持现在这样，那么这次的郊游也就不应该是最后一次。"我很高兴歌德做这样的承诺。

随后，我和歌德一起一部分是在贝尔卡、一部分是在汤多尔夫[1]度过了这非常值得记忆的一天。他丰富的才智永远倾诉不完，他对当时正开始认真写作的《浮士德》第二部[2]表达了许多想法，而在我的日记里只记下了这个开始，这就使我更加感到遗憾。

1　汤多尔夫是魏玛附近的一个村庄。
2　歌德于1826年写完《浮士德》第二部第三幕，即海伦的悲剧以后，接着写第一幕，1827年写完，1828年出版。1830年写完第二幕以及《古典的瓦尔普吉斯之夜》，接着写第五幕，并于1831年5月写完。最后剩下的是第四幕，这一幕于1831年8月28日他的生日之前写完。

第二部分

（1828—1832 年）

━ 1828年 ━

1828年6月15日，星期日

（听蒂罗尔人唱歌，卡尔·奥古斯特大公辞世）

我们在桌旁坐下不久，有人报告赛德尔[1]先生带着几个蒂罗尔[2]人到了。歌手们被安置在花园的休闲室里，这样我们通过敞开的门可以很清楚地看见他们，从这样的距离听他们歌唱也很合适。赛德尔先生走到桌旁和我们坐在一起。我们年轻人都爱听性情开朗的蒂罗尔人唱歌，喜欢他们的约德尔唱法[3]。我和乌尔里克小姐特别喜欢《花束》（*Strauß*）和《亲爱的，你是我的心上人》（*Du, du liegst mir im Herzen*），要求把这两首歌的歌词给我们一份。歌德本人看上去完全不像我们其他人这样着迷。他说："要想知道樱桃和浆果的味道，应该去问小孩子和麻雀。"[4]歌手们唱歌期间，还穿插表演各种民族舞蹈，由几台平放着的齐特琴一类的乐器和一支声音响亮的横笛伴奏。

有人把小歌德叫了出去，不一会儿他又回来了。他去歌手们那里告诉他们可以离开了，然后又回到桌旁和我们坐在一起。我们谈到《奥伯龙》（*Oberon*）[5]，为了看这部歌剧许多人从四面八方赶来，中午就已经买不到门票

1　赛德尔（Max Johann Seidel，1795—1855），蒂罗尔人，从1822年起任魏玛剧院演员。

2　蒂罗尔是奥地利的一个州。

3　阿尔卑斯山地区（蒂罗尔也属于这个地区）的一种民间唱法。

4　1815年出版的歌德诗集中《谚语》一篇的诗句。

5　《奥伯龙》是韦伯的歌剧，1828年6月15日在魏玛第五次演出。

了。小歌德宣告午餐结束。他说："亲爱的父亲，我们退席吧！各位先生和女士也许希望早一点去剧院。"因为还不到四点就这么着急，歌德好像很奇怪，不过他还是随和地站了起来。我们大家分散到各个房间里。赛德尔先生走到我和其他几个人跟前，面带哀伤，低声地说："你们去看戏的兴致落空了，今天没有演出，**大公去世了！**[1]他是在从柏林回来的路上死的。"大家无不惊愕失色。歌德走进来，我们装作什么事都没发生的样子，说一些无关紧要的事情。歌德和我一起走到窗前，谈起蒂罗尔的歌手们和剧院来。他说："你今天就坐在我的包厢里吧，到六点之前你还有时间，让其他人去好了，你留在我这里，我们再闲聊一会儿。"小歌德想把总管刚才送来的消息在他回来之前告诉父亲，因此才试图把大家赶快送走。歌德不能理解儿子这种莫名其妙的匆忙和紧迫，对此很反感。他说："你们就不想喝过咖啡再走？现在还不到四点哩！"这时其余的人都走了，我也拿起我的帽子。歌德说："怎么，你也要走？"他惊讶地看着我。小歌德说："是的，爱克曼在看戏之前也有一点别的事情。"我说："是的，我还有事。"歌德疑惑不解地摇着头说："那就走吧，不过我不理解你们。"

我们和乌尔里克小姐来到楼上的房间，小歌德留在下面，他想把那则不幸的消息告诉父亲。

当天很晚的时候我去看歌德，刚一进他的房间，就听见他一边抽泣，一边大声地自言自语。他好像感觉到他的人生被撕开了一个不可弥合的缺口。谁来安慰，他都一律拒绝，什么劝解也不听。他说："我曾经想，我要走在他的**前面**；然而，上帝总是按照他认为适当的方式行事，我们可怜的芸芸众生没有别的办法，只要还可能，还能坚持住，就得挺起胸膛承受着。"

噩耗使在威廉斯塔尔避暑的大公太夫人[2]和在俄国的亲王夫妇[3]悲痛不已。为了避开让人每天伤心难过的印记，到一个新的环境里做一点新鲜的事

1　魏玛大公卡尔·奥古斯特于1828年6月14日从柏林返回魏玛，在离魏玛不远的地方，突然逝世。

2　即路易斯·奥古斯特。

3　即卡尔·奥古斯特的长子卡尔·弗里德里希和其夫人玛丽亚·保罗夫娜。

情来恢复精神，歌德不久便去了多恩堡。[1]法国人的著作[2]对他意义重大，受其深深触动和启发，他重新投身到植物学的研究中。[3]他住在乡下，走进郊野的每一步，周围都是茂密的植物，青藤缠绕，鲜花吐艳，这对他从事研究十分有益。

我陪他的儿媳和孙儿去那里看过他几次。他看上去很顺心如意，对自己的状况和那座宫殿以及花园的优越地理位置赞不绝口。是的，从这样的高处临窗向下俯瞰，景色秀美动人。下面是草木丛生的河谷，萨勒河蜿蜒地从原野流过。对面朝东是长满树木的小山丘，掠过小山丘向远处望去，你会觉得，这个位置对于白天观察那飘过来随即又在远方消失的雨云、夜间观察东方星罗棋布和旭日初升特别有利。

歌德说："我在这里尽享美好的日日夜夜。我常常在破晓的时候醒来，躺在敞开着的窗前，欣赏这时三星[4]齐照的壮丽景观，朝霞越来越明亮的光辉使我身心清爽。然后，我几乎整天都待在户外，同葡萄茎蔓进行心灵对话[5]，它们对我述说许多好的想法，这样我就可以把一些奇妙的事物告诉你们。我又在写诗，写得还不错，如果允许的话，我愿意就在这种状态中继续生活下去。"

1828年9月11日，星期四

（修改新版《漫游时代》；席勒的伟大品格）

今天天气分外晴朗，两点歌德从多恩堡归来。他精神焕发，被太阳晒得

1　自1824年起多恩堡归魏玛宫廷所有，1776年以来歌德一直喜欢到那里去居住。卡尔·奥古斯特大公去世后，歌德于1828年7月7日至9月11日住在那里，主要从事植物学、地质学和气象学的研究。

2　例如法国植物学家康多尔（Augustin-Pyrame de Candolle，1778—1841）著的《植物形态学》（1827）。

3　在多恩堡期间，歌德撰写了论文《植物的演化》。

4　火星、木星和金星。

5　1828年，克希特（Johann Samuel Kecht）的《花园里的葡萄藤》出版，歌德受其作品启发写了论文《论葡萄藤》。

黢黑。没过一会儿我们便开始吃饭，而且是坐在直接邻接花园的那个房间里，房门都敞开着。歌德讲了一些客人的来访和收到的礼物，其间还不时地加上点轻松的笑话，好像挺开心的样子。但细看上去，就会看出他有些拘谨，像每一个又回到旧日环境里的人一样，这里的各种人际关系、顾忌和要求等注定他会有这种感受。

我们正在吃头几道菜，就收到大公太夫人的一封信，信中对歌德归来表示高兴，并且告知，她想要在下星期二前来拜访。[1]

自从大公去世以来，歌德没有见过大公家中任何人。但他与大公太夫人一直有通信往来[2]，对于所遭受的损失肯定说得够多了。然而现在，他们又要亲自见面了，到时候双方都难免会有几阵悲酸涌上心头，因此事先就感到有些畏惧。也是由于同样的原因，歌德还没见过年轻的宫廷主人，还没有对这位新当权者去呈献忠心。这就是歌德所面临的一切，即使他作为经验丰富的大社交家绝不可能受制于这一切，那么，他作为一个有才能的人，一个一向想凭借自己的天生志向和职业活动度过一生的人，这一切确实让他为难。

此外，各方宾客都急着要来访。在柏林召开的著名科学家大会[3]把许多重要人士都动员起来了，那些绕道魏玛的人，有些已经通知他们要到这里来。长达数星期的干扰，使人心神不安，生活脱离常轨，而且与这样一些如此尊贵的客人交往还可能带来种种麻烦；歌德在一踏进门槛，又穿过他的那些房间时，肯定已经预感到这一切是多么恐怖了。

但是，不管面前的这些事情如何使人厌烦，有一件事我不能略过。将《漫游时代》也包括在内的《歌德文集》第五卷，必须在圣诞节时送交复印。这部小说以前是以单卷本出版的，之后歌德开始全部改写，把原有内容和这么多新内容融合在一起，新版作品就得以三卷本面世。[4]为此虽然已经做了不

---

1 大公太夫人每星期二来拜访歌德。

2 大公卡尔·奥古斯特死后，歌德写给大公太夫人的第一封信的日期是1828年7月28日，大公太夫人写给歌德的信的日期是1828年8月4日。

3 著名科学家大会由亚历山大·冯·洪堡主持召开，地点在柏林，1828年9月18日开幕时向歌德表示了敬意。

4 歌德对1821年已经完成的《威廉·迈斯特的漫游时代》又进行了修改，于1829年出版。

少工作，但还有许多事要做。手稿上到处是空白点，需要填补。不是这里的引子缺点什么，就是那里需要有一个合适的过渡，以便使读者感觉不出这是一部集体之作。[1] 这里都是一些非常重要的断片，有的缺头，有的缺尾，为了使这部巨著既可以读懂又能引人入胜，所有三卷都还需要进行大量修改工作。

歌德去年春天就把手稿交给我通读了。我们当时对这份重要稿件或是口头或是书面多方切磋琢磨。我劝他把整个夏天都用来完成这部作品，在完成这部作品之前将其他工作一律放下。他也深信这是必要的并且下定决心这么做。然而，大公逝世给歌德的整个生活撕开一条巨大缺口，他再也不可能进行那种要求心情开朗、心境平和的艺术构思了，只是希望看到自己能坚持得住，并且重新振作起来。

但现在秋天已经开始，他才从多恩堡回来，当他重又踏进魏玛宅邸的房间时，要写完《漫游时代》的想法也肯定会跃然于心头。他仅仅还有几个月的时间，期限很短了，况且这与他面临的种种干扰是冲突的，妨碍他静心地、从容不迫地将自己的才能发挥出来。

归纳上述一切，当我说歌德尽管在饭桌上开些轻松愉快的玩笑，但一种深层的局促不安还是显而易见时，人们就会明白我的意思了。

但是，我之所以要提及这些情况，还有另外一个原因，与歌德的一次谈话有关。我觉得那次谈话很值得注意，说出了他现在的状况和他特有的气质。现在我想谈一谈。

奥斯纳布吕克的阿贝肯[2]教授在8月28日的前几天给我寄来一个小包裹，请我在适当的时候将它交给歌德祝贺他的生日。还说这是一件与席勒有关的纪念品，肯定会使他高兴。

当歌德今天在饭桌上说起给他寄到多恩堡的各式各样生日礼物时，我问他，阿贝肯的包裹里装的是什么。

---

1 从爱克曼的角度，可以把《漫游时代》看作一部"集体之作"，因为他本人参加了修改工作。

2 伯恩哈德·阿贝肯（Bernhard Rudolf Abeken，1780—1866），从1802年起担任席勒的两个儿子的家庭教师，在此期间与歌德相识。从1815年起任奥斯纳布吕克中学的校长，头衔是教授。他的夫人克里斯蒂娜（Christine Abeken）是席勒夫人的亲戚。

歌德说："这是一个不同寻常的邮件，给我带来了极大快慰。一位热情好客的夫人[1]曾经请席勒到家中喝茶，她出于礼貌，将席勒说的话都记了下来。她对一切都理解得很好，复述准确，过了这么长时间读起来仍然兴味不减，因为它把你直接带回已经逝去的其他上千个这样重要的情境之中，而这一个情境很幸运，被栩栩如生地固定在纸上了。

"这里看得出，席勒一如既往绝对具有崇高的气质，他在茶桌旁的那副雄才大略的样子，当初若是坐在国会里也会是这样的。没有什么能为难他，能约束他，能牵制住他飞翔的思绪。他总是将自己的真知灼见毫不拘束地、无所顾忌地说出来。这是一个真正的人，人就应该这样！相反，我们其他人总感觉受限制，我们周围的人和物都在影响我们。茶匙如果是金的，我们就感到不好意思，因为它本应该是银的。所以，我们是在上千个顾虑中举步维艰，不能将我们本性中那些可能是伟大的东西自由地发挥出来。我们是客体的奴隶，显现的是微不足道还是举足轻重，就要看客体是束缚我们，还是给我们自由发展的空间。"[2]

歌德不再说下去了，我们又谈了一些别的。而我心里却在思索着这些惊世骇俗的话，这些话也深深地触动了我，道出了我的肺腑之言。

1828年10月1日［？］，星期三

（谈自然科学研究和亚里士多德对自然的观察）

今天克雷菲尔德的赫宁豪斯先生[3]在歌德家中吃饭。赫宁豪斯先生是一家大商行的老板，同时也是自然科学，特别是矿物学爱好者，通过大量旅行和

---

1 这位"热情好客的夫人"就是阿贝肯的夫人克里斯蒂娜，她与席勒的谈话是在1801年，后收入由卡罗莉娜·沃尔措根编的《席勒生平》（1830）中。

2 歌德认为，席勒与一般人的不同之处在于，他能让自己的思绪不受任何约束，自由飞翔，能无所顾忌地表达自己的思想。也就是说，他思索问题、表达思想时，不考虑周围的人和客观环境。正是这一点，一般人难以做到，因为他们总是摆脱不了周围的人和事物的牵制。

3 赫宁豪斯（Friedrich Wilhelm Hoenninghaus），商人，对矿物学很有兴趣，而且是火成论者，这与歌德的观点正好相反。

专业考察获取了广博的知识。他是从柏林开完科学家大会回来的，谈了一些会上的事情，尤其是有关矿物学的问题。

他们也谈到了火成论学者，谈到了人是以怎样的方式方法获取对于自然的看法和假想的，其间提到了一些大博物学家，也提到了亚里士多德。关于亚里士多德歌德说了如下的话：

"亚里士多德对于自然的观察比任何一个现代的人都仔细，但是他评论做得太快。要想向大自然索取一点什么，我们必须慢慢地、宽容地对待它。

"我在研究自然科学题目的时候，每逢有了一个想法，我不要求自然立刻认同我；相反，我会通过观察和实验检查这个想法，倘若自然愿意善待我，有时还证实一下我的观点，我就满意了。如果自然不这样做，它可能会引导我从另外的视角进行观察，也许它更愿意证实我的这个观察。"

1828年10月3日，星期五

（富凯、司各特及其《帕斯的美女》）

今天中午吃饭的时候，我与歌德谈起富凯的《瓦尔特堡歌手之战》（*Sängerkrieg auf der Wartburg*）[1]，我是遵照他的愿望读了这本书的。我们一致认为，这位作家毕生从事古代德国的研究，但他直到最后也没有从中获得文化修养。

歌德说："我们能从古代德国的黑暗时代获得的东西同从塞尔维亚歌体诗和类似的未开化民族的诗歌中获得的一样少。我们读这些作品，感一阵子兴趣，然后就扔到一边，把它忘在脑后。人经受的激情和遭遇已经足以使他心灰意冷，没有必要再去经受那个愚昧的远古时代的黑暗了。人需要明朗和欢

---

1 富凯作为一位浪漫作家，对于欧洲中世纪有浓厚兴趣，他的作品写的大都是骑士世界、古代传说和神话故事。歌德不赞同他的创作方向，但他毕生十分崇敬歌德。1828年5月29日他把他的《瓦尔特堡歌手之战》（1828）寄给歌德，爱克曼于1828年9月30日写过一篇文章评论这部作品，但没有发表。

快，因此丞须转向艺术和文学的时期，在这些时期里优秀的人将获得完美教养，从而不仅他们自己受益，他们还能够将自己享受到的文明的欢乐再传达给其他的人。[1]

"但是，如果你想对富凯有一个好的看法，就读一读他的《涡堤孩》（*Undine*）[2]吧，真的好极了。当然素材很好，还不能说作者把其中一切都挖掘出来了。不过《涡堤孩》确实不错，你会喜欢的。"

我说："读当代的德国文学对我并不合适。我是读了伏尔泰才去读埃贡·埃伯特[3]的诗歌的，而最初了解伏尔泰是通过他写给一些人的小诗，那些小诗肯定是他所写诗歌中最优秀的。我现在读富凯，情况也不会更好。等我深入钻研了沃尔特·司各特的《帕斯的美女》（*Fair Maid of Perth*）——这同样是我所读的这位伟大作家的第一部作品——之后，使我感到有必要拿它做一下比较，然后再去读《瓦尔特堡歌手之战》。"

歌德说："与这样一些伟大的外国人相比，现代德国人当然是经不起检查的。但是你渐渐地把所有国内和国外的作品都熟悉了，这是好事，以便看一看，一个作家所需要的对于世界的高水平认识究竟去何处索取。"

冯·歌德夫人走进来，坐到我们桌旁。

歌德高兴地说："对吧，沃尔特·司各特的《帕斯的美女》确实很好！真下了功夫！出手不凡！总体上结构牢靠，细节上没有一笔无的放矢之处。对话和描述很细腻，纤悉无遗！两项都十分出色。场景和情境跟特尼尔斯[4]的绘画一样，整个布局显示出很高的艺术水准，具体人物惟妙惟肖，通篇叙述直至最微小部分都充满艺术家的挚爱之情，没有一笔是多余的。你现在已经读到什么地方了？"

1　像启蒙运动以来的大多数知识分子一样，歌德不赞成颂扬德国的古代（也就是中世纪），这与浪漫派作家的看法正好相反。

2　《涡堤孩》是一部中篇小说，写的是水妖与骑士相恋的故事，是富凯作品中最好的一部。

3　埃伯特（Karl Egon von Ebert，1801—1882），波希米亚作家、英雄诗诗人。

4　特尼尔斯（David Teniers，1610—1690），尼德兰画家。

我说："我已经读到亨利·史密斯[1]带着那个弹齐特琴的漂亮女孩[2]穿过大街，绕着弯路回家去的那一段；让他生气的是，路上遇到了制帽工人普罗德夫特和药剂师德维宁。"[3]

歌德说："呵，这一段很好。那位具有反抗精神的诚实的兵器制造匠除把那个形迹可疑的姑娘放到了马背上外，最后甚至把那只小狗也放了上去。这是只有在小说里才会出现的最精彩的情节之一，它证明作者洞察到了人的本性的最深层的奥秘。"

我说："沃尔特·司各特安排女主人公的父亲是一个做手套的工人，通过毛皮生意早就开始与山地人有来往，至今仍保持联系，这一手法极其成功，我也很欣赏。"

歌德说："是的，这一情节极为高明，为全书营造出最有利的人际环境和生活状态，使两者同时获得一种物质基础，这样它们自身就是令人信服的真实。在沃尔特·司各特的作品中你总会发现，他的描述准确而透彻，这得益于他通过毕生的学习和观察，以及日复一日对于那些最重要的情况进行详细讨论而获得的对于现实世界的广博认识。再加上他的巨大才能和全部气质！你记得那位英国的评论家吗？[4]他把诗人比作歌者，一些人只能运用好很少几个音，而另外一些人则完全掌握从最低音到最高音的整个音域。沃尔特·司各特属于后面这一种。你在《帕斯的美女》里会发现，没有一处软弱乏力，让你感觉他的知识和才能不够用。他能胜任处理各个方面的素材，国王、亲王、王子、神职人员的首领、贵族、地方行政长官、市民和手工业者，还有山地人，他都能同样有把握地描绘他们，并且描绘得同样惟妙惟肖。"

冯·歌德夫人说："英国人特别喜欢亨利·史密斯的性格，沃尔特·司各特似乎也把他写成了书中的英雄。不过他可当不了我的宠儿，我喜欢王子。"

1　亨利·史密斯是《帕斯的美女》中的男主人公，一位制造兵器的铁匠。

2　《帕斯的美女》中的女主人公凯瑟琳。

3　司各特的小说《帕斯的美女》第十二章。

4　即为席勒写传记的卡莱尔。

我说:"王子尽管放荡不羁,但还是很可爱的,而且对他的描绘和对任何其他人一样完美无瑕。"

歌德说:"亨利·史密斯骑在马背上,让那个漂亮的弹齐特琴的姑娘踩着他的脚,再把她举高来吻她,这是最放肆的英式风格的特征。但如果你们妇女老是袒护一方,那是不正确的。通常你们读一本书,为的是从书中给自己的心灵寻找营养,找出一位你们爱慕的英雄。其实我们是不应该这样读书的,关键不在于你们喜欢这个还是那个人**物**,而是你们要喜欢这本**书**。"

冯·歌德夫人俯过桌面躬下身握着歌德的手说:"亲爱的父亲,我们妇女就是这样。"歌德回答说:"那就随你们自己的喜好吧!"

歌德拿起放在旁边的最新一期《环球》来。这时我和冯·歌德夫人谈起我在剧院里结识的那些年轻的英国人。

歌德又开始带着几分激动地说:《环球》杂志的先生们都是些什么样的人呵!他们一天天长大,一天天成名,大家同心同德,让人几乎无法理解。这样的刊物在德国是完全不可想象的。我们都是各自为政的个体,不可能有一致意见,每个人有的是他那个省份、他那个城市,甚至他那个个人的看法,等到我们有一种共同的全面教育,那还需要很长时间哩。"

1828年10月7日,星期二[6日,星期一]

(罗西尼的歌剧《摩西》,关于人类起源)

今天吃饭的时候,客人们非常高兴。除魏玛的朋友外,在座的还有从柏林回来的几位博物学家,其中有慕尼黑的马蒂乌斯先生[1],他坐在歌德旁边,我认得他。大家海阔天空地谈来谈去,有说有笑。歌德的情绪特别好,话也

---

1 冯·马蒂乌斯(Karl Friedrich Philipp von Martius, 1794—1868),植物学家、慕尼黑植物园园长,多次赴巴西考察,研究巴西的植物生成。

说得很多。话题转到戏剧上，大家谈了许多罗西尼的最后一部歌剧《摩西》[1]，有人指责主题不好，有人对音乐有褒有贬。歌德说了下面的话：

"你们这些可爱的年轻人，我不理解，你们怎么可以把主题和音乐分开，一项一项单独享受。你们说主题索然寡味，就能把主题搁在一边去欣赏美妙动听的音乐。我真佩服先天给你们的安排，在最具威力的感官——眼睛被最荒谬的客体折磨时，你们的耳朵居然能够倾听优美的曲调。

"不过，你们所说的《摩西》真的太荒谬，这一点你们不会否认。帷幕一拉开，就看见人们站在那里祷告！这很不合适。《圣经》上写着'当你要祷告的时候，就到你的小屋去，随后把门关上'。但是在剧院里是不应该做祷告的。

"要是我写的话，我要给你们写一部完全不同的《摩西》，我要让这部《摩西》以完全另外的方式开场。我首先要让你们看以色列儿童怎样在埃及行政长官的暴政下服沉重的劳役，以便使后来摩西为将他的人民从这种屈辱的压迫下解放出来所建立的功劳更加形象逼真。"

歌德继续兴致勃勃地一场接着一场、一幕接着一幕地循序为整部歌剧构思，总是围绕着那个历史性主题，生动活泼，饶有风趣，使所有客人既高兴又惊讶，佩服他源源不断的思绪和爽朗丰富的想象能力。一切都说得很快，匆匆而过，我记不下来，我记忆中只留下埃及人跳舞一场，歌德安排这场舞蹈是用以表达对于在黑暗被战胜之后重现光明的喜悦。

话题从摩西转到大洪水上，由才识卓异的博物学家冯·马蒂乌斯先生带头很快又转而谈起物种的起源来。

他说："据说在阿拉拉特[2]发现了一块挪亚方舟的化石，我就不信，要是发现不了早期人类的头盖骨化石才怪呢。"

这句话引出了类似的话题，大家于是谈起不同的人种来，以及他们作为黑色的、棕色的、黄色的和白色的人种，如何分别居住在地球上不同的国家

1　罗西尼（Gioachino Rossini，1792—1868），意大利歌剧作曲家，他的歌剧《摩西在埃及》（1818）改编以后于1828年10月4日在魏玛上演，歌德观看了这场演出。

2　阿拉拉特，土耳其阿拉拉特高原上的一座死火山。

里。最后大家提出了这样的问题：是否可以真的假定，所有的人全都起源于亚当和夏娃那唯一一对男女。

冯·马蒂乌斯先生赞成《圣经》中的传说，他作为博物学家试图用这句话证实，自然在造物过程中是极其节俭的。

歌德说："我要反驳这种观点，我更认为，自然一向铺张，甚至是浪费。在这个意义上大可假定，它不只是创造了那区区一对男女，而是同时创造出了数十个甚至数百个人。[1]

"当地球发展到一定的成熟阶段，洪水退却，陆地青葱，人类的形成期便开始了。凡是在土壤允许的地方，也许首先从高地开始，通过万能的上帝产生出了人。对于发生这一切的假定，我认为是合情合理的，但冥思苦想这一切是怎么发生的，那是无用之功，把它留给那些没有更好的事情可做、就喜欢钻牛角尖的人吧。"

冯·马蒂乌斯先生略加狡辩地说："即使我作为博物学家愿意信服阁下您的观点，但作为虔诚的基督教徒改信一种与《圣经》上的陈述不可能相符合的看法，我还是感到有一些尴尬。"

歌德回答说："诚然，《圣经》上只说有一对男女，他们是上帝在第六天创造的。不过，上帝说的这句话是由一些有天赋的人记下来的，《圣经》把这句话流传给了我们，记下这句话的人最初都是精选出来的，因此，我们也绝不想对这些选民起源于亚当的荣誉提出争议。[2]但是我们其他人，也包括黑人和拉普兰人[3]，以及比我们大家都漂亮的细高个子的人，我们这些人肯定有另外的祖先。各位尊贵的客人一定会承认，我们在各个方面都不同于亚当的真正后代，尤其在钱的方面，他们都胜过了我们。"

我们都笑了。大家七嘴八舌掺和进许多别的话题。是冯·马蒂乌斯先生

---

1 《圣经》中关于亚当和夏娃是人类唯一祖先的说法，到18世纪末受到学术界质疑。因为人们通过对不同人种的研究已经知道，人类的祖先是多样的，不是单一的。

2 这段话表明了歌德对《圣经》的看法。他认为，《圣经》是由信仰上帝的人为与他们有相同信仰的人写下的上帝的话。因此，这些话对于信仰上帝的人来说是"圣言"，而对于不信仰上帝的人来说则只是一部故事集。

3 拉普兰人是古代生活在北欧的一个人种。

引起歌德反驳的，歌德还说了一些重要的话，表面上像是开玩笑，然而却是出自心底深处。

散席之后，有人报告普鲁士大臣冯·约尔丹¹先生到了。我们都退到隔壁的房间里。

1828年10月8日，星期三

（蒂克一家，格特林教授赞美罗马）

蒂克携夫人和两个女儿²以及芬肯施泰因伯爵夫人³从莱茵旅行归来，今天歌德请他们来家中吃饭。我在前厅碰上了他们。蒂克气色很好，看来莱茵的温泉浴对他效果不错。我告诉他，这期间我第一次读了沃尔特·司各特的第一部小说⁴，以及我对于这位非凡的天才所感受到的愉悦。蒂克说："新近的这部小说我还没读过，我不相信这是沃尔特·司各特所写作品中最好的一部。但是，这位作家非常优秀，无论你从哪个侧面走近他，第一次读他的作品都总会让你惊诧不已。"

格特林教授⁵进来了，他刚刚从意大利旅行回来。再次见到他我非常高兴，于是拉他到窗前，请他给我讲讲。他说："你一定要去罗马，要想有所作为你必须去罗马！那才是一座城市！一种生活！一个世界！我们本性中一切渺小的东西在德国是表现不出来的，而我们一到罗马就会发生变化，我们会觉得自己和周围环境一样伟大。"我问他："你为什么没在那里多待些时候?"

1　冯·约尔丹（Johann Ludwig von Jordan，1773—1848），普鲁士驻魏玛的公使。

2　蒂克带着他的夫人阿玛丽（Amalie，1769—1837）和他们的两个女儿窦绿苔（Dorothea）与阿格内斯（Agnes）来魏玛看望歌德。

3　冯·芬肯施泰因伯爵夫人（Gräfin Heniette von Finckenstein）是被普鲁士国王弗里德里希二世解职的前内阁总理芬肯施泰因（Friedrich Ludwig Graf von Finckenstein）的夫人，1818年丈夫去世后，与蒂克家一起住在德累斯顿。

4　即《帕斯的美女》。

5　格特林（Karl Wilhelm Göttling，1793—1864），语文学家、教授、耶拿图书馆馆员，1828年2月至9月游历意大利。

他回答我说:"钱用光了,假期结束了。但是,当我又跨过阿尔卑斯山,将美丽的意大利留在背后的时候,我心里很不是滋味。"

歌德走进来,欢迎在场的客人。他与蒂克和他的家人说了几句什么,然后向伯爵夫人伸出胳膊,引领她去就餐。我们其他人跟在后面,坐下来的时候男女相间,一个隔着一个。谈话很热烈,无拘无束。但都说了些什么,我却很少记得了。

散席后,有人报告奥尔登堡的两位王子¹到了。我们大家上楼来到冯·歌德夫人的房间里,阿格内斯·蒂克小姐坐到钢琴前,即景生情,用浑厚的女低音演唱了《我默默而无所拘束地徜徉在田野中》(*Im Felde schleich ich still und wild*)²等优美的歌曲,给大家留下了独特而难忘的印象。

1828年10月9日,星期四

(再谈司各特的小说)

中午只有我同歌德和冯·歌德夫人一起进餐。像往常一样,今天也是把早些时候的一个话题重新提出来,并且又继续谈下去。我们再一次说起罗西尼的《摩西》,很开心地回忆起歌德前天做的那个生动的构想。

歌德说:"关于《摩西》我边开玩笑边寻开心地说了些什么,自己已经不知道了,因为这样的话都是下意识说出来的。但有一点是肯定的,只有当一部歌剧的主题和音乐同样完美,两者同步进行时,我才能怀着乐趣去欣赏它。如果你们问我,我认为哪一部歌剧好,我要给你们举出《担水者》(*Wasserträger*)³,因为它的主题如此完美,即使没有音乐,光演这部戏,也会令

---

1 两位王子是彼得·格奥尔格·保罗·亚历山大·冯·奥尔登堡(Peter Georg Paul Alexander von Oldenburg)和康斯坦丁·弗里德里希·彼得·冯·奥尔登堡(Konstantin Friedrich Peter von Oldenburg)。

2 这首歌的歌词是歌德的诗《猎手挽歌》,由赖夏特(Johann Friedrich Reichardt,1752—1814)谱曲。

3 《担水者》是卡罗比尼(Ludwig Cherobini,1760—1842)的一部歌剧,歌剧的脚本是布耶里(Bouilly)写的。

人赏心悦目。题材好是很重要的，而作曲家们要么不理解这种重要性，要么就是缺少内行诗人帮助他们对好的题材进行加工。假如《自由射手》不是一份好题材，光靠音乐怎么能像现在这样吸引众多观众呢？因此，我们应该对金德先生[1]也要表示几分敬意。"

就这个题目又谈了一些各种各样的意见，然后我们回想起格特林教授和他的意大利之旅。

歌德说："我不能责怪这位友人用如此这般的热情谈论意大利，因为我清楚，自己的心情曾经是怎样的！我甚至可以说，我只有在罗马才感觉到到底什么是人，后来再也没有回到那种感觉的高度，领悟那种感觉的快乐。与在罗马的状况相比，我后来实际上从未再快乐过。"

停了一会儿，歌德接着说："但是，我们不要沉湎于忧伤的思考之中。你还在读《帕斯的美女》吗？情况如何？读到哪里了？给我讲一讲，做个汇报。"

我说："我读得很慢，不过已经读到普鲁夫特身着亨利·史密斯的装备，并且模仿史密斯的样子走路和吹口哨那一场，他被杀害后的第二天早晨，由市民们在帕斯的马路上发现，大家以为他就是亨利·史密斯，全城陷入一片慌乱。"

歌德说："是的，这一场很重要，是最好的场次之一。"

我又说："尤其令我叹服的是沃尔特·司各特高强的才能，他把混乱的状况解释得清清楚楚，使其分离成几大片，形成平静的图像，它们给我们留下了这样的印象，我们好像是无所不知的神灵，从上面向下俯瞰，把在同一时间里不同地点发生的一切一览无遗。"

歌德说："总的说来，沃尔特·司各特的艺术理解力是很强的，因此我们和我们这一类人都特别关注他是**如何**写作的，对他的作品怀有双倍兴趣并且从中受益良多。我不想抢在你前面说出来，但你在第三部分将发现还有一个一流的艺术技巧。你已经读过，王子在国会里提出一项聪明的建议，让造反

---

1 金德（Friedrich Kind，1768—1843）是《自由射手》的编剧。

的山地人互相残杀，还规定，在复活节前的那个星期日让两个敌对的山地人部族到下面的帕斯来，然后各出三十人，互相拼杀，决一死战。现在你得佩服，沃尔特·司各特是如何做的，他如何安排在打仗的那天交战一方缺了一个人，他又是用什么样的技巧设法从远方将他的英雄亨利·史密斯带到那些战士中间，安置在那个缺席的人的位置上。这个情节十分出色，你读到的时候一定会喜欢的。

但是，你读完《帕斯的美女》之后，必须马上读《威弗利》[1]，当然，这部作品是用完全另外的眼光看问题的，无疑可以与世界上最好的作品媲美。我们看到，同是写了《帕斯的美女》的那个人，他那时得去争取读者的宠爱，因此心神专注，不让有一笔写得不好；而《帕斯的美女》的情况相反，文字有些烦冗拖沓，因为他知道自己已经有了读者，下笔可以随便一些了。当你读完《威弗利》的时候，自然就能明白，为什么沃尔特·司各特现在还总是称自己是‘威弗利的作者’[2]，因为他在这部作品中显示出了自己能做什么，他后来从未写出更好一点或者能与这部最初发表的小说齐名的作品来。"

1828年10月9日，星期四

（歌德为欢迎蒂克举行茶会，蒂克的朗诵才能）

今天晚上在冯·歌德夫人的房间里特地为欢迎蒂克举行茶会，气氛十分轻松愉快。我结识了梅德姆伯爵[3]和夫人，梅德姆夫人告诉我她今天见到了歌德，以及这次留下的印象使她怎样由衷地高兴。伯爵则对《浮士德》及其续篇特别感兴趣，和我热烈地谈论了一会儿。

我们希望蒂克朗诵一点什么[4]，他也同意了。客人们立刻来到一个离得稍

---

1 《威弗利》是司各特的成名作。

2 1814年司各特匿名发表了历史小说《威弗利》，受到热烈欢迎，此后，他化名"威弗利的作者"发表了若干部历史小说，直到1827年才公开承认，他是这些历史小说的作者。

3 梅德姆伯爵（Johann Graf von Medem），1763年出生，俄国的侍从官。

4 自1819年起蒂克不仅创作文学作品，而且还朗诵自己的和他人的作品，从而以朗诵者闻名德国。

远的房间里，等到大家围成一个大圈在椅子和沙发上坐下来准备倾听之后，蒂克开始朗诵《克拉维果》[1]。

我过去经常阅读和品味这部戏，但现在却觉得它完全是新的，产生的效果几乎前所未有。我觉得，我仿佛是坐在下面听他在舞台上朗诵，而且效果很好，感到具体的人物和情景都更加完美，给人的印象这是一场演出，其中每一个角色都扮演得十分出色。

很难说剧本的哪些部分蒂克朗诵得更好，是那些发挥了男人的力量和激情的部分呢，还是冷静而清醒的理智的场面，抑或是爱情备受折磨的瞬间。不过，他朗诵爱情备受折磨时采用了完全特殊的方法。玛丽和克拉维果[2]之间的对话那一场现在还一直萦绕在我的耳边：紧捂着的胸脯，顿挫颤抖的嗓音，断断续续、半吞半吐的言语和声音，热切的呼吸伴以眼泪发出的喘息和悲叹，所有这一切都还历历在目，而且永远不会忘怀。人人都聚精会神地听着，被朗诵深深吸引。烛光暗淡下来，没有人想到或者敢于去修剪烛芯，生怕引来哪怕是最短暂的中断。妇女们热泪盈眶，证明这部戏感人至深，同时这也是向朗诵者以及作者献上的最动情的赞许。

蒂克朗诵完，站起来，擦去额头上的汗水，可是听众好像还一直被捆在椅子上。人人都似乎仍沉浸在刚刚从心灵穿过的声音之中，没有准备好应该向这位给大家带来如此美妙效应的人所要表达的恰当的感激之辞。

大家渐渐地平静下来，站起身，雅趣盎然，互相边谈边走动着，然后来到隔壁的几个房间里享用摆在小桌上的晚餐。

歌德本人今晚没有到场。[3]但是，他的思想仍然影响着我们，我们大家都在想着他。他请人向蒂克致歉，但给蒂克的两个女儿阿格内斯和窦绿苔送来两枚围巾上用的别针，还有他的肖像和红色饰带，是由冯·歌德夫人转交给她们的，并把别针给她们别在了胸前，像别的小勋章一样。

1　歌德早年写的戏剧作品。

2　玛丽和克拉维果是《克拉维果》中的女主人公和男主人公。

3　歌德不赞成蒂克这种带表演的朗诵方式。

1828年10月10日，星期五

（歌德宴请蒂克和芬肯施泰因伯爵夫人）

我今天早晨收到《外国评论》（*Foreign Review*）的编者，伦敦的威廉·弗雷泽[1]先生寄来的两份这本期刊的第三期，今天中午我把其中一份交给了歌德。

我看到歌德又特地设宴招待蒂克和伯爵夫人，两位是应歌德和其他友人的请求又留下一天的，家里其他人已于早上先行去德累斯顿了。

席间，特别谈论的一个题目是英国文学，尤其是沃尔特·司各特。此外，蒂克借此机会还说到，是他在十年前将第一本《威弗利》带到德国的。

1828年10月11日，星期六

（赞赏卡莱尔介绍歌德，歌德为什么人写作，谈演员沃尔夫）

在弗雷泽先生编的那期《外国评论》中，除了许多重要的和有趣的文章外，还有一篇卡莱尔写的论歌德的文章，很值得一读，我今天上午仔细地研读了。中午我稍微提前一些去吃饭，以便在其他客人到来之前同歌德谈一谈。

如我所愿，看见他还只是一个人，在等待着客人到来。他身穿黑色礼服，佩戴着勋章，我很喜欢看他的这一身装束。今天他显得特别精神抖擞，我们立刻开始谈起我们共同感兴趣的问题。歌德告诉我，他也是今天上午才看了看卡莱尔的那篇论述他的文章的。这样，我们俩就能够对外国人所做的努力互相交换一些赞誉的话了。

歌德说："看见苏格兰人早先的迂腐死板已经转变为严肃彻底，这是一种快乐。考虑到就在不多年前那些爱丁堡人如何对待我的作品，而现在再想一想卡莱尔为德国文学建立的功绩，这期间情况发生了多么重大的改善，引人注目。"[2]

我说："对于卡莱尔我首先崇拜他的思想和品格，这是他的志向的基础。他关心的是本民族的文化，对于那些他希望介绍给自己同胞的外国文学作品，

1　弗雷泽（Willian Fraser），英国出版家，《外国评论》杂志的主编。

2　苏格兰的《爱丁堡评论》1816—1817年对歌德的《诗与真》提出严厉批评，而在1828年同为苏格兰人的卡莱尔在《外国评论》上撰文大力赞扬歌德的《威廉·迈斯特》。

他很少关注技巧方面的才能，更多关注的是要从这些作品中获取高水准的道德修养。"

歌德说："是的，指导他行为的思想尤其可贵。况且他多么认真！他是怎样研究我们德国人的呵！他对我们的文学几乎比我们自己更熟悉，至少我们在对英国的研究方面是比不上他的。"

我说："这篇文章写得激昂慷慨，语气强硬，让人看出，他在英国还需要同许多偏见和异议做斗争。尤其对于那部《威廉·迈斯特》，不怀好意的评论家[1]和蹩脚的译者们[2]好像都没有做正面的解释。相反，卡莱尔的态度很好。他明确地反驳所谓没有一位真正身份高贵的妇女曾读过《威廉·迈斯特》的愚蠢言论，并举普鲁士的最后一任女王[3]为例，说她熟读了这本书，而她完全称得上是她那个时代的第一流女性之一。"

各方宾客都进来了，歌德迎上前去欢迎他们。之后，他又把注意力转向我，我继续说下去：

"卡莱尔无疑是研究过《威廉·迈斯特》的，并且如此透彻地领会了书中的价值，他很想使这本书广泛流传，很想让每一位受过教育的人都能从中获得同样的益处和享受。"

歌德把我拉到窗前来回答我。

他说："亲爱的孩子，我对你说点知心话，让它立刻帮助你排除许多障碍，使你毕生受益。**我的作品是不会广泛流传的**。谁想使它们广泛流传并为之努力，那就犯了错误。我的作品不是写给大众的，只是写给那些有类似意愿并且正在追求相似志向的人。"[4]他想继续说下去，一位年轻的夫人[5]走过来打

1　指在《伦敦杂志》和《爱丁堡评论》上发表文章攻击歌德的那些批评家。

2　这里爱克曼弄错了。最早把《威廉·迈斯特的学习时代》译成英文的不是别人，正是卡莱尔本人，他的译本于1824年出版。那些批评家对这部小说的批评也是根据卡莱尔的译本。

3　这位女王就是普鲁士的路易丝（Luise von Preußen，1776—1810），她在1806年12月5日记的日记中谈到这部小说。

4　为谁而写作，这对于作家来说是个关键问题。歌德的回答非常明确：不为大众写作，而是为与他具有相同或相似思想、感情和追求的少数精英写作。

5　这位年轻夫人大概是那天来歌德家中做客的弗罗曼夫人（Alwine Frommann），她的丈夫卡尔·弗罗曼是耶拿的书商，他们夫妇是歌德家的常客。

断了他，与他攀谈起来。我转向其他人，不久我们便入席准备用餐了。

对于刚才谈到的，我不知道该说些什么。我把歌德的话记在心里，全神贯注地思索着。

我想，的确，像他这样的作家，这样造诣高深的英才，意境气韵无穷，怎么能够让大众喜欢呢！他的作品连一小部分也不可能广泛流传啊！一首快乐的小伙儿和痴情的姑娘们几乎都不唱的歌，对于其他人来说这首歌也就不存在了。

严格地说，难道一切不寻常的事物不都是这样吗？人人都喜爱莫扎特吗？人人都喜爱拉斐尔吗？世界对待这些充裕的精神生活的巨大源泉不是到处都像偷吃东西的人一样，偶尔捕捉到一点什么，保证他们一段时间有高级一点的营养，他们就美滋滋了吗？[1]

我继续想下去，是的，歌德说得对。鉴于他涉及的领域那么广泛，他是不可能让大家都喜欢的，他的作品只是为了少数有着相似追求、正在相似方向上前进的人。

这些人总体上生性喜欢观察，希望洞悉世界和人类的深处，并且跟踪他们的路径探索。就单个的人而言，有些是酷爱享受的人，他们想在作家那里寻找心灵的喜怒哀乐。有些是年轻的诗人，他们想学习如何表达自己，如何按照艺术规则处理题材。有些是评论家，他们要从中得到一个应该按照哪些标准进行判断，如何把书评写得生动有趣，从而使人喜欢阅读的范例。他的作品是写给艺术家的，因为一般情况下是它们给艺术家以思想上的启迪，而在特殊情况下艺术家又从这些作品中学习哪些题材具有艺术上的意义，据此，他们应该描述什么，不应该描述什么。他的作品是写给博物学家的，不仅仅因为他把所发现的重大规律传给了博物学家，首先是因为博物学家从中得到了一个头脑聪颖的人应该如何对待自然，从而使自然向他敞开自己奥秘的方法。

这样，所有致力于科学和艺术的人都来他的作品盛宴上做客，这些人所产生的影响证明，他们从这个伟大的光和生命的普遍源泉中汲取了养分。

1　爱克曼的这两段话说得很有道理。那些伟大的作家、音乐家、艺术家制作的丰盛的精神美食，并不是所有人都需要或喜欢；即使有些人需要和喜欢，也只是需要和喜欢其中一部分，而不是全部。

吃饭的时候，这样的以及类似的想法穿过我的脑海，我想到一些人，一些能干的德国艺术家、博物学家、作家和评论家，他们所受教育的一大部分要归功于歌德。我还想到那些把目光放在歌德身上并且按照歌德的思想行事的有才华的意大利人、法国人和英国人。[1]

这期间，我周围的人有说有笑，开怀畅谈，同时享用着精美的菜肴。我偶尔也插上一句，但心思根本不在这里。一位夫人向我提出一个问题，也许我的回答不怎么好，遭到大家取笑。

歌德说："饶了爱克曼吧，他除非坐在剧院里，否则总是心不在焉。"

大家取笑我，但我心中并不觉得不快。我今天心情特别高兴，庆幸自己的命运在经历了种种奇异的机缘之后，能参加到与这样一个人交往并受到他亲切信任的少数人中间。这位伟人不久前还栩栩如生地在我心头萦回，而现在他正十分和蔼可亲地出现在我的眼前。

端上来的甜点是饼干和甘美的葡萄。后者是从很远的地方寄来的，从哪里寄来的歌德要保密。他把葡萄分给大家，从桌子对面把一串熟透了的递给我。他说："来，亲爱的，吃点甜食，你会爱吃的。"我津津有味地吃着歌德亲手递给我的葡萄，感到现在身心都与他完全贴近了。

大家谈到戏剧，谈到沃尔夫的业绩，以及这位杰出的艺术家创作出了多少优秀作品。

歌德说："我十分清楚，我们这里较老一点的演员曾经跟我学到过一些东西，但在真正的意义上，我只能称沃尔夫是我的学生。他对我的原则钻研得多么深入，他如何按照我的意图行事，我想讲一个例子，我很愿意重复讲起它。

"我一度因为某些其他原因对沃尔夫非常生气。他每天晚上演出，我坐在我的包厢里，心里想，现在你可得好好地注意他，今天你不是丝毫都不想为他说话和替他开脱吗？——沃尔夫在表演，我擦亮眼睛盯着他。可是他是怎么表演的啊！多么自信！多么沉稳！我要找出哪怕只是一点点违背了我灌输给他的那些原则的瑕疵都是不可能的，我只得重又对他好起来。"

---

1 歌德说，他为少数精英写作，这些"少数精英"指的是哪些人呢？爱克曼在以上三段里给出了回答。

1828年10月20日，星期一

（模仿自然与艺术家思想品格的关系）

波恩的矿产枢密官诺格拉特[1]从柏林的博物学家协会归来，今天成为歌德家餐桌的座上客。他们谈了许多矿物学问题，这位尊贵的客人特别详细地介绍了波恩附近矿产的蕴藏情况。

饭后我们来到摆放着朱诺巨幅半身雕像的房间。歌德给客人们看了一幅长长的画卷，上面画的是费加利亚神庙上浮雕的草图[2]。大家观赏着这幅画，并且评论说，希腊人在描绘动物的时候不是遵守自然法则，而是有些随意。有人想要找出例子说明，他们用这种方式画的动物赶不上自然界里的好，在浅浮雕上雕出的公羊、牲畜祭品和马等常常是一些呆板的、形象不规范和不完整的生灵。

歌德说："对于这一点我不想争辩。不过，我们首先必须弄清这样一些作品产生于什么时代，出自哪些艺术家之手。因为我们可以拿出大量杰作，证明希腊的艺术家所描绘的动物不仅达到了，而且远远地超越了自然界的动物。英国人是世界上第一流相马专家，现在他们也不能不承认有两个古代的马头雕塑，其形状如此之完美，像这样的品种在当今世界上再也不存在了。这两个马头雕塑产生于希腊的鼎盛时期[3]。当我们为这些作品惊叹的时候，切不可认为那些艺术家所临摹的是一种比现在的自然更加完美的自然；相反，是那些艺术家自身随着时代与艺术的进步发生了变化，从而能以自己伟大的思想和品格去面对自然。"

说这些话的时候，我与一位夫人站在一张桌子旁边观赏一幅铜版画，不

---

1 诺格拉特（Jakob Noeggerath，1788—1877），矿物学家、波恩大学教授。

2 费加利亚神庙的浮雕表现的是希腊人同希腊神话中的阿玛宗人和肯陶尔人的战斗。这幅浮雕大约产生于公元前420年，具有当时在伯罗奔尼撒半岛流行的粗犷风格。1814年浮雕被英国大英博物馆收藏，1817年年底浮雕的复制品运抵慕尼黑。女画家赛德勒（Luise Seidler）把浮雕上的画按照原先的尺寸临摹下来，寄给歌德。1818年2月歌德仔细研究了这幅浮雕，并在1818年2月11日写了一封致赛德勒的公开信（未正式发表），反驳了这位女画家对浮雕的批评。因为赛德勒认为，浮雕创作者忽略了浮雕所表现的各种对象之间的自然比例关系。歌德则认为，艺术有权违背自然。

3 这两尊马头雕塑存放在威尼斯，关于这两尊雕塑曾有过激烈争论。

能专心听歌德讲述；但是，我的心却被他的话更为深深地打动了。

客人们渐渐离去，只剩下我和歌德两人，他站到火炉边，我走到他身旁。

我说："你老人家刚才发表的对希腊人的看法中有一句话说得很好，你说他们能以自己伟大的思想和品格去面对自然，我以为，这句话人们不可能理解得足够透彻。"

歌德说："是的，亲爱的，这是一切的关键之所在。你要想成就某种事业，你就必须**具有完成**这种事业的条件。但丁在我们看来是伟大的，但在他之前文化已经存在了几百年；罗特席尔德家族[1]很富有，但是他们是用了不止一代人的时间才积累起这些财富的[2]。这些事物的意义比我们所想的深刻。我们那些模仿古代德国的善良的艺术家对此一无所知，他们带着自身的弱点和艺术上的无能去模仿自然，并且以为可以做出成就来。他们站在自然之下。而谁要想创作出伟大的作品来，都必须提高自身的文化修养，做到像希腊人那样，能够将低微的真实自然提升到自己精神的高度，把自然现象中那些由于它们内在的弱点或者外在的障碍仅仅停留为意向的东西变成现实。"[3]

1828年10月22日，星期三

（歌德眼中的女性）

今天在饭桌上谈论起妇女来，歌德妙语如珠。他说："妇女是我们盛放金苹果的银盘。我的妇女观不是从实际现象中抽象出来的，而是我生来就有的，或者说这种观念是在我身上形成的，天知道这是为什么。因此，我所描绘的女性人物结果都不错，都比在现实中遇到的好。"

---

1 又译罗斯柴尔德家族，系法兰克福的银行家家族，创始人是迈尔·阿姆谢尔·冯·罗特席尔德（Meyer Amschel von Rothschild，1734—1812），他于1766年在法兰克福创办银行。歌德讲话时，罗特席尔德家族的掌门人是安赛尔姆·迈尔·冯·罗特席尔德（1773—1855）。
2 歌德举这两个例子是要说明一个道理：一个人的成就离不开前人的积累。
3 这一整段话的意思是：艺术家以及作家如果没有高尚的思想和品格，并以此来对待所描绘的对象（即自然），是创作不出好的作品的。因此，艺术家和作家必须提高自己的修养，使自己的思想达到应有的高度；有了崇高的思想才能俯览所描绘的对象（即自然），才能从平凡的、微不足道的对象中挖掘出它所蕴含的特质，使这些本来只是潜在的存在变成现实的存在。

1828年11月18日，星期二

（英国评论家眼中的德国文学）

歌德谈到新一期的《爱丁堡评论》。他说："很高兴，看到英国评论家现在的水平达到了如此高度，他们如此能干。以往的古板拘谨丝毫不见了，取而代之的是宽宏的气度。在上一期里一篇关于德国文学的文章里[1]，你会发现有这样一段话：'在德国诗人中间有些人，他们喜欢老是纠缠在那些别人打算遗忘的东西里。'对此你怎么看？这样，我们一下子就知道了自己所在的位置，也知道了应该把一大批当代的文人归属到哪些类别里。"

1828年12月16日，星期二

（歌德和席勒的合作，《市民将军》，伏尔泰的伟大人格与天赋）

今天我和歌德两个人单独在他的书房里吃饭，我们谈了各种文学问题。歌德说："德国人不能摆脱市侩习气，他们现在正为一些既印在席勒的作品里又印在我的作品里的双行诗吵吵闹闹，争论不休。他们认为，查明哪些真正属于席勒，哪些真正属于我，很重要。[2]好像这是个关键，好像能从中得到什么益处，好像光有那些诗句存在还不够！

"像我和席勒这样的朋友，多年结合在一起，兴趣相同，在日常接触和相互切磋中，我们的生活是你中有我，我中有你，根本谈不上一些具体的想法是属于他的还是属于我的，不存在这个问题。许多双行诗是我们一起创作的，有时候想法是我提出的，席勒把它写成了诗行，有时候情况倒过来，也有时候他写这一行，我写另外一行。这还谈什么你的我的呢！如果有人认为澄清这样一些疑问哪怕是稍有一点必要性的话，那么这个人肯定自己还深陷市侩

1　指卡莱尔1827年10月化名发表在《爱丁堡评论》杂志上的《德国文学》。

2　从1795年至1796年歌德与席勒合作写"赠辞"，讽刺当时德国文学界的一些人和事。这些"赠辞"不是他们俩各自分别写的，而是一起写的，往往是一个人出主意，一个人找词语，一个人写标题，一个人写正文。因此，这些"赠辞"发表时就没有注明，也无法注明每首"赠辞"的作者是谁。有些学者把确定哪首是歌德写的、哪首是席勒写的，作为自己的研究课题。

习气之中。"

我说："类似的情况在文学界经常发生，比如，有些人怀疑这个或者那个名人的原创性，试图找出他的文化渊源。"

歌德说："这太可笑了，这无异于去问一个身强体壮的人，他吃的是什么样的牛、什么样的羊和什么样的猪，使他能有这样的体力。我们固然生来就有一些能力，但我们的发展要归功于大千世界数不胜数的作用和影响，我们从这个世界里吸收那些我们能够吸收并且适合于我们的东西。我从希腊人和法国人那里学到了很多，我从莎士比亚、斯特恩[1]和哥尔德斯密斯那里学到的更是无穷无尽。但这一切都不能证明这些就是我的文化渊源。要寻找我的文化渊源那是永远寻找不完的，而且也没有必要。重要的是要拥有一颗热爱正确事物的心，无论在何处发现正确事物都能将它接受过来。"[2]

歌德又说："总的说来，现在的世界已经如此悠久，几千年来曾经有众多知名人士生活过、思考过，可能发现和说出的新东西已经不多了。我的关于颜色的学说也不完全是新的。同样的事物，柏拉图、列奥纳多·达·芬奇以及许多其他卓越人物在我之前就对某些部分有所发现，有所论述；而**我的**功绩是，我也发现了，我又论述了，我还努力要在一个杂乱无章的世界里重新打开通向正确事物的入口。

"此外，我们必须不断重复正确的事物，因为在我们周围处处有人一再地宣讲错误，而且不是个别人，是一大批人。在报刊上、百科辞典里，在中学和大学里，错误到处畅行无阻，感觉多数人站在自己一边，颇为惬意。

"人们也经常同时讲授真理和错误，而坚持的却是后者。例如，前几天我在一部英国百科全书里[3]读到关于**蓝颜色**生成的学说。先提到列奥纳

1　斯特恩（Lawrence Sterne，1713—1768），英国小说家、幽默小说的创始人，最主要的作品是《项狄传》。歌德年轻时读过他的作品。

2　这段话的意思是：一个人生活在社会当中，就要从社会中吸收营养。任何人的成就都是在接受别人的影响、吸收社会的养分之后取得的。因此，探究有成就者的文化渊源并没有必要，而且也不可能，因为文化渊源实在太多了，是找不完的。人们经常讲"原创性"，严格意义上的"原创性"是不存在的，因为任何所谓"原创性"都是在吸收前人和同时代人的成就的基础上取得的。所以，对于一个作家来说，重要的不是追求所谓"原创"，而是要拥有一颗热爱真实事物的心，随时随地发现真实、捕捉真实。

3　哪一部英国百科全书，无法确定。

多·达·芬奇的正确观点，随后立刻不动声色地转到牛顿的错误观点上，而且还加上一句评注说，我们应该遵循牛顿的观点，因为它已经被普遍接受了。"

听到这句话我惊异地笑了。我说："每支蜡烛，每缕被照亮的昏暗的炊烟，每缕飘浮在背阴处前清新的晨雾，天天都在说服我相信蓝色的生成，教导我理解天空上的蓝色。牛顿的学生们说，空气具有把一切颜色都吞噬、只反射蓝色的属性，他们对此是如何想的，我一点也不明白。我看不出，那种一切思考都停滞不前、一切健康的观点都彻底消失的理论能有什么用处，能给我们带来什么乐趣。"

歌德说："你的心多么善良，可是这些人对思想和观点根本不感兴趣，他们只要有言辞，能进行交流，就满意了。这一点我的梅菲斯特早就知道，他说得很好：

> 首先，你们要把握住言辞，
> 然后通过这安全的入口
> 走进确实可靠的神殿。
> 因为，正是意义不在的地方，
> 词儿就会准时出现。"[1]

歌德边笑边背诵这段诗，看上去心情极佳。他说："太好了，把这一切都

---

1 这几句诗引自《浮士德》第一部《书斋（二）》中梅菲斯特与学生的对话。不过，这几句诗与《浮士德》中相应的诗句并不吻合。原文是这样的：

梅菲斯特 总之，要重视言词！然后，您才可以从这可靠的门洞走进确实的神殿。
学　　生 可是词儿总得有点意义。
梅菲斯特 当然！不过也不必为此过分着急；因为正是在没有意义的地方，塞进一个词儿总来得及。用词儿可以争得水落石出，用词儿可以建立一个体系，对词儿要信仰得五体投地，一个词儿决不能落划缺笔。

（《浮士德》，绿原译，人民文学出版社，1999年，第56—57页。）

梅菲斯特在这里说的是反话，以此讽刺那些没有思想，没有观点，又企图建立体系、创立学说的人，说他们用空洞无物的言辞招摇撞骗。

付印出来了；我要继续写下去，把还存在我心中的那些反对错误学说和错误学说散布者的话都继续印出来。"

他停了一下，又接着说："现在在自然科学领域涌现出一批杰出的人，我正高兴地注视着他们。其他的人起步不错，但未能坚持下去，由于主观性居于支配地位，使他们误入了歧途。还有一些人又是太拘泥于事实，他们搜集了大量事实，却什么也证明不了。总的说来，缺失的是那种能够透视原始现象、掌握具体现象的理论思维。"

有人来访，打断了我们的谈话，但不一会儿就又剩下我们两人。话题转到诗歌上，我告诉歌德，我这几天又在拜读他的小诗，尤其有两首让我流连忘返，一首是关于孩童和老人的谣曲[1]，另一首是《幸福夫妻》（*Die glücklichen Gatten*）[2]。

歌德说："我本人也比较看重这两首诗，尽管德国的读者直到现在依然不太喜欢它们。"

我说："在谣曲中，你借助一切诗歌形式、艺术技巧和手段将非常丰富的题材进行大量压缩，其中我尤其高度评价的是，由老人给孩童们讲述过去的历史，一直讲到现代开始的地方，其余的让我们自己想象。"

歌德说："这首谣曲我在下笔之前斟酌了很长时间，里面包含着我多年的思考，我曾经试验了三四次，才把它们写成现在这个样子。"

我又说："《幸福夫妻》那首诗的内容同样十分丰富，诗中展现了全部自然风光和人间生活，明媚的春日，天空上太阳洒下的光辉普照万物，也把这一切照射得温暖和煦。"

歌德说："我本人一直很喜欢这首诗，很高兴，你对它有特殊的兴趣。诗的结尾给孩子做两次洗礼，我想，这个玩笑确实很美。"

然后我们谈到《市民将军》（*Der Bürgergeneral*）[3]，我告诉他，最近我与一位

1　这首谣曲叫《叙事谣曲》（*Ballade*），写于1813年至1816年间，1820年发表。

2　《幸福夫妻》1802年写成，1804年发表。

3　《市民将军》是一部独幕滑稽剧，是歌德在法国大革命期间所写的与法国大革命有直接关系的三部剧本之一。这部剧本是歌德于1793年4月用三天时间写成的，因为对法国大革命及其所产生的影响采取了讽刺嘲笑的态度，出版后遭到一些人（甚至歌德的朋友）的批评。

英国人一起读了这部生动有趣的剧本，我们俩都强烈地希望能在舞台上看到它。我说："这部作品的思想一点都不陈旧，剧情发展的细节没有一笔不是为舞台设想的。"

歌德说："这在当时是一部很优秀的剧本，使我们度过了一些愉快的夜晚。的确，角色分配很合适，排练得十分娴熟，对白一环紧扣一环，完全贴近生活。马尔柯密扮演马丁，没有比他的表演更为完美的了。"

我说："我看施纳普这个角色也演得颇为成功；我想，在剧院里可以上演的全部剧目中，比这个角色更好、更为经久不衰的并不多。这个人物以及整部剧本清楚明了，与观众面对面，这只有剧院才能做到。他背着背囊走来，把东西一件一件取出，然后给马丁贴上八字胡，自己戴上雅各宾式便帽，穿上制服，挎上军刀，这一场是最出色的场景之一。"

歌德说："这一场过去在我们剧院里演出时总是很成功。再说那个装着东西的背囊，历史上确有此物。我在大革命时期沿着法国边境旅行时发现过一个里面装着东西的背囊，流亡者们从那里逃跑，这背囊可能是他们中一个人丢失的或者扔掉的。剧本中提到的东西也都在里面。我就是根据这些写出这一场的。后来每逢上演这部戏时，总有这个背囊和全部其他配件跟着登场，这没少给我们的演员带来乐趣。"

人们现在是否还喜欢看《市民将军》并且能有所收获，就这个问题我们又聊了一会儿。

然后歌德询问我在法国文学方面的进展情况，我告诉他，我仍在断断续续地研究伏尔泰，这个人的伟大才能给予我最纯正的幸福。我说："我对他的了解还很少，现在仍在读他写给一些个人的小诗，我一遍又一遍地读这些诗，爱不释手。"

歌德说："像伏尔泰这样一位具有伟大才能的人，写出的东西其实都是很好的，尽管我不想肯定他所有放肆的言行。你花这么长时间阅读他写给一些个人的小诗，这样做并不错。这些诗无疑都是他所写作品中最令人喜欢的，其中没有一行不充满才智，没有一行不清晰、明快而且优美。"

我说："我们从中看到了他与世界上一切伟人和强者的关系，并且高兴地注意到，伏尔泰本人做出一副多么高雅的样子，好像感觉自己与那些至高无上的人士别无二致，你在他身上永远看不出，有哪一位君主皇帝能使他的自由精神受到片刻的拘束。"[1]

歌德说："是的，他举止高雅，尽管自由放肆，但善于永远守住得体的界限，这一点甚至更能说明问题。我可以举出奥地利女皇[2]作为评价这些事情的权威，她曾经多次对我说，在伏尔泰写给权贵人物的诗歌中没有一点逾越了体统底线的痕迹。"

我说："你老人家还记得他那首向普鲁士公主、后来的瑞典王后殷切求爱的小诗吗？他说梦见自己已经被提升为国王了。"

歌德说："那是他的最优美的诗歌之一"。接着他背诵道：

> 公主呵，我爱你，让我斗胆对你倾诉，
> 当春情觉醒时，诸神未完全将我驱逐，
> 我只是失去了我的江山国土。[3]

"是吧，很优美！从不曾有一位诗人像伏尔泰这样，随时随刻都能将自己的才能信手发挥出来。我想起一桩逸事：有一段时间他去看望女友德·夏特莱[4]，当马车已经停在门前，他正要启程回来的那一瞬间收到了附近修道院的一群年轻女孩寄来的一封信，为了恭贺她们院长的生日要演出《尤利乌斯·恺撒之死》[5]，她们请求伏尔泰给写一篇开场白。此事是女孩们的礼貌之举，伏尔泰不

1　1750年伏尔泰应普鲁士国王弗里德里希大帝邀请来到柏林，成为国王的文学侍从，从此与德国的君主们有了密切接触。

2　指玛丽亚·卢多维卡（Maria Ludovica，1787—1816），即玛丽亚·路易丝（Marie Luise）。原为奥地利女大公，1810年嫁与拿破仑一世成为法国皇后。1810年和1812年在卡尔浴场与歌德相遇相识。

3　这位公主叫路易丝·乌尔里克（Luise Ulrike），是弗里德里希大帝的妹妹，1774年与瑞典王储结婚。伏尔泰的这首诗于1773年写成，这里歌德引用的是全诗的最后几行。

4　夏特莱（Marquise du Chatelete，1706—1749），法国女作家，伏尔泰的女友，1734年至1748年他们俩住在夏特莱的城堡里，一起研究科学和历史。

5　这是伏尔泰写的一部悲剧，正式书名是《恺撒之死》（1736）。

能回绝，于是令人赶快拿笔和纸来，伏在壁炉的台边站着写下了那篇女孩子们所要的开场白。这是一首大约二十行的诗，考虑得非常仔细周全，用以恭贺院长的生日很合适，绰绰有余，是最好的一种祝贺。"

我说："我很想读一读这首诗。"

歌德说："我估计你的藏书里会有这首诗，它是不久前才面世的。像这样的诗伏尔泰写过上百首，其中有些可能仍散落在私人手里。"

我说："最近我在拜伦勋爵的作品里发现有一段话，让我高兴的是，这段话表明，拜伦也非常尊敬伏尔泰。我还发现他很喜欢阅读、研究和引用伏尔泰的作品。"

歌德说："在什么地方能学到东西，拜伦知道得太清楚了。他很聪明，他不会不从这个大家共有的光源里汲取知识的。"

接着话题完全转向拜伦和他的一些作品，这时，歌德常常找机会重复他过去对那位伟大天才所发表的一些赞赏和钦佩之辞。

我回答说："我打心眼儿里赞同你老人家对拜伦的评价。但不管他作为有天赋的作家如何重要和伟大，我还是很怀疑能从他的著作中为**培养教育纯粹的人**吸取明显的收益。"

歌德说："这里我必须反驳你。拜伦的勇敢、洒脱和恢宏气度，这一切不都是在进行教育吗？我们切忌不要总是试图在绝对纯洁、绝对合乎伦理道德的东西中求索。—— 一切**伟大**的东西，我们一旦看见它们，就是在受教育。"

── 1829年 ──

1829年2月4日，星期三

（哲学与科学、艺术、宗教的关系，歌德的"行动"概念）

歌德说："我在继续阅读舒巴特的作品[1]，他的确是一个相当了不起的人，如果把他讲的话翻译成我们自己说的语言，有些甚至是很精湛的。他这本书的主旨是要说明，在哲学之外还存在另一种立足点，即健康的人类智性，科学与艺术独立于哲学之外，它们靠自由发挥人的自然力量总是能得以繁荣发展。这种观点是对我们的有益支持。我本人对哲学一向敬而远之，健康的人类智性的观点也是我的观点[2]，因此，舒巴特是在证实我一生所说的话和所做的事。

"在舒巴特身上我唯一不能完全称赞的是，他对某些事情知道的比说出的更清楚，因此可以说，他不是始终抱着诚实的态度进行工作。像黑格尔[3]一

1　舒巴特于1829年发表批评黑格尔的论著，并把手稿寄给了歌德。歌德读的就是这部作品，题目为《泛读哲学，评论黑格尔的哲学全书》。

2　"健康的人类智性"是歌德常用的概念。根据歌德的解释，健康的人生来就有"智性"，它的作用范围是人的实践活动，不涉及由哲学去解决超越实践理念的问题，因而它是哲学以外的人的另一个立足点。科学和艺术属于人的实践活动，它们与哲学无关，所以不受哲学创造的体系束缚。歌德一生专注实践，不喜欢哲学，特别讨厌所谓的"哲学体系"。

3　黑格尔（Georg Wilhelm Friedrich Hegel，1770—1830），德国古典哲学家，1802年至1807年在耶拿大学任教期间与歌德有过来往，他对歌德的世界观有深入了解，赞同歌德关于颜色的观点。歌德对黑格尔的哲学观点则有保留。

样，他也把基督教扯到哲学里，其实基督教与哲学毫无关系。[1] 基督教是一个强大的独自存在的实体，沉沦的、受苦受难的人们往往借助它振奋自己的精神。[2] 而在我们承认它的这一作用时，它就已经凌驾于哲学之上，不需要哲学做支撑了。同样，哲学家也不需要用宗教的权威来证明那些诸如永生的信条。人应该相信永生不灭，他有这个权利，这与他的本性相符，他可以信赖宗教的许诺。但是，如果哲学家想从一种传说里找出证据，证明我们的灵魂不灭，那这种证明就很软弱无力，没有多大意义。我对于我们能永生的信念产生于"行动"这个概念[3]；因为，如果我至死一直孜孜不倦地工作，当我的存在不能够以现在的形式继续维持我的精神时，那么大自然就有义务，给我指定另外一种存在的形式。"

听这些话的时候，我因钦佩和爱戴而心跳。我想，还从未听人说出过这样的教诲，能如此激励人去追求高尚的作为，不是吗？因为如果能得到永生的保证，谁不愿意至死都孜孜不倦地辛勤工作呢？

歌德叫人拿来一个皮夹画册，里面是素描和铜版画。他默默地翻着看了几幅，然后把一幅根据奥斯塔德[4]的油画刻制的精美版画递给了我。他说："这里你看到的是我们的《贤夫贤妻》（*Good man and good wife*）[5]的场景。"我非常高兴地观赏着这幅画，画的是一个农舍的屋内，只有一个房间，厨房、起居室和卧室三位一体。夫妻面对面地坐着，挨得很近，妻子纺纱，丈夫缠

---

1 歌德不仅认为基督教与哲学毫无关系，而且在《诗与真》中还说"哲学没有必要成为一种独立的学科，因为它已完全包含在宗教和诗之中"。（详见《诗与真》上册，人民文学出版社，1983年，第218—219页。）

2 歌德本人虽然不是基督教徒，但他承认，"沉沦的、受苦受难的人"可以依靠基督教的思想振奋自己的精神。

3 "行动'（Tätigkeit）是歌德思想体系中的一个十分重要的概念，意思是人要不停地行动、不停地追求。同时，歌德还认为，这种"行动"和"追求"不应因人的生命的结束而停止。因为，如果人的"行动"和"追求"随着生命的结束而停止，那么在生前的"行动"和"追求"就失去了意义。因此，为了让人毕生坚定不移地"行动"和"追求"，必须相信灵魂不灭。

4 冯·奥斯塔德（Adrian von Ostade，1610—1685），尼德兰画家，他的乡村风俗油画由菲舍尔（Jan de Vischer）刻成铜版画。

5 苏格兰的一首叙事谣曲，歌德于1827年6月将它翻译成德文。

纱，两人脚边有一个小男孩。背景里是一张床，其他地方摆放的全是些最粗陋、最必要的家居用具，开门就是露天。这幅画把那种狭隘的幸福婚姻的概念表现得淋漓尽致，从夫妻对面相视的面庞上，看到的是满意、快乐和一定程度上沉浸在夫妻恩爱中的情感。我说："这幅画看的时间愈长，愈是使人喜欢，它有一种完全独特的魅力。"歌德说："这是一种感性的魅力，任何艺术都不能缺少，这种魅力在这一类题材中大量存在。相反，在表现较高的志趣时，艺术家开始容纳精神的东西，既让应有的感性同在，自己又不能变得枯燥冷漠，这是很困难的。在这方面，青年人或是老年人都有适宜或是不适宜的问题，因此，艺术家必须考虑自己的年龄，根据自己的年龄选择题材。我的《伊菲革涅亚》(*Iphigenie*)和《塔索》都获得了成功，就是因为我那时还年轻，足以能够让我的感情渗透到素材的精神部分，并使其具有活力。到了我现在这把年纪，精神的题材对我就不合适了，我宁愿选择素材中已经具有某些感性的题材。如果格纳斯特夫妇[1]继续留在这里，我要为你们写两部剧[2]，都写成独幕剧并且用散文体。一部轻松愉快，以举行婚礼结尾，另一部残酷无情，使人惊心动魄，最后只留下两具尸体。前一部可追溯到席勒的时代，他在我的催促下已经写了一场。这两个题材我都经过长时间的深思熟虑，全都记得十分清楚，我要像创作《市民将军》那样，每八天口授一部。"[3]

我说："那就写吧，你无论如何也要写这两部剧本，这对你来说是在《漫游时代》之后恢复一下精神，权当是做一次小的旅行了。如果你出人意料，还要为剧院做些事情，人们将是多么高兴呵！"

歌德接着说："前面已经说过，如果格纳斯特夫妇在这里，那我肯定会让你们开心。但是，如果没有这一点指望，这对我的吸引力就不大了，因为一部写在纸上的剧本是毫无意义的。作家必须了解他用以进行工作的手段，必须把他的角色写得与要表演这个角色的人物特别贴切。如果我能指望格纳斯

---

1 格纳斯特（Eduard Genast，1797—1866）和他的夫人卡罗利妮·克里斯蒂娜（Karoline Christine，1800—1860）是歌德培养出来的演员，从1829年至1860年受聘于魏玛剧院。

2 这两部剧是什么剧，无法考证。

3 《市民将军》不是八天而是三天写成的。

特和他的妻子，再加上拉罗什、温特尔贝格先生和赛德尔女士[1]，那么我就知道自己该做什么，知道我的意图肯定能得以实现。"

歌德继续说："为剧院写作是一项特殊的工作，对演戏没有透彻了解的人，最好还是不写。人人都以为，一件有趣的事实搬上舞台后还一样有趣。绝没有这回事！读起来可能很好，思考起来也可能很好的东西，一旦搬上舞台，情况就大不一样，在书中让我们着迷的东西，搬上舞台也许就会让我们无动于衷。读过我的《赫尔曼与窦绿苔》的人以为它也可以上演。特普费尔[2]受其引诱把它搬上舞台了，但演成了什么样子？有什么效果？特别是如果演得不太好，谁能说这个剧本从各方面看都是一部好剧本呢？为剧院写作的人，既要懂行，又必须具有一定才能。两者都难能可贵，而不能将两者结合起来，是很难写出什么好作品的。"[3]

1829年2月9日，星期一［8日，星期日］

（歌德谈《亲和力》）

关于《亲和力》歌德谈了许多，特别谈到，有人认为米特勒[4]这个人物正是他自己，可这个人物他素昧平生，从未见过。歌德说："这个人物肯定具有一些真实性，而且世界上肯定不止一次地有过这样的人。实际上，在《亲和力》中没有一行不是我本人的亲身经历，书中包藏的东西之多任何一个人读过一次后都不可能全部吸收。"

---

1 拉罗什（Karl August La Roche，1794—1884）、温特尔贝格（Georg Winterberger，1804—1860）和赛德尔均为魏玛剧院演员。

2 特普费尔（Karl Töpfer，1792—1870），戏剧演员，将歌德的《赫尔曼与窦绿苔》改编成剧本，于1824年搬上舞台。

3 歌德一贯认为，适合阅读的剧本不一定适合演出，因而剧本有两种，有的是供阅读的，有的是供演出的。

4 米特勒是《亲和力》中的一个人物，他和小说中的另一个称伯爵的人物分别代表两种截然相反的婚姻观。他出身市民，认为一对男女一旦结婚，就应该终生相守，而伯爵这个贵族却主张婚姻要不断更新，至少五年一次。

1829年2月10[？]日，星期二

（简略回顾来魏玛最初十年）

我发现歌德身边堆满了有关修建不来梅港口[1]的地图和方案，他对这项宏伟工程很感兴趣。

接着他谈了许多关于默克的事，还把一封默克于1776年写给维兰德的诗体信札读给我听；信札用的是极其风趣但有点粗糙的双行押韵诗体，内容很生动，主要针对雅各比，维兰德在《信使》上写过一篇很正面的书评，似乎过高地评价了雅各比。对此默克不能原谅他。[2]

还谈了当时的文化状况，谈到要把德国文化从所谓狂飙突进时期[3]挽救出来，使其成为较高的文化有多么困难。

还谈到他来魏玛的最初几年。为了谋取更多的好处，他在宫廷任职，执掌不同部门的公务，他的诗才与这一不得不接受的现实是相冲突的。因此，他在最初的十年里没有写出有分量的文学作品。[4]他朗诵过未完成的断简残篇[5]。一些风流韵事搞得他心灰意冷[6]。父亲对于宫廷生活一直表示很厌烦。

好处是，他没有换地方，也没有必要把同样的经验重复第二遍。

1　1826年至1830年不来梅市修建港口，建成了不来梅港。歌德在他的《浮士德》第二部第五幕写了建海港的后果。

2　1776年维兰德在他主编的《德意志信使》上发表了雅各比写的小说《阿尔维尔的书信集》的开头部分，并写了一篇文章赞扬这部小说。对此，默克持不同看法。

3　"狂飙突进"是18世纪德国文学发展的一个重要阶段，是一场由青年人参加的文学运动，歌德是主将；这场运动持续时间不长，1770年至1776年为高潮时期。18世纪80年代，德国文学逐渐脱离"狂飙突进"，走上新的发展道路。

4　歌德在魏玛最初十年，文学创作方面收获甚微。除写了一些千古绝唱的诗歌外，没有写出任何有意义的作品。来魏玛以前已经开始写的《浮士德》《哀格蒙特》等毫无进展，到魏玛后开始写的作品如《伊菲革涅亚》《塔索》也只是未完成的片段。

5　歌德遵循当时文学界的习惯，经常给宫廷里爱好文学的人朗诵他的作品。因为这时他没有一部作品已经写完，所以只能把尚未完成的片段拿来朗诵。

6　歌德在魏玛最初十年，恋爱是他生活的一个重要方面，其中尤其以与施泰因夫人的恋爱关系最为重要。施泰因夫人是魏玛宫廷厩尹施泰因男爵的夫人，比歌德大七岁，歌德把她看作母亲、姐姐和亲密无间的朋友、一刻也不能分离的情人。这种恋爱关系给歌德带来快乐，更带来痛苦。他于1786年隐姓埋名逃往意大利，与这种爱情给他带来的痛苦有一定关系。

逃往意大利是为了重新恢复文学创作。误以为若是有人知道此事，他便去不了那里，因此严加保密。他是到了罗马才给大公写信的。

怀着对自己的更高要求从意大利返回。

大公太夫人阿玛丽亚[1]是女君主的典范，充满人情味，喜欢享受生活，她对歌德的母亲非常友爱，希望她来魏玛定居。歌德不赞成。

歌德还谈到《浮士德》的开头部分。

"《浮士德》是与我的《维特》一起产生的[2]，1775年我把它带到了魏玛。我是把它写在信纸上的，一点没有改动；因为我提防自己不要有一行写得不好或是站不住脚。"

1829年2月11日，星期三

（库德赖谈魏玛建设二三事）

我和建筑总监库德赖一起在歌德家里吃饭。库德赖讲了许多女子工业学校[3]和孤儿院[4]的情况，认为它们是国家这类机构中最好的机构，前者是大公夫人[5]创建的，后者是卡尔·奥古斯特大公创建的。我们还谈了一些剧院的装潢、道路的修建问题。库德赖给歌德看了一张宫廷教堂音乐厅的草图，谈到安放大公座椅的位置，歌德表示反对，库德赖接受了他的意见。饭后索雷来了。歌德又给我们看了一遍洛伊特[6]先生的画。

1　大公太夫人阿玛丽亚（Anna Amalia，1739—1807）是魏玛大公卡尔·奥古斯特的母亲，1758年丈夫去世，卡尔·奥古斯特尚年幼，她成了魏玛公国的女摄政，1775年卡尔·奥古斯特年满十八岁，她才将权力交给了儿子。这位大公太夫人爱好文学艺术，魏玛这个小都城能成为18世纪德国文化中心与她的鼓励和支持分不开。

2　从1772年至1775年这段时间里，歌德同时写《浮士德》和《维特》，后者于1774年写完并发表。

3　"女子工业学校"是为培养失去父母的女孩设立的。

4　"孤儿院"是由法尔克（Johannes Daniel Falk）于1813年建立的，法尔克死后，卡尔·奥古斯特大公接管，并加以改造。

5　即卡尔·弗里德里希的夫人玛丽亚·保罗夫娜。后文提到的"大公夫人"皆是她。

6　冯·洛尹特（Gerhardt Wilhelm von Reutern，1783—1863），拉脱维亚画家，1814年来魏玛拜会歌德，此后与歌德多次见面。

1829年2月12日，星期四

（赞扬库德赖，歌德称时代的通病是软弱无力）

歌德把刚写完的一首诗《任何存在都不能化为乌有》（*Kein Wesen kann zu nichts zerfallen*）[1] 念给我听，写得好极了。他说："我柏林的朋友们借开博物学家大会的机会把那行诗'万物必须化为乌有，若要在存在中保持恒常'[2] 用烫金字母展示出来，这很愚蠢，我非常生气，因此写了这首诗予以反驳。"[3]

谈到伟大的数学家拉格朗日[4]，歌德特别强调他的品格很优秀。他说："他是一个**好人**，正因为如此他才伟大。因为如果一个**好人**拥有天赋的话，他就能永远为了世界的福祉施以道德上的影响，不论是艺术家、科学家、作家还是其他什么家。"

歌德又说："我很高兴，你昨天进一步了解了库德赖。他在大家面前很少发表意见，但他在我们中间时你看到了，这个人的思想和品格是多么优秀啊。最初有许多人反对他，但是现在他已经过了这关，得到了宫廷的完全信任和恩宠。库德赖是我们时代最机敏灵巧的建筑师之一。那时他支持我，我支持他，我们俩都从中受益。我要是五十年前就认识他该多好！"[5]

我们谈到歌德本人建筑学方面的知识。我补充说，他在意大利肯定学到

1　这首诗的正式标题是《遗嘱》（*Vermächtnis*），"任何存在都不能化为乌有"是该诗的第一句。

2　歌德的诗《个体与全体》的最后两行。

3　1828年秋，在柏林召开博物学家大会，由亚历山大·冯·洪堡主持，与会者多为歌德的朋友。他们把歌德1821年写的诗《个体与全体》的最后两行"万物必须化为乌有，若要在存在中保持恒常"做成金匾，作为大会的题词。歌德认为将这两行诗单独摘出来作为题词歪曲了他的原意，因而1828年2月写了《遗嘱》这首诗，以消除误解。《个体与全体》一诗是讲个体与全体的关系，个体要想进入更高的境界成为全体的一分子，就得放弃自己的某些存在形式。因此，诗的最后是这样写的："万物遵循永恒的规律：因为万物必须化为乌有，若要在存在中保持恒常。"换句话说，歌德的观点是：个体必须不断地改变自己的存在形式，以便融入全体里；但与此同时个体必须始终保持自己的存在，这样才不会消失在全体中。（上面引用的诗句引自《歌德全集》第八卷，人民文学出版社，1999年，第310页和第347页。）

4　拉格朗日（Joseph-Louis Lagrange，1736—1815），法国数学家，1766年弗里德里希大帝把他召到柏林，继任柏林科学院瑞士数学家莱昂哈德·奥伊勒的职位，一直工作到1787年。

5　歌德1788年从意大利回来参与魏玛宫殿的建设，那时库德赖还没到魏玛，他自1816年才担任魏玛建筑总监。

了许多东西。歌德回答说:"意大利使我理解了什么是庄严和伟大,但没有教会我熟练的技巧。主要是魏玛的宫殿建筑帮助了我,我当时必须参与工作,甚至还要绘制突出于墙和柱的横线脚。我做这项工作在一定程度上比那些专业人员强,因为在意向方面我比他们有优势。"

话题转到策尔特[1]。歌德说:"我收到他的一封信,信中写到,他的《救世主》被他的一个女学生给演砸了,她把一段咏叹调唱得太软弱无力、太感伤。无力是我们这个世纪的一个特征。我猜想,这是在德国人们努力摆脱法国人影响的结果。画家、科学家、雕刻家、音乐家和诗人通通软弱无力,很少有例外,而广大观众的情况也不比他们好。"

我说:"但是,我不放弃能看到为《浮士德》配上合适音乐的希望。"

歌德说:"根本不可能。音乐中肯定会包含一些令人厌恶的、反感的和恐怖的,因而与时代相悖的地方。《浮士德》的音乐必须要有《唐璜》的音乐风格。要是莫扎特能为《浮士德》谱曲就好了。迈尔贝尔也许有这个能力,但他不会参与这类事情,他与意大利戏剧的关系太密切了。"

之后,歌德说了下面这些十分重要的话,我已记不得是在什么语境中说的,与什么相关:

"凡伟大和聪明的人总是占少数。曾经有一些大臣、百姓和国王都反对他们,他们就孤军奋战实施宏伟的规划。要使理性在大众中普及是绝对办不到的。激情和情感可能普及,但理性永远只为少数几个杰出者所拥有。"[2]

1829年2月13日,星期五

(动物植物的生长发育,关于自然、知性、理性、元现象、神性)

我和歌德两人一同吃饭。他说:"《漫游时代》结束之后,我要再转向植

---

1 策尔特曾组织筹划将亨德尔的《救世主》搬上舞台,后来写信把演出情况告诉了歌德。

2 这句话出自席勒未完成的剧本《德米特里乌斯》。在决定是否应该向俄国开战时,贵族萨彼哈与大多数人的意见相左。在大多数人投票赞成向俄国开战之后,他说:"多数人算什么?多数就是胡闹。理性永远只能为少数人拥有。"歌德和席勒都是精英主义者,他们都认为,只有"天才""精英"拥有理性,掌握真理。

物学，继续和索雷一起进行翻译。[1] 只是担心这又会把我遥遥无期地拖下去，最终再次成为一场噩梦。许多重大秘密还没有揭开，我了解一些，对其他许多秘密还只是一种猜测。我想给你透露一点，说出来让人匪夷所思。

"植物是一节一节地生长，最后以开花结籽结束。动物界也是一样。毛虫、绦虫也是一节一节地生长，最后形成头部。而高级动物和人的情况是脊椎骨一节套在另一节上，最后是头颅，力量就集中在这里。

"个体是这样，群体也是这样。蜂群就是由一连串的个体一个接在一个后面组成的群体，最后以产生出蜂王结束，这只蜂王被看作是整个群体之首。这一切是如何发生的，神秘莫测，难以言表，但我可以说，对此我有自己的想法。

"一个民族也是这样创造他们的英雄的，这些英雄像半个神灵一样，站在最前列，保佑平安。法国人富有诗意的力量就是集中在了伏尔泰身上。这样一些民族的领袖在他们发挥作用的时代是伟大的；其中有些人能影响后世，大多数人将由别人取代，从而被后世遗忘。"

我很高兴聆听这些重要的思想。接着歌德谈起博物学研究者，说他们最关心的是如何证明自己的看法。他说："布赫先生出版了一部新著[2]，书名本身就包含一种假想。著作里讲到，花岗岩石散落在四处，可人们不知道这些岩石是怎么来的和从什么地方来的。但是，因为布赫先生心中有一个假想，认为这些岩石是通过某种巨大的力量从地球内部迸放出来而爆裂成的，所以他在书名上就暗示，这里讲的是些'散落的'花岗岩石。这样，就很容易让人想到这些岩石是从地球内部迸放出来而散落四处的，给轻信的读者在头上套上了错误的绳索，而他们自己还不知道是怎么被套上的。

"人要上了年纪之后才能看清这一切，而且要有足够的钱才能支付他为经验付出的费用。我的每一句妙语警句都要花去满满一袋黄金。我花去了五十

---

1 歌德与索雷一起将歌德写的《植物的演化》译成法文，于1831年出版。

2 冯·布赫（Christian Leopold von Buch, 1774—1853），柏林的地质学家、火成论的创始人，歌德是火成论的反对者，他们俩的观点相左。不过，这里说的"布赫先生出版了一部新著"，这本书不是布赫写的，而是哥廷根矿物学家豪斯曼（Johann Friedrich Ludwig Hausmann）的著作，题目是"论北德沙地的花岗岩石的起源"（1827）。

万私人财产，才学到我现在所有的这一点知识，我花掉的不只是我父亲的全部财产，还有我的薪俸以及五十多年来我的大量稿费版税等收入。此外，我看到一些贵族人士出资一百五十万投放在宏伟的规划上，我与这些人关系密切，他们采取的步骤、成功与失败都有我的参与。

"人光有才能是不够的，要做到耳聪目明，还必须身居社会大环境中，有机会窥视走动着的时代的棋子，并且自己也来参加输赢的角逐。[1]

"但是，如果我没有在自然科学方面的辛勤努力，我就永远不会了解人的本来面目。我们在其他任何领域里都不可能像在自然科学领域里那样进行纯粹的观察和思考，洞察感性和知性的错误以及人的性格的弱点和优点。在其他领域一切都或多或少具有弹性，可以这样也可以那样，一切都或多或少可以商量。但是**大自然**从来不开玩笑，它总是真实的、严肃的、严格的，它总是正确的，而缺点和错误总是属于人的。它鄙视才疏学浅之辈，信服博学多能的、真正的、纯粹的人，愿向他们披露自己的奥秘。[2]

"知性是够不到自然的，人必须能够将自己提到最高的理性高度，才能接触到由物理的和伦理的本原现象所揭示的神性。神性隐藏在这些本原现象背后，而本原现象又是从神性衍生出来的。[3]

"但是，神性是在活的而不是在死的事物中起作用，它存在于发展和变化之中，不存在于已经形成和僵化的事物之中。因此，理性由于趋向神性，它也只与活的、变化的事物相关，知性则与它所使用的已经形成和僵化的事物相关。[4]

1　这大概是歌德进入魏玛宫廷，为宫廷服务，并能一直坚持到他逝世的主要原因。

2　按照歌德在这里的说法，大自然与其他领域不同，它是纯客观的，不受人的主观因素的影响，因而"它总是真实的、严肃的、严格的"，而不像其他领域那样具有弹性。因此，通过检验人对大自然的观察和思考的结果是否符合大自然的实际，就能判定人的观察和思考是否正确。另外，要真正揭示大自然的秘密，不仅要博学多能，而且要真诚纯正。这样，通过人与大自然的关系还能检验出人的性格方面的优点和缺点。

3　知性是人的认识和判断的能力，它触及的是大自然的各种表现形式，而不是它最后的本质，即绝对。人要想触及大自然最后的本质，就必须将自己提高到理性的高度，因为理性是比知性更高的认识能力。此外，歌德把大自然最后的本质即绝对称为"本原现象"，这种"本原现象"就是神性，是一切事物和现象的本原。

4　神性是通过千变万化的事物和现象表现出来的，因而具有趋向神性的理性就只和活着的、变化中的事物和现象有关系。相反，知性只与具体的事物和现象有关系，而具体的事物和现象是已经形成的事物和现象；既然已经形成就不是在变化之中，因而就成了僵死的。

"所以矿物学是知性的科学，为实际生活服务，因为它的对象是死的，不能再生成，不可能进行综合。气象学的对象虽然是一些活的事物，我们每天都看到它在活动和创造，它以综合为前提，但参与综合的因素形形色色，人胜任不了这种综合的任务，因此他的观察和研究不免白费力气。我们正在驶向这个想象中假设的岛屿，但是真正的综合也许是一块永远发现不了的大陆。当我想到，连植物和颜色这类简单的事物要达到某种综合都是那么困难，我对此就不感到奇怪了。"

1829年2月15日，星期日

（爱克曼有自然科学天赋）

歌德一见到我就对我为《漫游时代》编辑的博物学箴言[1]大加赞扬。他说："投身大自然吧，你是为大自然而生的，先写一部颜色学的纲要。"我们就这个题目谈论了很多。

从下莱茵地区寄来的一只木箱到了，里面装的是出土的古代容器、矿物、小型的教堂绘画和狂欢节诗歌。我们饭后打开箱子把这些东西取了出来。

1829年2月17日，星期二

（拉瓦特尔，基佐，维勒曼，库赞，印度哲学与德国哲学）

关于《柯夫塔大师》（Der Groß-Cophta）[2]我们谈了很多。歌德说："拉瓦特尔[3]

---

1 歌德的《威廉·迈斯特的漫游时代》除"框架结构"和"插入故事"外，还包括两部箴言集，即第二部末尾的《漫游者的感想》（Im Sinne der Wanderer）和第三部末尾的《玛卡莉笔录选》（Aus Makariens Archiv）。

2 歌德在法国大革命时期写的第一部回应法国大革命的喜剧。

3 拉瓦特尔（Johann Kaspar Lavater，1741—1801），瑞士德语作家，歌德的朋友，著有《观相术片段——为促进对人的认识和爱》（Physiognomy Fragments for the Promotion of Human knowledge and Human Love，1774—1778），共四卷；歌德曾参与写作。由于拉瓦特尔狂热地宣扬基督教的先知说，相信奇迹，歌德自1780年起与他中断来往。

相信卡廖斯特罗和他创造的奇迹[1]。当揭露出他是个骗子之后，拉瓦特尔坚持说，那是另一个卡廖斯特罗，奇迹创造者卡廖斯特罗是个令人敬仰的人。

"拉瓦特尔是个非常好的人，只是被巨大的假象蒙骗了，他不喜欢那种完全严格的真实，这既欺骗了他自己，也欺骗了别人。我们两人因此彻底决裂。我最近一次看见他还是在苏黎世，但他没看见我。[2] 我乔装走在一条林荫道上，看见他朝我走来，我就拐到一旁，他从我身边走过，没有认出我来。他走路的样子像一只鹳鸟，所以在布罗肯山上他是作为一只鹳鸟出现的。[3]"

我问歌德拉瓦特尔是否有一种趋于自然的倾向，鉴于他的《观相术》我们几乎可以做这样的推断。歌德回答说："完全不能，他的志向就是伦理和宗教，没有别的。拉瓦特尔的《观相术》中关于动物头盖骨的认识是从我这里得到的。"

话题转向法国人，谈到基佐[4]、维勒曼[5]和库赞[6]讲授的大课，歌德怀着崇高的敬意谈论这些人的立场，谈论他们如何从一个独立的、新颖的侧面观察一切，而且总是直接向目的地冲击。歌德说："就好比人们直到现在都是绕着弯路，迂回曲折地才能来到一座花园里，但这些人胆子大，我行我素，他们把那里的墙拆掉一块，然后安上一道门，从这里马上就可以踏上花园里最宽阔的道路。"

---

1 卡廖斯特罗（Giuseppe Balsamo Cagliostro，1743—1795），意大利魔术师，以医生、自然研究者、炼丹术士身份走遍整个欧洲，到处行骗。在巴黎的项链丑闻中他扮演了主要角色，1786年被捕并被驱逐出境；在罗马，因宣扬异教邪说被判死刑，1793年获减刑，改判终身监禁。歌德于1792年在意大利旅行时，曾访问过他的亲属，并将卡廖斯特罗写进《柯夫塔大师》，成为剧中伯爵那个人物的原型。

2 这里记载有误，拉瓦特尔在给朋友的信中说，他在苏黎世也曾看到了歌德。

3 《浮士德》第一部有一场戏叫《瓦尔普吉斯之夜》，故事发生在布罗肯山峰上。这场戏有一段插曲叫《瓦尔普吉斯之夜的梦》，其中有一个形象是鹳鸟，暗指拉瓦特尔。

4 基佐（Frençois Guizot，1787—1874），法国政治家、历史学家、法兰西科学院院士，主要著作有《英国革命史》《欧洲文明史》和《法国文明史》。

5 维勒曼（Abel Francois Villemainn，1790—1870），法国作家、文学史家、教授，讲课稿《法国文学讲稿》于1828年至1830年出版。

6 库赞（Victor Cousin，1792—1867），法国哲学家、法官，讲课稿《现代历史与哲学讲稿》于1828年出版。

我们从库赞谈到印度哲学。歌德说："如果英国人[1]提供的信息是真实的，那么印度哲学完全不是什么陌生的东西，只不过重复了我们大家都经历过的几个时期。当我们还是孩子的时候，我们都是感知主义者；当我们开始恋爱，并把原本不存在的品质加在所爱对象的身上时，我们是理想主义者；后来爱情发生动摇，我们对于忠诚产生怀疑，还未等缓醒过来我们又变成了怀疑论者。到了风烛残年一切就都无所谓了，我们听其自然，最后也像印度的哲学家那样，以清静无为主义者告终。

"在德国哲学方面还有两件大事要做。康德已经写了《纯粹理性批判》（*Kritik der reinen Vernunft*），这本书引发的事情多得无穷无尽，但这个圆周并未画完。现在还需要一个有能力的人、一个知名的人来写**感觉**和人的知性的批判[2]，如果这件事也做得同样出色，那我们对德国哲学就再没有什么希求了。"

歌德又说："黑格尔在《柏林年鉴》上发表过一篇关于哈曼的评论[3]。这几天我反复地阅读这篇文章，十分赞赏。黑格尔作为评论家，他的判断一向是很好的。

"在评论方面维勒曼的地位同样很高。虽然法国人不愿意再看到哪一个有才能的人能敌得过伏尔泰的才能，但可以说，维勒曼的思想观点已经超越了伏尔泰，因此他能够评断伏尔泰的美德和瑕疵。"

1829年2月18日，星期三

（关于"本原现象"，默克爱好收藏）

我们谈论起颜色学，特别谈到把浑浊的喝水杯对着光亮的时候呈现出黄

1　这个英国人是科尔布鲁克（Henry Thomas Colebrooke，1765—1837），英国梵文学者，这里歌德了解的"信息"来自这位学者写的《印度哲学》。

2　感觉（或曰感性）、知性和理性是人认识客观世界的三个不同阶段。感觉是对对象的直接感知；知性是对对象的综合概括和分析判断，它只涉及对象已经呈现出来的各种现象，不触及深藏在对象内部的本质；理性不涉及现象，只探求本质。感觉、知性和理性是一个整体，因此歌德认为，除《纯粹理性批判》，还应有"纯粹感觉批判"和"纯粹知性批判"。

3　1828年黑格尔在《柏林年鉴》上发表《评哈曼文集》。

色，对着黑暗的时候呈现出蓝色，这就使人观察到了一种本原现象。

这时歌德说："人所能达到的制高点是惊讶，如果本原现象使他惊讶，他就应该满足了。本原现象只能让他做到这一步，人不应该再进一步探究其背后缘由，这里就是极限。然而通常人看到了本原现象还觉得不够，他们想，肯定还有其他东西，就像小孩子似的，当他们往镜子里看时，马上把镜子翻过来，要看看镜子背面都有些什么。"[1]

话题转向默克。我问，默克是否也从事博物学研究。歌德说："当然喽，他甚至还拥有大量有价值的博物学收藏品哩。总之，默克的兴趣极其广泛。他也喜欢艺术，而且喜欢到这种地步，如果看见一个小市侩手里有一件好艺术品并且相信这个小市侩不会评估这件艺术品的价值，他就会想方设法把它弄到手，作为自己的收藏。在这类事情上他是没有良心的，什么手段都会用，如果别的办法行不通，甚至搞一次大骗局之类的事也在所不惜。"歌德还讲了几个这类很有趣的例子。

歌德又说："像默克这样的人今后不会再有了，倘若有的话，世界也要把他教育成另外一个样子。默克和我两人年轻的时候，那真是好时光啊！那时德国文学还是一块干净的黑板，人们乐意把许多美好的东西画在上面。如今这块黑板已经被写满和被玷污，大家连看一看它的兴趣都没有了，一个头脑聪颖的人都不知道该往何处下笔。"[2]

1829年2月19日，星期四

（歌德不容忍爱克曼对他《颜色学》中的理论有异议）

我和歌德一起单独在他的书房里吃饭。歌德情绪极佳，他告诉我，他今

1　这里，歌德进一步阐述对"本原现象"的理解，他认为，"本原现象"是世界的最后极限，人的认识一旦触及它就应该停止，因为再也没有比它更深、更广的事物了。

2　歌德和默克年轻的时候，即18世纪70年代，德国文学、德国哲学以及德国音乐正处在百废待兴的时期，青年人有广阔的发展空间。但是，到19世纪20年代德国文化界已是大师林立，留给青年人的发展空间变得非常狭窄。

天会有一些好事发生，他负责处理的阿尔塔里亚[1]与宫廷的那笔交易也有望成功。

接着我们谈了许多昨晚上演的《哀格蒙特》，是席勒改编的，还提到通过这次改编剧本蒙受的损害。

我说："把女摄政[2]拿掉，从哪方面看都不妥当，这部剧绝对不能没有她。因为通过这位女君主不仅使整部作品获得一种更高雅的品质，而且通过她与玛夏维尔的对话也无疑会更清楚、更明确地凸显那些政治关系，尤其是与西班牙宫廷的政治关系。[3]"

歌德说："毫无疑问。而且由于女君主的倾慕，使哀格蒙特脸上有光，因而也赢得了重要性。另一方面，当我们看到克莱尔欣击败众多女君主独占哀格蒙特的全部爱情时，她的身价好像也提高了。这都是一些十分微妙的效果，不到危及全局时，自然是不得破坏的。"

我说："我还觉得，在男性人物众多而且起着重要作用的情况下，像克莱尔欣这样唯一一位女性人物就显得太软弱，有些受压抑。通过女摄政才使整个描述能够得到一些平衡。但仅仅在剧本中谈到她，还说明不了什么，只有她亲自出场才能给人留下印象。"

歌德说："你对这种关系的感觉非常正确。我在写这部剧本的时候，把这一切都周密地考虑过了，这你是可以想象到的，因此，把一个为整体设想的并且支撑着整体的主要人物硬是拉出去，整体肯定要受到严重损害，这是不奇怪的。但是，席勒的性情有些暴烈，他做事往往太拘泥于预先确定的观念，不是充分尊重所要处理的题材。"

我说："你容忍了他，并且在如此重要的事情上让他毫无条件的自由行

1　阿尔塔里亚（Artaria）是曼海姆的一家艺术商店。卡尔·奥古斯特生前曾与该商店商定用大公内库的钱购买它的艺术品，卡尔·奥古斯特的继承人试图削减这笔开支，歌德反对并且获得成功。

2　剧本《哀格蒙特》中的女摄政是真实的历史人物，叫玛格丽特（Margarette von Parma，1522—1586），1559年至1567年任尼德兰的女摄政。剧中，阿尔巴对尼德兰人民采取血腥镇压的政策，女摄政则对人民采取温和的政策，她与剧中主人公哀格蒙特建立了亲密的、几乎达到爱情程度的友谊。

3　玛夏维尔在剧中是女摄政的亲信，他们俩的谈话在第一幕和第三幕开头。

事，人家会责怪你的。"

歌德回答说："我常常太无所谓了。此外，我在那一段时间里正埋头忙于其他事物，无论对《哀格蒙特》还是对剧院兴趣都不大；我就听他自便了。[1]现在这部剧本已经付印，而且有些剧院非常通情达理，我怎么写的，他们就都忠实地、不加删节地在舞台上演，这起码对我是一种安慰。"

接着歌德询问颜色学的情况，他曾经建议我写一份纲要，问我是否进一步考虑了。我把进展情况告诉他，没想到在我要表述这个题目的意义上我们产生了意见分歧。

进行这观察的人都会记得，在晴朗的冬日，阳光普照大地，我们看到雪上的阴影常常呈现**蓝色**。歌德在他的《颜色学》里把这个现象归入主观现象之中。他是基于这样一种设想，即当阳光向我们这些不居住在高山顶上的人照下来时，它不完全是**白色**的，而是由于透过或多或少弥漫着云雾的大气而变成了淡黄色，因此当雪被太阳照耀，雪就不完全是白色的，其表面染上了一层淡黄色，我们的眼睛受其刺激则产生出了与之相反的蓝色。据此，我们在雪上看到的蓝色阴影是一种主观所**要求**的颜色，歌德把这个现象也是放在这一栏目下进行阐述的，后来把索叙尔[2]在勃朗峰上所做的观察也很坚决地编排在了这一栏目里。

这几天我又研究了一遍《颜色学》的前面几章，为的是检查一下我能否履行歌德的热诚要求，为他的颜色学写出一份纲要来。由于雪和阳光作美，我能够再次仔细地观察刚才提到的蓝色阴影的现象，然而有些意外的是，我发现歌德的推论是建立在错误的基础上。那么，我是怎样得出这种看法的呢，我想说一说。

从我的居室往窗外正南方看，看到一座花园，这座花园邻接一幢房屋，冬天里在太阳照得不高时这幢房屋朝我这边投下一个偌大的阴影，能够覆盖半个花园。

---

1 席勒改编《哀格蒙特》是在1796年，那时歌德正忙于写他的《威廉·迈斯特的学习时代》。

2 索叙尔（Horace de Saussure，1740—1799），瑞士日内瓦的教授、地质学家，1787年第一批登上德国与意大利交界处勃朗峰的科考队中的一员。

前几天，蔚蓝的天空阳光灿烂，我向投在雪上的那片阴影望去，让我惊讶的是，看到整片阴影全是蓝色的。我对自己说，这不可能是主观要求的颜色，因为我的眼睛一点都没有接触被阳光照射的雪的表面，所以也不会使之产生出那个对立面来。我看到的只是大片蓝色的阴影。但是为了万无一失，防止邻接屋顶令人耀眼的光线接触我的眼睛，我卷起一个纸筒，通过纸筒去看那片阴影，我看到的还是蓝色，丝毫未变。

这片蓝色的阴影绝非主观产物，对此我现在依然坚信不疑。这个颜色存在于我的身外，它是独立的，我主观上对它没有影响。那么它是什么呢？它既然已经存在那里，那么它是如何产生的呢？

我又仔细地四下看了一遍，发现谜团解开了。我对自己说，这不是蓝天的反射还会是什么呢？这是阴影将蓝天向下吸引，而蓝天也愿意移居到阴影上的结果。因为书上写着：颜色和阴影系属同源，颜色喜欢与阴影结合，一旦有机会它就要在阴影上面并且通过阴影显现给我们。

接下来的日子我有机会证实我的假设。我走在田间，没有蓝天，太阳透过一种类似烟团的云雾照射下来，在雪地上洒下一片纯黄色的光。太阳的强度足以能投下明显的阴影，按照歌德的理论，在这种情况下应该产生出最清新的蓝色来。可是不然，阴影始终是**灰色的**。

第二天上午，天气阴沉，偶尔露出一点太阳，雪地上有明显的阴影，但这些阴影同样不是**蓝色的**，而是**灰色的**。在上面两种情况中都缺少蓝天的反射，不能给阴影染上颜色。

于是我有充足的理由坚信，歌德关于这一多次提到的自然现象的推论是不能被证实的，他《颜色学》中论述这一题目的章节亟须修改。

我遇到过类似的情况，当清晨天色破晓和傍晚黄昏将至的时候，在明亮的月光下，借助一支烛光能够特别清楚地看见两个带颜色的阴影。其中一个阴影，即被烛光照亮的阴影呈黄色，具有客观性质，属于浑浊介质的学说范畴，尽管情况确乎如此，歌德没有加以阐述；另一个阴影被微弱的昼光或者月光照亮呈淡蓝色或者青绿色，歌德解释说这个阴影是主观的，是主观要求的颜色，是通过烛光洒在白纸上的黄色光芒作用于眼睛而生成的。

现在我对这个现象进行十分仔细的观察时发现，这个理论同样没有被完全证实。相反，我觉得那个从外部照射进来的微弱的昼光或者月光本身就已经带有一种发蓝的色调，这种色调一部分通过阴影、一部分通过烛光所产生的黄色光芒而得以强化，因此这也是一种客观的基础，必须予以重视。

众所周知，黎明时的曙光以及月光投下的光芒是苍白的。正如大量经验证实，破晓时或者月光下看一张面孔，它总是显得苍白无力。莎士比亚似乎也了解这一点，因为他写的那一段很引人注意：罗密欧黎明时离开他的情人，两人在户外突然发现对方的脸都很苍白[1]，这一段显然是依据上述的那种感觉为基础。而那种能产生苍白色效果的光足以暗示出，它肯定本身就带有近乎绿色或者近乎蓝色的光芒，因为它产生的效果与从近乎蓝色或者近乎绿色的玻璃杯所产生出的反射是一样的。但下面几点还需要进一步证实。

我们可以把精神的眼睛所看到的光想象为彻底的白色，但是经验的肉眼看到的光就很少会这样纯洁了。相反，由于云雾或其他物质的原因而产生的变异，它不是倾向于受有利的影响，就是倾向于受不利的影响，不是与近乎黄的，就是与近乎蓝的色调一起显现出来。在这种情况下，直射的阳光肯定容易受有利的影响，即趋向近乎黄的色调，烛光也是如此；而月光以及黎明和黄昏时的昼光；两者都不是直射的，而是反射出的光，这两种光都由于黎明、黄昏以及黑夜的原因而产生变异，容易受消极的、不利的影响，因此就以一种近乎蓝的色调映入眼帘。

假如我们把一张白纸放在黎明或者黄昏的光线里，或者放在月光下，一半由月光或者昼光照射，另一半由烛光照射，结果一半的色调是近乎蓝色的，而另一半的色调是近乎黄色的。这就是说，这两种光都没有附加的阴影，都没有经过主观的强化，就已经分别属于近乎蓝色的或者近乎黄色的一方了。

因此，我的观察取得了如下结果，即歌德关于有色双影的理论并不完全正确。在这个现象中起作用的是客观的因素，而不是歌德自己的观察，这里那条主观要求的规则只能作为次要的东西加以考虑。

假如人的眼睛总是如此敏感，如此易于接受影响，只要与随便一种颜色稍

1　这一段出现在莎士比亚的《罗密欧与朱丽叶》第三幕第五场。罗密欧凌晨从朱丽叶家中出来，他们走到户外，两人难舍难分，忍痛告别。朱丽叶对罗密欧说，她觉得罗密欧脸色太苍白，罗密欧说："在我的眼里你也是这样的。"

稍接触就立刻受其支配，产生出一种与它相反的颜色，那么它就会不断将一种颜色转化为另一种颜色，这样，就会出现一种极其令人讨厌的彩色大杂烩。

所幸情况并非如此，一只健康的眼睛是这样生成的，它要么根本看不见那些主观要求的颜色，要么被提醒得经过努力才能产生出这些颜色来；不过，要想使这一行动获得成功，即使在有利的条件下也需要一些熟练的技巧。

这样一些主观现象的真正特点是：它们是在眼睛受到一定程度的强烈刺激时才会产生，而且即使产生了也不会持久，来去匆匆，转瞬即逝。这一点歌德无论在观察雪面上的蓝色阴影还是观察有色双影时都完全没有理会；因为这两种情况谈的都是一块几乎看不到被染了色的表面，因此在这两种情况下，第一眼就立刻看到那个主观所要求的颜色。

但是，歌德一经认识到某种规律性的东西，他就会抓住不放，就把它作为最高行为准则，甚至在这种规律性的东西似乎还没有表面化的情况下也是如此，这样，他就很容易被引入歧途，把综合的范围扩得太宽，以至于在完全另外一项规律起作用的地方，他看到的也是自己所喜爱的规律。

今天，当他提到他的《颜色学》并且询问那份商定的纲要的进展情况时，我本想对刚才说到的几点避而不谈，因为怎么才能既要把真相告诉他，又不使他受伤害，我感到有些为难。

然而，因为我对待这份纲要确实是严肃认真的，所以在能够有把握地进行这项工作之前，必须将一切错误去掉，将一切误解讨论清楚并且加以消除。

我没有别的办法，只能坦诚地告诉他，经过仔细观察之后有几点我不能与他取得一致，因为我对他的雪上蓝色阴影的推论以及他关于有色双影的理论都未能得到完全证实。

我向他陈述了我的观察情况以及我对这几个问题的想法。因为我天生没能力通过口头谈话略微清楚地、详尽地阐释事物，所以就只将我看到的结果摆出来，对于细节不做进一步阐述，留待以后用书面表达。

但是，我刚要开始说话，歌德庄重明朗的仪态就变得阴沉起来，我看得非常清楚，他不同意我的反对意见。

我说："当然，谁要想反驳你老人家认为自己正确，他非得早下功夫不可，不过也可能凑巧，长者操之过急，后生倒是碰上了。"

歌德略带讽刺的口吻回答说："好像这是你发现的！你关于光是有色的思想早在14世纪就有了，此外你在雄辩术中已经陷得很深。你唯一的长处是起码很诚实，怎么想的就直截了当地说了出来。"

接着他不再那么正颜厉色，稍微温和地说："我的颜色学对我来说简直就像基督教一样。有一阵子以为有了忠实信徒，但一眨眼的工夫他们都离我而去，自己另立一个教派。你跟其他人一样，也是一个异己分子，不过你毕竟不是第一个背离我的人。我曾经因颜色学中一些有争议的地方与很杰出的人物分道扬镳。与×××因……，与×××因……"[1] 歌德在这里给我列举了几个重要人物的名字。

这时我们已经吃完饭，谈话停止了，歌德站起来走到窗前，我走过去握住他的手，因为无论他怎样责骂，我都爱戴他，而且我感觉公理在我这边，他是受伤害的一方。

不一会儿，我们又就一些无关紧要的事情说笑起来。可是，当我临走前对他说，为了让他能更好地审查我的反对意见，我要用书面形式将我的意见写给他，并说他之所以不同意我的观点都怪我拙于口头表达的缘故时，他站在门口无可奈何地半笑着、半讥讽地对着我喊了几句异己分子和离经叛道之类的话。

对他的文学作品有反对意见歌德总是不太在乎，对每一项有根据的反对意见他都带着感激之情表示接受，而在颜色学方面他却难以容忍反对意见，这看上去可能让人疑惑不解；但是，如果仔细想一想，他作为诗人受到了外界的充分肯定，而他的《颜色学》，这部他全部作品中最伟大、最艰巨的著作，遭受的只是责备和非难，这样，谜团也许就揭开了。听了半辈子来自各方的极其愚昧无知的反对声音，他自然就总是处于一种敏感的战争状态，总

1　这里为什么没有直接提名而是用"×××"，爱克曼在1836年6月14日给瓦恩哈根·冯·恩泽的信中做了解释。他说，他写这篇谈话时记不起歌德说的那些人了，因而只能用"×××"来代替。不过，在信中他也写道："这些人当中有年轻的叔本华。"由于受到歌德的影响，叔本华也研究颜色学，还写了论文《论观察和颜色》（1810）。叔本华在颜色的问题上，虽然总体上看是牛顿的反对者、歌德的拥护者，但他在这篇文章中还是批评了歌德，说他把物理问题和心理问题混为一谈，这一批评使歌德感到很郁闷。

是全副武装准备奋起反抗。

涉及他的颜色学时，他就像一位慈祥的母亲一样，外人越是不认可她的宝贝孩子，她越是爱他。

他常说："我丝毫不觉得自己作为诗人所做的一切很了不起。杰出的作家在我生活的时代有之，更杰出的作家在我之前有之，在我之后还将有之。但是，在颜色学这门深奥的科学领域中我是我这个世纪唯一掌握真知的人，我为此感到自豪，因而有一种超过了许多人的优越意识。"

1829年2月20日，星期五

（歌德把写作比喻女人分娩）

与歌德一起吃饭。完成了《漫游时代》，他很高兴，想明天就寄出去。在颜色学方面他对雪面上蓝色阴影的看法有一点转向我的意见。他谈到打算紧接着又开始写他的《意大利游记》[1]。

歌德说："我们像女人一样，分娩的时候乱说什么再也不跟男人睡觉，可是一转眼就又怀孕了。"

他谈到打算怎么写他传记的第四部[2]，还谈到我1824年的笔记对已经写好的和列出大纲的部分很有用处。

他把格特林的日记念给我听。日记里非常亲切地讲述了早年耶拿的剑术大师。歌德说了许多褒扬格特林的话。

1829年3月23日，星期一

（歌德称建筑是凝固的音乐，赞席勒的《纳多维西族人的挽歌》）

歌德今天说："在我的文稿中发现一页，上面我把建筑称作是一种凝固的

1　1829年2月18日歌德又接着写《意大利游记》中的《重游罗马》(*Zweiten Aufenthalt in Rom*)。
2　歌德从1830年至1831年全力以赴写《诗与真》的第四部。

音乐[1]。这话确实有点道理，建筑营造出的氛围与音乐的效果接近。

"富丽堂皇的楼台殿阁是为王公贵族和豪门子弟建造的，他们住在里面安然自若便心满意足，别无他求了。

"这完全违背我的天性。我在卡尔浴场曾经有过一套阔绰的寓所，可我一住进去就立刻懒惰起来，无所事事。相反，低廉的住所如我们现在所在的这个简陋的房间[2]，却是乱中有序，有点像吉卜赛人的住处，这对我正合适。它给我内心以充分的活动自由，使我能用自己的心灵创作。"

我们谈到席勒的书信[3]，谈到他们俩共同度过的日子以及他们每天如何互相激励和互相促进对方的工作。我说："席勒好像对《浮士德》也很感兴趣；他敦促你，这很好么！他受他的理念的驱使，要自己继续为《浮士德》构思完全出于好意。[4]我从中注意到，他生性有点急躁。"

歌德说："你说得对，他和一切太爱从理念出发的人一样，安静不下来，总是忙个没完，从那些关于《威廉·迈斯特》的书信中你就可以看出，他一

1　歌德在他生命的最后三十年，写了近一千四百条格言和感想，其中有的编入他的小说《漫游时代》和《亲和力》，有的发表在《艺术与古代文化》上，还有一部分没有公开发表。这里所说的这一条是爱克曼在整理歌德文稿时发现的。歌德得知后非常高兴，在1829年3月28日写给策尔特的信中说："爱克曼博士……以令人敬佩的耐心审阅了我的那些陈旧的、已经完全被封存的手稿。令我高兴的是，他从中发现了一些有价值的东西。"在这些"有价值的东西"中就包括歌德于1827年写的那一条感想。爱克曼把这条感想编入《格言与感想集》中，集子共有四个自然段，第一自然段是这样的："一个高贵的哲学家（指谢林——引者）说，建筑是一种凝固的音乐（eine erstarrte Musik），许多人对此摇头是必然的。我们认为，与其采用这个美妙的说法，不如称建筑是无声的音乐（eine verstummte Musik）。"

2　这是歌德的书房。

3　1829年3月15日歌德将刚刚出版的《歌德席勒文学书简》第二卷交给爱克曼阅读。

4　席勒一再敦促歌德继续写完《浮士德》，对此歌德很感谢席勒。但是，说席勒自己要构思《浮士德》余下的部分，这不符合事实。事实是，歌德于1797年6月22日写信给席勒，请求席勒为他继续写《浮士德》出主意。他说，自己对继续写《浮士德》已经有了一些想法，"不过，我还是希望，您能费神在夜间睡不着的时候将这件事好好想想，向我提出您对整体的要求，以一个真正预言家的身份，给我讲述和阐释我自己的梦"。席勒于1797年6月23日复信歌德，对他着手写《浮士德》感到高兴，并相信他能马到成功。在谈到歌德对他的希望和要求时，席勒表示："这不容易做到。但我愿意尽我所能。"然后，席勒提出了一些具体建议。1797年6月24日歌德复信席勒，对席勒的回复表示感谢，并说席勒描述出了他的想法和意图，让他有了"写作的勇气"。

会儿主张这么改，一会儿又主张那么改。[1]我只好总是纠缠于既要坚持自己的立场，又要保护他的和我的作品不受这种事情的影响。"

我说："我今天上午读了他的《纳多维西族人的挽歌》（Nadowessische Totenklage）[2]，这首诗写得太好了，我很高兴。"

歌德回答说："你看，席勒是个多么伟大的艺术家，当客体作为古代流传下来的东西出现在他的眼前时，他是多么善于去捕捉啊。《纳多维西族人的挽歌》无疑是他最优秀的诗歌之一，我真希望，像这样的诗歌他能写出十几首来。但是你能想象吗？他最亲近的朋友却因为这首诗指责他，认为这首诗没有充分承载他的理念。[3]是的，亲爱的，他是遭受了他的朋友们的指责呀！不过，洪堡不是也指责我说不该让窦绿苔在受到士兵们袭击的时候就操起武器打过去吗！[4]然而，窦绿苔此时此景操起武器打过去是正确的，没有这一笔，这个非凡的少女的性格立刻就会遭到破坏，从而使她降至平常人的行列。你在未来的生活中将越来越多地发现，很少有人能够站到应该站的立足点上；相反，所有人都总是赞扬和突出那些与他们自己相适合的东西。而这些人还都是第一流的最优秀的人物，至于大众的意见如何，就可想而知了。由此可以想象，我们何以总是孤立的。[5]

1　歌德于1796年8月10日写信给席勒，信中说："小说（即《威廉·迈斯特的学习时代》——引者）又出现了生命的迹象。我以我自己的方式找到了表现您的理念的躯体，至于您是否还能从这些凡俗的人物身上认出您的那些理念的精神实质，这我就不知道了。我几乎想要将它拿去付印，不再让您过目。我们俩的秉性不同，因而这部作品永远也不能完全满足您的要求……"席勒收到歌德来信，当即回复，信中说："关于小说，您不愿给很难与您的秉性相融合的别人的想法以任何空间。一切均出自一人之手，即使有小小的缺陷（到底有没有尚未证实），那也是以您的方式保留缺陷，比用别人的方式弥补缺陷更好。"

2　席勒读了英国旅行家卡弗（Thomas Carver，1732—1780）写的《北美腹地旅行记》的德译本，根据这部书第十五章提供的题材写成了这首题为《纳多维西族人的挽歌》的诗；纳多维西族是北美印第安人中的一族。

3　1797年7月23日席勒写信向歌德报告，威廉·冯·洪堡在给他的信中说，他读了《纳多维西族人的挽歌》感到恐惧，因为诗的题材过于"粗野"。

4　1799年威廉·冯·洪堡著文《论歌德的〈赫尔曼与窦绿苔〉》，对歌德的这部作品大加赞扬，同时也指出了其中的一些缺陷。

5　歌德认为，一个作家不必在乎别人对自己作品的批评，因为每个人都是从自己的角度看待作品，适合自己的就喜欢，不适合自己的就反对。第一流的最优秀的人物是这样，一般大众更是这样。所以，歌德一贯反对创作作品时照顾读者的反应。

"假如我没有造型艺术和研究自然的基础，面对这个恶劣的时代以及它每天每日发生的影响，我也很难坚持得住。但是造型艺术和研究自然的基础保护了我，我还可以从这方面去帮助席勒。"

1829年3月24日，星期二

（歌德认为，结交席勒是魔性使然）

歌德说："一个人的地位越高，越是容易受魔性的影响，因此必须始终注意，不要让主导自己的意志走上邪路。

"我与席勒相识就有某些魔性的东西存在，我们可以早，也可以晚，可恰恰就在我结束了意大利的旅行、席勒对哲学思辨开始感到厌倦的时期走到一起了，这点至关重要，是我们双方的巨大成功。"

1829年4月2日，星期四

（掌握军权与掌握政权，古典的与浪漫的，再谈贝朗瑞，形成性格的内外因素）

今天吃饭的时候歌德说："我要向你透露一个政治秘密，这个秘密迟早会公开的。卡伯底斯特里亚斯在希腊国务首脑的位置上是待不长的，因为他缺少居这样高位所不可缺少的品质：他不是军人。我们还没有这样的例证，一个内阁阁员能够建立一个革命的国家，并让军队和军事统帅们听从他的指挥。手握战刀，率领一支军队，随便发号施令，制定法律，并且确信大家都会遵照执行，没有这一条，事情就糟糕了。拿破仑如果不是军人，他绝不会登上最高权力宝座，因此，卡伯底斯特里亚斯也不会长久保持首脑的职位，他很快就得扮演次要角色。这一点我预先告诉你，你将来会看到的。这是事物的本性，只能是这样。"

歌德随后就法国人谈了许多，尤其是关于库赞、维勒曼和基佐。他说：

"这些人的眼力、看问题审慎而透彻的能力是很强的，他们把对过去的全部认识与19世纪的思想结合起来，结果创造出了奇迹。"

从这些人转而谈到法国最年轻一代作家，谈到**古典的和浪漫的**这两个词的意义。歌德说："我想到一个新的表达方法，用它来说明两者的关系挺不错。我把古典的称作健康的，把浪漫的称作病态的。这样，《尼伯龙人之歌》就和《荷马史诗》一样是古典的，因为这两部作品都是健康的、有生命力的。绝大多数现代作品所以是浪漫的，不是因为新，而是因为软弱、乏力和病态，古代作品之所以是古典的，也不是因为古老，而是因为强壮、有生气、欢快和健康。如果我们按照这些品质区分古典的和浪漫的，我们很快就会豁然开朗。"[1]

---

[1] 歌德关于"古典"与"浪漫"之分的谈话，经常被人作为经典引用，尤其是对德国浪漫文学持反对态度的人更是将"古典的是健康的，浪漫的是病态的"看作他们立论的根据。但是，这并不符合事实。"古典的"原文是klassisch，这个词包含两层意思，"古代的"和"经典的"。自18世纪下半叶以来，在德国文学界和学术界用这个词指古希腊和古罗马文学。歌德和席勒特别崇尚古希腊文明，他们认为古希腊的作品是真正的典范。"浪漫的"原文是romantisch。这个词是由roman派生出来的。roman中文译成"传奇"。这种"传奇文学"盛行于欧洲中世纪，因此，（中文译成"浪漫的"）泛指中世纪文学。自从启蒙运动以来，德国文学界和学术界对中世纪文学的评价是负面的。这就是这里"把古典的称作健康的"，"把浪漫的称作病态的"的原因所在。换句话说，"古代希腊文学是健康的"，"中世纪文学是病态的"。不过，人们之所以认为中世纪文学是"病态的"，其中一个重要原因是，到18世纪人们还没有读过那个时期的作品。18世纪20年代情况发生了变化，中世纪著名的"骑士爱情诗"和"骑士宫廷小说"等被相继发现和出版，尤其是英雄史诗《尼伯龙人之歌》被发现和出版更是引起了德国文学界和学术界的广泛重视，给予了高度评价，歌德甚至将它与《荷马史诗》相提并论。

总之，即使"古典的是健康的"和"浪漫的是病态的"确实是歌德的原话，那也不能将"古典的"解释为由歌德和席勒所代表的"古典文学"，将"浪漫的"理解为曾经风靡一时的"浪漫文学"。这里，还必须强调的是，"古典文学"这个说法并不是歌德和席勒对他们结成友谊联盟以后创作的文学的称谓，他们也从来没有认为自己是"古典文学"的代表，"古典文学"（klassik）是歌德死后文学史们总结他们创作的文学得出的结论。另外，歌德与浪漫文学某些代表人物确实有过争论，但他从未将浪漫文学的整体看作是自己的对立面，更没有全盘否定。至少，后面的谈话证明了这一点。比如，在1828年10月17日的谈话中，歌德说："一些僵硬的、过时的规则全是废物，它们能干什么！所有关于古典和浪漫的大吵大嚷有什么意义！关键在于，一部作品要绝对上乘、优异，它也就可能是古典的了。"在1829年12月16日的谈话中，歌德又说："法国人也开始真正思考古典和浪漫之间的关系了。他们说：'不论是古典的还是浪漫的，它们都一样，都很好，关键仅仅在于要用理智运用这两种形式，并且能够运用得卓有成效。当然，用这两种形式也可能干出荒唐可笑的事来，这样古典的和浪漫的就都没有用处。'"歌德认为，法国人讲的这些话很有道理，话题转到贝朗瑞的监禁生活。[1]歌德说："完全是咎由自取。他近来的诗作确实恣意妄为、目无法纪，他反对国王，反对国家，反对和平的公民意识，罪有应得。而他早年的诗歌相反，都是欢快的、无害的，很适合用来组织一个幸福快乐人的社团，这些诗歌是人们所能称道的最优秀的歌曲。"[2]

我回答说："我敢肯定，他所处的环境对他的影响不利，为了取悦他的革命友人，他说了些他本来不要说的话。你老人家应该将你草拟的那份提纲完成，而且有一章专写感应[3]，这个题目越是仔细琢磨，越是重要，越是蕴含丰富。"

歌德说："太丰富了，因为归根到底一切都是感应，只有我们自己不是。"

我说："就是要看一种感应是起阻碍作用还是起促进作用，它是否与我们的本性相符并且有利，还是与我们的本性相悖并且不利。"

歌德说："这当然是关键所在，但是，要让我们优秀的本性顽强不屈，坚持到底，尽量不给妖魔鬼怪留有施展伎俩的余地，这也正是困难之处。"

吃甜点的时候，歌德让人将一株盛开的月桂和一株日本产的植物摆放在我们面前的餐桌上。我发现，两种植物营造的气氛是不同的，看见月桂使人

（接上页注）

"我们可以放心一段时间了"。在1830年3月21日的谈话中，歌德指出，古典文学和浪漫文学的概念现已传遍全世界，引起了许多争论和分歧，"这个概念原本出自我和席勒"。歌德说，他自己主张文学创作应遵循客观原则，席勒主张用主观的方法写作。席勒为了为自己辩护，说歌德的创作是"浪漫的，不是古典的和符合古代精神的"。施莱格尔兄弟抓住这个看法并加以发挥，因此这个看法就在全世界传播开来，现在人人都在谈古典主义和浪漫主义，这在五十年前是谁也想不到的。另外，歌德1820年还著文《古典派和浪漫派在意大利的激烈斗争》，强调这两派的斗争在德国已经结束，相信在意大利不久也将平息。1827年9月27日在致伊肯（Carl Jacob Ludwig Iken）的信中歌德深情地表示："古典派和浪漫派之间的激烈冲突到了最终和解的时候了。"从以上言论可以看出，歌德既不唯尊古典，也不反对浪漫。他认为，两者各有所长，两者应该融合。

1 1828年贝朗瑞因写诗攻击国王查理，被判十个月的监禁，罚款一万法郎。

2 歌德对贝朗瑞的诗一向称赞不已，但对他的政治立场不予认同。

3 1826年歌德草拟了一份提纲，评论1825年出版的由舒尔茨（Wilhelm Schulz）撰写的小册子《错误与真理》，这份提纲没有最终完成，爱克曼于1833年将提纲草稿编入《歌德全集最后手定本》。在这份提纲里歌德使用了"感应"（Influenz）这个概念，认为"感应"就是"从个人传入大众，从一个民族传向世界"。

感到愉快、轻松、温暖和宁静，而日本产的植物显得野蛮和抑郁。

歌德说："你的话不无道理。因此人们才承认，一个国家的植物影响这个国家居民的心态。一个在周围高大而肃穆的橡树中度过一生的人肯定与整天在空气流通的桦树下悠闲过活的人不一样。不过必须考虑到，那些人的本性一般说来不像我们其他人这样敏感脆弱，总体上他们很会自主生活，不太多地受制于外界的影响。但是，有一点是肯定的，一个民族性格的形成除这个种族天生的因素外，土地、气候、饮食和所从事的职业都在起作用。还要考虑到，原始部族占据的那块土地大都是他们自己喜爱的，也就是这个地带与人天生的性格已经和谐一致。"[1]

歌德接着说："你回过头去，在你身后的斜面桌上有一张纸，请你仔细看看。"

我说："是这个蓝信封吗？"

歌德说："是的。你觉得字迹怎么样？这个人在书写地址的时候他的襟怀多么宽广而开阔，难道不是吗？你认为这是谁的手笔？"

我仔细观看这张纸，很感兴趣。笔迹挥洒自如，大家风范。我说："这可能是默克写的。"

歌德说："不是，默克的高贵和正气还嫌不够。这是策尔特写的。写这个信封的时候纸和笔也帮了他的忙，致使写出的字完全表达了他的伟大性格。我想把这张纸放入我收藏的手迹里。"

1829年4月3日，星期五

（修筑公路，爱尔兰解放运动，论说当政者）

与建筑工程总监库德赖一起在歌德家里吃饭。库德赖说，大公在贝尔维德勒的行宫里有一个楼梯，多年来大家都感觉极不方便，老主人[2]一直怀疑是

---

1 歌德认为，一个民族的性格的形成受制于这个民族所处的自然环境和生活习惯。

2 指已经过世的大公卡尔·奥古斯特。

否还能改造，现在新主人[1]当政，楼梯完全修好了。

库德赖还通报了几条公路修建的进展情况。他说，去布兰肯海因的盘山路，由于每卢特[2]路段的坡度有两英尺高，所以必须略微改道，即使改道，有几处路段每卢特的坡度也还是有十八英寸。

我问库德赖，在丘陵地带修筑公路要力求达到的标准坡度应该是多少英寸。

他回答说："每卢特路段的坡度十英寸正合适。"

我说："但是，我们从魏玛出发，在通向东、西、南或是北的任何一条路上都能很快就发现，有些地方的坡度远不止十英寸。"

库德赖回答说："那都是一些短小的、不重要的路段，而且修筑公路时往往有意识地选择一些从一个村镇附近经过的路段，以便使那个地方能靠拉牵引车挣得一点点收入。"这是一个善意的骗局，我们都笑了。库德赖接着说："其实这已无关大局，这样一些路段旅游车很容易爬上去，货运车的车夫也都习惯这些苦差事了。再说，因为这样的牵引车通常都在旅店的老板们那里得到，车夫们同时还可以趁机喝点什么，如果他们的这点乐趣不被破坏，他们是会心怀感激的。"

歌德说："我想知道，在完全是平原的地带时而把直线公路中断，在一些地方人为地使公路略微有点起伏，是不是更好一些，这样不会给车辆的行驶带来不便，而赢得的是，由于雨水容易排放，道路总是干爽的。"

库德赖回答说："当然可以这么做，而且很可能受益良多。"

库德赖随后拿出一份文件，这是为培养一位年轻建筑师[3]起草的指导方案，建筑总局正在设法送他去巴黎深造。库德赖念了指导方案，歌德认为很好，表示同意。歌德已经从官府那里争取到了必要的资助。我们很高兴，这件事办成功了，我们还讨论了需要采取的防备措施，以便把钱确实花在这个年轻人身上，而且够他用上一年。等他回来之后，打算安排他在一所即将成

1　指卡尔·奥古斯特的继承人，他的儿子卡尔·弗里德里希大公。

2　德国旧时的长度单位，约等于3.8米。

3　这位"年轻的建筑师"叫基希纳（Karl Georg Kirchner），歌德推荐他去巴黎深造，大公夫人保罗夫娜给他提供奖学金。

立的工业学校[1]任教，这样这位天资聪颖的年轻人肯定就有了一块合适的用武之地。一切都很顺利，我对此默默祝福。

接着又拿出申克尔[2]为木工绘制的施工草图和一些图纸来研究。库德赖认为这些图纸很重要，完全适用于未来的工业学校。

大家谈到建筑物的声音以及如何隔音的问题，还谈到耶稣会教士们的教堂非常坚固。歌德说："墨西拿的那一场地震把所有的建筑物通通震倒，但耶稣会教士们的教堂和寺院都安然无恙，好像前一天刚建成似的；连摇动的痕迹都看不到，说明那场地震对它们的影响极其微小。"

话题从耶稣会教士和他们的财富转到天主教教徒和爱尔兰人的解放运动。库德赖说："看来解放会获得批准，但是英国议会将附加许多条款来限制他们的解放，绝不能让这一步骤对英国构成危险。"[3]

歌德说："在天主教教徒那里，一切防范措施都无济于事。罗马教廷有我们意想不到的利益需求，也有我们毫无所知的暗地里使用的手段。假如我现在坐在英国议会里，我也不会阻止这种解放运动，但是，我将请求把这一条记录在案：当一位重要的新教教徒由于一位天主教教徒投票而第一个人头落地时，就请想一想我的话吧。"

我们谈到法国人的当代文学，歌德再一次不无钦佩地说起库赞先生、维勒曼先生和基佐先生讲授的大课。他说："他们不像伏尔泰那样轻率肤浅，这些人学识渊博，这一点只有过去的德国人才有。再看看他们的思想，他们对于题材的穿透和挖掘，真是游刃有余！好像脚踏榨汁机似的。这三个人都很优秀，不过我想把基佐放在第一位，我最喜欢他。"

我们继而谈到一些世界史的题材，关于当政者歌德发表了如下看法：

1　这所工业学校由新上任的大公卡尔·弗里德里希的夫人玛丽亚·保罗夫娜倡议创办，于1829年建成。

2　申克尔（Karl Friedrich Schinkel，1781—1841），柏林建筑学院教师，德国古典主义建筑艺术的代表人物，歌德很赏识他的建筑风格。

3　1825年爱尔兰被英格兰侵占。爱尔兰信仰天主教，英格兰信仰新教。1825年爱尔兰天主教联盟成立，目标是扩大爱尔兰人的参政权利。1829年4月13日英国议会通过法案，爱尔兰人有成为各级政府官员和议会议员的权利。不过，爱尔兰的天主教教徒并不满足于这些，他们要继续斗争，争取彻底摆脱英格兰的统治。

"一个伟大的君主只需自身伟大就能广受爱戴。如果他笃行不倦，致使国家内部安乐祥和，在外受到尊重，那么无论他佩戴全部勋章、乘坐御车，还是身穿熊皮、口衔雪茄、驾着一辆破马车都没有关系[1]，他一经得到人民的喜爱，就会永远受他们的尊敬。但是，如果一个君主缺少伟大的人格，不知道用优异的功绩取悦于民，他就必须考虑其他的凝聚手段，于是除了宗教，以及享用和操练宗教的习俗，就再没有更好和更有效的方法了。每逢星期日来到教堂，俯视在那里做礼拜的全体信徒，也让信徒们向自己仰视一个小时，这是博取爱戴的最佳手段，可以推荐给每一位年轻的当政者。这个方法，无论多么伟大的人物，即便拿破仑也不曾鄙弃过。"

话题又回到天主教教徒以及僧侣们暗地里的巨大影响和作用。我们说到哈瑙的一位年轻作家[2]，不久前他在自己主编的一份杂志上撰文对念珠祷告开了几句玩笑，这份杂志便立即停刊，而且是僧侣们在他们所管辖的各地教区里施以影响所致。歌德说："我的《维特》出版不久，米兰就出版了意大利文译本。[3]但是，这整整一版书很快就连一本也看不到了。是大教区主教发现了问题，他让各教区的僧侣把这一版的译本都买去了。我并不生气，反而对这位先生的聪明机智感到高兴，因为他马上看出《维特》对于天主教教徒是一部坏书。我还要赞扬他立刻采取了有效措施，把这部书悄悄地彻底清除。"

1829年4月5日，星期日

（《克劳蒂娜·冯·维拉－贝拉》中的一首诗歌）

歌德告诉我，他饭前去了一趟贝尔维德勒，亲眼看了一下行宫里库德

1　暗指魏玛大公卡尔·奥古斯特。

2　这位哈瑙的作家叫柯尼希（Heinrich Joseph König，1790—1869），他在自己主编的杂志《新教徒》上发表多篇文章，1829年这些文章以"一位天主教徒的念珠"为题结集出版，只因对念珠祷告开了几句玩笑，杂志被叫停，他本人于1831年被革出教门。

3　《维特》的意大利文译本于1781年至1782年出版。《维特》不仅在意大利遭禁，在萨克森、奥地利以及丹麦等地也被判为禁书。

赖设计的新楼梯，觉得好极了。他还对我说，那一大块石化了的圆木桩也到了[1]，他要拿给我看看。

歌德说："这样一些已经成了化石的树干分布在北纬五十一度以下，围着地球一直绕到美国，像地球的一条腰带。让人惊讶的事情越来越多。人们对于地球的早期结构一无所知，因此我不能责怪布赫先生，他为了传播他自己的假说不让人们死啃僵硬的教条。他什么都不知道，但也没有一个人知道得更多一点，只要看上去多少有一点理性，讲授什么其实都一样。"

策尔特请歌德向我致意，我很高兴。随后我们说到歌德的意大利之旅，他告诉我，他从在意大利时写的信札中发现其中有一首诗[2]，想拿给我看看。他让我把我对面斜面桌上的一包文件递给他。我把文件包递给他，里面都是在意大利时写的信函。他找出那首诗并且读道：

> 丘比特，调皮而倔强的小男孩！
> 你请求我让你借宿几个小时，
> 而你已经待了何止几个时日！
> 现在，你成了家中老大，颐指气使。
>
> 我被你赶下我那宽敞的卧榻，
> 只好坐在地上，夜间忍受痛苦。
> 你存心不良，不断拨开炉灶的火苗，
> 烧光过冬的贮存，也烧焦我这可怜的住户。
>
> 你把我的器具乱扔乱放，挪动来挪动去，
> 我找啊找，好像都双目失明，神志糊涂。

1　这块木头化石出自图林根的煤矿。

2　歌德的《意大利游记》由三部分组成，第二部分叫《重游罗马》，内容主要是通信和报告，其中1785年1月10日的信中附有这首诗。这首诗是为音乐剧《克劳蒂娜·冯·维拉－贝拉》(*Claudia von Vera-Bella*) 写的。

你闹腾得实在过分，我担心，我这脆弱的心灵

为逃避你而金蝉脱壳，让开这间茅屋。

这首诗我好像从未见过，非常喜欢。歌德说："你不可能没见过，这首诗就在《克劳蒂娜·冯·维拉-贝拉》里，由鲁甘蒂诺演唱的。只不过，我在那里面把它分割成了许多部分，这样人们阅读时一带而过，谁也没有注意到它们有什么意义。但是，我以为这样做是稳妥的。情境表达得体，譬喻优美，而且具有阿那克里翁诗派的风格[1]。其实我们本应该把这首诗以及我的歌剧里面其他类似的诗歌都收入我的《诗集》重新付印，这样作曲家就能拥有我的全部诗歌了。"我觉得他说得对、有道理，于是记录下来留备今后处理。

歌德把诗朗诵得娓娓动听，使它不仅铭刻在我的心中，似乎也继续萦回在他的脑际。他还时而像在梦中一样自言自语地念叨诗的末尾两行：

你闹腾得实在过分，我担心，我这脆弱的心灵

为逃避你而金蝉脱壳，让开这间茅屋。

然后他告诉我，新出版了一本关于拿破仑的书[2]，作者是主人公年轻时代的一位相识，书中说到的一些情况极具启发性，引人注目。歌德说："这本书写得非常冷静客观，没有过分的激情，这里我们看到，当真实情况是人们冒着风险说出来的，这种真实情况就会具有多么了不起的性质。"

歌德还对我讲起一位年轻作家[3]写的一部悲剧。他说："这是一部病态的作品，不需要输血的部分输血过多，而其他一些需要血液的部分，又将血液抽走了。主题是好的，可以说很好，但我期望看到的场景没有写，而我不期

---

1 阿那克里翁（Anakreon，约公元前570—公元前480）是古希腊诗人，他的诗以歌体形式歌唱爱情、美酒和欢乐。18世纪欧洲有一种文学流派，因模仿这位诗人的诗体风格而得此名。

2 这本书是布列纳（Louis Antoine Fauvelet de Bourrienne，1769—1834）写的《回忆拿破仑》（1828—1830），布列纳是拿破仑的同学，也是拿破仑的秘书。

3 这位作家是谁，无法考证。

望看到的却写得很努力、很用心。如果你愿意根据我们的新理论评说的话，我以为，这就是病态的，或者说是浪漫的。"

我们又一起待了一会儿，十分惬意，最后歌德拿出一些蜂蜜款待我，还拿来几颗枣子让我带回去。

1829年4月6日，星期一

（拿破仑何以受拥戴，德意志民族的个人自由观念）

歌德把埃贡·埃伯特[1]的一封信拿给我，我边吃饭边阅读，很是高兴。我们把埃贡·埃伯特和波希米亚大大赞扬一番，还深情地怀念起曹佩尔教授。

歌德说："波希米亚是一个有特点的国家，我总是很愿意到那里去。那里作家们的文化修养中还包含一些纯洁的东西，这在北部德国已经开始少见了，因为这里每个游手好闲的无赖都在写作，他们既不可能有道德做基础，也不可能有比较高的意向。"

歌德接着说到埃贡·埃伯特最近发表的叙事诗[2]，写的是波希米亚早期母系统治以及亚马孙人传说的由来。

于是，我们聊起另外一位作家的史诗[3]，他费了九牛二虎之力想让自己的作品在公众刊物上得到好评。歌德说："这样的评论有些地方也确实登出过。但是《哈雷文学报》（*Hallesche Literaturzeitung*）看出了问题，直截了当地说出到底应该如何看待这首诗，这样一来其他报刊上的全部溢美之词就通通被粉

1　波希米亚作家埃贡·冯·埃伯特于1829年3月8日写信给歌德。

2　指埃伯特写的三卷本《维拉斯塔·波希米亚民族英雄史诗》（1829），这部作品是根据"利布萨传说"写成的。传说中，利布萨（Libussa）是波希米亚都城布拉格的创造者，是母系统治的开创者。埃伯特把这部作品已经印出来的部分寄给歌德，歌德很欣赏这部作品，并著文发表评论，标题为《波希米亚的亚马孙人》。亚马孙人是希腊神话中尚武善战的女人族，为了传宗接代，一年中与邻近部落的男子来往一次。亚马孙人是母系社会的主人，歌德将波希米亚传说中的利布萨比作古希腊的亚马孙人。

3　指K. G. E. 韦伯（Karl Gottlieb Ernst Weber，1782—1865）写的《各民族人民大会战》（1827），《哈雷文学报》于1828年对这部作品给予毁灭性的批评。

碎。现在谁要想欺世盗名，马上就被揭露，愚弄误导读者的时代已经过去。"

我说："人们为了一点点名声费尽心力，甚至乞灵于错误手段，我真是佩服他们。"

歌德说："亲爱的年轻人，名声可不是小事。拿破仑不就是为了一个大名几乎把半个世界都化为齑粉了吗！"

谈话稍停了一下之后，歌德继续给我讲那本关于拿破仑的新书。他说："真实的威力是巨大的。新闻记者、历史学家和诗人为拿破仑所编造的每一束光环、每一个幻觉，都在这本书中惊人的事实面前烟消云散了。但是英雄并未因此变得渺小；相反，他随着真实性的增加，形象越来越高大。"

我说："在他的人格里准是有一种特殊的魔力，能使人立刻倾倒，追随其后并听从他的指引。"

歌德说："诚然，他的人格比别人优秀。但主要原因还是在于，人们坚信在他的领导下能够达到自己的目的。因此人们投奔他，就像投奔每一个能让他们产生同样信心的人一样。演员不是也奔着他们相信将安排他们扮演好角色的新导演去吗？这是老生常谈，总是重复来重复去，人的本性就是这样安排的。没有人心甘情愿地为另一个人效劳；但是，一旦他知道这对自己有利，他就乐意去做。拿破仑太了解人了，善于恰如其分地利用人们的弱点。"

话题转向策尔特。歌德说："你知道吗？策尔特获得了一枚普鲁士勋章[1]，但他还没有一枚徽章。他的家族已经有一大批后代，所以有希望万古长存。因此，他必须有一枚族徽，这是荣耀的根据。我突发奇想，打算给他制作一枚。[2]我写信给他，他表示满意，但要求图案是一匹马。我说，好吧，就给你一匹马，不过是一匹带翅膀的马。请你回过头去看，就在你身后有一张纸，我在纸上用铅笔画了一份草图。"

我拿起那张纸，仔细地观看这份草图。族徽看上去很气派，我不能不对其创意表示赞赏。底部是一座城墙上塔楼的垛口，暗示策尔特早年曾经是一

---

[1] 1828年策尔特获得普鲁士颁发的三级红色雄鹰勋章。

[2] 策尔特的子女要求制作一枚族徽，于是，策尔特请他与歌德的共同朋友、瑞士出生的画家J. H. 迈尔替他设计。但是，迈尔生病，这一任务就由歌德承担了。

位能干的泥瓦匠。从塔楼的垛口后面有一匹马腾空而起，正要向高处展翅飞翔，这体现他的天资和蓬勃向上的精神。族徽的上方装配了一把里拉琴，琴顶上有一颗明星闪烁，这象征着艺术，让这位杰出的朋友有吉星高照，在其影响和保佑下功成名遂。族徽的下边挂着国王为祝福和尊敬他而赐予的勋章，用以公正地表彰他的伟大业绩。

歌德说："我已经请法丘斯[1]把它雕刻出来，你将会看到一份复制品。一个人为他的朋友制作一枚徽章，就像以此给他的朋友一个贵族头衔一样，这难道不是一项得体之举？"我们很喜欢这个有趣的想法，接着歌德派人去法丘斯那里取一份复制好的雕刻来。

我们又在桌旁坐了一会儿，喝了几杯存放多年的莱茵葡萄酒，吃着美味饼干。歌德含混不清地喃喃自语，昨天那首诗[2]又进入我的脑际，我背诵着：

> 你把我的器具乱扔乱放，挪动来挪动去，
>
> 我找啊找，好像都双目失明，神志糊涂。

我说："我不会再把这首诗忘掉了，它很有特色，把爱情给我们生活带来的混乱表现得如此充分。"

歌德说："它给我们展现了一种阴郁的状态。"

我说："它给我的印象是一幅画，一幅尼德兰绘画。"

歌德说："这首诗有那么一点像《贤夫贤妻》。"

我说："你正好说了我要说的话，因为我总是想着那首苏格兰诗歌，眼前浮现着奥斯塔德的形象。"

歌德说："可是说来蹊跷，这两首诗都是不能入画的，它们虽然给人一幅画的印象，营造一种类似的氛围，而一旦付诸画面就一文不值了。"

我说："这就是很好的例子，说明诗歌应尽量贴近绘画，但不超越自己本来的作用范围。我最喜爱这样的诗歌，它们既可以观赏又可以感受。但是我

1　法丘斯（Friedrich Wilhelm Facius，1764—1843），魏玛的奖牌制作者，给歌德制作过画像。

2　即1829年4月5日谈话中提到的那首诗。

不理解，你怎么会感觉出是一种阴郁的状态；这首诗仿佛来自另一个时代、另一个世界。"

歌德说："我也不会再写这样的诗了，说不清楚，我怎么会这样想的；这种情况我们不是经常发生吗？"

我说："这首诗还有一个特点。我总觉得它好像是押韵的，其实并不押韵。这是怎么回事呢？"

歌德说："原因在于节律。诗行以抑格开始，接下来是扬抑交错，直到快结尾时出现扬抑抑格，这样便产生出一种独特的效果，使这首诗获得一种阴郁哀怨的性质。"他拿起一支铅笔，把诗行分成：

Von/meinem/breiten/Lager/bin ich ver/trieben.

从 / 我的 / 宽敞的 / 卧榻 / 把我给 / 赶走。[1]

我们谈到节律的普遍特点，一致认为，这种事情是不可思议的。歌德说："诗的节奏来自诗的氛围，好像是下意识的。你写诗的时候如果考虑节奏，那你就发疯了，一点像样的东西都写不出来。"

我等着那个图章的复制品。歌德开始谈起基佐。他说："我在继续读他的讲义，通篇都十分精彩。这门课程今年大约讲到8世纪。他的目光深邃而透彻，我觉得没有一个历史学家比他更伟大。一些我们没有想到的事情，在他的眼里都具有极大的重要性，把它们视为重要事件的根源。譬如，某些占据统治地位的宗教观点对历史有什么影响，各式各样的原罪说、恩赐说、某些时代的圣迹是怎样形成的，怎样推导出来并且被证实的，我们都看得很清楚。我们还看到，他把罗马法典比作一只长生不老、潜入水中的鸭子，虽然时而隐藏起来，但绝不完全消失，总会又活蹦乱跳地钻出来。这些都处理得非常好，同时也是对我们杰出的萨维尼[2]的全面肯定。

1　为使中文押韵，前面译为：我被你赶下我那宽敞的卧榻。——译者
2　萨维尼（Friedrich Karl Savigny，1799—1861），德国历史法学派代表，1807年偕夫人到魏玛拜会歌德，他后来又多次看望歌德；著作有《中世纪罗马法的历史》（1815—1831）。

"当基佐谈到古代高卢人如何接受外民族的影响时，我特别注意的是，关于德意志人他都说了些什么。他说：'日耳曼人给我们带来的主要是这个民族特有的个人自由的思想。'这话说得多好，不是完全说对了吗？个人自由的思想不是直到今天还在我们中间起作用吗？它是宗教改革的思想根源，也是瓦尔特堡大学生们密谋造反[1]的思想根源，好事和坏事都来源于这种思想。我们的文学色彩繁杂，我们的诗人嗜好独出心裁，每个人都以为必须自己开辟一条新路，至于我们的学者也是特立独行，与世隔绝，各自为战，各行其是，这一切都来源于此。法国人和英国人相反，他们远比我们德国人团结，能彼此观摩，互相学习，在服饰和仪表方面也有一些相一致的东西。他们害怕与众不同，免得惹大家注目甚至讥笑。德国人则不然，他们想怎么做就怎么做，只求自己心满意足，不管他人如何。基佐看得很正确，德国人心中都有个人自由的思想，如前所说，这种思想产生了许多好的东西，但也产生了许多荒谬的东西。"[2]

1829年4月7日，星期二

（拿破仑非凡的政治、军事才能）

我进来的时候，发现内廷参事迈尔和歌德一起坐在餐桌前，迈尔最近一段时间身体不适，看到他又恢复到这种程度我很高兴。他们在谈论艺术品，谈到皮尔[3]用四千英镑买了一幅克劳德·洛兰的作品，迈尔为此特别赏识他。报纸到了，我们一边分着阅读报纸，一边等着上汤。

很快又提到时下的热门话题爱尔兰人的解放运动。歌德说："对我们大有

1　指1817年为纪念莱比锡各国大会战和宗教改革在瓦尔特堡举行的庆祝活动。庆祝活动结束后，大学生们烧毁了反动文件，据说这些文件煽动对大学生进行镇压。

2　歌德认为，德国人的特点（尤其与英国人和法国人相比）是追求个人的思想自由，他的看法很值得重视，因为用这个观点确实可以解释若干历史事件，可以解释18世纪末到19世纪初德国文学和德国哲学为什么有那么多的流派。

3　皮尔（Robert Peel，1788—1850），英国政治家和收藏家。

教益的是，这里暴露出的一些事情没有人想到过，而且如果没有这个契机也永远不会谈起它们。至于爱尔兰的状况我们并不十分清楚，因为问题太错综复杂。但我们至少看到了，这个国家遭受种种弊端之累，毫无办法，即使通过解放运动也难以将弊端消除。如果说迄今为止的不幸，还只是爱尔兰一国承受它的弊端的话，那么现在的不幸就是，英格兰也被拖入其中了。这是事情的关键。而天主教教徒是绝不可信赖的。我们看到，面对五百万天主教教徒的强大优势，两百万新教教徒在爱尔兰的处境至今十分糟糕，譬如，那些与天主教教徒做邻居的信奉新教的贫苦佃户，就深受压抑、刁难和折磨。天主教教徒内部互不相让，但在对付一个新教教徒时，却总是同心协力。他们像一群狗，你咬我，我咬你，然而，一旦有一只雄鹿进入视线，就立刻团结起来，群起而上，向雄鹿扑将过去。"[1]

话题由爱尔兰人转到发生在土耳其的争斗[2]。大家奇怪，俄国人尽管有强大优势，在去年的远征中怎么毫无进展。歌德说："问题是他们的物资匮乏，所以就对每个个人提出很高要求，虽然出现了一些个人的壮举和牺牲，但这在总体上并未对战事有所促进。"[3]

迈尔说："那里可能也是个倒霉的地方。我们知道，在远古时代当有敌人想从多瑙河向北部山区侵入的时候，那一带总要发生战争，敌人总要遭到最顽强的抵抗，几乎从未能打进来。如果俄国人开放海岸，从水上给自己供应给养就好了！"

"可以这样指望。"歌德说。

"我在读《拿破仑的埃及远征记》（*Napoleons Feldzug in Ägypten*），是天天陪伴在这位英雄身边的布列纳写的，他讲的许多事情已经褪去了惊险离奇的色彩，只剩下以赤裸裸的具体事实表现的庄严的真相了。可以看出，拿破仑自己想成为一名统治者，而这个时期他在法国不可能有所作为，于是就利用出征讨伐度过这段时间，他之所以进行这次远征，目的仅此而已。起初，他

1　歌德对天主教一直抱有成见。

2　指1828年至1829年的俄土战争。

3　歌德从一篇记述1828年俄国与土耳其在保加利亚作战的文章中得知，俄国军队的物资供应严重不足。

还拿不定主意该怎么办，曾经到大西洋沿岸视察所有的法国港口，检阅船只的状况，然后确定可不可以出征英格兰。但是发现出征英格兰不可行，于是决定出征埃及。"[1]

我说："我不能不佩服拿破仑，尽管这么年轻，玩弄起世界大事来却如此轻巧而沉稳，好像已经有几十年的实践经验似的。"

歌德说："亲爱的孩子，这是一个伟大天才与生俱来的能力。拿破仑对待世界就像胡梅尔对待他的钢琴一样，在我们看来两者都令人惊赞，我们既不懂得前者也不懂得后者，可情况确实如此，它们就发生在我们眼前。拿破仑之尤其伟大在于他任何时候都**一样**。无论在战役**前**、战役**期间**，还是在胜利之后或者失败之后，他永远坚定不移，总是清楚而明确地知道应该做什么。他总是如鱼得水，不论何时何地都能应付自如，胡梅尔也是这样，不论弹慢板还是快板，弹低音还是高音，他都能胜任。这是一种应变能力，无论在和平时期的艺术中还是在战争时期的艺术中，无论在钢琴旁还是在大炮后面，凡是在真正有才能的人存在的地方，这种能力随处可见。"

歌德继续说："但是，我们看到，这本书里给我们讲述他去埃及远征时有那么多虚构的故事，虽然有些能够证实，但许多根本不能证实，绝大部分都变了样。

"说他指示将八百名土耳其战俘击毙，这是真的；但这看来好像是一项经过作战委员会长时间深思熟虑做出的决定，因为一切情况都考虑过，已经没有办法救助他们了。

"说他下到了金字塔里面，这是无稽之谈。他站在外面很好，让别人给他讲他们在下面都看见了什么就行了。

"还说他穿的是东方服饰，这个说法也不太准确。他只是在家里乔装打扮过一次，然后出现在家人中间，为的是看一看，他穿这套衣服是否合适。可是，穆斯林的缠头围巾不适于长型头颅，他戴上不合适，从此他再也没穿过那套衣服。

---

1 拿破仑远征埃及是在1798年至1799年。

"但他确实去看望过传染上瘟疫的人，为的是要给出一个示范，如果能够克服对瘟疫的恐惧，瘟疫是可以战胜的。他这么做是对的！我可以讲讲我自己生活中的一件事，我有一次伤口糜烂，按理非感染不可，但我仅仅凭着坚强的意志就防止了这场病痛。在这样一些情况下，精神和意志的作用是难以置信的。它们好像能穿透肌体，将肌体置于活跃状态，从而击退一切有害的影响。相反，恐惧是一种虚弱乏力和敏感脆弱的状态，使敌人轻而易举就能征服我们。这一点拿破仑了解得太清楚了，而且他知道，什么都不必尝试，只需给他的军队做出一个光辉的榜样。"

歌德又十分高兴地开玩笑说："可是你得向我致敬！拿破仑在他行军时携带的书籍中有一本什么书？——我的《维特》！"

我说："从他在爱尔福特那次接见[1]中可以看出，他对《维特》是仔细研究过的。"

歌德说："他像刑事法官研究自己的文书档案一样研究了这本书，他也是本着这种精神和我讨论这本书的。

"在布列纳先生的著作里有一份书单，这是拿破仑在埃及随身携带的书籍目录，其中也有《维特》。而这份书单引人注意的是，对这些书籍是怎样进行分类的。例如，在政治一栏的标题下我们发现列有《旧约》《新约》和《古兰经》，由此可以看出，拿破仑是从什么样的视角看待宗教事务的。"

歌德还给我们讲了一些他在书中读到的有趣的内容。其中也说到拿破仑如何率领他的军队在海水退潮时跨越红海顶端一块干涸的海床，但是他们被涨潮的海水赶了上来，最后一批士兵不得不在齐胸的水中艰难跋涉，致使这场风险几乎以法老式的结局[2]收场。与此同时，歌德说了一些有关涨潮的新知识。他将涨潮与云相比较，云并不是从很远的地方过来的，而是在各个地方同时形成，然后均匀地向四处慢慢飘动。

1　1802年10月2日拿破仑在爱尔福特接见歌德。

2　据《旧约·出埃及记》记载，摩西带领犹太人出埃及走至红海时，举起手杖，使红海分开一条路，犹太人由此顺利渡过红海，而追击他们的埃及法老军队则被淹没在红海中。

1829年4月8日，星期三

（路德维希一世在罗马的新宅，君主和艺术家思维之不同，绘画临摹与文学翻译）

我进来时歌德已经坐在摆好餐具的桌旁，他非常高兴地招呼我，他说："我收到一封信，从哪里来的？——**罗马**！但是，是谁写来的？——**巴伐利亚的国王**！"[1]

我说："我为你高兴。我一个小时前开始散步，路上心里老是想起巴伐利亚国王，现在又听到这则令人愉快的消息，这难道不有点蹊跷？"

歌德说："一些事常常会让我们内心有所预感。信在那里，你拿过来，坐在我边上读吧！"

我拿着信，歌德拿着报纸，我就这样完全不受干扰地读着国王的来信。信上的日期是：罗马，1829年3月26日。笔触隽永清丽。国王告诉歌德，他在罗马购置了一处房产，即那座带花园的迪·马尔塔别墅，离卢多维西别墅不远，在城市的西北端，坐落于一个山坡上，因此可以俯瞰整个罗马，向东北方向望去可以清楚地看见圣彼得教堂。他写道："别人为了享受这里的景色得要长途跋涉，而我白天每时每刻都能从我宅邸的窗子向那边眺望，很方便。"他接着庆幸自己能这样称心如意地在罗马安顿下来。他又写道："我已经十二年没有见到罗马了，我像人们思念情人那样思念它，但从现在起，我就像去见一位心爱的女友那样，怀着眷眷之情回到她身边了。"然后他热情洋溢地谈到那些艺术瑰宝和雄伟建筑，这位行家认为至关重要的是推动并开掘真正的美的东西，他容不得任何偏离高品位的倾向。这封信通篇表达的都是那么优美，充满人情味儿，这是我们从身居如此高位的人物那里所不能期盼的。我对歌德表示，我为此感到高兴。

1　这位国王是路德维希一世（Ludwig I. von Bayer，1786—1868），喜欢意大利，多次去意大利旅行；他热爱艺术，执政前曾去意大利从事艺术创作，执政后在巴伐利亚大力推进艺术活动。他还是一个诗人，他的《诗集》共两卷，1829年将《诗集》第二版寄给歌德。路德维希国王十分崇敬歌德，1827年为祝贺歌德的生日亲赴魏玛。

歌德说："在信中你看到的这位君主，他除帝王的威严外，还挽回了人生来就有的美好天性。这种现象很少见，因此更令人兴奋。"我又继续读信，发现还有几处写得很好。国王写道："我在罗马这里，摆脱了王位上的种种烦扰，每天享受着艺术和自然，艺术家是我餐桌上的饭友。"他还写到，他经常路过歌德曾经住过的房子，届时总是怀念起他。信中援引了几段《罗马哀歌》[1]，由比可以看出，国王将这些段落记得很清楚，可能是想在罗马再不时地就地读一读。

歌德说："是的，他特别喜欢那些《哀歌》，为此跟我纠缠不休，让我告诉他，诗歌中的那些事实是怎么回事，显得那么优美，好像确有其事似的。可是，他很少考虑，诗人在大多数情况下出于一些微不足道的诱因就能够写出好的作品来。"

歌德接着说："我要是现在能拿到国王的《诗集》（*Gedichte*）就好了，回信时便可以谈一谈对这些诗的看法。根据我读过的很少几首可以推断，那些诗歌会是不错的。在形式和处理方式上很受席勒的影响，如果他给我们的是用这种华丽的外壳包装的崇高心灵的内涵，那么我们就有理由期待他的诗会很精彩。

"此外，我很高兴国王在罗马买了房产，称心如意地安顿下来。我见过这座别墅，地理位置很好，附近居住的全是德国艺术家。"

佣人[2]更换了盘子，歌德对他说，将巴洛克式天花板室里那幅大型罗马铜版画在地板上铺开。歌德说："我想指给你看，国王是在一块多么漂亮的地方购置了这片房产的，以便让你能恰当地想象那地方的情况。"我心里非常感激歌德。

我说："昨天晚上我读了《克劳蒂娜·冯·维拉－贝拉》，很有收获。布局严谨，人物表现大胆、轻松、调皮捣蛋、欢快喜悦，我真想能看见它在舞

1　1788年歌德结束意大利之行，回到魏玛，与克里斯蒂安娜同居。根据在意大利的感受和回到魏玛后的心情写成了《罗马哀歌》（1790年写成，1795年出版）。

2　这位佣人叫克劳泽（Gottlieb Friedrich Krause，1805—1860），从1824年起给歌德当佣人。

台上上演。"[1]

歌德说："如果能演得好，当然可以这么做。"

我说："我已经在脑子里将这出戏的演员配备好了，也分派了角色。格纳斯特先生一定要扮演鲁甘蒂诺，他就像为这个角色订制的一样。弗兰克先生一定要扮演唐佩德罗，因为他的体型与格纳斯特相似，两兄弟有一点共同之处是好的；拉罗什先生扮演巴斯科，通过出色的化装和演技他能够赋予这个角色所需要的那种野性色彩。"

歌德接着说："我想埃贝魏因夫人会将卢钦德演得很好，让施密特小姐演克劳蒂娜。"

我说："我们得给阿伦佐找一个身材魁梧的人，这个人必须首先是一个优秀的演员，其次才是歌手，我想，奥尔斯先生或者格拉夫先生演这个角色可能合适。那么由谁来给歌剧作曲呢？要什么样的音乐？"

歌德回答说："要由赖夏特[2]作曲，他的作品很优秀。只是管弦乐是按着过去时代的品位配成的，声音有些软弱，现在必须在这方面做些改进，使配成的管弦乐比较浑厚有力。我们的《丘比特，你这个调皮任性的小男孩》（*Cupido, loser, eigensinniger Knabe*）那首歌就是由他作曲，非常成功。"

我说："这首歌的独特之处是，当你背诵它的时候，会使你的心情梦幻般的舒适惬意。"

歌德说："这首歌就是源于这样一种心情，所以有这样的效果也是在情理之中。"

我们吃完饭，弗里德里希[3]进来告诉我们，已经把罗马铜版画在巴洛克式天花板室里铺开了。我们于是过去观赏。

这座世界大都会的图像展现在我们面前；歌德很快找到了卢多维西别墅，附近就是国王新购置的房产迪·马尔塔别墅。他说："你看，多么好的地理位置！整个罗马就在你的眼前伸展开来，山丘很高，你可以在中午和早上掠过

1　这出歌唱剧曾于1795年由歌德指导在魏玛演出，演出完全失败，因而只演了一次。

2　作曲家赖夏特，喜欢为歌德的诗谱曲，为歌唱剧《克劳蒂娜·冯·维拉－贝拉》谱曲是在1789年。

3　弗里德里希是克劳泽的名，即前面提到的那位佣人。

罗马城向它眺望。我曾经在这座别墅里住过，常常从窗子里观赏外面的风景。这座城市在台伯河对岸向东北方向延伸，变得很狭窄，那里耸立着圣彼得教堂，梵蒂冈就在那附近。你看，国王从他别墅的窗子可以看见河这岸建筑物的全景。这里有一条很长的大道，是从北德通向这座城市的；这是波波罗门（Porta del Popolo）。这里有几条街通向城门，我曾经住在其中的一条街上，住在一所街拐角的房子里。现在人们指着罗马的另一座建筑物说我在那里住过，但那里并不是我的真正住所。不过没关系，这样的事情其实都是无所谓的，习惯怎么样就顺其自然吧。"

我们又回到我们的房间里。我说："总管[1]会对国王的来信感到高兴的。"歌德说："应该给他看看。"

歌德又说："我每逢在有关巴黎的新闻中读到议会上的演说和辩论时，总是情不自禁地想到总管，想到他要是在那里肯定如鱼得水，大有用武之地。因为在这种地方不仅要有聪明才智，而且还要有演说的冲动和欲望，在我们的总管身上，两者兼备。拿破仑也有演说的冲动，他不能演说的时候，就写出来或者口授。我们发现布吕歇尔也喜欢演讲，而且讲得很好，音调铿锵，这种才能他是在共济会集会时练就的。我们的大公尽管天生言语简洁，但也喜欢演讲，如果不能讲，他就写出来。他写过论文，起草过法规，而且绝大部分都写得很好。只不过作为一个君主，他没有时间，也安静不下来去努力获取各种事物的必要的细节知识。他在最后的日子里还拟定了一份如何支付修复绘画费用的规章制度。这是一个很好的事例。因为他也像其他君主那样，用数学上的尺寸和数字来判断和确定修复的费用。他规定修复的费用要按英尺支付，如果修复的画有十二平方英尺，就付十二塔勒；如果是四平方英尺，就付四塔勒。这是君主做的规定，但不是艺术家做的，因为一幅十二平方英尺绘画的破损状况可能花很少工夫在一天里就能修复，而那幅四平方英尺绘画的破损状况，修复起来花上整整一个星期的辛勤劳动几乎都不够用。君主们都是优秀的军人，他们喜欢进行数学测定，喜欢用尺寸和数字卓有成效地工作。"

1　指魏玛的宫廷总管冯·米勒（Friedrich von Müller）。

听了这则趣闻，我很高兴。随后我们还谈了一些艺术以及这一类话题。

歌德说："我有一些根据拉斐尔和多梅尼基诺[1]的绘画所画的素描，迈尔曾经对此发表过看法，很值得注意，我想把他的看法告诉你。

"迈尔说：'这些素描画得有点不熟练，但可以看出，画素描的人对他面前的画有一种细腻的、准确的感觉，并把这种感觉画进了素描里，于是这些素描又十分忠实地将原作再现于我们眼前。如果一个当代的艺术家来临摹那些画，他可能画得好得多，也许正确得多，但可以预言，他缺乏那种忠实于原作的感觉，因此虽然画得好，但远不能使我们对拉斐尔和多梅尼基诺有一种纯粹的、完整的概念。'"

歌德说："这不是一个很好的事例吗？翻译作品也会发生类似的情况。例如，福斯[2]翻译的《荷马史诗》绝对是一部杰出的译作；但是还可以设想有另外一个人，他对于原作有比较朴素、比较真实的感觉，也能将这部作品翻译出来，而总体上，他并不是一位像福斯那样的卓越的翻译家。"

我觉得这一切都说得很好、很真实，我完全赞同。因为天气很好，太阳还在当空高照，我们于是去花园里面走了走，歌德首先叫人把低垂在走道上的一些树枝向上捆扎起来。

黄色的藏红花正在怒放。我们先是看花，然后看路，那里完全是一片紫色景象。歌德说："你最近说，绿色和红色比黄色和蓝色更能互相突显，因为前面两种颜色的色度较高，所以比后面两种颜色更充分、更饱满、更有效。我不同意这种看法。每一种颜色，它一旦明显地呈现在你的眼睛里，都会以相同的力度突显你所要求的颜色，关键仅仅在于，你的眼睛要处于合适的状态，没有太明亮的日光妨碍它们，地面也不能不利于它们接收所要求的图像。总之，我们要谨防对颜色做过于细致的区分和测定，因为这样很容易陷入从

---

1 多梅尼基诺（Dominichinco，1581—1641），意大利画家，巴洛克时期古典主义画派的代表人物之一。

2 福斯（Johann Heinrich Voß，1751—1826），德国18世纪作家、诗人，狂飙突进文学运动的一个文学团体"哥廷根林苑社"成员。他对德国文学有两大贡献：一是翻译了《荷马史诗》，尤其是《奥德修纪》如实地传达了荷马风格，使包括歌德在内的德国人真正了解了荷马，这对德国的荷马研究具有开创意义；另一是将希腊的田园诗移植到德国，开了德国田园诗的先河，自己写了几部田园诗，如《路易丝的田园生活》等。

本质被引向非本质、从真理被引向错误、从简单被引向复杂的危险境地。"

我要记住歌德的这些话，把它们作为自己学习中的一条很好的准则。这时，去剧院的时间已到，我准备走了。歌德放我走时笑着说："留神，你今天可得经受住《一个赌徒一生中的三十年》[1]里的惊惧与恐怖。"

1829年4月10日，星期五

（洛兰的风景画，诗意与真实，博马舍的"官司"）

"我想趁等着上汤时让你饱一下眼福。"歌德一边亲切地说着，一边把克劳德·洛兰的一本风景画画册摆在我面前。

这是我最初看到这位大师的作品。印象不同寻常，我一页接着一页翻下去，惊赞和喜爱也随之增加。分布在近处和远处的大片阴影凝重而浓厚，强烈的阳光从背后射向空中，又将光辉反映在水里，给人的印象总是十分清晰和明确，我觉得这就是这位绘画大师反复运用的艺术准则。看到每幅画都是怎样构成一个完全独立的小世界，其中没有一处不符合和不烘托主导情调，真是赏心悦目。不论画的是一个海港，那里停泊着船只，渔夫们在忙来忙去，岸边耸立着富丽堂皇的高楼大厦；也不论画的是一片荒凉寂静的山丘，山羊美滋滋地吃着青草，还有一条小溪和一架桥，几处灌木丛和一棵枝叶扶疏的大树，树荫下一个歇息着的牧羊人在吹芦笛；或者画的是一块深陷的沼泽地，上面停滞的积水在炎热的夏天给人一种凉爽的感觉。不管哪一幅，画面总是完全和谐一致，没有一点不属于这个基本特点的陌生痕迹。

歌德说："这一次你看到了一个完全的人，他的思想和感觉都是美的，他胸中有一个在外面任何地方都轻易看不到的世界。这些画具有最高度的真实性，却没有一点拘泥于现实的痕迹。克劳德·洛兰对于现实世界，哪怕其中最微小的细节都十分熟悉，但他是把现实世界作为手段来表现自己美丽的心

---

1 剧作者是黑尔。

灵世界的。这正是真实作为观念的存在，即要善于运用现实这个手段，使显现出来的真实产生一种假象，仿佛它就是真的。"[1]

我说："我以为这句话说得很好，而且同样适合于诗学和造型艺术。"

歌德说："我想应该是这样。"

他又说："你把克劳德的优秀作品作为饭后的甜点来继续享用可能会更好些，因为这些画真的太好了，不宜于把这么多幅连续地看下去。"

我说："我有这样的感觉，每当我要翻开下一页的时候，总会突然感到有些恐惧，这种恐惧很特殊，是我面对这种优美的东西所感受到的，就像我们读一本好书一样，大量宝贵的段落迫使我们停下来，再继续往下读只能是三心二意的。"

停了一会儿之后，歌德接着说："我已经给巴伐利亚国王写了回信，你可以看一看。"

我说："我很愿意看，这对我会很有教益。"

歌德说："这段时间在《汇报》(*Allgemeinen Zeitung*) 上刊登了一首致国王的诗[2]，总管昨天给我朗读了，你也务必读一读。"

歌德把报纸给我，我默默地读这首诗。

歌德说："呐，你对此有什么看法?"

我说："这是一个有良好愿望而没有才能的外行人的情感，高水平的文学给他提供的是一种矫揉造作的语言，替他发声，替他押韵，而他则以为是自己在说话。"

歌德说："你说得完全正确，我也认为这首诗写得很差，丝毫没有对于外界的直接体验，仅仅是一些内心感受，而且也不是真正意义上的内心感受。"

我说："众所周知，要把一首诗写好需要对所讲述的事物拥有大量知识，

1　这里歌德再次阐述了他的文艺观：首先要对现实世界有深入细致的了解，其次要把现实世界作为表现内心世界的手段，最后达到的效果是展现出看不见的内心世界。这样，作品就具有高度的真实性，虽然看上去所描写的内容像是实实在在的现实世界，但没有一点拘泥于现实的痕迹。

2　1829年3月28日《奥古斯堡汇报》的副刊上登载了一首致国王的诗，作者未署真名。(奥古斯堡是巴伐利亚的一个城市。)

一个人如果不像克劳德·洛兰那样具有支配整个世界的能力，即便有最好的思想倾向也很少能创作出什么好作品来。"

歌德说："而且奇怪的是，唯有天生就有这种才能的人才真正知道写诗要取决于什么，其他所有人都或多或少是在摸着石头过河。"

我说："美学家们就是例证，他们中几乎没有一个人知道，到底应该教授什么，他们把年轻的作家完全弄糊涂了。他们不讲现实，而是讲理想；不是给青年作家指出他们缺少什么，而是把他们已经占有的知识搞乱。例如，天生比较诙谐和幽默的人，如果他不知道自己有这份天赋，他肯定会运用这些能力最大限度地发挥作用，但是，谁要是对那些赞扬他有如此高品质的说辞津津乐道，他立刻就要受到干扰和妨碍，不能再不带任何杂念地运用这些能力，他的意识将削弱这些能力，结果非但不能像所期望的那样得到提高；相反，还不得不备受难以形容的阻挠。"

歌德继续说："你完全正确，关于这个问题要说的话很多。这些天我读了埃贡·埃伯特最近写的史诗，你也应该读一读，或许我们可以从这里开始给他提供一点帮助。他的确是一位有才能的人，很令人喜欢，但是这部新诗缺少真正的文学基础，即现实的基础。风光景色，日出日落，那些属于他的外部世界的段落完美无缺，写得不能再好了。可是其余部分，属于过去几百年以前的传说部分，就写得不甚真实，缺少原来的内核。将亚马孙人以及他们的生活和行动一般化了，即年轻人所认为的那种浪漫和诗意；这种现象在美学界已经司空见惯了。"

我说："这是当今整个文学的通病，因为害怕没有诗意，就回避特定的真实，于是陷入言之无物、空话连篇的境地。"

歌德说："埃贡·埃伯特本应该始终依靠编年史上[1]记载的传统，这样，他的诗是能够有些成就的。当我想到席勒如何研究传统，他写《退尔》时，对瑞士下了多么大的工夫，莎士比亚如何利用编年史，在他的剧本中整段整段地逐字逐句引用，那么，我们对现在的年轻作家也可以提出同样的高要求。

---

1 指1596年出版的用德语写的《波希米亚编年史》。

我在我的《克拉维果》中就整段地引用了博马舍[1]的《备忘录》（*Memoiren*）。"

我说："但是，要加工到使人觉察不出这是引用的，已经不再跟素材一样了。"

歌德说："如果是这样的话，那就对了。"

随后歌德给我讲了博马舍的几点特征。他说："博马舍是一个狂热的基督教徒，你一定要读一读他的《备忘录》。他最喜爱打官司，只有打官司时他才真正感到身心舒畅。《备忘录》里还保存着在他打的一场官司中律师们所做的辩护词[2]，这是审理这一类案件中最引人注目、最才智充溢和最无所畏惧的辩护词。而正是这场著名的官司[3]博马舍打输了。当他走下法庭的楼梯时，碰上了正要上楼的首相。博马舍理应给他让路，但他没有这样做，坚持各走楼梯的一半。首相的尊严受到伤害，他命令手下的人将博马舍推到一边，他们这样做了；于是博马舍立即返回法庭，起诉首相，结果他赢了。"

我很高兴听这则有趣的故事，吃饭的时候我们继续畅谈其他一些事情。

歌德说："我又打算写我的《重游罗马》[4]了，让这本书最终脱手，我好去干点别的什么。你知道，我已经出版的《意大利游记》都是由书信编纂成的。但是，我第二次在罗马逗留期间所写的信都不太适于编纂成游记，因为里面涉及家里的和魏玛的情况太多，关于我在意大利的生活谈得太少。不过里面有些观点表达了我当时的**内心**状态。我计划把这样一些段落抽出来，一段一段地前后排列起来，然后把它们插入我的小说里，从而使我的小说有一些声色和情调。"我觉得这么做非常好，赞同他的这个打算。

歌德又说："在以往各个时代里大家都说，而且反复地说，人应该努力

1　博马舍（Pierre-Augustin Caron de Beaumarchais，1732—1799），法国剧作家；本人经历过多次官司，是当时法国腐败的司法制度的受害者。为揭露司法腐败，同时也是为给自己辩护，他于1774年至1775年撰写了《备忘录》，共四部。歌德很喜欢这部作品，并从第四篇中摘取两段用于他的剧本《克拉维果》。

2　《备忘录》中所谓的律师辩护词实际上是博马舍自己写的。

3　这大概是博马舍与法官哥埃士曼的官司。博马舍在一场官司失败后继续上诉，并对法官哥埃士曼的太太行贿。法官的太太接受了他的一部分贿赂，但法官哥埃士曼不仅判他败诉，而且反咬一口，攻击他行贿。

4　《重游罗马》是歌德的《意大利游记》中的主要部分。

'认识自己'[1]。这是一项不寻常的要求，至今没有人做到过，实际上也不应该有人做得到。人的全部意识和努力都倚仗外在世界，即他周围的世界，他要做的只是，为达到自己的意图的需要，尽量认识这个世界并尽量使之为自己服务。人只有在享乐或者受苦的时候才了解自己，也只有通过苦痛或者欢乐才能学会应该追求什么或者避免什么。此外，人是个蒙昧之物，不知道自己从哪里来，也不知道向哪里去，他对世界知之甚少，对自己则知之最少。我就不了解自己，但愿上帝也不要让我了解。但是我想说的是，当我四十岁在意大利的时候我才有足够的睿智认识到自己没有造型艺术方面的才能，我要向造型艺术发展的意向是错误的。我绘画的时候对于画立体造型没有足够欲望，我有点害怕，怕所画的对象会向我逼来，相反，比较柔弱的和温和的形象才适合我的趣味。如果我画一幅风景画，我是从模糊不清的远景画起，然后画中景，在画面的前景上我总是不敢用足够力气下笔，所以我的画永远产生不出令人满意的效果。而且，我一不练习就没有进步，每逢停下一段时间，就又得重新开始。当然说我完全没有才能，尤其在画风景画方面那倒也不是。哈克特[2]经常说：'你如果愿意在我这里住上十八个月，你是会画出点使自己和旁人都喜欢的作品的。'"

我听得津津有味，然后说："那么如何才能看出一个人在造型艺术方面有真正的才能呢？"

歌德说："真正有这种才能的人对于形象、比例关系和颜色具有一种与生俱来的悟性，稍加指导就能把一切都做得既快捷又正确。他尤其要有对于立体造型的悟性，以及通过光照产生用手去触摸它的欲望。即使在练习的间歇里这种才能也会在内心里继续增长。这样的才能并不难辨识，但最好是由大师辨识出来。"

歌德兴致勃勃地继续说："我今天早晨去探访大公的宅第，大公太夫人的房间极有品位，库德赖带着他手下几个意大利人又一次演示了他们纯熟的技巧。油漆工们还在忙着粉刷墙壁，是几个米兰人。我于是用意大利语跟他们

1　"认识自己"是古希腊的格言。

2　哈克特（Philipp Hackert，1737—1807），德国风景画家，长期住在意大利。歌德在意大利旅行时认识了他，两人成了亲密朋友。

打招呼，并且发现，我没有把这种语言忘记。他们告诉我，最近一次粉刷的是符腾堡国王的王宫，本来接着要把他们转到哥达，但他们未能达成一致意见；与此同时，魏玛方面听说了他们，于是请他们来魏玛装修大公太夫人的房间。我一下子又喜欢听和说意大利语了，因为这个语言携带着这个国家的某种气氛。这几个善良的意大利人离家已有三年了，他们说，他们打算把施皮格尔先生[1]委托他们为我们剧院画舞台布景的任务完成之后，就从这里直接回家，你大概不会生气吧？这些人很灵巧，其中有一个人是米兰第一位舞台布景画师的弟子，所以你可以期待，会有一幅漂亮的舞台装饰。"

弗里德里希收拾完餐桌后，歌德让他把一张小幅罗马地图摆在他面前。他说："对于我们其他人来说，罗马不是久住之地。要想留在那里安家，就得结婚和信仰基督教，否则是待不下去的，日子不会好过。哈克特作为新教教徒能在那里坚持这么长时间，他对此颇为得意。"

然后歌德还把地图上最值得注意的建筑物和广场指给我看。他说："这是蕨类植物花园。"

我说："你不是就在这里写下《浮士德》中女巫那一场的吗？"

他说："不是，那是在波尔格泽花园。"

接着我继续看克劳德·洛兰的风景画，很是赏心悦目，我们还谈了有关这位大师的一些情况。我说："难道当代年轻的艺术家就不能以他为楷模吗？"

歌德回答说："有类似气质的人以克劳德·洛兰为榜样无疑会茁壮成长。但是，没有受到自然以类似的精神礼物眷顾的人，至多只能看到这位大师的一些个别部分，再用这些个别的部分吹吹牛皮而已。"

1829年4月11日，星期六

（歌德青年时代的两封信函）

我看到今天在长形大厅的餐桌上已经摆好了餐具，而且摆放了好几个人

1　冯·施皮格尔（Karl Emil von Spiegel，1781—1861），自1828年任魏玛剧院院长。

的。歌德和冯·歌德夫人非常亲切地招呼我。陆续到来的有：叔本华夫人[1]，法国公使馆的小赖因哈德伯爵[2]，他的内兄冯·D先生（冯·D先生是为打土耳其人赴俄国军队服役的，正好路过这里），乌尔里克小姐，最后是内廷参事福格尔。

歌德情绪特别好，为了给大家助兴，他在客人们入席前讲了几则法兰克福有趣的笑话，尤其是发生在罗特席尔德与贝特曼[3]之间的那个一个人如何捣毁另一个人的投机买卖的笑话。

赖因哈德伯爵要去宫廷，我们其他人在餐桌前就座。大家开怀畅谈，说到旅行，说到浴场，叔本华夫人最近在莱茵河边上修女庵岛附近购置了一块地产，她对安排这块新地产的事尤其感兴趣。

吃甜点的时候赖因哈德伯爵又出现了，大家称赞他行动神速，这么一会儿工夫不仅在宫中吃了饭，还更换了两次衣服。

他带给我们的消息是，新教皇已经选出，而且是一位卡斯蒂廖内人[4]。歌德给大家讲述了选举时应该遵守的传统礼仪。

这个冬天赖因哈德伯爵是在巴黎度过的，所以介绍了一些我们希望知道的有关著名政要、文学家和诗人的情况。大家谈论起夏多布里昂、基佐、萨尔万迪[5]、贝朗瑞、梅里美[6]等人。

吃完饭，当客人们都离去之后，歌德带我到他的书房里，给我看了两份非常有价值的手迹，我高兴极了。这是1770年歌德年轻时从斯特拉斯堡写给他法兰克福的朋友霍恩博士[7]的两封信，一封写于7月，另一封写于

---

1 哲学家叔本华的母亲约翰娜·叔本华（Johanna Schoppenhauer，1766—1838），1806年至1829年住在魏玛，本人是作家，与歌德来往甚密。

2 小赖因哈德伯爵（Karl Reinhard，1802—1873），法国驻法兰克福德意志联邦议会公使卡·弗·赖因哈德（K. F. Reinhard）的儿子。

3 罗特席尔德和贝特曼（Simon Moritz von Bethmann，1768—1826），均为当时法兰克福著名的银行家。

4 新教皇叫萨韦里奥（Francesco Saverio，1761—1830），1829年上任，原来是卡斯蒂廖内的伯爵。

5 萨尔万迪（Narcisse Achill comte de Salvandy，1795—1856），法国作家，歌德曾著文赞扬他的小说。

6 1828年歌德在《艺术与古代文化》上著文评论过梅里美的诗作。

7 霍恩（Johann Adam Horn，1750—1806），歌德在法兰克福时和在莱比锡上大学时的朋友。

12月。两封信中都表现出这个年轻人对他面临的伟大事业已有预感，在第二封信中已能看出《维特》的痕迹；那时在泽森海姆的恋爱[1]已经开始，这个幸福的青年人似乎正陶醉在甜美的感情里，一半清醒一半梦幻般地打发日子。信的字迹从容、干净、清秀，已经确定了日后歌德一直保持的书写风格。我爱不释手，反复读着这两封信，然后怀着极其幸福和深深的感激之情离开歌德。

1829年4月12日，星期日

（歌德称人一生的成长如同植物的蜕变，错误的志向也能带来益处）

歌德给我念了他写给巴伐利亚国王的回信。他把自己描绘成一个亲自沿着别墅的阶梯走上去，直接来到国王的身边与国王面谈的人。我说："你在这样的情况下，如何能把你与他之间的关系保持得恰到好处，可能很困难。"

歌德回答说："对于像我这样毕生要与高层人物打交道的人来说，并不困难。唯一一点是，不能完全像对待一般人那样行事，要永远保持在一定的礼仪范围之内。"

他随后说到他现在正忙于编写他的《重游罗马》。

他说："从我那一时期所写的信中我十分清楚地看出，与早年或者晚年比较，生活的每一阶段都有一定的优势和劣势。我四十岁的时候对于一些事情就完全与现在一样明了和清醒，有些方面甚至比现在更明了和清醒，然而，我不想用我现在八十岁时所拥有的优势与它们互相调换。"[2]

我说："在你讲这番话的时候，我想起了植物的蜕变。我很理解，我们不能从开花期退到绿叶期，从种子和果实成熟期退回到百花盛开期。"

歌德说："你的比喻完全表达了我的意思。"他继续笑着说："你设想一下，

1　1770年歌德在一次旅行中途经泽森海姆，在那里认识并爱上了一位教师的女儿弗里德里克·布里翁，后来写了很多情诗寄往泽森海姆，人们称这些诗为"泽森海姆之歌"。

2　歌德认为，人在一生中的每一个阶段都有与此前和此后阶段不同的认识，而且每个阶段都有自己的优势和劣势。因此，要承认各阶段不同认识的特殊价值，更不能互相替代。

一片已经长成锯齿形的叶子，它还愿意从最自由的生长状态退回到那种胚叶期带有霉味的受限制的状态吗？现在我们甚至有一种植物，它经过开花期和结果期之后，即使不再开花结果仍然继续蓬勃生长，用这种植物作为高寿的象征是很合适的。"

歌德继续说："糟糕的是，人们在生活中经常被错误的志向干扰，而且，一直到已经摆脱了这种错误志向之前，自己从来都没有认识到这个志向是错误的。"[1]

我说："可是，人怎么才能看出并且知道某一种志向是错误的志向呢？"

歌德回答说："错误的志向产生不出成果，纵使产生出来，其成果也没有价值。察觉别人的志向是错误的并不太困难，但是，察觉自己的志向是错误的就非同一般了，这需要思想高度解放。即使察觉了也往往无济于事，人们还是在踌躇、怀疑，决定不下来，就像一个人总是难以割舍一个心爱的姑娘一样，尽管早就有迹象一再证明她不忠诚。我这样说是因为想到，自己花了多少年时间才认识到我要从事造型艺术的志向是错误的，而且认识了之后，又经过多少年时间才与造型艺术脱离关系。"[2]

我说："但是，这种志向确实给你带来了许多益处，因此不太应该说它是错误的志向吧。"

歌德说："我获得了判断是非或者好坏的能力，因此也就心安理得了。这是我们从任何错误的志向中都能得到的益处。没有足够音乐才能的人下大功夫学音乐，虽然永远不会成为大师，但他由此可以学会识别和鉴赏大师的作品。我尽管曾经倾注全力奋斗，还是未能成为艺术家，但由于我对艺术的所有部分都尝试过，所以学会了对于画的每个笔触或者每一个线条都能做出解释，能区别什么值得嘉奖，什么还有缺点。这就是个不小的收获，因此，很少有错误的志向没有收获。[3] 例如，为了解救圣墓进行十字军东征，这显然是

1　歌德认为，志向的选择对一个人的成长发展有重大作用，错误的志向会阻碍他做出应有的贡献。

2　这里歌德强调，一个人要认识到自己当初选择的志向是错的并非易事，需要时间和勇于割舍的决心；其中最重要的是要能判断自己是否有相关方面的才能。

3　歌德也认为，他把绘画作为自己的志向固然是错误的，但并非完全徒劳无益，在实践过程中他也培养了鉴赏艺术作品的能力。

一种错误的志向，但它也有好的一面，使土耳其人不断受到削弱，并且阻止了他们成为欧洲的霸主。"

我们又谈了一些其他事情，然后歌德说起塞居尔[1]写的一本关于彼得大帝的书，他很感兴趣，得到不少启发。他说："彼得堡的地理位置完全选错了，尤其当我们想到它附近就是隆起的地面时，这个选择就更是不可原谅。如果沙皇让这座城市再稍微往高处移一点，只把码头建在低地上，他就完全可以防止市区遭受任何水患。一位老船员还给他介绍了遭水患的情况，对他预言说，整个这片地方每七十年就要被淹没一次。那里还有一棵老树，上面有每次高水位时留下的若干痕迹。然而什么都是白说，沙皇坚持他的怪念头，他叫人把那棵树砍倒，不让这棵树做不利于他的见证。

"你会承认，这位如此伟大的人物对这件事情的处理无疑是有些问题的。你知道我是怎么给自己解释的吗？人不会忘记自己青年时代的印象，甚至到后来对那些当时已经习惯并在其环境中度过了那个幸福时代的事情，即便是错误的，喜爱和珍重的程度也依然不减当年，他好像失去了理智，看不出其中的错误。彼得大帝可能也是想在涅瓦河入海处的一座大都会里找回他年轻时代所喜爱的阿姆斯特丹，就像荷兰人总是试图在遥远的领地上再建立一座新的阿姆斯特丹一样。"

1829年4月13日，星期一

（再谈克劳德·洛兰的绘画艺术）

今天歌德在饭桌上对我说了一些很亲切的话，之后，我又欣赏了几幅克劳德·洛兰的风景画作为饭后甜点。歌德说："画集的标题是《真迹卷》（*Liber veritatis*），同样可以称作《自然与艺术卷》（*Natur und Kunst*）[2]，因为在这里自然

1　冯·塞居尔（Graf Philipp Paul von Segur，1780—1873），法国将军、历史学家，他写的《俄国与彼得大帝的历史》于1829年在巴黎出版。

2　克劳德·洛兰喜欢把自己画的画收到《真迹卷》里，以便人们把他的原创和别人对他的原创的临摹区分开来。歌德在他的日记里将《真迹卷》写成《自然与艺术卷》。

与艺术达到了最高境界和最美妙的结合。"

我向歌德询问克劳德·娄冉的出身以及他学的是哪一画派。歌德说:"他直接的导师是阿戈斯蒂诺·塔西[1];这个人是保罗·布里尔[2]的学生。因此,保罗·布里尔的画派和绘画准则就成了洛兰绘画艺术的真正基础,并且在他身上得到一定程度的发展,他将这两位大师看来还显得严肃和生硬的东西,发展成为最活泼优美、最洒脱可爱的东西。现在没有人能超过他。

"此外,一位生活在如此重要的时代和环境中的人,很难说他的伟大才能是从谁那里学来的。他四下寻觅,什么地方能使他的意愿获得滋养,他就把那个地方占为己有。克劳德·洛兰要感谢直接指导他的名师,毫无疑问,他同样也要感谢卡拉奇画派[3]。

"因此人们通常说:朱利奥·罗马诺[4]是拉斐尔的一个学生,但同样可以说,朱利奥·罗马诺是那个世纪的学生。只有圭多·雷尼[5]有一个学生[6]把老师的思想、情感和艺术全然吸收了,他与老师的所作所为如出一辙,然而这是一个特殊的例子,几乎再没有重复过。卡拉奇画派相反,属于开放型的,它让每一个有才能的人都能沿着自己天生的倾向发展,培育出的大师各不相同。卡拉奇画派的人好像生来就是艺术教师;他们生活的时代在各个方面都已经做出杰出成就,因此,他们能够给自己的学生传授各行各业最值得效仿的东西。他们是伟大的艺术家、伟大的教师,但我不能说他们真的是所谓卓有见地。我这么说有些冒昧,可我觉得是这样。"

1　阿戈斯蒂诺·塔西（Agostino Tassi，1566—1642），意大利画家,克劳德·洛兰的老师,保罗·布里尔的学生。

2　保罗·布里尔（Paul Bril，1554—1626），荷兰画家,1582年起长期居住在罗马,歌德藏有多幅他的风景画的原作。

3　卡拉奇画派（Schule der Carracci）是意大利的一个家族画派,创始人是洛多维科·卡拉奇（Lodovico Carracci，1555—1619）和他的两个侄儿阿戈斯蒂诺·卡拉奇（Agostino Carracci，1557—1602）及安尼巴莱·卡拉奇（Annibale Carracci，1560—1609）。

4　朱利奥·罗马诺（Giulio Romano，1492—1546），意大利画家,拉斐尔的学生。

5　圭多·雷尼（Guido Reni，1575—1642），意大利画家。

6　这位学生名叫西莫内·坎塔里尼（Simone Cantarini，1612—1648），意大利画家,歌德藏有多幅他的作品的临摹画。

我又欣赏了几幅克劳德·洛兰的风景画，然后翻开一本艺术家辞典，想看一看关于这位大师都说了些什么。我们看到上面印着："他的主要业绩在调色板上。"我们互相看了看，并笑了起来。歌德说："你看，如果我们依靠书本，吸收书上写的内容，能够学到多少东西啊！"

1829年4月14日，星期二

（观赏洛兰的一幅风景画，摆渡上争论拉斐尔和米开朗琪罗谁更伟大）

今天中午我进来的时候，歌德和内廷参事迈尔已经坐在餐桌前，谈论着意大利和一些艺术品。他叫人取来克劳德·洛兰的一本画集，迈尔找出一幅画给我们看，说这就是报纸上报道过的那幅皮尔出四千镑买下其原作的风景画[1]。必须承认，这是一幅优美的作品，皮尔先生买下它是上算的。画面上，右边可以看见一群人，有的站着有的坐着，一个牧羊人在一个姑娘面前弯着身子，好像正在教她吹芦笛；画面中间是一片湖水，阳光辉映在水面上；画面左边，我们看见有牲口在树丛的阴凉下吃草。一群人和一群牲口，两组均衡，极其匀称，依照这位大师惯常的风格，光线产生出的吸引力非常强大。大家还谈到这幅画的原作迄今在什么地方，迈尔在意大利时是在谁那里看到它的。

然后，话题转向巴伐利亚国王在罗马的新宅邸。迈尔说："这座别墅我很熟悉，我曾经去过多次，想起那里优美的环境总是乐此不倦。这是一座平平常常的宫殿，国王关照要加以修缮，并且要根据他的意趣装饰得非常舒适幽雅。我在意大利的时候阿玛丽亚公爵夫人住在里面，赫尔德住在那幢侧翼的房子里。[2]后来苏塞克斯公爵[3]和明斯特尔伯爵[4]都在那里住过。这座别墅由于地理位置有利健康，且风光秀丽，所以总是受到外面达官显贵的特别青睐。"

---

1 这幅画的原作一度归教皇乌尔邦八世所有，后来去向不明。

2 阿玛丽亚公爵夫人即卡尔·奥古斯特公爵的母亲，1788年至1789年去意大利旅行，1789年1月在那不勒斯与赫尔德相遇。这时迈尔也在意大利。

3 冯·苏塞克斯公爵（Augustus Frederik Herzog von Sussex，1773—1839），英国国王乔治三世的第六个儿子。

4 明斯特尔伯爵（Graf Münster，1766—1839），德国汉诺威的政治家。

我问迈尔参事："从迪·马尔塔别墅到梵蒂冈有多远？"迈尔说："从别墅附近我们艺术家们居住的圣三山教堂到梵蒂冈要足足走半个小时，我们每天都去，常常还不止一次。"

我说："从桥上走似乎有些绕远儿，我觉得先坐摆渡过台伯河，然后由田间穿过去可能近一些。"

迈尔说："并非如此；我们也曾经以为是这样，常常让人把我们摆渡过去。记得有一次，那是一个美丽的夜晚，明月当空，我们从梵蒂冈乘摆渡过河回来。我们中间有布里[1]、希尔特[2]和利普斯[3]等几位熟人，通常的那场关于拉斐尔还是米开朗琪罗谁更伟大的争论已经开始，我们就这样登上了摆渡。当我们来到这岸时，争论还在热烈地进行着，一个调皮鬼——我想是布里——建议，争论不完全结束，两派意见不取得一致，我们就不离开这条河。这个建议被采纳了，于是船夫必须又撑船离岸，再摆渡回去。然而，争论更加热烈了，我们每次一靠岸都得又折回去，因为争论还没有结果。这样，我们来来去去摆渡了几个小时，这中间船夫的境况比谁的都好，他每摆渡一次巴约克[4]就增多一次。他身边带着一个十二岁的男孩给他打下手，最后男孩觉得这件事似乎太蹊跷，于是问道：'父亲，这些人究竟要干什么？他们不想上岸，我们每次把他们摆渡到岸边，都得又折回去。'船夫回答说：'儿子，我也不知道，不过我以为，这些人不同寻常。'为了不至于整夜地渡来渡去，大家终于勉强达成一致意见，随后才上岸。"

我们很高兴，听到这则艺术家们荒诞不经的美妙故事大家都笑了。迈尔参事情绪极佳，他继续给我们讲述罗马，我和歌德津津有味地听着。

迈尔说："关于拉斐尔和米开朗琪罗的争论每天都在有条不紊地进行，届时许多艺术家聚集在一起，两派意见中每一派都有一些人在场。这种争论通常是在一个小酒馆里展开，那里可以喝到很便宜的上乘葡萄酒。人们援引两

---

1 布里（Friedrich Bury，1763—1835），德国画家，在罗马与歌德相识，1800年来魏玛，曾为歌德画过肖像画。

2 希尔特（Aloys Hirt，1759—1837），柏林的考古学家。

3 利普斯（Heinrich Lips，1758—1817），歌德在苏黎世认识的画家。

4 巴约克是意大利当时的一种钱币。

位画家的绘画以及绘画的各个部分做例证进行辩论，当对立的一方提出反驳，或者有这样和那样的异议时，就需要亲眼去看一看这些画。于是，他们一边争论一边走出酒馆，快步来到西斯廷教堂，一个鞋匠有教堂的钥匙，给他四个十芬尼硬币他就给开门。这里在绘画前面，争论伴以用实物示范。他们争论够了以后，再回酒馆去，喝上一瓶葡萄酒言归于好，把分歧通通忘记。天天如此，那个西斯廷教堂边上的鞋匠可没少收获每次那四个十芬尼硬币。"

趁着谈兴正浓，我们又回忆起另一个鞋匠来，他通常是在一尊古代大理石头像上敲打他的皮革。迈尔说："这是一位罗马皇帝的肖像，这尊古代艺术品就立在鞋匠的门前。我们每逢经过那里时，常常看见他忙着干这项让人啼笑皆非的工作。"

1829年4月15日，星期三

（歌德认为，青年人胡乱写作是受了时代的诱惑）

我们谈到，有些人本来没有才能，却被叫来进行创作，还有些人，他们写的东西自己并不懂得。[1]

歌德说："正是这一点对青年人很有诱惑力。在我们生活的时代传播着许多种文化，它们像大气一样向外散布，一个青年人就在其中呼吸。当这个青年人心中萌生和涌动文学的和哲学的想法时，他就把那些文化和他周围的空气一起吸入到体内，他以为，这些文化就是自己的财富了，因此就把它们作为自己的东西说了出来。

"但是，当他把从这个时代接受的东西又归还给这个时代之后，他就一无所有了。他像一潭清泉，靠运来的水喷放一段时间，一旦把借来的储存用完，泉水就停止流淌了。"

---

1 布伦瑞克的教授格里彭克尔（Friedrich Griepenkerl，1782—1849）写了一本《美学教程》（1825），并分别寄给策尔特和歌德。1829年4月6日策尔特写信给歌德，说布伦瑞克的这位教授是那种对自己不懂的东西乱发表意见的人，歌德在1829年4月28日写给策尔特的信中表示，他同意策尔特的意见。后面的话是爱克曼根据歌德的意思概括出来的。

1829年9月1日，星期二［1830年1月1日］

（德国人争论"灵魂不朽"，英国人追逐现实利益）

我告诉歌德说有一个人旅行途经魏玛，他听过黑格尔论证上帝存在的大课[1]。歌德和我都认为，这一类大课已经不合时宜了。

歌德说："怀疑的时代已经过去，现在很少有人怀疑自己的存在，同样也很少有人怀疑上帝的存在。而且，关于上帝的本性、永生不灭、我们灵魂的本质以及灵魂与躯体的内在联系等，这些都是哲学家们也无法帮助我们解决的永恒的难题。一位法国当代哲学家[2]在他著作的开头第一章就这样自信地说道：'众所周知，人由两部分构成，即肉体和灵魂。据此，我们想从肉体开始，然后再谈灵魂。'费希特已经稍微前进了一步，他巧妙地撇开这个问题说：'我们要论及的是，作为肉体的人和作为灵魂的人。'他十分清楚地感觉到一个如此紧密结合的整体是不能分开的。康德的做法毫无疑问最为有益，他划定人的智力所能够达到的界限，把那些不可解决的难题搁置起来[3]。所有关于灵魂不灭的哲学探讨不是都做过了吗？取得了什么结果![4]我并不怀疑我们将继续活下去，因为自然界不能缺少生命力[5]。但是，我们不是以同样的方式永生不死，为了在将来能显示出自己是一种伟大的生命力，我们现在就必须也是一种伟大的生命力。[6]

"在德国人为解决哲学问题煞费脑筋的时候，英国人却以他们有实践方面的大智慧和判断力讥笑我们并且赢得了世界。[7]人人都读过他们反对贩卖奴隶

1　黑格尔这次讲课是在1829年夏天。

2　是哪一位哲学家，无从考证。

3　例如肉体与灵魂的关系问题。

4　"灵魂不朽"这样的命题是一种信仰，你相信它不朽，它就是不朽，你不相信它不朽，它就不会不朽。

5　"生命力"的原文是Entelechi。这个词是亚里士多德哲学中的基本概念，意思是决定每一种事物的发展，特别是生命体发展的力量。朱光潜先生将它译为"生命力"，基本表达了这个意思，这里我们采用朱光潜先生的译法。

6　对"灵魂不朽"这个命题，歌德一贯的态度是既不否定也不肯定。他认为，不管灵魂在来世是否会延续，对于人来说，最重要的是在现世即在生前就应该显现出自己的生命力，而不必等到死后。

7　德国人长于思辨，英国人勤于实践，这是歌德对18世纪末19世纪初德国人与英国人之间的区别的概括。这一概括完全符合历史事实，因为在德国人创造各种哲学体系的时候，英国人则在世界各地掠夺财富。

的宣言。[1] 现在，当他们要向我们解释这种做法是基于哪些人道原则时，我们发现，他们真正的动机是追求一种现实的目标，众所周知，没有这一现实的目标英国人是绝不会这么做的，这一点我们本来就应该知道。[2] 英国人在非洲西海岸占有大片土地，他们自己要使用黑人，把黑人从那里运走违背他们的利益。在美洲人们自己建立了大面积的黑人居住区，那里生产能力旺盛，每年提供大量黑人，他们用这些黑人供应北美洲的需要。美国人是以这样的方式做高利润的买卖，如果从别处贩运黑人进来就很妨碍他们的商业利益，所以，他们说教什么反对不人道的贩卖黑人的买卖不是没有目的的。就在维也纳会议上[3] 英国公使还强烈地表示反对贩卖黑人，但葡萄牙公使很聪明，他不动声色地回答说，他不知道大家来开会是要进行一次普遍的末日审判呢，还是规定一些基本的道德原则？他很了解英国的目的，他也有自己的目的，并且善于为自己的目的辩护和达到自己的目的。"

1829年12月6日，星期日

（《浮士德》第二部第二幕第一场的构思，天才不可企及）

今天饭后，歌德将《浮士德》第二幕第一场[4] 念给我听，给我的印象很深刻，使我内心充满高度的幸福感。我们又被带到浮士德的书斋，梅菲斯特

1　1808年英国通过法律禁止贩卖奴隶，但在它的殖民地直到1833年才实行这项法律。另外，从1808年起在北美也禁止贩卖奴隶，但通过建立所谓的奴隶培植机构，美国各州之间，特别是南方的各州之间，奴隶的交易不是减弱，而是增强了。

2　歌德批评英国人言行不一，他们口头上讲人道主义，实际上追逐物质利益；这一点歌德看得很清楚，说明他是真正的人道主义者。

3　打败拿破仑以后，欧洲反法联盟于1814年在维也纳开会。会议的主要内容是瓜分欧洲政治疆域和殖民地，复辟封建王朝，镇压民族民主运动。除此之外，也讨论了贩卖奴隶的问题，还发表了一份泛泛地反对贩卖奴隶的宣言，但并不反对奴隶制本身。

4　《浮士德》第二部第二幕第一场的情节发生在浮士德原来的书斋里。在第一幕结尾，浮士德受到打击以后一直处于昏睡状态，梅菲斯特将他又带回他的书斋。书斋里一切未变，只是梅菲斯特原来培养的害虫增加了上千倍。瓦格纳接替了浮士德原来的位置，他原来的职务由一位新"助手"担当。当年梅菲斯特伪装浮士德接见的那位学生现在已成了"学士"。

发现一切都在原来的位置上，跟他离开这里时一样。他从挂钩上取下浮士德工作时穿的那件旧皮袍，上千只蛾子和蚊虫从里面飞出来，他下令要蛾子和蚊虫再隐藏到一个地方去，于是，周围一切又都非常清晰地呈现在我们眼前。梅菲斯特穿上那件旧皮袍，想趁着浮士德在帷幕后面躺着不能动弹时再扮演一次书斋的主人。他去拉铃，在孤寂的古老寺院的大厅里响起一阵可怕的铃声，门扉骤然敞开，墙壁也颤动起来。助手慌忙冲入，看见梅菲斯特坐在浮士德的椅子上，他不认得梅菲斯特，但对梅菲斯特很尊敬。当问到瓦格纳的消息时，助手报告，瓦格纳现在成了一位名人，正盼望着他的主人回来，听说他此时正在他的实验室里忙着制造一个人造人。梅菲斯特让助手出去，那位学士进来了。他就是我们几年前见到的那个腼腆的青年学生，当时梅菲斯特穿着浮士德的皮袍假装浮士德揶揄过他。这期间他已经长成壮年人，很是自命不凡，连梅菲斯特也拿他没办法，只好不停地往前挪动椅子，最后跳到台下大厅里。

歌德把这一场一直念完，我很欣赏这里表现出的青年人的创造力，以及一切都安排得如此简洁紧凑。

歌德说："因为很早就开始构思了，五十年来我一直在思考，内心里有很多积累，因此现在进行剪裁是一项艰巨的工程。整个第二部构思的时间确实像我说的那么长。但是，在我对世间事物的认识比过去清楚了许多之后，现在才开始动笔，这对于写作可能是有好处的。在这一点上，我就像一个年轻时攒了许多小银币和小铜币的人，一生中不断兑换它们，越兑换越升值，最后发现年轻时的积蓄都成一块块纯金了。"

我们谈论起学士这个人物。我说："学士是不是指某些讲理念的哲学家[1]呢？"

歌德说："不是的，他是狂妄自大，尤其是青年人所特有的那种狂妄自大的化身，在我们解放战争[2]后的最初几年里有过很明显的例子。每个人在青年

1　有人认为，歌德用"学士"这个人物影射费希特。
2　指1813年至1815年在德国进行的反拿破仑的战争。

时代都以为，世界自从有了他才真正开始，一切实际上都是为他而存在。此后，在东方确实有过这样一个人[1]，他每天早晨都把手下的人召集到自己身边，在他吩咐太阳出来以前，不许他们去工作。其实，是他做得很聪明，不到太阳真的要自己出现那一刻，他就不下令叫太阳出来。"

我们又谈了不少《浮士德》、《浮士德》的结构以及一些与此有关的问题。

歌德停了一会儿，沉浸在默默的思考中，然后说了下面的话：

"人到了老年，对于世间事物的想法就和青年时代不同了。我不禁想起那些精灵[2]来，为了戏弄人类，开人类的玩笑，它们不时地推出几个人物，这些人物很有诱惑力，人人都想追赶他们，可他们太高大，没有人能追赶得上。例如，它们推出一个无论在思维方面还是在行动方面都同样完美的拉斐尔，有几个优秀的后辈虽然已经接近他了，但没有人能达到他的水平。它们还推出了在音乐方面高不可攀的莫扎特，同样，它们在文学创作方面就推出了莎士比亚。我知道，针对这个人你会对我说什么，不过，我指的只是天生的东西，只是那种与生俱来的伟大天禀。拿破仑也是一个高不可攀的人物。俄国人克制住了自己，没去侵占君士坦丁堡[3]，他们这么做固然很伟大，但拿破仑身上也有这样一个特征，他也克制住了自己，没去进攻罗马。"[4]

这个题目很丰富，可以让人联想起许多类似的情况；我自己就在默默地想，精灵们心里也可能这么想歌德，因为歌德也是一个很有诱惑力、人人都想追赶的人物，但是他太高大，没有人能追赶得上。

---

1 在《浮士德》第二部第二幕第一场将近结尾时，学士说："这是青年人的最高天职：世界本不存在，得由我把它创造。"接着，他又讲了这个东方人的传说。

2 在歌德的著作中经常出现Dämon这个词。按照歌德自己的解释，这是一种知解力和理性无法解释的力量，存在于某些天才人物身上。天才人物有了这种力量，就能做出一般人做不到的事情。Dämon是希腊神话中有别于神祇的灵怪，中文一般译为"精灵"。

3 在第八次俄土战争中，俄军于1829年8月20日占领阿德里安堡后就签订和约，没有继续进军君士坦丁堡。

4 1796年至1797年拿破仑任法国的意大利军团总司令，他放弃了攻打罗马的作战计划。

1829年12月16日，星期三

（《浮士德》中的人造人荷蒙库鲁斯，"古典的"和"浪漫的"）

今天饭后，歌德将《浮士德》第二幕第二场[1]念给我听，梅菲斯特去瓦格纳那里，瓦格纳正在用化学技术制造一个人，他做成功了，荷蒙库鲁斯被装在瓶子里，是一个发光的小人儿，而且立刻活动起来。这个人造人荷蒙库鲁斯拒绝回答瓦格纳就一些不可理解的事物所提出的问题，夸夸其谈不是它的事，它要**行动**。眼下最需要它的是我们的主人公浮士德，因为他瘫痪了，不能动弹，需要高一级的帮助。荷蒙库鲁斯作为一个能把眼前一切都看得十分清晰透彻的造物，它看到了正在昏睡中的浮士德的内心，浮士德沉迷于美梦之中，梦见蕾妲在一个优美宜人的地方沐浴，并有天鹅前来探望。当荷蒙库鲁斯说出这个梦的时候，那幅极其妖媚动人的图画便跃然于我们的心头，梅菲斯特什么都没看见，荷蒙库鲁斯嘲笑他，说这是他北方人的本性所致。[2]

歌德说："总之你会注意到，与荷蒙库鲁斯比较梅菲斯特稍逊一筹，前者的头脑与后者一样清楚，而在追求美和促进行动方面则比后者要强很多。此外，梅菲斯特把荷蒙库鲁斯称作表弟，因为像荷蒙库鲁斯这样的精神造物，还没有因为完全变成了人而心胸阴暗、目光短浅，所以人们把它视为精灵，这样，它与梅菲斯特两者之间就存在一种亲缘关系。"[3]

我说："不错，这里梅菲斯特居次要地位，但据我们迄今为止对他的了解，我禁不住有这样的想法，他对荷蒙库鲁斯的产生在暗中起了作用，况且

1　《浮士德》第二部第二幕第二场是《实验室》。这一场的主角是瓦格纳，他用人工的方法造出了人造人荷蒙库鲁斯。

2　蕾妲引来的天鹅中有一只是宙斯的化身。宙斯与蕾妲生下海伦。荷蒙库鲁斯由此推断，浮士德总是想着海伦，因此它建议，应该带浮士德到希腊去。梅菲斯特对荷蒙库鲁斯的说法将信将疑，因为他什么都没看见。荷蒙库鲁斯嘲笑他是"北方人"，意思是，梅菲斯特来自欧洲北部，对地处欧洲南部的希腊一无所知，对艺术和美毫无感觉。最后，梅菲斯特还是接受了荷蒙库鲁斯的建议，他们俩带着浮士德来到古希腊，参加在那里举行的"古典的瓦尔普吉斯之夜"，剧情随之由第二幕的第二场转向第三场，即《古典的瓦尔普吉斯之夜》。

3　荷蒙库鲁斯只有精神，没有肉体，因而算作精灵。梅菲斯特作为魔鬼也只是个精灵，因而他与荷蒙库鲁斯之间有亲缘关系。

他在海伦身上也总是作为秘密发挥作用的造物出现的。这样，他总体上又使自己得到提升，可以泰然自若，在具体问题上也就能够有些涵养了。"

歌德说："你对他们这种关系的感觉非常正确，是这样的。我曾经想过是否在梅菲斯特去瓦格纳那里、荷蒙库鲁斯正在形成的时候，就让梅菲斯特嘴里念出几句诗来，以表示他参与了荷蒙库鲁斯的制造，并且也让读者清楚这一点。"

我说："这么做不会有害处。不过，你通过梅菲斯特在这一场结尾时说的话已经暗示了，他说：

> 归根结底，我们还得依赖
> 我们制造的那些生物。[1]

歌德说："你说得对，对于细心的读者来说，这也许足够了，可我还是要再想出几行来。"

我说："但是，这一场的结束语意义重大，不是轻易就能想出来的。"

歌德说："我想，这要耗费一阵子脑筋。一个父亲有六个儿子，不管他怎么做，都是落败。希望那些曾经把许多人提拔到高位的国王和大臣也能从自己的经验中料想到几分。"

我的脑海里又浮现出浮士德梦见蕾妲的情景，心里想，这是这部作品在结构上的一个极其重要的特征。

我说："在这样一部作品里，各个部分都相互关联、相互影响、相互补充和提高，真是太精彩了。通过在第二幕里梦见蕾妲才使后来的海伦有了真正的基础。在第二幕里总是谈到一群天鹅和一个天鹅生育的女子，不过，这里只是这一段情节本身；而当我们在后面带着对这一情景的感性印象去观察海

1　这是《浮士德》第二部第二幕第二场《实验室》的最后两行诗句，由梅菲斯特说出的。他强调"我们制造"，表明他参与了人造人的工作。

伦的时候¹，一切将会显得多么清楚、多么完美啊！"

歌德赞成我的看法，我能注意到这一点他好像很高兴。他说："因此，你也会发现，在前面的几幕里不仅一直都有古典的和浪漫的弦外之音，而且已经在谈论这个问题，这样，就像走在一段向上攀升的地带，向着海伦走去，在她那里这两种文学形式都将鲜明地展现出来，并且达到某种均衡。"²

歌德接着说："现在法国人也开始真正思考古典和浪漫之间的关系了。他们说：'不论古典的还是浪漫的，它们都一样，都很好，关键仅仅在于要用理智运用这两种形式，并且能够运用得卓有成效；当然，用这两种形式也可能干出荒唐可笑的事来，这样古典的和浪漫的就都没有用处。'我以为，这句话说得很好，有道理，我们可以放心一段时间了。"

1829年12月20日，星期日

（演员靠学习、想象和气质掌握角色，再谈《浮士德》）

我在歌德家中吃饭。我们谈到总管，我问歌德总管从意大利回来有没有带来曼佐尼的消息。³歌德说："他在给我的信里谈到过曼佐尼，他去拜访过他。曼佐尼住在米兰附近自己的庄园里，遗憾的是，身体一直不好。"

我说："真奇怪，才能卓著的人，尤其是诗人往往体质虚弱。"

歌德说："这些人能做出非凡的成就，先决条件是他们有一个十分柔弱的

---

1 《浮士德》第二部第三幕第一场，特洛伊战争结束后，海伦在一群由妇女组成的合唱队的簇拥下又站到了她原来居住过的宫殿前面，但是，她居住过的宫殿以及她作为王后所经历的一切都已成为历史，她本人也成了文学作品中的神话人物。为了强调这里的海伦与第二幕中天鹅的关系，在这一场结尾时合唱队唱道，突然大雾弥漫，什么都看不见了，"连自由的、优雅而高傲的／悠然划行的天鹅，／唉，我再也看不着／它们结伴游玩"。尽管看不见天鹅，却能听到天鹅的声音，但愿这是能得到解救的吉兆，"我们像天鹅一样，也长着／美丽雪白的长颈，唉／还有我们天鹅所生的美人"。

2 《浮士德》第二部第三幕于1826年写成，于1827年以"海伦：古典—浪漫的梦幻剧，《浮士德》的插曲"为题出版。这表明，这一幕是古典和浪漫的混合体，是古典和浪漫的均衡。这里，古典的（klassisch）和浪漫的（romantisch）分别代表古代（海伦是古代人物）和中世纪（浮士德是中世纪人物），同时也是两种不同的创作方法。两者不是对立的，而是可以彼此结合的。

3 魏玛宫廷总管米勒于1829年8月至11月在意大利旅行。

生物机体，因而能够有常人少有的感受，耳闻上苍的声音。而这样的机体与尘世及其组成因素相抵触，容易被干扰和伤害，所以，不能像伏尔泰那样将非凡的感受能力和异常的坚忍性格结合起来的人，就容易常年生病。席勒就总是生病。我第一次跟他认识的时候，觉得他活不过一个月。但他也有一种韧性，又坚持了许多年，如果他能以比较健康的方式生活的话，可能会坚持更长时间。"[1]

我们谈到戏剧，谈到一场演出[2]达到什么程度才是成功的。

歌德说："我看过温泽尔曼[3]扮演这个角色，他总是能让人感到舒服，确切地说，是因为他传达给我们的是他精神的极度自由。表演艺术与一切其他艺术一样，艺术家正在做或者已经做过的一切，将把我们带到他自己做这些事情时的情绪之中。艺术家情绪的轻松自由就会使我们轻松自由；相反，如果艺术家情绪压抑，他们压抑的情绪就会令我们惊悚。艺术家感受到这种自由通常都是在他完全胜任他的职务的时候，我们之所以喜欢尼德兰的绘画，就是因为那些艺术家所描绘的是他们全然主宰着的自己身边的生活。要想让我们在演员身上感觉到这种精神的自由，这位演员就必须通过学习、想象和气质完全掌握他的角色，应用一切身体的条件，还必须有一定青春活力做支撑。只有学习没有想象力是不够的，只有学习和想象力而没有气质是不充分的。妇女们做事大都凭想象力和气质，因此沃尔夫[4]才这么出类拔萃。"

我们继续闲聊这个话题，谈到魏玛舞台上最优秀的演员，回想起他们并对他们扮演的一些具体角色加以肯定。

这时《浮士德》又出现在我的脑海里，我想到那个人造人荷蒙库鲁斯，想到应该如何将这个人物在舞台上展现清楚。我说："即便看不见这个小人儿本身，也得看见瓶子里那个发光的东西，而且要把它要说的重要的话朗诵得不像是一个小孩子能说出的话。"

1　为什么有些诗人体质虚弱，容易生病，歌德在这里给出了他的答案。

2　这里可能是指1829年12月19日在魏玛演出的科策布的《吃醋的女人》。

3　温泽尔曼（Karl Wolfgang Unzelmann，1786—1843），歌德培养出来的演员，1802年至1821年在魏玛剧院供职。

4　沃尔夫（Anna Amalie Wolff，1781—1851），曾是魏玛剧院的女演员。

歌德说："瓦格纳必须把瓶子拿在手里，说话的声音要像从瓶子里发出来的。这个角色应该由一个腹语表演者担任，我听过他们说话的声音，荷蒙库鲁斯由腹语表演者扮演肯定不会出乖露丑。"

我们也想到那个盛大的假面舞会，想到将它搬上舞台演出的可能性有多大。我说："这比将那不勒斯集市搬上舞台的可能性还是会大一些。[1]"

歌德说："假面舞会需要有一个非常大的剧院，要在舞台上演几乎是不可能的。"

我的回答是："我还是希望能看到上演假面舞会[2]，尤其希望看到那只大象，由'聪明'驾驭着，背上站着'胜利女神'，用锁链将'恐惧'和'希望'拴在两侧。[3] 很难不会有比这更好的比喻了。"

歌德说："即使这样的话，这也不是在舞台上出现的第一只大象，在巴黎就有一只大象扮演一个完整的角色：一个人民党的成员，它将王冠从一个国王的头上取下来，戴在另一个国王的头上，场面自然很壮观。之后，全剧结束，大象被召唤出来，它完全独自登台，鞠躬致意，然后又退了下去。因此你看，在我们的假面舞会上可以考虑有一只大象出现。但是，整个场面太大，轻易找不到一个合适的导演。"

我说："不过，如此光华四溢、效果卓著的作品，剧院是不会轻易放过的。再看看剧情是怎么安排的，越来越有意义！首先由漂亮的女园丁和男园丁装点舞台，他们同时组成一个人群，这样，就使那些变得越来越重要的出场人物有了环境和群众。接着，在大象之后，一辆龙车[4]从背景中腾空出世，

---

1 《浮士德》第二部第一幕第二场《皇帝的行宫》包括若干场景，其中之一是《四通八达的厅堂》。在这个厅堂里举行假面舞会，包括皇帝在内的皇宫里的人戴着面具，装扮成社会上各式各样的人物，进行狂欢。人物众多，场面热闹，因而搬上舞台有很大困难，其难度不亚于把"那不勒斯集市"搬上舞台。这里的"那不勒斯集市"是泛指意义上的。

2 歌德写《浮士德》第二部的时候，他设想这是一部阅读剧，不是演出剧，并不打算将它搬上舞台。虽然后来他的看法有些变化，但《浮士德》第二部能否在舞台上演，他仍将信将疑。倒是爱克力主将它搬上舞台，并于1852年演出了经他策划并改写的《浮士德在皇宫》。

3 "假面舞会"这一场中有一个角色叫"大象"，由"聪明"驾驭，"胜利女神"站在它的背上，"恐惧"和"希望"戴着锁链在两侧随行。

4 这是一辆豪华车，由四匹骏马拉着，车上坐着由浮士德装扮的财神普鲁托，陪伴他的是财神的对立面由梅菲斯特装扮的"贪婪"，驾车的是御车少年。

飞旋于群众的头顶之上。随后是大神潘[1]出场，一切都似乎置身于火焰之中，直至飘浮而来的湿淋淋的云雾将火压下去，然后熄灭。如果一切都能像你想的那样出现，受众会吓得瞠目结舌，不得不承认自己精神与感知的欠缺，不配接受这些现象的丰富内涵。"

歌德说："去你的吧，别对我提受众，我不愿意听他们。[2]重要的是，作品已经写出来了，希望世人尽量善待它，能利用到什么程度就用到什么程度。"

然后我们谈到那个御车少年。

歌德说："你可能已经注意到，普鲁托的假面背后是浮士德，'贪婪'的假面背后是梅菲斯特，可那个驾车的少年是谁呢？"

我支吾地回答不上来。歌德说："是欧富良！"

我问："他在第三幕里才出生[3]，怎么可能在假面舞会上就出现了呢？"

歌德回答说："欧富良不是人，只是一个象征，它是诗的人格化，不受时间、地点和人物的限制。这个日后愿意成为欧富良的精灵，现在作为驾车的少年出场，它与幽魂相似，无处不在，随时显现。"

1829年12月27日，星期日

（梅菲斯特发明纸币和普鲁士发行证券）

今天饭后，歌德给我朗读了纸币那一场[4]。

他说："你还记得吧，在帝国大会上讨论的结果是纸币短缺[5]，梅菲斯特答

1　皇帝装扮大神潘，他被大火燃烧着。

2　歌德创作的基本原则是，按着自己的意愿写，不考虑受众喜欢还是不喜欢。

3　在第三幕，浮士德与海伦结合生下欧富良。

4　这场戏是《浮士德》第二部第一幕中《御苑》一场。皇帝统治集团面临严重财政危机，梅菲斯特通过制造纸币解决这一困难。这里，歌德没有写制造纸币的过程，而是写了纸币造成后皇帝以及他的大臣们的反应。

5　皇帝召开国务会议，讨论帝国面临的各种问题，其中最大的问题是国库空空，对此各位大臣一筹莫展。梅菲斯特答应设法筹集金钱。这场戏是《浮士德》第二部第一幕中《皇帝的行宫》中的《金銮宝殿》一场。

应负责筹措。这件事情始终在假面舞会上进行着，梅菲斯特巧于安排，让皇帝装扮成大神潘在一张纸上签名，于是这张纸就具有了金钱的价值，然后再复制出上千份并加以传播。

"在这一场里，当着皇帝的面谈论起这件事情，皇帝还不知道自己干了什么。财务大臣递上钞票，并且说清了情况。皇帝起先勃然大怒，当进一步了解到有利可图时，不禁心花怒放，将大量新币赏赐给周围的人，退场时还丢下好几千克朗。那个肥胖的弄臣急忙将克朗收拾起来，马上拿去转换成了地产。"

歌德朗读的这一场很精彩，他让梅菲斯特设法弄来纸币，从而就与当时人们最感兴趣的大事建立起重要联系，并且使之永远持续下去，这样的安排恰到好处，我听了很高兴。[1]

刚刚将这一场读完，还没谈上几句，歌德的儿子从楼上下来，走到我们桌旁坐下。他对我们讲述了库珀[2]最近的一部小说，他已经读过并且用他观察问题的方式做了非常好的介绍。我们只字未提刚才朗读过的那一场景，但他很快就自顾自开始大谈起普鲁士的证券来，说购买它们的钱超过了它们的价值。小歌德讲着这些话的时候，我看着他的父亲笑了笑，他的父亲也会心地对我笑了笑，我们彼此示意，那一场描述的内容多么适时啊。

1829年12月30日，星期三

（《浮士德》第二部第一幕最后一场[3]：帕里斯和海伦现形）

今天饭后歌德将另外一场念给我听。他说："现在皇宫里有了钱，他们想找乐子。皇帝希望看到帕里斯和海伦，而且要通过魔法使他们以人的形象出

1　长期以来，欧洲各国使用的是金属铸造的钱币，为解决巨额债务危机，法国于1716年发行不可兑换的纸币，结果引起了更为严重的经济危机。此后，欧洲其他国家也试图发行过纸币，但都不成功。一直到1792年，法国才以纸币取代了金属币，接着其他各国也跟着效仿。因此，发行纸币在18世纪末到19世纪初是人们最关心的问题之一；歌德本人对纸币持怀疑态度。

2　库珀（James Fenimore Cooper，1789—1851），美国小说家，他的小说是《红海盗》。

3　帕里斯和海伦出现的场面在《浮士德》第二部第一幕的最后一场《骑士厅》。

现。然而，梅菲斯特与古代希腊无关，无权支配这些人物，于是这项任务就落在了浮士德身上，而浮士德也做得非常成功。但浮士德必须采取什么措施才能让这些人物出现，这一段还没完全写完，下次再念给你听。不过，你今天能听到帕里斯和海伦两个人的出现。"

我沉浸在看到帕里斯和海伦出现的幸福预感中，歌德开始朗读了。我眼前浮现出在古老的骑士大厅里皇帝和廷臣们走进来看戏的情景。帷幕升起，舞台，即一座希腊式庙宇映入我的眼帘。梅菲斯特藏在提白员的提词间里，星士站在舞台的前台一侧，浮士德拿着宝鼎从另一侧登上台。他嘴里念叨所需的咒语，这时，帕里斯从宝鼎的香烟中缓缓出现。帕里斯被描写成一位伴着天上的音乐动来动去的英俊少年。他坐下来，俯身将手臂放在头上，这样的表现，像我们在古代绘画里所看到的帕里斯一样。他使女人心醉神迷，说他焕发青春的魅力；他使男人怀恨在心，引起他们羡慕与嫉妒，因此竭力贬低他。帕里斯渐渐入睡，海伦出现了。她走近睡眠中的帕里斯，在他的嘴唇上吻了一下；海伦离开帕里斯，渐行渐远之后又转身回头看他。在转身的一刹那她显得特别妩媚动人。她给男人的印象跟帕里斯给女人的印象一样，激起男人们的爱慕和赞美，惹得女人们嫉妒、憎恨和责骂。浮士德本人则完全沉醉了，看见自己呼唤出来的美人竟忘记了时间、地点和情境，使得梅菲斯特时刻都得提醒他别有失体统。好感和默许似乎在帕里斯与海伦之间增长，帕里斯搂住海伦，欲将她拐走；浮士德想把海伦夺回来，然而，正在他用钥匙去抵制帕里斯时，一声爆炸，幽灵们化作青烟飞散，浮士德瘫倒在地上。

— 1830年 —

1830年1月3日，星期日

（伏尔泰一代人的影响力，赞《浮士德》最新法译本）

歌德将英文袖珍本的1830年《纪念年历》拿给我看，里面有很漂亮的铜版画，还有拜伦勋爵的几封非常有意思的书信。饭后，我阅读这些书信，歌德自己则拿起热拉尔翻译的《浮士德》的最新法译本[1]翻阅着，偶尔好像也读一读。

他说："当我考虑到这本书现在还能用五十年前伏尔泰所驾驭的语言翻译时，我脑海里浮现出一些奇怪的想法。而我在此想的什么你是想象不到的，你不知道在我年轻的时候伏尔泰和他伟大的同龄人多么举足轻重，他们如何统治着整个文明世界。从我的自传里[2]不太能看得出这些人对我的青年时代有什么影响，以及我曾付出多少努力抵御他们的影响，靠自己的力量去与自然保持真正的关系。"

我们谈论了伏尔泰的其他情况，歌德给我朗诵了《体系》（*Les Systèmes*）[3]那部

---

1 热拉尔（Gérard de Nerval，1805—1855），法国浪漫主义作家，1827年翻译出版歌德的《浮士德》，1830年翻译出版歌德的诗集。在热拉尔的《浮士德》法译本出版前《浮士德》已经有了法译本，译者是瑞士法语作家施塔弗，1826年出版。

2 指《诗与真》。

3 《体系》是伏尔泰的一部诗体小说，写的是上帝与不承认上帝存在的哲学家之间的辩论。1772年，歌德当时的好友默克曾在《法兰克福学者报》上评论过这部作品。

诗作，从中我看出他年轻时是多么努力学习掌握这些东西的。

刚才提到的热拉尔的译本尽管绝大部分是用散文写的，歌德仍称赞他翻译得很成功。他说："我不想再读德文版的《浮士德》了；而这本法文翻译使通篇都显得十分生动、新颖、妙趣横生。"

他接着说："《浮士德》的确不同凡响，一切想进一步理解它的尝试都徒劳无益。而且还必须考虑到，第一部是从个人的一种昏暗状态中产生出来的。不过，正是这种昏暗状态才诱使人，像对待一切不可解决的问题那样，为理解它费尽心力。"

1830年1月10日，星期日

（论说《浮士德》中的"母元"）

今天饭后，歌德给我念了浮士德去看望**母元**那一场[1]，我获得了很大的精神享受。

新颖而未被开发的题材以及歌德给我朗读这一场时的方式，使我激动得浑身发抖，我感觉自己完全陷入了浮士德的境地，他在听梅菲斯特的通知时同样打了个寒战。

我仔细地听了和感受了所描述的内容，可是对许多东西迷惑不解，迫不

---

[1] 这是《浮士德》第二部第一幕《阴暗的走廊》的一场。靠发行纸币，帝国暂时摆脱了困境，皇帝又想起要享乐。这次，他要浮士德把海伦和帕里斯召到他面前来，浮士德不知道怎么才能把这两个古代人物召来。于是，他将梅菲斯特拉到阴暗的走廊，请梅菲斯特帮助。梅菲斯特只知道这两位古人在"母元王国"，至于如何去找，他也不知道，他让浮士德自己去找。浮士德来到了"母元王国"，并召来了海伦和帕里斯。

　　"母元"的德语原文是Mütter，即母亲（Mutter）的复数。按照歌德的理解，"母元"是一切事物的原始图像，一切事物的根源；它们不是事物的本身，没有外形，是虚的。所以，在梅菲斯特看来，它们是"虚无"，而浮士德则认为它们是"万物之源"。这种形而上的原始图像可以通过两种途径变成现实的存在：一是自然的演化，即无穷的生长变化；一是艺术的演化，即通过对幻想的塑造使那些本来的虚的原始图像能被直观地掌握。浮士德现在在"母元王国"寻找并找到海伦和帕里斯就是完成了一种文学创作。

得已只好请歌德给我几点启发。而歌德一如既往讳莫如深，瞪大眼睛看着我，对我重复着下面的话：

　　　　母元啊！母元！听起来多么奇特！

　　然后他说："我不能给你更多的启发，只能告诉你，我在普鲁塔克那里发现在希腊的古代是把母亲作为神祇谈论的。这就是我接受的全部遗产，其余的都是我自己的发明。你可以把手稿带回家去，仔细研究一下，看看怎么才能弄明白。"

　　回来后，我兴奋地静下心来反复研读了这引人注目的一场，对于母元的真实本质和作用以及她们的外部环境和居住地点得出了如下看法：

　　我们是否可以设想，我们地球这个巨大的天体内部是空的，其空间大到朝一个方向连续走上数百英里也不会遇上一个物体，这里就是浮士德要去走访的无名女神们居住的地方。这些女神仿佛生活在一切地点之外，因为她们周围的一切都是不固定的；她们仿佛也生活在一切时间之外，因为照耀她们的星辰既不升起也不下落从而表示昼夜之更迭。

　　永远处于朦胧与孤寂中的母元其本质是进行创造，她们的原则是**创造**与**养育**，地球表面上的一切有形态和有生命的造物都源于她们。凡是停止了呼吸的形态和生命，都将作为精神返回她们那里，受她们的保护，直至又有机会成为新的存在。所有的灵魂和所有过去曾经有过和未来将要产生的生命形态，都在它们停留的那个无限的空间里，像浮云似的飘悠来飘悠去，母元被包围其中，而魔术师如果想要通过他的法力控制某一生物形态，让一个过去的造物好像又获得了生命的话，他就得进入这个母元的王国。

　　因此，现世的存在、生成和生长以及毁灭和再生成的永恒演化，便是母元永无休止的劳作。如果说地上万物通过繁殖获得新生命主要是**女性**在起作用的话，那么就有理由认为那些进行创造的神祇是**女性**，因此将**母元**这个令人敬畏的名字赋予它们不是没有根据。

当然，这一切只是一种诗意的创造；但目光短浅的人不思进取，能够找到一点可以安慰自己的东西就心满意足了。我们在世间看到了许多现象，感觉到了许多影响，却不知道它们是从何处来的，又将向何处去。我们推断它们起源于一种精神，起源于一种属于神的东西，这种东西我们既不了解，也不会表达，为了大体体现我们这种模糊不清的预感并使其明白易懂，我们必须让神下凡人世，将神人格化。

神话就是这样产生的，在各族人民中世代相传。歌德创造的这种新神话也是如此，它们至少在外观上比较自然真实，完全可以与我们能想得到的最优秀的神话相提并论。

1830年1月24日，星期日

（如何对待"经验教训"，回忆贝里施，《浮士德》第二部的写作）

歌德说："我最近收到我们施托特恩海姆有名的采盐矿主[1]寄来的一封信，信的开头怪怪的，我一定得给你讲一讲。

"他写道：'我有过一次经历，让我终生难忘。'但是，接在这句开场白之后写的是什么呢？不是别的，只是写损失了至少一千塔勒。他由于不慎未在穿过松土层和岩石层一千二百英尺深的岩盐矿井四边加上支撑，松土塌方，矿井底下堆满了淤泥，因此现在需要进行一项耗资巨大的工程，以便把淤泥清理出去，然后在一千二百英尺深处装上金属管子，以防今后再发生类似事故。他本该立刻就干起来，若是那些干这种活儿的人，他们不了解敢于进行这样一种大规模行动需要有多大胆量的话，他肯定也就立刻干起来了。但是，他对待这一事故很释然，心平气和地写道：'我有过一次经历，让我终生难忘。'即使这样，我还是把他称为一个令人喜欢的人，他不抱怨，而是立刻又采取行动，自强不息。你以为如何，这难道不是很好吗？"

1　这位采盐矿的矿主叫格伦克（Karl Glenk，1779—1854），是魏玛附近施托特恩海姆盐矿的矿主，歌德是于1830年1月7日收到他的来信，为此还写了一首诗《施托特恩海姆盐场的第一批产品》。

我回答说："这使我想起斯特恩[1]，他抱怨自己，不能像一个头脑冷静的人那样利用自己的伤痛。"

歌德说："他与格伦克有点类似的地方。"

我接着说："我也不由得想到贝里施[2]，他是怎样教导你说什么是经验教训的，为了温故知新，这几天我正在阅读这一章[3]，他说：'经验教训乃是人们通过亲身经历体验自己所不愿经历而又必须经历的事情。'"

歌德笑着说："这都是一些早年开过的玩笑，我们那时就是这样恬不知耻地用这些玩笑糟蹋自己的时间！"

我继续说："看来贝里施是一个十分文雅细腻的人，比如酒馆那一场：晚上，一个年轻人要去情人那里，他想阻拦，不让他去，可使出的招数极其有趣，他把佩带的军刀一会儿这样扣住，一会儿那样扣住，逗得大家捧腹大笑，使那个年轻人笑得忘记了去与情人幽会的时间，这是一个多么乖巧的笑话啊。"

歌德说："是的，很乖巧，要是在舞台上演，这可能是最优美的场次之一，因此可以说，贝里施是很会演戏的。"

随后我们把在歌德的自传《诗与真》里所描述的贝里施的全部怪癖又谈论一遍。谈到他那件灰色的衣服，丝绸、天鹅绒和呢绒的面料深浅色调彼此分明，他还琢磨着，要往自己身上添加一种新的灰色。然后谈到他如何写诗，如何效仿排字工人的样子，如何强调誊写员的礼貌和尊严，还谈到他最喜欢躺在窗前消磨时间，仔细打量过路的人，心里想着给这些人的服装变个样子，变到如果他们穿上的话会很滑稽可笑。

歌德说："还有他经常跟那个邮递员开的玩笑，你觉得怎么样，不是也很逗乐吗？"

我说："我不知道这个玩笑，在你的自传《诗与真》里没有写这一点。"

歌德说："真奇怪！好吧，我现在讲给你听。

---

1 英国作家斯特恩在他的小说《感伤旅行》中描写，小说主人公如何通过理性唤起友好的感情来战胜悲惨的遭遇。

2 贝里施（Ernst Wolfgang Behrisch，1738—1809），歌德在莱比锡上大学时的朋友。

3 歌德自传《诗与真》第二部第七卷的《什么是经验?》一章。

"我和贝里施一起躺在窗前，他看见邮递员挨门挨户地从街上走过来，通常他总是从钱包里拿出一个十芬尼硬币放在自己旁边的窗台上，然后转过身对我说：'你看见那个邮递员了吗？他越走越近，看得出马上就要到这上边来了。他有一封信给你，一封什么样的信呢，非同一般，给你的是一封装着汇款的信，装着汇款呵！我不想说出其数额多少。—— 你看，他进来了。不，还没进来！不过马上就会来的。他又出来了，现在该来我们这里了！—— 这儿，从这儿进来，我的朋友！从这儿进来！—— 他走过去了！愚蠢！太愚蠢了！一个人怎么可能如此愚蠢，做事如此不负责任呢！他是双重地不负责任：一是对你不负责任，他手里拿着你的汇款却没有将它交给你；二是对他自己更不负责任，他失去了我已经为他准备好的十芬尼硬币，我只好将硬币再放进钱包里。'他于是将硬币又郑重其事地装入钱包，我俩不禁都笑了。"

　　我觉得这个笑话很有趣，同其余的笑话极其相似。我问歌德，此后是否就再未见到过贝里施。

　　歌德说："我又见到过他，那是在我到魏玛后不久，大概1776年，我和大公去德绍旅行，贝里施应聘从莱比锡去那里任王储的教师。我发现他和往常完全一样，是一个儒雅的宫廷侍臣，很幽默风趣。"

　　我问："这期间你已经这么出名，他对此有何说法？"

　　"他的第一句话就是：'我不是对你说过吗？你那时不要把那些诗拿去付印，等到写出点相当像样的东西来再拿去付印，这话难道不明智？当然，那些诗在当时也并不差，否则我就不会为你誊写了。'[1]不过，要是我们一直在一起的话，其他的诗你也用不着让人拿去付印，我还会为你誊写并且会写得同样好。'你看，他还是过去的那个贝里施，完全一样。他颇受宫廷喜爱，我总是在盛大的宴席上看见他。

　　"我最后一次与他见面是在1801年，那时他已经老了，但精神仍然很好。他住在一座城堡里，有几个很漂亮的房间，其中一个房间里摆满了天竺葵，

1　歌德在莱比锡期间，贝里施为他誊写已经写好的诗，歌德的第一部诗集《安乃特》就是他誊写的，誊写稿于1894年被发现。

这在当时是一种特殊的业余爱好。但是植物学家给天竺葵分成几个不同门类，给其中一类命名为培拉格尼，老先生对此很不满意，痛骂了他们。他说：'这些蠢家伙！我以为，我整个房间里全是天竺葵，现在他们来告诉我说这是培拉格尼。如果不是天竺葵我怎么办，是培拉格尼我又该怎么办！'他就这样说了半个小时，你看，他完全是老样子。"

随后我们谈到《古典的瓦尔普吉斯之夜》，几天前歌德曾经把开头念给我听。歌德说："不计其数的神话人物向我蜂拥而来，但我慎重行事，只采用那些其形象能使人获得恰当印象的人物。现在浮士德正与喀戎[1]在一起，我希望能把这一场写好。如果我勤奋工作的话，可以在几个月内完成《瓦尔普吉斯之夜》。没有任何东西能让我再把《浮士德》放下；如果我能活到写完《浮士德》，那可是太棒了！不过这是可能的。第五幕已经基本完成，接着第四幕也就很容易了。"[2]

然后，歌德谈起他的健康状况，说自己感觉一直良好，值得庆幸。他说："我现在保持得这样好要归功于福格尔，没有他我可能早就走了。福格尔好像生来就是个医生，他是我遇到过的最有天赋的人之一。不过我们不要说他有多好，以免有人把他从我们这儿抢走。"

1830年1月31日，星期日

（弥尔顿和他的《力士参孙》）

在歌德家中吃饭。我们谈到弥尔顿。歌德说："不久前我阅读了他的《力

---

1 浮士德与喀戎相遇是在《浮士德》第二部第二幕的《古典的瓦尔普吉斯之夜》一场中的《珀涅俄斯河下游》一场里。喀戎（Chiron）是古希腊神话中半人半马形的怪物。浮士德在珀涅俄斯河下游与他相遇，他让浮士德坐在他的背上，给浮士德讲述自己的经历，说自己保护过许多英雄，曾经背着海伦渡过一条河，还告诉浮士德应该到哪里去找海伦。浮士德听了非常兴奋，他的目标就要实现了。不过，喀戎告诉浮士德，海伦最本质的特征是超越时间，而这种超越时间的人物只能由作家来把握。听了喀戎的话，浮士德决定作为一名现代的作家去接近古代的海伦，并开始行动。

2 《古典的瓦尔普吉斯之夜》于1830年写完，接着写第五幕，并于1831年5月写完。第四幕是最后完成的，时间是1831年8月28日。歌德于1832年2月22日逝世，歌德在他生前终于完成了这部巨著。

士参孙》(*Simson*)[1]，没有任何一部现代作家的作品像这部悲剧这样具有古代希腊人的精神风貌。这是一部非常伟大的作品。弥尔顿本人失明有利于他能够将参孙的状况描述得如此真实。他确实是一个诗人，可敬可爱，佩服之至。"

仆人送来了一些报纸，我们在柏林的戏剧消息中看到那里已经把海豚和鲸鱼搬上了舞台。

歌德在读法国《时代》杂志上的一篇文章，内容讲的是英国神职人员的巨额薪金比其余整个基督教界的薪金加在一起还多。他说："人们曾经断言，世界在由数字操控；但是我知道，数字将教导我们，世界是被它操控好了还是操控不了。"

1830年2月3日，星期三

（歌德回忆儿时的莫扎特）

在歌德家中吃饭。我们谈起莫扎特。歌德说："莫扎特还是七岁小男孩时我见过他，是在他巡回演出时举办的一次音乐会上。[2]我本人当时大概十四岁。我还能十分清楚地回忆起这个小大人儿的发型和他的佩剑。"听到歌德以十四岁的年龄就足以把莫扎特看作是一个小孩子，吓得我目瞪口呆，好不惊讶。

1830年2月7日，星期日

（莱茵联盟大主教达尔贝格）

与歌德一起进餐。谈到罗马天主教会大主教[3]的一些情况；歌德说在奥地

1　《力士参孙》是英国17世纪作家弥尔顿（John Milton，1608—1674）一生中最后的作品，同时也是弥尔顿创作中一部最有力量、最令人满意的作品。这是一部诗剧，剧中主人公参孙被害致盲，受到种种凌辱，与奴隶一起劳动。弥尔顿本人也是双目失明，生活在复辟王朝的重压之下。

2　1763年8月歌德在法兰克福见到莫扎特，那时歌德十四岁，莫扎特七岁。

3　这位大主教叫达尔贝格（Karl Theodor von Dalberg，1744—1817），美因茨地区的最后一位选侯，从1772年起在爱尔福特任总督，拿破仑占领德国以后他站在拿破仑一边，成为莱茵联盟的大主教。

利女皇[1]的一次宴会上，他曾冒昧地用一句巧妙的措辞为大主教辩护。还谈到大主教哲学知识欠缺，业余喜欢画画，但没有品位。谈到他送给戈尔小姐[2]的画，他的善良和好心肠使他把什么东西都通通送掉，最后自己落得一无所有。

我们还谈论了疏离这个概念。

饭后，小歌德化装成柯灵索尔[3]带着瓦尔特和沃尔夫冈乘车去宫廷了。

1830年2月10日，星期三

（再谈《古典的瓦尔普吉斯之夜》的写作，拿破仑被囚禁在圣赫勒拿岛）

与歌德一起进餐。他谈到里默尔为纪念2月2日写的那首节日贺诗[4]，由衷地赞赏。歌德还补充说："总而言之，里默尔写的东西是经得起工匠师傅和帮工们的品评的。"

我们随后谈到《古典的瓦尔普吉斯之夜》，歌德说，他在这里想到的事情使自己都感到惊讶。题材也比他想象得要分散。

他说："我现在写到一半多一点，我要抓紧，希望在复活节前写完。在此之前我什么也不拿给你看，不过一旦写完我就把它给你带回家去，以便你不受干扰地仔细审阅。如果你现在着手编第三十八卷和第三十九两卷，复活节时我们能把最后的部分寄出去，那就太好了，这样我们就可以把整个夏天腾出来做点大事情。我继续写《浮士德》，争取将第四幕完成。"我很高兴，答应全力支持他。

然后，歌德派他的仆人去探询大公太夫人，她病得很重[5]，歌德好像很担

---

1 这位奥地利女皇叫玛丽亚·卢多维卡（Maria Ludovica），她于1812年与大主教达尔贝格相识。

2 戈尔小姐（Elise Gore，1754—1802）是住在魏玛的一位英国人的女儿。

3 为纪念大公的生日举行的假面舞会，主题是"瓦尔特堡工匠歌手大赛"。歌德的儿子扮成骑士史诗《帕西法尔》中的魔术师柯灵索尔，充当裁判。

4 里默尔为纪念2月2日大公的生日而作，题目是"瓦尔特堡工匠歌手大赛"。

5 大公太夫人路易丝·奥古斯特在室内摔倒，锁骨骨折。

心她的病情。

歌德说："她不该看那次化装游行，但王宫贵族们习惯我行我素，宫廷和医生们全都反对也无济于事。她把反抗拿破仑的意志力量[1]也用来对付自己虚弱的身体；我已经看出她撒手人寰时将和大公一样，即使身体已经停止听从使唤，还完全有能力掌控自己的思想。"

看得出，歌德心情似乎很沉重，沉默了一会儿。但很快我们又谈起一些轻松的话题，他对我讲到一本书，这本书是为赫德森·洛做辩护的。[2]

他说："书中有些细节非常珍贵，这样的细节只能来自亲眼看到的人。你知道，拿破仑通常穿着一件墨绿色制服，由于穿的时间太长又被日晒，最后已经完全褪色，所以觉得有必要用另外一件替换它。他希望要同样的墨绿色，可是在岛上没有储备这种制服，虽然找到一种绿色布料，但颜色不纯，有点偏黄色。这位世界的主宰不可能把这种颜色穿在身上，他没有别的办法，只好让人把旧制服翻个面儿，然后就这么穿上。

"你有何看法？这难道不是一幕十足的悲剧？看到这位王中之王最后被贬抑到不得不穿一件翻过面儿的制服的地步，这难道不令人动情？然而，如果我们仔细想一想，这样一个将百万人的生命与幸福践踏于脚下的人落到如此下场，他的遭遇还算很轻哩。报应是避免不了的，但考虑到英雄的伟大，这个报应还比较文雅。拿破仑给我们提供一个范例，把自己推向极端，牺牲一切去实现一个观念，这是多么危险。"

我们又谈了一些与此有关的事情，然后我就去剧院看《塞维利亚之星》（*Stern von Sevilla*）[3]了。

---

1 据说，大公太夫人坚决支持她的丈夫卡尔·奥古斯特参加以普鲁士为主导的反对拿破仑的战争。

2 赫德森·洛（Hudson Lowe，1769—1844），英国将军、圣赫勒拿岛总督，负责对拿破仑的囚禁。拿破仑在被囚禁期间写下大量回忆录，其中也包括对自己在圣赫勒拿岛上被囚禁的回忆。赫德森·洛为了替自己辩护也写了一本书，记述拿破仑被囚禁时的情况，书名是《关于拿破仑在圣赫勒拿岛上被囚禁的回忆》，于1830年出版。

3 《塞维利亚之星》的原作者是西班牙16世纪的剧作家维加，奥地利作家策德利茨（Joseph Christian von Zedlitz，1790—1862）将这部剧本改编，列入魏玛剧院1830年至1836年的演出计划。

1830年2月14日，星期日

（大公太夫人路易丝·奥古斯特仙逝，歌德的最初反应）

今天中午，歌德邀我去他家里吃饭，路上得知大公太夫人刚才仙逝。[1]我的第一个想法是，这对年事已高的歌德会产生什么影响呵！因此带着几分忧虑走进他的住宅。仆人告诉我，他的儿媳刚才去他那里向他通报这则沉痛的消息。我对自己说，五十多年来他对这位女主人一直心怀感激之情，享有女主人特殊的恩宠和仁慈，她的仙逝肯定对他触动很大。我带着这些想法来到他的房间，然而让我好不吃惊的是，看到他心情爽朗，精神抖擞，正在和儿媳以及两个孙子坐在餐桌旁用汤，仿佛刚才什么事都没有发生过。我们继续很轻松地谈些无关紧要的事情。这时，城里所有的钟声响起，冯·歌德夫人目不转睛地看着我，我们提高嗓音讲话，以便不让丧钟的声音触动和震撼他的内心，因为我们以为他会和我们有一样的感受。然而，他的感受并不和我们的感受一样，他内心里完全是另外一种情况。他坐在我们面前，如同一位超凡脱俗的人，对尘世间的痛苦无动于衷。仆人报告内廷参事福格尔到了；他坐到我们中间，讲述已故的母亲大人临终时的一些具体情况，歌德一如既往静心地听着，镇定自若。福格尔走后，我们继续吃午饭和交谈。还对《混沌》（*Chaos*）[2]这份杂志谈论了许多，歌德称赞最近一期上《关于戏剧表演的思考》（*Betrachtungen über das Spiel*）写得很好。

冯·歌德夫人带儿子们上楼之后，剩下我和歌德两人。他告诉我他写的《古典的瓦尔普吉斯之夜》每天都有进展，一些非常美妙的事情写得很成功，超出了他的预期。然后他拿出巴伐利亚国王的一封信给我看，是今天收到的[3]，我于是兴冲冲地读起来。字里行间流露着国王高贵而真诚的信念，而歌德尤感宽慰的似乎是，国王对他的态度始终如一。内廷参事索雷来了。[4]他

1　大公太夫人路易丝·奥古斯特于1830年2月14日去世。

2　《混沌》是由歌德的儿媳编辑出版的一份不定期刊物，1829年9月创刊，1832年年初停刊，用德文、英文、法文、意大利文发行，歌德也为这个刊物撰稿。

3　歌德于1830年1月11日写信给巴伐利亚国王路德维希一世，1830年2月7日收到国王的回复。

4　索雷受大公夫人玛丽亚·保罗夫娜的委托前来安慰歌德。

坐到我们边上，带来了皇帝陛下安慰歌德的口谕，这使歌德本来就轻松平静的心情更加轻松了。歌德继续他的谈话，提到著名的妮侬·德·朗克洛[1]，这位绝代佳人十六岁时差一点玉殒香消，她十分镇静地安慰站在周围的人说："有什么大不了的？我不是把尘世的人都留下了吗！"顺便说一下，她又活了下来，已经九十岁了，她直到八十岁还曾经令上百个求婚者心醉神迷或深陷绝望。

歌德接着谈到戈齐[2]和他在威尼斯的剧院，那里参加即席演出的演员只能拿到剧本的素材。戈齐曾经认为，悲剧场景一共只有三十六个，席勒认为要更多些，可是他就连这三十六个也未能找到。

随后又谈了关于格林[3]的一些有趣的事情，他的思想、性格以及对纸币的极端不信任。

1830年2月17日，星期三

（布景与服装的颜色搭配，创作题材的来源）

我们谈到剧院，讨论了布景和服装的颜色。结果如下：

一般说来，布景的色调应该有利于前景里任何一种颜色的服装，像博伊特[4]设计的布景那样，或多或少倾向棕色，而服装的颜色就要尽量清新活泼。但是，如果布景画师需要偏离这种有利的、不确定的色调，要画一个红色的或黄色的房间、一顶白色帐篷和一座绿色花园的话，演员们就应该懂得避免在自己的服装上有这一类颜色。如果一个演员身穿红色制服和绿色马裤走进一个红色房间，他的上身就看不见了，只能看见他的两条腿；如果他穿着这

---

1 妮侬·德·朗克洛（Ninon de Lenclos，1616—1706），巴黎著名交际花，很多王公贵族的情人。

2 戈齐（Carlo Gozzi，1720—1806），意大利喜剧演员。

3 冯·格林（Friedrich Meichior von Grimm，1723—1807），此人是一位外交家，从1748年起常驻巴黎，与法国大百科全书派关系密切，经常向德国宫廷报告法国文学的情况。

4 博伊特（Friedrich Beuther，1777—1856），魏玛剧院的演员和布景画师，歌德特别欣赏他的作画风格。

套服装走进一座绿色花园，他的两条腿就看不见了，而他的上身则异乎寻常得显眼。因此，一个身穿白色制服和深颜色马裤的演员，在一顶白色帐篷里，站在深色的背景前，那么他的上身和腿就全都看不见了。

歌德补充说："假如布景画师需要画一个红色或黄色房间，或者画一座绿色花园或一片绿色森林，这些颜色也总要保持柔和一些、淡薄一些，以便前景中的每一种服装都能互相接替并且产生应有的效果。"

我们谈到《伊利亚特》，歌德提醒我注意，安排阿喀琉斯[1]有一段时间无所事事，以便让其余的英雄出来发挥自己，这一情节很优美。

他说，在《亲和力》中没有一笔不是他亲身经历的，但也没有一笔和他亲身经历的一样。泽森海姆的那段故事也是这样的。

饭后，我们浏览了一本尼德兰画派的画册。其中有一幅画的是一个港口[2]，这边的男人们在饮清凉水，那边的男人们在一只桶上掷色子。这幅画引起我们有趣的思考，如何为了不损害艺术效果而回避真实。桶盖是主要的亮点，从男人们的表情上看，色子已经掷出，但在桶盖的表面上没有画出来，因为如果把它们画出来可能打断那个亮点的光线，产生不利的效果。

随后，我们观赏了勒伊斯达尔为他的教堂墓地画的草图[3]，从中看到，这样一位大师曾经为此付出了怎样的辛劳。

1830年2月21日，星期日

（由植物的繁衍谈到万物的起源，再谈文学艺术的传承）

与歌德一起进餐。他给我看一种气根植物，我饶有兴趣地观赏着。我注意到，这种植物在容许下一个个体显现出来之前，它力求尽可能长时间地延

---

1 《荷马史诗》中《伊利亚特》的主人公，最勇敢的英雄。
2 荷兰画家林格尔巴赫（Jan Lingelbach，1623—1674）的水墨画。
3 勒伊斯达尔在画《阿姆斯特丹附近的犹太人墓地》之前，画了若干幅草图，歌德拥有其中的两幅。

续自己的生命。

接下来歌德说："我打算最近四周内既不读《时代》（ *Temps* ）[1]也不读《环球》[2]。情况是这样的，在这段时间里肯定会有些事情发生，我要等着，直等到有关消息从外面传到我这里。这样，我的《古典的瓦尔普吉斯之夜》可就受益了，而那些事情[3]我们反正都不感兴趣，对于一些情况也没有足够的考虑。"

他随后递给我博伊塞雷[4]从慕尼黑写来的一封信，这使他很高兴，我也同样很有兴味地读着。博伊塞雷特别谈到《重游罗马》以及《艺术与古代文化》最近一期上的几点内容[5]。他对这些事物的判断既善意又透彻，这就引起我们谈了许多有关这位大名人罕见的修养和行为来。

之后歌德告诉我，科尔内留斯新近一幅画[6]的构图和画法考虑得都很周密严谨，于是我们说，要一幅画色泽亮丽，在构图时就得安排好。

后来在一次散步的时候，我脑海里又出现了那棵气根植物，想到一个生物尽可能长时间地延续自己的生命，然后集中全力再产生出它的同类来。这条自然法则让我想起那个万物起源的传说，我们想象最初只有神，后来神生了个儿子，这个儿子与他一模一样。同样，好的师傅最亟须做的莫过于培养好的学生，盼望自己的原则和行为在学生们身上延续。艺术家或作家的每一部作品都应该被视为他们的同类，这部作品多么优秀，这位艺术家或作家就

1　《时代》是反法国当局的报纸，1829年创办并在巴黎出版。

2　歌德一直阅读《时代》和《环球》两份报纸。

3　指有关革命的事情。1830年2月是1830年法国七月革命的酝酿时期，各种革命活动此起彼伏，歌德对这些革命活动均不感兴趣。

4　博伊塞雷（Sulpiz Boisserée，1783—1854），研究艺术的学者、著名艺术品收藏家，慕尼黑绘画馆（Pinakothek）就是以他收藏的艺术品为基础建立的。1811年与歌德相识，此后两人一直保持联系，歌德对于欧洲中世纪艺术的了解深受他的影响。

5　这一期《艺术与古代文化》刊载了歌德写的关于法国文学和戏剧以及关于希腊文学的文章，博伊塞雷十分赞赏这几篇文章。

6　科尔内留斯（Peter Cornelius，1783—1854），德国画家，他为《浮士德》作的插图获得歌德好评，称"他的灵感往往无与伦比地成功"。歌德于1830年2月20日收到舍费尔（Eugen Eduard Schäffer）按照科尔内留斯的一幅湿壁画制作的铜版画。

多么优秀，因为这是他创作的。所以，一部由别人创作的优秀作品绝不会引起我的嫉妒，因为它能让我推断，能写出这样一部优秀作品的人也是优秀的。

1830年2月24日，星期三

（所谓"机械降神"，科尔内留斯一幅画的草图）

与歌德一起进餐。我们谈起荷马。我提出，众神的影响直接与现实连接了。歌德说："这是非常温馨和富有人情味的，感谢上帝，我们已经走出了那个法国人把这种众神的影响称之为**机械降神**[1]的时代。当然，要法国人对如此非凡的功绩抱有同样感受还需要一些时间，因为这要求彻底转变他们的文化。"

然后歌德告诉我，为了让海伦更美丽，他给这个人物又加上了一笔，是根据我的一点意见[2]，我感到不胜荣耀。

饭后，歌德给我看了科尔内留斯的一幅画的草图，画的是俄耳浦斯[3]在普鲁托[4]的宝座前恳求释放欧律狄刻。这幅画看来是经过深思熟虑的，细节画得很精彩，然而它还是不甚令人满意，不能给人心情带来愉悦。我们考虑，也许应该使画面的色彩更和谐一些，也许加上下面这个情节可能会更有利，即让俄耳浦斯已经战胜了普鲁托的心并把欧律狄刻归还了他。这样，场面就不再那么紧张、充满悬念，而是让人完全所愿得偿了。

1　这是影射法国古典主义戏剧。在古希腊悲剧以及它的继承者法国古典主义戏剧中，当矛盾冲突发展到无法解决的地步时，就用一种机械装置让神从天而降，解决矛盾。这种解决矛盾的手段叫 Deus ex machina（机械降神）。另外，歌德的这句话也是影射法国机械唯物主义的，特别是它的代表人物之一拉梅特里（Julien Offray de La Mettrie，1709—1751），其人最著名的著作是《人是机器》（1747）。

2　爱克曼给歌德提了什么意见，他没有披露。

3　俄耳浦斯（Orpheus），希腊神话中的歌手，他的歌声可以使树枝弯折，顽石移动，野兽俯首。其妻欧律狄刻被蛇咬伤致死后，他来到冥府驯服了复仇女神，复仇女神答应，他可以把妻子带回人间，但条件是，在走出冥府之前不得回头看妻子的影子，不得同妻子说话。俄耳浦斯没有遵守这些禁令，因此他的妻子必须永远留在阴间。

4　普鲁托（Pluto），希腊神话中的冥王。

1830年3月1日，星期一

（歌德对植物演化学说的贡献）

和耶拿的内廷参事福格特[1]一起在歌德家中吃饭。谈话全是一些关于生源学方面的题目，福格特展示了他极其广博的学识。

歌德说，他收到了一封反驳他的信，说什么胚叶不是叶子，其理由是，胚叶背面没有气眼。但我们经过对各种不同植物的观察确信，胚叶背面果然是有气眼的，跟随后长出来的叶子一样。福格特说，歌德对植物演化的这一真知灼见是近代博物学研究这门学科最富有成果的发现之一。

我们谈到收集鸟类标本的问题，歌德说，有一个英国人在大笼子里喂养了几百只活鸟。据说，其中有几只死了，他就让人把它们的尸体填充起来。这几个填充好的鸟的尸体令他非常喜欢，他于是产生一个想法，把所有的鸟都打死，然后让人将尸体填充起来做成标本会不会更好些。不久他果然将这个想法付诸实施了。

福格特说，他正在翻译居维叶的五卷本《生源学》[2]，然后和补充部分以及扩展部分一同出版。

饭后，福格特告辞，歌德把《瓦尔普吉斯之夜》的手稿拿给我看，我很吃惊，几个星期的工夫就写出这么厚一叠。

1830年3月3日，星期三

（维兰德的小说《奥伯龙》；莱布尼茨的"单子论"）

饭前，和歌德一起乘车出去兜风。他肯定了我的那首关于巴伐利亚国王的诗[3]，说我受到了拜伦勋爵的有益影响，但还缺少那种叫作顺应传统的东西，

1　福格特（Friedrich Siegmund Voigt，1781—1850），耶拿的动植物学家，歌德的朋友。

2　居维叶（Georges Cuvier，1769—1832），法国博物学家，他的《生源学》由福格特译成德文，于1831年至1832年出版。

3　爱克曼在歌德帮助下写了组诗《歌德肖像——根据巴伐利亚国王殿下的命令，由施蒂勒绘制》（1829）。写这首诗的目的是讨好巴伐利亚国王路德维希一世，但未取得预期效果。

伏尔泰在这方面是一位大家。他建议我把伏尔泰作为学习榜样。

随后吃饭的时候，我们就维兰德谈了许多，尤其是他的《奥伯龙》，歌德认为，作品的基础薄弱，之前没有全面周密的写作计划。他说，利用一个精灵弄来胡须和臼齿的故事编得很不好[1]，尤其是，这样一来主人公就处于无事可做的状态。不过，这位大作家把故事讲得优美生动、饶有风趣，使读者感到很惬意，以至于不再多想这本书的真正基础，而是一味地读下去。

我们继续谈了许多事情，也又一次谈到生命力。歌德说："我觉得，一个人顽固坚持自我，总是把对自己不合适的东西抖搂掉，这都证明存在生命力一类的东西。"我刚才也是这么考虑的，正想要说，歌德就把它说出来了，使我加倍地高兴。歌德接着说："关于这样一些独立的有生命之物莱布尼茨[2]曾经有类似想法，虽然我们是用'生命力'一词表达，他则称之为单子。"

关于这一问题的进一步阐述，我打算到莱布尼茨的原著里去查阅。

1830年3月7日，星期日

（观赏法国文坛名流的石膏雕像，谈名家对后代的影响）

我十二点去歌德家里，发现他今天气色特别好，精神矍铄。他对我透露，为了做完最后那些分卷[3]，他必须把《瓦尔普吉斯之夜》往后搁置。他说："不过，我在写作进展顺利，还有许多编好的故事可以说的时候停下来，这样的处理方式是明智的，因为这样会比一直写下去直至无话可说的时候再停下来

1　《奥伯龙》是维兰德根据各种传说写成的一部诗体小说，其中有一个情节：骑士余庸错杀了查理大帝的儿子。为了惩罚他，查理大帝要他去巴格达，割下巴格达卫官的头颅，拔下国王的四颗牙齿和一把胡须；此外，还得把国王的女儿作为未婚妻骗回国。靠精灵的帮助，余庸完成了这些要求。

2　冯·莱布尼茨（Gottfried Wilhelm von Leibniz，1646—1716），德国近代哲学家。他提出了"单子论"，认为构成万物的最后实体是"单子"。"单子"没有外延，没有量的规定；也没有部分，是一个不可分割的纯粹的实体。它具有"力"，可以推动自身的变化和发展。

3　指《歌德全集最后手定本》的第三十六、三十七和四十卷。这三卷先后于1830年3月10日和4月2日交稿付印。

要容易得多。"我把这句话作为一条有益的教诲记了下来。

本来打算饭前乘车出去逛逛，但我们俩都觉得房间里很舒服，于是就把马车退掉了。

这期间，仆人弗里德里希把一只从巴黎寄来的大木箱打开了。里面是雕塑家大卫[1]寄来的石膏肖像，共五十七位名人的石膏雕像和浅浮雕。弗里德里希把装在不同的大抽屉里的复制品搬了进来，观赏这些令人瞩目的人物，这是极好的消遣。我尤其想观看梅里美，他的头颅与他的才能一样显得有力量、敢作敢为，歌德补充说，还有一些幽默感。维克多·雨果、阿尔弗雷德·德·维尼[2]和埃米尔·德尚[3]的表现证明，他们头脑纯洁，思想自由活跃。盖伊小姐、塔斯蒂夫人[4]以及其他一些年轻女作家的肖像也让我们赏心悦目。法维耶[5]结实粗壮的样子使我们想起早期的人类，我们看了又看，十分享受。

我们就这样从这一位名人看到另一位名人，歌德禁不住一再表示，通过大卫寄来的这些珍品他拥有了一批艺术宝藏，为此他对这位卓越的艺术家感激不尽。他将抓紧一切机会向途经这里的游客展示这批收藏，并向他们口头请教某些他还不熟悉的人物。

箱子里还装了一些书，他让仆人把书搬到前面的几个房间里，我们跟着走进来，然后在餐桌前就座。我们兴致很高，反复谈论我们的工作和打算。歌德说："一个人独处不好[6]，一个人独自写作尤其不好；相反，要想取得一些成功，需要别人的参与和启发。我的《阿喀琉斯》（*Achillïs*）[7]和许多叙事谣曲都多亏有了席勒，是他敦促我写的，等我把《浮士德》第二部分完成时，你也可以把它算作是你自己的一份功劳。这话我以前经常对你说，但我必须再

1　大卫（Pierre Jean David d'Angers，1789—1856），法国现实主义人物肖像的雕塑家。

2　维尼（Alfred de Vigny，1797—1863），法国浪漫主义诗人。

3　德尚（Emile Deschamps，1791—1871），法国浪漫主义作家。

4　塔斯蒂（Amable Tastu，1798—1885），法国女诗人，一位巴黎书商的妻子。

5　法维耶（Charles-Nicolas Fabvier，1783—1855），法国人，在希腊解放战争中作为上校崭露头角。

6　这句话出自《旧约·创世记》第二章，原话是："耶和华神说，那人独居不好，我要为他造一个配偶帮助他。"

7　歌德于1799年写史诗《阿喀琉斯》，但只写了第一歌和一些零散的片段。

说一遍，以便让你知道。"[1]听他说这些话我很高兴，感觉这里包含许多真谛。[2]

饭后吃甜食的时候歌德打开一个小包裹，里面是埃米尔·德尚的诗，并附有一封信[3]。歌德把信递给我让我阅读。我高兴地看到，歌德给新的法国文学生活带来怎样的影响，青年作家如何崇拜和爱戴他，把他作为自己的精神领袖。莎士比亚就是这样影响了青年歌德的。我们不能说伏尔泰对外国的青年诗人也有如此影响，能把他们聚集在自己的思想旗帜之下，让他们视自己为主宰和师长。埃米尔·德尚的这封信处处洋溢着爱慕、真挚和坦诚之情。歌德说："我们窥见一朵美丽的心灵之花正含苞待放。"

在大卫寄来的邮件里还有一张纸，上面画的是放在各种极不相同位置上的拿破仑礼帽。歌德说："这应该给我儿子。"他令人赶快把纸送上楼去。果然有了效果，小歌德立刻下楼来十分高兴地宣布，纸上画的这些放在各种极不相同位置上的英雄的礼帽是他收藏中无与伦比的精品。不到五分钟，那张纸已镶进玻璃镜框里，并在英雄的其他像章和文物古迹中找到了自己的位置。

1830年3月16日，星期二

（歌德虚构耶稣和十二使徒的艺术形象）

早上，冯·歌德先生前来造访，告诉我他早就打算做的意大利旅行已经定下来了。他父亲同意提供必要的旅费，并且希望我能与他同行。[4]这则消息使我们俩都很高兴，我们为准备工作商量了许久。

当我中午路过歌德宅邸的时候，歌德在窗前向我招手，我于是快步上楼去见他。他在前面的房间里，笑容满面，神清气爽。他立刻开始谈儿子旅行

---

1 歌德在1826年7月20日完成《浮士德》第二部第三幕《海伦》以后，曾经对爱克曼说："现在作品完成了，这要归功于你的参与。"

2 歌德这句话道出一个真理：一个作家的成就离不开伟大作家的影响，也离不开别人的帮助。

3 这封信是德尚于1829年12月10日写的，他崇拜歌德，并将歌德和席勒的诗译成了法文。

4 歌德儿子这次意大利之行是在他重病以后，因而需要有人陪同。爱克曼答应随行，歌德很高兴，而爱克曼自己也因此实现了去意大利旅行的梦想。

的事，说他很赞成，认为做这次旅行是明智的，而且希望我能同行。他说："这对你们俩都好，尤其对你们的文化修养不会没有益处。"

接着他给我看了耶稣与十二使徒雕像[1]，我们都说这样一些人物作为雕塑家的创作题材太枯燥乏味了。歌德说："一个使徒几乎总是与另一个一样，极少有生命和行为作为支撑，从而赋予他们性格和意义。我趁此机会自娱自乐，虚构了一组《圣经》人物[2]，共十二人，每一个人都很显著，都与另一个人不同，因此每一个人都是值得艺术家去表现的对象。

"首先是亚当，一个最英俊的男子，极尽想象中的完美。他喜欢将一只手放在一把铁锹上，作为象征，即耕种土地是人的天职。

"亚当之后是挪亚，这又是一个新创作的人物。他种植葡萄，可以让他表现出一点印度酒神的样子。

"下一个是摩西，第一位立法者。

"然后是大卫，他是武士和国王。

"大卫后面是以赛亚，一位君主和先知。

"接着是丹以理，他预示着未来的耶稣。

"然后是耶稣基督。

"紧挨在耶稣旁边的是约翰，他热爱眼前的耶稣。这样，耶稣就被两个年轻的人物夹在中间，一个是（丹以理），应该把他塑造成性格温柔、蓄着长发的形象；另一个是（约翰），他要热情奔放，留着卷曲的短发。可是约翰后面是谁呢？

"是迦百农的百夫长，期待得到直接救助的信徒们的代表。

"百夫长之后是抹大拉，她象征忏悔着的、需要宽恕的、愿意悔过自新的人类。以上这两个人物包含着基督教的全部本质。

"接下来就是保罗了，他竭尽全力传播基督教教义。

---

1 这是雕塑家托瓦尔德森（Bertel Thorwaldsen，1768—1844）为哥本哈根圣母教堂做的雕像。

2 1830年歌德写了《耶稣及新约旧约中的人物，给雕塑家的建议》，具体描绘了耶稣以及《圣经》人物的特点。这篇文章没有发表，后来收入《歌德全集最后手定本》中。

"保罗后面是雅各，他去最遥远的国度传教，是传教士的代表。

"最后是彼得。艺术家应该把他放在门口附近，让他的表情好像在审视进来的人，看他们是否配得上踏入圣殿。

"你对这一组人物有何看法？我认为比十二使徒看上去人人都一样要丰富多彩。我要是艺术家的话，就把摩西和抹大拉雕塑成坐着的姿势。"

我能听到这一切，十分幸运，于是请求歌德把它们写下来，他答应了。他说："我想再从头到尾考虑一遍，然后把它们和其他最新作品一起交给你编入第三十九卷。"

1830年3月17日，星期三

（就海伦被拐时的年龄谈神话故事灵活多变）

与歌德一起进餐。我同他谈到他诗中有一处，是应该像所有旧版中写的"恰如你的祭司贺拉斯曾经狂喜地保证过"[1]，还是像新版中写的"你的祭司普罗佩提乌斯……"[2] 呢？

歌德说："我受格特林的劝诱写了'普罗佩提乌斯祭司'，但普罗佩提乌斯祭司念起来不好听，因此我赞成早先写的那一句。"[3]

我说："在你的《海伦》手稿中也有一句，写的是忒修斯把她拐走时，她不过是个**十岁的**瘦弱小狍子。因为**格特林**反对，你就写了**七岁的**瘦弱小狍子送去付印了，这个年龄不论对那个美丽的姑娘本人，还是对那两个解救她的孪生兄弟卡斯托耳和波吕丢刻斯来说都太幼小了。不过全部故事都是发生在寓言时代，因此没人能说出她实际上是几岁，加之整个神话灵活多变，你可

1　这是歌德的组诗《罗马哀歌》第十五节的诗句，它前面的诗句是："高尚的太阳，你在徘徊，你在浏览你的罗马！/你没见过，也不会见过比它更伟大的，/恰如你的祭司贺拉斯曾经狂喜地保证过。""你没见过，也不会见过比它更伟大的"这一句，歌德直接引贺拉斯的《世纪之歌》。

2　普罗佩提乌斯（Sextus Propertius，公元前50—公元前16），贺拉斯同时代的罗马著名哀歌诗人。

3　格特林以为"你没见过，也不会见过比它更伟大的"这句话出自普罗佩提乌斯写的诗，其实是出自贺拉斯写的诗。格特林的建议只在1827年出版的《歌德全集最后手定本》的第一卷中采用过。

以随便使用这些材料，怎么方便好看就怎么写。"[1]

歌德说："你说得对，我也赞成她十岁的时候被忒修斯拐走，因此我后来便写：**从十岁起**，她就不值钱了。所以请你在未来的版本中凡是七岁的小狍子通通改为十岁的。"[2]

饭后吃甜点时，歌德将诺伊洛伊特[3]新近根据他的叙事谣曲创作的两本画册拿给我看，我们特别欣赏这位可爱的艺术家的自由开朗的思想。

1830年3月21日，星期日

（歌德称身体与精神互相影响，再谈古典文学与浪漫文学概念）

与歌德一起进餐。他首先谈到儿子的旅行，说我们不能对旅行的收获抱太大幻想。他说："通常是出去时什么样，回来时还是什么样，要当心，千万不可把那种日后不适合我们情况的想法带回来。我就是从意大利带回了楼梯要美观的概念，结果显然是把我的房子毁了，所有的房间都弄得比原本应有的面积小。[4]重要的是，要学会把握住自己。假如我放任自己，不拘形迹，那我可就既毁了自己也毁了周围的人。"

---

1 歌德听了格特林的建议，曾把海伦被拐时的年龄写成七岁，但后来又改成十岁。在《浮士德》第三幕第一场《斯巴达的墨涅拉斯宫殿》中，由梅菲斯特装扮的福耳库阿斯与海伦对话，谈到海伦的过去：

> 福耳库阿斯　……忒修斯早就抢走了你……
>
> 海　　伦　　我那时只是一个十岁的瘦小狍，他就把我拐走了，关在阿菲德诺斯的阿提卡城堡。
>
> 福耳库阿斯　但很快被卡斯托耳和波鲁克斯解救出来，从此你招引了一大群出类拔萃的英豪。

（《浮士德》，人民文学出版社，1999年，第339页）

2 这句话出自《浮士德》第二部第一幕最后一场《骑士厅》。浮士德把海伦和帕里斯召来后，聚集在骑士厅的骑士和贵妇有截然不同的反应。骑士们只对海伦感兴趣，贵妇们只喜欢帕里斯，她们出于嫉妒，专挑海伦的毛病，说："从十岁起，她就不值钱了。"

3 诺伊罗伊特（Eugen Napoleon Neureuther，1806—1882），德国画家，从1829年起根据歌德的叙事谣曲作画，共四册；1829年把最先的两册寄给了歌德。

4 1829年4月按照歌德的设想，魏玛宫廷为贝尔维德勒宫修新的楼梯。

接着我们谈到身体有病的状态以及身体与精神的相互影响。

歌德说："精神能够对身体有这么大的支撑作用，真是难以置信。我经常遭受下半身的病痛之苦，但是精神的意愿和上半身的力量支持我正常工作。绝不能让精神屈服于身体！我在气压高时工作觉得比在气压低时容易，因为知道了这一点，每逢气压低时我就更加努力以此来抵消低气压的不利影响，结果成功了。

"然而，在文学创作方面有些东西不能勉强，我们必须等待有利时机来做凭精神的意愿所不能做到的事情。所以我现在就从从容容地写我的《瓦尔普吉斯之夜》，以便使整个这一场保持优美且具有适当的力度。我的工作进展顺利，希望在你动身之前能全部写完。

"我把这一场里出现的讽刺和攻击[1]与那些特定的对象分开，使它们一般化，这样读者虽然知道它们有针对性，但没有人知道，针对的究竟是什么。不过，我力图使描述的一切具有符合古典意义的明确轮廓，丝毫不能出现依据浪漫主义创作方法产生的那种模糊的和不确定的东西。"

歌德又说："古典文学和浪漫文学的概念现在已传遍全世界，引起许多争论和分歧。这个概念原本出自我和席勒。我在文学创作方面的准则是客观地进行创作，而且只认可这种创作方法，但是席勒却用完全主观的方法写作，认为他的方法才是正确的。为了替自己辩护，他写了一篇针对我的论文，题为《论质朴的和多情的文学》(*Über naive und sentimentale Dichtung*)。他向我证明，说我违背了自己的意愿，我其实是浪漫的[2]，还说我的《伊菲革涅亚》由于情感占支配地位，所以绝不像人们以为的那样是古典的或者符合古希腊精神的。[3]施莱格尔兄弟抓住这个观点并加以发挥[4]，于是这个观点就在全世界传

1　在《古典的瓦尔普吉斯之夜》中，歌德影射攻击了一些当时知名的学者如格特林、谢林等。

2　在《论质朴的和多情的文学》一文中，席勒没有使用"浪漫的"这个概念。他把文学分为"质朴的"和"多情的"两种，把歌德的作品归入"质朴的文学"之中。值得注意的是，这里显然将"古典的"和"浪漫的"视为两种不同的创作方式。

3　席勒在他的《论质朴的和多情的文学》一文中没有直接谈到歌德的《伊菲革涅亚》，只是在给友人的信中说过，歌德的这部作品是"现代的，而非希腊的"。

4　弗里德里希·施莱格尔在《论歌德的威廉·迈斯特》一文中谈到"古典"和"浪漫"的对立。

开了，现在人人都在谈古典主义和浪漫主义，这个问题在五十年前是没有人会想到的。"

我又把话题转到那一组十二个人物上，歌德还做了几点补充。[1]

他对我说："我已经说过，亚当是要雕塑的，但不能让他完全裸露，我设想最好是在他偷食禁果**之后**，给他披上一块薄薄的鹿皮。同时，为了表现他是人类之父，完全可以让他的第一个儿子跟在他身边，那是一个倔强的、勇敢地向四处张望的男孩，一个小大力士，手里捏死了一条蛇。

"关于挪亚我还有另一个想法，我觉得这个想法更好些，即不让他像印度的酒神巴库斯，而是把他塑造成葡萄农，使人想到这是一位救世主，他作为一个种植葡萄的人将人类从忧虑和绝望的痛苦中解救出来。"

这些想法很好，令我欣喜不已，我打算把它们都记录下来。

随后歌德给我看了诺伊罗伊特根据他关于马蹄铁的《传奇》所画的一幅画[2]。我说："这位艺术家只派给救世主八个门徒。"

歌德插话说："就是这八个他还觉得太多哩，但他做事力求聪明机智，把这八个人物分为两组，避免排成一队太单调乏味。"

1830年3月24日，星期三

(称赞法国诗歌《米拉波的微笑》)

在歌德家中吃饭时与他进行了十分愉快的交谈。他对我谈到一首法国诗歌，标题为《米拉波的微笑》(*Le nre de Mirabeau*)，是一份手稿，随大卫的集子一起寄来的。[3]歌德说："这首诗充满智慧和胆量，你一定要读一读。我觉得，

1　歌德关于如何塑造《圣经》中十二个人物的设想，一再修改。

2　歌德有一首叙事谣曲，题目叫《传奇》。谣曲叙述了这样一个传奇故事：救世主带着门徒彼得来到一座城市，救世主看见路上有一块马蹄铁，请彼得把它拾起来，彼得不肯。救世主只好自己将马蹄铁拾起，并在城里卖给一家铁匠铺，换了三个芬尼。诺伊罗伊特根据这个故事画了一幅画，叫《马蹄铁的传奇》(*Legende von Hufeisen*)。这幅画收在他的画册第四册，歌德于1830年9月23日得到这幅画的。

3　诗作者是德拉努 (Cordellier Delanoue，1806—1854)，这首诗一直到1885年才印出来。

诗人用的墨水仿佛是梅菲斯特给他预先制作的。他如果没读过《浮士德》就能写出这首诗来那是很了不起的，如果读过也同样了不起。"

1830年4月21日，星期三

（歌德给爱克曼临别赠言）

因为定于明日清晨与歌德的儿子和侍从起程赴意大利[1]，我今天来向歌德告别。我们详细地谈了一些与旅行有关的事情，他特别关照我要好好观察，有时间给他写信来。

离开歌德我有些难过，但是看到他非常健康，我感到安慰并且相信，再见到他时他依旧平安无事。

临走时，他送我一本纪念册，里面写了如下的话：

他从旁边经过，我却没有看见，

他在变样，我还没有发现。

——《约伯记》[2]

致旅行者

歌德

1830年4月21日于魏玛

---

1 歌德的儿子奥古斯特·冯·歌德与爱克曼一起于1830年4月22日起程赴意大利旅行，直到1830年7月25日两人都在一起，1830年10月27日奥古斯特·冯·歌德在罗马去世，爱克曼于1830年11月23日回到魏玛。

2 和合本《旧约·约伯记》（9：11）中译文是："他从我旁边经过，我却看不见；他在我前面行走，我倒不知觉。"

1830年4月24日，星期六，法兰克福[1]

（爱克曼饱览法兰克福地方风情）

大约十一点，我围着城市散步，穿过几个花园朝陶努斯山方向走去，大自然生机勃勃，郁郁葱葱，使我心旷神怡。前天在魏玛树上的枝叶还含苞待放，今天在这里我发现栗子树已经长出一英尺长的新梢，椴树的嫩枝也有二十来厘米，桦树叶已呈深绿色，橡树全都抽出了幼芽。我看见青草有一英尺高，所以我在城门前遇见了几个姑娘，她们正在把沉甸甸的草篮子抬进花园里。

我穿过花园，陶努斯山脉尽收眼底。一股清风吹来，从西南飘来的浮云把阴影投在山上，随即又向东北飘然而去。我看见花园之间有几只白鹳，它们在阳光下飘动着的白云和蓝天之间飞上飞下，景象十分壮观，把这一带的风光装点得出神入化。回来的时候，在城门前迎面过来一群非常好看的奶牛，有棕色的，有白色的，也有带斑点花纹的，毛发光泽滑润。

这里的空气清爽宜人，水是甜的。自汉堡开始我就没吃过像这里这样可口的早点，还有精致的白面包也让我乐此不疲。

今天有集市，从清晨到深夜马路上熙熙攘攘，单调乏味的手摇风琴声和风笛声不绝于耳。一个萨伏依[2]少年引起我的注意，他摇动着手摇风琴，身后牵着一条狗，狗背上骑着一只猴子。小男孩吹着口哨儿，仰着头对我们唱歌，长时间引诱我们给他点钱。我们把钱扔下去，给的比他想要的还多。我以为，他会看我们一眼表示谢意。但是他没有这么做，而是把钱放进衣袋后立刻就去仰望别人，希望他们也能给他一点。

1830年4月25日，星期日，法兰克福

（爱克曼体验堂倌儿的高超本领和剧院的蹩脚演出）

今天上午我们乘房东的一辆豪华轿车围着城市兜风。迷人的绿地、宏伟

1　爱克曼一行人的意大利之旅首先来到法兰克福，时间是1830年4月23日，26日离开。

2　萨伏依是位于法国东南部和意大利西北部的一个历史地区。

的建筑、美丽的河流、花园以及令人神往的花园别墅，使我们心旷神怡。我则马上表示，应该从这些景物中找出一种思想，这是精神的需要，若不这样做，到头来一切就都会不关痛痒地、毫无意义地从我们身边流逝。

中午，在旅馆吃饭的时候我看见了许多面孔，但只有很少面孔的表情能引起我的注意。不过我对那位领班的堂倌儿极感兴趣，致使我的眼睛只追随着他和他的动作。真的，这个人确实非同一般。我们大约二百位客人坐在长条餐桌前，如果我说这位领班几乎一个人包揽全部服务工作，所有的菜肴都由他端上来撤下去，其余的堂倌儿只是给他递过来和从他手里接过去的话，听起来简直令人难以置信。可他从未洒落过一丁点，也从未碰到过任何一位用餐的客人，干活儿风吹似的敏捷利落，就像有神灵操纵一般。就这样，上千只碗盘从他手中飞出落在桌子上，然后又从桌子上飞回跟在它们后面的堂倌儿手里。他全神贯注，眼神和手是这个人的全部，只是在匆匆回答提问和指挥工作时才张开紧锁的嘴唇。他不仅要给餐桌上菜，还给个别客人单独订葡萄酒一类饮料，而且能把一切都记住，用餐结束时每个人的酒账菜账他都清楚，然后去收钱。我佩服这位不同寻常的年轻人，他能总揽全局，专心致志，而且记性非常好。与此同时，他总是从容不迫，恪尽职守，随时都能开个玩笑，应对也饶有风趣，嘴唇上总是挂着一缕微笑。一位法国旧时卫队的骑兵上尉在用餐快结束时对他抱怨说，女人们都走开了。他不屑一顾地马上回答："C'est pour vous autres; nous sommes sans passion."[1]他法语说得完美无缺，英语也是这样，有人对我说他肯定还会说另外三种语言。后来我跟他谈过一次话，他各方面都具有罕见的修养，我很赏识。

晚间观看《唐璜》[2]时我们有理由怀念起魏玛来。总的说来演员的声音都很好，也颇有才能，但他们的表演和讲话几乎都与没有受过老师指导的自然主义者一样。吐字含混不清，仿佛面前没有观众似的。有几个人的表演促使我做这样的评论：不高尚的东西，如果没有个性，就会立刻变得粗俗和不堪

1　"这是为你们其他人准备的，我们没有这种雅兴。"

2　这里指是莫扎特的歌剧《唐璜》。

忍受；而它如果有了个性就能立刻升入艺术的更高领域。观众狂呼乱叫，一再要求演员上台重演一遍。对女演员泽丽纳的反映褒贬不一，剧场里一半是嘘声，另一半则鼓掌喝彩，两派的情绪越来越激动，每次都以粗野的吵闹和骚动告终。

1830年5月28日，米兰

（爱克曼观看米兰剧院演出，与德国剧院演出比较）

我来这里已经快三个星期，是该记下点东西了。

很遗憾，斯卡拉大剧院不对外开放。我们进去过，看见里面搭满了脚手架，多处要进行修缮，据说，还要再加一排包厢。第一批男女歌唱演员利用这段时间旅行去了。说是有几个人在维也纳，其他人在巴黎。

到这里后我立刻去看了木偶戏，让我高兴的是人物讲话格外清楚。这座木偶戏剧院也许是世界上最好的，很有名，一走近米兰就听大家在谈论它。

仅次于斯卡拉大剧院的是卡诺比亚纳剧院，有上下五排包厢。剧场能容纳三千人，我觉得很合适。我经常去那里，而且总是看同样的歌剧和同样的芭蕾舞。三星期前开始上演罗西尼的歌剧《奥里伯爵》（*Il Conte Ory*）和芭蕾舞《日内瓦的孤女》（*L'Orfana di Genevra*）[1]。由圣－奎里科[2]亲自制作或是在他指导下制作的舞台布景都很适中，简单朴素，足以突显台上演员的服饰。据说，圣－奎里科手下有许多心灵手巧的职工；订单都直接寄给他，然后他再把订单往下转给那些职工，但由他指导，这样，一切都是以他的名义，他本人却很少动手。据称，他每年都给许多熟练的手艺工人提供一份很不错的收入，即使这些人生病整年什么事都不做，他也照样支付工钱。

看歌剧的时候，我感觉最喜欢的是看不到提台词人的隐蔽室，往常，隐

1　芭蕾舞的作者不详。

2　圣－奎里科（San-Quirico），米兰布景美工专家。

蔽室总是把台上演员的脚遮住,很不舒服。

其次,我觉得乐队指挥的位置很好。指挥站在这里,整支乐队都在他的视线之内,他可以左右示意,挥棒指导,而且大家都能看见他,他站在中间,略高出一点,靠近正厅里的前排座位,因此可以掠过乐队直接看到舞台。在魏玛就不是这样,乐队指挥虽然能够直接看到舞台,但乐队在他背后,每逢要给一个人示意,都非得转过身来不可。

乐队阵容强大,我数了一下,男低音区有十六人,各八人分别在两侧最外端。共计近百人的乐队从两侧朝向里面,面对指挥,也就是说,他们背对着与舞台前部分相接的楼下正厅里的包厢,用一只眼睛看舞台,用另一只眼睛看正厅里前排座位,而往正前方看就是指挥。

至于男女歌唱演员的声音,不仅音质纯正,音调浑厚有力,而且发音轻松自然,能毫不费力地将声音送出来,这都令我为之心醉。我想到策尔特,真希望他这时在我身旁。我尤其爱听科拉迪-潘塔内利夫人的声音,她扮演侍从。依我判断,这位女歌唱演员比其他演员优秀,听说她下一个冬季已被斯卡拉剧院聘用。扮演孔泰萨·阿代莱的领衔演员是年轻的阿尔贝蒂尼夫人,她是一位新手,声音里含有像阳光一样的温柔和清纯。每一位来这里的德国人肯定都非常喜欢她。接下来一位青年男低音表现突出,他的声音洪亮有力,不过还有些生硬,他的表演也是如此,虽然不拘谨,但可以推断他的艺术造诣尚属青年阶段。

合唱十分精彩,与乐队珠联璧合。

至于出场演员的肢体动作有些节制和平静,这引起了我的注意,因为我原本期待他们会表现出热情奔放的意大利性格来。

脂粉只是薄薄一层红色,就像我们喜欢在自然界看见的那样,因此不会让我们想到那是涂了胭脂的面颊。

我注意到,尽管乐队阵容强大,但声音从不盖过歌手们的声音,歌声永远占支配地位。在旅馆吃饭的时候我谈到这一点,听到一位有头脑的年轻人是这样回答的——

他说:"德国的乐队很自私,只想自己出风头、摆样子。意大利的乐队相反，不显山露水。它很清楚，在歌剧里歌唱的人声是主要的，乐队伴奏只是起支撑歌声的作用。而且意大利人认为，一种乐器的声音只有不是刻意加强加大的时候才是优美的。因此，在一支意大利的乐队里即使有许多人拉小提琴和大提琴，吹单簧管和长号，声音给人的总体印象永远是柔和的、令人愉快的，而一支德国的乐队其阵容即使缩小到三分之一，演奏起来也很容易雷鸣一般响亮。"

这番话很有说服力，我无言以对，并且很高兴，他把我的问题如此清楚地解决了。

我又语气坚定地说："但是，我们新一代的作曲家是不是也负有责任，因为他们给歌剧的乐队伴奏时配了太多的乐器？"

这位陌生人回答道："是的，我们新一代的作曲家是犯了这个错误；但像莫扎特和罗西尼这样的真正大师就绝不会犯这种错误，他们甚至还在伴奏里加进几个不受歌唱旋律影响的、独立的主题。不过，即使这样他们仍然很有节制，永远让歌唱的声音居支配地位。而新一代的作曲家因为伴奏里的主题实在贫乏，所以往往用大量配器来压过歌唱的声音。"

我对这位有头脑的、年轻的陌生人表示赞许。旁边的人告诉我，他是一位年轻的爱沙尼亚－拉脱维亚男爵，曾长期旅居巴黎和伦敦，五年前来到这里，勤奋好学。

还有一点我必须提及，这是我在歌剧中注意到的，而且我很高兴注意到了这一点，即在舞台上意大利人不把黑夜作为真正的黑夜对待，只是象征性地加以处理。而在德国舞台上那些表现黑夜的场景就全然是黑夜，台上演员的表情，甚至演员本身往往完全消失，观众只看见空荡荡一片漆黑，这让我总觉得很不舒服。意大利人的处理方式比较聪明。他们舞台上的黑夜从来不是真正的黑夜，仅仅是一种暗示。只是舞台的背景略微变暗，演员们都集中在舞台的前方，在灯光照射下，我们能够看见他们脸上的每一道表情。在绘画里情况也是这样，若是我发现有的画，黑夜把人物的面孔变得模糊，以至于无法辨认他们的表情，我会感到很惊异。我希望优秀的大师们不要画这样的作品。

我发现同样精湛的准则也在芭蕾舞里得到运用。在一个表现黑夜的场景里，一个女孩被一名强盗侵扰。舞台只是变得稍微暗了一点，人物的所有动作和面部表情完全能看得见。凶手听到女孩大声喊叫飞速逃跑，农夫们手执灯火从茅屋里赶来，但他们的灯光不是发自昏暗的火焰，而是发自一种类似白色火焰的东西，通过这种极强烈的光亮的对比我们才感觉到前面的场景是发生在夜里。

离开德国之前有人对我说意大利的观众很爱高声叫嚷，这一点我得到了证实，而且歌剧演出时间越长，观众越是不安静。两星期前我观看了《奥里伯爵》的一次首场演出。优秀的男女歌唱演员出场时，观众都以雷鸣般的掌声欢迎他们。在看一些无关紧要的场次时大家甚至还说话，然而，台上一有优美的咏叹调就都安静下来，对那位歌唱演员报以热烈喝彩。合唱十分精彩，乐队和演唱的配合始终严丝合缝，令我叹服。而现在，自从每晚都上演歌剧以来，观众就不再集中注意力观看演出了，他们都在讲话，剧场里乱哄哄地嚷成一片。几乎没有一个人鼓掌，你几乎无法理解，演员在舞台上还怎么张嘴，乐队还怎么拉弓拨弦。演员的热情不见了，他们和乐队的严谨配合不见了，想听点东西的外乡人，如果在这种尽是说说笑笑的环境里处处不能如愿，那就只能陷入绝望。

1830年5月30日，圣灵降临节第一天，米兰

（一个男孩感受的幸福）

我还要记下几点，它们不是到目前为止在意大利让我感到高兴的事，就是引起了我的某种兴趣的事。

上面的辛普朗隘口[1]，周围是一片雪雾弥漫的荒野，在一个避风小屋附近，一个男孩带着他的小妹妹往山上朝着我们的车子走来。两个人背上背着小筐，

1　位于瑞士南部阿尔卑斯山上一处狭窄山口。

小筐里装着木柴，这是他们从下面还长着一些植物的山里拾来的。男孩递给我们几块透明的纯石英和一些别的石头，我们付给他几枚小硬币。他跟我们的车子并排往前走时偷偷地看着给他的钱，那种乐不可支的样子深深铭刻在我的记忆里，我永远不会忘记。此前我从未见过这种天堂一般幸福的表情。我不禁想到，上帝把幸福的全部源泉和感受幸福的全部能力都放入人的心田，而且幸运的是，不论这个人住在何处、怎样生活都完全平等。

我原本想一直汇报下去，但被打断了，我继续在意大利逗留期间虽然每天都有重要的印象和观察，却未能再写下来。直到与少爷分手并翻过阿尔卑斯山之后[1]，我才又给歌德寄去如下汇报。

1830年9月12日，星期日，日内瓦

（关于《歌德谈话录》最初手稿，爱克曼向歌德坦露心迹）

这次我要向你报告的事情很多，以至于我都不知道应该从何处入手，在何处结束。

你老人家经常开玩笑说，出门旅行要不是还得返回的话，一直走下去是一件很惬意的事情。如今我痛苦地发现这句话被证实了，因为我正处在一个十字路口，不知道应该一直往前走，还是返回去。

我在意大利逗留的时间尽管短暂，但公平地说，它对我产生的影响是巨大的。大自然丰富多彩，用它的神奇壮观跟我讲话，并且问我，这样的讲话我能听懂多少。人们的伟大作品和伟大作为激励我，让我把目光放在自己的双手上，看一看自己究竟能够做什么。千百种各式各样的人令我感动，他们问我的状况如何。就这样，三大迫切需要在我胸中活跃起来，即增加知识、改善生计，这两点能够做到，重要的是要做点

---

1 爱克曼于1830年7月25日在热那亚与歌德的儿子分手。

事情。

　　关于这最后一点要做什么事情，我完全清楚。这些年来我利用业余时间写了一部作品[1]，这是我许久以来的一个夙愿，大体已经完成，好像一艘新建造的船，要想下海就差索具和船帆了。

　　这是一部谈话录，是我有幸在你身边六年间常常有机会听到的谈话，内容涉及所有知识领域和艺术门类的最高准则，涉及对人类更高利益的解读、精神的创作成果和本世纪的杰出人物。这些谈话已经成为我无边无际的强大文化基础，能聆听和接纳这些谈话是我的极大幸福，我想让其他的人也能分享这种幸福，因此我要把它们写下来，保存给更优秀的人们。

　　这些谈话你老人家也偶尔翻阅过几页，对它们倍加赞许，并且一再鼓励我将这项工作继续下去。我在魏玛的生活是不规律的，一有空闲我就一个时期一个时期地进行，结果积累了大约能编辑两卷的丰富资料。

　　我在动身来意大利之前没有将这些重要手稿同我其余的文件和物品装进随身的箱子里，而是把它们封存在一个特殊的包裹里交给我们的朋友索雷保存并且请求他，万一我在旅途中遭遇不测，回不来了，就把它们交到你手里。

　　访问过威尼斯之后我们第二次住在米兰时，我突然发烧，有几夜病得很厉害，整整一个星期不思饮食，挺不体面地躺在那里。在那些孤独寂寞的时刻我惦记着的首先是那份手稿，心里感到不安，因为它并未结束，还有许多模糊不清之处，肯定不能使用。我记得常常只是用铅笔写写，有几段表达不明确也不恰当，有的只是一些暗示，总之一句话，还未经过认真编审和最后定稿。

　　这样的状况和这样的情感使我迫切需要那些稿子。去看一看那不勒斯和罗马的兴致消失了，我渴望回到德国去，离群索居，闭门谢客，把那份手稿最后完成。

1　这部作品就是日后出版的《歌德谈话录》。

我没有同您的公子谈我内心深处的活动，只说了我的身体状况，他意识到继续冒着酷暑拖我走下去很危险，我们一致同意，我再去热那亚试一试，如果在那里我的健康状况仍不见好转，那就听任我的选择回德国去。

这样，我们就在热那亚停留几天，这时收到你给我们写来的信[1]。信中，你似乎从远方觉察到了我们现在的大致状况，你表示，如果我想回去的话，你会欢迎的。

我们佩服你的眼力，并且很高兴，你在阿尔卑斯山的另一侧对我们刚刚决定的事情就表示赞同。我决定立刻就走，可是少爷觉得如果我还能等一等，与他在同一天一起离开岂不更好。

我高兴地这样做了，那是7月25日，星期天，清晨四点，我们在热那亚的马路上互相拥抱作别。那里停着两辆车，一辆沿着海岸而上驶向里窝那，少爷登上了这辆车，另一辆准备翻过山岭驶向都灵，我上车挨着其他乘客坐下。我们俩就这样分手了，百感交集，各自带着对对方最诚挚的祝福分别向相反的方向乘车而去。

我经过三天旅行，一路上冒酷暑，顶扬尘，经过诺维、亚历山德里亚和阿斯蒂来到都灵。我需要在这里休息几天，四处看看，等待下一个合适的机会翻越阿尔卑斯山。这个机会出现了，8月2日，星期一，我经过塞尼山于晚上六点到达尚贝里，7日下午又有机会前往艾克斯，8日夜晚冒雨来到日内瓦，下榻皇冠客栈。

客栈里住满了从巴黎逃出来的英国人，他们目睹了发生在那里的非常事件[2]，讲述了许多情况。你可以想象，第一次听说那个震惊世界的事件会给我留下怎样的印象，我会怀着怎样的兴趣阅读被镇压的皮埃蒙特[3]语报纸，怎样倾听每天新到客人的讲述以及在客栈餐桌上那些热衷政治的人你一言我一语的争论。这里人心惶惶，惊恐不安，人们试图估计这

1　歌德在1830年6月29日写给儿子的信中表示，如果爱克曼不愿再继续旅行，就让他回来吧。

2　指1830年在法国巴黎爆发的七月革命。

3　皮埃蒙特是意大利北部的一个行政区，首府为都灵。

种大规模的暴力行动对欧洲其他国家可能产生的后果。我拜访了女友西尔韦斯特[1]、索雷的父母和兄弟。因为在这种激动人心的日子里肯定每个人都会有想法，所以我也产生了这样的观点：首先要受惩罚的是法兰西的部长们，因为是他们唆使国王采取行动的，这就损害了人民对国王的信任，损害了国王的威望。[2]

我曾经打算到日内瓦后立即写信向你详细汇报。但最初几天我太激动了，心神不定，无法集中思想把我要说的话都告诉你。接着于8月15日收到我们的朋友斯特林[3]从热那亚寄来的一封信，信中带来的消息使我万分难过，我不能把这则消息告诉魏玛。这位朋友通知说，少爷在与我分手当天的一次翻车事故中摔断了锁骨，正躺在医院里。我当即回信表示，准备一有召唤立即翻过阿尔卑斯山回到那一边，在从热那亚方面接到让我完全放心的消息之前，我绝不离开日内瓦继续我返回德国的行程。我在一间便宜的小房子里住下等待回音，同时利用在这里逗留期间进一步提高我的法语。

终于在8月28日我迎来了双重的节日，这一天我收到斯特林的第二封信，内容让我兴奋不已，少爷很快就从事故中完全恢复过来，现在精神爽朗，身体健康，他已到达里窝那。于是我对那边的全部忧虑一扫而空，并且平心静气地吟诗祈祷：

上帝按住你的时候，你要感谢它，

上帝又放开你的时候，你也要感谢它。[4]

1　西尔韦斯特（Esperance Sylvestre），于1823年至1828年在魏玛担任大公子女的教养员，与爱克曼关系很好。

2　1830年7月25日法国国王查理十世颁布敕令：修改出版法，限制新闻出版自由；解散新选出的议会，修改选举法。这些敕令违背1814年宪章的精神，激起了民众的反抗。7月28日爆发起义，起义者控制了巴黎，占领了卢浮宫和杜伊勒里宫，查理十世被迫下台。

3　斯特林（Charles James Sterling，1804—1848），英国驻热那亚领事查理·斯特林（Charles Sterling）的儿子，由拜伦推荐给歌德，与歌德的儿子和儿媳建立了密切关系。

4　这是歌德诗集《西东合集》第一篇《歌手篇》中《护身符》中的最后两行诗。

现在我准备向你郑重通报我的情况；我要告诉你这里报纸上大体都有哪些内容；此外，我想请求你可否允许我将那份让我牵肠挂肚的手稿带出魏玛，找一个安静的地方隐居起来，将它最终完成，因为在将这部酝酿已久的作品不誊写清楚、装订成册、能够送交批准出版之前，我是不会感到完全自由和快活的。

然而，我收到了魏玛的来信，获悉他们等我赶快回去，有意给我一个职位[1]。我虽然认识到这种善意，心怀感激，但它把我现在的计划打乱了，使我内心陷入一种莫名其妙的矛盾之中。

如果现在返回魏玛，我下一步打算做的文学工作就根本不可能很快完成了。我若是回到那里就又得跟早先一样分散精力；在那个人人互不相让的小城镇里，我又得立刻被各种无足轻重的人情世故拖来拖去，我被拖夸，这对我自己和对其他的人都绝无好处。

虽然魏玛这座城市有我很久以来就喜爱并将永远喜爱的美好和优秀之处，但当我回想这一切的时候，觉得好像看见一个天使在城门前拿着一把闪闪发亮的宝剑阻止我进去，而且要把我赶走。

我自认为自己是一个怪人。我对有的事情忠贞不渝，对自己下定的决心多年坚持不变，并且能经过各种弯路，克服各种困难，百折不挠地实施它们；可是在日常生活中具体待人接物却没有人像我这样不自立，优柔寡断，容易受人支配，什么影响都能接受，这两者构成了我既极易变化又极其稳定的天命。回首走过的道路，我经历的世态人情和生存环境五花八门，各不相同，但当我深入地看下去，就发现有一条简单的线索穿过这一切不断向上攀升，因此我才做到了使自己一步一步地变得高尚和优秀。

但是，正因为我的本性十分温顺听话，所以常常需要矫正一下我的生活处境，如同一个因为狂风大作而离开航线的船员一再寻找原来的航向一样。

---

1 1830年8月23日爱克曼收到索雷从魏玛寄来的信，信中称他想让爱克曼到一个计划建立的读书会中任职，并继续给亲王上课。

现在接受一个职位，不符合我已经向后推迟这么长时间的从事文学工作的意图，给英国青年上几个钟点课也不再是我的愿望。我原来唯一缺少的就是这门语言，现在已经学会了，为此感到很宽慰。我不是看不清长时间与这位外国青年交往给我带来的益处，但凡事都有它的时限，不能老是一成不变。

我根本干不了那种到处进行口头说教的工作。对于这一行当我既没有才能也没受过训练，全然没有演说家的天赋。通常情况下，每次面对一个人的时候我总会被一种强大的力量控制，以至于情不自禁地被那个人的特征和趣味吸引，我的感情因此受到限制，思想难得再天马行空，再有力地发挥作用了。

相反，面对纸张的时候我就感到挥洒自如，能完全把握自己，所以用**文字**抒发思想才是我的真正乐趣和真实生命之所在，我哪一天没有写上几页自娱自乐，我这一天就算白过。

如今我的全部天性敦促我要从个人的圈子里走出来，在更大范围内发挥作用，要在文学领域产生影响，为了来日的幸福使自己最终小有名气。

虽然文学上的荣誉本身不值得费力追求，我甚至认识到，它可能成为很大累赘和干扰；但它的好处是，能让人看见一个正在奋力进取的人，看见他的作用已经找到立足点。而这是一种神仙般的感觉，它使你振奋，给你往常难以得到的思想和力量。

相反，假若在狭窄的小环境里徜徉太久，思想性格都要受到损害，最后大事不能胜任，连振作起来都吃力了。

要是大公夫人果真有意为我做点事情，那么，像她这样显贵的人物是很容易找到释放他们善意的形式的。要是她愿意支持和帮助我实施下一步的文学计划，那她就做了一件好事，其成果将永世长存。

关于亲王[1]我可以说，他在我心中占有特殊位置。我对他的思维能力和他的品格寄予很大希望，愿意将我微薄的知识提供他使用。我会不断努力提高自己，他的年龄越来越大，我若是给他一点好的东西，他也

---

1 这位亲王叫卡尔·亚历山大（Karl Alexander），是卡尔·弗里德里希和玛丽亚·保罗夫娜的儿子。大公夫妇对他的培养教育十分关注，安排索雷全面负责，让爱克曼教他英文和德国文学。

能够接受了。

但短期内我心里特别牵挂的是，得把那份多次提到的手稿完全拟定。我很想去哥廷根附近我的未婚妻和她亲人那里住几个月，幽居避世，潜心从事这项工作，以便一面清偿这份陈年老账，一面为今后新的重担培养兴趣，做好准备。几年来我的生活陷入停滞状态，我很想让它能再有一些新鲜的方向。此外，我身体虚弱，健康状况时好时坏，恐怕来日无多了，希望身后能留下一点好的东西，让我的名字在人们的记忆中保留一段时间。

然而，没有你，没有你的同意和祝福我是什么都做不成的。我不知道你对我日后有哪些希望，也不知道最高当局或许对我怀有某种好的意向。我的情况就像刚才说的那样，我已经向你介绍清楚，这样，你就容易判断，为着我的幸福是否有更为重要的理由让我立刻回去呢，抑或是我可以暂且放心大胆地按照我个人心中的打算去做。

过几天一旦有旅行的机会，我想从这里开始途经讷沙泰勒、科尔马和斯特拉斯堡去法兰克福，适当地休息一下，各处看看。如果我在法兰克福能收到你寄去的一封留在邮局待取的短信，我会非常高兴的。

现在我把压在心头的愧疚一吐为快，希望在下一封信里能向你老人家倾诉一些轻松愉快的事情。

请向内廷参事迈尔、建筑工程总监库德赖、里默尔教授和冯·米勒总管以及其他与你接近并且可能还想着我的人转达我衷心的问候。

而对你本人，我要热烈地拥抱，始终保持最崇敬和最爱戴的思想感情，不论何时何地，我永远忠心耿耿。

爱克曼[1]

1　从爱克曼的这封信中可以看出，他并不愿意死心塌地地长期为魏玛宫廷和为歌德服务。他有自己的抱负，即在自我的环境中从事创作，成为一名有一定名望的作家，而不是长期仰仗他人，为别人效力。但他的心情很矛盾，一方面，出于对魏玛宫廷和对歌德的敬仰和畏惧，不敢拒绝他们的要求，轻易离开；另一方面，他又觉得，如果长期留在魏玛，留在歌德身边，就无法实现自己的抱负，就会虚度一生。因此，他想利用这次离开魏玛的机会，向歌德试探，看看是否能说服歌德，允许他不再返回魏玛。

1830年9月14日，日内瓦

（爱克曼致信歌德报告旅途随感，并试探歌德对他去留的态度）

从你最近寄到热那亚的一封信[1]中获悉，《古典的瓦尔普吉斯之夜》中不足之处已经弥补，结尾也顺利攻克，我高兴极了。也就是说，与《海伦》相关的最初三幕业已全部完成，你把最难写的部分写完了。如你所说结尾已经有了，希望你不久能把第四幕也拿下来[2]，这样你就完成了一件大事，未来几个世纪的人都可以从中获得启迪、锻炼和提高。我为此感到欢欣鼓舞，今后还将为每一条报告这部文学力作进展的消息热烈喝彩。

我在旅行途中常常有机会想到《浮士德》并且引用其中一些经典段落。当我在意大利看见大人风姿绰约，小孩子虎虎有生气时，下面的诗行就浮现脑际：

> 这里一向愉快安逸，
>
> 笑脸盈盈，笑口不闭，
>
> 人人各得其所，永生不死：
>
> 个个健康而满意。
>
> 在天真无邪的日子里
>
> 可爱的孩子成长发育，获得父亲的体力。
>
> 我们不胜惊讶；可问题依然是：
>
> 他们是人，还是神祇？[3]

然而，当我被这美丽的大自然的景观裹挟，用心灵和眼睛欣赏湖泊、

1　这封信是歌德于1830年8月9日写给他的儿子的，信中提到《古典的瓦尔普吉斯之夜》已经完成。

2　《古典的瓦尔普吉斯之夜》是《浮士德》第二部第二幕的主要部分，也是第二幕和第三幕的连接点。歌德写《浮士德》第二部不是按照顺序依次往下写的，而是跳跃式的。首先完成的是第三幕，回过头来再写第一幕和第二幕。在写第二幕最主要部分《古典的瓦尔普吉斯之夜》的时候，第五幕已经写完了。因而当《古典的瓦尔普吉斯之夜》完成之后，就只剩第四幕还没有写了。

3　这是《浮士德》第二部第三幕，浮士德与海伦相会以后从宝座上走下来所讲的一段话中的一部分。

山岭和峡谷的时候，好像总有一个看不见的小魔鬼[1]在同我嬉戏，每一次它都低声告诉我：

要不是我在摇晃和抖动，
这世界何以能如此美丽？[2]

于是全部冷静的观察骤然消失，荒谬开始主宰一切，我胸中有一种翻山倒海的感觉，一筹莫展，每一次都只能一笑了之。[3]

在这种情况下，我真正感受到，作家其实永远富有建设性。人们利用作家说出他们本人没有能力表达的话。他们被一个现象、一种情感所触动，于是寻找语言来表达，但发现自己储存的词汇不够用，因此需要作家帮助，来满足他们的要求，从而使他们摆脱困境。

我就是怀着这样的感情反复赞美前面那几行诗句，天天诅咒和笑话后面的诗句。但它们都是为这一段而写的，放在这里效果极佳，缺少它们谁能不感到遗憾呢！

我在意大利没有写一本像样的日记，各种现象庞杂繁多，瞬息万变，我不想也不可能立刻都抓住。但我始终注意观察和倾听周围的一切，记住了不少东西。现在我想把这些记忆分门别类进行编排。尤其是我对《颜色学》做了很不错的评注，希望接下来写一篇阐述这个学说的文章。当然不是什么新的东西，不过，将旧的法则重新表述出来总会受欢迎的。

在热那亚，斯特林[4]对这个学说表现出极大兴趣。流传下来的牛顿理论不能满足他，因此，在我多次对他谈到你的学说的基本特征时，他总是认真倾听。要是有机会将这部著作寄一本到热那亚来，我可以说，

1　指在《古典的瓦尔普吉斯之夜》中出现的地震之神塞斯摩斯。

2　这是《古典的瓦尔普吉斯之夜》中塞斯摩斯说的话，歌德把这位地震之神当作火成说的代表，按照这个学说，地球上的高山大河是由于地震形成的。

3　同歌德一样，爱克曼也是火成说的反对者。每当他看到美妙的大自然，想到这一切根据火成说是通过地震、通过破坏而形成的，心情马上十分不安。

4　这里的"斯特林"大概是英国驻热那亚领事，即父亲而非儿子。

这样的礼物他是不会不欢迎的。

到日内瓦三个星期以来，我发现女友西尔韦斯特是一个求知欲望很强的学生[1]。我曾经对她解释过，简单的东西并不像我们想象的那样容易理解，要在形形色色的具体现象中总能找出基本规律来，需要做大量的练习。但是，精神的应变能力很强，而大自然却很娇弱，你必须始终留神，不要因一句快言快语严重伤害它。

此外，在日内瓦大家对于你的《颜色学》这么大的事情一点都不关心，不仅这里的图书馆里没有这部著作，他们甚至都不知道，世界上有这种东西存在。对此德国人应该比日内瓦人负有更多责任，但我还是很生气，禁不住说出一些很不厚道的话来。

众所周知，拜伦勋爵曾经在这里住过一段时间，因为不喜欢与社交界来往，所以白天和夜晚都是在大自然里，在湖面上消闲度日，这里的人至今还在传说着，而他的《恰尔德·哈罗德游记》(*Childe Harold*)[2]正是为这段生活竖立的一座美丽的纪念碑。他还注意到了罗讷河的颜色，尽管不知道产生这种颜色的原因，但表明他有一只敏锐的眼睛。他在给第三乐章所写的评注中说道：

"The colour of the Rhone at Geneva is blue, to a depth of tint which I have never seen equalled in water ,salt or fresh, except in the Mediterranean and Archipelago."[3]

罗讷河急流滚滚，流经日内瓦时分作两支，河上架起了四座桥梁，桥上来往行人可以很清楚地观看水的颜色。

而奇怪的是，正如拜伦所看到的那样，一条支流的水是蓝色的，另一条则是绿色的。呈蓝色的那条支流水流比较急湍，将河床冲刷得很深，光亮照不到底，因此底下完全是黑的。清澈的河水成了一团浑浊的介质，

1　指这位女友也对颜色这种大自然中的现象感兴趣。

2　拜伦的《恰尔德·哈罗德游记》共四章，前两章于1812年出版，记述拜伦在1809年游历西班牙、葡萄牙、阿尔巴尼亚、希腊、土耳其等国的印象；后两章分别于1816年和1818年出版，记述他在比利时、法国、瑞士、意大利等国游历的印象。

3　"日内瓦附近的罗讷河是深蓝色的，除在地中海和爱琴海外，我还从未见过有咸水或淡水是深蓝色的。"

根据我们熟知的法则，就产生出了最美丽的蓝色。另一条支流的水没有这么深，光能够照到河底，因此可以看见石子。因为下面不够黑，不能产生出蓝色，但也不平坦，河底不够清洁，不够白也不够亮，不能产生出黄色，所以就只能呈现出两极之间的颜色即绿色了。

我要是像拜伦那样喜欢搞放纵不羁的恶作剧，并且有办法将它们演练出来的话，我会做下面的这个实验：

我要在罗讷河绿色的支流上，在靠近每天有上千人走过的桥梁的地方，立一块大的黑色木板或者类似的东西，其深度要达到能够产生出纯蓝色的效果来，而在不远处再放一大块白色的、发亮的金属片，其深度要达到在阳光照射下能闪烁出明显的黄色光芒来。当过往行人看到绿色的水中有黄色的和蓝色的斑点时，他们就会莫名其妙，被这个谜团愚弄，百思不得其解。旅行途中会遇上各种各样滑稽可笑的事情，但我觉得这一件事属于叫人喜欢的那一种，因为它包含一些意义，可能会有些用处。

前些时候我在一家书店里，在我拿起的第一本十二开本的小书中，看见有这样一段话，我是这样翻译的：

"但是现在请你们告诉我，一个人如果发现了一条真理，必须得把这条真理告诉其他人吗？一旦让这条真理变得众所周知，那你们就会受到无数人的迫害，因为他们是靠与这条真理相对抗的谬误过活的，他们会信誓旦旦地说，恰恰这个谬误才是真理，一切旨在破坏这个谬误的东西本身就是最大的谬误。"

我觉得这一段对于专业人员如何接受你的《颜色学》很适用，好像就是为此而写的，我非常喜欢，以至于为了这一段就把整本书买下了。书中包括贝尔纳丹·德·圣-皮埃尔[1]的《保尔与维吉妮》（*Paul und Virginia*）以及《印度的茅舍》（*La Chaumière indienne*），所以我买了也没有可后悔的。我很喜欢读这本书，作者的那种纯洁的、美妙的感受使我耳目一新，他的技巧柔和细腻，尤其是能把大家都熟悉的比喻用得恰到好

1　德·圣-皮埃尔（Bernardin de Saint-Pierre，1737—1814），法国作家，卢梭的追随者，《保尔与维吉妮》（1787）是一部长篇小说，《印度的茅舍》（1790）是一部中篇小说。

处，这一点我不仅认识到了，而且给予高度评价。

也是在这本书里我第一次知道了卢梭和孟德斯鸠[1]；但是，为了不让我的信本身变成一本书，今天我想把他们以及我还想要说的许多其他事情省略过去。

自从前天写了那封长信把压抑在心头的话倾吐出来以后，我感到很痛快，多年来没有这么轻松过。我想不停地写、不停地说下去。我真是非常需要哪怕是暂时远离魏玛一段时间；希望你能同意，而且有一天你会说我这么做是对的，我已经预见到了那一时刻。

这里的剧院于明天开始对外营业，上演《塞维利亚的理发师》(*Barbier von Serilla*)[2]，我还想看看这出戏，然后就真的打算动身了。天气似乎也晴朗起来，好像要优待我。从你生日那天起这里就在下雨，清晨开始便雷雨大作，整个白天从里昂方向袭来，沿罗讷河掠过湖面向着洛桑呼啸而去，因此几乎从早到晚雷声不断。我租了一个房间，每天十六苏[3]，从这里可以眺望湖光山色，风景十分秀美。昨天下面下了雨，很冷，侏罗山脉的最顶峰在阵雨过后第一次出现白雪，但今天就又消失了。勃朗峰山麓已经开始覆盖上抹不去的白色，沿湖岸向上去，在繁茂的绿荫中已经有几棵树变成了黄色和棕色。夜间温度降低，可见秋天即将来临。

我衷心问候冯·歌德夫人、乌尔里克小姐以及瓦尔特、沃尔夫冈和阿尔玛[4]。关于斯特林我有许多话要写信告诉冯·歌德夫人，明天再写吧。

希望在法兰克福能收到你老人家的来信，我高兴地期待着。

致以最良好的祝愿！

永远忠贞不渝的

爱克曼

---

1 孟德斯鸠（Charles Louisede Montesquieu, 1689—1755），法国思想家，代表作是《波斯人信札》（1721）和《论法的精神》。

2 罗西尼的歌剧。

3 "苏"是法国旧时的货币单位。

4 阿尔玛是歌德的孙女。

我于9月21日离开日内瓦，在伯尔尼逗留两三天之后，于9月27日来到斯特拉斯堡，在这里又住了几天。

在这里，我路过一家理发店的橱窗时看见一尊小型拿破仑半身雕像[1]，从马路上对着黑暗的室内看去，雕像全部呈现出浓淡程度不同的蓝色，从乳状的浅蓝色到深紫色。我有一种预感，如果从室内对着亮处看过来，雕像就会让我看到所有不同层次的黄色，因此我无法抑制一时的强烈冲动，朝着我完全不认识的人径直地走进理发店里。

我第一眼看去，那尊半身雕像在太阳光的照射下，呈现出的颜色美轮美奂，从最浅的黄色到浓重的红玉色，这迎面耀眼的光芒令人赏心悦目。我急切地问他们，是否愿意将这尊伟大英雄的半身雕像出让给我。老板回答说，他同我一样都是这位皇帝的追随者，这尊半身雕像是他不久前从巴黎带回来的。但他从我欣喜若狂的样子中看出，我喜爱的程度似乎大大超过了他，因此应该让我优先占有，他愿意将半身雕像出让给我。

在我的眼里，这尊用玻璃制作的肖像是无价之宝，因此当这位好心的雕像所有者只要很少一点法郎就把它交到我手里时，我不能不带着几分惊讶注视着他。

我将这尊半身雕像连同在米兰买的一枚同样很奇特的纪念章作为一份外出旅行买的小礼物寄给歌德，他懂得评估这份礼物理应具有的价值。

在法兰克福以及此后我收到歌德如下信函：

第一封信

仅最简单地报告，你从日内瓦寄来的两封信均已安抵，当然都是于9月26日才到的。因此我想赶紧说的是：请留在法兰克福，直等到我们考虑好你今年冬天应该在什么地方度过为止。

1　这是一个装香水的乳白玻璃瓶，形状是拿破仑的半身像。

这次我只附上给枢密大臣冯·维勒默夫妇[1]的一封短信，请你尽快交给他们。你会遇到几个朋友的，他们与我最称莫逆之交，因此会让你在法兰克福逗留期间既有收获又很愉快。

今天仅此几句，收到这封信后请从速回复。

始终不渝的歌德

1830年9月26日于魏玛

第二封信

我最真诚的朋友，我以最美好的感情欢迎你造访我出生的城市，希望你能与我那些优秀的友人一起共度为数不多的几天亲密无间的欢乐时光。

如果你想去诺德海姆并且在那里小住，我不反对。如果你想深居简出，专心处理保存在索雷手中的手稿，我会更高兴，因为我虽然不希望尽快发表它们，却是很愿意与你一起进行通读和修改。当我能够证明，你是完全按照我的思想理解那份手稿的，那么手稿的价值将会提升。

无须赘述，一切由你决定，我期待下一步消息。家里的人向你致以亲切问候。自从收到你的来信我没有找任何其余的参与者商谈过。

祝你万事如意。

最忠实的约·沃·冯·歌德

1830年10月12日于魏玛

1　维勒默（Johann Jakob von Willemer，1760—1830），法兰克福的银行家、枢密顾问，歌德的好友，他的夫人叫玛丽安娜（Marianne，1784—1860）。1814年和1815年的夏秋之交，歌德两次到法兰克福，在那里认识了玛丽安娜，两人相爱。当时歌德已经六十七岁，这段恋情激起的创作热情是歌德创作《西东合集》的动力之一，诗中苏莱卡这个美女形象就是根据玛丽安娜塑造的。

第三封信

你看到那尊不同寻常的、能产生出颜色的半身雕像时所获得的生动印象，你要拥有这尊半身雕像的强烈愿望，你因此进行的有理有节的冒险行动以及要将它作为旅行的礼物敬赠给我的好意，所有这些都表明：你被这尊雕像通过其一切外在表现所展示出的壮丽的本原现象[1]深深打动。这种理解、这种感觉将与其很强的繁衍能力伴你终生，而且还会在你身上以某种创造性的方式证明自己合理合法。错误属于图书馆，真理属于人的精神；书籍的数量是通过书籍增加的，而精神喜欢与鲜活的本原法则打交道，善于抓住简单，梳理混乱，澄清模糊不清的东西。

当命运之神再将你带回魏玛时，你将看到那尊半身雕像伫立在强烈而明净的阳光下。这时你会发现，被阳光照透的脸是宁静的蓝色，而胸脯和军服上的肩章则闪耀着最浓重的红宝石色，其光亮度上下渐次变深或变浅，呈现出所有的色调，像大理石的门农雕像能发出各种声响一样[2]，这尊浑浊的玻璃雕像则是五彩缤纷。在此我们真的看到，这位英雄[3]也是颜色学的胜利。请接受我最美好的谢意吧，感谢你意外地支持了对于我来说如此重要的学说。

你送的那枚纪念章也使我的小陈列室丰富了两倍乃至三倍。我由此注意到一个名字叫迪普雷[4]的人，他是一位杰出的雕塑家、铸铜工和纪念章制模师。亨利四世的像就是由他做成模型并铸造出来的。由于受到你寄来的纪念章的启发，我把我其余的纪念章都看了一遍，发现有一些非常精美的作品也是用的这个名字，还有其他一些估计也是出自他的双手，所

1　"本原现象"是歌德常用的一个概念，前面已经注释过。这里的"本原现象"是指歌德自己发现的颜色的规律，半身雕像在不同情况下显现出不同的颜色即证明了歌德发现的这条规律。

2　门农（Memnon）是传说中的埃塞俄比亚国王，在特洛伊战争中被阿喀琉斯杀死。门农雕像位于古埃及阿蒙荷太普法老神殿前，由一整块大理石制成。由于雕像在地震中受损，风穿过雕像时会发出声响，人们认为这是门农向其母晨光女神厄俄斯发出的问候。神殿已荡然，风化的雕像仍然矗立。

3　"英雄"指拿破仑。

4　迪普雷（Guillaune Dupré，约1576—1643），法国雕塑家、纪念章制模师。

以，你的赠品对我收藏纪念章起了很好的激励作用。

我正在协助索雷翻译我的《植物的演化》，我们刚翻译到第五个印张；我全然不知道，想到这件事我应该诅咒还是为其祝福。不过，我现在又心神专注地观察有机的大自然了，并且乐此不疲，心甘情愿履行这一天职。四十多年来我遵循的原则[1]现在还继续有效，它们引导人们在整个可知的迷宫里畅游，一直到不可知的边界，而在那里，人们在已获得巨大收益后完全可以心满意足了。古代的和现代的所有哲学家也都只能到此为止，他们几乎不能奢望在著述中能说出更多的东西。

约·沃·冯·歌德

我在法兰克福和卡塞尔停留一些日子以后，于10月底才来到诺德海姆。此时一切情况汇聚到一点就是，希望让我返回魏玛。

歌德不同意匆匆发表我与他之间的谈话记录，这样，我就不再可能卓有成效地开始我的纯文学生涯了。

而与我多年心爱的情人重逢，每天每日一再对她高洁品德的感受使我强烈地想要赶快娶她，盼望过上安稳的生活。

正在这种情况下，魏玛方面奉大公夫人之命给我发来一份通知[2]，我欣然接受，详情请见后面那封我致歌德的信。

1830年11月6日，诺德海姆

（歌德的儿子在意大利旅行途中因中风离世）

人思考——神操控，转眼之间，我们的情况和愿望都与预先所想的

1　歌德写的第一本关于"植物的演化"的著作就是《植物的演化》，于1790年出版，到1830年正好四十年。

2　指索雷于1830年10月27日写给爱克曼的信，内容请见1830年11月6日的谈话。

不同了。

几星期前我有点害怕回魏玛，现在的情况是这样：我不愿意马上就一个人回去，而是还要考虑在那里安家，永远住在那里。

我前几天收到索雷写来的一封信说，如果我想回去接着给亲王上课的话，他将建议大公夫人给我一份固定的薪金。还有别的好消息他要口头向我传达，这一切让我看出，他们待我很仁厚[1]。

我很想给索雷回信表示同意，但听说他已回日内瓦探亲去了，我别无办法，只好请求你老人家能向大公殿下转告，我决定尽快返回魏玛。

我希望这则消息同时也能给你本人带来一些欣慰，因为很久以来你总是牵挂着我的幸福和安危。

给你所有的亲人寄去最甜美的问候，希望我们不久愉快重逢。

爱克曼

11月20日下午我离开诺德海姆，赴哥廷根，到那里时天已经黑了。

晚上在客栈的餐厅里，老板听说我是从魏玛来的，而且正要回去，便慢条斯理地说，大作家歌德在他的耄耋之年还不得不经历一次重大伤痛，根据今天报纸上的报道，他唯一的儿子在意大利因中风去世了。[2]

可以想象，我在听这些话的时候有什么感觉。为了不让在场的陌生人看出我内心的活动，我拿起一盏灯朝着自己房间走去。

这一夜我无法入睡，这件事对我触动太深了，它始终萦回在我的脑际。接下来路上的几天几夜，以及在米尔豪森和哥达过得也都不好。我独自坐在马车里，外面是阴霾的冬月天和荒凉的田野，没有一点东西能分散我的注意

---

1 爱克曼原打算不再返回魏玛，希望自己独立生活，按照自己的愿望从事创作。索雷的来信改变了他的想法，因为信中承诺，他回魏玛后给他一个固定的职位，给亲王上课，月薪三十塔勒。这些承诺对爱克曼有很大吸引力，他决定回魏玛。但是，他回到魏玛后，宫廷并没有兑现承诺，既没有给他长期的固定职位，也没有给他三十塔勒的月薪，只是给了他一个为期两年的职位，薪酬很低。

2 歌德的儿子于1830年10月27日在罗马去世。

力使我快活起来，我努力去想其他事情，都是枉然。在客栈里，我总是听人们把这一令我万分悲痛的事件作为当日的一条新闻说来说去。而我最担心的是，歌德年事已高，作为父亲他恐怕经受不起这种感情上的猛烈冲击。我自问，你是跟他的儿子一起走的，现在一个人回来了，你的到来会造成什么样的印象！当他又看见你的时候，他会更加相信儿子已经失去了。

我怀着这样的想法和感受于11月23日星期二晚六点到达位于魏玛近郊最后的一家公路客栈。我有生以来又一次感觉到，人的一生要闯过多少艰难时刻。月亮从浓厚的云层里钻出来，照射几秒钟之后又遮蔽上自己的脸，于是昏暗如初，而在月光照在我身上的时候，我心里想的是上苍的存在。这是巧合，抑或意味更多，好了，我就当它是来自上苍的吉祥预兆，使我从中获得了出乎意料的力量。

我和房东打过招呼后便立刻赶赴歌德家里。我首先去见冯·歌德夫人，她已披戴重孝，但沉稳镇静，我们彼此有许多话要说。

然后我到下面去看望歌德。他笔挺地站着，脚跟很稳，用双臂把我搂住。我发现他很开朗，心情平静。我们坐下来后立刻言归正传，而我又能待在他身边，感到格外幸福。他将两封刚开了头的信拿给我看，是往诺德海姆写给我的，但没有寄出去。我们还谈到大公夫人，谈到亲王和其他一些人；而关于他的儿子则只字未提。

1830年11月25日，星期四

（歌德谈爱克曼辑录的他的谈话，即日后的《歌德谈话录》）

今天清晨歌德寄来几本书，是英国和德国作家送给我的礼物。中午我去他家里吃饭，看见他正在观赏一本铜版画和素描画册，这是寄来卖给他的。他告诉我，上午大公夫人前来造访，他把我回来的事向她报告了。

冯·歌德夫人陪伴我们，我们一起入座进餐。他们要我讲讲旅行的情况，我讲了威尼斯、米兰，还有热那亚，歌德好像特别注意倾听英国驻热那亚领事¹一家的详尽消息。然后我讲到日内瓦，他关切地询问了索雷一家和邦施泰滕先生²。关于后者他希望仔细地描述一下，我给他尽可能仔细地描述了。

饭后令我高兴的是，歌德开始谈我的那份谈话记录。他说："这是你的第一部作品，在把所有的问题都完全搞清楚之前，不能有所松懈。"

不过，歌德今天似乎特别少言寡语，经常陷入沉思，我觉得这不是个好兆头。

1830年11月30日，星期二

（歌德病中安排爱克曼编审他早前多部歌唱剧中的歌词）

歌德上星期五夜里突然大咯血，整整一天未脱离危险，这让我们忧心不已。他已八十高龄，如果把一次放血包括进去，共失血六磅，这可不是一件小事。然而，内廷参事福格尔大夫医术高明，加之歌德本人无可比拟的体质，使他出奇制胜，很快恢复了健康，胃口极好，又能整夜睡眠了。谁都不准去看他，他被禁止说话，但他永远活跃的头脑是闲不下来的，他又在思考自己的工作了。今天早上我收到他的一张便条，是在床上用铅笔写的：

> 我最亲爱的博士，劳你大驾，请将附上的那些已为人所知的诗³再通读一遍，再将此前的新诗加以编排归类，以便使它们成为一个合适的整体。《浮士德》随后寄上！

盼望与你愉快相见

歌德

1830年11月30日 于魏玛

1　指斯特林（父亲）。

2　邦施泰滕（Karl Viktor Bonstetten，1745—1832），瑞士作家，与歌德关系密切，经常寄书给歌德。

3　这里所说的诗是指歌德写的多部歌唱剧中的歌词，这些诗编入了《歌德全集最后手定本》第四十七卷（1833）。

歌德很快得以完全康复之后，便把全部兴趣投向《浮士德》的第四幕以及《诗与真》第四卷的收尾工作。

　　他建议我编辑他那些短小的、到那时为止尚未付印的文章，把他的日记和发出的信函也同样审阅一遍，这样我们便清楚日后出版时如何操作了。

　　要编辑我与他的谈话是不可能了；只要命运眷顾，不让我去处理那些已经写好的文字，而是用新的东西进一步扩充现有储存，我以为也是比较明智的。

— 1831年 —

1831年1月1日，星期六

（编选歌德1807年至1809年致不同人士的信札，爱克曼的建议）

歌德自1807年以来写给不同人士的信札的草稿都已装订成册保存起来了，最近几个星期我仔细阅读了几个年度的分册，现在想将几点一般性意见分段写在下面，今后编辑出版时也许会有用处。

§1

首先产生的问题是，将这些信札的一些段落即以类似摘要的方式公布是否合适。

对此我的意见是：一般说来，歌德的秉性和工作方法是，即使写最小的题目也总是怀有一些目的，这一点在这些信札中也很好地表现了出来，作者对待写作永远专心致志，全身心投入，因此，每一页自始至终不仅写得无懈可击，而且没有一行有悖他优秀的气质和完美的修养。

因此，我赞成将这些信札从头到尾全部公布于众，尤其是，一些重要段落常常只有通过上下文才能显现出真正的光彩，才能被人最有效地理解。

准确地说，把这些信札对比纷繁博大的世界加以观察，谁敢自以为是地狂言，哪一段重要应该公布，哪一段不重要不应该公布呢？语法学家、传记作者、哲学家、伦理学家、博物学家、艺术家、诗人、大学教师、演员等，无穷无尽，每个人都有自己不同的兴趣，这个人略过的一段，却正好是另一个人认为是极其重要、得抓住不放，并且要占为己有的一段。

譬如，在1807年的第一册里有一封写给一位朋友[1]的信，朋友的儿子致力于森林学专业，歌德于是给这位年轻人勾勒出一条如何向上升迁的路线图。一个写文章的年轻人也许会将这样一封信略过不看，而一个经营林业的人肯定会高兴地注意到，这位作家[2]也来过问他的专业，而且还愿意出点好主意。

因此我再重复一遍，我不赞成将这些信札拆得支离破碎，应该原封不动地公布，更何况它们已经以这种形式传布于世了，我们肯定可以指望，那些收到这些信的人士将来有一天会完全按照信是怎么写的就怎么送交付印的。

§2

但是，有些信如果不拆散开发表可能有难处，而一些具体部分又包含着很好的内容，那么就请人将这些段落摘出来，要么分摊到它们所属的年份里，如果情况合适，也可以编成一部特辑。

§3

可能出现这种情况，我们在第一册里读到一封信，觉得并不特别重要，因此不赞成将它公布出来。但是在后面的一些年份里发现这封信还在延续，也就是说，可以把它看作是一条较长的链条上的最初一环，由于这一情况，这封信可能变得重要起来，应该纳入要公布的信札之中。

1　这位朋友是哈尔伯施塔特的司法官员，姓施马林（Schmaling）。
2　指歌德。

§ 4

人们可能拿不准，将信按照收信人士进行编排好，还是将信打乱，根据不同**年份**顺序编排更好。

我赞成后一种做法，首先，这么做可以反复调剂，花样翻新，因为面对另外一个人，不仅讲话的语调永远要有细微变化，而且也总是要谈些别的事情，这样就能交替地表述诸如戏剧、诗歌创作、博物研究、家庭事务、与上司打交道、与朋友的关系等等内容。

其次，我赞成按**年份**混合编排出版还由于这样的理由：一个年份里的信札由于涉及同时生活和工作的人，所以不仅承载这一年份的特性，而且也全方位地反映写信人的境况和工作。因此，这些按年份编排的信札由于拥有瞬间的新鲜细节，很适合用来补充已经出版的扼要记述歌德生平的《记事录》[1]。

§ 5

有些其他人士也许为了得到对他们业绩的承认，或者是赞扬和重视，已经将手中的信札送去印刷，这部分信札应该再次收入这个集子里，因为一方面它们本来就属于这一系列，另一方面也可能让那些人士产生一种意愿，通过这种方式向世人证实，他们手中的文献资料是真的。

§ 6

至于集子里是否收入推荐信的问题，这要考虑被推荐人士的情况而定。如果这个人一事无成，信中也没有包含其他好的内容，那么就不要收入；如果被推荐的人已扬名天下，那就应该把这封信收入进去。

---

1 《记事录》是歌德自传作品中的一种，于1830年出版，编在《歌德全集最后手定本》的第三十一卷和第三十二卷。歌德表示，《记事录》是为了弥补他写的自传留下的空缺，因而副标题是《对我其余的自白的补充》。

§7

有些人如拉瓦特尔、容、贝里施、克尼普[1]、哈克特等，我们从歌德的《诗与真》中已经知道，写给这些人士的书信本身就很有趣味，这样的信札即使没有别的重要内容也应该公布。

§8

总之，在公布这些书信的时候不要太谨小慎微，因为这些书信让我们了解歌德广博的人生和他无处不在的各种各样的影响，他对极不相同的人和在极不相同环境中的举止行为都具有很大的教育意义。

§9

如果不同信件所谈的是一个或者相同的事实，那么就要选择最出色的；如果某一点在不同信件里都出现了，那么就将表达得最好的留下来，把在其他几封信里的有关段落删除，不予公布。

§10

相反，在1811年至1812年间的书信里大约有二十处是请一些特殊人物写下的笔迹。这种以及类似的段落不能删除，因为它们看上去非常有个性而且亲切。

以上各点，是我研读1807年、1808年和1809年的信札后受到启发写下来的。在今后工作过程中还会产生哪些具有普遍性的意见，将补充到现有这几段的后面。

爱克曼

1831年1月1日于魏玛

1　克尼普（Christoph Heinrich Kniep，1748—1825），德国画家，长期居住在意大利。歌德在意大利与他认识，他陪歌德游历了西西里岛，途中画的画被歌德收藏。

今天饭后，我与歌德逐段讨论了上面那些意见，他对我的建议表示赞同。他说："在我的遗嘱中，我将指派你为这些书信的编者并且说明，我们就所要遵循的操作方法大体上已相互达成一致。"

1831年2月9日，星期三

（歌德批评时下写作只讲究技巧）

昨天我与亲王[1]一起继续阅读福斯的《路易丝》（*Luise*），关于这本书我悄悄地做了一些说明。关于地点和人物外在状况的描述功劳巨大，令我陶醉；但我觉得这首诗缺乏较高层次的内容，尤其那些让人物互相之间倾诉衷肠的段落更使我不禁产生这样的意见。在《威克菲尔德的牧师》（*Vicar of Wakefield*）[2]中也描述了一位乡间牧师和他的家庭，然而，作家拥有较高的世界文化水准，他把这一点也传给了他的人物，因此所有人物都表现出极为宽广的胸怀。《路易丝》里的人物通通处于有限的中等文化水平，当然，使一定范围的读者满意，这点水平总还是够用的。关于诗律的问题，我觉得用六音步诗行表现这种有限的状况似乎太张扬，也往往略显勉强和做作，套叠的长句每每不够自然流畅，读起来很不顺口。

今天中午吃饭的时候我对歌德谈了这个问题。他说："那部诗作的早期版本在这方面要好得多，记得我曾经很乐意朗诵它。可是后来福斯加进了许多矫揉造作的东西，技术上独出心裁，将轻快简洁、朴素自然的诗句破坏了。[3]总之，现在大家要的就是技巧，批评家先生们开始钻牛角尖，说什么在一个

1　爱克曼教魏玛亲王卡尔·亚历山大英语和德国文学。

2　《威克菲尔德的牧师》是英国18世纪伤感主义作家哥尔德斯密斯的长篇小说。小说中的主人公牧师普里姆罗斯是个善良的人，但他的家人屡遭坏人欺凌。最后，真相大白，作恶多端的地主恶少受到惩罚。

3　福斯的《路易丝》1783年至1784年出版时是用散文写的，歌德称赞的就是这个散文本。后来，福斯试图将以古希腊语为基础的六音步诗行德语化，除在翻译《荷马史诗》时采用这种经他改造的六音步诗行外，他还将1795年再版的《路易丝》也改用六音步诗行。以后，他多次改动德语的六音步诗行，而且越改越不自然；《路易丝》最后的版本于1807年或1823年出版。

韵脚里，S 只能再与 S 押韵，而不能是 ß 再与 S 押韵。要是我还年轻并且有足够闯劲的话，我会故意违抗所有这些技术上荒诞离奇的想法，我要使用头韵、准押韵和假韵，凡是我能想到并且觉得方便的全都使用；不过，我会去抓主要的东西，力求所讲的事物能引起大家的兴趣，让人人都想阅读和背诵这部作品。"

1831年2月11日，星期五

（普拉滕和拜伦都毁于好争辩的脾性）

今天吃饭的时候歌德告诉我，他已经开始写《浮士德》第四幕，而且打算就此继续写下去，这使我非常高兴。

他接着高度赞扬了舍恩[1]，莱比锡的一位年轻的语文学者。此人写过一部论述欧里庇得斯戏剧作品中演员服饰的著作，他尽管满腹经纶，但没有全部发挥出来，只是要用多少就发挥多少。

歌德说："令我喜欢的是，舍恩是带着创新意识进行工作的，而当代其他语文学者则太多地为一些技术性的东西、为长音节和短音节绞尽脑汁。

"如果一个时代尽是关注细小的技术问题，这标志这个时代没有创造性，如果一个人关心的是这样一类东西，这同样标志这个人没有创造性。

"不过，其他一些缺点也会起阻碍作用。譬如，在普拉滕伯爵身上存在着几乎一个优秀作家所必须拥有的全部主要条件：高度的想象力，虚构才能，智慧和创造力；他在技巧方面的素养也是完美无缺的，很少有人像他这样钻研和认真。然而，他那招灾惹祸的好争论的倾向阻碍了他。[2]

"在那不勒斯和罗马的大环境里，他仍然摆脱不开德国文学的贫乏，这对一位有如此高才的人来说实在不可原谅。《浪漫的俄狄浦斯》（*Der romantische*

---

1 舍恩（Friedrich Gotthold Schön，1806—1857），语文学家，他研究欧里庇得斯的著作于1831年在莱比锡出版。

2 普拉滕是一位民主主义作家，他的诗歌具有鲜明的政治倾向，对德国的政治和社会现状进行批判。此外，普拉滕喜欢与别人争论，他把伊默曼和海涅视为论敌。

Ödipus）中有迹象表明，特别是涉及技巧方面，普拉滕正是能写出最好的德国悲剧的人。[1]可是，当他在这部作品里嬉拟了悲剧主题[2]之后，现在还怎么会愿意严肃认真地去写一部悲剧呢！

"此外，他从未充分思考过，若是这些争吵盘踞在心头，头脑里的论敌就会变成妖魔鬼怪，它们在一切自由的创作中间兴风作浪，把原本就敏感的天性闹腾得混乱不堪。拜伦勋爵就是被他好争论的倾向毁灭的，普拉滕有理由为着德国文学的荣誉永远离开这条令人沮丧的轨道。"

1831年2月12日，星期六

（关于耶稣漫步海上和彼得沉入海中的故事）

我在阅读《新约》，想到最近歌德给我看的一幅画，画的是耶稣在海上漫步，彼得乘风浪迎面走来，瞬间突然丧失勇气，立刻开始下沉。[3]

歌德说："这是我所喜爱的最优美的传说之一，其中说出了一条至高无上的道理，即信念和健康的情绪会使人在最艰难的行动中取胜，而突然袭来的最微小的疑虑会立刻使人输掉。"

1831年2月13日，星期日

（歌德谈《浮士德》的结构特点，文艺作品要有阳刚之气）

在歌德家里吃饭。歌德对我说他正在继续写《浮士德》第二部第四幕，现在看来开头是成功的，符合他的心意。他说："要写**什么**内容我早想好了，

1　普拉滕1824年去意大利旅行，1826年流亡意大利，死于西西里岛的锡拉库扎。在流亡意大利期间，他仍然关心德国文学，对当时风靡德国的浪漫主义的"命运悲剧"深恶痛绝，写了喜剧《浪漫的俄狄浦斯》对此进行讽刺。

2　普拉滕在他的《浪漫的俄狄浦斯》中嬉拟了索福克勒斯悲剧中的"恶母情结"。

3　耶稣在海上漫步和彼得沉入海中的故事，见《新约·马太福音》14:22—23。

这你是知道的，只是关于**怎么**写的问题我还不完全满意，今天很高兴，我有了一些好的想法。我现在要把从《海伦》到已经写好的第五幕之间的整片空隙填补起来，先拟出一份详细提纲，以便今后写起来可以心中有数，从容不迫，乐意先写哪些段落就写哪些段落。而这第四幕又获得一种完全独特的性质，像一个独立存在的小世界，与其余部分没有联系，只是由于与此前和此后的内容有轻微的牵连，所以才与整体衔接起来。"

我说："也就是说，第四幕与其余部分在性质上完全一致。因为《奥尔巴赫地窖酒馆儿》《女巫的丹房》《布罗肯山》《国务会议》《化装舞会》《纸币》《实验室》《古典的瓦尔普吉斯之夜》《海伦》等各场景实际上都是独立存在的小世界，它们自成一体，既相互影响，又很少相互联系。作者意在表达一个丰富多彩的世界，他将一位著名的主人公的故事仅仅用来作为一根不中断的绳索，爱把什么串在上面就串上什么。《奥德赛》(*Odyssee*)和《吉尔·布拉斯》(*Gil-Blas*)[1]也都是这样。"

歌德说："你说得完全正确，而且这种结构之所以重要只是在于，各个部分都清楚、显著，而作为一个整体则总是高深莫测，也正是因为这个原因，它才像一个没有解决的难题一样，一再诱使人反复地观察思考。"[2]

我接着讲起一位青年军人[3]的来信，我曾经建议他和另外几位朋友去外国服役，现在他发现外面的情况不如他的心意，于是大骂所有给他出主意的人。

歌德说："出主意这件事说来奇怪，你在世上观察一段时间，看到最正确的事情失败了，最荒谬的事情反而达到了可喜的目的，于是你就退回原地，不想给任何人出主意了。其实，对于要求出主意的人来说，出主意是一种限制，而对于给别人出主意的人来说也是一种非分要求。我们应该只在我们想亲自参与的事情上出主意。如果别人请我出一个好主意，我就说，主意我愿意出，只不过条件是，他得保证不按照这个主意去做。"

1　法国作家勒萨热（Alain Rene Lesage，1668—1747）的长篇小说。

2　歌德的结构理念是：部分清楚明了，整体莫测高深。这一理念在《浮士德》中得到充分体现。

3　这位"青年军人"叫梅洛斯（Willhelm Melos，1809—1832），是魏玛一位中学教师的儿子，移居尼德兰。

话题转到《新约》，在谈到我查阅了耶稣在海上漫步、彼得迎面向他走来的那一段时，我说："如果我们长时间没有阅读福音书的话，再阅读时总要对那些人物的高尚品德感到惊讶。我发现对我们道德上的意志力的高要求也是一种绝对命令。[1]"

歌德说："你尤其会发现信仰是绝对命令，后来穆罕默德在这方面走得更远。"

我说："此外，如果仔细观察，福音书的作者之间充满了矛盾和分歧，而那些福音书在被搜集到一起像我们现在看到的这个样子之前，肯定有过许多蹊跷的遭遇。"

歌德说："要探讨这段历史并且进行评论，那可是一个**无底洞**。最好的做法是，现在已经有什么就立即抓住什么，什么可以用来增强道德修养就把什么占为己有。不过，了解清楚故事发生的地点也很好，我能给你推荐的最好的读物是勒尔的一本论巴勒斯坦的书[2]，写得很精彩。已故大公[3]很喜欢这部著作，他买了两本，第一本读过之后送给了图书馆，另一本留给了自己，以便随时都能信手拈来。"

我感到惊异，大公对这类事情这么热心。歌德说："在这一点上他是了不起的。凡是多少有些意义的事情，不论是哪一门类，他都感兴趣。他不断地进取，那时候只要有什么好的和新的发明与设备出现，他都努力去熟悉掌握。如果有件事做失败了，他就不再谈及。我经常想，我该怎样为这项或者那项过失向他道歉，但他极其宽宏大度，把失败通通搁置一边，总是立刻又去着手新的工作。这是他性格中独有的伟大之处，不是通过学习取得的，而是天生的。"

饭后吃甜点的时候，我们观赏了几幅根据当代大师的作品复制的铜版雕刻，特别是风景画的铜版雕刻，并且高兴地注意到，丝毫察觉不出它们是复

1　"绝对命令"是康德伦理学的主要原则。

2　勒尔的题为《耶稣时代犹太国土的历史地理状况》一书是论述巴勒斯坦的，1816年出版，1831年出第七版。

3　即卡尔·奥古斯特。

制品。歌德说："几百年来世界上出现了许多好作品，这些作品发生了影响，又产生出优秀的作品来，这是不足为奇的。"

我说："唯独不幸的是错误的信条太多，使有才能的青年人不知道应该奉谁人为神明。"

歌德说："在这方面我们是有例证的，我们见过整整几代人输在了错误的'准则'上，深受其害，我们自己也吃过苦头。而且在我们当今的时代，每个错误都可以通过印刷品轻而易举地立刻广泛传播开来！可能有这样一位艺术评论家，他的思想在几年之后已有所改进，他可能也会公开传播已经改进了的信念，但是，这期间他从前的错误信条也在发生作用，而且今后还会像攀缘茎一样，与好的信条一起，持续不断地发生作用。好在令我欣慰的是，一位有真正伟大才能的人是不可能被误导和被毁坏的。"

我们继续观赏那些铜版雕刻。歌德说："这的确是一些好画。你看到的是一批确实颇有才能的画家，他们有一定造诣和相当程度的艺术鉴赏力和艺术技巧。但是，所有这些画都缺少了点什么，缺少的就是**阳刚之气**[1]。请记住这个词，并且在下面画上横线。这些画缺乏一种咄咄逼人的力量，这种力量在过去的世纪里到处都有所表现，现在却看不到了，而且不仅仅在绘画作品里，在其他所有艺术门类里都看不到了。现在活着的人是软弱无力的一代，其原因很难说，不知道是由于遗传还是由于贫乏的教育和营养。"

我说："由此可以看出，在艺术里伟大的人格多么重要，这种人格在过去的世纪里的确特别常见。当你在威尼斯站在提香[2]和保罗·委罗内塞[3]的作品前面时，你就会感受到两位画家不论是在最初构思题材时，还是在最后进行创作时都表现出了强有力的精神。他们热烈而充满活力的情感渗透到全幅画的每一部分，当我们观赏这些作品时，艺术家这种强大的品格力量就会使我们自己的天性增强和扩大，把我们提升到超越于自己的高度。你所说的这种

1　歌德特别强调"阳刚之气"（das Männliche），即指文艺作品要有力量，要表现出一种强大的气势来。

2　提香（Vecllio Tizian，约1488/1490—1576），意大利文艺复兴时期威尼斯画派的画家。

3　保罗·委罗内塞（Paolo Veronese，1528—1588），意大利文艺复兴后期威尼斯画派的重要画家之一，深受提香的影响。

阳刚之气在鲁本斯的风景画里尤其可见。当然，他画的只是树木、土地、水、岩石和云，但他牢固的信念已经被载入这些形态之中。因此我们看到的虽然总是熟悉的大自然，但它已经浸透了艺术家的强大力量，是按照艺术家的意愿重新创作的。"

歌德说："是的，在艺术与文学创作中人格就是一切。但是，在近代的批评家和艺术评论家当中确实有过大脑注了水的人，他们不承认这一点，并且认为，在文学或者艺术作品里伟大人格不过是一种微不足道的附加物。

"毫无疑问，要感受一种伟大人格并且敬仰它，自己也必须有点水平。那些不承认欧里庇得斯崇高的人[1]都是一些可怜虫，他们没有能力站到这样的认识高度，或者本身就是无耻的江湖骗子，想通过自吹自擂在庸人的眼里拔高自己；他们不仅这么想，也真的这么做了。"

1831年2月14日，星期一

（论说天才，尤其音乐天才）

陪歌德一起吃饭。他阅读了拉普将军的《回忆录》(*Memoiren*)[2]，因此就谈起拿破仑来，谈到莱蒂齐娅夫人[3]，说她要是知道自己是如此众多英雄和一个如此庞大家庭的母亲，她会有怎样的感觉。歌德说："她十八岁时生下第二个儿子拿破仑，那时丈夫二十三岁，因为父母年轻，精力旺盛，所以对孩子的体格很有好处。除拿破仑外，她还生了三个儿子，个个天资聪颖，精明干练，待人处世充满活力，而且都有一定的文学创作才能。生下四个儿子之后，她又生了三个女儿，最后生了热罗姆，在兄弟姐妹中他的体格似乎也是最弱的。

"才能无疑不能遗传，但一种非常好的身体基础是需要遗传的，一个人是头胎生还是最后一胎生，是父母年轻力壮时生还是年老体弱时生，那是绝对不一样的。"

1　奥古斯特·威廉·施莱格尔在1809年讲授《戏剧艺术与文学》大课时否认欧里庇得斯有崇高思想。

2　拉普（Jean Rapp，1771—1821），法国将军、拿破仑的副官，他的《回忆录》于1823年出版。

3　莱蒂齐娅（Maria Letizia Bornaparte，1750—1836），拿破仑的母亲。

我说:"奇怪的是,各种才能中音乐才能显露得最早,所以莫扎特在五岁、贝多芬在八岁、胡梅尔在九岁时就以音乐演奏和作曲令亲朋好友惊叹不已。"

歌德说:"音乐才能之所以显露得最早,是因为音乐完全是天生的、内在的东西,用不着从外界吸收大量营养和从生活中吸取经验。当然喽,像莫扎特那样一种现象永远是一个无法解释的奇迹。不过,如果神灵不时地在一些杰出的个人身上做试验,让我们看到这些人物时大为惊赞,而且不知道他们从何而来,那它怎么还能找到机会到处创造奇迹呢。"[1]

1831年2月15日,星期二

(歌德剧作《大柯夫塔》上演情况)

陪歌德一起吃饭。我给他讲了剧院的情况。他很称赞昨天上演的大仲马的《亨利三世》(*Heinrich der Dritte*)[2],认为非常出色,他甚至觉得这部戏不大合观众的胃口是自然的。他说:"要是我担任剧院领导,我就不敢上演这部戏,因为我还记得很清楚,为了把《坚定的王子》(*Standhaften Prinzen*)[3]偷偷塞给观众费了多少周折,而这部戏远比《亨利三世》富有诗意、可以接受,其实比《亨利三世》更容易理解。"

我说到最近又读了一遍《大柯夫塔》。我一场接一场地讲下去,最后表示希望有朝一日能看到它在舞台上演。[4]

歌德说:"我很高兴,你喜欢这部作品,而且我写进去了什么你都发现了。把一件完全真正存在的事实[5]写成诗,然后再把它编成剧本,这确实不是一项微不足道的工程。而你还得承认,整出戏其实就是为舞台上演设想的。席勒也很赏识这部作品,我们上演过一次,对层次较高的人士效果极佳,但

1　歌德相信天才,而且认为天才是与生俱来的。

2　大仲马(Alexandre Dumas,1802—1870),法国作家,他这部作品的全名是《亨利三世和他的宫廷》。

3　《坚定的王子》是17世纪西班牙著名作家卡尔德隆的作品,1811年经德国人翻译并改写后在魏玛上演。

4　《大柯夫塔》于1791年和1792年分别各演出两次,共演出四次。

5　《大柯夫塔》是歌德根据法国宫廷实际发生的"项链丑闻"写成的。

对于一般观众情况就不是这样，对于犯罪行为的处理有些令人恐惧，他们感到毛骨悚然。这部戏就其粗放的风格完全属于《克拉拉·加苏尔》[1]的范畴，法国作家真的可以嫉妒我抢在他们之前写了一个这么好的主题。我说这是一个好主题，是因为这个主题实际上不仅仅有伦理意义，而且还有伟大的历史意义。作品中所描写的事实就发生在法国大革命之前，在一定程度上是法国大革命的基础。[2]王后[3]由于卷入不幸的项链事件，声名狼藉，不再受人尊重，在大众心目中丧失了她不可触犯的地位。仇恨伤害不了任何人，鄙视却能使人倒下去。有些人很久以来就憎恨科策布，但是为了让那个学生敢于用匕首刺他，一些报刊还得先对他大加贬斥。"

1831年2月17日，星期四

（谈"聪明"，《浮士德》第一部和第二部的不同性质）

与歌德一起进餐。我将他的《1807年在卡尔浴场小住》（Aufenthalt in Karlsbad 1807）[4]带给了他，这是我今天早上才编辑完毕的。我们谈到，其中一些段落以每日记事的粗线条形式出现，这种处理方法很聪明。歌德笑着说："人总认为非得上了年纪才聪明。其实不然，随着年龄的增长人还得要努力保持住昔日的那种聪明哩。人在生命的不同阶段里都可能是不同的人，但不能说自己变得更好了，在某些事情上，他二十岁时的想法可能和六十岁时一样正确。[5]

1　克拉拉·加苏尔（Clara Gazul）是法国作家梅里美的别名，1825年托名发表《克拉拉·加苏尔戏剧集》，里面包括十部短剧，讽刺西班牙天主教的伪善和贪婪。这里的《克拉拉·加苏尔》是《克拉拉·加苏尔戏剧集》的简称。

2　歌德认为，法国大革命之所以爆发，是因为宫廷腐败，有像"项链丑闻"这样一些引爆革命的导火线。

3　这位王后叫玛丽·安托瓦内特（Marie Antoinette，1755—1793），法国大革命中被斩首。

4　《1807年在卡尔浴场小住》是一部未完成的自传体作品。

5　歌德认为，人在不同的生活阶段对事物的看法是不同的，但不能说后来的看法一定比先前的看法正确。不同阶段的看法有不同的价值，它们之间无法比较。因此，不能说，随着年龄的增长，人会越来越聪明。

"当然，我们在平原上看到的世界和在山麓小丘以及原始山脉的冰川上看到的世界的样子都各不相同。在每一个位置上都比在另一个位置上多看到一点，仅此而已，但不能说在这个位置上看到的比在另一个位置上看到的更正确。[1]因此，当一位作家要在他人生的不同阶段留下纪念时，最重要的是要有与生俱来的基础和善良的意愿，要在每一阶段都能真正地观察和感受，怎么想的就坦诚地说出来，不附带别的目的。这样，如果他写的作品在作品产生的那个时期是正确的，无论作者此后如何发展变化，这部作品也永远是正确的。"[2]

这番话很精辟，我完全赞成。歌德又说："最近，我随手拿到一页作废的稿子读了读。我对自己说，嗯！这上面写的并不是没有道理呀，你也会这么想，要是说的话，你也不会说出太多别样的话来。可是当我仔细看了那页废页稿发现，那是我自己作品里的一段。因为我总是往前赶，自己写了什么都忘记了，所以才出现对自己写的东西很快就全然认不出来了的情况。"

我询问《浮士德》的进展情况。歌德说："我再也放不下它了，每天都在继续思考和虚构。今天我还让人把第二部的全部手稿装订成册，以便能看到一份成形的东西。我给空缺的第四幕留出足够的白页，写完的部分无疑会诱使和刺激我去完成尚需做的工作。这样一些成形的东西比脑子里想的更说明问题，因为表现精神的东西还得借助各种各样的技巧。"

歌德叫人将新装订好的《浮士德》拿来，我看见那一大摞写完的手稿变成了一册厚厚的对开本，心中为之一振。

我说："所有这些都是在我到这里之后的六年中写的，而你还要料理这期间发生的那么多其他事务，只有很少的时间能用在写作上。不过我们看到，只要不时地写一点，就会积少成多的。"

歌德说："年纪大了的人尤其相信这一点，而年轻人则以为所有的事都是

---

1 人处在不同位置看到的世界是不同的，不能说站在这里就比站在那里看得更正确。因为，人不管站在哪里，他看到的都只是世界的某个局部，既然都是局部就没有哪个更正确的问题。

2 既然人在不同的生活阶段和不同的位置上对于问题的看法是不一样的，那么对于一个作家来说，最重要的就是真心诚意地观察和感受此时此地的世界，坦诚地说出自己的想法，要忠于良心，不追求别的目的。只要这样做了，他的作品就会有长远意义。

在一天之内做完的。如果命运恩宠，让我保持健康，我希望在明年春季的月份里把第四幕的绝大部分写出来。如你所知，这一幕也是早就想好了的，但由于其余几幕在写作过程中增加了很多，因此我现在只能使用先前构思中最共同的部分，我还得进行新的构思来加强插在中间的这一幕，使其与其他部分一样。"

我说："不过，第二部所展示的世界远比第一部丰富。"

歌德说："我是这么想的。第一部几乎完全是主观的，一切都是来自一个比较偏激的、狂热的个人，他的半蒙昧状态可能还很讨人喜欢。但是，在第二部就几乎没有一点主观的东西了，这里所表现的是一个比较高大、比较宽广、比较清醒、完全冷静理智的世界，没有见过世面、没有几许阅历的人是无从入手的。"[1]

我说："第二部能训练思维，有时还要求有一点学识。我幸亏读过谢林那本论卡比里的小册子，因此知道你在《瓦尔普吉斯之夜》中那段精彩描述指的是什么。"[2]

歌德笑着说，"我一向认为有点知识总是好的。"

---

1 《浮士德》第一部着眼于浮士德个人、他的经历和他的感受，因此是主观的，呈现在读者面前的是浮士德的个人世界，亦即"小世界"。《浮士德》第二部写的是社会，呈现在读者面前的是社会的方方面面，因而是客观的，称"大世界"。

2 卡比里（Kabiren）是由若干（究竟多少说法不一）神祇组成的群神。卡比里群神最早出现在腓尼基，人们把它们想象成未成年的儿童，并当作神加以崇拜。接着传入埃及，被想象为"有人头的瓦罐"（在《浮士德》里荷蒙库鲁斯称它们是"粗陋的瓦罐"）。对卡比里的崇拜由埃及传到古希腊，在爱琴海东北面的萨莫色雷斯岛崇拜卡比里成为最普及的宗教仪式之一。卡比里与人为善，庇护航海者。

歌德把卡比里写进描绘古希腊神话时代的《古典的瓦尔普吉斯之夜》，为增加神秘气氛，歌德没让它们讲话，而是让别人介绍它们。它们受男女海神之邀前来赴宴，表示海上风平浪静，没有海难。它们的到来不是救援，而是祝贺。

19世纪初，德国学术界对卡比里的数目争论不休。歌德在《古典的瓦尔普吉斯之夜》中影射这种无谓的争论，他让海神在与美人鱼的对话中先是说"请来六位"，接着说"它们本来是七位"，然后又说"可能还有第八位"，最后说"究竟是什么，尚无定论"。在关于卡比里的争论中，哲学家谢林的观点也引起了歌德的注意。谢林在《论萨莫色雷斯岛的神》（1816）中认为，卡比里是不断演化的、逐步上升的，从低级神祇上升到天神宙斯的高度。歌德在《古典的瓦尔普吉斯之夜》中对谢林的这一观点进行了暗讽。

1831年2月18日，星期五

（歌德认为，自由主义不宜主导个人思想；由索雷翻译《植物的演化》）

与歌德一起进餐。我们谈论起不同的政体，说到太多的自由主义会带来怎样的麻烦，因为自由主义招惹出许多个人要求，而面对清一色的愿望让人最终不知道该满足哪些才是。人们将发现，由上至下的宽容、温良和道义上的体贴入微都无法维持长久，因为他们必须面对的并且保持敬重的是一个鱼龙混杂、有时甚至险恶的世界。[1] 我们同时还提到，政府工作是一个非常庞大的行业，要求全身心地投入，所以，如果一个当政者有太多的业余爱好，譬如对于各种艺术的倾向占据支配地位，那就不好了，因为这样，不仅一国之君的兴趣，而且国家的力量，也要从某些更必要的事情上被抽掉。[2] 对于各种艺术的爱好占据支配地位，这更多是富有的非官职人员的事。

接着歌德告诉我，索雷正在翻译他的《植物的演化》，进展顺利；他现在对这个题材，特别是在对植物螺旋式生长进行补充加工时[3]，完全出乎意料地得到了外界有益事物的帮助。[4] 他说："你知道，我们从事这项翻译已经一年多了，遇到过无数障碍[5]，常常不得不把工作停下来，我经常暗中诅咒它们。可是现在我的情况是，要对所有这些障碍表示敬意，因为在我们迟疑不前的过程中，有些事物在外界其他优秀人士那里逐渐成熟了，现在作为最佳的滋养帮助我有了异乎寻常的进步，使我得以结束我的工作，这在一年前是不能想象的。我一生中经常遇到类似的情况，这时候我相信有一种来自上苍的效

1　歌德从当政者的角度看待自由主义的问题：一旦自由主义主导人的思想，每个人都要提出自己的要求，这会给当政者制造很多困难，不知道应该听谁的。

2　歌德主张，当政者应该集中全力管理好国家，不应在其他方面分散精力，包括对艺术的爱好。

3　1790年歌德出版了他的《植物的演化》，1830年加工补充这部著作，增加了《论螺旋式生长倾向》部分，并与索雷合作将这部著作翻译成了法文，1831年出了德—法文版。《论螺旋式生长倾向》这篇文章是受植物学家马蒂乌斯的启发写成的。马蒂乌斯于1828年和1829年在慕尼黑做报告，提出植物叶子是围绕植物的茎呈螺旋状生长的，1831年发表《论植物的螺旋式生长》。

4　这些帮助是：索雷的慷慨协助；一些青年学者的赞同；柏林植物学家布劳恩（Alexander Braun，1805—1871）的论文《对冷杉球果的鳞苞排列的比较研究》对歌德观点的支持和给歌德的启发。

5　这些障碍是：出版社迟迟不能决定是否出版这本书；索雷因父亲去世时暂时返回瑞士；卡尔·奥古斯特的夫人1830年去世以及歌德本人患病。

应，有某些超自然的东西，我们对它只能顶礼膜拜，不能自不量力去进一步解释它。"

1831年2月19日，星期六

（要求国家立法接种牛痘疫苗，预防天花）

与福格尔内廷参事一起在歌德家中吃饭。歌德收到一本介绍黑尔戈兰岛的小册子[1]，他正读得很入神并且把其中最重要的内容讲给我们听。

谈完这个很有特点的地方之后，轮到谈医疗方面的情况，福格尔把报刊上关于天花的消息作为当日最新的新闻告诉我们，消息称，在爱森纳赫尽管人人都进行了预防接种，天花还是暴发了，很短时间内就夺走了许多人的性命。

福格尔说："大自然总是一而再地捉弄我们，当有人说有一种理论足以能够对付天花时，你必须十分小心。他们的理论认为接种疫苗后留下痘瘢就可靠了，就保险了，因此将接种疫苗定为法律。[2]然而，在爱森纳赫接种过疫苗的人还是传染上了天花，这一事件使痘瘢的可靠性令人怀疑，也削弱了维护法律威望的积极性。"

歌德说："尽管如此，我主张对于接种疫苗今后还是要有严格规定，与法律所做的大量善事相比，这样一些小小例外根本不必考虑。"

福格尔说："我也是这个意见，我甚至想断言，所有痘瘢未能保证不再出天花的案例，都是疫苗接种没有做好。就是说，要使疫苗接种起保护作用，疫苗的力量必须很强烈，以致引起发烧。只划一下皮肤不发烧，是起不到保护作用的。因此我今天在会议上建议，要加强牛痘疫苗的接种工作，这是我国所有负责此项工作人员的义务。"

歌德说："我希望你的建议能获得通过。我一贯主张要严格遵守法律，尤其

1　1831年1月7日歌德收到拉彭贝格（Johann Martin Lappenberg）寄来他自己的著作《论黑尔戈兰岛原来的范围和过去的历史》（1830）。

2　1798年至1799年，欧洲一些国家将接种牛痘疫苗预防天花定为法律。

在现在这个时候，人们由于软弱、夸大自由思想，到处做过分的妥协让步。"

我们接着谈到，现在对待罪犯应负刑事责任的能力也开始变得松动缓和，医生的证明和鉴定结果常常帮助罪犯逃脱刑罚。说到这里福格尔称赞了一位年轻的地方医院医生，他处理类似的案例总是很有个性，就在不久前，当法庭对一个杀婴妇女是否有能力负刑事责任提出疑问时，他出具证据证明，这个妇女当然有能力负刑事责任。

1831年2月20日，星期日

（审查爱克曼对于颜色的观察，驳斥流行于自然科学界的目的论）

与歌德一起进餐。他对我透露说，他审查了我关于雪地上的蓝色阴影的观察，并且承认，我认为这是因蓝天的反射而产生的看法是正确的[1]。他说："不过，两者可以同时发生作用，由淡黄色的光引起的反应也会加强蓝色的效果。"这一点我完全赞成，我很高兴，歌德终于同意我的看法了。

我说："我生气的是，没有就地把对玫瑰峰和勃朗峰上颜色的观察详细地记下来。不过，获得的主要成果是，正午阳光最强烈的时候，在十八小时至二十小时的距离以内雪看上去是黄色的，甚至是金黄色的，而山上没有雪覆盖的昏暗部分映现出的则是最明显的蓝色。我对这一现象不感到意外，因为我也可能预言，中间那一大片昏暗部分可能会给反射正午阳光的白雪加上一种深黄的色调，而这个现象尤其令我高兴的是，它断然驳斥了一些自然研究者的错误观点，即他们认为空气具有一种涂抹蓝色的性质。因为，如果空气本身包含蓝色，那么这一片二十小时长的，也就是我与玫瑰峰这么长距离的昏暗部分必定会使雪显现出淡蓝色或月白色，而不是黄色或金黄色。"

歌德说："这个观察很重要，彻底驳倒了那个错误观点。"

我说："其实，昏暗的理论很简单，因此很容易让人相信，以为几天或几小时之内就能将它传授给别人。然而，难的是，现在要运用法则，要在成千

1　爱克曼对日光下雪的颜色的观察，参见1829年2月19日的谈话。

上万受一定限制的、隐蔽的现象中总能认出那个本原现象来。"

歌德说："我想拿它与惠斯特¹比较，其法则和规矩都很容易传授，但是，玩牌的人必须玩很长的时间才能成为大师。总而言之，只是听人家说是什么都学不到的，不亲自对某些事物下一番功夫的人只能了解事物的表面，或者是一知半解。"

接着歌德对我讲到一位年轻物理学家²的一本书，赞赏他写得很清楚，愿意宽恕他的目的论倾向。

歌德说："人当然会把自己看作是上帝创世的目的，认为其余万物都只是与自己相关联，即它们是为人服务的，对人有用处。人强行侵占植物世界和动物世界，当他将其他生灵作为可口的营养品吞食的时候，认出了自己的上帝，并且赞美它的恩惠和它对自己慈父般的关怀。他从奶牛身上取奶，从蜜蜂那里取蜜，从绵羊身上取毛，给所有的生灵都派上一种对自己有利的用场，因此也就相信这些生灵正是为此目的而被创造的。他甚至不能想象会有一棵最小的野草不是为他而存在，即便他现在还没有认识到这棵小草的用处，但相信，将来肯定会发现的。³

"人对一般怎么想，对特殊就怎么想，所以也就把他的习惯看法从生活带进了科学，于是，对一个有机物的各个具体部分都要追问其目的和功用。⁴

"这在一段时间内也是可行的，也可以暂时用于科学领域，但不久就会碰到一些现象，这时，这一狭隘的观点就不够用了，因为立足点不高，只能纠缠在清一色的矛盾之中。

---

1 惠斯特是一种类似桥牌的游戏。

2 指瑞士日内瓦植物学家沃谢（Jean Pierre Vaucher，1763—1841），著有《欧洲植物的历史生理学》（1830），歌德评论过这本书，并把评论文章附在自己的《植物的演化》一书中。沃谢的书出版时，作者六十五岁，那时歌德已经年过八十，因此他仍称沃谢为"年轻"的物理学家。

3 早在19世纪初，歌德就驳斥了那种认为世界上除人以外的一切都是上帝为人创造的，它们都是为人而存在的、为人服务的观点。

4 哲学上的目的论的根本点就是将自然界的各种事物拟人化。人的活动是有目的的，目的论把"目的"这个只有在人的活动中存在的因素强加给自然界，好像自然界的一切都是有目的的。17世纪以及18世纪，目的论在欧洲自然科学理论中，特别在生物学理论中，相当流行。歌德这段话就是针对这种情况而发的。

"鼓吹功利的先生们[1]可能说：公牛长角为的是用来保护自己。但是我要问，绵羊为什么没有角？就是长了角，为什么都盘绕在耳边，对绵羊毫无用处呢？

"我却有另外的想法，要是我说的话，公牛用它的角保护自己，是因为它长了角。

"询问事物的目的，即问**为什么**（warum）是完全不科学的。但问**如何**（wie）就略微深入一点。[2]因为如果我问，公牛的角是**如何**长出来的，我就得研究公牛的机体组织，同时也就懂得了狮子为什么不长角，而且不能长角。

"再如，人的头盖骨上有两个未填满的空洞。问这里**为什么**有两个空洞是问不到什么的；相反，如果问这两个空洞是**如何**形成的，我就会了解到，这两个空洞是动物头盖骨上的空洞的残余，在那些较低级动物的头盖骨上这两个空洞比较明显，人尽管是高级动物，但头盖骨上的这两个空洞还没有完全消失。

"鼓吹功利思想的先生们会以为，如果他们不对让公牛长角以便进行自卫的**上帝**顶礼膜拜，他们就会失去自己的上帝。[3]但是，请允许我不揣冒昧，我崇拜的那个**上帝**是，它创造的巨大财富如此之令人敬佩，即在创造了成千上万种植物之后，还创造了一种植物，它把其余一切植物都包含其中，在创造了成千上万种动物之后，还创造了一种把所有动物都包含其中的生灵，这个生灵就是人。[4]

"让人们继续崇拜那个给牲畜以饲料，给人以足够他们享用的饮食的**上帝**吧。[5]至于我呢，我崇拜的那一个是，他放进世界里的生产能力哪怕只有百万

1　"鼓吹功利的先生们"的原文是"Nützlichkeitslehrer"。歌德用这个词是讽刺目的论者，因为他认为，目的论的核心思想是功利，目的论者考察自然界的一切时，主要看它们有什么功效。

2　歌德认为，询问事物的目的，即问"为什么"是不科学的，比如问公牛为什么长角，最后的结论只能是"造物主的安排"。如果研究"如何"，即研究公牛的角是如何长出来的，那就属于科学的范畴了。歌德的认识非常清楚，目的论是要证明造物主的智慧，它与科学无关。

3　歌德认为，目的论的核心是有神论。

4　歌德认为，植物和动物都是人的同类，它们与人具有共同的特质，都是大千世界中平等的成员。

5　目的论是基督教神学的核心思想之一，认为植物和动物都是为人的生存由上帝造出来的。歌德不接受这种思想，因而也就不敬仰那个所谓为人的生存而创造了植物和动物的上帝，即信仰基督教人所崇拜的那个上帝。

分之一开始繁衍生命，就足以使世界挤满众生，无论战争、瘟疫，还是水和火都不能对它造成丝毫损害。这就是**我的**上帝！"[1]

1831年2月21日，星期一

（赞扬谢林的演说才能，关于传统的和古典的"瓦尔普吉斯之夜"）

歌德很称赞谢林最近的演讲，他这次演讲使慕尼黑的学生平静下来了。[2]他说："讲演好极了，我们早就知道并且崇敬他这方面的卓越才能，很高兴又一次赏识到了。这篇讲演的题材精彩，意图真诚，这是他的最成功之处。要是他写的有关卡比里神的作品，其题材和意图也具有这样特点的话，那我们也要称赞他，因为他在那篇作品中也展示了自己的雄辩才能和技巧。"

话题由谢林的卡比里神转向《古典的瓦尔普吉斯之夜》，以及这场戏与第一部中发生在布罗肯山峰上的几场戏的区别。[3]

1　歌德心中的"上帝"是使万物生长发展的"原始动力"。

2　指谢林1830年12月20日晚对慕尼黑大学学生发表的演说。法国巴黎爆发的七月革命波及德国，慕尼黑大学的学生也走上街头，搞起革命来。巴伐利亚当局为制止学生的革命行动，请当时在慕尼黑大学任教的谢林给学生讲话。谢林号召学生把精力用在学业上，不要为革命牺牲自己。他的讲话收到预期效果。歌德也反对革命，为此盛赞谢林。

3　瓦尔普吉斯（Walpugis，约710—779）是一位天主教本笃会的修女，原名是瓦尔德堡（Waldburg），Walpugis是她的拉丁文名字。这位修女是一个英国女孩，随她的两个兄弟来到德国，在海登海姆建立修道院，自己成为该修道院修女。她品德高尚，抵制巫术，死后被封为圣女，并把5月1日定为纪念她的日子。在德国民间，人们认为，每年5月1日的前夜，妖魔鬼怪都集中到哈尔茨山的最高峰布罗肯山峰上，向圣女瓦尔普吉斯挑战，因而这一夜被称为"瓦尔普吉斯之夜"。

歌德根据这一民间迷信传说，在《浮士德》第一部写了一场《瓦尔普吉斯之夜》，其中描写浮士德由于与格蕾琴相恋而招致格蕾琴的母亲和哥哥死亡之后，梅菲斯特带着他来到布罗肯山峰上，参加在那里举行的"瓦尔普吉斯之夜"的活动，让他目睹了妖魔鬼怪们的种种表演。歌德写这场戏，既是为了展示浮士德的人生道路，也是为了描绘15世纪和16世纪德国的社会状况。在《浮士德》第二部第二幕，歌德又写了一场名为《古典的瓦尔普吉斯之夜》，这里"古典的"是指古代的，即古希腊。在古代的希腊没有"瓦尔普吉斯之夜"，只是德国才有，因此这一场纯粹是虚构的，写的是希腊古代的神话时代，出现的人物是希腊神话中的人物。浮士德在经历了宫廷生活之后，对古希腊的美的代表海伦产生了无限向往，在人造人荷蒙库鲁斯的建议下，处于沉睡中的浮士德被荷蒙库鲁斯和梅菲斯特带到古希腊的神话世界，参加在那里举行的"古典的瓦尔普吉斯之夜"。在那里，浮士德终于找到了海伦，《浮士德》的情节就此从第二部的第二幕过渡到第三幕，实现了浮士德与海伦的结合。

歌德说，"传统的《瓦尔普吉斯之夜》是君主制的，在那里魔鬼到处被奉为绝对的首领，而《古典的瓦尔普吉斯之夜》则完全是共和制的，大家肩并肩地排一横队，这个人与另一个人同等重要，谁都不隶属别人，谁也不为别人操心。"[1]

我说："此外，在《古典的瓦尔普吉斯之夜》里人人都有鲜明的个性，而在德国的布罗肯山峰上每一个人都变成了普通的女巫。"

歌德说："所以，当荷蒙库鲁斯对梅菲斯特说起忒萨利亚的女巫时，梅菲斯特也知道那意味什么。[2] 精通古代希腊文化的人听到忒萨利亚女巫这个词的时候都能产生一些联想，而对于没有知识的人来说这个词不过是一个名字而已。"

我说："你对古代希腊文化想必记得非常清楚，所以才能把那些人物如此生动地再现出来，正如你所做的那样，把一切都运用和处理得如鱼得水。"

歌德说："没有毕生从事造型艺术的经历，我就不可能做到这一点。然而困难在于，对浩如烟海的大量资料要把握适度，对于所有不完全符合我的意图的人物要一律拒绝。譬如，我就没有采用过像半人半牛的弥诺陶洛斯[3]、那些鸟身女妖哈耳庇厄[4]以及其他几个奇形怪状的庞然大物。"

我说："但你让在那一夜里出现的所有人物都互相关联，并且编排得使人依靠想象力很容易，也很乐意唤起对他们的回忆，勾勒出一幅完整的画面。这样的好机会画家们也肯定不会放过。我尤其高兴的是，看见梅菲斯特在福

1　"传统的《瓦尔普吉斯之夜》"，即第一部的《瓦尔普吉斯之夜》反映的是中世纪晚期德国的社会现实，因而是专制的。《古典的瓦尔普吉斯之夜》反映的是古希腊的社会现实，因而是共和制的。

2　最初，人造人荷蒙库鲁斯提议去参加"古典的瓦尔普吉斯之夜"的活动时，梅菲斯特对此不感兴趣，甚至觉得有点荒唐，因为他认为那些古代的活动与他自己无关。可是，当人造人提到忒萨利亚的女巫时，他马上改变了态度，迫切希望去那里与女巫们相会，因为他一直在打听那些女巫的下落。忒萨利亚位于希腊的北部，据说那里聚集众多淫荡的女巫。梅菲斯特是个好色之徒，他渴望与女巫们相会。这样，这个中世纪的北方的魔鬼就与古代希腊有了联结点。

3　弥诺陶洛斯（Minotaurus）是希腊神话中的怪物，人身牛头，住在克里特岛上，吞食住在那里的犯人和由雅典作为贡品送来的童男童女。

4　哈耳庇厄（Halpyen），希腊神话中有翅膀的女怪，有少女头的鸟。

耳库斯的女儿们那里尝试那副丑陋的面具的侧影。[1]"

歌德说："这里有几个相当逗乐的情节，世人迟早会以某种方式利用它们。法国人只要一看见《海伦》，他们就会考虑，怎样利用《海伦》为他们的舞台搞出点名堂来！他们将毁掉剧本的原貌，但会巧妙地利用它达到自己的目的，这就是我们能期待和要求的，如此而已。他们肯定会给福耳库斯配上一个由各种怪物组成的合唱队，这一点在一处已经有所暗示。"

我说："我以为关键在于，要有一个有才干的浪漫派诗人把这个剧本完全作为歌剧处理，为让《海伦》有影响，要请罗西尼集中他的巨大才能为这部歌剧配第一流的乐曲。因为在这部歌剧中，有机会展示华丽的舞台装饰、令人惊异的布景变换、绚烂多彩的服饰和妩媚动人的芭蕾，而这些在别的剧本里不是轻易能做到的，更不用说，在一个生动有趣的故事的基础上展示出了如此丰富的情感，轻易编不出比这还要好的故事了。"

歌德说："让我们等着吧，看神灵们下一步还会给我们带来什么。这样的事情是急不得的。重要的是，人要有所醒悟，剧院院长、诗人和作曲家要能从中发现对自己的有利之处。"

1831年2月22日，星期二

（魏玛宫廷大主教约翰·弗里德里希·施瓦贝）

我在街上偶然遇到红衣大主教施瓦贝[2]，于是陪他走了一段。路上，他对我讲了他各种各样的公务，使我对这位杰出人士的重要活动范围有了一些了解。他说他在业余时间正忙于出版一本新的布道小册子，还说他的一本教科

---

1 福耳库斯的女儿是希腊神话中海神福耳库斯和海妖克托所生的三个女儿，她们住在永不见天日的地球的顶端，三个人共有一只眼睛和三颗牙齿，互相借用，她们代表希腊人所能想象的丑陋的极致，梅菲斯特将她们称为他的"远亲"。既然在古代希腊有梅菲斯特的"远亲"，那就说明，古代希腊不仅从美的方面对正在迈向新时代的欧洲有吸引力（如海伦对浮士德的吸引力），就是从丑的方面看对正在迈向新时代的欧洲也有吸引力。因此，在剧中梅菲斯特借用福耳库斯姐妹的眼睛和牙齿，"装出福耳库斯姐妹的侧面像"（《浮士德》第二部《古典的瓦尔普吉斯之夜》的导演提示）。而且到了第三幕，梅菲斯特一直以福耳库斯的身份出现，与海伦抗衡。

2 施瓦贝（Johann Friedrich Schwabe，1779—1834），自1827年任魏玛的宫廷红衣大主教。

书[1]不久前被翻译成丹麦语，已经卖出四万册，而且被普鲁士最好的学校采用了。他请我去拜访他，我高兴地答应了。

后来与歌德一起吃饭的时候我说到施瓦贝，歌德完全同意大家对他的赞扬。他说："大公太夫人对他的评价也很高，这位夫人通常是很善于发现人们的可取之处的。我要请人画一张他的肖像收藏在我的肖像集里，正好你要去拜访他，届时先请求一下他能允许我这么做。你去拜访他吧，要对他现在做的事情和今后的打算表示关心。了解一下这个性质独特的工作领域对你是有益的，如果不与这样一位人士有比较密切的交往，你很难真正了解他的活动。"

我答应这么做，因为认识脚踏实地进行工作并且推动有益事业的人，是我真正的兴趣所在。

1831年2月23日，星期三

（再谈"本原现象"，矿物界和有机界的不同倾向）

饭前，我在爱尔福特公路上散步的时候碰到了歌德，他叫车夫停下，让我坐进他的马车里。我们乘车走了好长一段路来到杉树林边的小山岗上，一路谈了许多博物学问题。

丘陵和山岭覆盖着积雪，我提到那种极其柔和的黄色，在几里远的距离之内，借助介乎其间的浑浊，阴暗的表面显现出的是蓝色，而不像白色的表面显现出黄色那样。歌德同意我的看法。接着我们谈到本原现象[2]的重大意义，相信在本原现象背后可以直接看到有神性存在。

歌德说："我不问这个至高无上的存在是否有知性和理性，但我感觉，它就是知性，就是理性本身。[3]知性和理性渗透在一切造物之中，而人所拥有的知性和理性正好使他能够辨认这个至高无上的存在的一些部分。"

---

1 《大众学校的语文教科书》，1831年出版。

2 歌德在他的《谈话录》中多次谈到"本原现象"（如1829年2月18日的谈话），每次所指的内容都有所不同，这里他将"本原现象"与神性等同起来。

3 歌德把"本原现象"等同于神性，因而他认为"本原现象"就是知性，就是理性本身，它们渗透到一切造物之中。

饭桌上提到某些博物学家为了洞悉有机世界从矿物学入手向上求索。歌德说："这是一个大错误。在矿物世界最简单的是最精彩的，而在有机世界里最复杂的才最精彩。由此看出，这两个世界具有完全不同的倾向，绝不是按照阶段从一个世界接着进入另一个世界。"

这句话很重要，因此记了下来。

1831年2月24日，星期四

（自然界有些法规与人的感觉并不一致）

我在阅读《维也纳文学年鉴》上歌德论述察恩[1]的文章，考虑到他为写这篇文章所需要的前提条件，不禁为之赞叹。

吃饭时歌德告诉我索雷也到他这里来过，他们翻译的《植物的演化》进展很快。

歌德说："研究自然界的难处在于，即使是隐蔽着的法则我们也必须看出来，不要让与我们的感官不一致的矛盾现象误导。因为在自然界中，有些东西与我们的感觉是矛盾的，然而却是真实的。太阳是静止的，它不升也不落，而地球每天都以难以想象的速度转动，这一点与感觉的反差极大，但有知识的人都不会怀疑情况就是这样。同样，在植物界也会出现这种矛盾现象，我们必须十分小心，不要被引入歧途。"

1831年2月26日，星期六[2]

（自然科学研究与纯文学创作的区别）

我今天读了歌德《颜色学》的许多章节并且高兴地注意到，自己这些年

1　察恩（Willhelm Zahn，1800—1871），画家、建筑师。歌德为察恩的著作《鲍姆佩介、埃尔库兰努、斯塔比埃最美的装饰图案和最奇异的绘画》写的介绍文章发表在《维也纳文学年鉴》1830年第五十一卷上。

2　1831年2月26日和2月28日的两次谈话，都是爱克曼生病期间读了歌德的《颜色学》和《诗与真》之后的感想，他把自己的感想记载在这里，而不是歌德本人说的话。

来由于对那些现象反复练习，对这部作品已经很熟悉，所以现在能够比较清楚地感受它的伟大功绩。我钦佩的是，编写这样一部著作要付出多少心血，因为我不仅看到了最后的结果，而且还深入地洞察到为达到这些确凿的结果所经历的种种艰辛。

这样的事只有具有伟大道德力量的人才能做到，谁要效仿他，谁就必须要奋发向上，必须将一切粗鲁的、虚假的和自私的东西从灵魂中清除出去，否则纯洁的、真实的大自然就会鄙弃他。考虑到这一点的人，他们就会愿意为此花上自己人生中几年的工夫，用这种方式领略这一科学领域，从而检验和培育自己的感情、思想和性格。这样，他们就会尊重法则，尽可能接近神性，接近到一个尘世的人可能达到的程度。

相反，人们把精力和时间太多地用于纯文学创作和先验的神秘的宗教仪式，这些都是主观的随大流的东西，它们不向人提出进一步要求，而是迎合人的需要，最好的情况也只是对人不加干预。[1]

在纯文学创作中，只要求真正的伟大和纯洁，而真正的伟大和纯洁又像第二天性，不是将我们提高到它的水准，就是将我们鄙弃。与此相反，有缺点的文学会助长我们的错误，因为作家把他的弱点传染给我们，并被我们接受了。而且我们接受了还并不知觉，因为合乎我们天性的东西我们是认识不到它有缺点的。[2]

而为了从优秀的和不优秀的纯文学创作中吸取一些有益的东西，我们必须已经站到一个很高的水准上，并且具备能置身事外客观地观察这一类事情的基础。

因此，我称赞自己，与绝不会助长我们缺点的大自然打交道，它要么使我们有所作为，要么干脆对我们不予理睬。

1　以上两段指出了自然科学研究和文学创作的区别，前者追求客观，后者表达主观。

2　这一段讲的是文学对人的作用，好的文学可以促进我们向伟大和纯洁发展，不好的文学会助长我们的错误。

1831年2月28日，星期一

（所谓"魔力"，歌德的宗教信仰，斯宾诺莎的泛神论）

昨天歌德将他《自传》第四部的手稿寄给我，让我检查一下有没有什么要补充的。我今天一整天都在忙于这件事。我很高兴能阅读这部作品，同时考虑哪些已经有了，哪些还需要再写。有几卷看来相当完备，什么都不要补充了，而在其他几卷里发现还有某些不够一致的地方，之所以产生这种情况，可能因为这几卷是在极不相同的时期里写成的。[1]

整个第四部与前面三部很不一样。前面三部完全是在某种既定的方向上发展，因此那段路程也就延续了许多年。而在第四部里时间似乎是不动的，也看不到主人公在奋发努力。他们做了一些事，但没有完成，有过一些打算，却被引入另外的方向，于是让人感到有一种无处不在的在暗中操纵的力量，这种力量就类乎命运，它将各种各样的线索紧紧连在一个织体上，而这个织体还需要今后多年时间才能完成。

因此，在这一部里很适合谈论那个隐蔽的让人难以捉摸的力量，这个力量人人都感觉得到，却没有一位哲学家能解释它，可是宗教人士用一句安慰的话就把它应付过去了。[2]

歌德把这个无法用言语表达的世界和生活之谜称为**魔力**[3]，因为他说明了这个谜的本质，我们感觉言之有理，觉得似乎把遮住我们某些生活背景的幕布给拉开了。我们以为看得更远、更清楚了；然而不久便发现，这个对象太广大、太广泛，我们的视力只能达到一定界限。[4]

四海之内，人人都是从小处着眼，只能理解和喜欢自己熟悉的东西。一位大行家理解一幅油画，他是将各个具体部分与自己熟悉的总体结合起来，于是整体和个别对他都栩栩如生。他不偏爱某些个别部分，也不问这张脸难

---

1 歌德的《自传》共四部，前三部于1809年至1813年间写成，第四部即最后一部分别于1821年、1824年至1825年、1830年至1831年三段时间写完；中译名《诗与真》是《自传》的副标题。

2 《诗与真》的第四部第二十卷（也就是全书的最后一卷）谈到这种力量。

3 歌德将这种力量称为das Dämonische。《诗与真》的译者刘思慕把这个词译成"魔力"，《歌德谈话录》最早的译者朱光潜把它译成"精灵"。这里我们采用刘思慕的译法，即"魔力"。

4 看来爱克曼对歌德关于"魔力"的主张和论述并不完全赞同，觉得过于宽泛，难以把握。

看还是好看，这一块地方的颜色是浅了还是深了，而是问一切是否到位，是否符合规则，是否正确。但是，如果我们将一位外行人带到一幅略具规模的油画前面，我们会看到，他对整体要么无动于衷，要么迷茫困惑，他会被一些个别部分吸引，而对另一些部分反感，最后在自己所熟悉的或者一些小物件前驻足，赞扬诸如这副钢盔或者这根羽毛画得多么好。

实际上，我们所有的人在这人世间命运的巨幅油画前都或多或少地扮演外行人的角色。明亮的部分、优美的部分吸引我们，背阴的、令人生厌的地方使我们反感，我们看不清楚整体，我们试图寻找给我们造成这些矛盾的那个唯一的造物的思想，但白费力气。

在有关人的事物方面，也许会有那么一个人能成为大行家，因为将一位大师的技艺和知识完全学会，这是可能的；而在神的事物方面，能做到这一点的则只有那个与至高无上的上帝本身相当的造物。而且，即使这个造物要给我们传达和揭示这样一些秘密，我们也不会理解，不知道如何入手，我们又会像油画前面那个外行人一样，尽管有行家百般劝化也无法让我们知晓他借以判断事物的前提条件。

在这方面，有一种说法相当正确，即一切宗教都不是直接由上帝本人创造，而是由一些杰出人士为像他们一样的广大群众的需要和理解能力而设计的作品。

如果一切宗教都是上帝的作品，那就没有人能理解了，正因为它们是人的作品，所以不表达那些玄妙莫测的东西。

有高度教养的古代希腊人的宗教无非就是通过单独的神祇把一个个玄妙莫测的具体外在表现形象化。但是，这些具体的外在表现具有局限性，给紧密联系着的整体留下了缺陷，于是他们虚构出天命的思想，让天命高居万物之上，但这又是一种更为玄妙莫测的东西，所以这个问题并没有解决，只是搁置下来了。

基督想象出一个独一无二的上帝，把在自己身上所感受到的一切完美品质都赋予了他。这个上帝便成为他个人美好的内心世界的神性，像他本人一样充满善良和仁爱；因而很适合于让好人对它深信不疑、奉献身心，并将这种观念作为与上天最甜美的结合接受过来。

然而，这种我们称之为神的伟大神性不仅存在于人的身上，而且也表现在丰富多彩、浩瀚无垠的大自然和世界的重大事件之中。这样，一种由人按照人的品质构筑的观念自然也就不够用了，细心人很快就会发现缺陷和矛盾。如果他不是渺小到足以用编造的借口聊以自慰，或是伟大到能把自己提高到更高的观点立场上，他就会陷入疑惑乃至绝望。

歌德很早就在斯宾诺莎[1]身上发现了这种立场，并高兴地认识到，这位伟大的思想家的观点多么符合他青年时代的需要。他在斯宾诺莎身上看到了自己，因此也就能够以极其美妙的方式将自己与斯宾诺莎绑在一起。

因为这些观点都不是主观性质的，它们在关于上帝的著作和言论中以世界作为基础，所以它们不是空壳，歌德在自己后来深入研究世界和自然的时候没有出现把它们作为废物摒弃的情况；相反，是把它们作为一种植物的幼芽和根，通过多年不断的健康生长，最后开出丰硕的知识的花朵。

敌对者经常指责歌德，说他没有信仰。不过，他只是没有敌对者们的信仰，因为他觉得这些人的信仰不屑一顾。他要是说出自己的信仰来，敌对者们会大吃一惊，但他们没有能力理解它。

歌德本人根本不相信自己能够认识那个至高无上的神灵是什么样子。他的全部书面的和口头的表述都表明，那个至高无上的神灵是玄妙莫测的，人只能有一些近似的预感，看到一些近似的踪迹。

此外，自然界和我们人类都被神性浸透，它把我们留住，我们在其中安身、生活和工作，并且遵照永恒不变的法则受苦和快乐，不论我们认识与否，我们都在执行这些法则，这些法则也在我们身上得以实现。

小孩子爱吃点心，却不知道烤点心的师傅是谁；麻雀爱吃樱桃，却不去想樱桃是怎么生长的。

---

1 斯宾诺莎（Baruch Spinoza，1632—1677），荷兰哲学家、泛神论者，歌德在魏玛初年研究过他的哲学并接受了他的泛神论思想。

1831年3月2日，星期三

（歌德解释"魔力"概念）

今天在歌德家里吃饭，话题很快又回到那个魔力[1]上面，为了进一步说明这个名称的意义，歌德做了如下补充。

他说："魔力就是那种用理智和理性都无法解开的谜。我的本性中不存在魔力，可我已经被它征服。"

我说："拿破仑看上去属于有魔力的那一类人。"

歌德说："对，他完全是这样的人物，并且达到了极高程度，没有人能与他相比。我们已故的大公也是一个有魔力的人，他充满无限活力，不安于现状，觉得自己的公国太小了，即使是最大的公国他也会觉得太小。古希腊人曾经把这种有魔力的人算作半个神。"

我问："在日常发生的事件里是否也会显现出魔力？"

歌德说："显现得尤其突出，特别是在一切我们无法用理智和理性所能解决的事件里。总之，在整个有形的和无形的自然界，魔力会以极为不同的方式表现出来。有些生灵通体具有魔力的特质，在有些生灵身上只是魔力的一些部分在起作用。"

我说："梅菲斯特不是也有魔力的特征吗？"

歌德说："没有，梅菲斯特这个人物太消极了，魔力是以一种完全积极的活动力表现出来的。"

他又说："在艺术家当中，音乐家身上魔力比较多，画家身上比较少。在帕格尼尼[2]身上魔力就有高度的表现，所以他产生了巨大影响。"

---

1 关于"魔力"，歌德特别强调以下几点：第一，"魔力"是用理智和理性无法解释的东西；第二，并不是所有的人都具有"魔力"，只有像拿破仑这样特殊的人物才有；第三，"魔力"是一种积极力量，像梅菲斯特这样的消极人物不可能有"魔力"；第四，在艺术家当中，音乐家具有较多的"魔力"，画家身上的"魔力"较少。

2 帕格尼尼（Niccolo Paganini，1782—1840），意大利音乐家、小提琴演奏家，1829年秋在魏玛演出，并拜会歌德。

他所有的表述我都非常爱听，歌德对于魔力这个概念是怎么想的，我现在更清楚了。

然后我们讨论了第四部[1]，谈得很多，歌德请我把还需要做哪些工作都记下来。

1831年3月3日，星期四

（歌德对于修建宫殿的看法）

中午和歌德在一起。他在翻阅几本建筑方面的期刊，认为修建宫殿需要几分任性，因为对一块砖砌在另一块砖上能维持多久，我们永远没有把握。他说："能住在帐篷里的人情况最好。或者像某些英国人那样，从一座城市来到另一座城市，从一个餐馆来到另一个餐馆，所到之处总有好吃好喝的。"

1831年3月6日，星期日

（歌德的一部未完成的早期剧作《汉斯乌尔斯特的婚礼》）

与歌德一起进餐，闲聊各种各样的话题。我们也说到小孩子以及他们的一些坏习气。歌德把这比作一棵植物茎上的叶子，它们会渐渐地自行脱落，因此我们不需要那么认真、那么严格地对待。

"人一生必须经过不同的阶段，每个阶段自身都有其特殊的长处与短处，这些长处和短处在它们出现的那个时期里是完全符合自然规律的，在一定程度上也是正确的。在下一个阶段他又是另外一个人了，以往的长处和短处已踪影不再，代之出现的是另外的优点和缺点。就这样持续不断，直到最后的那一次变化，我们还不知道我们会变成什么样子。"

吃甜点时，歌德接着给我念了自1775年起保存下来的《汉斯乌尔斯特的

1　指《诗与真》的第四部。

婚礼》（*Hanswursts Hochzeit*）[1]中的几个片段。这部剧本以基利恩·布鲁斯特弗勒克的独白开始，他抱怨自己费尽心血还是没把汉斯乌尔斯特教育好。[2]这一场以及其余一切全部用《浮士德》的语调写的。每一行都表现出了强大的创造力，甚至到了高傲自负的程度，而我感到遗憾的只是，连这几个片段都未能发表，这可太过分了。歌德随后给我念了剧中出场人物的名单，几乎写满了三页纸，共计一百来人。所有能够想到的诨号都出现在里面，其中有些很粗俗滑稽，使人笑个不停。一些诨号针对身体上的缺陷，把一个人物描绘得活灵活现；另一些则表示各种各样的弊端和恶习，这要求预先对于那个广大的男盗女娼的世界有深入了解。若是这部剧本写成了，众多如此不同的象征性人物都被成功地编织在唯一一个生动的故事情节之中，人们对这种创作构想肯定十分赞赏。

歌德说："不能想象我会将这部剧本写完，因为这首先要有高度恶作剧的欲望，我也许一时心血来潮，有这样的念头，但实际上我的本性是严肃的，因此有这样的念头也不会持久。此外，在德国我们的圈子太狭小，不可能靠这样的东西崭露头角。在像巴黎那样的广阔天地里这一类东西可能会到处流传，于是就可能有贝朗瑞那样的人，而这在法兰克福或者魏玛都是不可想象的。"[3]

1831年3月8日，星期二

（歌德谈"魔力"存在于何处）

今天陪歌德吃饭，他首先告诉我，他正在阅读《艾凡赫》（*Ivanhoe*）[4]。他

1　"汉斯乌尔斯特"（Hanswurst）是17世纪到18世纪初德国流行的即兴演出的喜剧中的小丑，是剧中的主角，通过插科打诨串联情节，制造喜剧效果。《汉斯乌尔斯特的婚礼》是歌德于1774年至1775年创作的一部滑稽剧，但未完成，歌德在他的《诗与真》的第四部第十八卷中记述了这部未完成的作品。

2　基利恩·布鲁斯特弗勒克是《汉斯乌尔斯特的婚礼》中的一个人物，在剧中是汉斯乌尔斯特的监护人。

3　歌德死后，爱克曼于1836年才将《汉斯乌尔斯特的婚礼》（片段）发表。

4　苏格兰作家司各特的一部历史小说，于1819年出版，内容描写12世纪英国"狮子王"查理在位时的各种社会和政治矛盾。

说："沃尔特·司各特是一个很有才能的人，没有人比得上他。他对整个读者群体产生了那么非凡的影响是不足为奇的。他促使我想了许多，我在他那里发现了一种全新的、有自己独特规律的艺术。"

接着我们说到《自传》的第四部，你一言我一语地不知不觉又讨论起那个叫作魔力的东西来。[1]

歌德说："在文学创作中肯定有一些魔力，而且主要在下意识的文学创作中，在那里，一切理智和一切理性都变得英雄无用武之地，因此下意识的文学创作也就能产生异乎寻常的作用。

"魔力这种东西在音乐里达到了极致，因为音乐居高临下，理智无法追攀，所以它产生的影响可以控制一切，而且没有人能够做出解释。由于这个原因，宗教仪式也不能缺少音乐，音乐是对人施以奇妙影响的首要手段之一。

"魔力也喜欢依偎在重要的人物身上，特别是那些身居高位的人，如弗里德里希大帝和彼得大帝等。

"已故大公身上的魔力达到了无人能与之抗衡的程度。他从容安详的仪态，不需要证明自己友善和热情，就能吸引众人。我遵照他的建议所做的一切事情都成功了，因此，在我的理智和理性不够用的时候，我只需到他那里询问我应该做什么就可以了，他总是直抒己见，让我预先就对取得良好的结果确信无疑。

"他好像拥有能够抓住我的思想和我的更为崇高的志向的能力；那么，如果魔力离开他，只把人性的东西留下，他就会无所适从，陷入迷惘。

"魔力在拜伦身上发生的作用可能也达到了很高程度，因此他对广大群众才具有极大的吸引力，特别是妇女们抗拒不了他的诱惑。"

我试探着说："这种有影响的力量，也就是我们所说的魔力，看来似乎不能被纳入有关神性的观念里。"

歌德说："亲爱的孩子，我们知道什么是神性的观念？我们有限的理解力能对至高无上的神性说出什么来！如果我要像土耳其人那样用一百个名字来称呼它，我还是无能为力，比起它无穷无尽的属性来，我还是什么都没说出来。"

1　歌德再次谈到"魔力"，重申了他在1831年3月2日谈话中已经谈到的观点。

1831年3月9日，星期三

（盛赞沃尔特·司各特的历史小说）

今天歌德继续高度赞扬沃尔特·司各特。

他说："低劣的东西大家读得太多了，糟蹋时间，什么收获都没有。我们本应该只读自己欣赏的作品，我青年时代就是这么做的，现在得知沃尔特·司各特和我一样。我已经开始阅读《罗布·罗伊》（Rob Roy）[1]，想把他最好的长篇小说一部接着一部通读一遍。作品的素材、内容、人物性格以及处理方式无疑都十分出色，还有动笔前十分勤奋的准备工作以及对细节的非常真实的描述！人们看到了什么是英国的历史，看到了如果一位有才能的作家得到这样一份遗产意味着什么。相反，我们那套五卷本的德国历史[2]真是太贫乏了，因此，在《葛兹·冯·伯利欣根》之后作家们立刻开始描写私生活，有一本叫《阿格内斯·波瑙尔琳》（Agnes Bernauerin），还有一本叫《奥托·冯·维特尔斯巴赫》（Otto von Wittelsbach）[3]，这两本书当然都是平庸之作。"

我告诉他，我在阅读《达夫尼斯和克洛艾》（Daphnis und Chloe），而且是库里耶[4]翻译的。歌德说："这也是一部杰作，我经常阅读和欣赏，书中的知解力、艺术功底和品位都达到了顶点，与之相比，维吉尔仁兄当然就稍逊一筹了[5]。风景部分完全是普桑的风格，作为人物的背景仅用寥寥几笔就显得十

---

1 《罗布·罗伊》是司各特的历史小说，写于1715年詹姆斯党人第一次起义前夕苏格兰山地人民反抗英格兰政权的斗争之际，主人公罗布·罗伊是位绿林好汉。

2 指普菲斯特（Christian Pfister，1772—1835）撰写的《德国人的历史》，共五卷，1829年开始出版，1831年出齐。

3 《阿格内斯·波瑙尔琳》（1780）的作者是特林（Joseph August von Törring，1753—1826）；《奥托·冯·维特尔斯巴赫》的作者是巴博（Joseph Marius von Babo，1756—1822）。这两部作品也被称之为历史剧，但写的是王公贵族的私生活。

4 《达夫尼斯和克洛艾》是古希腊晚期大约3世纪的作家朗格斯（Longos）的作品，是一部牧歌式的爱情小说。法国学者兼作家库里耶（Paul-Louis Courier，1772—1825）于1809年在佛罗伦萨发现了这部小说的手稿，并翻译成法文，于1810年出版。爱克曼谈的就是这个法译本。德国帕索将这部作品译成德文，于1811年出版，并寄给了歌德一本。

5 维吉尔（Publius Vergilius Maro，公元前70—公元前19）是古罗马诗人，这里指的是他早期最主要的作品《牧歌》。

分完美。

"你知道吗，库里耶在佛罗伦萨的图书馆里发现了一份新的手稿，其中包括这首诗的主要段落，这在迄今为止的各种版本里都是没有的[1]。现在我不得不承认，我一直阅读和欣赏的那首诗并不完整，少掉了真正的顶峰，可自己还没感觉和注意到。不过，这也证明这首诗非常优秀，看到的部分已令我们如此满意，根本不会去想还缺少什么。"

饭后，歌德给我看了由库德赖画的多恩堡宫殿的一扇门，极有品位，上面刻着一段拉丁文字，大意是：热情迎接和款待投宿的宾客，祝愿过往游人一路福星高照。

歌德将这段刻在门上的拉丁文字改编成一句德文的双行对句诗[2]，他于1828年夏天大公去世后从多恩堡给冯·博伊尔维茨上校回信时就把这段诗句作为箴言写在了信的上方[3]。那时，我常常听到公众说起这封信，今天歌德把这封信和那扇门的素描一起拿给我看，我真是高兴极了。

我怀着极大兴趣读这封信，同时赞赏歌德如此巧妙地利用多恩堡宫殿这块地方作为山谷的谷底，然后把最壮美的景观与谷底连接起来，而且是这样一种景观，它能使人在经历巨大损失[4]之后完全重振精神，鼓起新的勇气来。

我能读这封信，感到非常幸运，它让我注意到，作家不需要跑很远去寻找好的素材，一切全取决于他们自己心灵深处要有优异的内涵，这样就能将最微不足道的事情也写得有意义。

歌德将信和素描一起放进一个特殊的夹子里，保存起来以备将来使用。

---

1 法国作家阿米约（Jacques Amyot，1513—1593）将朗格斯的《达夫尼斯和克洛艾》翻译成法文，于1559年出版，这个译本缺少该书第二卷。1810年出版的库里耶的译本是全译本。

2 这段铭文的拉丁文原文是 "*Gaudeat ingrediens laetetur et aede recedens / His qui praetereunt de bona cuncta Deus. 1608*"。歌德于1828年7月11日将这段拉丁文的铭文记入了他的日记，并翻译成德文的双行对句诗。

3 冯·博伊尔维茨上校（Friedrich August von Beulwitz，1785—1871）是魏玛宫廷的侍从官。卡尔·奥古斯特大公去世后，冯·博伊尔维茨上校给歌德寄来一份讣告，1828年7月17日歌德写信回复。

4 指卡尔·奥古斯特的去世。

1831年3月10日，星期四

（关于歌德的《中篇小说》）

今天我和亲王一起阅读歌德写的关于老虎与狮子的《中篇小说》[1]，他感受到了伟大艺术的作用，喜不自禁；我同样也非常高兴，因为我清楚地窥视到了编织在一个完美布局中的奥秘。由此我总有这样一种想法，之所以能产生这样的情况，是因为作家多年来一直将这个题目放在心上，致使他能很好地驾驭素材，能非常清楚地一并鸟瞰整体和细节，而且将每一个别部分都恰当地安排到它本身就必须出现的位置上，同时也努力为即将出现的部分做准备。于是，所有情节前后呼应，同时又各得其所，你轻易想象不出还会有比这更完美的布局了。当我们继续往下读的时候，我有一种强烈的愿望在心中油然而生，我希望歌德本人能将这块中篇小说的瑰宝作为别人的作品看待。同时我还注意到，题材范围非常适中，既有利于作者将全部材料巧妙地糅合在一起进行加工，又有利于读者比较理性地掌握整体和细节。

1831年3月11日，星期五

（司各特有时细节描写太多）

与歌德一起吃饭时谈了各种各样的话题。他说："司各特很奇怪，正是在描述细节方面的伟大功绩往往导致他犯错误。在《艾凡赫》中有一个场面[2]，夜间人们在城堡的大厅里用餐时，进来了一个陌生人。他把这个陌生人长得什么样子，穿戴如何，从上至下描写一番，这固然是正确的，但描写他的脚、鞋和袜子就错了。当你晚间坐在餐桌旁，这时有人走进来，你只能看见这个人的上半身。若是描写他的脚，马上就得有白昼的光线照进来，这样，这个场景便失去了夜晚的性质。"

我觉得这些话很有说服力，于是把它们记录下来，以备将来有用。

1　这部作品名为《中篇小说》，歌德在与爱克曼谈话时多次提到过，如1827年1月21日的谈话、1827年1月31日的谈话，以及1831年3月15日的谈话。

2　指《艾凡赫》的第四章和第五章。

歌德接着往下谈，对司各特大加赞赏。我恳求他将他的看法写成文字[1]，他拒绝了，他说这位作家的艺术造诣很高，要详细地向公众介绍谈何容易。

1831年3月14日，星期一

（奥贝尔的歌剧《波尔提契的哑女》和德尔贝克的风情素描）

与歌德一起进餐，和他谈论了一些事情，这样自然就得给他讲一讲前天晚上上演的《波尔提契的哑女》（*Stummen von Portici*）[2]。我谈到，剧中根本没有让人看到进行那场革命的真正有根据的起因[3]，而这一点正中一些人的心意，因为这样每个人都可以用自己城市和自己国家中不愉快的事情来填补这块空白。歌德说："整部歌剧实际上是对平民百姓的讽刺，因为将一个渔家女的爱情交易搞成公众事件，将一个侯爵因为娶了一个女侯爵便称作暴君，这样的现象当然是要多荒谬有多荒谬，要多可笑有多可笑。"

饭后吃甜点时歌德给我看了根据柏林的俗语画的素描[4]，其中有一些画得十分生动好笑；我们称赞画家画得很有分寸，但也只是接近漫画，还不是真正的漫画。

1831年3月15日，星期二

（爱克曼就《诗与真》第一卷、第三卷做的几点说明，关于诗意、信仰、神的操控力）

我一个上午都在阅读《诗与真》第四部的手稿，记了如下笔记寄给歌德：

1　歌德于1827年曾就司各特的《拿破仑传》草拟过一篇评论文章，但生前没有发表，1833年才发表。

2　《波尔提契的哑女》是法国作曲家奥贝尔（Daniel Auber，1782—1871）于1828年创作的歌剧，以1647年那不勒斯渔民起义反抗西班牙统治为题材，1829年在魏玛首演。

3　《波尔提契的哑女》1830年在布鲁塞尔上演，演出后爆发了比利时反抗荷兰统治争取民族独立的革命。

4　画这些素描的画家是德尔贝克（Franz Dörbeck，1799—1835）。

第二卷、第四卷和第五卷可以认为已经完成，只有几个小问题在最后通读时很容易就可以解决。

下面是关于第一卷和第三卷的几点说明。[1]

第一卷[2]

海因里希·容治疗眼疾失败的故事有重要意义，它会引起人们内心的深入思考；而且，如果大家聚在一起讲故事，讲完后肯定会中断一会儿。因此我建议，就以此结束第一卷，也是用这样的方式做一次间歇。[3]

那两则关于犹太人巷子里着火和穿着母亲的红色天鹅绒皮衣滑冰的优美故事，现在放在第一卷末尾，这个位置不合适，若是放在与谈论那种不知不觉的、完全未经考虑的文学创作衔接起来的地方就很合适了。[4]因为无论是那两则故事还是不知不觉的、未经考虑的文学创作，这两种情况都表明一种类似的愉悦心态，那就是，即使在行动的时候也不要长时间自问和考虑该做什么，而是在想法出现之前，就已经把事情做完了。

第三卷[5]

根据事前的商定，关于1775年外部的和德国内部的政治状况、贵族的文化教养等等尚需口授的部分，应放在这一卷。[6]

对于《汉斯乌尔斯特的婚礼》以及其他已完成和尚未完成的创作计

---

1 《诗与真》的第四部是全书最后一部，共五卷，即第十六卷至第二十卷。

2 即《诗与真》第四部第十六卷。

3 爱克曼建议，海因里希·容治疗眼疾失败的故事最好放在《诗与真》第四部第一卷（即第十六卷）末尾。

4 根据爱克曼的建议，应把这两个故事从第一卷（即第十六卷）末尾挪到第一卷中间，放在《盗窃著作权的书商希姆堡》后面。在《盗窃著作权的书商希姆堡》这一节里，歌德记述了这个书商为获取金钱不经他的同意就编辑出版了他的诗文集。对这种无耻行为，歌德十分愤慨并写了一首诗加以痛斥。

5 即《诗与真》第四部第十八卷。

6 这里提到的那些内容没有——如爱克曼的建议那样——放到第三卷（即第十八卷），而是仍然出现在第十七卷。

划有什么要说的，假使第四卷因篇幅已经很长、内容已经很多再也容纳不了，或者甚至会把这一整卷融会贯通的内在联系打断，那么也可以将它们附加在第三卷里。[1]

我已将全部为此目的所需的图表和未完成的片段汇集到第三卷里，希望有幸能得到你的同意，也将尚缺少的部分用你清新的思想和一贯的优雅方式口授出来。

爱克曼

中午与亲王和索雷先生一起进餐。关于库里耶我们谈了很多，然后谈到歌德的《中篇小说》的结尾，我发表评论说，小说的内容和技巧水平太高，读者不知道该从何入手。人们愿意一再听和看自己曾经听过和看过的东西。通常我们是在富有诗意的原野上才会找到诗这朵鲜花，因此，如果我们看到诗这朵鲜花从实际的土壤里生长出来，就会感到惊异。在诗的领域里什么都可以容忍，没有任何奇迹骇人听闻到让人难以置信。然而在这里，在明亮的真实的日光下，一点点小事只要略微偏离事物发展的正常轨迹，就会使我们瞠目结舌，我们对周围上千个奇迹已经习以为常，因此如果有一个奇迹是迄今为止不曾见过的，我们就会感到不舒服。让人相信过去时代发生的奇迹并不困难，可是，要赋予今天发生的奇迹以某种真实性，并且把它与可以看见的真实一起奉为较高的真实，这一点看来已经做不到了，即便能做到，也将通过教育把它排除出去。因此，我们这个世纪变得越来越平淡乏味，随着交往的减少和对超感性事物信仰的减退，一切诗意也都在渐渐消失。

歌德这篇小说的结尾实际上只不过是要求读者有这样一种感受，人并没有完全被神灵抛弃。相反，它们在注视他、关心他，困难时还会从旁帮助他。

---

1 爱克曼建议，《汉斯乌尔斯特的婚礼》以及关于其他文学创作的介绍，如果第四卷容纳不下，可以放进第三卷（即第十八卷）里。

这种信仰是一种自然的东西,它属于人,是人的本质的一个组成部分,是一切宗教的基础,是所有民族天生就有的。在人类早期这种信仰十分强烈;它对高度发达的文明也没有屈服,所以我们在希腊人那里,尤其在柏拉图身上看到了这种信仰,最后还要提到《达夫尼斯和克洛艾》的作者,在他身上这种信仰也同样光彩夺目。在这部令人喜爱的诗体作品中神灵以潘神和水泽仙女的形式存在,它们关心善良的牧羊人和情侣,白天保护和解救他们,夜间在他们的梦中出现,告诉他们该怎么办。在歌德的《中篇小说》里将这个看不见的保护者的外形设想成上帝和天使,它们曾经在兽穴里愤怒的狮子中间保卫过先知[1],小说中,它们是围在一个类似的巨兽周围保护一个无辜的孩子。狮子没有将男孩撕碎;相反,它表现得温和驯服,因为,那些永远不停地积极行动的更高的神灵在居中调解。

不过,为了不让那个不信神的19世纪觉得这一点过于奇异,作者还利用了第二个有力的主题,即音乐的主题,人类从最古老的年代起就感受到了它的巨大魔力[2],我们每天也都受这种力量的控制,却不知道它是怎么控制我们的。

俄耳浦斯靠这种魔力将森林中的野兽通通吸引到自己身边,在最后一位希腊作家的作品里[3]一个牧童用他的笛声指引羊群,让它们按照不同的曲调分散或是集合,逃离敌对者或是静静地吃草;同样,在歌德的小说里音乐也对狮子施展它的威力,那个天真无邪的男孩想指引它到哪里,这头凶猛的野兽就跟随笛子悦耳的旋律到哪里去。

我曾经跟不同的人谈过这些无法解释的事情,并且发表过这样的看法,人对自己的优点自鸣得意,所以也就毫不犹疑地将它们赋予诸神,但是,他们不愿意将自己的优点与野兽分摊。

1　这是借用《旧约·但以理书》第六章的故事。

2　参见1831年3月8日的谈话,在那次谈话中,歌德认为音乐具有最高的魔力。

3　指《达夫尼斯和克洛艾》的作者朗格斯,但朗格斯是古希腊晚期的作家,不是最后一位古希腊作家。

1831年3月16日，星期三

（席勒对《威廉·退尔》的结尾处理有差错）

与歌德一起进餐，我把他的《自传》第四部手稿还给他了，并就这部手稿进行了一些交谈。

我们也谈到《威廉·退尔》的结尾。剧中的主人公在对待施瓦本公爵逃跑的问题上表现很不高尚，他严厉审判这位公爵的同时，对自己的所作所为自鸣得意；席勒怎么会犯这样的错误，我禁不住表示惊讶。[1]

歌德说："是的，几乎不可理解。[2]但是，像其他人一样，席勒也受了妇女们的影响。如果说他在这种情况下有所闪失，原因就是受了这种影响，而不是他本人优秀的天性所致。"[3]

1831年3月18日，星期五

（歌德称接受高尚事物需要有高尚的天赋和能力）

与歌德一起进餐。歌德又想读《达夫尼斯和克洛艾》，我把书给他带来了。

---

1 《威廉·退尔》的结尾是这样的：退尔杀死奥地利总督盖斯勒的行为成了瑞士人民为争取自由而斗争的动员令，各地群众纷纷起来驱赶他们当地的总督。但他们忧心忡忡，生怕奥地利的皇帝采取报复行动。正在这时，传来消息，皇帝被他的侄儿约翰·施瓦本公爵（剧中称约翰·帕里西达公爵）刺死。瑞士民众如释重负，以为可以安全地享受自由了。而帕里西达畏罪潜逃，化装成修士，来到退尔的家中，以为会得到退尔的同情、怜悯和帮助，因为他刺死的皇帝同时也是退尔的敌人。但是，退尔的看法与他的看法针锋相对，退尔认为，他反对皇帝是为了"保护我的至亲"，他的"复仇是保卫神圣的天性"，而帕里西达杀死皇帝的目的是争权，他们俩的行为动机有本质不同。基于这种认识，退尔告诉帕里西达，他不值得同情和怜悯，他的唯一出路是忏悔，"忏悔你的罪孽，解放你的灵魂"。很显然，席勒认为，不能无条件地反对暴力，只有在不得已的情况下，为了保卫自己和亲人，采取某种暴力行动才是正当的。他的这种观点与19世纪德国通行的道德准则——任何暗杀都是违背道德的，不管杀的是谁——背道而驰，因而《退尔》中"帕里西达情节"遭到了一些人的反对，看来爱克曼也属于这部分人。

2 歌德并不反对《退尔》中的"帕里西达情节"，据席勒1804年4月14日写给伊夫兰特的信中说："歌德也同我一样，确信……如果帕里西达不亲自出场，《退尔》是无法想象的。"

3 这一段谈话提到的"席勒也受了妇女们的影响"与事实有出入。由于施泰因夫人的质疑，席勒曾经修改过他的叙事谣曲《手套》，但没有因为受"妇女们"的影响改动过他的《退尔》。

我们谈论起高尚的生活准则，不知把它们传播给其他人是否合适和有无可能。歌德说："能接受高尚事物的天赋极为罕见，因此，人在日常生活中将这类事物为自己保存着总归是好的，只有在为了表明自己胜人一筹时，才做一些必要的炫示。"

接着我们谈到这么一点，即许多人，尤其是评论家和作家，对真正伟大的东西置若罔闻，对平庸的东西反而格外重视。

歌德说："人只承认和赞赏他本人有能力做的事；现在，有一些人因为自己处于平庸的生存状态，所以就耍小聪明，对文学中确实应受责备，但仍可能有些优点的作品横加痛斥，贬得很低，这样，他们赞美的中等之作就显得比较高级一点了。"

我记下了这句话，以便知道今后对同样的做法如何考虑。

然后我们谈到《颜色学》，歌德说某些德国教授还一直在告诫他们的学生不要读它，称这是一个大错误。

歌德说："我只是为那些优秀的学生惋惜，我自己倒是完全无所谓的，因为我的颜色学理论将与世长存，它既不会被长时间否定，也不会被长时间搁置一旁。"

接着歌德告诉我，他的《植物的演化》新版以及索雷所做的越来越好的翻译工作均进展顺利。他说："这将是一本值得关注的书，书中对各种极不相同的组成部分进行了加工，使之融为一体。我还引证了几段著名的年轻博物学家们[1]的著作，并且高兴地看到，目前在德国优秀的博物学家中间形成了一种很好的运用语言文字的风格，你不再知道这话是这个人讲的还是那个人讲的。可是这本书比我想象的费工夫。开始时，我几乎是违心地卷入了这项工作，可是有一种魔力在操纵，无法抗拒。"

我说："你屈从魔力的影响，做得很对，因为魔力看来神通广大，以至于到最后它总是正确的。"

歌德用坚定的语气回答说："不过面对魔力，人自己也必须努力做得正确，以我目前情况而言，我要力争用全部勤奋和劳动，尽一切力量，利用各

---

1 参与协作的年轻博物学家是耶拿的植物学家福格特和柯尼斯堡的植物学家迈尔。

种环境将自己的工作做好。做这种事情就像做考迪乐游戏一样，法国人称Codille，虽然胜负大多是由掷出去的色子决定，但如何机智灵活地移动棋盘上的棋子，那还要靠棋手的聪明才智。"

这话说得很好，我推崇备至，我把它作为谆谆教诲铭记在心并遵照执行。

1831年3月20日，星期日

（赞朗格斯的牧羊小说《达夫尼斯和克洛艾》）

吃饭时歌德告诉我他最近读了《达夫尼斯和克洛艾》。

他说："这部诗体作品太美了，美到我们记不住诗中描写的那些糟糕的生活状况给我们留下的印象，所以每当我们再次阅读它时，总是重又感到惊讶。诗中天宇明澈，我们以为看到的全是赫库兰尼姆的绘画[1]，这些绘画反过来也影响着这本书，帮助我们在阅读时发挥想象力。"

我说："这本书在一定程度上自成一体，一切尽在其中，我觉得很好。几乎没有一点外来的暗示能诱使我们离开这个快乐的群体。神灵中只有潘神和水泽仙女起作用，没提及任何其他神。我们也看到，牧羊人有了这两个神已经足够了。[2]"

歌德说："不过，尽管诗中的故事在一定程度上与外部隔绝，但还是展示了一个完整的世界。我们看到了各式各样的牧羊人、耕田的农夫、菜农和果农、葡萄农、船员、强盗、兵卒以及高雅的城里人、大奴隶主和奴隶。"

我说："在诗中，我还看到了人生的各个阶段，从出生到暮年；还有各种居家状况如何随着季节的变换而变化，这些也都从我们眼前掠过。"

歌德说："还有风景，寥寥几笔，描绘得清晰可辨！在山上，人物的背后是葡萄藤、农田和果园，山下是牧场、河流、稀疏的森林，以及远处辽阔的

1　赫库兰尼姆（Herculaneum）是被埋在地下的意大利古城，1709年偶然被发现，1738年开始挖掘，发现大量文物，其中包括绘画。

2　《达夫尼斯和克洛艾》写的是达夫尼斯和克洛艾这一对男女青年的爱情。他们幼年时遭双亲遗弃，被两个牧羊人收养，长大后一起牧羊，彼此相爱。在潘神和水泽仙女的帮助下，经过种种磨难，最后分别找到了自己的亲生父母，他们两人结为夫妻；婚后，仍留在牧羊人中间。

大海。没有一点阴天的征兆，没有雾，没有云和潮气，天空总是最晴朗、最湛蓝的，空气十分宜人，地面永远干爽，你随处都想赤身裸体地躺上去。"

歌德继续说："整部诗作彰显出极高的艺术和文化水准。一切都经过深思熟虑，没有漏掉一个主题，一切都极其缜密精湛，比如对在海岸上发臭的海豚旁边那个宝物的描写就是个例子。那种品位，那种完美，那种细腻的情感，可以和一切已有的精品匹敌！一切从外部干扰这部诗作中幸福情境的令人厌恶的东西，如袭击、掠夺和战争总是以最快速度被排除，几乎不留一点痕迹。此外就是城里人带来的恶习，但即使这种恶习也不是表现在主要人物身上，而是表现在一个次要人物、一个下属人物身上。这些比什么都更美。"

我说："还有，我很喜欢这里表现出的主仆关系，主人对待仆人非常仁慈，仆人虽然拥有一切简单朴素的自由，但他非常恭敬主人，千方百计地努力求得主人宠爱。还有那位年轻的城里人也是这样，他因为无理要求一种不正常的爱情而遭达夫尼斯憎恨；当他知道达夫尼斯是主人的儿子时，就勇敢地将被抢走的克洛艾从牧羊人手中夺回并送还给达夫尼斯，想以此求得达夫尼斯的宽容。"

歌德说："在所有这些情况中都存在一种伟大的知性，克洛艾的情况就是如此；她反对那种两个情人只知道赤身裸体挨在一起睡觉，她自己直到故事全部结束始终保持少女的贞操。这样的母题同样美丽出色，因为这里谈的是人类最重要的大事。

"要根据这部诗作应有的地位评价其全部伟大功绩，需要写一整本书；最好每年读一遍，不断地从中学习，重温对它最深切的美好感受。"

1831年3月21日，星期一

（关于青年人参与国事，比较库里耶、拜伦、博马舍、狄德罗、伏尔泰）

我们说起政治方面的情况，谈到巴黎持续不断的骚乱[1]，以及年轻人要参

1　1830年爆发的七月革命推翻了代表王权执政的查理十世，建立了七月王朝。但是，"七月王朝"的建立并没有缓和社会矛盾，结果是工人罢工、市民造反，最后拉斐特内阁垮台。这里所说的"巴黎持续不断的骚乱"就是指拉斐特内阁垮台前后巴黎发生的骚乱。

与最高国事的妄想。

我说："几年前在英国也有学生试图通过递交请愿书对天主教问题的裁决施加影响，可是人们只是报以讥笑，没有进一步理睬他们。"

歌德说："拿破仑的榜样，特别激发了那批在这位英雄统治时期成长起来的法国青年的利己主义，他们认为人生的最高阶段就是自己成为一位专制君主，因此，直到从他们中间又出现一位伟大的专制君主之前，他们不会平静下来。糟糕的是，不会很快就又有一个像拿破仑这样的人出世，我甚至担心，在世界重又恢复平静之前，恐怕还得有几十万人英勇牺牲哩。[1]

"若干年内根本不要指望文学能发挥作用，我们现在能做的只是，默默地为一个相对和平的未来预备一些好的作品。"[2]

稍微谈了一点政治之后，我们很快又回到关于《达夫尼斯和克洛艾》的话题上。歌德称赞库里耶的翻译完美无缺。他说："库里耶做得很好，他尊重并且保留了阿米约原来的翻译，只是在几个地方做了修改和清理，使其更接近原作。[3]古代法语很质朴，完全适合这个题材，今后这本书任何其他语言的译本都很难比这本更完美。"

我们接着谈了库里耶自己的作品，谈到他撰写的传单和他为佛罗伦萨手稿上那块让他声名狼藉的墨渍所做的辩护。[4]

歌德说："库里耶是一个生来就具有伟大天赋的人，他有拜伦以及博马舍和狄德罗的特点。说他像拜伦，他能将一切伟大的现实事物作为论据为自己所用；说他像博马舍，他机敏灵活，能言善辩，如同律师一般；说他像狄德罗，则是因为他有狄德罗的辩证思维。此外，他极富创见，这一点没有人能超过他。不过，看来他并没有完全洗刷掉人们因墨渍对他的指控，他的整个

1　这段话表达了歌德对1830年法国政局的看法，认为动荡不安的状况不会很快结束。

2　歌德的基本观点是，在一个政治斗争频繁、社会动乱的环境中，文学应专注自身发展，不要参与社会政治。

3　《达夫尼斯和克洛艾》先后有两个译本，一个是1559年出版的阿米约翻译的缺少第二卷的版本，另一个是1810年出版的库里耶翻译的完整版本。

4　库里耶曾撰写若干传单，反对法国复辟时期的政治。另外，佛罗伦萨图书馆保存的朗格斯的《达夫尼斯和克洛艾》的手稿上有一块墨渍，该图书馆馆长指责这是库里耶所为，库里耶著文反驳。

发展趋向也没有好到足以让人交口称誉的地步。他满世界地与人争辩，不能设想他本人就什么责任和过错都没有。"

我们谈到德语Geist[1]一词和法语esprit[2]一词的区别。歌德说："法语的esprit近似我们德语里所说的Witz[3]。法国人大概是用esprit和âme[4]来表达我们的Geist，而Geist同时包括创造性的概念，法语的esprit则不包括这个概念。"

我说："不过，按照德国人的理解，伏尔泰确实具有我们称之为Geist（创造性）的东西。既然法语的esprit一词不能足以表达Geist的意思，那么法国人用什么词呢？"

歌德说："像伏尔泰这样的大人物，他们用génie[5]这个词来表达。"

我说："目前我正在阅读狄德罗的一部著作，他的非凡才能使我惊异。多么渊博的学识！多么有力的语言！我洞察到了一个动荡不安的博大世界，其中人人煞费心机，互相排挤，心智和性格就这样不断经受锻炼，致使两者都变得灵活而坚强。上个世纪法国人在文学领域里拥有的那些人物，实在不同凡响，我只要稍加窥测，就会惊诧不已。"

歌德说："这是自路易十四时代开始起步，直到最后达到鼎盛的长达百年之久的文学演变。但是，激活像狄德罗、达朗贝尔[6]和博马舍以及其他英才的实际上是伏尔泰，而要想能**勉强**与伏尔泰比肩，自己必须**有所作为**，赋闲娱乐是不行的。"

然后歌德告诉我，耶拿有一位年轻的东方语言文学教授[7]，他在巴黎生活过一段时间，修养很高，歌德希望我能跟他认识一下。我临走的时候，歌德

---

1 德语的Geist一词有两种意思，抽象的意思是"精神""思想"；具体的意思是"英才""有天才的人"，这些人的智慧超出一般的"机智""灵气"，而是富有创造性。

2 法语esprit一词的主要意思相当于汉语的"思想"，更多表达一种已经形成的东西。

3 德语Witz一词的主要意思相当于汉语的"机智"。

4 法语âme一词的主要意思相当于汉语的"灵魂"。

5 法语génie一词的意思相当于汉语的"天才"，因此歌德主张，如果德国人称狄德罗是Geist，相应的法语词就是génie。

6 达朗贝尔（Jean d'Alembert，1717—1783），法国哲学家、大百科全书派，狄德罗的合作者。

7 这位东方学者叫施蒂克尔（Johann Gustav Stickel，1805—1896），自1827年起住在魏玛，1831年3月22日拜会歌德。

给了我一篇论文，是施伦[1]论述那颗最先出现的彗星的，为的是让我对这样的事物不至于全然生疏。

1831年3月22日，星期二

（德国19世纪转型期一些年轻艺术家的不良表现）

饭后，歌德给我读了一位年轻朋友[2]从罗马来信中的几段。其中描写几个德国艺术家，他们蓄着长发，留着小胡子，把衬衫的领子翻在老式的德国外套上面，叼着烟斗，牵着一种已经绝种的原始牛头犬。看来他们不是为了大师们，也不是为了学点东西才来罗马的。他们以为拉斐尔软弱无力，提香只不过是一位善于运用色彩的画家而已。

歌德说："尼布尔曾经看出一个野蛮的时代即将到来[3]，他的预见是对的。这个时代已经到了，我们正生活在其中；因为不承认优秀的东西，那是什么呢，不就是野蛮吗！[4]

这位年轻朋友还描述了狂欢节、选举新教皇[5]，以及紧随其后爆发的革命[6]。

我们看到奥拉斯·韦尔内[7]像骑士一样隐蔽于城堡之中，而一些德国的艺术家则悄悄地待在家里，剪掉了小胡子，由此可以看出，他们的那般做派并

1　施伦（Ludwig Heinrich Schrön，1799—1875），教授、天体学家，耶拿天文馆的监察。

2　这位"年轻朋友"是德国19世纪著名音乐家费利克斯·门德尔松－巴托尔迪，门德尔松出身犹太家族，后来皈依新教，在原来的姓氏后面加上了Bartholdy。他是歌德的音乐好友策尔特的学生，策尔特将他带到魏玛来拜会歌德，歌德常听他的音乐。这封信是他于1831年3月5日从罗马写给歌德的。

3　历史学家尼布尔，批判史学的创始人。他著的《罗马史》深得歌德赏识。他在为这部书第二卷写的序言中说，善行、自由、教养和科学即将被摧毁。

4　19世纪初是德国社会的转型期，它的特点就是超越过去，力求创新。歌德显然不能适应这种转型，在他看来，这是抛弃文明，推行野蛮。

5　选举格列高利十六世（Gregor XVI，1765—1846）为教皇。

6　受法国1830年七月革命的影响，在意大利也爆发了连续不断的革命斗争，教皇格列高利十六世借用奥地利和法国的兵力镇压了这些革命斗争。

7　韦尔内（Horace Vernet，1789—1863），法国画家，法兰西科学院罗马分院院长。

没有得到罗马人的青睐。

我们谈到一些年轻的德国艺术家[1]误入歧途的现象，不知道这是从个别几个人开始，然后作为精神污染渐渐蔓延开来的，还是它的根源就在整个时代之中。

歌德说："这种误入歧途的现象是从很少几个人开始的，其影响已经延续四十年了。[2]他们的理论是，艺术家要想与最优秀者并驾齐驱首先需要虔诚和天赋。这样的理论很中听，大可拿来使用。因为要变得虔诚什么也不用学，而每个人的天赋是从老妈那里带来的。我们只需说出几句迎合自负心理和令人感觉舒服的话，就肯定能在那些平常人中间拥有大量的追随者！"

1831年3月25日，星期五

（歌德认为，舒适的环境使人懒惰）

歌德给我看了一把很考究的绿色高背扶手椅，是最近让人从拍卖行买来的。

他说："不过，我不大会或者根本不会使用它，因为我的本性实际上排斥任何形式的舒适安逸。你看我的房间里没有一张沙发；我总是坐在我的那把旧木椅上，几星期前才叫人加上一个扶手一类的东西让头部可以靠着。如果我周围全是舒适雅致的家具，我就会才思枯竭，进入一种乐滋滋的懒散状态。除非你从小就习惯于阔绰的房间和高档家什，否则这些东西只适合给那些没有思想，也不想有思想的人使用。"

1831年3月27日，星期日

（大公夫人保罗夫娜高风亮节，莱辛的名剧《明娜·冯·巴恩赫姆》）

盼望已久的明媚的春天终于到来。蔚蓝的天空只是偶尔飘浮一小朵白云，

1　这些"年轻的德国艺术家"是指"拿撒勒画派"中的艺术家，歌德对这一画派持批评态度。

2　歌德在1830年11月9日给策尔特的信中写道："德国艺术的根本错误"（即拿撒勒画派的错误——引者）已存在"四十年了"。

天气已经暖和，完全又可以穿上夏日的服装了。

歌德吩咐将餐桌摆放在花园边上的凉亭里，今天我们又在户外用餐了。我们谈到大公夫人，谈到她到处默默无闻地工作，乐善不倦，在全体臣仆中深得人心。

歌德说："大公夫人才智广博，为人和善，待人宽厚，她是我们国家真正的福分。人总是会很快感觉到自己得到的好处来自哪里，因此我也就不觉得奇怪，大家像人们崇敬太阳以及其余令人受益的自然要素一样，把心中全部的爱都倾注在她的身上，并且很快就认识到，她受此爱戴当之无愧。"

我说，我已经开始陪亲王阅读《明娜·冯·巴恩赫姆》[1]，我觉得这部剧本好极了。我说："人们断言，莱辛是一个头脑冷静的人，很理智。然而，我在这部剧本中发现，他感情丰富、和蔼可亲、自然质朴，是一个再理想不过的心胸开阔、性情爽朗、富有朝气的人。"

歌德说："你可以想象，当这部剧本出现在那个黑暗时代的时候，它是怎样影响我们那一代青年人的！它确实是一颗耀眼的流星，使我们注意到，除去当时那个虚弱的时代所能理解的文学外，还有一种更高水平的文学存在。[2] 前两幕的结构真是独具匠心，我们从中学到了很多东西，还可以一直这么学下去。

"不过，如今没有人还去理会什么结构了。过去人们期待到第三幕才出现的效果，现在要在第一幕里就产生。可他们不考虑，文学创作跟航海一样，必须首先将船推下海，船在海上达到一定高位之后，才能扬帆前行。"

歌德叫人拿来上好的莱茵葡萄酒，那是法兰克福的朋友在他去年过生日的时候送来的礼物。饮酒时，他给我讲了默克的几段有趣的小故事，默克说，有一天已故大公在爱森纳赫附近的鲁尔把一种中等的葡萄酒说成质量上乘，他认为这不可原谅。

歌德继续说："默克与我彼此之间始终像浮士德与梅菲斯特一样。比如，

1　受大公夫人之托，爱克曼陪亲王读莱辛的剧作《明娜·冯·巴恩赫姆》。
2　《明娜·冯·巴恩赫姆》于1767年出版，时值德国文学走向繁荣的前夜。

我父亲从意大利写来一封信[1]，抱怨那里生活方式不好，饮食不习惯，葡萄酒浓烈，还有蚊子。默克对这封信大加嘲讽，他不能宽恕我父亲在那么美丽的国家、那么优美的环境里竟然为吃、喝、苍蝇、蚊虫等小事困扰。

"默克的所有这些嘲讽都基于一种高度的文化修养，这是无可争辩的。但是，他的态度不具建设性，而是倾向坚决否定，总是指责多于赞扬，为了满足这种感官上的需要，就不由自主地吹毛求疵。"

我们谈到福格尔和他的管理才能，还谈到×××[2]和他的人格。歌德说："×××是一个很独特的人，不能拿他与别人相比较。他是唯一与我一起投票反对滥用新闻自由[3]的人。他立场坚定，可以信赖，永远站在法律一边。"

饭后，我们在花园里走了走，高兴地观赏盛开的白色雪莲和黄色的藏红花。郁金香也已绽放，我们谈到这种荷兰植物的绚丽和名贵。歌德说："不可能再有伟大的花卉画家了，现在对科学上的真实性要求太过分，植物学家能给画家再数一遍有多少雄蕊，而面对绘画的编排和光线却两眼漆黑。[4]"

1831年3月28日，星期一

（《诗与真》第四部中，歌德对与莉莉的恋情和对妹妹科尔内利娅的描述）

今天我又和歌德一起度过了几个非常美好的时辰。他说："我的《植物的演化》已经基本结束。关于螺旋式生长和冯·马蒂乌斯先生，我要说的话也

1　歌德的父亲名叫约翰·卡斯帕·歌德（Johann Kaspar Goethe，1710—1782）。

2　此人叫吉勒（Johann Friedrich Gille），魏玛宫廷的官员。据爱克曼说，吉勒不愿意让人提到他的姓名，因此他用×××来代替。

3　1816年5月5日魏玛公国通过的宪法中规定新闻自由。博物学家欧肯（Lorenz Oken，1779—1851）在他主编的杂志《依西斯》上利用宪法赋予的权力攻击宪法。魏玛大公卡尔·奥古斯特委托歌德提出建议，如何处理这一事件。1816年10月5日歌德提出建议，认为杂志应被禁，但主编欧肯不受纪律处分。最后的结果是：1817年杂志《依西斯》被禁，1819年主编欧肯被解除耶拿大学的教授职务。《依西斯》在魏玛公国被禁后移至属于萨克森王国管辖的莱比锡继续出版，直到1848年。

4　这里，歌德认为，科学与艺术是对立的，科学要求精确，艺术靠的是想象。对事物的认识越精确，想象的空间就越小。因此，在歌德这些人看来，科学的发达意味着艺术的衰落。这种看法在19世纪初的欧洲相当普遍。

大体写完，今天早上我就又着手去处理我的自传第四部了，把还需要做的工作列了一份提纲。我能在这样的高龄写自己年轻时代的历史，而且我年轻时是处在一个在某些方面具有重大意义的时代，我称此举在一定程度上是值得羡慕的。"

我们详细讨论了我和他都还完全记得的各个部分。

我说："在你所描写的与莉莉[1]的恋情中，你绝对不是青春不再；相反，这些场景里充满了青春年少的气息。"

歌德说："这是因为这些场景富有诗意，可能是我用文学的力量弥补了年轻时缺乏对爱情感受的缘故。"

接着我们回忆起歌德谈他妹妹的那个引人注目的段落。[2]他说："受过教育的妇女很喜欢阅读这个章节[3]，因为很多人与我妹妹的情况相当，她们既有才又有德，这两种优秀素质兼备，却不能同时感受一个美丽身躯的幸福。"

我说："通常在节庆或者舞会临近的时候，她脸上就要出斑疹，这真奇怪，只能归咎于某种魔力在作崇吧！"

歌德说："妹妹这个人很古怪，她的道德水准很高，不过却没有一丝性方面的欲望。她对要委身于一个男人的想法很反感，因此可以想象，这种怪癖在婚姻中会带来多少不愉快的时光。那些对男人抱有同样反感或者不爱她们丈夫的女子会感受得到这说明什么。因此，我从不把妹妹想象为已婚；相反，她如果做修道院的院长会很合适。

"她虽然嫁给了一个老实正派的男人[4]，但在婚姻生活中并不幸福，因此极力劝我打消与莉莉结合的想法。"

---

1 歌德为了保护这位他曾经爱过的莉莉，一直到1817年莉莉死后才在自传中提及他们的这段恋情。这就是歌德为什么把他与莉莉的这段经历放在他的自传的结尾，即第十七到第二十卷的原因。

2 歌德的妹妹叫科尔内利娅（Cornelia Goethe，1750—1777），歌德在他的自传《诗与真》第十八卷中谈到了妹妹的情况。

3 指《诗与真》第十八卷。

4 歌德的妹妹1773年结婚，丈夫叫施洛瑟（Johann Georg Schlosser，1739—1799），是律师和作家，曾任《法兰克福学术评论》主编。

1831年3月29日，星期二

（歌德说默克性情上的怪癖）

今天我们谈到默克，歌德还给我讲了几点他性格上的特征。

歌德说："已故大公对默克很好，曾经为他欠下的四千塔勒债务担保。[1] 使我们吃惊的是，没过多久默克就把担保书寄回来了。他的境况并未好转，那么他到底做了什么交易，令人困惑不解。当我再次见到他时[2]，他用下面的一席话给我解开了这个谜团。

"他说：'大公是一位好主人，慷慨大方，信任并且尽力帮助别人。我心里想：倘若你骗了这位主人的钱，会有其他上千个人受到牵连，因为大公将失去他那份珍贵的对他人的信任感；一个人成了坏家伙将使许多不幸的好人遭殃。那么我到底干了什么呢？我周转了一下，从一个恶棍那里借了一笔钱。因为如果我骗了这个家伙的钱，那无关紧要，可是如果我骗了那位善良的主人的钱，就是一种遗恨了。'"

我们都笑这个人伟大得出奇。歌德又说："默克有个特殊的习惯，讲话时常常喊'嘿！嘿！'，这个毛病越是上了年纪越严重，到后来就像狗叫一样。他总是冥思苦想，结果得了忧郁症，最终开枪自尽结束了一生。[3] 他有一种幻觉，认为自己肯定要破产，可他的实际情况并非像他想象的那样糟糕。"

1831年3月30日，星期三

（关于歌德《自传》第三卷以及副标题"诗与真"的含义）

我们又谈论起魔力来。

歌德说："魔力喜欢投奔重要人物，喜欢选择比较蒙昧一些的时代。像在柏林这样一个清净而平淡的城市，它几乎没有机会施展自己魔性的机会。"

1　1778年卡尔·奥古斯特由歌德介绍为默克在商务活动中欠下的债款担保。

2　歌德最后一次见到默克是在1779年6月至7月。

3　默克于1791年6月27日开枪自尽。

通过这段话，歌德道出了我自己几天前有过的想法，我感到惬意，人看到自己的思想得到证实，总是很高兴的。

昨天和今天上午，我读了他自传的第三卷[1]，感觉就像学一种外国语一样，只有在取得一些进步以后，再重读一本我们早先以为读懂了的书的时候，我们才能看到书中那些最无关大局的部分，品味那些最精细微妙的差别。

我说："你的自传肯定能帮助我们提高自己的文化修养。"

歌德说："这全都是我生活的结果，讲到的一个个事实仅仅是为了证明一种普遍适用的观察，一种更高层次的真实。"

我说："此外，你提到巴泽多[2]，说他为了达到更高的目标需要一些人的认可，博得他们的好感，但不考虑，如果他那么毫无顾忌地发表他那些令人讨厌的宗教观点，让人对自己热爱和依从的东西产生怀疑，那就肯定会破坏他与大家的关系[3]——我觉得这些和类似的细节十分重要。"

歌德说："我想书中隐藏着一些象征人类生活的东西。我把这本书称作《诗与真》[4]，因为它是从低级的现实领域开始，通过向上发展的趋势而逐步提升

1　指《诗与真》第二部的第三卷。在现在通行的版本中是第十四卷。

2　巴泽多（Johann Bernhard Basedow，1723—1790），启蒙教育家。1774年歌德与巴泽多以及拉瓦特尔一起旅行，歌德在《诗与真》第十四卷谈到了在这次旅行中巴泽多给他留下的印象。详见《歌德全集》第五卷第654—661页。

3　根据歌德在《诗与真》中的记述，巴泽多著有《教育学入门》，全力推行他的博爱主义计划，试图通过教育感化民众，并在民众中募款，建立教育机构。但是，歌德认为，他的着眼点不是启迪民众的思想，而是直接要民众出钱。另外，他能把他的计划说得十分动听，但他同时又用尖酸刻薄的语言攻击基督教及其教义，不负责任地宣布自己反对"三位一体"。德国一般民众对基督教有深厚的感情，对基督教教义坚信不疑。巴泽多这样做大大伤害了一般民众的感情，因而不仅得不到他们的支持，反而被他们唾弃。

4　歌德《自传》的副标题的中文译名是"诗与真"，这样的译法并不切合德语原文Dichtung und Wahrheit的意思。这里Dichtung一词不是指"诗"，而是相当于汉语中的"虚"。歌德在多种场合一再强调，他把他的《自传》称为Dichtung und Wahrheit，就是要强调"矛盾精神"，"虚"与"实"看起来是矛盾的，实际是统一的。在一部自传中必须要讲实际发生的事，也就是必须讲"实"；但光罗列事实是不够的，必须在讲"实"的同时写出贯穿各种事实中和隐藏在各种事实背后的那个——按照歌德的说法——"根本事实"。这个"根本事实"是看不见的，它是"虚"的。因此，一部自传必须既有"实"又有"虚"，必须"虚""实"结合，由"实"开始提升到"虚"，再由"虚"统率"实"。这就是歌德用Dichtung und Wahrheit（虚与实）作为他《自传》的副标题的原因。

的。而让·保罗出于'矛盾精神'写了他的生活《真相》[1]。仿佛这样一个人的生活真相，就跟一个小市侩的生活真相不一样![2]但是，德国人不能轻易接受他们不熟悉的事物，往往与高层次的东西擦肩而过，不能发现它们。我们生活中某一个事实之所以有用并不仅仅因为它真实，而是因为它有意义。"

1831年3月31日，星期四

（谈迈尔乐天派性格）

与索雷和迈尔一起在亲王家中吃饭。我们谈到文学方面的情况，迈尔给我们讲述了他与席勒初次相识的情景。[3]

他说："我和歌德在耶拿附近的所谓伊甸园里散步，与席勒不期而遇，我们就是在那里第一次互相交谈的。他的《唐·卡洛斯》（*Don Carlos*）还没有完成[4]；他刚刚从施瓦本回来，看上去身体很不好，受神经病痛煎熬。他的脸看上去跟钉在十字架上的基督一样。歌德以为，他活不过两个星期了。可是，当他心情舒畅起来，身体又恢复正常了，他的全部重要作品都是自那以后写的。"

接着迈尔讲了让·保罗和施莱格尔的几个特点，他是在海德堡的一家饭馆里碰上这两个人的。他还讲了在意大利逗留期间经历的几件有趣的小故事，我们听了很开心。

在迈尔身边我总是感觉很舒服，究其原因，可能因为他是一个与世无争、知足常乐的人，很少关注周围环境，却总能通过合适的空当展示自己内心的快乐。他学识渊博，基础牢固，拥有极其宝贵的知识财富，对久远的往事记

1　让·保罗的自传《让·保罗的生活真相》1826年出版。

2　与广大读者相反，歌德不喜欢让·保罗和他的小说，说他是个市侩。另外，歌德认为写自传只写事实，即所谓的真相是不够的。

3　1794年10月28日席勒写信给歌德，他想与迈尔认识，希望歌德帮助他促成这件事，1794年11月初席勒与迈尔见面。

4　这里记述有误。席勒的《唐·卡洛斯》早在1787年就已经出版了。

忆犹新，仿佛那些事情都是昨天发生的。他智力超强，假如没有最高雅的文化作基础，那是让人害怕的；但是现在，他无声的存在总是让人感到心情舒畅，总能受到教诲。

1831年4月1日，星期五

（观赏洛伊特的水彩画，歌德赋诗一首）

与歌德一起进餐，我们谈了各种各样的话题。歌德给我看了一幅冯·洛伊特先生作的水彩画，画的是在一个小镇的集市上，一个青年农夫站在一个卖篮子和台布的妇女旁边。年轻人仔细地看着摆在他面前的篮子，另有两个妇女坐着，一个粗实的姑娘站在边上，她们满心欢喜地注视着这个俊俏的年轻人。这幅画构思优美，人物表情真实朴素，百看不厌。

歌德说："水彩画艺术在这幅画里达到了很高水准。那些头脑简单的人说，冯·洛伊特先生在艺术上没有一点东西归功于别的人，全部都是自己的创造。似乎人靠自己创造出来的东西就不会是愚蠢和笨拙的！即使这位艺术家不曾有过名师，他也肯定与杰出的大师们交往过，从他们身上，从伟大的先行者身上，从无处不在的大自然中，学到了他所需要的东西。自然赋予了他杰出的才能，艺术和自然造就了他。他很优秀，在某些方面独一无二，但是，我们不能说他的一切都是自己创造。诚然，我们可以说一个有缺陷的、神经完全失常的艺术家，他的一切都是他自己创造的，但不能这么说一个优秀的艺术家。"[1]

随后，歌德给我看了这位艺术家的另一件作品，这是一幅涂了厚厚的金粉和各种颜色的框子[2]，中间空出一块留作题字用。上方是一所哥特式的房屋；两侧的装饰是以许多交错缠绕的线条为特点的阿拉伯风格，线条向下伸

---

1 歌德一贯认为，任何艺术家在艺术上所取得的成就，都离不开前人和同时代人对他的直接或间接的影响。完全靠自己是创作不出伟大的作品的。

2 这个框子是洛伊特为出版描绘黑森民间生活的画册准备的封面。

延，上面嵌入自然风情和居家景观；下方用一片幽深的森林和郁郁葱葱的草坪收底。

歌德说："冯·洛伊特先生希望我能在空出的那块地方给他写点什么，可是他的框子那么华丽漂亮，我担心我的字迹会把这幅画糟蹋了。为此目的我作了几句诗[1]，但考虑是否请一位书法家把诗写在框子上空出的那块地方会更好，然后由我亲自签名。你以为如何，有什么建议？"

我说："假如我是冯·洛伊特先生，让这首诗以别人的字迹出现，我会感到沮丧，但是如果你亲手写，我就会很高兴。画家已经在周围绘画部分展示了足够的艺术，无须再通过书法展示了，唯一重要的是，字迹要真，要是你本人写的。我甚至还劝你不用拉丁字母，而是用德文字母，因为你的字迹用德文字母书写更具特色，也与周围哥特式风格更相称。"

歌德说："你说的可能有道理，到头来最快捷的办法还是由我来写。也许这几天里会出现一个瞬间，让我斗胆一试。"他又笑着补充说："要是我把美丽的画面弄上一块污渍，你可得负责啊。"

我说："你写吧，不管写成什么样子，都不会差的。"

1831年4月5日，星期二

（赞赏诺伊罗伊特的绘画天赋）

中午和歌德在一起。歌德说："在艺术领域，我轻易遇不到一个比诺伊罗伊特更令人喜欢的有才能的人。艺术家很少能将自己局限在自己的能力范围之内，大多数人都是想做的事比自己能做的事更多，甚至太喜欢跨越天性赋予他们的才能的范围。但是，关于诺伊罗伊特，我们可以说，他凌驾于自己的才能之上。他熟悉自然界各个领域的题材，他画动物和人，同样也把大地、岩石和树木画得很好。他的构思、技巧和品位都达到了很高水平。当他将这

---

1 即为冯·洛伊特的画册封面写的题词。

么充分的才能在一定程度上浪费在那些简易的插画[1]上时，他似乎是在拿自己的才能闹着玩儿，这样，就让观赏画的人津津有味地看着他把一大笔财富随随便便潇潇洒洒地捐赠了出去。

"即便在插图方面也没有一个人达到了他的高度，连阿尔布雷希特·丢勒[2]这样有伟大才能的画家也只能给他以启发，而不是做他的榜样。"

歌德又说："我要将诺伊罗伊特这些插画的样本寄一份到苏格兰去给卡莱尔[3]先生，希望那位朋友喜欢这件礼物。"

1831年5月2日，星期一

（批评伯尔内热衷利用党派仇恨）

歌德告诉我，迄今尚空缺的《浮士德》第五幕的开头部分[4]最近几天即可大致写完，听到这则消息我很高兴。

他说："这几个场景的意向我也酝酿了三十多年，因为它们很重要，我一直怀有兴趣，但是写起来很难，所以我总是害怕动笔。现在想了几点办法，我又开始动手了，如果交上好运，我就接着也把第四幕写完。"

吃饭时歌德跟我谈到伯尔内[5]。他说："这个人很能干，他利用党派仇恨做同盟军，假如没有党派仇恨他的才能就不会起什么作用。在文学作品里我们经常看到用仇恨代替天赋的例子，才能贫乏的人都是因为以某一个党派的喉舌出现而显得重要。在生活中我们也看到有那么一批人，他们没有足够的独立性格；他们同样要投靠一个党派，这样就感觉自己腰杆子硬了，是个人

1　诺伊罗伊特为歌德的叙事谣曲画的插画共四册，全部寄给了歌德。
2　丢勒（Albrecht Dürer，1471—1528），德国16世纪著名画家，歌德特别喜欢他为马克西米利安的祈祷书画的插画。
3　歌德于1831年6月18日给卡莱尔寄去一份诺伊罗伊特的插画样本。
4　指《浮士德》第二部第五幕的开头一场即《开阔地带》，这一场讲述的是老夫妇菲利门和巴乌希丝的遭遇。这一场于1831年5月4日写完，接着开始写第四幕。
5　伯尔内（Ludwig Börne，1786—1837），"青年德意志派"的重要人物、激进民主主义者，他的文学活动的主题之一就是攻击歌德。

物了。

"贝朗瑞可不是这样，他自己有足够的才能。因此，他从来不替哪个党派服务。他感觉自己内心十分充实坚挺，既不需要世人给他什么，世人也不可能从他那里拿走什么。"

1831年5月15日，星期日

（与爱克曼商议编辑出版遗作并签订委托合同）

陪歌德单独在他的书房里进餐。我们愉快地闲聊一会儿之后，他终于将话题转到个人的事情上。他站起来，从斜面桌上取来一张写满字迹的纸。

他说："当一个人像我这样已年过八十的时候，他几乎不再有权利活下去了。每天都得准备奉命归天，都要想着安排好后事。不久前我向你透露过，我已在遗嘱中委托你编辑出版我的文学遗著。[1] 今天上午我起草了一份类似合同的东西[2]，一张小字据，请你和我一起在上面签字。"

歌德一边说着一边将那张字据摆在我面前。我看到上面指名列出了他死后要出版的著作，其中一部分已经完成，一部分尚未完成，对进一步的安排和条件也有特别说明。我基本上同意，于是我们双方在上面签了字。

合同中提到的那些材料我已经断断续续地进行了编辑，估计大约有十五卷。我们随后商谈了那些尚未完全定下来的条款。

歌德说："可能出现这样的情况，即如果印张超出规定的数目，出版商会有疑虑，因此就不得不从要出版的材料中拿掉这样和那样的内容。在这种情况下，你可以把《颜色学》中有关论战的部分拿掉。[3] 我真正的学说都包含在理论部分里，而且，因为历史部分就已经很具论战性质，牛顿学说的主要错

---

1 歌德于1831年1月1日立下遗嘱，指定爱克曼为他的遗作的主编。

2 1831年5月15日歌德与爱克曼正式签订合同，歌德委托爱克曼整理编辑他的遗作，全部稿费的百分之五作为报酬付给爱克曼。

3 有关论战的部分确实没有收入《颜色学》里。

误都在那里谈到了，光是这些争论差不多也足够了。我虽然绝不是要放弃对牛顿定律的尖锐剖析，这在当时是必要的，将来也仍然会有价值，但实际上凡是争论都与我的本性相悖，我对争论没有多大兴趣。"

我们谈得比较深入的第二个问题是印在《漫游时代》第二卷和第三卷末尾的箴言与感想[1]。

在开始修改和补充这部过去以一卷本出版的小说时，歌德就宣称要把这一卷扩为两卷，在全集新版的预告里也是这样写的。然而，随着工作的进展，手稿的篇幅超过了他的预期，又因为他的文书把字写得有些松散，致使歌德错误地以为，不仅够两卷，三卷也足够了，于是就将手稿分三卷送到了出版商那里。可是，印刷到了一定阶段时，发现歌德计算错了，尤其最后两卷页数太少。他们请求再拿些稿子去，然而，故事正在进行之中，不能再改动，加之时间紧迫，也不可能再编写一篇新的中篇故事插进去[2]，歌德确实有些狼狈。

在这种情况下，他派人把我叫去，给我讲了事情的原委，同时悄悄告诉我他想如何摆脱困境，说着，他将两大捆稿件放到我面前，这是他此前让人为我找出来的。

他说："在这两捆稿件里你会找到一些至今没有发表过的文章，都是一些零散的东西，有的已经完成，有的尚未完成，各种关于博物学研究、艺术、文学和生活的格言警句，全都混在了一起。你看一下，是否能从中编选出六至八个印张来，暂且填补一下《漫游时代》里的空缺？严格地说，这些东西放进去并不合适，但也不是完全没有道理，在玛卡莉的笔录里就有这些东西。这样，我们不仅可以把眼下的艰难处境应付过去，而且还有一个好处，

---

1 《威廉·迈斯特的漫游时代》的第二部和第三部的末尾都有格言和感想，它们的标题分别为《漫游者的感想》和《玛卡莉笔录选》。
2 《漫游时代》的结构很奇特，没有一条贯穿全书的情节线，只有一个断断续续出现的、并不连贯的"情节框架"，在这个"情节框架"中插入了许多独立的故事，这些故事与"情节框架"并无太多联系，因此可以随时插入新的故事。

用这种办法将一批颇为重要的东西堂堂正正地公诸世上。"

我赞成这个建议，立即动手工作，没过多久就将这些零散的东西编审完毕。歌德好像很满意。我把全部材料编为两大部分，一部分的标题是《玛卡莉笔录选》，另一部分上面写着《漫游者的感想》。那时歌德正好写完那两首著名的诗歌，一首是《席勒的遗骨》（*Auf Schillers Schädel*），另一首是《任何存在都不能化为乌有》，他希望这两首诗也能立刻发表，我们就把它们附在了这两部分的结尾处。

但是，当《漫游时代》出版时，大家如坠万里迷雾，小说的发展被一堆莫名其妙的格言警句打断，只有专业人士，如艺术家、博物学家、文学家才能破解，其余的读者，尤其女性读者感到很不方便。而且，这两首诗很难读懂，怎么会把它们放到这样的位置上，无法想象。

歌德一笑了之。他今天说："事情已经发生，现在没有别的办法，只能在你出版我的遗著时，将这些零散的东西放到它们应该放的地方，以便再次印刷我的作品时它们都已被分散到属于它们自己的位置上。至于《漫游时代》，去掉这些零散的东西和那两首诗，可以压缩成两卷，这跟我们开始时的意图一样。"

我们商定，由我分别将所有与艺术有关的格言警句集成论艺术题材卷，所有与自然有关的格言警句集成论普通自然科学卷，将所有伦理的、文学的格言警句集成同样相应的一卷。

1831年5月25日，星期三［23日，星期一］

（歌德参与《华伦斯坦的兵营》这部剧本的创作）

我们谈到《华伦斯坦的兵营》（*Wallensteins Lager*）[1]。我经常听人提到，歌

---

1 席勒的《华伦斯坦》是一部三部曲，《华伦斯坦的兵营》是三部曲的第一部。

德参与了这部剧本的创作，尤其是那篇托钵僧的布道词¹就是他的手笔。因此，今天吃饭的时候我问他，他是这样回答的：

"其实全部作品都是席勒自己的劳动成果。但是，因为我们俩当时关系十分密切，席勒不仅把写作计划告诉我，跟我详细讨论，而且还通报写作情况和每日的进度，听取和采纳我的意见，这样，这部剧本也就可能有我的份儿了。为了写托钵僧的布道词，我曾把亚伯拉罕·亚·圣克达·克拉拉²的布道词集寄给了他，他聪明睿智，马上依据这部布道词集编写出了那篇托钵僧的布道词。

"至于说有些诗句是我写的，我已记不清楚，只记得那两句：

> 一位上尉军官被另一位上尉军官刺死，
> 他给我遗留下几个预示好运的色子。³

因为我很想交代清楚那个农夫怎么拿错色子的缘由，所以亲手把这两句诗写进了原稿里。席勒没考虑这些，而是以他大胆的风格直接将色子给了农夫，不追问他是怎么拿到的。我已经说过，详细说明剧情的来龙去脉不是席勒的风格，也许正是因为这个缘故，他的剧本才可能产生较强的舞台效果。"

1831年5月29日，星期日

（歌德的泛神论信仰）

歌德对我讲起一个男孩⁴，因为犯了一个小错误心情总是平静不下来。

1　托钵僧的布道词在《华伦斯坦的兵营》第八场。

2　亚伯拉罕·亚·圣克达·克拉拉（Abraham a Sancta Clara，1644—1709）是17世纪维也纳奥古斯丁派的僧侣，他写的布道词在天主教僧侣中颇有影响。歌德于1798年10月5日将布道词集寄给了席勒。

3　《华伦斯坦》是一部诗体剧，这两句诗是对话，是剧中的"农夫"对"农家少年"说的话，在《华伦斯坦的兵营》第一场的开头。

4　大概是指他的小孙子沃尔夫冈。

他说："我不愿意评说这件事，因为这证明，一个把自己的道德品质估计太高，因此一点都不能宽恕自己的人，他的内心过于脆弱。倘若没有伟大的行为来平衡，这种心理会使人得抑郁症。"

前几天有人给我送来一窝小篱雀和一只用粘竿捕获的老篱雀。这只老篱雀不仅继续在屋子里喂养它的幼雏，甚至在被从窗子放出去之后，又飞回它的幼雏那里，这令我钦佩，这种克服危险和战胜囚禁的亲情使我深受感动。今天我向歌德吐露了我对这件事情的惊异。歌德意味深长地笑着回答说："多么傻气的人！如果你信仰上帝，你就不会感到惊异了。[1]

> 上帝恰恰是让世界从内心里受到感动，
> 让它胸中怀抱自然，自然也将它怀抱胸中，
> 因此，生活，运动，存在于上帝身边的一切
> 永远不会缺失上帝的力量和它的圣明。[2]

如果上帝没有赋予篱雀对它的幼雏这种威力无比的冲动，如果类似的情况不充溢着整个自然界的生灵，世界就不复存在！所以说上帝的力量无处不在，永恒的爱无处不在。"

不久前，当一位青年雕塑家[3]寄来一个米隆的《母牛和吃奶的牛犊》(*Kuh mit dem säugenden Kalbe*)[4]的模型时，歌德就发表过类似的言论。他说："这是一个极其崇高的题材，那个维系世界的、充溢整个大自然和养育生命的原则，在这里通过一个美妙的比喻展现在我们眼前。我把这幅画以及类似的画称为上帝无处不在的真实象征。"

1　歌德说这句话带有反讽的意思。

2　出自歌德的诗《上帝如果只从外部推动，那它成了什么？》。这句诗代表了歌德的上帝观，即上帝不在世界之外，而是在世界之中。

3　这位青年雕塑家是谁，无从考证。

4　米隆（Myron，约公元前480—公元前440），古希腊雕塑家。他的作品《母牛和吃奶的牛犊》早已失传，歌德于1818年发表文章谈到对米隆的牛的看法，并于1827年6月13日写信给普鲁士枢密院成员博伊特（P.Chr.W.Beuth），请求找一位艺术家复制米隆的牛。

1831年6月6日，星期一

（完成《浮士德》，这个人物所体现的歌德的宗教观）

歌德把此前空缺的《浮士德》第五幕的开头补上了，今天把补写的部分拿给我看。我一直读到菲利门和巴乌希丝的茅屋被烧毁，浮士德深夜站在他宫殿的阳台上，烟味随微风扑鼻而来的那一段。[1]

我说："菲利门和巴乌希丝这两个名字仿佛把我带到了弗里吉亚海岸，让我回想起那对古代著名的夫妻[2]。但我们这一场景发生在近代，而且在一个基督教管辖地区。"

歌德说："我的菲利门和巴乌希丝和那对古代著名的夫妻以及与他们紧密相连的传说毫无关系。我给我这对夫妻取了那两个名字只是为了突显剧中的人物。人物相似，情境相似，再用相同的名字效果肯定良好。"

接着，我们谈起浮士德。他的永不满足的性格是遗传下来的，虽然已届暮年，但他仍然保持着这种遗传品质。尽管已拥有世间的全部财富，他还是为在自己建造的新的王国里有几棵菩提树、一所茅屋和一座小钟不是自己的而感到难堪。他在这一点上与以色列国王亚哈不无相似之处，后者认为除非

1　这是《浮士德》第二部第五卷的开头，包括《开辟地带》《宫殿》《深夜》和《午夜》四场。首先呈现的是两个不同的世界，一个是浮士德经过多年经营，通过围海造田开垦出来的开辟地带。那里人烟稠密、航海繁忙、百业兴旺，是一个崭新的世界。另一个是一对老夫妻菲利门和巴乌希丝居住的旧世界。他们住在山丘上的一间茅屋里，周围有古老的菩提树，旁边是一个小教堂。他们在这里享受自然给予的一切，过着自给自足、自得其乐的田园生活。接着我们看到，住在宫殿里的浮士德已经成了试图控制自然和人类的统治者，他是一个以战争、贸易和海盗三位一体的手段进行海外掠夺的殖民主义者。他虽然已经拥有大片土地，但在他的宫殿近处尚存在那对老夫妻的茅屋，这间茅屋以及它周围的一切压得浮士德透不过气来，因为他不能容忍在他统治的地盘内还有不属于他的东西。他命令梅菲斯特那两个老人搬到别处去，老人拒绝，于是梅菲斯特纵火焚烧他们的茅屋，老人被烧死。梅菲斯特的暴行虽非浮士德直接所为，但那是他想征服世界、统治世界的必然结果。面对这种结果，浮士德内心充满矛盾和斗争，那句"一阵阴风把燃烧两位老人和他们的田庄的烟雾吹了过来"，就是这种心理状态的象征性表现。

2　菲利门和巴乌希丝是传说中小亚细亚一个小国里一对夫妻的名字。据传，宙斯和赫尔墨斯云游到他们的家乡，受到他们款待。为了答谢他们，宙斯将他们的茅屋改建成庙宇，让他们当了祭司。同时答应，他们可以同时死去，死后变成两棵树，树的枝杈交缠在一起。歌德只是借用了传说中这两个人物的名字，其他均与传说无关。

把拿伯的葡萄园给他，否则他就以为自己一无所有。[1]

歌德继续说："按我的本意，浮士德在第五幕出现时应该整整一百岁。是不是把这一点在什么地方点明为好，我拿不定主意。"

然后我们说到收尾部分，歌德让我注意下面这一段：

> 灵界高贵肢体
> 已从邪恶得救：
> 凡人不断努力，
> 我们才能济度。
> 有爱来自天庭，
> 果能为他垂青，
> 那么升天一群
> 对他衷心欢迎。[2]

他说："浮士德得救的秘诀就包含在这几行诗里。浮士德本身向着越来越高、越来越纯净的方向行动，一直到最后，因此上界才用永恒之爱来拯救他。这与我们的宗教观念完全一致，根据这种宗教观念，我们单靠自己的力量还不能在死后升入天堂，还要加上神的恩宠。

"此外，你得承认，让得救的灵魂升天这个结尾是很难处理的，如此超感官的、几乎不可预知的事物，如果我不借助基督教教会轮廓鲜明的人物和想象，以适当紧凑和固定的形式表现我的文学构想，我会很容易迷失方向，茫然不知所措。"[3]

1　据《圣经·旧约》记载，拿伯有一座葡萄园，在以色列国王亚哈的王宫附近。亚哈要求拿伯将葡萄园给他，作为回报，拿伯可以在别处得到一座葡萄园，或者是银子。拿伯拒绝交出葡萄园，以色列国王亚哈只得将他杀掉。这个故事，见《旧约·列王记上》第二十一章。

2　这是众天使"抬着浮士德的不朽部分"向更高的大气中飘然而去时说的话。出自《浮士德》第二部第五幕的《河，树林，岩山，荒漠》一场。译文引自《浮士德》，绿原译，人民文学出版社，1999年，第445—446页。

3　借用基督教人物和想象表达自己的看法，这是歌德创作《浮士德》的一大特点。歌德本人并不是基督教的虔诚信徒，但他深知基督教的教义和人物在德国民众中的普及程度。因此，他将基督教教义和人物作为外壳，表达自己对世界和对人生的看法。

此后几个星期，歌德写完了所缺的第四幕，这样，8月份第二部的全部手稿就可装订成册，这项工作便彻底结束了。[1]歌德特别高兴，他长久以来为之奋斗的目标终于实现了。他说："从现在起可以把我的余生看作是一份纯粹的赠礼，如今我做不做，还做什么，事实上都无关紧要了。"

1831年12月21日，星期三

（歌德的《颜色学》为何难以普及，观赏普桑和施瓦纳菲尔德的风景画）

陪歌德一起进餐。我们谈到他的《颜色学》为什么没有传播开。歌德说："我的《颜色学》很难流传，如你所知，它不仅要求阅读和研究，还要求把它付诸实践，这就有困难了。诗歌和绘画的法则同样只能传播到一定程度，要想做一个好诗人和好画家需要天才，而天才是不能流传的。捕捉一种朴素的本原现象，认识它的崇高意义并使其产生影响，需要一种有创造性的智慧，它能够综观许多事物并且做出判断；这是一种罕见的天赋，唯生来就非常优秀的人才能拥有。

"这样也还是不够的。因为正如一个人即使掌握全部规则、拥有全部天分仍不是一个画家一样，还必须加上坚持不懈的练习；同样，一个人研究颜色学时光了解最精尖的法则，拥有相应的智慧也是不够的，还必须对于个别的、往往神秘莫测的现象，以及它们的派生现象和它们的相互联系不断进行研究才行。

"譬如，绿色是由黄色和蓝色混合而成，这一点我们通常知道得很清楚；但是，要等到有一个人能够说出，他了解彩虹的绿色，或者叶子的绿色，或者海水的绿色，这还需要全面穿越那个颜色王国，需要一种由此产生的迄今还不曾有人达到的认识的高度。"

饭后，我们观赏普桑的几幅风景画。此时歌德说："画面上着光最强的地方，画家不得把那里的景物画得很仔细，因为水、岩石、光秃秃的土地和建筑物这些光的主要承载体就是最有利的绘画题材。相反，那些要求画得细致

1　歌德从1831年5月至7月写《浮士德》第二部第四幕，同年8月写完。

的景物，艺术家就不能把它们放在这种明亮的地方。"

歌德又说："一个风景画画家应该有广博的知识。光懂得透视法、建筑学和人体及动物解剖学是不够的，甚至还必须深入了解植物学和矿物学。懂得植物学能使画家恰当地表现树木和植物的特点，懂得矿物学能使画家恰当地表现不同山脉的个性。但是，他不必因此非得成为一个专业的矿物学家不可，他主要跟石灰、黏土和沙石质山脉打交道，只需要知道它们的形态，怎样被大气侵蚀和风化，哪些树种适于在上面生长，哪些会发育畸形就可以了。"

接着他给我看了赫尔曼·冯·施瓦纳菲尔德[1]的几张风景画，对这位卓越人物的艺术和品格谈了一些看法。

他说："他的艺术就是他的爱好，他的爱好就是他的艺术，像他这样的人找不出第二个来。他深爱自然，我们观赏他的绘画时，他传达给我们的是神仙一般的平静。他生于尼德兰，大学时在罗马师从克劳德·洛兰，受到这位大师最完美的培养，他优异的独特风格得到了最自由的发展。"

然后我们查阅一本艺术家辞典，想看一看，大家说赫尔曼·冯·施瓦纳菲尔德没有达到他老师的水平时是怎么指责他的。歌德说："这些蠢蛋！施瓦纳菲尔德不是克劳德·洛兰，而克劳德·洛兰也不会说他比施瓦纳菲尔德强。但是，如果我们的生活不外是我们的传记作家和辞典编纂者讲述我们的那些东西，那么编辞典、写传记就是一门根本不值得费力去学的坏手艺。"

今年年底和明年年初歌德又要完全转向他挚爱的自然科学研究，部分是由于受博伊塞雷的启发[2]，将进一步探索彩虹的规则，尤其是由于参加了居维叶与圣-伊莱尔之间的争论[3]，所以也想研究一下关于植物界和动物界演化的

1　冯·施瓦纳菲尔德（Hermann von Schwanefeld，1600—1655），荷兰风景画画家。

2　1827年2月歌德利用玻璃球做实验研究彩虹，并与收藏家博伊塞雷一起讨论这个问题。

3　1830年2月法国科学家居维叶与圣-伊莱尔（Étienne Geoffroy Saint-Hilaire，1772—1844）在巴黎科学院就脊椎动物的形态问题展开争论。圣-伊莱尔是物种论的创始人，认为所有动物有一个统一的基本类型，居维叶则认为动物有四个基本类型。歌德很重视这次争论，认为这涉及科学理论的基本问题。他赞成圣-伊莱尔的观点，因为圣-伊莱尔的观点符合他坚持的"本原现象"的理论；当然，他也不完全反对居维叶的观点，因为从类型出发的主张也有一定道理。歌德不仅十分重视这次争论，还撰文阐述自己对争论的看法。

题目。他还要同我一起编审《颜色学》的历史部分；积极参与我正在根据他的建议加工修改的关于调和颜色那一章的写作，以便把它收入理论卷里。

这期间，我们之间不乏内容广泛而有趣的交谈，他发表了许多真知灼见。那时候我想，他会永远像我每天看见的那样精力充沛、容光焕发，所以没有认真领会他的话，直到1832年3月22日他去世那一天，我和成千上万善良的德国人一起为这一不可弥补的损失而痛哭时，一切终归都太晚了。

此后不久，我凭着近期的回忆写了下面的笔记。

—1832年—

1832年3月［？］初

（冯·施皮格尔男爵的出身和气质）

吃饭时歌德说卡尔·冯·施皮格尔男爵[1]来拜访过，他非常喜欢这个人。他说："这是一位很漂亮的年轻男子，言谈举止、姿态风度都卓尔不群，让人立刻就能认出他是贵族。任何人都无法掩饰自己的聪明才智，同样他也不能掩饰自己的出身。因为这两者——出身门第和聪明才智，谁一旦拥有它们，就被打上了烙印，怎么隐名埋姓都瞒不过的。它们和美一样是不可抗拒的力量，不能感受这种力量的高尚性质，就无法接近它们。"

（歌德阐述什么是作家的祖国和作家的爱国行动）

我们谈到希腊人的悲剧命运观。

歌德说："这种观念不再符合我们今天的思维方式，已经陈旧，与我们的宗教观念格格不入。如果一位现代诗人把这些过时的观念加工制作成一部舞台剧，这部剧看上去就总像是在装腔作势。这是一件早已不时髦的制服，像

1　冯·施皮格尔男爵（Freiherr Karl Friedrich Hermann von Spiegel）是前魏玛内廷总监卡尔·埃米尔·施皮格尔的儿子。

古罗马人的宽袍一样，我们穿上已经不相称了[1]。

"我们新一代的人现在援用拿破仑的话更好：**政治**是命运。我们不要援用我们那些现代文人[2]的话，说什么政治是**诗**，或者政治是诗人的合适题材。英国作家汤姆逊[3]有一首关于一年四季的诗，写得很好，也有一首关于自由的诗，却写得很糟，而且不是因为诗人缺乏诗才，而是因为这个题目没有诗意。

"作家一搞政治，就必须委身于一个党派，而一旦加入一个党派，他作为诗人就失去了自我，他必须与自己的自由精神和不偏不倚综观一切的能力道别，而对狭隘的偏见和盲目的仇恨充耳不闻。[4]

"作家作为人和公民是热爱他的祖国的，但是，他的**文学创作**的力量和文学创作活动的祖国是善良、崇高和美，而善良、崇高和美不是与某个特定的地区和某个特定的国度联系在一起，作家在哪里发现了它们，就要在哪里抓住它们，并且加以塑造。在这一点上，作家如同翱翔的山鹰，在空中自由地巡视地面，哪里有兔子奔跑，就一头扎下去，不管是在普鲁士还是在萨克森。[5]

"究竟什么叫作：爱自己的祖国？究竟什么叫作：爱国的行动？一个作家如果能毕生致力于克服有害偏见，清除狭隘观点，启迪人民的精神，使其品位纯洁，道德观念和思维方式变得高尚，那么还能要他做什么更好的事情，还能要他有什么更爱国的行动呢？

"对一位作家提出如此不近情理、如此得不偿失的要求[6]，就如同要求一个

1　歌德不赞成希腊式的命运悲剧，认为它已经过时。

2　这里所说的"现代文人"是指伯尔内、门策尔（Wolfgang Menzel，1798—1873）以及"青年德意志派"的作家。他们是一些激进民主主义者，主张文学要与政治直接挂钩，文学要为政治斗争服务，坚决反对歌德的脱离政治的倾向。

3　汤姆逊（James Thomson，1700—1748），英国诗人，1726年出版长诗《冬》，之后相继发表长诗《夏》《春》和《秋》，1730年这四首长诗合成诗集《四季》出版，这是汤姆逊最著名的诗集。

4　在歌德看来，政治与文学是不相容的，政治要求人以派别的立场看待世界，而文学要求人以客观的立场俯览世界。

5　歌德对于"祖国"的理解与他那个时代德国的形势有关。那时德国分裂成许多小邦国，每个小邦国都称自己是一个国家，德国作为国家只在理论上存在。因此，德国在哪里，对当时的德国人来说，就成了一个难题。像歌德这样的作家，他既不愿将自己所在的那个小邦国作为自己的祖国去热爱，也不可能热爱那个实际上不存在的德国。于是，他放眼世界，着眼人类，成为关心人、专注人的人道主义者。这样，哪里有真善美，哪里就是他的祖国。

6　指要求作家参与政治斗争。

团长为着当一名真正的爱国者卷入政治革新，因而疏忽自己的本职工作一样。[1]
但是，一个团长的祖国是他的**军团**。如果他不管与自己无关的政治事务，而
是全神贯注地去关心他下属的兵营，训练好战士，使其保持良好的纪律与秩
序，一旦祖国处于危机时刻，能作为有战斗力的士兵经受考验，这样，他就
是一个卓越的爱国者。

"我痛恨一切浮皮潦草的作风，尤其痛恨国事方面的浮皮潦草作风，那是
罪孽，只能给成千上万人造成灾难。

"你知道，总的说来我不大关心别人关于我都写了些什么[2]，不过他们写的
那些也都传到我耳朵里了，我十分清楚，尽管自己辛辛苦苦劳累一生，在某
些人眼里我的劳动还是一文不值，其原因就是我不屑于加入政治党派。难道
我非得参加一个雅各宾俱乐部不成，宣传谋杀和流血，以便让这些人称心如
意！好了，别再谈这个讨厌的题目了，以免我在克服非理性时自己也变得没
有理性了。"

歌德以同样口吻谴责了乌兰德身上被别人大加赞扬的政治倾向。他说：
"请你注意，政治家将要吞噬掉诗人。当议会议员，整天生活在争吵和激动不
安中，这不符合一个作家温柔的天性。他的歌声将停止，这是有些可惜的。
要想当议会议员，在施瓦本这里见多识广、心地善良、精明强干且能说会道
的人多的是，但像乌兰德这样的作家只有一个。"

歌德在家中热情款待的最后一位客人是冯·阿尼姆夫人的长子[3]，他最后

---

1 按常规，军队只负责保卫国土，抗击外来侵略者，不干预国内的政治斗争。

2 19世纪30年代许多革命民主主义者、爱国主义者著文攻击歌德。门策尔在他的《德国文学》
（1828）、伯尔内在他的《巴黎来信》（1830）中都用很大篇幅攻击歌德，其他一些人也参与对歌
德的攻击，在当时，攻击歌德成了一种时髦。

3 冯·阿尼姆夫人叫贝蒂娜·冯·阿尼姆（Bettina von Arnim，1785—1859），出身文学世家，哥
哥是德国晚期浪漫主义最主要的代表克莱门斯·布伦塔诺（Clemens Brentano，1778—1842），丈
夫是与布伦塔诺齐名的浪漫文学作家阿希姆·冯·阿尼姆（Ludwig Achim von Arnim，1781—
1831）。贝蒂娜本人也是一位作家，最著名的作品是《歌德与一个孩子的通信》（1835）。歌德款
待的最后一位客人，其实不是"冯·阿尼姆夫人的长子"，而是她的次子西格蒙德·冯·阿尼姆
（Siegmund von Arnim，1813—1890），西格蒙德于1832年3月10日至15日从法兰克福到魏玛来，天
天去看望歌德。

留下的字迹是写在这位年轻朋友留言册上的几行诗。

（爱克曼瞻仰歌德遗体）

歌德去世后第二天早晨，我受一股深切思念的驱使想再看一看他的遗体。他忠实的仆人弗里德里希为我打开停放他遗体的房间。他平躺着，静静地像睡着一样。脸庞上，面容雍容高雅，神情安详而坚定，高高的前额似乎仍在思考。我很想要一缕他的卷发，但对他的敬畏心情阻止我去剪。赤裸的遗体用一块白色布单包裹着，为了使遗体尽可能多保持一段时间，附近还放了一些大冰块。弗里德里希掀开布单，那健美的肢体使我惊诧不已。胸膛笔挺，宽阔而隆起，两臂和双腿的肌肉丰满柔韧，脚不太大，脚形非常规整，浑身上下没有一点臃肿、消瘦或是衰老的痕迹。一个完美无瑕、英姿焕发的人躺在我的面前，我陶醉了，一时间忘记了那不朽的精神已经离这个躯壳而去。我把手放在他的胸口——四周鸦雀无声，我低下头听凭强忍着的泪水自由地流淌。

第三部分

（1822—1832 年）

爱克曼编写的《歌德谈话录》共有三部分，第一部分和第二部分于1836年出版，而第三部分到1848年才出版。第三部分明显不同于前两部分，由于间隔时期过长，爱克曼难以还原歌德的原话，他只能回想起当时谈话的情景和谈话的大体内容，因此第三部分里叙述多于谈话。另外，爱克曼自己记录的材料不足以编成一本书，所以只好求助他的好友索雷。索雷是来自瑞士的自然科学家，时任魏玛亲王的老师，与歌德有广泛接触。他也记录了歌德的许多谈话，他虽然敬仰歌德但并不崇拜歌德，所以他的记录就不像爱克曼那样尽量还原歌德的"原话"，而更多是从评论的角度转述歌德的谈话。爱克曼采用索雷的材料时已经做了一些改动以适应他自己的风格，但他记录的谈话还是与索雷记录的谈话有明显区别。因此，凡是借用索雷记录的谈话，他都加上了*这个记号。

序

　　在我结束这本早就承诺的《歌德谈话录》第三部分之际，那种克服了巨大困难的快感使我兴奋。

　　我的情况一言难尽，跟一个船员的情况一样，不能今天一刮风就张帆起航，而是要怀着极大耐心，经常是几个星期、几个月地等待像几年前曾经刮过的那种适合航行的海风。——当我有幸写前两部分的时候，我在某种程度上能顺风前行，因为那时刚说过的话还在我耳边作响，与那位不可思议的人物的亲密交往还使我依然心潮澎湃，因而我感觉好像有翅膀驾着我在向目的地飞翔。

　　但是现在，那声音已经沉寂多年，那种个人接触的幸福感已经成为遥远的过去，只有在让我走进自己的内心世界，不受干扰，专心致志地用新鲜的色彩使往事重新富有生气，它们于是开始活动起来时，那伟大的思想和伟大的人格特征又浮现在我的眼前，它们像崇山峻岭一样，虽遥远，但清晰，如同被真正白昼的阳光照射着，我只有在这样的时刻，才能获得如此不可或缺的兴奋。

　　这种兴奋出于我对伟人的喜爱；具体的思想过程和口头表述变得清晰了，

仿佛是我在昨天经历的。活生生的歌德又回来了；我又听到了他那无与伦比的悦耳的声音。我又看到他每天晚上身穿黑色礼服，佩戴星形勋章在他的那些灯火通明的房间里与朋友们一起谈笑风生。其他的日子，如果天气好我们就坐在车子里，他坐在我边上，身穿棕色上衣，头戴蓝色便帽，把浅灰色的大衣放在膝盖上。他的脸色像新鲜的空气一样黝黑而健康，谈起话来饶有风趣，声音传到外面露天的世界里，能盖过车子刺耳的声响。或者，我感觉自己在晚上又来到他的书房，在寂静的烛光下，他穿着白色法兰绒睡袍在桌旁与我对面而坐，心境如同平平静静地度过了一天之后那样，和蔼安详。我们谈论大事和好事，他把自己本性中最高贵的东西展现给我；我的思想被他的思想点燃。我们是最由衷的和谐一致；他把手从桌子那边伸给我，我紧紧地握着。然后，我抓起一只放在我边上已经斟满了酒的玻璃杯，我没有说话，举起酒杯祝他健康，我的目光掠过酒杯落到他的眼睛里。

这样，我又真真切切地与他相伴了，他的话又像当年那样在我耳边响起。

但是，生活中的情况往往是，我们深切怀念一位亲爱的逝者，却由于白日的劳顿和嘈杂声常常几个星期、几个月长的时间只能匆匆为之，而当我们陷入沉思，以为又完全真实地拥有了一个先我们而去的可爱的生灵时，这样的宁静的瞬间便是少有的美妙时辰，我与歌德的情况也是这样。

经常几个月过去了，我的灵魂因为被吸引去接触日常生活，所以对于他来说已经枯萎，他也不再对我的心灵谈话。此外，还出现过一些其他情感歉收的星期和月份，我胸中既无幼芽萌发，也无鲜花绽放。我必须怀着极大耐心虚度这些无效的时光，因为在这种情况下写的东西可能毫无价值。我必须期待好运让那些使我把往事栩栩如生忆起的时刻重返，使我的内心世界在精神力量和感性愉悦方面达到配得上让歌德的思想和情感进驻的高度。因为我曾经与之交往的是一位英雄，我不可以降低他的身价。他必须以胸襟博大宽广、思想完全清晰有力的姿态和一位崇高人士的正常尊严出现，说真的——这绝不是什么微不足道的小事。

我与歌德的关系，情况特殊，性质柔情似水，宛如学生对老师，儿子对父亲，缺乏文化修养的人对富有文化修养的人。他把我带进他的圈子里，让我身心参与享受一种较高层次的生活。我常常只是每星期见他一次，在晚上去拜访他。我也常常每天中午见到他，在他那里，有时跟几个人在一起，有时很幸运我们俩一同进餐。

他的谈话跟他的作品一样丰富多彩。他永远是同一个人，也永远是另一个人。他会在不经意间被随便一种伟大的思想占据，于是便口若悬河，滔滔不绝地畅谈起来。他常常像一座春天里的花园，百花盛开，使人眼花缭乱，以至于你都想不到去摘下一束。在其他的时间里相反，你发现他沉默寡言，好像有一层迷雾笼罩在他的心头；甚至有些日子里他冷若冰霜，仿佛一股凛冽的寒风掠过覆盖着霜和雪的田野。另一方面，你有的时候又看到他犹如阳光灿烂的夏日，森林中全体鸣禽从灌木丛和巢穴里对你齐声欢唱，布谷鸟透过蔚蓝的空气叫喊着，溪水在开满花朵的河谷草地上潺潺流淌。这时，你就很想听他说话，感到与他接近很幸福，他的话使你心胸开阔。

无论是冬天还是夏天，无论在暮年还是青年，他好像永远在奋斗和变化；不过，在他这位七十到八十岁的老人身上最让人钦佩的是，他总是朝气蓬勃，那些显得老气横秋的日子是少数例外。

他的自我控制能力很强，这是他这个人的一个突出特点。这个特点是那种高度深思熟虑的姐妹，使他总是能够驾驭他的题材，让他的每一部作品都在艺术上完美无缺，令我们赞叹。也正是由于这一特点使得他以及他的一些著作，还有他发表的一些言论受到限制，充满顾虑。但是，一旦时运喜幸，一个巨大的精灵在他身上活跃起来，那自控的能力离他而去，这时他的言谈就像一条发源于高山上的大河，波涛汹涌，浪花翻滚，奔流而下。在这样的时刻，他说出的都是存在于他丰富的本性中最伟大和最优秀的东西，当他早年的朋友们表示说，他说的话比他写的和付印的文字更好时，你大概就能理解这些时刻了。因此，马蒙特尔·冯·狄德罗说，通过他的著作了解他的人，只是了解了他一半，但只要他开口畅谈起来，他就是独一无二的、引人入胜的。

倘若我可以期待，能够把这些谈话中的某些喜幸瞬间留住，这对这一卷可能很有用处，因为在其中的一些段落里歌德这个人有双重影像，即一个是反映在我这里的影像，另一个是反映在一位年轻朋友那里的影像。[1]

日内瓦的索雷先生是具有自由思想的共和党人，1822年应聘来魏玛领导对亲王陛下的教育工作，他从到达那年起直至歌德去世也同样与歌德保持着非常密切的联系。他经常在歌德家中用餐，也是歌德晚间朋友们聚会上的一位常见并且被乐于见到的客人。此外，他的自然科学知识为持续交往提供了多种契合点。他作为知识全面的矿物学家对歌德的水晶玻璃进行了排列，他的植物学知识使他能够将歌德的《植物的演化》翻译成法文，从而使那部重要著作得以更广泛地传播。还有，他在宫廷的职位也同样使他能经常接近歌德，有时是陪亲王去见他，有时是因为受大公和大公夫人皇后陛下的委托去登门造访。

索雷先生在他的日记里经常记载这样一些个人接触，并且在几年前出于好心将汇编起来的一小份手稿交给我，用意是，我可以将其中最好和最有趣的部分按年月顺序编入我的第三卷。

这份用法语做的笔记，有时详细，有时潦草并且残缺不全，是作者在极其繁忙的日子里勉强抽出时间匆匆记下的。不过，因为在全部手稿里没有出现我与歌德未曾反复和详细讨论过的题目，所以我个人的日记完全适合补充索雷写的笔记，填补那里留下的空白，把常常只是略微提及的话题加以充分阐述。但是，所有以索雷的手稿为基础，或者对手稿使用很多的谈话，这种情况尤其涉及最初两年，我都在上方的日期边上打一小星号，以便把它们与只是我自己写的区分开来，我自己写的除少数外包括1824年至1829年和1830年、1831年及1832年的大部分。

这里，不再赘述，只希望这很久以来精心呵护的第三卷也能像前两卷那样受到广泛欢迎。

1847年12月21日 于魏玛

---

1 这位年轻的朋友就是日内瓦的索雷先生。这第三部分既包括歌德与爱克曼本人的谈话，也包括歌德与索雷的谈话。

─ 1822年 ─

1822年9月21日，星期六*

（关注矿物学和物理学，特别关注光学）

今天晚上和内廷参事迈尔一起在歌德家里。[1]谈话主要围绕矿物学、化学和物理学。歌德好像对光的两极分化特别感兴趣。他给我看了各种不同的仪表器件，大部分是按照他个人的指示设计的，他还表示，想要跟我一起做几项实验。

谈话过程中，他越来越无拘无束，推心置腹。我待了一个多小时，临别时，他对我说了不少祝福的话。

他的外表还堪称英俊，前额和眼睛尤其威严庄重。他的身材高大魁梧，看上去很硬朗，你大概不会理解，他怎么几年前就宣称自己老了[2]，结果还能参加聚会和进宫理政。

1822年9月24日，星期二*

（对自然科学的新发展特别感兴趣）

晚上在歌德家和迈尔、歌德的儿子、儿媳、他的医生内廷参事雷拜因一

1　这一天内廷参事迈尔陪索雷拜访歌德，这是索雷第一次在歌德家中做客。

2　1822年歌德口头上和在书信中都表示自己年纪太大了。

起度过的。歌德今天特别热情，把从斯图加特带来的石版画拿给我看，华美壮丽，这么完美的作品我还未曾见过。然后我们讨论了自然科学方面的事情，尤其是化学取得的进步。[1]歌德主要研究碘和氯；他很惊异地谈论这些物质，仿佛这些新的化学发现完全出乎他的意料。他令人拿来一些碘，当着我们的面把碘放在一支蜡烛的火焰上挥发，并且赶忙让我们欣赏那团紫色的烟雾，高兴地用以证明他的颜色学理论的一条规则。

1822年10月1日，星期二*

（歌德的儿媳）

参加歌德家中的晚间聚会。我发现在场的客人中也有总管冯·米勒先生、波伊策尔主任[2]、施特凡·许策博士和施密特内阁资政。施密特演奏了贝多芬的几首奏鸣曲，少有的完美。歌德的儿媳年轻、性情开朗，和蔼可亲的天性中包含无穷的智慧，她的以及歌德的谈话给了我极大享受。

1822年10月10日，星期四*

（著名学者布鲁门巴赫）

在歌德家中的一次晚间聚会上我和哥廷根著名的布鲁门巴赫[3]都在场。布鲁门巴赫年事已高，但表情开朗，神采奕奕；他完全保持着年轻人的灵活和敏捷。他的举止不会让你想到你面前是一位学者。他胸襟宽畅，做事不啰唆，跟他在一起很快就不再拘束。与他认识我感到既有趣又愉快。

1　1810年英国化学家发现了氯，1811年法国化学家发现了碘。

2　波伊策尔（Heinrich Carl Friedrich Peucer，1779—1849），魏玛神甫、管理部门负责人、作家。

3　布鲁门巴赫（Johann Friedrich Blumenbach，1752—1840），哥廷根大学教授、医生、解剖学家，歌德的朋友。

1822年11月5日，星期二*

（钢琴演奏家胡梅尔）

晚上在歌德家中聚会。在场客人中也有画家科尔贝[1]。他们给我看了他的一幅制作精良的大型油画，即一幅德累斯顿画廊里金发维纳斯的复制品。

我今晚在歌德家中也看见了埃施韦格先生[2]和著名的胡梅尔。胡梅尔在钢琴上即席演奏了差不多一小时，那种力量和天赋如果你没听过他的演奏的话是不可能领悟的。我发现他的谈话朴实、自然，作为如此有名的大钢琴演奏家，他本人格外谦和。

1822年12月3日，星期二*

（耶拿学生闹学潮）

歌德家中的一次晚间聚会。里默尔先生、库德赖先生、迈尔先生、歌德的儿子和儿媳冯·歌德夫人都在到场人之列。

耶拿的大学生正在闹学潮；人们派去一连炮兵想使他们平静下来。[3]里默尔念了一本被禁的歌集，因为这些歌被禁引起学生们反抗或者成为他们反抗的借口。朗诵时，这些歌得到大家齐声肯定与喝彩，尤其鉴于歌中表现出的天赋。歌德本人觉得这些歌很好，答应把它们交给我静下来时审阅。

我们接着观赏了一会儿铜版画和珍贵的书籍，之后，歌德读起诗歌《卡戎》（Charon）[4]来，令我们高兴。他把诗歌朗诵得明了、清楚、富有活力，令

1　科尔贝（Heinrich Kolbe，1781—1836），德国画家、杜塞尔多夫研究院教授，为歌德两次画肖像。

2　冯·埃施韦格（Wilhelm Ludwig von Eschwege，177—1855），上校军官，自1817年起任巴西矿场总经理。

3　隶属魏玛公国的耶拿大学校方下令禁止学生上街唱歌，引起学生抗议，他们宣布罢课。抗议遭军队镇压。

4　《卡戎》是用新希腊文写的一首诗，歌德早就知道有这首诗，1822年在友人的帮助下将它译成了德语。这首诗讲的是卡戎的故事，卡戎在希腊神话里是将亡灵通过水路运到冥府门口的艄公。

我叹服，我从未听过这样美妙的朗诵。那是什么样的激情！什么样的眼神！什么样的声音啊！抑扬交错，时而雷声隆隆，时而又和风细雨。对于我们所在的这个小小空间来说，有些段落他也许用力太多，但是，他的朗诵没有一点是我们不愿意听到的。

歌德随后谈起文学和他的作品，以及德·斯塔埃尔夫人[1]和与其相关的事情。他目前正在翻译和编排欧里庇得斯的《法厄同》的未完成稿[2]，这项工作一年前就已经开始，几天前又拿起来打算继续进行。

1822年12月5日，星期四*

（歌剧《格莱辛伯爵》的演出）

埃贝魏因的歌剧《格莱辛伯爵》（*Der Graf von Gleichen*）正在写作当中，今晚我在歌德家里听了第一幕的彩排。人家告诉我，歌德自从放下剧院经理的职务以来，这是第一次把这样一位歌剧界的大人物请到家中来。埃贝魏因指挥声乐部分，与歌德相识的几位女士也参与协助合唱，而独唱部分由歌剧的演员担任。有几首乐曲我觉得很稀奇，尤其是还有一首四声部卡农曲。

1822年12月17日，星期二*

（批评矿主们愚蠢）

晚上在歌德家里。歌德神清气爽，谈话饶有风趣，阐述的题目是孩子们不像他们的父辈们那么愚昧无知了。看得出来他对于为发现盐泉所做的勘查

1　德·斯塔埃尔夫人（Madame de Staël，1766—1817），法国作家，1804年来魏玛拜访歌德，她写的《论德国》（1810）详细介绍了当时德国的文学和社会状况。
2　《法厄同》是古希腊剧作家欧里庇得斯的一部未完成的戏剧。歌德根据这部未完成的戏剧写出了他自己的《法厄同》并于1823年出版。

很感兴趣，嘲笑某些企业家愚蠢，他们完全无视那些下面蕴藏着盐矿，必须用钻头凿穿的地层表面的征兆、状况和地层顺序，他们不知道也不去寻找合适的地段，总是固执地在一处和同一处顺着唯一一个钻成的孔去碰运气。[1]

1　1822年10月25日《莱比锡日报》发表文章称，一家盐矿公司在格拉附近发现有盐矿，并开始钻探。

—1823年—

1823年2月9日，星期日*

（观看几位名人的手迹）

晚上在歌德家中，看见他一个人与迈尔谈话。我翻阅一本过去几个世纪的纪念册，其中有几幅很著名的手迹，如路德的、伊拉斯谟的[1]、莫斯海姆的[2]，以及其他一些人的。莫斯海姆用拉丁文写了如下的话，引人注目：名望来源于辛劳和痛苦；糊里糊涂是幸福的源泉。

1823年2月23日，星期日*

（歌德病情出现转机）

几天来歌德病得很重；昨天病势危殆。不过今天出现了转机，似乎已被抢救过来。今天早上他还表示，认为自己不行了。后来，中午的时候，他产生了能克服这场危机的希望；晚上他又说，如果能幸免于难，那就必须承认，对于一位老人来说他演的这出戏太高明了。

---

1 伊拉斯谟（Erasmus von Rotterdam，1467—1536），16世纪德国人文主义运动代表人物之一。
2 莫斯海姆（Johann Lorenz von Mosheim，1694—1755），新教神学家，哥廷根大学教授。

1823年2月24日，星期一*

（御医胡施克的一剂药有疗效）

今天这一天关于歌德的情况仍很令人不安，因为午间病势没有像昨天那样有好转。突然一阵虚脱，他对儿媳说："我感觉，在我身上生与死开始搏斗的时刻到了。"

但是晚上，病人头脑完全清醒，因此好了伤疤忘了疼，又有一些忘乎所以了。他对雷拜因说："你用药太小心翼翼，对我保护太多了！你若是给像我这样一位病人看病，就必须对他采取一点拿破仑式的行动。"他随后喝了一剂用茶杯盛着的阿尼卡，昨天病情最危急的那一刻胡施克 [1] 用了这种药，致使他平安地度过了那场危机。歌德把这种植物美美地描绘了一番，把它的神速疗效捧上了天。人家告诉他，医生本不赞成让大公看他。歌德喊道："我要是大公，我也会关心很多事情的，我会很关心照顾你们的！"

在感觉比较好，似乎不太胸闷的时候，他讲话轻松，头脑清楚，雷拜因对站在一旁的人悄声说："通常呼吸道见好呼吸就会随之顺畅。"歌德听到这句话高兴地大声喊道："这一点我早就知道；这条真理用不着等你说，你这个调皮鬼！"

歌德挺着腰板儿坐在床上，面对他书房敞开着的门，并不知道自己最亲近的朋友们都聚集在那里。我感觉他的容貌变化不多，声音干净清楚，语调却是像一个濒临死亡者的声音一样严肃庄重。他对他的孩子们说："你们好像以为我有好转了，那你们是在欺骗自己。"不过，大家还是风趣地劝他不要想太多，他没有反驳，好像也接受了。这时，进入房间的人还是那么多，我认为这一点都不好，因为不必要有这么多人在场，不仅使空气变坏，也妨碍服侍病人。我不能对上述情况缄口不语，于是走下楼到下面的房间里，向皇帝陛下 [2] 发去一份我的报告。

1　胡施克（Wilhelm Ernst Huschke，1760—1828），魏玛大公家族的御医，雷拜因是魏玛大公的私人医生，同时也是歌德家的医生。

2　这里的"皇帝陛下"是指卡尔·奥古斯特的大公子卡尔·弗里德里希的夫人玛利亚·保罗夫娜。

1823年2月25日，星期二*

（歌德病情仍无好转迹象）

歌德要求向他说明迄今为止对他的治疗和护理程序；他也读了到那时为止询问过他健康状况的人的名单，每天人数都很多。他随后接待了大公，事后好像没有受这次客人来访的影响。今天我发现他书房里的人见少，我高兴地由此得出结论，昨天提的意见起了一点作用。

现在，病是改善了，大家似乎又在担心病的后果。他的左手肿了，出现了可怕的积水征兆。要在几天之后才能知道，如何评估这场病的最终结果。今天歌德第一次想要见他的一位朋友，即他的最老的朋友迈尔。他想给迈尔看一枚少有的勋章，这是他从波希米亚得到的，喜欢极了。

我是十二点来的，歌德听到我在那里，就让人把我叫到他身边。他把手伸给我并对我说：“你看，我是一个死而复生的人。”然后，他托付我向皇帝陛下在他生病期间给予的关怀表示感谢。他接着补充说：“我的康复将是很漫长的，尽管如此，大夫们在我身上制造了一个小小奇迹，这依然是他们的荣誉。”

几分钟之后我退了出来。他的脸色不错，但人消瘦很多，呼吸还有些累。我觉得，他讲话好像比昨天困难。左胳膊上的肿块儿很明显；他闭着眼睛，只有说话的时候才睁开。

1823年3月2日，星期日［1日，星期六］*

（观赏歌德收藏的仿真宝石）

今晚在歌德那里，我有些日子没看见他了。他坐在他的靠背椅上，有他的儿媳和里默尔在身边。他情况显著好转，声音又自然响亮了，吸气轻松，手不再肿胀，看上去又像恢复到了健康状态，而且谈话也不费力气。他站起身，利利落落地走进他的卧室，然后又返回来。我们在他那里喝茶，因为今天这又是第一次，所以我就跟冯·歌德夫人开玩笑，责备她忘了在茶桌上放一束鲜花。冯·歌德夫人立刻拿下她帽子上的一条彩带，把带子绑到煮茶机上。这个玩笑好像让歌德很开心。

我们接着观赏了他收藏的仿真宝石，这是大公让人从巴黎送来的。

1823年3月22日，星期六*

（上演《塔索》，庆祝歌德康复）

为庆祝歌德身体康复，今天剧院上演了他的《塔索》，里默尔写的开场白，由海根多夫夫人朗读。观众兴奋不已，在他们热烈的喝彩声中一个月桂花环被装点在他的半身雕像上。演出结束后，海根多夫夫人去歌德那里，她还穿着那件缠着金银丝线的丝绸礼服，把塔索的桂冠送给他，歌德收下这个桂冠，准备用它装点大公夫人亚力山德拉[1]的半身雕像。

1823年4月1日，星期二*

（歌德与《拉摩的侄儿》的关系）

我给歌德带去皇帝陛下给他的一期法文时装杂志，里面谈到他的一部作品的译著。借此机会我们讨论了《拉摩的侄儿》，其原作早已丢失。有些德国人认为，所说的那份原作从来不曾存在过，一切都是歌德自己虚构的。但歌德保证，他根本模仿不了狄德罗才华横溢的叙述和写作方式，德文的《拉摩》只是一部非常忠实于原文的译著。[2]

---

1 亚历山德拉（Alexandra，1798—1860），普鲁士国王弗里德里希·威廉三世的女儿，先是大公的夫人，后来成为俄国沙皇尼古拉一世的夫人。

2 狄德罗的《拉摩的侄儿》写于1762年，在作者生前仅以手抄本流传。1804年至1805年间歌德根据手抄本将《拉摩的侄儿》译成德文，并于1805年在德国出版。后来，法国的学者将歌德翻译的《拉摩的侄儿》回译成法文，并于1821年12月1日将译作寄给了歌德。

1823年4月3日，星期四*

（魏玛剧院成功演出科策布的戏剧《和解》）

今晚一部分时间是和建筑工程总经理库德赖先生一起在歌德那里度过的。我们谈到剧院和一段时间以来开始的对剧院的改进。[1]歌德笑着说："我没有去，但注意到了。还在两个月前我的孩子们晚上回家来总是很扫兴；他们对于提供给他们的娱乐从来没有满意过。但是现在这一页翻过去了；他们回来喜形于色，因为终于可以酣畅淋漓地哭了。他们昨天的这种'对眼泪的绝妙享受'要归功于科策布的一部戏剧。"[2]

1823年4月13日，星期日*

（拜伦的最后两部戏剧，莫扎特《魔笛》的脚本）

晚上只跟歌德一个人在一起。我们谈论了文学，拜伦勋爵及他的《萨达纳帕拉》（Sardanapal），还有《维特》。然后我们谈起歌德经常而且喜欢谈的《浮士德》，他希望能有人把《浮士德》译成法文，而且用马罗[3]那个时代的风格。歌德认为，拜伦写他的《曼弗雷特》的兴致来源于《浮士德》。歌德觉得，拜伦在他最后两部悲剧中的表现有明显进步，因为他在剧中不那么忧郁和厌世了。随后我们谈论了《魔笛》的脚本，歌德已经写好续篇，但还没有找到一个能恰当地处理这个题目的作曲家。他承认，大家熟悉的第一部分里充满不真实和玩笑，这些不真实和玩笑不是每个人都会编造和赏识的，但无论如何必须向作者[4]承认，他对艺术的理解已达到很高程度，通过对比起作

1　这里的"改进"是指魏玛宫廷剧院新院长卡尔·施特罗迈尔（Karl Strohmeyer）就任后出现的新气象。

2　当时德国流行一种叫作"流眼泪"的戏剧，魏玛剧院也上演这种戏剧。"昨天"也就是1823年4月2日演出的是冯·科策布的一部戏剧《和解》。科策布与歌德是同时代的剧作家，他创作的剧本不仅数量多，演出的次数也十分惊人，在当时的观众中受欢迎的程度远远胜过歌德和席勒。

3　马罗（Clément Marot，1496—1544），法国文艺复兴时期作家，写过诗体剧本。

4　莫扎特的歌剧《魔笛》的脚本是由剧作家、剧院院长席卡内德（Emanuel Schikaneder，1751—1812）编写的。歌德对《魔笛》这部歌剧以及它的脚本评价很高，并于1795年开始续写《魔笛》的脚本，但没有写完，1807年未完成稿正式出版。

用，制造巨大的舞台效果。

1823年4月15日，星期二*

（当时德国出版界的状况）

晚上和卡罗利妮·埃格洛夫施泰因伯爵夫人一起在歌德那里。歌德取笑德国的历书和其他定期的出版物，认为当下时有发生的可笑的伤感好像通通传入了它们那里。伯爵夫人补充说，德国写小说的人曾经带头捣毁他们众多读者的胃口，现在反过来读者又去诋毁写小说的人，说这些人现在为了给自己的书稿找一个出版商就必须迁就受众低劣的主流趣味。

1823年4月26日，星期六*

（一个地球仪上称：中国人与德国人相似）

在歌德家里我看见了库德赖和迈尔。我们谈论了好些事情。除此之外歌德还说："大公的图书馆里有一个地球仪，是查理五世当政时由一个西班牙人制作的。地球仪上有几条题词引人注目，例如下面这句题词：'中国人是一个与德国人有非常多相似之处的民族。'"歌德继续说："在古代，非洲荒漠在地图上是用野兽的图片作标志的。但是如今没有人这么做了；相反，地理学家更喜欢把授予名称的全权（carte blanche）让给我们。"

1823年5月6日，星期二*

（歌德谈颜色是怎么产生的）

晚上在歌德家里。他试图让我对他的颜色学有一个概念。他说，光绝对不是各种不同颜色的组合；光也不能独自产生出颜色来。相反，颜色的产生永远需要光与暗的某种变异和混合。

1823年5月13日，星期二*

（歌德为丢失的小诗歌、小人物图片惋惜）

我发现歌德正忙于把他的小诗歌和小人物图片搜集在一起。他说："早年我对自己的东西有些漫不经心，没有注意留副本，因此，这样的诗歌丢失了上百首。"

1823年6月2日，星期一*

（做科学研究必须有创新精神，不能墨守成规）

总管、里默尔和迈尔都在歌德那里。大家讨论了贝朗瑞的诗，歌德对其中几首的解释和修改很有独创性，调动起了大家的情绪。

然后谈到物理学和气象学。歌德正想编写大气学理论，他把气压计的升与降完全归因于地球以及地球对大气的呼与吸的作用。

歌德接下去说："学者先生们，尤其数学家先生们免不了会认为我的思想完全可笑；或许，他们还会做得更好一些，自视清高，对于我的思想全然置之不理。但是你知道为什么吗？因为他们说，我不是专家。"

我回答说："学者们的狭隘偏见也许还可以原谅。如果在他们的理论里出了几个错误，并且继续存在下去，那么就必须到把这些错误作为教条流传下来的那个时代去寻找原因，而那时他们自己还在上学呢。"

"说的就是！"歌德大声说，"你们的学者们做的事跟我们魏玛的装订工人做的事一样。为了能被行会接纳，人们要求他们拿出的满师考试作品绝不是一幅按照最新趣味设计的漂亮装帧。不，远远不是！他们还是得交出一部厚厚的对开本《圣经》来，完全像两百年至三百年前流行的那样，采用华丽的封面，包装在结实的皮革里。这份作业很荒唐。但是，如果可怜的工匠要坚持说，他的主考官是一些愚昧无知的人，那他的日子就不好过了。"

1823年10月24日，星期五*

（听斯琴玛诺夫斯卡夫人钢琴演奏）

晚上在歌德那里。斯琴玛诺夫斯卡夫人是歌德今年夏天在玛丽浴场认识的[1]，她在钢琴上即席演奏，歌德全神贯注地听着，有时好像深有所动。

1823年11月11日，星期二*

（捉弄一个神甫的故事）

晚间在歌德家里有小规模聚会。歌德好久以来又感觉身体不适，他的双脚用一条毛毯裹着，这条毛毯他自香槟战役（Feldzug in der Champagne）后到处携带着。借这条毛毯的机会他给我们讲了1806年的一段有趣的故事，那时法国人已经占领了耶拿，法国军团的神甫为点缀祭坛征调装饰性挂物。歌德说："人们给他交来一块大红色发亮的东西，但是他觉得还不够好。他对我诉苦。我回答他说：'你把那个东西给我送来，我想看看，是否能给你找个好一点的来。'那时我们剧院要上演一部新的话剧，我利用了这块华丽的红布料打扮我的演员们。至于这位神甫，他什么都没得到；他被遗忘了，他必须自己想办法自救。"

1823年11月16日，星期日［15日，星期六］*

（歌德生病，大公夫人送徽章慰问）

歌德身体状况还是不见好。今晚大公夫人命我给他送去几枚非常漂亮的徽章，让他看看这些徽章，散散心，情绪或许会好转。女君主的这份精致的小礼物显然使歌德十分高兴。随后他对我诉说，他感觉心脏一侧疼痛，跟去

1　1823年歌德在玛丽浴场认识了波兰钢琴家斯琴玛诺夫斯卡夫人，她的演奏让歌德感动得流下眼泪，化解了他失恋的痛苦。于是他在这位钢琴家的纪念册上题了三节诗，题为《化解》。

年冬天那场大病之前一样。他说："我不能工作，不能读书，连思维都只能在那些心情轻松的瞬间有效进行。"

1823年11月17日，星期一［16日，星期日］*

（猜测歌德生病的原因）

洪堡在这里。我今天在歌德那儿待了一会儿，感觉洪堡的到来和谈话对歌德似乎起了有益的作用。歌德的病好像不仅仅是身体上的，今年夏天他在玛丽浴场对一位年轻女子产生了热烈的爱慕之情，现在正在努力克制，因此似乎更可以把这次热恋看作是现在这场病的主要原因。[1]

1823年11月28日，星期五［27日，星期四］*

（赞扬迈尔新出版的《艺术史》）

迈尔的《艺术史》第一部分刚刚出版，歌德对这本书好像很有好感。他今天谈论此书时，用了高度赞赏的语句。

1823年12月5日，星期五*

（得到几块矿石，歌德高兴不已）

我给歌德带去几块矿石，尤其是那块色彩很深的赭石，这是德尚在科尔

1　歌德于1823年春得了重病，康复后于7月到玛丽浴场休养，碰巧又遇到了1822年在此地相识的少女乌尔里克。这时歌德刚从重病中恢复过来，全身充满活力。乌尔里克使他想起了五十年前与他相爱的弗里德里克，七十四岁的老人对只有十九岁的少女产生了不可遏止的爱情，这位少女也由于敬仰歌德而对他倾心爱慕。先是在玛丽浴场，后在卡尔浴场，两人始终在一起，歌德在写给儿子的信中说，他享受到了"身体上和精神上的快乐"。歌德正式向乌尔里克求婚，但由于周围人的反对和少女本人的犹豫没有成功，两人于1823年9月不得不分手。分手给歌德带来了巨大痛苦，写下了不朽的名诗《玛丽浴场哀歌》。不过，歌德的痛苦很快就被"化解"了，索雷在这里将失恋说成是这次生病的"主要原因"，恐怕更多是一种猜测。

玛岩找到的，马索先生[1]对此事大加赞扬。但是，当歌德看到安格莉卡·考夫曼[2]在她的绘画中画肌肉部分时经常用的颜色就是这个颜色时，他是多么惊讶。他说："她是按照黄金的分量估价她所拥有的那一点点东西的。可是，她并不知道这点东西来源何处，在什么地方能够找到。"歌德对他的女儿说，我将马索看作每天都有人向他送新礼物的苏丹。冯·歌德夫人反驳说："相反，他看待你就像看待一个孩子！"歌德忍不住笑了。

1823年12月7日，星期日［8日，星期一］*

（歌德自我感觉病情尚好）

我问歌德今天感觉如何。他唉声叹气地回答说："不像拿破仑在他岛屿上的感觉那么差。"[3]病情拖延的时间太长了，看来对他的影响毕竟越来越大。

1823年12月21日，星期日*

（不赞成儿媳去柏林与母亲会面）

今天歌德的心情又是好得登峰造极。最短的一天已经到来，我们希望从现在起白天会一周比一周明显变长，看来这对他的情绪会产生极其有利的影响。我今天上午进他家的时候，他高兴地对我迎面喊道："咱们今天庆祝太阳的轮回吧！"我听说，通常每年最短的这一天到来之前的几个星期他都过得不好，心情郁闷，唉声叹气。

冯·歌德夫人进来告诉她的公公，她正准备出门去柏林，要在那里与将于近期归来的母亲会面。

---

1 马索（Firmin Massot，1766—1827），瑞士画家，索雷的朋友。
2 考夫曼（Angelika Kaufmann，1741—1807），瑞士画家，在意大利与歌德相识。
3 1815年6月18日拿破仑一世在滑铁卢战败，6月22日第二次退位，被囚禁在大西洋圣赫勒拿岛上，1821年5月5日在该岛病逝。拿破仑一世留下大量口述和回忆录，其中也包括圣赫勒拿的回忆录。

冯·歌德夫人走后歌德跟我开玩笑说，这种想象充满活力，是年轻人的特点。他说："我老了，不想反驳她了，无法让她理解首先在那里还是首先在这里与母亲重逢其快乐是完全一样的。这种冬季旅行费力不讨好；但年轻人觉得这种费力不讨好往往意味深长。——总而言之，有什么办法呢！人总得经常干点惊人之举，只是为了能再多活一段时间。我年轻的时候并不比这好，但总算是安然无恙地闯过来了。"

1823年12月30日，星期二*

（自然科学研究的顽症是墨守成规，打击创新）

晚上与歌德一个人在一起，五花八门什么都谈。他告诉我，他打算把他的《1797年瑞士之行》收入他的作品里。[1]然后谈到《维特》，他大约在这本书出版后十年读过一次，没有再读过。对待其他的著作他也是这么做的。我们随后谈到翻译作品，他告诉我，用德文诗行复述英文诗歌他会感到很困难。他说："如果我们想用多音节的或是复合词组成的德语词汇表达英国人的铿锵有力的单音节词汇，所有的力量和效果都会立刻丢失。"他说到他的《拉摩》，他的翻译和口授共用了四个星期。

随后我们谈论了自然科学，特别是关于一些学者，他们心胸狭隘，为了优先权争执不下。歌德说："什么也没有像我的科研工作这样让我学会了更好地认识人。这曾经让我付出很多，而且与某些痛苦联系在一起；但是，我还是为有过这个体验而高兴。"

我补充说："在自然科学中，人的自私自利是以一种特殊的方式被激发的；自私自利一旦开始活动，通常人格的全部弱点就会很快显露出来。"

歌德用坚定的语气回答说："科学的问题往往是生存的问题。唯一一次发明就能使一个人一举成名，并且为他作为公民的幸福奠定基础。因此，在自

---

1 1797年歌德经法兰克福和斯图加特来到瑞士，他记录了这次瑞士之行的见闻。1823年11月5日他将手稿交给爱克曼，请爱克曼帮他整理。

然科学中也就有这种高度严酷性，这种一旦抓住就绝不松手的行为和这种对别人充满睿智的见解表现出的嫉妒。[1]在美学领域相反，一切都马虎得多；思想或多或少是每个人与生俱来的财富，一切的关键在于如何处理和阐述，所以少有嫉妒也是在情理之中。仅仅一个想法就能为上百个简练而含义深刻的警句提供基础，问题只是，究竟什么样的诗人才善于用最有效的和最美妙的方式把这个想法形象地表现出来。[2]

"然而，从事科学工作，全部效果都来自充满睿智的见解，如何处理无关紧要。这里普遍的和主观的东西很少，对于自然法则的所有具体解释都神秘莫测地、呆板地、永久不变且沉默无声地存在于我们身外。每一个被看到的新的现象都是一个发现，而每一个发现都是一件财富。某一个人一旦触摸到了这件财富，他就会立刻激情满怀。"[3]

歌德继续说："但是，在自然科学中也同时把在高等学府获得和学习到的传统知识视为财富。如果有一个人拿来一点新的，与我们多年来盲目跟从并且又传给其他人的信条发生矛盾，甚至使信条面临被颠覆的东西，大家就会对这个人满腔义愤，群起而攻之，千方百计要把他压制下去，极尽抗拒之能事。他们做出充耳不闻，闻而不懂的样子，轻蔑地谈论着，好像这些东西根本不值得费力去仔细看一看，探讨一下；于是，一条新的真理就要被推迟很久很久才能走上轨道。[4]关于我的颜色学，一个法国人曾经对我的一位朋友说[5]：为了建立和巩固牛顿王国我们曾经工作了五十年；为了把它推翻我们还需要另外五十年。

1　歌德讲的这几句话，既是他对科学界存在的问题的归纳，也是对那些反对他的颜色学观点的人所持的阴暗心理的剖析。

2　歌德认为，对文学创作来说，思想是每个人与生俱来的财富，关键是如何表现它，使它形象化。

3　歌德认为，对科学研究来说，重要的是发现和解释自然规律，而不是预先有什么思想，因此一旦有所发现，就是一笔巨大财富，至于如何处理、如何表达无关紧要。

4　歌德认为，科学界的顽症是，死抱住传统信条不放，拒绝并排斥一切新的发现。他的颜色学因不同于牛顿的学说就遭到了这样不公正的待遇。

5　这位"法国人"是位天文学家，曾对歌德的好友赖因哈德说了这段话。赖因哈德于1807年12月2日又将此话转告了歌德。

"一些数学界的人试图对我在自然科学上的名字大打问号，以至于都不敢提起它。前些时候我拿到一本小册子[1]，其中论述的是关于颜色学的题目，作者好像完全吃透了我的学说，他将一切都建立和归因于与我的学说同样的基础之上。我十分高兴地读了这篇著作；但让我甚为惊讶的是，我不得不看到作者竟然没有提到我。后来我的这个谜团解开了。一位一起共事的朋友来看我，他坦诚地对我说，那位很有天赋的年轻作者打算通过我的那篇著作建立自己的名望，如果他冒险用你的名字支撑他陈述的观点，他会在学术界受损，因此他害怕是有道理的。这本小册子获得了成功，那位才华横溢的年轻作者后来亲自前来自荐，请求原谅。"

我回答说："这就更让我觉得奇怪了，在其他所有的事情上人们都有理由为你的威望而感到自豪，谁都会非常高兴地认为，你的认同就是在世人面前对他的一种强有力的保护。我觉得你在颜色学方面糟糕的是，你不仅是在与那位著名的、大家公认的牛顿，而且也是在与他分布在全世界的学生打交道，他们追随自己的师长，并且人数众多。即使你最终是正确的，你肯定还得有很长时间只能跟你的新学说形影相吊。"

歌德回答说："我习惯了，有所准备。"他接着说："当我二十年来不得不承认，伟大的牛顿和所有数学家以及高超的计算装置都在颜色学的问题上与他一起犯了一个明显的错误，而我是上百万人中唯一一个在这个硕大的自然课题上知道什么是正确的人的时候，你倒是说说看，我能不自豪吗？怀着这样的优越感，我才可能忍受我的对手们那么拙劣的胆大妄为。他们千方百计试图攻击我和我的学说，取笑我的思想，然而，我对自己完美的著作依然珍爱如故。对手们的全部攻击只能帮助我看到这些人的软弱。"

歌德说话时，表情如此有力和丰富，眼睛闪烁着火焰一般不寻常的光芒，拙口是没有能力将其全部如实复述出来的。当一缕冷嘲的微笑在他唇边戏耍时，我们看到的是胜利的神情。他清秀的面庞上的表情比任何时候都大气，令人难忘。

1　这本小册子是由布拉格的一位生理学家撰写的。

1823年12月31日，星期三

（歌德的上帝观）

在歌德家中吃饭时，谈到不少话题。他把一个皮夹子拿给我看，里面是徒手画的素描，其中海因里希·菲斯利[1]最初的尝试特别引人注目。

然后我们谈论了宗教上的事情以及滥用上帝名字的情况。

歌德说："人们嬉耍上帝，仿佛这个无法理解的、根本想象不出的最高存在，并不比他们的同类高明多少。否则他们就不会说：主啊，上帝，亲爱的上帝，仁慈的上帝。对于他们，尤其对于那些整天把上帝挂在嘴边的僧侣来说，上帝成了一句空话，仅仅是一个名字，在名字后面他们什么也想象不出来。但是，如果上帝的伟大充满他们的心田，他们就会缄默，他们就会由于心怀崇敬不说出他的名字。"

1　海因里希·菲斯利（Johann Heinrich Füßli，1742—1825），瑞士画家。

—— 1824年 ——

1824年1月2日，星期五

（谈莎士比亚，德国的创作环境，《维特》的创作与影响）

在歌德家中吃饭时聊得很愉快。大家提到魏玛社交界一位年轻的美人，在座人当中有一个人说，他几乎到了要爱上她的地步，尽管这位美人的知性真是算不上超尘脱俗。

歌德笑着说："呸！好像爱情与知性有什么关系似的。我们爱一位年轻妇女不是爱她的知性，而是爱她完全另外的东西。我们爱她的美丽，她的勃勃青春，她的讨人喜爱之处，她的温良和性情，她的缺点和她的怪念头，以及其他所有非语言所能表达的东西；但我们不是爱她的知性。如果她的知性很出色，我们尊重，一个女孩可以因此在我们眼中赢得无穷的价值。如果我们已经相爱，知性也可能有助于把我们捆绑在一起。但是，知性不能够点燃我们的心，唤醒我们的激情。"

我们觉得歌德的这番话很真实，很有说服力，因此很愿意也从这个侧面去观察这个题目。

饭后，其余的人都走了，我仍坐在歌德那里，又跟他一起商谈了一些有意义的事情。

我们谈到英国文学，谈到莎士比亚的伟大，以及所有在这位文学巨匠之后出现的英国戏剧作家都曾经有过怎样不利的处境。

歌德接着说："一个有才能的剧作家，如果也有点名望，他就不能不注意莎士比亚、甚至不能不研究他。但是，如果研究他就必须清楚，莎士比亚已经从各个方面，在不同深度和高度上把人的全部天性都详细地阐述过了，还能做的事对于他这个后人来说实际上已经所剩无几。一个人假如对这样一些已经存在的、深不可测的、不可企及的杰出业绩心悦诚服地有所领悟，他哪里还会有拿起笔来的勇气呢！

"就此而言，五十年前我在我亲爱的德国的处境当然好些。我能很快就接受了现存的一切，没让它们长时间地令我欣赏敬佩，耽搁我太多时间。我很快就把德国文学和对德国文学的研究抛在后面，而转身面向生活和创作。我继续在我自然发展的过程中，一步一步向前迈进，渐渐训练自己进行创作，我的创作也一个时期接着一个时期地达到了预期目的。而我关于杰出的想法从来没有比我在我生活和发展的每一阶段所能够做到的事伟大得多。假如我生来是一个英国人，在我青春刚刚开始觉醒的时代，各式各样的经典著作全部以它们所有的强大力量向我袭来，把我折服，我可能就会无所适从。我就不可能如此轻松愉快、意气风发地前进，肯定要前瞻后顾很长时间才找到一条新的出路。"[1]

我又回过头来谈莎士比亚。我说："如果我们把他在一定程度上从英国文学中剥离出来，把他作为一个单个的人放到德国加以观察，我们就不能不把他巨人般的伟大惊叹地视为一个奇迹。但是，若是我们到他的故乡去寻访他，站在他的国家的土地上，置身于他生活和学习的那个世纪的氛围之中，进一步研究他的同时代的人和直接的后继者，呼吸我们从本·琼森[2]、马辛杰[3]、马洛[4]和博蒙特[5]以及弗莱彻[6]那里感到的气息，那么，莎士比亚虽然仍是一位非常杰出的伟人，但我们还是深信不疑，他思想上的许多奇迹多多少少是

---

1 歌德认为，他在文学创作方面的成功，是由于他生活在德国，他刚步入文坛时德国还没有像莎士比亚那样的大文豪。

2 本·琼森（Ben Jonson，1572—1637），英国演员、作家、戏剧家。

3 马辛杰（Philip Massinger，1583—1640），英国戏剧家。

4 马洛（Christopher Marlowe，1564—1593），英国戏剧家，1588年写过悲剧《浮士德博士》。

5 博蒙特（Francis Beaumont，1584—1616），英国戏剧家。

6 弗莱彻（John Fletcher，1579—1625），英国戏剧家。

可以理解的，他身上的许多东西符合他那个世纪和他那个时代强烈的创造精神。"

歌德回答说："你说得完全正确。莎士比亚的情况跟瑞士的山脉一样。如果你把勃朗峰直接移植到吕讷堡草原的广阔平地上，你将由于惊讶而找不出话来表达它的高大。但是，如果你在它幅员宽广的故乡看望它，你经过它高大的邻居少女峰、芬斯特拉峰、艾格尔山、维特尔峰、圣戈特哈德山和玫瑰峰来到它那里，这样，勃朗峰虽然仍是一位巨人，但是它就不再会让你这样惊讶了。"

歌德继续说："此外，谁不愿意相信莎士比亚的许多伟大之处归因于他的那个伟大而强盛的时代，他就只需要给自己提出这样的问题：他是否认为在当今1824年的英国，在被报章杂志批评指责得支离破碎的糟糕日子里，有可能出现这样一位引人惊叹的人物。

"那种能让一些伟大的东西得以生长发展的不受干扰、纯洁善良、非常有把握的创作活动根本不复可能了。当下，我们有才能的作家都处于众目睽睽之下。每天在五十个不同地方出版的评论性刊物和由这些刊物在读者中引发的闲言碎语不能容许有一点健康的东西出现。如今，谁不完全回避那些健康的东西，不强迫自己与之隔绝，他就完蛋。虽然低劣的，绝大部分是负面的，片面地根据美学原则进行评论的报刊给群众输入了一种"半文化"（Art Halbkultur），但对于有创作才能的人来说这是一种迷雾，是投下的一剂毒药，它把创造力之树从装点它的绿叶，到最里面的树心和最隐秘的纤维通通毁掉。[1]

"而且，短短几个世纪以来生活本身变得多么温顺和孱弱，难道不是吗！我们在哪儿还能看到一个不加包装的、有个性的人！哪里还有人有力气做到真实，表现出原本的自我来！这种情况又反作用于诗人，当他被外部的一切抛弃时，这一切他就得在自己身上寻找了。"

1　从18世纪末开始，德国文学从象牙之塔出来走向大众化和市场化，文学由高雅滑向低俗；与此同时，各种文学评论风起云涌，为通俗文学推波助澜。歌德是高雅文学的代表，对当时的文学现状十分不满，他不附和当时的文学倾向，因而到19世纪相当长的时间他的作品并不受广大读者欢迎。尽管如此，他依然坚持他的精英主义，直到逝世。

话题转到《维特》。歌德说："这也是这么一个造物，是我曾经像鹈鹕一样，用自己的心血把它哺育出来的。其中有许多深邃的东西来自我的内心，有许多感受和想法，我就是用这些感受和想法装备出了一部拥有十个这样小篇章的长篇小说。此外，我已说过多次，这本书自从出版我只又读过一次，我避免再读它。里面是清一色的烟花爆竹！读到它们我会感到恐怖，我害怕再体验一遍创作这部作品时的那种病态状况。"

　　我回想起他与拿破仑的谈话，在他未付印的稿件中有一份这次谈话的简单记录，我是通过这份记录了解到这次谈话的，我曾经一再请求他根据这份记录进一步把谈话全文写出来。我说："拿破仑曾向你指出《维特》里有一段话他觉得是经不起严格检查的，你也承认他说得对。我很想知道，他指的是哪一段。"歌德神秘地微笑着说："你猜猜吧！"我说："那好，我想很可能是那一段，即绿蒂没对阿尔伯特说一句话，没告诉他自己的预感和恐惧就把手枪送给维特那一段。你虽然尽一切努力解释这种沉默的理由，但事关朋友生命的紧急需要你的一切理由似乎都经不起检查。"歌德回答说："你的评注当然不错。不过拿破仑指的就是你说的这一段还是另外一段，我看还是不透露为好。如前所说，你的观察和他的观察都正确。"

　　我提出，《维特》出版时产生了巨大影响，是否真的要归因于那个时代。我说："我不能认同这种普遍流传的看法。《维特》是划时代的，因为它出现了，并不是因为它出现在某一个时代里。《维特》即便是今天才出现，也是划时代的，因为任何时代都有那么多说不出口的痛苦，那么多私下里的不满和对人生的厌倦，一些个人也都有许多与世界的不协调之处，他们的天性也都有许多与市民社会机制的冲突。"

　　歌德回答说："你说得对，所以这本书如今仍和当年一样对一定年龄的青年人发生作用。我也几乎没有必要把自己青年时的抑郁沮丧归因于我那个时代的普遍影响，以及我阅读过的一些英国作家的作品。[1]相反，是那些个人的、不言而喻的情况使我心急火燎，烦闷痛苦，把我带入能产生出《维特》的那

1　指英国伤感主义作家斯特恩的作品。

种心境。我曾经生活过，恋爱过，受过很多折磨！——就是这个原因。

"至于大家谈得很多的维特时代，如果我们仔细观察，它当然不属于世界文明的进程，而是属于每一个个人的人生进程，每一个个人都有与生俱来的自由天性，他必须学习顺从和适应那个陈腐世界的限制自由权利的行为方式。幸福受妨碍，活动被阻止，愿望得不到满足，这些都不是一个时代的欠缺，而是每个个人的欠缺。如果不是每一个人在他的一生中都有过那么一个阶段，觉得自己就是维特，好像《维特》就是为他写的，那可就严重了。"

1824年1月4日，星期日

（因自己的成就不被认可愤怒，对法国大革命持否定态度）

今天饭后，歌德和我一起翻阅了用皮夹装帧的拉斐尔画册。他经常研究拉斐尔，为的是经常与这位杰出的画家保持联系，不断地练习思考一位崇高人物的思想观点。同时，他也很高兴能引导我熟悉类似的事物。

接着我们谈论了《西东合集》，特别是《恼怒卷》（*Buch des Unmuts*），在这一卷里歌德对他的敌人发泄了心中的某些不满。

他补充说："而且，我还是保持了相当的克制，我如果把使我恼怒和痛苦的事通通都说出来的话，那这么少几页的书稿可能就要增长成为整整一厚卷。

"其实，人们对我从来没有满意过，总要把我弄得跟上帝所喜欢的人不一样。人们对我的创作也很少感到满意。我年复一年地费尽心力劳作，想用一部新的作品讨世人喜欢，而他们却要求我得感谢他们，因为他们觉得我的作品还能忍受。倘若有人赞扬我，我还不能沾沾自喜把这种赞扬作为一种应有的承认加以接受；相反，他们期待我随便说一句表示不同意的、谦虚的客套话，让我以此谦卑地揭示我的人格和我的作品通通没有价值。然而，这有悖我的天性，假如我要像他们期待的那样说假话和撒谎，那我肯定就是一个无耻的骗子。可是，因为我有足够的力量展现我所感觉到的全部真实，他们就认为我骄傲，直到今天他们还是这么认为。

"在宗教事务，以及自然科学和政治学方面，我到处遭遇麻烦，因为我不说假话，因为我有勇气如实说出自己的感受。

"我相信上帝和自然，相信高贵会战胜低劣；但对于虔诚的教徒们来说这还不够，我应该也相信三位一体，而这就违背了我心灵中的真实感，我也看不出，这对我会有哪怕是一点点的帮助。

"此外，我看出了牛顿关于光和颜色的学说是错误的，而且有勇气驳斥这个被普遍承认的信条，这没给我带来好处。我看到的光是纯洁的，是真实的，认为为这一认识而斗争是自己的责任。可是那一派却是十分认真地力求使光变得阴暗，他们断言：<u>阴影是光的一部分</u>。我这么表达，听起来很荒谬，但确实如此。因为他们说，<u>颜色就是一种阴影，一种被涂上的影子，它们就是光本身，或者说，颜色就是时而这样，时而那样折射的光</u>，其结果都是一样。"

歌德沉默不语。此时，一种示意嘲讽的微笑在他的脸庞上蔓延。他接着说："现在这种情况甚至都表现在政治事务上面了！我都遇到过什么样的困难，吃了哪些苦头，自己都说不好。你读过我的《被煽动的人们》（*Die Aufgeregten*）[1]吗？"

我回答说："因为要出你的著作的新版，我昨天才读了这部剧本，这部剧最终没能完成，我由衷地惋惜。但不管怎样，每个有思想的人都会赞同你的观点的。"

歌德接着说："我写这部剧本时正值法国大革命时期，可以在某种程度上把它看作是我那一时期政治信仰的表白。我把伯爵夫人描写成贵族的代表，通过她的嘴讲话，表达贵族究竟是怎么想的。她刚从巴黎回来，在巴黎目睹了革命的发展过程，并且从中为自己吸取了有益的教训。她深信，人民或许可以压制，但不能镇压，下层社会的革命暴乱是大人物不公正的言行造成的后果。她说，今后，凡是我认为不公正的言行都严格避免，不论在社交界还是在宫廷，其他人有这样的行为我也要大声说出自己的意见。我再也不会对

---

1 《被煽动的人们》是歌德在法国大革命期间写的一部剧本，但没有写完，直到1817年才整理出版。这部戏反映了歌德对革命，特别是对法国大革命的看法，因此他称这个剧本是他的"政治自白"。

不公正的言行默不作声，即便人家诋毁我，给我署上民主党人的名字。"

歌德继续说："我以为，这种思想态度绝对是值得尊敬的。我当时的思想态度就是这样，现在依然是这样。作为回报，人们给我戴上了各式各样的头衔，我不愿意再重复了。"

我回答说："只要读一读《哀格蒙特》就能知道你是怎么想的了。我不知道有哪一部德国剧本讲人民自由这个词比这部剧本讲得更多。"

歌德回答说："人们甚至不喜欢看我原本是什么样子，而是把目光从一切能表现我真实的方面移开。席勒相反，就咱们俩私下里说，他与我相比更是一个贵族，但他说话远比我谨慎，却幸运地被看作是人民的特殊朋友。我为他感到由衷的高兴，但我也感到安慰，在我之前其他人的情况都不比我好。

"我不是法国大革命的支持者，这是真的，因为它的残暴行为让我太伤心了，我每天每日、每时每刻都在愤怒，而革命的良好的后果当时还看不出来。此外，在法国，那次革命是一种不可避免的必然结果，人们力图在德国人为地制造类似的场景，对此我也不能无动于衷。

"但我同样不是专横独断的支持者。我也完全坚信，任何一次大的革命从来都不是人民的过错，而是政府的过错。只要政府始终公正、清醒，体念人民的诉求适时改进工作，不要长期抗拒直等到下层人民不得不采取必要行动，革命就全然不可能发生。

然而，因为我憎恶革命，人们就把我称为现存制度的支持者。但这是一个很模棱两可的头衔，我不能接受。如果现存的一切是卓越的、好的、公正的，我根本用不着反对它们。但是，现存的一切除许多好的外同时还有许多坏的、不公正的和不完善的方面，因此现存制度的支持者往往就成为迂腐的、坏的东西的支持者了。[1]

---

1 法国大革命爆发时，由于提出的口号是自由、平等、博爱，因而一度受到德国作家的欢迎；但是，当法国大革命转变成暴力革命，推行恐怖政策时，除个别作家还表示支持外，绝大多数德国作家都转而反对法国大革命。至于歌德，他从一开始就对法国大革命持怀疑和反对的态度。不过，18世纪末，整个德国没有革命的氛围，因而歌德的这一态度并没有受到非议。但是，到了19世纪二三十年代，要求革命的呼声在德国越来越高，以致在1848年爆发了革命。在这种背景下，歌德反对革命的态度就备受指责。这也就是歌德要为他的政治态度进行辩护的原因。

"但时间永远在前进，人世间的事每五十年换一个样子，因此一件设备1800年是完美无缺的，1850年也许就已经是一件废物了。

　　"反之，对于一个民族来说，只有来自它自己的本质和它自己的普遍需要，而不是模仿其他民族的东西，才是好的。因为对于一个处在某一特定阶段的民族来说可能是有益的营养，而对于另一个民族也许就是一剂毒药。因此，一切不根据本民族内在实质的需要而引入的任何一种外国的改革尝试，都是愚蠢的。所有这一类蓄意进行的革命都不会成功。因为它们没有得到能遏制这种拙劣行为的上帝的保佑。但是，如果一个民族确实有进行一场伟大改革的需要，那么上帝就会与它同在，改革就会成功。上帝显然是与基督和他的第一批门徒站在一起的，因为新的博爱教义的出现是各民族的需要；上帝也显然是与路德站在一起的，因为净化被僧侣阶级损毁了的教义同样是一种需要。但上述两种伟大的力量都不是现存制度的支持者；相反，它们满怀这样的信念：陈旧的发了酵的面肥必须清除，不能再让不真实、不公正和有缺陷的东西继续存在下去。"

1824年5月5日［？］，星期三

（演员的发音要摆脱方言影响）

　　这几天我认真阅读了有关歌德与演员沃尔夫和格林纳一起研究讨论的材料，对这些极其零散的笔记进行了整理，并且颇有成效，搞出了一份其形式可看作是演员初级问答手册一类的成果。

　　今天我和歌德谈了这项工作，对各个题目逐一审阅。我们觉得特别重要的是，材料中提到了方言的发音和摆脱方言的问题。

　　歌德说："我在长期实践过程中结识了来自德国各地的初学者。德国北方人的发音总体上很少需要纠正。语音纯正，某些方面可以视为样板。相反，与土生土长的施瓦本人、奥地利人以及撒克逊人讲话，我常常感到困难。我们亲爱的魏玛城里的本地人也给我制造了许多麻烦。在此地的学校里没有引导他们通过一种标准的发音将B和P、D和T严格区分开来，因而出现一些极其可笑的错误。你几乎不能相信，他们认为B、P、D、T就是四个不同的字母，因为他们总说一个是清辅音B，一个是浊辅音B，一个是清辅音D，一个是浊辅音D，好像以此悄悄暗示根本不存在P和T。于是，用这样口音说出的Pein（痛苦）听起来像Bein（腿），Paß（护照）听起来像Baß（男低音），Teckel（达克斯狗）听起来像Deckel（盖子）。"

我坚定地回答说："一个本地的演员同样不能恰当地区分T和D，前几天他犯了一个类似的错误，显得很另类。他扮演一个求爱者，犯了一个小小的不忠实的过错，那位被激怒的年轻女子对他进行了各种各样的强烈谴责。他不耐烦了，最后大声喊道：'O ende！'（哦，停止吧！）可是他不会区分D和T，喊的是'O ente！'（哦，鸭子！）引得众人一片笑声。"

歌德回答说："这个例子很好，值得把它收入我们的戏剧问答手册里。"

我继续说："一位本地的年轻女歌唱演员也不会区分T和D，最近她需要说'Ich will dich den Eingeweihten übergeben'（我要把你交给知内情的人），但因为把T说成了D，听起来好像是说'Ich will dich den Eingeweiden übergeben'（我要把你交给内脏）。"

我又说："不久前，有一位本地的男演员扮演一个仆人的角色，他要对一个陌生人说：'Mein Herr ist nicht zu Haus, er sitzt im Rate.'（我主人不在家，他在议会里开会。）但由于分不清T和D，所以听起来好像在说：'Mein Herr ist nicht zu Haus, er sitzt im Rade.'（我主人不在家，他坐在自行车上。）"

歌德说："这两个例子都不错，我们要把它们记住。同样，如果一个人不能区分P和B，他本该喊：'Packe ihn an！'（抓住他！）却喊了：'Backe ihn an！'（烤上他！）这也是很可笑的。"

歌德接着说："同样，这里常常把ü说成i，因而引起不少非常不体面的误会。我经常听到把Küstenbewohner（沿海居民）说成Kistenbewohner（大木箱里的居民），把Türstück（一扇门）说成Tierstück（一头牲口），把gründlich（彻底的）说成grindlich（结了痂的），把Trübe（浑浊）说成Triebe（欲望），把Ihr müßt（你们必须）说成Ihr mißt（你们缺少），同样令人忍俊不禁。"

第三部分（1822—1832年）

509

我用肯定的语气回答说："这一类例子我不久前在剧院里也碰见过，很滑稽。一个处境困难的妇人，要跟一个以前从未见过面的男人走。她对这个男人 说：'Ich kenne dich zwar nicht, aber ich setze mein ganzes Vertrauen in den Edelmut deiner Züge.'（我虽然不了解你，但我完全信任你高尚的品质。）但她说的 ü 和 i 一样，这就说成了：'Ich kenne dich zwar nicht, aber ich setze mein ganzes Vertrauen in den Edelmut deiner Ziege.'（我虽然不了解你，但我完全信任你高尚的山羊。）于是爆发出一阵哄堂大笑。"

歌德说："这个例子也很不错，我们同样要把它记住。"他接着说："这里也经常把 G 和 K 搞混，把 G 说成 K，把 K 说成 G，也许又是因为他们不能确定一个字母是否发清音，还是发浊音的缘故，这是在这里经常使用的教学方式导致的后果。你在此地的剧院里也许已经听到或者将来会听到经常把 Kartenhaus（纸牌搭成的房子）说成 Gartenhaus（花园里的小屋），把 Kasse（钱箱）说成 Gasse（胡同），把 klauben（把……拣在一起）说成 glauben（相信），把 bekränzen（给……戴上花冠）说成 begrenzen（构成……的边界），把 Kunst（艺术）说成 Gunst（恩惠）。"

我回答说："是的，类似的情况我碰到过一些。一位本地的演员要说：'Dein Gram geht mir zu Herzen.'（你的忧伤使我心情沉重。），他把 G 说成了 K，结果清清楚楚地说成了：'Dein Kram geht mir zu Herzen.'（你的破烂儿使我心情沉重。）"

歌德回答说："而且，这样一些把 G 和 K 搞混淆的情况我们不仅能在演员们那里听到，也能在非常有学问的研究神学的人那里听到。在我身上就发生过这样一个情况，我想给你讲讲。

"几年前，有一段时间我在耶拿，住在名为'冷杉'的旅馆里。一天早上，一位学神学的大学生前来求见。我们非常愉快地聊了一会儿之后，临别时，他向我提出一个很特别的要求，即请求我允许他下个星期天代替我布道。我立刻察觉，事情的根由所在，这个前途无量的青年人也是一个把 G 和 K 搞混淆了的人。于是我非常友好地回答他说，虽然我个人在这件事情上帮不了他的忙，但他如果愿意向副主教克特（Koethe）先生求助，他肯定能够达到自己的目的。"

1824年5月18日，星期二［25日，星期二］

（谈正确的科学研究态度，拜伦和塔索）

晚上与里默尔一起在歌德家里。歌德用一首英文诗歌[1]给我们解闷，诗歌是以地质学为题材。他把这首诗即席翻译成叙事的形式，译文饶有风趣，充满想象力和好情绪，因此每个细节都栩栩如生地出现在我们的眼前，仿佛一切都是他本人瞬间虚构出来的。我们看见诗歌的主人公煤炭国王坐在他金碧辉煌的朝拜大殿里的宝座上，有黄铁矿夫人在侧，等待着帝国的高官要员觐见。花岗岩公爵、页岩侯爵、斑岩伯爵夫人以及其余一些也都带有几个恰当的修饰语和诙谐词表示其特征的人，他们按等级顺序依次进入大殿，被引见给国王。接着进来的是原始白垩洛伦茨爵士，这个人拥有大片领地，很受宫廷恩宠。他为母亲大理石夫人因为住处较远不能前来表示道歉；此外，他的母亲还是一位熟悉文化并掌握抛光技能的妇人。她今天所以不能到宫廷朝拜大概是由于跟百般逢迎她的卡诺瓦一起卷入了一场阴谋。头发上别着蜥蜴和鱼的凝灰岩好像有点喝醉了，而泥灰岩汉斯和陶土雅可布快结束时才到；王后特别喜欢雅可布，因为他曾经答应送给她一组采集的贝壳儿。歌德就是用这样非常轻松的语调连续讲了很长一段时间，可是，由于讲得太详细，后面的情节我都记不住了。

歌德说："一首这样的诗其宗旨完全是，在给社交人士提供娱乐的同时传播大量实际上人人都不可缺少的有益的知识，从而激发在社会高层对自然科学的爱好。我们还不知道，从这样一个半开玩笑的消遣中今后会产生出多少好的东西来。这也许会引起某些有头脑的人在他个人的工作范围内自己进行观察；观察者越是不真正在行，这种对我们周围最近的大自然的个人感觉往往越是珍贵。"

我用肯定的语气问道："你似乎想暗示，一个人知道得越多，就越是不会观察？"

1　这首英国诗歌名为《煤码头的国王》（1819），作者是斯卡费（John Scafe）军官。

歌德回答说："是的，假如流传下来的知识有错误的话！你在科学领域里一旦属于某一个狭隘的学派，你的任何无偏见的、真实可靠的看法就都会立刻破碎。一个坚定的火成论者总是只戴着火成论者的眼镜看问题；同样，水成论者和现代地壳上升理论的拥护者也总是只戴着他们的眼镜看问题。所有这样拘泥于唯一的、排他倾向的理论家，其世界观都失去了他们的清白无辜，他们观察的客观事物也就不再以其纯洁的自然天性表现出来。[1]如果这些学者来汇报他们的感觉，尽管个别人他们本人极其热爱真理，但我们得到的也绝对不是客观事物的真实情况；相反，我们接受的事物总是掺杂着一种非常强烈的主观色彩。

"但我远远不是要声称，无成见的、真正的知识不利于观察；相反，古代的箴言是有道理的，即我们只能看见和听到我们所了解的东西。一位专业音乐家听乐团合奏时能听出每种乐器和每一个具体的音，而外行人则只被束缚在整体的巨大声响里。又如，一位仅仅是来观赏的人，他看见的只是一片绿色的或开满鲜花的郊野所呈现的赏心悦目的表面，而一位来观察的植物学家，进入他眼帘的却是各种各样具体植物和青草的无穷无尽的细节。

"然而，一切事物都有自己的限度和目的，正如在我的《葛兹》中所称，那个儿子由于知识太丰富而认不出自己的父亲来；在自然科学领域，我们也遇到这样一些人，他们由于满脑袋都是知识和假设而不再能看和听了。在这些人那里，一切都迅速转向内心，他们辗转反侧闷头思考，情况宛如一个坠入情网的人走在街上与最亲爱的朋友匆匆擦肩而过，却没有看见他们。观察自然需要内心在某种程度上是平和与纯净的，它不受任何东西干扰，也不被任何东西预先占据。小孩子不放过花朵上的甲虫，他全神贯注在这唯一的简单的兴趣上，根本想不到此时正在形成的云彩里大概也会发生一点值得注意的情况，将他的目光同时吸引到那边去。"

---

1 在18世纪的德国，关于地球是如何形成的，有两种不同观点，一为"水成说"，一为"火成论"，两者针锋相对。歌德对这一争论非常感兴趣，并将它写进了他的名著《浮士德》。歌德本人是"水成说"的拥护者，因为他支持"渐进论"，反对"突变论"，他主张"渐进"，反对"革命"。在这篇谈话中他强调，要不带偏见地对待与自己相反的主张，要经过客观观察之后再下结论。

我回答说："这么说来，这些小孩子和像他们一样的人可以在科学方面扮演相当不错的帮手。"

歌德插话说："但愿如此，我们大家就都当个好帮手吧！正因为我们期许更多，带着一大批哲学资料和科学假说四处兜游，所以把事情毁掉了。"

谈话停了一下，里默尔打断这个间歇，他提到拜伦勋爵和他的死。歌德随即精辟地分析了拜伦的著作，说的话全是极高的褒扬和真诚的赞许。他接下去继续说："此外，尽管拜伦英年早逝，但就妨碍了文学进一步扩展而言，他的死并没有造成实质性损失。拜伦几乎不可能有发展了，他的创造力已经达到了顶峰，不管他今后还能做出什么来，肯定都不可能拓宽上苍给他的才能规定的界限。在他的那首费解的诗歌《末日审判》(*Jüngsten Genchts*)里他已经尽了最大的努力。"

谈话随后转到意大利作家托尔夸托·塔索以及他对拜伦勋爵的态度上；在此，歌德就不能不把这位英国人在才智、世情和创造力方面具有的巨大优越性都揭示出来。他补充说："我们不可以把这两个作家互相比较，否则就会因这一个而把另一个毁掉。拜伦是一束燃烧着的荆棘，能把黎巴嫩的圣诞雪松化为灰烬。这位意大利人的伟大的史诗享誉了几个世纪；但只要用《唐璜》里的一行诗就能把整个《被解放的耶路撒冷》(*Befreite Jerusalem*)[1]毒死。"

1824年5月26日，星期三

（爱克曼告别歌德，去游览莱茵）

今天我告别歌德，去看望我在汉诺威的亲人，然后去游览莱茵，这是我早就打算好的。歌德非常真诚地把我拥抱在怀里。他说："你在汉诺威雷贝格[2]家里也许会见到我青年时代的旧友夏洛特·克斯特纳女士[3]，请代我向她

---

1 《唐璜》是拜伦的作品，《被解放的耶路撒冷》是塔索的作品。

2 雷贝格（August Wulhelm Rehberg，1757—1836），汉诺威市议员，歌德的朋友。

3 夏洛特·克斯特纳（Charlotte Kestner，1753—1828）女士是歌德年轻时的女友，《少年维特之烦恼》(*Die Leiden des jungen Werthers*)中女主人公的原型。

问好。在法兰克福，我将把你推荐给我的朋友维勒默一家、赖因哈德伯爵以及施洛瑟一家。你在海德堡和波恩也会见到我的至交，他们会很好地接待你。我打算今年夏天再去玛丽浴场住一段时间[1]，不过在你回来之前我不会动身。"

告别歌德，我心情沉重，但我坚信，两个月之后再见到他时，他是健康而快乐的。

可是第二天，当马车带着我驶向我一直殷切思念的亲爱的故乡汉诺威时，我又快活起来了。

---

1 这次去玛丽浴场的计划没有实现。

—1825年 —

1825年3月22日，星期二

（魏玛剧院失火，歌德的反应）

昨夜，刚过十二点，我们被火警惊醒；人们大喊：剧院着火了！我立刻穿上衣服，急忙赶到失火地点。大家惊慌失措。几小时前，拉罗什在坎伯兰[1]的《犹太人》（*Juden*）中的精彩表演还在使我们心醉神迷，赛德尔的嬉戏诙谐还引得全场捧腹大笑。而现在，最可怕的毁灭一切的烈火就在这个我们刚刚享受过精神欢乐的同一地方猖狂肆虐。

大火好像由供暖设备引起，先是在正厅里开始燃烧，很快便烧到舞台和搭背景的干枯板条上，火焰有了这些易燃材料的极为丰富的给养，于是很快发展成为大火，没过多久，便从四处蹿上屋顶，烧得橡木爆裂，发出噼里啪啦的响声。

消防队里人力物力一应俱全，水龙逐渐把建筑物完全包围起来，把大量的水倾注在炽热的火焰里。然而，这一切通通无济于事，火舌依旧向上蹿，把大量炽热的火花和一块块燃烧着的轻材料源源不断送上黑暗的天空，这些火花和火块随后顺微风向一侧的城市上方飘去。在消防梯上和水龙旁工作的

---

1 1825年3月22日魏玛剧院演出英国舞台作家坎伯兰的《犹太人》，演员有拉罗什和赛德尔等。爱克曼观赏了这次演出。不幸的是，当夜剧院发生了火灾。

人大声喧嚣、呼喊和尖叫，大家竭尽全力，好像非要夺得胜利似的。稍微靠边一点，在最挨近火焰的地方站着一个男子，他披着披风，头戴军帽，抽着一支雪茄，神色极其镇定。乍一看，他仿佛是一个懒散的旁观者；其实不然。他给一些人发布简短命令，他们立即执行。这个人就是大公卡尔·奥古斯特。他很快就看出，建筑物本身已经无法挽救，因此命令让其自行坍塌，把全部可有可无的水龙转向深受临近火焰之害的与剧院毗连的房屋，这位听天由命的君主好像在想：

> 让它烧掉吧！——
> 再建起来的会更美。

他所说的不是没有道理。剧院业已破旧，一点都不美了，观众年复一年地增加，剧院早已容纳不下。但是，正是这座建筑物与对于魏玛伟大而亲切的过去的许多记忆紧密相关，看着它失去而束手无策，总还是感到惋惜。

我看见许多美丽的眼睛因它的毁灭而泪如泉涌，一位乐队成员更是为自己的小提琴被烧毁而哭泣。

天亮后，我看见许多人面色苍白。我注意到一些上等阶层的年轻姑娘和妇女，她们彻夜等待着大火过去，现在在寒冷的晨风中感到了几分凉意。我回家休息了一会儿，上午就去歌德那里了。

佣人告诉我，歌德身体不适，还在床上躺着。可歌德还是让我到他边上来，一边把手伸给我一边说："我们大家都遭到了损失，但有什么办法呢！我的小沃尔夫冈今天一大早就到我的床边握住我的手，瞪大眼睛看着我说：'这就是人的劫数！'我可爱的沃尔夫冈试图用这句话安慰我，可除此之外还能说什么呢！我苦心经营了差不多三十年的舞台现在成了一片废墟。[1]可是，正如沃尔夫冈所说，这就是人的劫数。我一整夜都没怎么睡着，从我前面的窗子望着火焰不断升向天空。你可以想象得到，那些过去的岁月、与席勒的多年

1　歌德从1791年至1817年是魏玛剧院的领导。

合作、一些可爱弟子的走进和成长此时都一幕幕涌上了我的心头，让我内心不免有些激动。所以我想今天还是躺在床上为好。"

我称赞他小心谨慎，但丝毫不觉得他软弱和受了伤害；相反，他的心情好像相当轻松开朗。看来这种躺在床上的做法更像是他在发生异常事件时怕来访的人太多而惯用的一种老的军事策略。

歌德请我在他床前的一把椅子上坐一会儿。他说："我总是想到你，为你感到惋惜，你现在怎么度过晚上的时间呢！"

我回答说："你了解我是多么热爱戏剧的。两年前我来这里时，除在汉诺威看过三四次戏外，几乎什么都不知道。鉴于这种情况演员和剧本对我来说都是此前未曾听说过的；但是，因为我听从你的建议自己完全沉湎于戏剧给我的印象之中，不去太多推想和思索，所以我可以告诉你我的实情是，这两个冬天我在剧院里度过了平生最平和、最愉快的时光。我也迷恋上了剧院，不仅演出场场不漏，而且还得到许可去观看彩排，就是这样还不能令我满意，当我白天偶尔经过这里发现剧院的门开着时，我就进去在正厅里空着的凳子上坐上半个小时，想象大约现在正在演出的场景。"

歌德笑着回答说："你真是个疯子，不过我喜欢这个样子。但愿所有观众都是这样一些年轻人！其实你是对的，不简单。那些还不十分挑剔，而且还足够年轻的人轻易找不到一个像剧院这样适合他们的地方。人家对你没有任何要求，你不想说话就不必张开嘴；相反，你舒舒服服地坐着跟一位国王一样，让一切在你眼前随便演示，你想要让自己的思想感情怎么样就怎么对待它们。这就是文学，这就是绘画，这就是歌唱和音乐，这就是表演艺术，等等，等等，不一而足！如果所有这些艺术和美丽青春的魅力都集中在同一个晚上，并且在重要层面上互相配合，共同发挥效力，那么，这就是一次无与伦比的庆典。即便有几点不好，只有几点是好的，那也总比站在窗前张望，或者坐在弥漫着雪茄烟雾的一群人中间打惠斯特牌强得多。正如你所感觉，魏玛剧院是绝不可轻视的，我们鼎盛时期留下的老班底还在，再加上新培养的一批年轻的人才，我们总还能创作出一些吸引人的、讨人喜欢的作品来，起码有一个完整的外观。"

我回答说：“我要是二三十年前就能看到这一点该多好！”

歌德又回答说：“当然，那是一个对我们有利的时代，有很多好条件可以借助。设想一下，那时那个令人厌倦的法国审美趣味的周期刚过去不久，观众还一点都没有兴奋疲惫，而莎士比亚则刚刚崭露头角，莫扎特的歌剧还很稚嫩，终于有了席勒的剧本在这里年复一年地出炉，由于他亲自参与排练，使魏玛剧院放出最初的光彩—— 你可以想象，老少观众受到这样一些菜肴款待，他们总是感激我们的。”

我补充说：“经历过那个时代的老年人向我讲起魏玛剧院时对它当时的崇高地位总是盛赞不已。”

歌德回答说：“我不否认，确实有一点不同凡响。但主要是，大公完全放手，一切让我自己做主，我可以自由处理事物，想要怎么做，就怎么做。我不看重华丽的舞台布景，也不看重耀眼的行头，但我看重好的剧本。从悲剧到滑稽剧，哪一个种类我都喜欢；不过，一部剧本必须是让人心仪的东西。它必须伟大、优秀、阳光、雄伟，而无论如何必须是健康的，拥有一定的内涵。凡是病态的、虚弱的、哭天抹泪的和过分感伤的，以及所有恐怖的、令人毛骨悚然的、伤风败俗的东西一律排除；我担心它们会使演员和观众变坏。

“我又是通过好的剧本发掘演员的。因为学习和不断表演优秀作品必然会把一个有天资的人训练成才。我还与演员们保持稳固的个人接触。我领着他们对台词，给每个人解释清楚他扮演的角色；每次正式演出前彩排时我都在场，和演员们讨论如何改进；上演时我从不缺席，第二天就把我觉得不合适的地方指出来。

“我用这种办法使他们在表演艺术方面有所进步。——我还把他们中最优秀、最有希望的人引进我的社交圈子，让世人看到我重视与他们的友好交往，试图以此提高整个演员阶层的地位，博得外界尊重。结果就出现了这样的情况，魏玛其余的上层人士都不甘落在我的后面，于是不久，男女演员均得以体面地进入最好的社团里。通过这一切，演员们的内在和外表的文化修养必然大有提高。戎在柏林的学生沃尔夫以及我们的杜兰德[1]都是在与人交往时言

1　杜兰德（Friedrich August Durand），魏玛剧院演员。

谈举止最儒雅的人。厄尔斯和格拉夫两位先生就有很高的文化修养，他们给上层社会增添了光彩。

"在工作方式上席勒很像我，他与男女演员都有颇多交往。他也和我一样，全部彩排都亲临现场，每次成功上演了他的一部剧本之后，他总是把演员们请到自己家中，与他们一起高高兴兴地过上一天。哪些方面做成功了，大家为之欢欣鼓舞，同时互相切磋还有哪些方面需要在下次改进。不过，席勒一来到我们这里，他就发现演员和观众都已经具有高度文化修养，因此不可否认，这对他的剧本能迅速获得成功很有帮助。"

我非常高兴，能聆听歌德如此详细地讲述一个我一向很感兴趣的题目，尤其是昨天夜里的这场大火使我满脑袋想的都是这些事情。

我说："多年来，你和席勒对这座剧院做过许多好事，昨夜大火烧毁了这栋建筑物，从表面上看也是在一定程度上结束了一个伟大的时代，对于魏玛来说，这个时代近期不会再复返了。你担任剧院领导的那段时间，业绩非凡，肯定感到非常愉快吧！"

歌德叹口气回答说："麻烦和困难也不少！"

我说："使一个有这么多人头的实体保持井然有序，是会很困难的。"

歌德回答说："要达到这一点，多半靠严格，更多半靠友爱，但最主要的是靠通情达理和不计个人威望的公平公正。

"我谨防两个可能危害我的敌人：一个是我太爱才，容易陷入偏袒一方的境地；另一个我不想说，但你能猜得出来。我们剧院里不乏年轻漂亮并且妩媚动人的女子，有几个让我激情满怀，令我心动，也经常有人在半路上向我迎面走过来。但我克制住自己说，停，到此为止！我了解自己的地位，知道对它负有责任。我站在这个位置上，不是作为个人，而是作为一个机构的首脑，对我来说，这个机构的兴旺发达比我个人一时的幸福更重要。我要是与一桩爱情纠缠在一起，那我就跟一个方向盘一样，当边上有一块磁铁起作用的时候，其指针不可能指得准确。

"正因为我完全清白自持，始终能掌控自己，所以也就始终能主宰这座剧院。我从不缺乏必要的尊重，没有这一点，任何权威都很快不复存在。"

歌德的这番表白使我很惊奇。关于他的一些类似的话，我此前在别人那里已经听到过，很高兴，现在听到他自己亲口证实。我比任何时候都更爱戴他了，随后与他亲切握手告别。

我回到失火现场，大片的废墟上依然冒着火焰，浓烟滚滚，人们还在不停地忙着灭火，把杂物拉开。我发现近处有一个台词本已经烧成碎片。这是歌德的《塔索》中的一些段落。

1825年3月24日，星期四［23日，星期三］

（研究剧院重建工作，歌德要求尽快恢复演出）

在歌德家中吃饭。剧院的损失几乎是谈话的唯一话题。冯·歌德夫人和乌尔里克小姐曾经在那座老房子里享受过许多幸福时光，至今一直生活在对那些幸福时光的回忆当中。她们在废墟中找到几件遗物，把它们视为无价之宝；但说到底不过是几块石头和一块烧焦了的壁纸的碎片而已。不过据说这些碎片正好是从她们曾经在二楼坐过的座位上掉下来的！

歌德说："当务之急是大家赶快镇定下来，尽可能快地恢复正常状态。——要是我的话，下周就恢复演出，在王宫或是在市政大厅里，随便什么地方都可以。只是休息的时间不要太长，以免观众为了打发冗长乏味的晚上去寻找别的资源了。"

有人说："舞台布景是一点都抢救不出来了！"

歌德回答说："不需要有很多的布景，也不需要大的剧本。根本没有必要上演一部完整的戏，更没有必要上演一部完整的大戏。重要的是要选择那些不需要太多更换地点的剧本。随便一出独幕喜剧，或者一出独幕滑稽剧或小歌剧都行。然后再随便一段咏叹调，一段二重唱，一段大家喜爱的歌剧的终曲。——你们完全可以先这么将就一下。只是把4月份凑合着过去，5月里，去森林的歌唱家们就又回来了。"

歌德继续说："这期间将有一大奇观出现，今年夏天，你会看到一座新的建筑物拔地而起。这场大火让我感到很蹊跷，我只是想对你透露，去年冬天那些漫长的夜晚我是和库德赖一起度过的，我们绘制了一份与魏玛相匹配的、新的、十分漂亮的剧院的草图。此前，我们请德国几家最优秀的剧院把他们的平面图和剖面图寄来，我们从中选用了最好的部分，避开了看来有缺欠的部分，这份草图大家将会看到的，一经大公批准，便可动工兴建。而奇怪的是，我们对于这场灾难竟然完全有所准备，非同小可。"

很高兴，歌德把这条消息告诉了我们。

歌德接着说："在老的剧院里，楼上座位是给贵族安排的，顶层座位是给服务阶层和年轻的手工业者安排的。可是大量富裕而且体面的中等阶层的观众常常倒霉，因为上演某些剧本时如果正厅的中间座位被大学生们占据，他们就不知道该去哪儿了。正厅座位后面的那几个小包厢以及正厅前排那少数几条长凳并不够用。现在我们把这样的安排加以改进，围绕正厅中间的座位加上一排包厢，在楼上座位和顶层座位之间再加上一排二等包厢。这样，我们就赢得了很多空间，而无须特地扩大剧院的面积。"

听到这一则消息我们很高兴，并称赞歌德如此真心诚意地为剧院和观众着想。

为了给这座未来的漂亮的剧院添上一砖半瓦，我饭后和我的朋友罗伯特·杜兰前往魏玛北城，在那里的一家小酒馆儿里开始一边喝咖啡，一边根据梅塔斯塔齐奥[1]的《埃斯皮里》(Issipile)构思一部歌剧剧本。我们的第一项工作是，首先为这部喜剧做好卡片，让魏玛剧院最受欢迎的男女歌唱家担任剧中的角色。这件事给我们带来了巨大快乐，我们几乎又好像坐在了乐队前面，然后非常认真地开始工作，并且完成了第一幕的一大部分。

1825年3月27日，星期日

（讨论演出剧目、形式、用人标准和服务对象）

在歌德家中聚餐，不少社交界人士在座。他给我们看了新剧院的草图，

---

1 梅塔斯塔齐奥（Pietro Metastasio，全名为Pietro Antonio Domenico Bonaventura Trapassi，1698—1782），意大利作家，歌剧《埃斯皮里》的作者。

情况跟他几天前对我们说的一样；这份草图让我们可以期待这是一座外表和内部都十分漂亮的剧院。

大家指出，一座这么漂亮的剧院也要求有漂亮的舞台背景，服饰也要比以往更好。他们还认为，演艺人员开始日益残缺不全，因此无论舞台剧还是歌剧都必须配备几个优秀的青年演员。但他们同时也指出，所有这一切需要一大笔费用，这是现有的资金不足以能支付的。

歌德突然想到个主意，他说："我知道该怎么办，可以以爱惜现金为借口，聘用几个花钱不多的人。但是，千万不要以为采取这样的措施能多赚钱，想在这么重要的事情上节约开支比什么都更有害处。我们必须考虑到要让剧院每晚座位都爆满。而一个年轻的男歌手，一个年轻的女歌手，一个得力的男主人公，一个得力的且才艺超绝、容颜秀美的年轻女主人公，其作用是很大的。是的，我要是还担任剧院的最高领导，我现在会再进一步改善财务状况，你们将会获知，我需要的资金不会不到位的。"

我们问歌德，他打算怎么办。

歌德回答说："我将使用一种很简单的办法，即在星期天也要演出。这样，我们每年起码能增加四十个晚场收入，如果财政上每年不能有一万至一万五千塔勒的赢利，那情况就不妙了。"

大家觉得这个解救办法很切实可行，还提到，庞大的劳动阶层在一周中间通常每天都要工作到深夜，星期天是唯一的休息日，这时比起去乡村小酒馆儿里跳舞和喝啤酒来，他们肯定会更喜欢享受比较高雅的看戏的乐趣。大家还认为，所有以租种土地为生的农民和土地占有者，以及附近小城镇的公务人员和殷实居民都会把星期天看作是他们期待去魏玛剧院的日子。而且，至今为止，在魏玛对于每一个既不能出入宫廷，也不是一个幸福家族圈里的成员，又不属于一个社交团体的人来说，星期天晚上都是很难熬、很寂寞无聊的；因为他们各个人都不知道应该到什么地方去。可是他们又要求在星期天的晚上随便去一个地方，散散心，忘掉一周的烦恼。

星期天也要演出，这在德国其他城市是习以为常的，因此歌德的这个想法得到大家的完全支持，称赞这是一个很好的想法。只是有一点点疑惑，不知道宫廷是否也同意。

歌德回答说："魏玛宫廷贤良明智，不会阻止一项造福这个城市、造福一个重要机构的措施。它肯定乐意做一小点牺牲，把星期天的宫廷舞会移到另一天去。万一他们认为不可接受，我们也有足够剧本供星期天演出，这些剧本宫廷反正不爱看，可完全适合普通百姓并且有很好票房收入。"

话题转到演员，大家翻来覆去谈了许多演员力量的使用和滥用问题。

歌德说："我在自己长期的实践过程中发现，重要的是，有些剧本或歌剧不能肯定地预期可以接连几年都会成功演出，那就一部都不要排练。没有人好好考虑一下，排练一部五幕正剧或是一部同样长的歌剧要耗费多少人力和物力。是的，亲爱的，一个歌唱演员在完全担当起贯穿每一场每一幕的角色之前，是需要下很多工夫的，而合唱队要唱得不出差错就需要下更多工夫。当我听说人们常常对于一部歌剧能否接连演出其实一无所知，只是听到几则很不可靠的报刊消息就轻率地下令排练时，我会顿时感到毛骨悚然。因为我们在德国已经有完全过得去的驿车，甚至开始有高速驿车了，我要是听到一部新的歌剧在外地上演并且获得赞赏的消息，我会派一名导演或者剧院里其他一位可靠的成员到现场去亲自观摩一次，以便确信这部受到赞赏的新歌剧好或者优异到什么程度，要是演出这部歌剧，我们的力量在多大程度上够用或是不够用。比起通过到现场观摩得到的巨大好处以及所能避免的后果严重的失误来，这样一次旅行的费用根本不在考虑之列。

"此外，一部好的剧本或一部好的歌剧一经排练，只要它很叫座，票房好，就要除中间有短暂休息外一部接着一部地演下去。同样的情况也适合于一部好的老剧本或一部好的老歌剧，它们也许被搁置多年不用，现在同样需要下大功夫重新排练，以求再次获得演出成功。这种包括中间有短暂休息的演出，只要观众表示有兴趣，我们就应该经常反复地上演。那种热衷于总要有点新的东西，对于一部花了九牛二虎之力排练出来的好剧本或是歌剧只想看一次，至多看两次，或者在演出周期内每次有长达六周至八周的休息时间，而这样就需要一再重新排练，这是剧院的真正的不幸，是对参演人员的力量的一种不可饶恕的滥用。"

看来歌德很重视这件事，对这件事非常关心，谈起时，尽管性情恬静，却是忽然沉浸在一种少有的热情之中。

歌德接着说："在意大利，每晚上演同一部歌剧，时间长达四周至六周之久，而伟大的意大利的子孙们绝不要求更换。有教养的巴黎人经常看他们伟大作家的古典戏剧，以至于能够背诵文本，训练有素的耳朵能够分辨每一个重读的音节。在魏玛这里，大概是表示尊敬我，上演了我的《伊菲革涅亚》和《塔索》，可是能演几次呢？每三年至四年都难得上演一次。观众觉得这些剧本乏味。这是很可以理解的。演员没有表演这些剧本的训练，观众也没有听这些剧本的训练。要是演员们能经常反复地演出这些剧本，深入到他们所扮演的角色中去，他们的表演就有生命力了，这种生命力不是通过死记硬背得来的，而是一切都发自他们的内心，这样，观众肯定就不会仍然像过去那样无动于衷，感到索然寡味。

"我的确一度有过这种幻想，仿佛建造一种德国的剧院是可能的。我甚至还幻想过，自己对此能有所贡献，能为建造这样一种剧院铺上几块奠基石。我写了《伊菲革涅亚》和《塔索》，怀着幼稚的希望以为这样就可以了。然而，我的行为并没有掀起波澜，一切平静如初。要是我收到了成效，博得了掌声，我可能会给你们写出几十部像《伊菲革涅亚》和《塔索》那样的剧本来。我不缺乏创作素材。但是，正如前面所说，我缺乏的是能够把我的剧本演得有灵魂有生命的演员，缺乏的是能够带着感情聆听和接受我的剧本的观众。"

1825年3月30日，星期三［29日，星期二］

（关于尤丽叶·冯·埃格洛夫施泰因伯爵夫人）

晚上参加歌德家中的大型茶会。除在魏玛的那几个年轻的英国人外，我看见还有一个年轻的美国人。我也很高兴地见到了尤丽叶·冯·埃格洛夫施泰因伯爵夫人[1]，与她就各种各样的话题进行了愉快的交谈。

1　冯·埃格洛夫施泰因伯爵夫人（Julie von Egloffstein，1792—1869），画家，歌德曾向她奉赠多首小诗；她是卡罗利妮·冯·埃格洛夫施泰因伯爵夫人的妹妹。

1825年4月6日，星期三

（一场代替剧院的成功演出）

遵从歌德的建议，今天晚上首先在市政大厅举行演出，鉴于场地狭小和舞台布景匮缺，只演了一些小型作品和作品的片段。小型歌剧《家佣》（*Das Hausgesinde*）完全跟在剧院演出一样大获成功。然后是埃贝魏因的《格莱辛伯爵》歌剧中备受欢迎的四重唱，博得大家的热烈喝彩。接着我们的首席男高音莫尔特克先生[1]唱了选自《魔笛》中的一首我们经常耳闻的歌曲，休息之后，《唐璜》第一幕的大结局闪亮登场，于是，今天这场代替剧院晚场的首次演出就这样庄严隆重地结束了。

1825年4月10日，星期日

（大公批准修建新剧院）

在歌德家中进餐。歌德说："我要向你们报告一个好消息，大公已经批准我们的新剧院的草图，奠基后工程马上开始。"

我为他宣布这一消息拍手称快。

他继续说："我们曾经同各种阻力进行了斗争，但最终成功地实现了我们的愿望。在这件事情上，我们要特别感谢枢密顾问施魏策尔[2]，他不负我们的期待，高风亮节，忠实地站在我们一边。这份草图由大公亲手签署，后面不会再有改动了。你们就高兴吧，因为有一座非常好的剧院了。"

1825年4月14日，星期四

（谈如何挑选演员，分配角色）

晚上在歌德那里。因为我们已经到了该讨论剧院和剧院领导的时候，于

1　莫尔特克（Jakob Moltke，1783—1831），魏玛剧院歌唱演员。

2　施魏策尔（Christian Wilhelm Schweitzer，1781—1856），魏玛宫廷大臣、枢密顾问。

是我问他，他将根据哪些原则去挑选新演员。

歌德回答说：“这很难说，我挑选演员的方式多种多样。如果这个新演员已经享有声望，那我就让他表演，看他如何与其他演员配合，他的风格和方式会不会干扰我们的剧组，我们能否用他来填补我们这里的一个缺口。如果是一个年轻人，以往没有舞台经验，那我首先要看他的品格，看他是否具有讨人喜欢、吸引人的地方，尤其要看他是否能控制自己。因为一个不具有自我控制能力的演员，一个在陌生人面前不会把自己认为最得体的一面表现出来的人，一般说来都没有多大才能。他的全部本事就是不断地要求自己违背自己的心意，不断地戴着别人的面具拼个死去活来！——如果他的外貌和举止让我看中，我就让他朗读，既了解他发音器官的力度和区域，也了解他内心的才智。我让他朗读一点一位伟大作家的庄严崇高的东西，看他是否有能力感受那种真正的伟大并且把它表达出来。然后再让他朗读一点有激情的、粗犷的东西，以便测试他的气力。再后我就转向一些明白易懂的、饶有风趣的、幽默的、诙谐的东西，看一看他如何对待这类作品，是否有足够的独立思考能力。最后我要给他一点描写一颗负伤的心灵和一颗伟大的心灵的痛苦的作品，以便了解他是否也具有表达感动人的能力。

“他一旦在上述诸多方面都令我满意，我就有理由希望能使他成为一名非常优秀的演员。如果他在某几个方面明显好于其他方面，我就记住那个特别适合他的表演领域。我现在也知道了他哪些方面薄弱，这样我就试图影响他首先要加强和培育这些薄弱的方面。如果我发现他有口音，有讲所谓方言的毛病，我就赶紧催促他改掉方言，并且给他推荐一位完全摆脱了方言束缚的剧院成员，跟他友好交往，进行愉快的练习。然后我问他会不会跳舞和击剑，如果不会，我就把他交给舞蹈老师和击剑老师去训练一段时间。

“如果他达到了登台的程度，我首先让他表演与他的个性相称的角色，暂且不要求别的，只要求他表演自己。然后，如果我觉得他的性情过于热烈急躁，就让他演性情迟缓的、冷漠的角色；相反，如果我觉得他太安静、太慢腾腾的，就让他演性情活泼的、行动敏捷的角色，以便让他学习放弃自己，进入一个陌生的人物性格中去。”

谈话转到剧本的角色分配上，歌德主要说了以下的话，我感到很值得注意。

歌德说："认为一部中等水平的剧本可以分配给中等水平的演员去演，这是一个大错误。一部二三流的剧本通过有一流实力的演员去演，它可以得到极大提升，成为真正好的东西。如果我们把一部二三流的剧本也分配给二三流的演员去演，效果完全等于零也就不足为奇了。

"把二流演员安排在大的剧本里是非常好的。他们就像在一幅绘画里处于阴影中的人物一样起着极好的作用，能让在强光中的景物显得更加明亮。"

1825年4月16日，星期六［12日，星期二］

（歌德研究自然科学的态度）

我与达尔顿一起在歌德家中进餐。我是去年夏天在波恩认识他的，又见到他非常高兴。他完全是歌德心目中的男人，两人之间的关系非常友好。他在自然科学方面有很高名望，歌德看重他发表的意见，重视他的每一句话。此外，达尔顿作为一个人，他和蔼可亲，才华横溢，能言善辩，想法源源不断，很少有人能与他相比，听他讲话不会让人腻烦。

歌德致力于对自然的探索，希望能把宇宙搂抱胸中，但是与每一个将毕生献给一种专门志向的知名的自然科学研究者相比，他还是处于劣势。前者掌握着一个领域的无穷尽的细节，而歌德更多是观察一般的大规律。因此，他总是在追寻某种伟大的综合，但由于缺乏对具体事实的认识而不能证实自己的预想，所以他才如此热情地与知名的自然科学研究者建立和保持联系。因为他在这些人身上找到了自己缺少的东西；找到了可以弥补自己身上不足的东西。他再过几年就八十岁了，但他不会停止研究和求索。他在他的任何一个领域都未精疲力竭，到了靠边站的程度。他要继续前进，永远前进！永远学习，再学习！这正表明他是一个奋发图强、青春永驻的人。

我的这些观察是今天中午由他和达尔顿的热烈交谈引起的。达尔顿谈了啮齿目动物以及它们的骨骼的形成和变异，歌德毫不腻烦，总希望还能听到更多的具体事实。

1825年4月27日，星期三

（面对策尔特的指责，反对暴力，高度评价卡尔·奥古斯特）

傍晚云找歌德，他邀我一起乘马车到南面的花园游逛。他说："我们出发之前，我想给你看一封策尔特的来信，是昨天收到的，信中他也提到了我们剧院的事。"

策尔特在信中写道："要是我早就看出你不是为魏玛大众建造一座剧院的合适人选就好了。谁把自己变成绿色，山羊就吃谁。只有那些在葡萄酒发酵时就想把瓶盖塞紧的其他贵人们也可能是这么考虑的。'朋友们，这我们经历过'，甚至现在还在经历。"

歌德看着我，我们都笑了。他说："策尔特这个人正派、有本事，但他时而也有不能完全明白我的情况，错误地解读我的话。

"我把毕生都献给了大众和对大众的教育事业，为什么我就不该也为他们建造一座剧院呢！然而，正如大家风趣地说，在魏玛这座小小的诸侯国首府只有一万个作家和为数不多的居民，怎能谈得上大众呢！更谈不上一座大众剧院了！但是，魏玛有一天会成为一座大城市，毫无疑问。不过，待到魏玛的大众有足够的数量，可以卖出好票房来建造和维持一座剧院时，我们可是得等上几百年哩。"[1]

这期间，车已经套在马上，我们向南面花园驶去。夜晚万籁俱寂，温暖和煦，几乎有一点闷热，天空大量浓云密集，势必有一场阵雨。我们在干爽

---

1 当时的德国有两类剧院，一类是供宫廷贵族享用的"宫廷剧院"，一类是为大众提供娱乐的"大众剧院"。魏玛剧院被烧毁以后，按照歌德的设想，新建的剧院应该是"宫廷剧院"，策尔特不同意歌德的设想，他主张应该建"大众剧院"。歌德反对策尔特的主张，他强调魏玛这个小城的居民绝大多数是作家，所谓的"大众"数目很少。

的沙土路上走来走去，歌德默默地在我身旁走着，看来思绪万千。我则谛听着伊尔姆河对岸还未长出叶子的白蜡树树尖上乌鸦和啄木鸟的叫声，这是它们为迎接正在形成中的阵雨歌唱着。

歌德用目光环顾四周，一会儿看看乌云，一会儿看看道路两旁和草地上到处在竞相吐翠的灌木和枝蔓。他说："今晚这一场温暖的阵雨预兆百花齐放、万紫千红的春天又将重回大地。"

这时，乌云越来越临近，听到一阵低沉的雷声，还掉下几滴雨点，歌德觉得应该回城里了。当我们在他房前下车的时候，他说："如果你没有别的安排，就跟我一起上去再在我这里待一会儿。"我很高兴地这么做了。

策尔特的信还在桌上放着。歌德说："奇怪，真是奇怪，一个人在公众舆论中多么轻易地被放在了错误的位置上。我不知道自己什么时候触犯过大众，可是竟被断定，我不是大众的朋友。当然，我不是那种革命暴徒的朋友，他们意在烧杀劫掠，打着为公众谋福利的招牌心中想的则是最卑鄙利己的目的。我不是这种人的朋友，我也不是那个路易十五的朋友。我憎恶用暴力进行颠覆活动，因为进行颠覆活动的得与失是相等的。我憎恨进行颠覆活动的人，也憎恨招致颠覆活动的人。但是，难道我因此就不是大众的朋友？难道每个正常思维的人都这么想吗？[1]

"你知道，我是多么为任何一项让我们展望到未来的改进而高兴。但是，如刚才所说，我对任何暴力的和跳跃式的举动都十分反感，因为它不符合自然法则。

"我是植物界的朋友，我喜欢玫瑰，认为玫瑰是我们德国的大自然能够给予我们的最完美的花卉；但我并不是那么的愚蠢，要求我的花园现在即4月底就让我看到玫瑰。如果我现在发现它冒出了嫩绿的叶芽，看到每周都在茎上长出一片又一片树叶来，我就心满意足了。要是在5月看到花蕾，我会高兴的，要是到了6月看到那玫瑰终于繁花似锦，满园芳香扑面而来，我将欣幸不

---

1 歌德晚年一再被人指责说，他反对民众，拥戴独裁者，为此他感到十分委屈，利用一切机会为自己的政治态度辩护。他自称：他是"大众"的朋友，不是烧杀劫掠的暴徒们的朋友。他的基本态度是，既反对用暴力进行颠覆活动的人，也反对招致颠覆活动的人。

已。要是有人不能等待这个时刻，那就请他去暖房吧。

"现在又有人说我是王侯的仆人、王侯的奴隶。[1]仿佛这能说明点什么似的！难道我伺候的是一个暴君？一个独裁者？难道我伺候的是那种靠人民的供养自己吃喝玩乐的人？谢天谢地，这样的王侯，这样的时代，早已过去。半个世纪以来，我和大公保持着最密切的关系，这半个世纪我曾经同他一起奋斗，一起工作；要是我说，我知道有那么一天大公没有想着要做点什么，没有为造福国家、改善每个人的生活状况采取适当行动，那我就是在说谎。对于他个人来说，他的王侯身份除给他带来负担和辛劳外还带来了什么呢！他的宅第、他的服饰和他的饮食有哪一项比一个有钱人的宅第、服饰和宴席高出一筹？只要到我们的海滨城市看看，你就会发现一个有名望的商人的厨房和酒窖都要比他的好。"

歌德继续说："今年秋天我们要庆祝大公执掌朝政五十周年纪念日。但是，要是我仔细想一想，他的这种执掌朝政不就是一次持续不断的服务吗！不就是为达到造福人民的伟大目的而服务的吗！如果硬要说我是王侯的奴仆，那么我至少可以安慰自己的是，我只是那个他本人就是大众公仆的王侯的奴仆。"

1825年4月29日，星期五

（剧院重建计划遭海根多夫夫人反对）

这段时间以来，新剧院的建造进展迅速，各处墙基已经向上增高，可以期待一幢非常漂亮的建筑物即将完成。

可是今天，当我来到建筑工地时发现施工停止了，我大吃一惊。我还听

1　进入19世纪以来，德国文艺界的思想状况不同于18世纪90年代，要求革命的民主主义思潮在文艺界占了上风，有些作家和评论家甚至成了激进的民主主义者。这些人把歌德作为他们攻击的靶子，尤其是当时颇有名望的评论家伯尔内更将歌德视为不共戴天的敌人，说歌德是"王侯的仆人、王侯的奴隶"。

到有谣传说，另一派人反对歌德和库德赖的计划[1]，并且最终取得了胜利，库德赖退出了领导这项建筑工程的职位，另一位建筑师将按照一项新的设计方案进行施工，并对已经打好的地基按照新方案进行修改。

看到和听到这一切，我心里非常难过；因为我和许多人一样都盼望能在魏玛建一座剧院，这座剧院应该依照歌德的观点，内部的布局要方便实用，美观方面要符合他高品位的文化修养。

我也为歌德和库德赖两人感到难过，在魏玛发生的这个事件肯定使他们或多或少在感情上受到伤害。

1825年5月1日，星期日

（认为剧院可以赚钱，谈弓箭的制作，对古希腊悲剧的看法）

在歌德家中进餐。可以想象，我们之间谈的首先是剧院建造计划的改变。如前面所说，我害怕这一全然突如其来的措施会深深伤害歌德。然而，丝毫没有！我发现他的心情非常平和开朗，完全没有任何一点过于敏感的迹象。

他说："他们试图用修改后的建筑计划中在费用和大大节省开支这两个方面说服大公，结果成功了。我完全赞同。一座新剧院最终不过是一堆新的木柴垛，迟早要被随便一个偶然事件点燃的。我姑且以此安慰自己。至于什么多一点或少一点，费用上调一点或下调一点都不足以挂齿。反正你们会有一座相当过得去的剧院，即便这座剧院不正好符合我原来的愿望，跟我早先想象的不一样。但你们可以进去看戏了，我也会进去看戏的，最终所有的结果都很好。"

歌德继续说："大公向我表示了他的反对意见，认为一座剧院绝对不能是

1　歌德与魏玛宫廷建筑总监库德赖制定的重建魏玛剧院的计划遭到海根多夫夫人反对，理由是花钱太多。她的反对意见博得了大公卡尔·奥古斯特的赞许，已经开工的修复工程又停了下来。海根多夫是魏玛剧院的女演员、魏玛大公的情人，是她使用阴谋手段迫使歌德于1817年交出了魏玛剧院的领导权。

一个华丽的建筑艺术作品；对此总的说来当然没有理由反对。他还认为，剧院的目的不就是为了赚钱吗。这个意见乍听起来有点贪图物质利益，可是仔细想一想倒也不乏高明的一面。因为一座剧院不仅仅要收取费用，而且还要赚钱，要有积蓄，这样一来一切就必须都是最好的。高层领导必须是最优秀的，演员必须一律属于第一流的演员，还要不断上演好的剧本，以便使剧院永远有吸引力，每晚座位都能爆满。不过，要把这么许多内容用几句话说完几乎是不可能的。"

我说："大公想用剧院去赚钱，这个观点看来完全具有实用价值，因为这样就迫使我们要始终维持在最完美的水平上。"

歌德回答说："莎士比亚和莫里哀也不会有别的看法。他们俩也是首先要用剧院赚钱的。为了达到这个首要的目的，他们就必须力求让一切都持续不断地处于最佳状态，除原有的好剧本外，还总要时不时地上演一些优异的新剧本，以刺激和吸引观众。禁止《伪君子》上演对于莫里哀犹如晴天霹雳[1]——但是，这不仅是对于作家莫里哀，也是对于作为经理的莫里哀，因为他必须关心一个知名剧团的福利，他必须考虑如何为自己和他手下的人挣碗饭吃。"

歌德接着说："对于一个剧团的福利来说，危险莫过于剧院领导持这样的态度：票房收入多少与他们个人没有太大关系，他们肯定能无忧无虑地活下去，至于一年下来剧院收入亏空的部分年终时可以用其他财源弥补。人的天性就是这样，如果不受个人利与害的驱动，它就容易衰颓。虽然现在不要求像魏玛这样一座城市里的剧院必须自给自足，不需要公国的国库每年拿出钱来补贴；但是，一切事物都有它的目的和限度，每年多几千塔勒或少几千塔勒绝不是一件无关紧要的事，尤其收入减少自然与剧院每况愈下相伴，也就是说，失掉的不仅仅是金钱，同时也失去了荣誉。

"假如我是大公，将来对于管理工作可能进行一些改变时，我要规定一次

---

1 《伪君子》是法国17世纪剧作家莫里哀的作品，于1664年写成，由于天主教势力的反对长期不能正式搬上舞台，一直到1669年2月才被解禁。莫里哀不仅是剧作家，还是剧院经理，因此对他来说，自己的剧本被禁演就是双重打击。

性支付一项固定的金额作为年度补贴；我要让人查明最近十年补贴的平均数目，根据这个数目，把金额降至大家都认为足以能体面地维持这座剧院的水准。剧院用这笔钱必须精打细算地过日子。——然后我还要进一步采取步骤并且告诉大家：如果剧院经理和他的导演们由于精明强干、领导有方，年终时财务有所盈余，那么就用这部分盈余给经理、导演以及优秀的剧院成员各分得一份补偿。你将会看到，一切将怎样活跃起来，剧院将怎样从渐渐被迫陷入的半睡眠状态中醒过来。"

歌德继续说："我们剧院的规章里虽然有各种各样的惩罚条款，但没有一条旨在鼓励和酬谢杰出功绩的法规。这是一个大缺点，因为如果我每有一次疏忽就要从我的薪金中扣掉一次罚款，那么，要是我做的事超出了实际上对我的要求，我也应该指望得到鼓励。而正是由于人人都能超额完成自己的工作，剧院才能兴旺发达。"

冯·歌德夫人和乌尔里克小姐走进来，因为天气暖和，两人一身夏季打扮，风姿秀逸。席间的交谈轻松而愉快。大家谈了过去一周里各式各样的娱乐活动，谈到未来一周预计也有类似的活动。

冯·歌德夫人说："如果我们要把这些美好的夜晚留住，我很想就在这几天在公园里伴着夜莺的歌唱举行一次茶会。亲爱的父亲，您以为如何？"歌德回答说："这可是太好了！"——"那么您呢，爱克曼，您的情况怎样？我可以邀请您吗？"冯·歌德夫人说。——乌尔里克插嘴说："别价，奥提丽！你怎么可以邀请这位博士呢！他不会来的；即使来了，也是如坐针毡，一看就知道他心不在焉，想要离开得越早越好。"我回答说："要是让我说老实话，我当然更愿意和杜兰一起在田野里散步。茶叶、以茶会客、喝茶聊天都与我的本性相抵触，只要一想到这些我就觉得害怕。"冯·歌德夫人说："哎呀，爱克曼，你在公园里喝茶也是在露天里呀，完全是在你理想的生活空间里。"我说："不，相反！如果我离大自然太近，所有的香味都闻到了，却不能走进去，我会焦急的，就像把一只鸭子带到水的近旁却不让它潜入水中一样。"歌德笑着补充说："你会觉得自己像一匹马，把头伸出马厩，看着其他的马在广阔的草原上自由地东奔西跑，自己虽然嗅到了清新的大自然的全部愉悦和自由气息，却不能走进去。放开爱克曼吧，他是怎样就是怎样，你们是改变不了他的。但是，我最亲爱的，请告诉我，你和你的杜兰在那些美丽而漫长的下午在田野里都做些什么？"我说："我们随便找一个僻静的山谷，然后张弓射箭。"歌德说："嗯！这可是一种不错的娱乐活动。"——我说："太好了，可以帮助消除冬天的疾病。"歌德说："可是你在魏玛这里究竟怎么弄到弓箭的？"我回答说："我1814年远征时从布拉班特带回来一个箭的模型，在布拉班特打靶是很普遍的。没有一个城市糟糕到连自己的打靶协会都没有。打靶地点设在随便一个小酒馆儿里，射手站的位置类似我们的保龄球球道。他们平时下午晚些时候聚集在那里，我经常怀着极大的兴趣观看他们。这是一些体魄多么健美的男子啊！当他们张弓射击时，那姿势真是美丽如画！他们是多么有力气、多么熟练的射手啊！他们通常从六十步至八十步远的距离朝着潮湿的黏土墙上的一块纸靶射击。他们一个接着一个地快速射去，箭都插在了纸靶上。常常是十五发中有五发射在一塔勒大小的靶心上，其余的都射在靶心的周围。在所有的人都射击完毕之后，他们走过去，各自从软墙上拔下自己的箭，然后游戏重新开始。那时我对这种打靶活动十分喜爱，心想要是能把它引进德国可是件大好事，而且我都傻到以至于相信这是可能的。我为了买一张弓反复地讨价还价，可是没有二十法郎是买不到的，我一个穷骑兵猎手怎么能弄到这么多钱啊！所以我只买了一支箭，认为箭比弓更重要，也容易仿造。这支箭我是在布鲁塞尔的一家工厂里用一个法郎买的，我把它连同一张图纸作为我唯一的猎获物带回了我的家乡。"

歌德回答说："这很像你。不过你可不要以为自然的东西、美的东西我们都能够普及推广。这起码需要时间，需要有绝妙的技巧。但是我可以想象，布拉班特的这种打靶活动可能是很美的。我们德国人打保龄球的娱乐活动相反，它粗俗、不文明，太多市侩习气。"

我回答说："打靶的好处是能够使身体得到均衡发展，同时要求均匀地使用力气。左臂将拿着的弓伸出去，把胳膊绷紧，用力而且不能摇晃；右臂用箭拉紧弓弦，也必须使足力气。同时两只脚和两条腿挺直地站在地上，把上半身看作是稳固不变的基地。瞄准靶子的眼睛、脖子和脖颈的肌肉都处于高度紧张运作状态。当箭嗖的一声射出去并且射中预期目标的时候，那是怎样的感觉、怎样的快乐啊！我不知道有哪一种肢体训练能与练习射击相比。"

歌德用坚定的语气回答说："这种训练可能挺适合于我们的体操学校。当二十年后在德国有成千上万个技艺高强的弓箭射手，那我就不会感到奇怪了。一般说来，成年人这一代无论身体方面还是精神方面，品位方面还是性格方面都不会有多少希望了。但是你们要明智一些，从中小学校开始，这是可行的。"

我回答说："可我们德国的体操教师都不善于跟弓箭打交道。"

歌德回答说："这样的话，那就把几个体操学校联合起来，从佛兰德或者布拉班特请一位精干的弓箭射手来。或者，学校也可以派几个年轻漂亮、体魄健美的体操运动员去布拉班特进修，把自己培养成为好射手，还要学习如何雕刻和制作弓箭。这些人学成后可以进德国的体操学校当教师，也可以当流动教师，在这个学校停留一段时间，然后再到另一个学校去。"

歌德继续说："我绝不反对在德国搞体操训练，要是很快就有各种各样政治因素介入，致使当局不得不实行限制，甚至禁止或取消这项活动[1]，那我就会更加感到惋惜，因为这么做是会把小孩连同洗澡水一起倒掉的。但是我希望，能再把体操学校建立起来，我们德国青年需要它们，特别是大学生们，他们由于学习任务繁重，脑力劳动太多，使身体完全失去平衡，同时一切必要的活力也都随之而去。不过，你再给我讲讲你的弓和箭吧。你不是从布拉班特带回来一支箭吗，我想看看。"

我回答说："那支箭早就丢失了，但它的样子我记得非常清楚，所以后来自己又能重新制作，而且不止做了一支而是十几支。不过，这可完全不像我想象的那么容易，我做了各种各样的实验都无果而终，我也有各种各样的失误，正是通过这些实验和失误我最终也学了各种各样的东西。首先箭杆是关

1　一位名叫雅恩（Friedrich Ludwig Jahn，1778—1852）的人，于1811年在德国倡导并组织体操运动，以增进大众的体质为宗旨。但是，这一健身运动后来与1815年开展的旨在实行民主和自由的大学生运动相汇合，这一本是纯粹的体育运动具有了浓厚的政治色彩。因此，许多小邦国颁布政令禁止开展体操运动。

键，它必须是直的，用一些时候之后不会弯曲；此外它要轻而坚固，撞在硬的东西上不会裂成碎片。我先用白杨木做实验，然后用杉木，再后用白桦木，但所有这些木头不是在这方面就是在那方面有缺点，都不是用来制作箭杆的。后来我用椴木做实验，而且用的是一根细长的、长得挺拔的树干，我觉得这种树干完全是我想要找到的那种。这样的箭杆由于椴木的纤维极其细密，所以既轻又直，而且坚硬。其次是，箭杆底下一端要装上角质的尖头，但没过多久便发现，不是凡兽角都能用来制作这个尖头的，必须用从兽角芯上切下的那部分，这样，射击时撞上硬的东西才不会裂成碎片。但是现在还有一项最困难、人工要求最高的工作要做，即给箭装饰上羽毛。我莽莽撞撞地不知犯了多少错误，这才把羽毛装饰上，自己也从中学到了一些手艺。"

歌德说："不能把羽毛嵌进箭杆里，而是要用胶将羽毛粘在箭杆上，是不是？"

我回答说："是的，要将羽毛粘在箭杆上，但必须粘得牢固、精细、美观，看上去羽毛和箭杆仿佛是一个整体，羽毛仿佛是从箭杆里长出来似的。而且用什么胶也很重要。我发现鳔胶最好，即把鳝鱼鳔放在水里泡几个小时，然后往水里加进一些酒精，再用温暾的炭火熬成胶状。要往箭上粘的羽毛也不是随便什么羽毛都可以用，虽然从每种大鸟的尾巴上拔下来的翎毛都很好，但我认为红色的孔雀翅膀毛、火鸡的大片羽毛，尤其是鹰和鹃的坚硬而华丽的大片羽毛最为壮观。"

歌德说："你说的这些我都很喜欢听。不了解你的人几乎不会相信你的志向如此充满活力。不过你还得告诉我，你是怎么弄到一张弓的。"

我回答说："我自己做了几张，但开始的时候又是完全马马虎虎，粗制滥造。后来我找了细木工和车工一起商量，用当地的各种木头做实验，终于取得了相当好的结果。选择木材时我力求找到这样的木材，即制作的弓拉紧时柔软，弹回时迅速有力，而且弹性持久。我首先用白蜡木做实验，而且是用一根有普通胳膊那么粗的、树龄近十年的光秃秃的树干。但在加工制作的时候我发现树芯不好，木材粗糙，纤维不紧密。后来人们建议我用一根坚硬到足以能够破开的树干，而且要破成四部分。"

歌德问："破开？是什么意思？"

我回答说："这是车工的用语，意思跟劈开差不多，也就是说，用楔子将树干按垂直方向从这一端劈开到另一端。如果树干长得挺拔，我的意思是，如果木头的纤维是竖着向上生长的，那么劈开的木头块儿也是直的，用这样的木头制作弓就完全适合。但是，如果树干是弯的，因为楔子是顺着纤维走，所以劈开的木头块儿就会弯弯曲曲，不能用这样的木头制作弓。"

歌德说："要是用锯将这样一根树干切成四部分如何？这四块木头肯定都是直的。"

我回答说："切一根略微弯曲的树干会把它的纤维割断，而这样切成的木头就更不能用来制作弓了。"

歌德说："我明白了，把木头的纤维割断了弓是要折断的。你继续往下讲，我对这件事很感兴趣。"

我接着说："因此，我的第二张弓是用了一块儿被劈开的白蜡木。由于背面的纤维没有被割断，所以制作的弓既坚硬又牢固，但它有一个缺点，即拉紧时不柔韧，而是硬的。车工说：'你是用了一块儿白蜡木种树的木头，这种木头总是很硬的；可是你要是用一块儿在忽布园子和房屋里生长的有韧性的白蜡木，情况就会好得多。'这件事情让我知道了白蜡木与白蜡木之间有着很大的区别，而且所有的木头种类都在很大程度上取决于它们生长的地域和土壤。我知道了埃特斯山的木头可利用的价值不大；相反，产自诺拉附近的木头特别坚固，难怪魏玛的车夫们对诺拉的车辆修理业特别信任。我在继续努力工作的过程中还获得了下面的经验，即所有生长在山坡背阴那一面的树木都比生长在山坡向阳那一面的树木坚固，纤维也更直。这也是可以理解的。因为一棵生长在山坡北侧背阴面的幼干，只能向上方寻找白昼的光线和太阳光，因为急切需要阳光，所以就不断地向上生长，它的纤维也跟它一起直着向上生长。背阴的地方也有利于细密纤维的形成，这一点在那些独立生长的树上表现得很明显，它们的南侧常年暴露在太阳光之下，而北侧则一直处在阴影之中。如果把一根这样的树干锯成几部分放在我们面前，我们就会发现，树的核心点完全不在树干中间，而是显著地偏向一侧。核心点的这种转移，其原因在于树干南侧的年轮由于不断受太阳光的影响长得明显壮实，因此也比树干北侧背阴处的年轮长得宽阔。所以，当细木工和车工想要一种坚固的、纤维细密的木头时，他们宁愿选择长得比较好的树干北侧的木头，他们称北侧为背阴那一面，对这一面的木头特别信任。"

歌德说："你可以想象，我这个人大半生都在研究植物和树木的生长，我对于你的这些观察有着特殊的兴趣。继续往下讲吧！你后来大概就是用了有韧性的白蜡木制作了一张弓。"

我回答说："我是这么做的，而且用的是从背阴面劈下的一块儿很好的白蜡木，我发现木头的纤维也很细密。这张弓拉紧时柔软，很有弹性。然而，我使用了几个月之后，弓明显变弯，这显然是拉力还不过关。后来我用一根橡树的幼干做实验，这种木头也相当不错，但没过多久我发现它有同样的缺点；接着我用核桃树的树干，效果比橡树好，最后用的是小叶槭树的树干，即所谓的栓皮槭的树干，这种木头最好，无可挑剔。"

歌德回答说："我知道这种木头，人们也经常在灌木篱笆中看到这样的木头。我可以想象，这种木头是好的，但我很少发现一根幼干上面没有长着枝杈，而你制作弓需要的木头上面是不能有枝杈的呀？"

我回答说："一根幼干上面当然不可能没有枝杈，不过，要想把这根幼干培养成大树就得把它上面的枝杈砍掉；或者，如果这根幼干长在灌木丛里，随着时间的推移枝杈会自动消失的。如果一根树干在被砍掉枝杈的时候直径有大约三至四英寸，那么就让它继续生长，每年都会从外部长出新的木头来，这样，经过五十年至八十年之后内部茂密的枝杈就会被一根半英尺多长的健壮的无枝杈的木头超过。一根这样的树干从表面上看十分平滑；可人们当然不知道，这根树干内部潜藏着什么样的祸患。因此，为万无一失起见，在从这样一根树干上锯下一块儿表面保持同样平滑的厚木板时，要首先将那块木板上的树皮切除几英寸，也就是说，要将树皮下的白木质切掉，里面的就是最嫩的、最坚韧的、最适合用于制作弓的木头了。"

歌德很肯定地说："我认为制作弓的木头是不能锯的，必须破开，或者如你所说，必须劈开。"

我回答说："如果能劈开的话，当然要劈开。白蜡树、橡树，还有核桃树是可以劈开的，因为这些树木的纤维粗糙。但栓皮槭不是这样，因为栓皮槭树的纤维细密，牢固地盘结在一起，根本不能顺着纤维的方向分开，而是要完全在所有纤维和所有自然生长方向的横切面上来回来去撕扯。因此，栓皮槭树必须用锯锯开，而且对弓的效力没有任何危险。"

歌德说："嗯！嗯！你的志向是制作弓，从而还获得了相当多的知识，而且是活生生的，只有通过实践的途径才能得到的知识。酷爱任何一种发展方向的好处永远在于，它能促使我们深入到事物的内部。探索和迷失也是好的，因为通过探索和迷失可以进行学习，而且不仅仅学习了事物，还学习了事物的整个范围。假如我接受的是有关植物和颜色的现成理论，并且把两者都背熟了，那么，关于植物和颜色我能知道些什么呢！然而，我正是由于一切都必须自己探索，自己发现，偶尔也有迷失，我才能够说，对于这两种事物我都知道一些，而且比写在纸上的要多。——至于有关你的弓还有一点请告诉我，我见过苏格兰弓，这种弓包括弓的尖端在内全都是笔直的，其他的弓相反，弓的尖端是弯曲的。你认为哪一种最好？"

我回答说："我认为把一张弓的两端向后锯成弧形，其张力要强大很多。起初，我把两端都做成了直的，因为我不懂得要使两端弯曲。但我学会了把弓的两端做成弧形之后发现，这张弓不仅外表因此更加美观，而且威力也更大。"

歌德说："是通过高温加热使弓的两端弯曲的，是吗？"

我回答说："通过潮湿的高温。当弓达到其张力均匀地分布在弓上，没有任何一处弱一点，也没有任何一处强一点的时候，我就把弓的一端放进开水里，深度大约六至八英寸，然后让它煮一小时。接着我把已经变软的这一端趁热用螺丝钉固定在两块小木块之间，这两块小木块的内部纹路是弯曲的，就是我想让我的弓拥有的那种弯曲形状。然后我再把夹在两块小木块之间的弓至少放上一天一夜，以便它完全变干，弓的另一端也是用同样方式处理。这样处理过的弓的两端经久耐用，仿佛它们就是长弯曲的。"

歌德神秘地微笑着说："你知道我想要做什么吗，我有一件东西给你，我相信，你不会不喜欢的。我们一同到下面去，我把一张真正的巴什基尔人的弓（einen Baschkirenbogen）交给你保管，你以为如何！"

"一张巴什基尔人的弓？而且是一张真正的巴什基尔人的弓？"我兴奋地叫了起来。

歌德说："是的，傻小子，是一张真正的！跟我来吧。"

我们来到下面的花园里。歌德打开一侧的一幢小建筑物底层房间的门，出现在面前的是，桌子上和墙壁上到处都塞满了各种各样的稀世珍宝。我粗略地看了看这些珍宝，我的眼睛在寻找那张弓。歌德说："你要的那张弓在这里。"说着，他在一个角落里从一堆各种各样稀奇古怪的器具中把弓拿了出来。"依我看，这张弓的状况还和1814年一位巴什基尔人首领赠送给我时一样。那么，你认为呢？"

能把这件可爱的武器拿到自己手里，我高兴极了。一切看上去都完好无损，弓弦也完全能用。我把它拿在手里试了试，发现弓的弹性也还可以。我说："这是一张好弓。但我尤其喜欢它的造型，将来我要把它作为模型使用。"

歌德说："你认为这张弓是用哪种木头制作的？"

我回答说："如你所见，弓的表面覆盖着一层精细的桦树皮，因此看不到多少木头，只有弯曲的两端露在外面。就是这弯曲的两端也由于时间的关系而变成了浅褐色，以致我们无法看得出这是什么木头。乍一看，好像是小橡树的木头，再一看又像似核桃木。我想，是核桃木，或者类似的木头，但不是槭木或栓皮槭木。这是一种纤维粗糙的木头，我还看到有被劈开的标记。"

歌德说："你拿这张弓试一试，怎么样？这里还有一支箭。不过你要当心，它的尖头是铁制的，可能有毒。"

我们又来到花园里，我拉开弓。歌德说："你要往哪儿射？"——我回答说："暂且先往天上射。"——歌德说："那你就射吧！"我朝着阳光灿烂的云端高高地射向蓝天。那支箭的状态良好，接着向下斜抛，又嗖的一声落下来，插在了地上。歌德说："让我来试一试。"我很高兴，他也想要射箭。我把弓给他，然后去取那支箭。歌德把箭的凹口推进弓弦，把弓紧紧抓住，不过还是过了一会儿才摆正姿势，可以射击了。他向上方瞄准，然后拉紧弓弦。他像阿波罗一样站在那里，虽说内心依然青春永驻，而身体毕竟老了。那支箭只达到了很有限的高度，继而又降落在地上。我跑过去取那支箭。歌德说："再来一次！"这回他沿着水平方向瞄准花园的沙土路射去。那箭相当平稳地飞了大约三十步远，然后落了下来，在地上嗡嗡作响。歌德这次张弓射箭让我喜出望外。我想到如下的诗句：

难道年龄已把我丢弃？

我又是一个孩童啦？

我给他把那支箭取了回来。他请我也沿着水平方向射击一次，目标是他书房百叶窗上的一个污点。我射出的箭击在离目标不远处，但深深插入那松软的木头里，我拔也拔不出来。歌德说："就让它插在那儿吧。把它留给我几天作为对我们这次嬉戏玩耍的纪念。"

天气晴朗，我们在花园里走来走去，然后坐在一条长凳上，背靠着一堆茂密的灌木丛的嫩叶。我们谈到奥德修斯的弓，谈到《荷马史诗》的英雄们，还谈到希腊的悲剧作家，最后谈到那个流传十分广泛的看法，即希腊戏剧是因欧里庇得斯而走向衰落的。歌德绝不同意这种看法。

他说："我完全不认为一种艺术能因某一个个人而走向衰落。一种艺术的衰落肯定是很多因素共同作用的结果，但这不是三言两语就能说得清楚。造型艺术的衰落不是某个与菲迪亚斯同时代而成就不如他的大雕刻家所致，同样，希腊人的悲剧艺术也不可能因欧里庇得斯而走向衰落。因为这个时代如果是伟大的，它就会一路顺风，不断前进，价值低廉的东西是保留不下来的。

"然而，欧里庇得斯的时代是一个多么伟大的时代啊！这个时代不是文艺品位倒退，而是文艺品位前进的时代。雕刻还没有达到它的顶峰，绘画刚刚处于萌芽状态。

"即使欧里庇得斯的剧本比起索福克勒斯的剧本来有些大的错误，那也并不意味后继的作家们必须模仿这些错误，并且因这些错误而走向毁灭。但是，如果欧里庇得斯的剧本质量上有很大长处，有几部甚至比索福克勒斯的剧本更受宠爱，那么后继的作家们为什么就不能努力效仿这些长处呢！他们为什么就不能至少跟欧里庇得斯本人一样伟大呢！——

　　"尽管如此，在那三位伟大的著名悲剧作家之后确实没有出现同样伟大的第四位、第五位和第六位，这个问题当然不那么容易回答，但可以做些猜测，可以做些进一步的了解。

　　"人是一种简单的生物。不论他多么富有，多么风情万种，多么深奥莫测，但他生存的周期很快就会转完。

　　"假如那时的情况就像我们可怜的德国人这样，莱辛写过两三部，我本人写过三四部，席勒写过五六部还算不错的剧本，那么，也很可能会出现一个第四位、第五位和第六位悲剧作家。

　　"但是，希腊人曾经创作了大量作品，三位大悲剧作家每人都写过百余部或近百部剧本，《荷马史诗》和英雄传说的悲剧题材，有一部分也已经被用过三四次，鉴于现存的作品如此丰富，我以为，我们可以设想，材料和内容都陆续用完，继三大悲剧作家之后没有哪一个知道除此之外还能写出什么来。

　　"其实，有什么必要呢！难道不已经够用一阵子了！难道埃斯库罗斯、索福克勒斯和欧里庇得斯所创作的作品，其品质和深度不是让人听了又听也不会使它们变得平庸，要把它们毁掉吗？难道这些落到我们手中的少数宏伟的残简断片，它们如此的规模和如此的意义不是已经让我们可怜的欧洲人忙活了几百年，而且我们还将为它们耗费心力，再忙活几百年。"

— 1826年 —

1826年6月5日，星期一

（对天才的看法，忠告普雷勒尔如何学画作画）

歌德告诉我，普雷勒尔[1]来过，他要去意大利住几年，为此前来向他辞别。

歌德说："作为对他旅行的祝福，我建议他要保持清醒，尤其要向尼古拉·普桑和克劳德·洛兰学习，首先要研究这两位法国风景画大师的作品，这样就会弄清楚，他们是如何看待自然，如何用自然表达他们的艺术观和艺术感受的。

"普雷勒尔是一个很有才能的人，我不为他担心。此外，我感觉他的生性很严肃，我几乎可以肯定，他更倾向于普桑而不是克劳德·洛兰。不过，我建议他要特别研究后者，而且我不是没有理由的。因为培养艺术家与培养任何其他有才能的人一样，我们的优势在一定程度上是自然生成的，可是我们生性中有那么一些萌芽和天分，它们并不是每天都自行发展，而且也不怎么强而有力，这样的萌芽和天分需要我们特别扶植，以便使它们同样成为我们的优势。

1　普雷勒尔（Friedrich Preller，1804—1878），画家。最初在魏玛在歌德的好友画家约翰·海因里希·迈尔那里学画画。1824年经歌德推荐获得卡尔·奥古斯特奖学金在安特卫普艺术学校学习，1824年至1826年前后在米兰和罗马学画画。

"我已经说过多次，一位年轻的歌唱演员的声音中有些音天生就十分优美，无可挑剔，但其他几个音的情况就可能差一些，不那么纯正和圆润。所以，正是这些音他必须通过特殊的训练使其与前面的音一样。

"我确信，普雷勒尔将会十分出色地表现严肃的、卓越的，也许还是放肆的东西，但他表现轻松愉快的、优雅妩媚和小鸟依人的东西是否也同样成功，那就是另外一个问题了，因此我才特别嘱咐他要关注克劳德·洛兰，通过学习洛兰获取也许原本在他天生的倾向中所缺少的东西。

"此外，我还提醒他注意一点。迄今为止，我看过他的许多临摹自然的习作，画得很好，有力量、有生气；但是，所有临摹的对象都是单个事物，这对日后他自己进行创作时不会有什么帮助。所以我建议他，今后切忌只临摹自然界某个单一的个体，绝不能只画孤单单的一棵树，孤零零的一堆石头，或是一间孤独的茅屋，必须同时画上一些背景，一点周围的环境。

"其理由如下：我从不把自然界中的某种事物看作是单一的个体，而是把一切都与存在于它们之前的、之旁的、之后的、之下的、之上的其他事物联系起来看待。我们也可能发现某个单一的个体美丽如画，但这种效果不是这个个体独自产生的，我们认为这单一的个体是它与其旁、其后、其上事物的结合，是它们的共同作用促成了那种效果。

"例如，我散步的时候可能突然碰上一棵橡树，它美轮美奂的韵致让我惊喜。但是，如果我把它单独画出来，它也许根本就不再能显现出原来的样子，因为促成和提升它在自然界中具有美轮美奂韵致的一切都不在了。又如，一片森林因为受天空、日光和太阳高照的影响会是很美的。可是，如果我在我的素描中不画这一切，这张素描就可能变得软弱无力，索然寡味，失去了它应有的魅力。

"还有一点。自然界中只有依照自然法则被证明是真实的东西才是美的。为了使那种真正的自然在画中显现得真实，就必须把对此产生作用的东西都画进去，这才能说明这是真正的自然。

"我在一处小溪边上发现一些造型美观的石头，它们接触到空气的部位长了一层青苔，很好看。但是，这青苔的形成不仅仅是湿润的水分所致，这里大概还是一面朝北的山坡，或是一些树木和灌木丛背阴的地方，它们都对在小溪的这一处形成青苔产生了影响。我要是把这些起作用的因素都从我的画中拿掉，这幅画就不真实了，没有真正的说服力了。

"所以，一棵树的位置，它根下土壤的性质，它后边和旁边的其他树木都对它的形成具有很大影响。一棵生长在岩石质丘陵西面顶端风口上的橡树，长成的形状可能与一棵生长在丘陵下面一条避风的河谷里松软土壤上的苍翠的橡树完全不同。这两棵树都可以丰姿妖娆，但它们的性格会很不一样，因此，画家在创作一幅风景画的时候就只能取它们在自然界中的生长状况。所以，对于画家来说，让表现每次生长状况的周围环境一同入画具有重要意义。

"不过话又说回来，要把各式各样平淡的偶然现象都一起画上那也是愚蠢的，因为它们不管对于主要对象的外貌和形态，还是对于主要对象瞬间作为绘画出现，都没有什么影响。

"我说的这些全都是小小的提醒，但我把主要的事情告诉了普雷勒尔，我相信，我的话将在他这样一位天生有才能的人身上生根、发芽。"

— 1827年 —

1827年2月21日，星期三

（歌德想在有生之年看到的三件大事）

在歌德家中进餐。他以钦佩的口吻谈了许多亚历山大·冯·洪堡，他正在阅读洪堡的那部关于古巴和哥伦比亚的著作，好像对洪堡关于开凿巴拿马地峡这项规划的见解特别感兴趣。歌德说："洪堡在这方面知识渊博，他还告诉过我几个其他细节，如利用流入墨西哥湾的几条河流也许比开凿巴拿马地峡更有利于达到目的。不过，这一切留待未来，留待一个具有伟大创业精神的人去做吧。但有一点是肯定的，要是开凿成功，各种负荷、各种型号的大小船只都能够从墨西哥湾通过这条运河驶入太平洋，这将给整个文明的和未开化的人类带来完全无法估量的结果。而且，如果美利坚合众国不放过这项工程，把它自己接手下来，我是不会感到意外的。可以预料，这个具有坚决向西部扩张倾向的年轻国家在三十年至四十年之后也会把岩石山脉那一边的大片土地占为己有，并且向那里移民。——此外还可以预料，在太平洋的整个沿海地区已经自然地形成了极其宽阔、极其安全的码头，这些码头将渐渐发展成为非常重要的商埠，它们将大大促进中国包括东印度在内和美国之间的交通往来。在这种情况下，保持北美西海岸与东海岸之间商船和军舰的联系比迄今为止只能绕道好望角的那种枯燥的、令人厌烦并且费用巨大的航行来得快捷，这不仅值得欢迎，而且几乎是必需的。我再重复一遍：对于美利坚合众国来说，设法从墨西哥湾直接航行进入太平洋是绝对必要的，我确信，他们肯定能达到目的。

"我很想能看到这一切，但是我看不到了。其次，我还想看到把多瑙河与莱茵河连接起来。但这项工程同样巨大，我怀疑它是否能付诸实施，尤其考虑到我们德国的资金情况。最后是第三点，我想看到英国人占有一条苏伊士运河。这三件大事我都想看到，为了它们再努力坚持活几个五十年都是值得的。"

1827年3月1日，星期四

（歌德乐见爱克曼关注自然科学）

在歌德家中进餐。他告诉我，他收到施特恩贝格伯爵和曹佩尔寄来的一个包裹，感到很高兴。接着我们商讨了许多颜色学问题、主观的棱柱形实验的问题，以及形成彩虹所依据的规则问题。我不断加大对这些艰深题目的关注，对此他很高兴。

1827年3月21日，星期三

（歌德谈欣里希斯的《古代悲剧的本质》）

歌德给我看了欣里希斯论希腊悲剧本质的一本小书。[1]他说："我怀着极大的兴趣读了这本小书。欣里希斯特别以索福克勒斯的《俄狄浦斯王》（*Ödip*）和《安提戈涅》（*Antigone*）作为依据，进而阐述他的观点。这本小书很值得关注，你把它带回去也读一读，这样我们就可以一起谈谈。我绝对不同意作者的看法；但是，看一看一位受过彻底的哲学教育的人，如何从他那个学派

1　欣里希斯（Hermann Friedrich Wilhelm Hinrichs，1794—1861），黑格尔的学生，哈勒大学哲学教授，著有《古代悲剧的本质》（1827）。

特有的立场出发看待一部文学家的文艺作品，是很有教益的。为了避免抢在你前面，我今天就不想多说了。你读一读就会知道，它能使你产生各种各样的想法。"

1827年3月28日，星期三

（评《古代悲剧的本质》，谈索福克勒斯，肯定莫里哀，驳斥施莱格尔）

我很用功地读完欣里希斯的那本书，今天把它还给了歌德。为了完全把握这个题目，我还把索福克勒斯的全部剧本又翻阅一遍。

歌德说："说一说，你觉得他这个人如何？他着手处理了一些棘手的事情，对不对？"

我说："我感觉这本书很奇怪。没有一本书像这本书这样引起我这么多思考，但也没有一本书正是像这本书这样让我常常产生反对意见。"

歌德说："事情就是这样！相同的事物不会惊动我们，但正是那些矛盾的事物才会使我们有创造性。"

我说："我高度敬佩他内心的打算，他也绝对不只是停留在事物的表面上。然而，他经常迷失在那些细微的内在的关联当中，其方式方法极为主观，以至于既不能真正看到题材的具体细节，也不能看到整体的概貌。结果，你就必须强制自己和那些题材跟他一样思考。我也经常觉得，是不是自己的感官太粗糙，不能理解他做的那些异乎寻常的细微的区分。"

歌德说："假如你受过像他那样的哲学训练，情况会好些。不过说老实话，像欣里希斯这样一位在德国北部海边出生，体格无疑是结实健康的人，竟是被黑格尔哲学修理得没有了无拘无束地、朴实自然地观察和思维的能力，他在思想和表达两个方面都渐渐养成了一种做作的、呆滞的风格，因此他书中有的段落叫人完全无法理解，你不知道自己读的是什么。"

我说："我的情况也是如此。不过，让我高兴的是，我也遇到过很有人情味的、很清楚明了的段落，例如，他对《俄狄浦斯王》中主要故事情节关系的处理就是这样。"

歌德说："在处理这个故事情节之间的关系的时候，他当然必须严格尊重历史事实。但这本书中也有不少段落跟我《浮士德》里女妖的九九归一一模一样，思想原地不动，没有进步发展，而晦涩的语言总是在同一个地方、同一个圈子里打转。请你把那本书给我拿来，其中的第六讲是讲合唱队的，我一点都没有读懂。譬如说，你对快要结尾的那段有什么看法？'现实（即大众生活的）作为现实的真实意义因此也只能是它的真正的现实，同时作为它自己的真实和确信，因此是普遍的思想的确信，这种确信同时就是调解合唱队的确信，因此只有在这个作为悲剧情节的总体运行结果的确信中，合唱队的态度才能真正符合普遍的大众意识，不仅仅还是大众把自己推荐为合唱队，就其本身而言这也是他自己自信的结果。'〔Diese Wirklichkeit (nämlich des Volkslebens) ist als die wahre Bedeutung derselben deshalb auch allein nur ihre wahrhafte Wirklichkeit, die zugleich als sich selber die Wahrheit und Gewißheit, darum die allgemein geistige Gewißheit ausmacht, welche Gewißheit zugleich die versöhnende Gewißheit des Chors ist, so daß allein in dieser Gewißheit, die sich als das Resultat der gesamten Bewegung der tragischen Handlung erwiesen, der Chor erst wahrhaft dem allgemeinen Volksbewußtsein gemäß sich verhält und als solcher nicht bloß das Volk mehr vorstellt, sondern selbst an für sich dasselbe seiner Gewißheit nach ist.〕[1] 我想，这就足够了！如果我们德国人自己都不懂我们的哲学家们的语言，那么英国人和法国人对这样的语言会怎么想呢。"

我说："尽管如此，我们还是一致认为，这本书是以一种崇高的意愿为基础，并且具有激发思考的特质。"

歌德说："他对于家庭与国家的观念，以及对于可能从中产生出来的悲剧冲突的看法当然很好，富有成果；但我不能同意，它们对于悲剧艺术来说是最好的，甚至是唯一正确的。

"当然，我们大家都是生活在家庭里和国家里。假使我们不是家庭的和

---

1 这是歌德援引欣里希斯的《古代悲剧的本质》中的一段德文原文。

国家的成员，我们也就不会轻易遭受悲剧的命运。不过，如果我们仅仅是家庭成员或者仅仅是国家成员的话，我们也可以是完全合格的悲剧人物。因为，悲剧归根结底只是由于冲突得不到解决引起的，而这种冲突可能源自某些关系之间的矛盾，只不过它必须有一种真正的自然基础，而且是真正悲剧性的自然基础。例如，阿加斯的毁灭是因为荣誉感遭受难以抗拒的伤害[1]，赫库勒斯是因为抗拒不住爱情上的嫉妒情绪[2]。在这两个事例中都丝毫不存在家庭伦理和国家道德方面的冲突，而按照欣里希斯的看法家庭伦理和国家道德都是希腊悲剧的要素。"

我说："我们看得很清楚，欣里希斯提出这个理论时心中只是想着那个'安提戈涅'。他在断言家庭伦理在妇人身上表现得最为纯洁，而在姐妹身上则尤其纯洁，姐妹对于兄弟的爱只能是完全纯洁的、无性的时候，他也似乎只记住了'安提戈涅'这位女英雄的性格和行为方式。"

歌德回答说："我以为，姐妹对姐妹的爱可能更纯洁、更无性！难道我们不需要知道，还有无数兄妹之间和姐弟之间在知情和不知情的情况下发生极深感情倾向的事例吗。"

歌德继续说："总之，你大概也注意到了，欣里希斯在观察希腊悲剧的时候完全从观念出发，他还认为索福克勒斯也是这样一位剧作家，在构思和安排他的剧本时同样从一种观念出发，根据观念确定剧中人物及其性别和地位。[3]但是，索福克勒斯写他的剧本时绝不是从观念出发的；相反，他抓住随便一个久已在民间流传的现成传说，其中已经有一个很好的观念，他只是考虑为了舞台的需要怎样尽可能好且有效地表现这个传说。阿特里德斯的儿子们也不想让人埋葬阿加斯；但正如在'安提戈涅'中妹妹努力争取收葬哥哥的尸体一样，在'阿加斯'中是弟弟努力争取收葬哥哥的尸体的。妹妹关怀未被

1　阿加斯是索福克勒斯的一部悲剧的主人公，因荣誉感受损害而自杀。

2　赫库勒斯是索福克勒斯的一部悲剧中的人物，为与别人争夺伊阿尼拉为妻而决斗，虽然获胜，但因中毒而死。

3　歌德一贯反对文学创作从观念出发，在谈到他与席勒的区别时也一再强调，他不同意席勒认为文学创作要从观念出发的主张。

埋葬的波里涅克斯和弟弟关怀阵亡的阿加斯，都是巧合，并不属于作家的虚构，而是这么流传下来的，作家只是遵循和必须遵循传说。"

我用坚定的语气说："还有，他关于克莱翁[1]的行为方式所说的话似乎也经不起检查。他力图让人相信，克莱翁禁止埋葬波里涅克斯的行为是出于纯粹国家道德的考虑：因为克莱翁不仅仅是一个普通男人，而且也是一位君主，所以他就提出了这样的原理，君主是国家本身的人格化，只有这个人才能在悲剧中扮演国家政权的角色，在所有人当中也只有这个作为君主的人才能表现出最高的国家道德。"

歌德带着几分微笑回答说："这是一些臆断，大概不会有人相信的，克莱翁的行为也绝不是出于国家道德，而是出于对死者的仇恨。波里涅克斯被人强行剥夺继承父辈遗产的权利，当他把这份权利又夺回来时，这绝不是什么反对国家的滔天罪行，仿佛置他于死地还不够，还需要惩罚他那无辜的尸首。

"总而言之，绝不能把一种违反普遍道德的行为方式称之为国家道德。当克莱翁禁止埋葬波里涅克斯时，波里涅克斯的腐烂的尸体不只是污染了空气，也是许多狗和猛禽拖着被撕成碎块儿的死者四处跑来跑去，甚至用它们去玷污祭坛的根源，所以这样一种损害人和神的行为方式绝不是国家的道德；相反，这是反国家的罪行。不仅如此，整部剧本都是反对他的：组成唱诗班的国家长老反对他；人民百姓普遍反对他；泰雷西亚斯反对他；他自己的家庭也反对他。但他都不听，而是执迷不悟，继续犯罪，直至把全家人都毁灭了，他本人最终也只是一个鬼魂。"

我说："不过，如果我们听他说话，就应该相信，他是有一些道理的。"

歌德回答说："说得很贴切，索福克勒斯是一位语言大师，况且，这也是戏剧作品的生命所在。他的人物都有这样的演说天赋，善于将自己行为方式的动机阐述得如此具有说服力，使听众几乎总是站在那个前面刚说过话的人一边。

"看得出，他在青年时代受过良好的雄辩术教育，对于查寻一件事物中的

---

1 克莱翁是《安提戈涅》中的人物。

全部原因和托词训练有素。不过，他的这种能力太强了，这也诱使他时而会犯走得太远的错误。

"例如在《安提戈涅》中有一段，我一直认为这是一个污点，很想能有一位业务精干的语文学家向我们证明，这一段是插入的，是不真实的。

"当女主人公在剧本演出过程中说出自己行为的最光辉的理由以及阐明她最纯洁的心灵的高尚情操之后，在走向死亡的时候，她表达了一个非常不好的、近乎滑稽可笑的心愿。

"她说，假如她是一个母亲，她是不会像处置她的哥哥这样处置自己死去的孩子和自己死去的丈夫的。她说，因为要是我的丈夫死了，我可以再嫁另外一个，要是我的孩子死了，我会让这个新的丈夫跟我再生育其他的孩子。可是，我的哥哥就是另一码事了，我不可能再有一个哥哥，因为我的父母均已作古，没有人能够生养这个哥哥了。

"这至少是这一段的赤裸裸的含义，由一位走向死亡的女主人公的嘴说出来，我感觉干扰了悲剧的气氛，我总觉得很做作，甚至太像一种辩证法的思维。如前面所说，我很希望能有一位优秀的语文学家向我证明，这一段是不真实的。"

接下来我们继续谈索福克勒斯，谈他在他的剧本中不是着眼于道德的倾向，而是着眼于对每一次题材的妥善处理，尤其考虑舞台的效果。

歌德说："我并不反对剧作家注意道德上的效果，但如果事关把他的题材清楚而有效地展现在观众眼前，那么把道德作为最终目标对他就不大有用了；相反，他必须具有很会表现事物的才能和舞台知识，知道该做什么，该放弃什么。假如题材中寓有一种道德作用，它是会呈现出来的，这时作家就只需注重要有效地、精巧地处理他的题材。一个作家如果具有像索福克勒斯那样崇高的精神内涵，不管他做什么，他都永远在起道德的作用。此外，他和其他人一样了解舞台，懂得他的业务。"

我回答说："我们从索福克勒斯的《菲罗克忒忒斯》以及这部剧本在安排和情节进展方面与《俄狄浦斯在科洛诺斯》（Ödip in Kolonos）的巨大相似之处看出，他是多么了解舞台，多么注重舞台效果。

"我们看到，在这两部剧本里主人公均处于无助的状况，他们不仅年迈，而且体弱多病。俄狄浦斯依靠他的女儿引路，菲罗克忒忒斯依靠的是他的弓。他们的相似之处还有，两者都在遭受痛苦时被逐出家门；在神谕宣示所对于他们两人作的证词说只有借助他们才能取胜之后，人们才试图再去捕获他们。奥德修斯去找菲罗克忒忒斯，克莱翁去找俄狄浦斯。他们开始用阴谋诡计和甜言蜜语劝说，可是，当这种做法不见效果时，他们就使用暴力，抢走菲罗克忒忒斯的弓和俄狄浦斯的女儿。"

　　歌德说："这样的暴力行为能引起激烈的对话，这种无助的处境能打动听众和观众的心。因为作家最关心的是要对受众产生影响，所以他喜欢引入这样的情境。为了加强俄狄浦斯的戏剧效果，索福克勒斯让他作为一个体弱的老人出场，可是就一切情况看他应该还是一个正当壮年的男子。但作家在这部剧本中不需他这样一个年富力强的男人，他产生不出戏剧效果，所以就把他变成了一个虚弱的、需要帮助的老人。"

　　我接着说："与菲罗克忒忒斯的相似之处还有，剧中的两位主人公都不是采取行动，而是忍耐。相反，每一个消极的主人公都有两个与他作对的积极行动的人物：与俄狄浦斯作对的是克莱翁和波里涅克斯，与菲罗克忒忒斯作对的是诺欧普托勒莫斯和奥狄斯。为了从各个方面阐述题材，也是为了剧本本身获得应有的丰满和立体性，需要有这样两个起对立作用的人物。"

　　歌德说道："你还可以补充，我们看到在这两部剧本中都有一种极具戏剧效果的情境的可喜改变，即一位主人公在绝望中找回了自己亲爱的女儿，另一位找回了自己同样心爱的弓，在这一点上两部剧本也是相似的。

　　"两部剧本的结局也是相似的，争执双方达成和解，两位主人公都从他们的痛苦中得到解脱，俄狄浦斯去了极乐世界，而菲罗克忒忒斯，我们通过神谕预料他的伤会在返回伊利昂¹之前由大医士埃斯库拉普治好。"

　　歌德继续说："此外，如果我们要为当下时兴的目的学习戏剧表演的话，那么莫里哀就是我们应该请教的人。你读过他的《妄想症》(*Malade*

1　即特洛伊城。

imaginaire）吗？其中有一场景，我每逢读这部剧本时，总觉得它是对舞台完美认识的象征。我指的是那个患妄想症的病人问他的小女儿路易松，是不是有一个年轻男子到过她姐姐的房间那一场。

"要是另外一位不如莫里哀这么精通自己专业的作家，他可能立刻就让小路易松把事实讲述出来，就算完事了。

"可是莫里哀为了使审讯生动，有戏剧效果，他加入了各种各样的延缓情节。首先让小路易松装作听不懂她父亲的话，然后让她否认说自己并不知情，当她父亲用荆条威胁时，她就倒下装死，最后父亲陷入绝望，这时她才从假装不省人事中又嬉皮笑脸地跳起来，把一切都一点一点地招认了。

"我的这番简单描述只能使你对那一场的生动情景有个粗浅的概念；你还是自己读一读那一场，透彻地了解一下它的戏剧价值。你会承认，其中所包含的实际教益要比所有的理论都多。"

歌德接着说："我从青年时代起就读过并且热爱莫里哀，毕生都在向他学习。我坚持每年阅读几部他的剧本，以便永远与优秀的东西保持接触。我喜爱莫里哀，不仅仅因为他的艺术创作完美无缺，更是因为他有和蔼可亲的天性和作家的那种有高度修养的内心世界。他心怀恬淡，举止得体，处世为人格调高雅，他的这种与生俱来的优美天性只有在平日与他那个时代最杰出的人的交往中才能形成。米南德的作品我只读过很少几个片段。但就是这几个片段同样使我对他有了崇高的认识，我认为这位伟大的希腊人是唯一一位可以与莫里哀媲美的人。"

我回答说："听你把莫里哀说得如此之好，我太高兴了。当然，你对莫里哀的看法与施莱格尔先生的看法略有不同！前些天我读了他的《关于戏剧文学的讲稿》（*Vorlesungen über dramatische Poesie*），很不情愿地把其中有关莫里哀的话吞了下去。如你所知，他完全是从高处向下俯视莫里哀，把莫里哀当作一个粗俗的滑稽小丑，只能从远处观望上流社会，其职务就是编造各式各样的笑话以此取悦自己的主子。施莱格尔说他编造的这样一些低级趣味的笑话倒是极其成功，不过最好的那部分是剽窃来的。还说他曾经强迫自己写比较高级一点的喜剧一类作品，但从未成功过。"

歌德回答说："对于施莱格尔这样一个人来说，像莫里哀这种有本事的人当然是一颗真正的眼中钉；他感觉，自己对莫里哀没有兴趣，不能忍受他。莫里哀的《恨世者》（*Misanthrop*）我反复阅读，把它视为世上我最喜爱的剧本之一，可施莱格尔却讨厌这部剧本。他勉强赞赏了一下《伪君子》，但又立刻竭力贬低它。施莱格尔不能原谅莫里哀取笑有学问的妇女装模作样[1]；正如我的一位朋友所说，他大概觉得，如果他和莫里哀生活在同一时代，他可能也会取笑莫里哀本人装模作样。"

歌德继续说："不可否认，施莱格尔知道的东西很多，他知识渊博，学富五车，简直令人吃惊。可是光有这些还不够。知识渊博不等于会作判断。他的批评就是完全片面的，他几乎对所有的剧本都只注意故事的框架和布局，常常只是证明作品与伟大先行者的某些小的相似之处，丝毫不关心作者向我们呈现的那个高尚心灵有怎么样的优雅生活和文化教养。如果我们从一部剧本里看不到作者可敬可爱的伟大人格，那么这位能干的作者的全部才艺对于我们又有什么用处呢，因为可敬可爱的伟大人格才是唯一能够逐渐变为民族的文化的。

"我认为，施莱格尔处理法国戏剧的方式方法是培养一个低劣的、缺乏任何崇尚卓越的器官，并对于优秀天性和伟大品格不但不加理会，而且视其为糟粕的评论员的处方。"

我坚定地说："相反，他对莎士比亚和卡尔德隆是公正的，甚至明显地爱慕他们。"

歌德回答说："这两个当然都是那种可以对他们有说不尽好话的人，虽然我也不会感到奇怪，倘若施莱格尔同样无耻地贬低他们。施莱格尔对待埃斯库罗斯和索福克勒斯也是公正的，但这种现象的发生好像既不是因为他有效地理解了他们完全特殊的价值，也不是因为语文学家对这两个人一向评价很高。因为实际上，施莱格尔的个人品格并不足以理解和恰当评价有如此崇高

1　在德国浪漫主义作家圈子中妇女起着重要作用，她们不仅自己参与写作，还常常是文学沙龙的主角。妇女在文学圈子里起着重要作用，这在当时德国文学界是新鲜事物，歌德显然不持欢迎态度。这里，歌德影射施莱格尔是从维护妇女在文学活动中的作用的角度出发批评莫里哀的。

气质的人。否则的话，他也应该公正地对待欧里庇得斯，应该以完全另一种态度对待这个人。但是他知道，语文学家们对欧里庇得斯的评价并不特别高，考虑到这是大权威，因此自己感到很惬意，可以肆无忌惮地攻击这位伟大的古希腊人，对他竭尽吹毛求疵之能事。

"我并不否认，欧里庇得斯有自己的缺点；但他毕竟是索福克勒斯和埃斯库罗斯的一位很值得尊敬的战友。他作为剧作家如果不具有他的这两位先行者的高度的严肃态度和严谨的完美艺术风格，而是相反，处理事务稍微随便一些，多一点人情味，那么，他也许能充分了解他的雅典乡亲，知道他所定的调子正是他的同时代人的调子。但是，一个作家，他被苏格拉底称之为朋友，他得到亚里士多德高度评价，受到米南德的赞赏，当索福克勒斯和雅典市得知他去世的消息时都为他披麻戴孝，这样的作家事实上肯定不是等闲之辈。一个像施莱格尔这样的现代人，当他指责这样一位伟大古人的错误时，只有跪着说话才合适。"

1827年4月1日，星期日

（谈如何表演《伊菲革涅亚》《安提戈涅》表现的道德情操，戏剧的作用）

晚上在歌德家中。我和他谈了他的《伊菲革涅亚》昨晚的演出情况，柏林皇家剧院的克吕格尔先生[1]扮演剧中的奥雷斯特，博得热烈喝彩。

歌德说："这个剧本有它的困难之处。它的内在生活丰富，但外在生活贫乏。而把内在生活突出表现出来，这是要点之所在。由形形色色骇人听闻的行为产生出的最有效的手段，是这部剧本的基础。已印刷的文字当然只是我在创作时心中想到的那种生活的黯淡无光的反射。但演员必须把我们重新带回到作家最初面对他的题材时激励他的那种炽烈的热情当中。我们想看到的

---

1 克吕格尔（Wilhelm Krüger，1791—1841），柏林的演员。

是刚由海风吹拂过的健壮的希腊人和虽有各式各样的不幸和危险相威吓，却能强有力地说出心中想要说的话的英雄们。但我们不要看那些没有感情的演员，他们只是粗略地学会背诵所扮演的角色的台词，我们更不要看甚至连他们的角色都不会演的演员。

"我必须承认，我还从未能够看到过我的《伊菲革涅亚》有一次演出是完美的，这也是我昨晚不去剧院的原因。因为如果让我跟那些本不该如此表现的鬼怪纠缠，我会很痛苦。"

我说："克吕格尔先生扮演的奥雷斯特也许会令你满意的。他把自己的角色表演得很清楚，再明了、再容易领悟不过了。一切都融会其中，他的行动、他的语言我将不会忘记。

"他用身体的动作和变化多端的音调表现这个角色兴奋若狂的观点和幻想，完全发自内心深处，以至于让人相信这是用肉眼看到的。席勒要是看到这个奥雷斯特，他肯定希望复仇女神出现；她们追在奥雷斯特后面，把他围住。

"奥雷斯特从疲惫中醒过来，以为自己已被打入地狱的那一段很重要，令人惊心动魄。我们看到一队队祖先一边散步一边谈话，看到奥雷斯特加入他们中间，向他们请教，然后与他们结伴而行。我们感觉自己的位置改变了，被一起纳入这些亡灵中间。艺术家的感受如此之纯洁、深刻，他的能力如此之大，把最难以理解的东西展现在了我们的眼前。"

歌德笑着回答说："你们都还是一些可以施加影响的人哩！接下去，继续说吧。看来他表演得确实不错，他用身体作为表演手段有意义吗？"

我说："他的嗓音纯正、悦耳，经过很多训练，所以极其柔韧，富于变化。此后，体力和身体的灵活性就能帮助他在演出时克服一切困难；看来他一生都在进行各种各样的身体训练。"

歌德说："一个演员本来就应该向一位雕塑家和一位画家讨教。为了表现一位希腊英雄，他绝对需要仔细研究流传给我们的古代希腊的雕塑品，把人物坐着站着和走路时自然优雅的姿态铭记在心里。

"光有身体的训练还不够，还要努力研究古今最优秀的作家，下大功夫修炼自己的思想，这不仅有助于他理解所扮演的角色，而且也为他的整体风格和整个姿态增色不少。继续往下讲吧！你在他身上还注意到了什么别的优点？"

我说："我觉得他好像非常热爱自己所表演的对象。他通过刻苦学习把每一个细节都弄得清清楚楚，因此能将角色演得游刃有余，栩栩如生，一切都完全变成了他自己的东西。于是就出现了这样的情况：措辞正确，每一个单词的重读正确，而且有如此把握，使得提白员对他来说是一个完全多余的人。"

歌德说："我很高兴，这样子就对了。最可怕的是演员不能驾驭他的角色，每说下一句话都得偷偷地听提白员提词，这样，他的表演效果立刻等于零，立刻失去全部力量和生命。演像我的《伊菲革涅亚》这样一部剧时，如果演员对自己的角色没有绝对把握，那么最好把演出取消。因为只有一切都进行得稳健、快捷和生气勃勃，剧本才能获得成功。

"好，好！我很高兴克吕格尔表演得这么好。策尔特把他推荐给了我，如果他表演得不像现在这么好，我会很郁闷。我也想让他从我这里得到一点小小的快乐，打算赠送他一本装帧漂亮的《伊菲革涅亚》作为纪念，并针对他的表演提上几行诗句。"

话题转到索福克勒斯的《安提戈涅》以及其中起主导作用的高尚的道德情操，最后谈到世界何以有道德情操的问题。

歌德回答说："像其他一切美好的事物一样，道德情操也是由上帝本人创造的。它不是人类思维的产物，而是生来就已经具备的美好天性。这种天性一般人身上都或多或少有一些，而在个别有非常卓越才能的人那里则是高度存在的。他们通过伟大的业绩或者伟大学说揭示自己非凡的内心世界，然后由于它显示出了美而博得人们的爱，这就有力地促进对它的尊敬和效仿。

"但是，美与善的道德价值是可以通过经验和智慧成为人的意识的，因为坏的东西其后果证明，它是破坏个别的和整体的幸福的，而高尚的、合乎情理的东西则能引来和加强特殊的和普遍的幸福。因此，美的道德可以成为教义，作为一种完全特殊的理论在全体人民中间传播。"

我插嘴说："最近我在一处读到一种看法，说是希腊悲剧已经把美的道德作为自己的特殊题材。"

歌德回答说："不只在既有道德又有纯粹人性存在的整个领域，特别是在那些粗野势力与规章法令陷入冲突的流派中，都可能产生悲剧性。当然，在这个领域里也是道德的东西作为人类本性的主要组成部分。

"此外，《安提戈涅》里的道德并不是索福克勒斯的虚构，而是题材本身就含有的，索福克勒斯之所以愿意选择这个题材，是因为它除美丽的道德外自身还包含着许多有戏剧效果的东西。"

歌德随后谈到克莱翁和伊斯梅内的性格，并且说为展示女主人公美丽的心灵这两个人物是必不可少的。

他还说："一切高贵的本性本身都是恬静的，好像在睡觉，是矛盾把它唤醒，向它挑衅。克莱翁就是这样一个矛盾，他的存在一部分是因为安提戈涅，为了让安提戈涅高贵的天性和属于她的权利在他的身上表现出来，另一部分也是因为他自己，为了让我们觉得他那招来灾祸的错误是可憎可恨的。

"但是，由于索福克勒斯想在他的女主人公采取行动之前就让我们看到她崇高的内心世界，所以必须有另一个矛盾存在，借助这个矛盾，她的性格可以得到发展。这个矛盾便是克莱翁的妹妹伊斯梅内。作家顺便给了我们一个很好的衡量普通事物的尺度，从而让我们看到安提戈涅所达到的远远超出一般的高度更加明显。"

话题转到一般的剧作家以及他们对人民大众产生的和可能产生的重要影响。

歌德说："一个伟大的剧作家，如果既有丰硕的创作成果又能将内心强烈而高尚的思想感情浸透到自己的全部作品里，他是能够做到使他剧本的灵魂变成人民大众的灵魂的。我以为，这是一件值得花气力去做的事情。高乃依就起过能够塑造英雄灵魂的作用。这对拿破仑有用处，因为他需要有一个英雄的人民。所以他在谈到高乃依时说，如果高乃依还在世的话，他要把他封为君主。因此，一个了解自己使命的剧作家应该不断地提高自己，以便使自己对人民产生的影响是一种造福社会的、高尚的影响。

"人们要学习的不是同代的人和一起奋斗的人，而是古代的伟大人物，他们的作品许多世纪以来一直保持同样价值和同样声望。一个天赋确实很高的人会感觉自己有熟悉伟大的先驱们的需要，而这种需要正是天资高的标志。我们学习莫里哀，学习莎士比亚，但首先要学习古代希腊人，要永远学习古代希腊人。"

我补充说："对于天赋高的人来说，研究古代希腊的著作当然非常有价值，但一般说来，对于个人的性格似乎很少产生影响。否则的话，所有的语文学家和神学家都应该是最杰出的人。可是情况完全不是这样。那些研究古代希腊和古代拉丁语著作的专家有的是有能力的人，有的也是一些可怜的家伙，这就要看上帝给予他们的或者父母带给他们的是好的品质还是坏的品质了。"

歌德回答说："对此我提不出什么反对意见，但这并不是说，研究古代希腊的著作对于一个人的性格的形成根本没有影响。流氓自然永远是流氓，一个小人物即使每天都和伟大的古代思想打交道也不会有丝毫长进。但是，一个高尚的人，一个上帝已经使其心灵在未来能够具有伟大性格和崇高思想的人，通过学习和与古代希腊罗马的伟大人物亲密交往，就会获得很好的发展，一天天明显地成长为类似的伟人。"

1827年4月18日，星期三

（歌德谈"美"，鲁本斯的风景画，莎士比亚的《麦克白》）

饭前，我和歌德一起乘车在去爱尔福特的路上兜了一圈儿风。我们碰到很多为莱比锡博览会运输货物的马车。还碰到几排套着缰绳的马，其中有些马很漂亮。

歌德说："我觉得美学家们很好笑，他们绞尽脑汁想把我们用'美'这个词表达的那种非言语所能描绘的事物通过几个抽象的词组成一个概念。美是一种本原现象，它本身虽然从来不出现，但它的余晖在创作英才们上千种不同的表述中是看得见的，而且如此丰富多彩，如此形形色色，跟自然本身一样。"

我说："我常听人说，大自然永远是美的，它让艺术家绝望，因为艺术家很少能够做到完全赶上自然。"

歌德回答说："我虽然知道，自然往往展示出一种不可企及的魅力；但我并不认为自然的一切表现都是美的。虽然它的意图总是好的，但使它得以永远完美表现所要求的条件并不总是好的。

"例如，橡树可以是一棵很美的树。但是，必须有多少有利的情况同时存在，自然才会产生出一棵真正美的橡树啊！一棵橡树如果生长在森林里的灌木丛中，周围都是一些高大的树干，那么它就总是倾向朝上长，总是朝着自由的空气和光亮生长。它只能向四周长出少数嫩弱的侧枝，就是这些侧枝过上一百年也就又枯萎和脱落了。但是，当这棵橡树终于把树梢长到上面露天的地方，它就会安静下来，开始向周围扩展，形成一个树冠。但是到了这个阶段，这棵树已经过了中年，多少年来向上方生长耗费掉了它最旺盛的精力，现在它要证明自己还有力量扩展自己的宽度，而这种努力再也收不到合意的成果了。长成的树干高大、粗壮、修长，但树干与树冠之间的比例关系并不匹配，实际上是不美的。

"反之，如果这棵橡树生长在潮湿的沼泽地带，土壤过于肥沃，只要有适当的空间它就会过早地向四面八方长出许多枝丫和嫩杈；可是又没有什么力量能对它起抑制和延缓生长的作用，但它不会长出节疤、独枝和锯齿来，从远处看，这棵树有柔弱的菩提树一般的外观，但它不会变美，至少不会像橡树那么美。

"最后，如果这棵树长在山坡上，那里土壤贫瘠多石，这样它虽然能长出大量节疤和锯齿来，但不能自由生长，躯干很早就弯曲，停止发育，它永远做不到能让人说：这棵树身上存在一种能够使我们惊奇的东西。"

我很高兴听歌德说了这些有趣的话。我说："前几年，我有时从哥廷根出发去威悉河谷做短途旅行，曾经看到过很美的橡树。我发现在赫克斯特一带的索灵山橡树长得特别苗壮。"

歌德接着说:"沙土地或含沙的土地似乎对橡树最有利,因为在这样的土壤里橡树可以使它粗壮的根向各个方向伸展。此外,它要求有一个能给它提供适当空间的位置,以便接受来自各方的光线、太阳、雨水和风的作用。它如果在避风避雨的舒适的地方生长,是不会成材的。但是,与风雨的百年搏斗使它坚强,使它茁壮,长成之后,它的现状会让我们感到惊诧和赞叹。"

我问道:"从你这番话中是否可以得出这样的结论,即当一种生物达到它自然发展的顶峰时,它才是美的。"

歌德说:"很正确,但事先必须说清楚,什么是你所理解的自然发展的顶峰?"

我回答说:"我理解的自然发展的顶峰是指这个或那个生物生长的某一周期,在这个周期里,它所特有的性格完全充分地表现了出来。"

歌德回答说:"如果是这个意思,那就没有什么可以反对的,尤其再补充一点,这样完全充分表现出来的性格同时要求这个生物各个部分的构造都符合它的自然使命,也就是说,都有它的目的。

"例如,一个出嫁的姑娘,她的自然使命是生孩子和哺育孩子,骨盆不够宽,胸脯不够丰满,她就不美。但是骨盆太宽,胸脯太丰满也不美,因为这超出了它的目的。

"我们之所以能够把刚才看到的那几匹坐骑称作美的,还不是因为它们肢体各个部分的构造都有目的性吗。这就不仅仅是它们的动作灵巧、轻快、优美,而且还有更多,对此得让一个好骑手和懂得马的人来谈谈,我们其他人只能有个一般的印象。"

我说:"我们是否也可以把一匹拉车的马称作是美的,就像我们刚才碰到的那几匹非常健壮的给布拉班特车夫们拉着货车的马。"

歌德回答说:"当然喽,为什么不可以? 一个画家也许会觉得这样一个性格鲜明,骨头、肌腱、肌肉健壮有力的动物所表现出来的各式各样的美的综合,远比一个性格比较温顺随和的小巧的坐骑所表现出来的美更为丰富多彩。"

歌德接着说:"品种要纯,不要遭到人工摧残,这永远是最重要的。一匹被剪掉尾巴和鬃的马，一条被割掉耳朵的狗，一棵被砍掉大枝后剩下的部分被修剪成球状的树，特别是一位从青年时代起身体就被束胸带损毁和扭曲的少女，品位高的人是要避开这些事情的，这些事情只能在市侩们关于美的手册里才有其位置。"

我们说着这些以及类似这些话的时候，马车又返回家中。饭前我们还在房前的花园里随便走了几圈儿。天气很好，春天的阳光开始变得炽热起来，在灌木丛和矮树篱笆上诱发出各种各样的叶子和花朵。歌德有满腹的想法，希望能享受一个充分乐趣的夏天。

随后吃饭的时候，我们很开心，小歌德读过他父亲的《海伦》，源于他天生的理解力，谈起来很有见地。看得出来，他很喜欢按照古代希腊意蕴写的那一部分，而对于歌剧式的浪漫部分，我们发现，他在阅读时并没有提起兴趣来。

歌德说："你说的基本上是对的。这是一件很奇怪的事情，我们虽然不能说理性的永远是美的，但美的却永远是理性的，至少应该是理性的。你喜欢古代希腊部分是因为这部分容易理解，你可以综观各个具体细节，用你的理性来靠近我的理性。在第二部分虽然也使用和加工了各种各样的理解力和理性，但这是很难的，在掌握这些事物，用自己的理性重又发现作者的理性之前，要求进行一番学习。"

歌德接着谈起塔斯蒂夫人的诗[1]，大加赞许，他这几天正在阅读这些诗。

其他人走后，我也正想要走的时候，歌德请我再留下一会儿。他令人将荷兰大师们的铜版画和蚀刻画的皮夹画册拿来。

他说："我想再拿点好吃的甜点款待款待你。"他一边说着，一边把鲁本斯的一幅风景画放到我面前。他说："这幅画你在我这里虽然已经看过，但优秀的作品是可以百看不厌的，况且这次还关乎一点相当特殊的东西。你能告诉我，你看到了什么吗？"

我说："如果从远景开始看，背景的最外端是一片明朗的天空，好像太阳刚刚落山。同样在这最远的地方还有一个村庄和一座城市沐浴在明亮的晚霞

1　1826年亚历山大·冯·洪堡将塔斯蒂夫人的诗寄给歌德。

里。画的中间是一条路，路上有一群羊向着村庄奔跑。画的右方是各种干草堆和一辆刚才装满干草的大车，已经套上挽具的马在附近吃草。此外，几匹牡马带着它们的马驹分散在一旁的灌木丛里放牧，看样子，它们好像要在外面过夜。靠近前景的地方是一组大树。最后，在最前面的左方是几个往家走的农夫。"

歌德说："好了，这似乎是全部的内容，不过，主要的东西还是缺掉了。我们在画上所看到的一切，诸如羊群、装着干草的车、马和往家走的农夫，他们是从哪一个方向受到光照的？"

我说："他们是从朝向我们的方向受到光照的，随即把阴影投进画里。特别是前景里那些往家走的农夫被光照得非常明亮，产生了很好的效果。"

"但是鲁本斯是通过什么方法创造出这么美妙的效果的？"

我回答说："他让这些明亮的人物出现在一个昏暗的背景上。"

歌德又问："可是这个昏暗的背景是如何产生的呢？"

我说："这是那组大树投向那些人物身上产生的巨大阴影。"——我不无惊喜地继续说："可是结果呢，人物把阴影投进画里，而那组大树又把阴影对着看画的人投射过来！这样，照射我们的光就来自两个完全相反的方向，不过，这可是违反自然的呀！"

歌德微笑着回答说："这正是问题的关键，鲁本斯正是通过这一点证明了自己的伟大，表现出他本着自由精神站在自然之上，他是根据自己更高的目标来对待自然的。诚然，光是来自两个完全相反方向的说法太强词夺理，你当然可以说，这是违背自然的。但是，如果这违背了自然，那么我同时要说，这是高于自然的，我要说，这是绘画大师的大胆手笔，他用独出心裁的方式表明，艺术不能完全屈从于自然的需要，它要有自己的规律。"

歌德接着说："艺术家在具体细节上当然要忠实地、虔敬地模仿自然，丝毫不可以随意改动一个动物的骨骼构造和肌腱的位置，致使其特有的性格遭受损害。因为这就是毁灭自然。但是，在艺术创造的较高领域里，要使一幅画成为一幅真正的画，艺术家有一个自由的游戏空间，在这里他甚至可以虚构，鲁本斯在这幅风景画里运用的双重光就是虚构的。

"艺术家跟自然有双重关系,他既是自然的主宰,同时也是自然的奴隶。说他是自然的奴隶,是因为他必须用人世间的手段进行工作,以便让人理解;而说他是自然的主宰,是因为他使人世间的手段服从于他的更高的意图,并且使其为这些意图服务。

"艺术家应该通过一个整体向世界说话,但这个整体他在自然里是找不到的,这是他自己的智慧结晶,或者你也可以说,是由一种起促进作用的神的气息催生的结晶。

"如果只是这么粗略地观看鲁本斯的这幅风景画,我们会觉得一切都很像自然,仿佛是直接从自然界临摹来的。但并非如此。一幅这么美的画在自然界里是绝对看不到的,正如普桑或者克劳德·洛兰的一幅风景画,我们觉得它很像自然,但要在现实中去寻找同样白费力气。"

我说:"在文学里是否也能找到与鲁本斯运用双重光的这种艺术虚构相类似的大胆做法?"

歌德考虑了一下,回答说:"能,我们无须到远处去找,在莎士比亚的作品里我就能给你举出大量例证。就拿《麦克白》为例,当麦克白夫人要唆使她丈夫采取行动时,她说:

　　我曾经给这些孩子哺乳,把他们养大——

"这话是真是假,一点都不重要;但夫人说了,她必须说,这样来加强她话语的力量。而在剧本后来的发展过程中麦克达夫得知他的亲人全部覆灭的消息时,他狂怒地喊道:

　　他没有孩子!

"麦克达夫的这句话与麦克白夫人的话是矛盾的,但莎士比亚并不在意。他认为重要的是每次讲话的力量。正如麦克白夫人必须极力强调说'我曾经给这些孩子哺乳,把他们养大'一样,麦克达夫为着这个目的也必须说'他没有孩子’！"

歌德接着说："总之，我们不要把一个画家画的画或者一个作家说的话看得太仔细、太狭窄；相反，一件用大胆的自由的精神创作的艺术品，我们也应该尽可能地再用同样的精神去观看和欣赏。麦克白曾经说：

别给我生女孩！

如果我们想从这句话得出结论说，麦克白夫人还是一个相当年轻的女子，没有生育过，那就很愚蠢了。如果我们进一步要求麦克白夫人作为这样一个非常年轻的女子粉墨登场，那同样是愚蠢的。

"莎士比亚让麦克白说这句话绝不是为了证明他的夫人年轻，而是说像刚才援引的麦克白（夫人和麦克达夫）的话仅仅是为了演说的目的，这些话不外是用来证明作家每次让他的人物在此处说的话是恰当的，效果很好，他并不过多担心，也不去考虑这些话也许会与另一处说的话陷入表面上的矛盾。

"总而言之，莎士比亚在写剧本的时候不会轻易地想到这些剧本要印刷成字母，让人数一遍再数一遍，互相比较和计算；相反，他写作的时候，心中想的是舞台；他把他的剧本看作是动态的、有生命的东西，它们在舞台上从观众眼前飞驰而过，观众不可能抓住它们，对具体细节吹毛求疵，而重要的只是，永远在眼前这一瞬间产生作用，具有意义。"

1827年4月24日，星期二

（对威廉·冯·施莱格尔的评价）

奥古斯特·威廉·冯·施莱格尔正在这里。饭前，歌德和他一起乘车兜游魏比希特小树林，晚上，举行盛大茶会欢迎他，届时施莱格尔的旅伴拉森博士也将光临。[1]魏玛的各界名流悉数应邀出席，歌德的几个房间里热闹非凡。

---

1 拉森（Christian Lassen，1800—1876），挪威学者，波恩大学教授，破译古波斯楔形文字第一人，是古代印度语文学研究在德国的开创者。

冯·施莱格尔先生被女士们团团围住，他把印有印度神像的细长布条展开，给妇人们观看，还出示了两首印度长诗的全文[1]，这两首长诗除他本人和拉森博士外，大概没人能读懂。施莱格尔穿着极为干净整洁，看上去很年轻，容光焕发，以致有几个在座的人断言，他好像在使用化妆品方面也不无经验。

歌德把我拉到窗前说："你觉得他怎么样？"——我回答说："还是完全跟往常一样。"——歌德接着说："当然，他在许多方面没有男人气，但他知识广博，贡献巨大，因此应该原谅他。"

1827年4月25日，星期三

（对施莱格尔不能求全责备）

和拉森博士一起在歌德家中进餐。冯·施莱格尔今天又去宫廷赴宴了。拉森先生阐述了对印度诗歌的深刻认识，歌德好像非常欢迎，他要用这些诗歌弥补自己在这方面还很不完备的知识。

晚上我又在歌德家里待了一会儿。他告诉我，黄昏的时候施莱格尔到他这里来过，他们就一些文学和历史问题进行了一次极为重要的谈话，他本人获益匪浅。他补充说："我们不可以要求荆棘丛长出葡萄来，也不可以要求蓟草长出无花果；此外一切都相当出色。"

1827年5月3日，星期四

（以巴黎与德国之不同，谈时代、国家、文化环境对作家成长的重要性）

施塔普费尔翻译的歌德的戏剧作品非常成功，安培先生[2]在去年巴黎出版的《环球》杂志上发表了一份书评，写得很好，歌德颇受触动，经常提到它，

1　这两首诗是从梵文翻译成德文的《罗摩衍那》和《盖世嘉宝》。

2　安培（Jean-Jacques Ampere，1800—1864），法国物理学家安培的儿子，文学史家，在《环球》杂志上发表评论歌德剧作的文章。这些评论文章深得歌德赏识，歌德将它们译成德文在德国发表。安培从1827年4月22日至5月16日在魏玛逗留。

多次对它大加赞赏。

他说："安培先生站得立场很高。德国的评论家遇到类似情况时喜欢从哲学出发，在观察和评论一部文学作品时所采用的方式使得他们所解释的内容只有他们自己那一学派的哲学家才懂得，对于其他人来说则比他们要解释的作品本身更为难懂。[1] 安培先生相反，他的做法很实际，通情达理。作为彻底了解自己专业的行家，他指出了作品与作者之间的亲缘关系，把不同的文学创作产品作为作家不同生活时期的不同果实来评论。

"他极深入地研究了我的尘世生涯和精神状态交替变化的过程，甚至能够看到我没有说出而只是从字里行间流露出来的东西。他指出，我在魏玛宫廷生活和供职的头十年里可以说什么都没有写，于是因为绝望逃往意大利，在那里以新的创作欲望书写塔索的故事，使我通过处理这个合适的材料摆脱魏玛给我留下的痛苦和令人心烦的印象和记忆。这话说得多么正确。因此他也非常准确地称《塔索》是提升了的《维特》。

"关于《浮士德》，他说的话也很有见地，他不仅把主要人物的阴郁的、永不满足的追求，而且也把梅菲斯特的冷嘲热讽、辛辣幽默都看作是我个人本质的组成部分。"

歌德常常以这样的和类似的赞赏方式谈论安培先生；我们都对他很感兴趣，力图了解清楚他的性格，即使没能做到这一点，我们也都一致认为，他肯定已是人到中年，十分懂得生活与创作的相互作用。

因此，当安培先生几天前来到魏玛，作为一个二十几岁快乐无忧的青春少年出现时，我们非常惊讶，我们感到同样惊讶的是，当他在后来的交往中对我们表示，那些我们经常赞赏他们聪明、有修养、文化水平高的《环球》杂志的全体同人通通都是像他一样的年轻人。

我说："我完全理解，生产重要作品的人可以是很年轻的，例如梅里美，他二十岁的时候就写出了很优秀的剧本。但是，一个年龄相近的年轻人能如此高瞻远瞩，见地深邃，具有像《环球》杂志的同人们一样的高度判断力，

1　暗指德国哲学家，《古代悲剧的本质》一书的作者欣里希斯（参见第三部分1827年3月21日的谈话）。

这对于我完全是新鲜事物。"

歌德回答说:"对于像你这样在北部荒原出生的人来说,这当然不那么容易,就连我们其他生活在德国中部的人,我们有的这么一点点智慧也是不得不用极其艰难的代价换取的。因为我们实际上过的都是闭塞的、贫困的生活!我们很少接触来自真正民间的文化,我们所有的能人志士都分散在德国各地,有的在维也纳,有的在柏林,有的在柯尼斯堡,还有的在波恩或杜塞尔多夫,彼此相距五十里至一百里,所以很少有个人之间的接触和思想交流。我觉得,当亚历山大·冯·洪堡等那些学者途经这里时,他们在一天之内让我得到的我所寻求和必须懂得的知识,是我往常个人奋斗多年也得不到的。

"可是你想象一下像巴黎那样一座城市,一个大国的最优秀的人才都聚集在那么一块地方,他们通过日常交往、斗争和竞赛,互相学习,互相提升;在那里,来自整个地球上的自然界和艺术界所有领域的精华每天都向公众开放;你想象一下这样一座世界大都会吧,每走过一座桥梁或者一个广场都让你回想起伟大的过去,每一条街的拐角处都曾经有过一段历史。不过,想到这一切你可不要以为那是一个昏暗枯燥时代的巴黎;相反,19世纪的巴黎自莫里哀、伏尔泰、狄德罗以及他们的同类等三代人以来,思想如此充实活跃,这在全世界任何一个地方都没有出现过第二次,因此你就会理解,像安培这样一位头脑聪颖的人,在这种充实的环境中长大,他何以能够在二十四岁的时候就有所作为了。"

歌德接着说:"你刚才说,你完全能够设想,一个二十岁的人是可以写出像梅里美的作品那样的好剧本来。我完全赞同,而且总体上也同意你所认为的,对于一个年轻人来说写一部好作品比做一个好的判断来得容易。但是在德国你就别打算像梅里美那样,那么年轻就能写出像他的《克拉拉·加苏尔戏剧集》那么成熟的作品来。不错,席勒写《强盗》《阴谋与爱情》(*Kabale und Liebe*)和《菲斯科》的时候,他还相当年轻,但如果我们要公正地说,这三部剧本更多是表现了他非凡的才能,而没有证明他文化修养的高度成熟。不过这不能归咎于席勒,而应归咎于他的国家的文化状况以及我们大家都经历过的那种孤身自助的巨大困难。

"相反，我们以贝朗瑞为例，他家庭贫寒，是一个穷裁缝的后代，后来成为穷苦的排字徒工，再后来以微薄的薪酬受雇于一家办事处，他从未念过有学术水平的学校，也从未上过大学；然而，他写的诗歌学识丰厚、文笔熟练、妩媚多姿，充满智慧和高雅的幽默感，艺术上完美无缺，语言的处理优异出色，使他不只是得到法国，而且也得到了整个欧洲知识界的赞赏。

　　"可是请你设想一下，这同一个贝朗瑞不是生在巴黎，不是在这个世界大都会长大，而是作为耶拿或者魏玛的一个穷裁缝的儿子，让他在这些小地方艰难地生存，试问，这同一棵树在这样的土壤、这样的氛围里生长，能结出什么样的果实呢？

　　"所以我再说一遍，我的好朋友：如果想要一个有才能的人迅速而愉快地发展起来，关键在于，这个国家尊重思想，尊重良好的教育。

　　"我们赞赏古代希腊人的悲剧，不过确切地说，我们应该赞赏的是使这些悲剧得以产生的那个时代和那个国家，而不是具体的作家。因为即便这些剧本彼此之间略有不同，即便这些作家中这一个显得比另一个更伟大、更完美一些，但大体看来，他们都有一个始终如一的特性，这就是超群、优异、健康、完美的人格、高度的生活智慧、宏伟的精神境界、纯正有力的直观事物以及等等你还可以举出的其他品质。而所有这些品质不仅仅存在于流传给我们的戏剧作品里，也存在于诗歌和叙事体作品里，乃至哲学家、修辞学家和历史学家的著作里，也以同样高的水平存在于流传至今的造型艺术作品里。因此我们应该确信：这样的品质不仅仅属于具体的个人，而是属于它们得以流传的那个国家和那一整个时代。

　　"再以彭斯为例。[1] 他所以如此伟大，是因为有他祖先的古老歌曲在民间口头流传，有人在他的摇篮一旁吟唱，让他在孩童的时候就听着这些歌曲成长，进入经典歌曲崇高优异的意境，为继续前进奠定了生机勃勃的基础。此外，他所以伟大，也是因为他自己的歌曲立刻在民间有了喜欢它们的听众，他很

1　彭斯（Robert Burns，1759—1796），苏格兰诗人，彭斯的创作以民歌为本，他创作的诗歌很受大众欢迎。1786年出版了《主要用苏格兰方言写的诗集》，并一举成名。

快就听到农夫们在田间唱着这些歌收割和捆绑庄稼，小酒馆儿里快乐的小伙子们也唱着这些歌欢迎他的到来。这当然都可以形成一点气候的。

"而我们德国人显得多么寒酸！我们的古老歌曲并不逊色，但在我年轻时代有哪些是在真正的民间流传着呢？赫尔德[1]和他的继承者不得不开始搜集民歌，把它们从被遗忘中拯救出来，然后至多是印刷好放进了图书馆里。后来，毕尔格和福斯不是写了许多歌吗！谁能说，他们的歌不如大作家彭斯的歌那么大众化呢![2]但是，他们的歌有哪些留了下来，让我们还能听见在民间传唱呢？他们把歌写好，印刷出来，然后摆在图书馆里，完全跟德国作家的普遍命运一致。—— 我自己的歌中有哪些留下来了？也许有一两首还由一个漂亮姑娘在钢琴旁唱着，但它们在真正的民间都悄无声息了。回想当年意大利的船夫给我唱《笃索》的一些片段时，我是多么的激动啊！

"我们德国人已经过时了。一百年来，我们的文化修养虽然已经有相当大的进步，但是，要等到我们的同胞接受和普及更多的思想和更高的文化，能像希腊人一样崇尚美，像他们一样为一首好歌欢欣鼓舞，能让人们说，德国人已经不是野蛮人了，那可能还要再过几个世纪。"

1827年5月4日，星期五

（赞贝朗瑞的诗歌）

歌德为安培和他的朋友施塔普费尔在家中举行盛大宴会。大家你一言，我一语，谈笑风生。安培对歌德讲述了许多梅里美、阿尔弗雷德·德·维尼以及其他知名人士的事情，关于贝朗瑞也谈了很多，歌德每天心里都在想着他的那些无与伦比的歌曲。于是提到，贝朗瑞的那些轻松的爱情歌曲是否比他的政治歌曲优秀；歌德对此阐述了他的看法，他说，一般说来，纯粹富有诗意

1　赫尔德是德国历史上第一位收集民歌的作家，他编的《民歌集》对德国文学发展产生了很大影响。
2　毕尔格和福斯都是德国狂飙突进文学运动时期的作家，他们的共同点是，不仅倡导文学创作的"大众性"，而且也按照"大众性"进行创作。

的题材要比政治题材好得多，正如纯粹的、永恒的自然真理总是比党派观点好一样。

歌德继续说："不过，贝朗瑞的政治诗歌表明他是一位为他的民族做了好事的人。同盟军入侵后，法国人发现他是他们发泄受压抑的情感的最好喉舌。他通过对在拿破仑皇帝统领下所取得的辉煌战果的大量回忆，使法国人振作起来。生活在茅屋里的法国人至今还怀念这位皇帝，作者也喜爱他的伟大品质，但不希望他的独裁统治继续下去。现在处于波旁王朝统治下，他好像不太舒畅。当然，这个王族已经变得衰弱！而如今的这个法国人希望高居皇位的人具有雄才大略，虽然他自己也很想参与统治，拥有一点话语权。"

饭后，客人们分散在花园里，歌德示意我跟他一起围绕通向悌夫尔特大道上的小树丛乘车一游。

在马车里，他情绪很好，和蔼可亲。他很高兴能和安培建立这么好的关系，期待这种关系将给德国文学在法国得到承认和传播带来最美好的结果。

他补充说："安培的文化修养很高，早已克服了许多法国人具有的民族偏见、感情用事、心胸狭隘的毛病，就其思想而言，他更多的是一个世界公民，而不是巴黎的市民。此外，我预感在法国成千上万的人和他有同样思想的时代即将到来。"

1827年5月6日，星期日

（给席勒提供写《退尔》的构想，谈《浮士德》和《塔索》表达的内容）

歌德家再次举行宴会，来的还是前晚那些客人。关于《海伦》和《塔索》谈的很多。歌德告诉我们，他1797年就有过计划，想把"退尔传说"写成一首六音步诗行的叙事诗。

他说："我在那年又去游览了一次那些小的州和四森林州湖，那里迷人的、雄伟壮观的大自然给我再次留下深刻印象，诱使我想把这变化多端、丰富多彩、无与伦比的自然风光写成一首诗。为了让我的描述更生动有趣，更具有吸引力，我以为最好把这些非常优越的地理环境用同样优秀的人物加以装点，因此'退尔传说'对我就很有用了。[1]

"我设想的退尔是一个粗壮豪放的、知足常乐的、幼稚无知的英雄人物，作为搬运夫遍游各州，到处都有人认得他、喜欢他，他也到处助人为乐，自己默默地干活，照料老婆孩子，不去操心谁是主子，谁是仆人。

"而我设想的盖斯勒[2]虽然是一个暴君，但属于贪图安逸那一种，高兴的时候也偶尔做点好事，或是做点坏事，不过，他对人民的疾苦概不关心，视若无睹。

"相反，我把人类天性中高尚的、优异的部分，例如对故乡土地的热爱，对在祖国法律保护下的自由感和安全感，对遭受外来践踏者蹂躏和虐待的屈辱感，以及终于逐渐成熟起来的要摆脱可憎枷锁的坚强意志，我把这一切高尚的、优异的天性分配给了瓦尔特·菲尔斯特、施陶法赫尔、梅尔希塔尔[3]和其他知名的高贵人士，而这些人才是我的真正的英雄，我的自觉行动的崇高群体，至于退尔和盖斯勒虽然有时也登台活动，但总体来说更多是生性消极的人物。

"我脑海里想的全是这个美妙的题目，已经能不时地哼出我的六音步诗行来。想象中我看见了被静谧的月光笼罩的湖面，看见了从山深处被它照亮的雾霭；我看见了与美丽的朝阳掩映的湖水、生意盎然的森林和原野。然后我描绘出一场风暴，一场从峡谷扑向湖面的暴风骤雨。但依然不乏寂静的夜晚，在桥头和山间小道上的秘密集会。

"我把这一刃都告诉了席勒，我描述的自然风景和出场人物在他心中渐渐形成了一部戏剧。我因为有其他事情要做，写作计划一再拖延，于是就把这个题目完全交给了席勒，他随后便写出了一部很受称赞的诗体剧。"[4]

1　1797年9月28日至10月8日歌德第三次去瑞士旅行，到了"退尔传说"中四森林湖周围的三个小州，即施维茨、乌里、翁特瓦尔登三个森林州。

2　盖斯勒是"退尔传说"中的暴君，是奥地利派到被它占领的瑞士的总督，瑞士三个森林州的居民不堪忍受他的统治揭竿起义。

3　这三个人分别是那三个"小州"的民众领袖。

4　这就是席勒写的剧本《威廉·退尔》。

我们大家听了这番有趣的介绍都很高兴。我指出，我感觉《浮士德》第二部第一场用三行诗诗节描写的那段壮丽的日出景象似乎就是来自对四森林州湖那些大自然印象的回忆。[1]

歌德说："我不否认，这些直观的体验是来自那里。的确，如果不是对那里美丽的自然风光记忆犹新，我根本不可能想到刚才提到的那个用三行诗诗体描写的内容。但这一切全是我用退尔的故乡风光这块金子铸造的。剩下的我都交给了席勒，正如我们所知，他很好地使用了我提供的材料。"

话题转向《塔索》以及歌德在这部作品中试图表现怎样的思想。

歌德说："什么思想？我怎么不知道！我有的是塔索的生平、我自己的生平，我把这两个古怪人物连同他们的品质融合在一起，于是在我心中就形成了塔索的形象，我把安东尼奥作为平淡的参照物与他对比，我这么做也是有不少样板的。此外，其他宫廷情况、生活情况和爱情情况在魏玛和在费拉拉一样，关于我的描述，我完全有理由说，它们与我骨肉相连。[2]

"而且，德国人都是一些古怪的人！——他们到处寻求深奥的思想和观念，再把这些深奥的思想和观念塞向各处，因而把生活弄得过于沉重。——唉，但愿你们有一天获得热衷于自己的印象的胆量，让自己快乐，让自己感动，让自己振奋，让自己受到教益，为某些伟大事业激发热情和鼓舞勇气；不要总是以为，如果没有某种抽象的思想和观念，一切都毫无价值！

"因此他们来问我，我在《浮士德》里要体现的是什么观念。仿佛我自己知道并且能把它说出来似的！从天上下来，经过世界，走向地狱，不得已时就得这么说，但这不是观念，而是情节的发展过程。此外，魔鬼赌输了，一个永不停止地追求上进的人得以从艰难的迷途中解救出来，这虽然是一种有

---

1 《浮士德》第二部开头一场叫《宜人的佳境》，其中有一段浮士德的独白，歌颂晨光照耀阿尔卑斯山（即瑞士山地）的景象（参见《歌德文集》第一卷《浮士德》，人民文学出版社，1999年，第211—212页）。

2 《塔索》的主人公塔索的处境与歌德自己的处境有很多相似之处：歌德在魏玛仰仗大公卡尔·奥古斯特，塔索在费拉拉仰仗阿尔丰索；魏玛宫廷的高官对歌德并不友好，费拉拉宫廷的国务大臣安东尼奥对塔索受公爵的宠爱也很不服气；当然歌德与塔索最大的共同点是，他们都是有成就的作家，但都得依靠宫廷。

效的、能说明一些问题的好的思想，但并不是为全剧，尤其不是为每一具体场次奠定基础的观念。倘若我在《浮士德》里让大家体验到的那种丰富多彩、气象万千的生活能用唯一一个贯穿始终的观念这样一条细绳串在一起的话，那实际上倒应该是一件好事！"

歌德继续说："总体说来，我不是那种致力于表现抽象事物的诗人。我内心感受到的是印象，是我的活跃的想象力提供给我的感性的、生动的、亲切的、五光十色的、千姿百态的印象；作为诗人，我所要做的不过是将这些体验和印象在我心中进行艺术上的加工完善，然后通过生动的描绘表现出来，让其他的人听到或者读到我的描述时获得同样的印象。

"但如果我作为诗人想表现随便一种观念，那么就应该写短诗，短诗的统一性明显，可以综观全诗，例如诗歌《动物的演化》《植物的演化》《遗嘱》以及其他等等。我有意识根据一个清晰的观念写作的唯一一部规模较大的作品可算是我的《亲和力》了。这部小说因表现了观念而变得易于理解，但这并不是说，它因此变得更好了。相反，我认为，一部文学作品越是无法计量，越是不易凭知解力去理解，就越好。"

1827年5月15日，星期二

（作家霍尔泰拜访歌德）

冯·霍尔泰先生[1]从巴黎来这里已经好几天了，他因人品和才能到处受到热烈欢迎。他与歌德及其家人之间也建立了非常友好的关系。歌德几天前住到他的花园里去了，他喜欢在那里安安静静地工作。今天，我同霍尔泰先生和舒伦堡的伯爵[2]去看望他，舒伦堡的伯爵首先告辞，因为他要与安培一起去柏林。

1　冯·霍尔泰（Karl von Holtei, 1798—1880），德国作家，剧院领导，歌德儿子奥古斯特的朋友。他为舞台加工的《浮士德》，未获歌德赞同。

2　舒伦堡的伯爵弗里德里希·阿尔布雷希特（Graf Friedrich Albrecht von der Schulenburg, 1772—1853），撒克逊派往维也纳的使节。

1827年7月25日，星期三

（司各特致信歌德，讲述自己的身世和家事）

歌德日前收到沃尔特·司各特的一封信，感到很高兴。今天他把信拿给我看，因为他觉得英文的字迹太不清楚，无法辨认，所以请我给他翻译信的内容。看上去是歌德给这位著名的英国作家写过信，这封信是对他的信的回复。

沃尔特·司各特写道：

我感到很荣幸，我的随便一部作品竟有幸引起歌德的重视。我从1798年开始就是歌德的崇拜者之一，当时尽管对德语知之甚微，还是大胆地把《葛兹·冯·伯利欣根》译成了英文。在进行这项青年时代的工作时我完全忘记了，只是感觉到一部天才作品的美是不够的，还要彻底懂得写这部作品所用的语言，这样我们才可能让别人也感觉到这种美。不过，我现在依然挺重视青年时代的那次尝试，因为它至少表明，我是善于选择一部有欣赏价值的作品拿来翻译的。

我经常听人说到您，而且是听我的女婿洛克哈特[1]说的。这位年轻人在文学方面有了名气，几年前就有幸被介绍给德国文学之父了，那时他还没有与我的家庭联姻。急于要向您表示敬意的人很多，要您把这大量人中的每一个人都记住是不可能的，但我相信，没有一个人比我家庭中这位年轻成员更为殷切地敬仰您。

我的朋友约翰·霍培·冯·滨基不久前有幸见到了您[2]，我曾经想要给您写信，后来也确实冒昧地把带信的事托付给了他的两位打算去德国旅行的亲戚，但他们因生病未能成行，因此过了两三个月我的信又退回来了。很早以前，亦即在您那次那么热情地表扬我之前，我就曾放肆地

1　洛克哈特（John Gibson Lockhart，1794—1854），苏格兰作家，英国作家司各特的女婿，大约于1817年秋天在魏玛拜访了歌德。

2　冯·滨基（Sir John Hope von Pinkie）于1827年5月2日拜访了歌德。

寻求与您认识了。

任何天才的崇拜者，当他知道欧洲最伟大的典范之一晚年受到如此高度尊敬，享受着幸福而荣耀的退休生活时，都会感到欣慰。可惜，命运没有让可怜的拜伦勋爵获得这样好的运气，他英年早逝，使得人们对他的那么许多希望和期待永远破碎。他对您给予他的荣誉感到高兴，他觉得，他对您心怀敬意，世上所有的现代作家都应该感谢您，都应该怀着真诚的敬意崇拜您。

我曾经冒昧地请求特洛伊特尔和维尔茨两位先生[1]将我写的一份习作寄给您，是一位很值得关注的人物的传记，他多年来在自己掌控的地方有过惊人的影响。此外，不知道我是否欠他某些人情，因为是他让我服了十二年兵役，服兵役期间我在我们的一个民兵团里效力，尽管早年得过麻痹症，我还是成了一名优秀的骑兵、猎手和射手。可是最近一段时间由于风湿病影响到我的关节，受我们北方天气导致的这种痛苦折磨，我身上的这些好本领有点消退。但我不抱怨，自从我不得不停止打猎以来，我看见我的儿子们现在正以打猎进行娱乐消遣。

我的大儿子掌管一支轻骑兵中队，这对于一个二十五岁的青年人来说已经相当不错了。我的小儿子最近在牛津大学获得人文科学学士学位，在走向社会之前，先在家里待几个月。是天意把他们的母亲从我身边夺走，所以我的小女儿帮我料理家务，大女儿已经结婚，有了自己的家庭。

这就是我的家庭状况，承蒙您的亲切垂询。此外，尽管遭受一些非常重大的损失[2]，我还有足够资产让我能够活得称心如意。我有一座宽敞而古老的住宅，随时欢迎您的朋友前来这里做客。前厅摆满了武器，就是对雅克斯特豪森都是合适的，还有一只大猎犬看门。

此外，我把那位善于设法使人在他在世时不要把他忘记的人给忘记了。作品中的这些错误希望您能原谅，请您考虑到作者满怀的愿望是，

1　特洛伊特尔（Treuttel）和维尔茨（Würtz）是巴黎书商，1827年司各特拜托他们将他写的《拿破仑传》寄给歌德。

2　指他的（司各特的）出版商破产。

只能在他岛国偏见允许的情况下真诚地处理对那位非凡人物的纪念。

因为一位旅行者突然也是偶然地向我提供给您写这封信的机会，时间紧迫，不容拖延，所以我就不再写下去了，只是祝愿您继续保持身体安康，谨致以最诚挚、最深切的敬意。

沃尔特·司各特[1]

1827年7月9日于爱丁堡

如前面所说，歌德收到这封信很高兴。不过，他认为信中把他的荣耀说得太过分，使他对于这位有地位、有高度教养的人的恭维不甚满意。

之后，他提到沃尔特·司各特说起他的家庭关系时那种和蔼亲切的态度，这是一种兄弟般的信任的标志，使他极其高兴。

他继续说："我现在真的急于想看到他准备给我寄来的《拿破仑传》。关于这本书我既听到许多反对意见也听到许多热烈赞同的意见，我预先就能肯定，它无论如何都是很有意义的。"

我问到洛克哈特，不知他是否记得这个人。

歌德回答说："他的人格给人印象深刻，我不会这么快就把他忘记的。听来旅行的英国人以及我的儿媳说，他是一个可以期待在文学方面做出优异成绩的年轻人。

"此外我几乎感到奇怪，沃尔特·司各特只字未提卡莱尔，卡莱尔坚定地致力于德国文化，他肯定知道这个人。

"卡莱尔值得钦佩的是，他在判断我们德国作家时特别着眼于精神的和道德的内核，认为这是真正起作用的因素。卡莱尔是一种具有重大意义的道德力量。他很有前途，根本无法预见他将做出什么成就，产生什么影响。"

1　司各特的这封信于1827年8月21日寄到魏玛。爱克曼这里给出的司各特给歌德的信，是他根据1839年出版的由司各特的女婿洛克哈特撰写的《司各特传》中记载的司各特给歌德的并从英文译成了德文的信。

1827年9月26日，星期三

（去埃特斯山郊游、野餐，谈各种鸟类的习性）

歌德邀我今天清晨一起乘马车去埃特斯山最西边的山峰霍特尔斯塔特角一游，然后从那里前往狩猎行宫埃特斯堡。这一天风和日丽，我们的车早早就驶出雅可布城门。从吕岑多夫开始上山，坡度很大，马车只能缓慢前行，这时我们有机会观察山后各种各样的风景。歌德注意到右侧王室庄园后面的灌木丛里有一群小鸟，他问我是不是云雀。——我心里想，你这位可爱的大人物，很少有人像你这样把整个自然都研究得这么仔细，而在鸟类学方面你仿佛还是一个孩童。

我回答说："是黄鹂和麻雀，大概还有几只迟到的篱雀，它们在等到了脱毛期过去之后从埃特斯山的灌木丛里出来，飞到下面的菜园子和田野里，准备继续迁徙；但不是云雀。在灌木丛里栖息不是云雀的天性，田野里的或是天空中的云雀一会儿直上云霄，一会儿降落在地上，在秋天，它们也会成群结队地从空中横越，然后又落在收割后的庄稼地里，但是它们不去矮树林和灌木丛里。树上的云雀相反，它们喜欢大树的顶梢，它们从树的顶梢上边唱边飞，一会儿飞上天空，一会儿又飞回来落到树的顶梢上。还有另外一种云雀，在森林中朝向南面的人烟稀少的空地上可以碰到，这种云雀的歌声非常柔和，吹长笛一般，却是带着一点忧伤。它们不在埃特斯山上停留，嫌那里太热闹，离周围居民太近；但它们也不去灌木丛里。"

歌德说："嗯，看来你对这些事情还是很熟悉的吗！"

我回答说："我从青年时代起就很热爱这个专业，总是观看鸟类的活动，谛听它们的声音。埃特斯山上的全部森林很少有几处是我没有反复游历过的。如果我现在听到一声鸟叫，我就敢说出这是由哪种鸟发出来的。如果有人给我拿来随便一只鸟，它在被抓获期间由于受到错误对待羽毛都掉了，我甚至能叫它很快就完全恢复健康，重新长出丰满的羽毛来。"

歌德回答说："这说明你已经经历过许多这样的事情。我建议你，继续进行认真的研究；你如果沿着这个方向坚持做下去，肯定会获得非常好的结果的。你还是给我说说鸟类换毛的事吧。刚才你说那些迟到的篱雀完成换毛之后就从埃特斯山上的灌木丛来到下面的田野里。是不是换毛受制于一定的时期，所有鸟类都在同一时期换毛吗？"

我回答说："绝大多数鸟类都是在孵化期结束后立刻换毛，就是说，在最后一批雏鸟一旦能够自助自立的时候。但问题是，这只鸟从孵完最后一批雏鸟开始到它迁徙的时候，是否还需要有一个合适的空间换毛。如果需要的话，它就就地换毛，然后带着新鲜的羽毛迁走；如果不需要，它就带着原来的羽毛迁走，以后到温暖的南方再换。候鸟在春天并不是同时来到我们这里，秋天也不是在同一时间迁走，这是因为，有的鸟不太在意天气严寒一点还是阴湿一点，它们比其他的鸟更有耐性。但是，一只早早就来到我们这里的鸟，会很晚才迁走，而一只晚到的鸟会早早就离开。

"比如篱雀虽然属于一个禽种，但它们之间就存在很大区别。我们3月末就能听见篱雀或称粉白毛小篱雀的吱吱叫声；十四天之后来的是黑头篱雀或称无角的篱雀；再过大约一个星期是夜莺，直到4月底或5月初才是灰色的篱雀。所有这些鸟都是在8月里在我们这里换毛，也包括它们的第一批雏鸟；所以我们8月底就能捕捉已经有黑头的小黑头篱雀了。但最后一批幼雏要带着它们的第一茬羽毛迁走，以后在南方换毛；由于这个原因，我们9月初可以捉到幼小的篱雀，而且是雄性的，不过它们的头还跟它们的母亲一样是红色的。"

歌德问："灰色篱雀是来我们这里最晚的鸟吗？还有其他更晚到的鸟吗？"

我回答说："所谓黄色的喳舌鸟和华丽的、羽毛是金黄色的金莺要到圣灵降临节前才来。这两种鸟孵化期结束后大约于8月中旬就又迁走了，带着它们的幼鸟一起在南方换毛。它们要是被关在鸟笼里，在我们这儿到冬天才换毛，因此这些鸟很难养护。它们需要很暖和才行。可是，要是把鸟笼挂在炉子附近，它们的发育会因缺少可提供养分的空气而停滞不前；相反，要是把它们放到窗子附近，它们也会在漫长的寒夜里渐渐萎缩。"

歌德说："有人认为换毛是一种疾病，或者至少伴随身体上的衰弱。"

我回答说："我不这么认为。鸟儿在大自然中顺利地换毛，没有丝毫痛苦，一些体力比较强健的鸟甚至也完全能在房间里换毛，这是繁殖能力得到提升的状态。我养活过一些篱雀，它们在整个换毛期都没有停止鸣叫：这表明它们感觉很好，没有问题。如果房间里有一只鸟换毛期间常常生病，那就是因为饲料不当，或者空气和水不清新洁净。这期间它在房间里因缺少空气和不能自由活动而变得虚弱，以至于没有力气去更换羽毛，这时你就要把它放到可提供养分的新鲜空气里，它会立即非常顺利地换毛。与此相反，一只野生的鸟换毛缓慢，是渐渐进行的，这个过程你几乎都看不见。"

歌德回答说："不过你刚才好像提到，篱雀在换毛期间要到茂密的森林里去。"

我回答说："这期间它们当然需要某些保护，而且大自然在这种情况下也是既聪明又克制，从不让一只鸟在换毛期间一下子失去许多羽毛，连寻觅食物所需的飞行能力都没有了。但是会有这样的情况，例如，这只鸟突然失去了左边翅膀的第四根、第五根和第六根翎毛以及右边翅膀的第四、第五和第六根翎毛，这时候它虽然飞得还相当不错，但遇到有猛兽追踪，特别是遇到飞得很快、动作灵活的燕隼时，便很难逃脱了。因此，茂密的灌木丛对它就很有用处。"

歌德回答说："这倒是个好办法。"他接着说："不过两个翅膀换毛是不是要均匀，要大体对称？"

我回答说："根据我所观察到的，是这样。这是很合适的。因为如果一只鸟失去了左边翅膀的三根翎毛，而没有同时失去右边翅膀的三根翎毛，它的双翼就会失去平衡，它就不再能够恰当地控制自己和自己的动作。就好比一只船，这一边的帆太重，另一边的帆太轻一样。"

歌德回答说："我看，探究大自然不管从哪一边入手都会获得一些聪明才智的。"

此间，我们一直吃力地向山上行驶，渐渐来到上面的杉树林边上。我们从一处采凿石头的地方经过，那里有一堆石头。歌德让车停下，让我下去稍微仔细地观察一下，看我是不是什么化石都发现不了。我找到了几块贝壳，还找到了几块破碎的菊石，然后又坐进车里把它们递给了歌德。我们继续前行。

歌德说:"又是那个古老的故事!又是那片古老的海底!当我们从这个高度俯瞰魏玛,俯瞰它周围的一些村落时,如果考虑到,在下面那片广阔的河谷里曾经有一个时期鲸鱼就在那儿纵情嬉戏,我们会感觉很惊异。但情况确实如此,至少是极有可能的。可是,那些当时在掩护这座山的大海的上空飞翔的海鸥,它们肯定不曾想到,我们俩今天会乘车到这里来。谁知道,多少年之后是不是还有海鸥飞越这座山呢。"

我们现在到了山上面,车行驶得快了起来。在我们的右侧是橡树、山毛榉和其他阔叶树。向后面再也看不见魏玛了。我们来到西边的山顶上;温斯特鲁特河宽阔的河谷,连同许多村庄和小镇在灿烂的朝阳下呈现在我们眼前。

歌德一边让马车停下,一边说:"就在这里吧!我想,咱们能不能就在这个空气清新的地方舒舒服服地吃点早点。"

我们下了车,在尚未长成的、因暴风雨摧残而变得畸形的橡树脚下干燥的土地上来回走了几分钟,这期间,弗里德里希已把带来的早点从篮子里取了出来,摊放在一个草坪的坡上。清晨,秋天的太阳放射出最纯净、明澈的光芒,从这里向远处眺望,景色着实壮观。往南和西南方向望去,全部被图林根森林覆盖的山脉一览无余;向西看,越过爱尔福特,有哥达城堡和因瑟尔山耸立于高处;继续向北看,即是朗根萨尔扎和米尔豪森后面的群山,再向北直至看到蓝色的哈尔茨山脉。我想起了这几行诗:

> 把目光投向周围的生灵,
>
> 多么广阔,崇高,壮丽辉煌!
>
> 永恒的精神
>
> 从一个个山岭轻轻飘过,
>
> 唤起对生命永恒的丰富遐想!

我们坐下来,背朝着橡树,这样,在吃早点的时候举目远眺,总能把半个图林根的景色尽收眼底。我们吃了几块儿炸山鹑和新烤的白面包,喝了一瓶上乘葡萄酒,而且用的是一只柔韧的、精巧的、金制的杯子,歌德每次出游，通常都把它装在一个黄色的皮盒子里随身带着。

他说："我经常来这个地方，晚年的时候我常想，这是我最后一次从这里鸟瞰这富饶的世界和它的壮丽景色了。但总有再相聚的时候，我希望，今天也不是我们俩最后一次在这里度过这么美好的一天。今后，我们还要常来这里，老待在家庭狭窄的环境里，人会萎靡不振的。在这里，你会感到自己像眼前的大自然一样，伟大、自由；人本来就应该永远这样。"

歌德继续说："我从这里向四周眺望，很多地方都勾起了我对自己漫长一生的大量回忆。年轻时代，我在对面伊尔默瑙的那些山里什么没经历过！然后在下面可爱的爱尔福特又亲临了哪些好玩儿的冒险活动！在此之前，我也经常喜欢去哥达；然而，很多年来几乎没再去过了。"

我说："自从我到魏玛以来，我不记得你去过那里。"

歌德笑着回答说："情况是这样的，我在那里给人留下的印象不太好。我想给你讲一个故事。最后执政的这位君主的母亲还相当年轻的时候，我经常去那里。一天晚上，在她的宅邸只有我们俩一起喝茶，这时，两个十岁至十二岁的王子，两个长着漂亮的金黄色卷发的小男孩蹦蹦跳跳地跑进来，走到我们茶桌前。我一向放纵不羁，竟然用两只手去抚摩两位王子的头发，并且说：'呐，小毛毛头，你们要干什么呀？'他们瞪大眼睛看我，对我的胆大妄为十分惊讶——此后，他们对我一直记恨在心。

"我不是想以此吹嘘自己，情况就是这样，这已深埋在我的天性之中，即对于那些作为人既没有优异的秉性，同时也没有高贵价值，而仅仅凭借贵族身份的人，我从来不太尊重。是的，我自我感觉良好，如果有人把我弄成一个王侯权贵，我也依然清高傲世，不会感觉这有什么特别值得注目的。当我被授予贵族证书的时候，许多人以为我可能觉得自己因此提高了身价。但是，咱们自己私下里说，这对我毫无意义，一点意义都没有！我们法兰克福的富裕市民始终认为自己就等同于贵族，在我拿到那份证书的时候[1]，心里想的不过是，这东西我早就拥有了。"

1　歌德于1782年4月10日获得贵族证书。

我们又从金制的杯子里喝了一大口葡萄酒，然后驱车绕过埃特斯山北侧驶向埃特斯堡的狩猎行宫。歌德让人把所有房间的门锁打开，墙壁裱糊得活泼明亮，并且挂着许多绘画。在二层西边拐角的房间里歌德告诉我，席勒在那里住过一段时间。他接着说："总之，我们还很年轻的时候就曾经在这里度过一些美好的时日，也虚度了不少美好时光。那时，我们都还年轻，目空一切，夏季里少不了即兴演出形形色色的喜剧，在冬季，我们跳各种各样的舞蹈，还拿着火炬滑雪橇。"

我们又来到户外，歌德领我沿着往西边去的一条人行道走进树林里。

他说："我得让你看一看那棵山毛榉，五十年前，我和席勒把我们的名字刻在了上面。可是，变化多大啊！那些树都长大成材了！——就是那棵树！我看见它仍旧枝叶繁茂。——我们的名字也依稀可见，只因树木膨胀，树干弯曲畸形，它们几乎认不出来了。当年，这棵山毛榉长在一块干燥的空地上，四周阳光充足，风景优美，在美丽的夏日里，我们就在这儿表演自己临时编排的滑稽小品。如今，这里既潮湿又阴冷，而以往矮小的灌木，现在也已长成参天大树，使得我们从这片灌木丛中几乎找不出我们青年时代的那棵繁茂的山毛榉了。"

我们又向狩猎行宫走去，还观看了颇为丰富的兵器收藏，之后就驱车返回魏玛了。

1827年9月27日，星期四

（谈新一期《艺术与古代文化》和里彭豪森兄弟的素描）

下午，在歌德家里待了一会儿，认识了从柏林来的枢密顾问施特雷克富斯先生[1]，他上午和歌德一同乘车出去兜游，然后留下来吃午饭。施特雷克富斯走的时候，我陪他从公园里走过。回来时在市场那里遇见总管和劳帕赫，

1　施特雷克富斯（Karl Streckfuß，1778—1844），柏林的枢密顾问、作家，因翻译《塔索》（1822）而出名。

我跟他们一起去了大象旅馆。晚上我又在歌德家里，他同我讨论了新一期的《艺术与古代文化》，同时还讨论了里彭豪森兄弟[1]的十二张铅笔素描。里彭豪森兄弟试图根据保萨尼阿斯的描述用这十二张素描重新制作挂在德尔菲会议厅里的波利格诺托斯的油画；对于这一举动，歌德十分赞赏。

1827年10月1日，星期一

（《浮士德》第二部第一幕第二场中那个皇帝）

在剧院观看侯瓦尔德的《肖像》，看了两幕便去歌德家里了。他给我念了新写的《浮士德》第二场。[2]

他说："我企图把皇帝描写成一个这样的君主，他具有一切可能使自己的江山丢失的品质，后来他也果真做到了。

"他不关心帝国和他的奴仆们的福祉，他只想自己，想如何日复一日地用点新东西消遣娱乐。国家没有公理和正义，法官自己也参与犯罪，他们站在罪犯一边，闻所未闻的罪恶勾当肆行无阻，不受惩罚。军队没有军饷，没有纪律，到处打家劫舍，给自己谋得点薪饷，尽可能自助自救。国库没有钱，也不能指望还有资金注入。皇帝自家的财政同样不妙：厨房和储藏室的状况捉襟见肘。宫廷司务长官越来越一筹莫展，他已经被掌控在放高利贷的犹太人手中，把所有的东西都典当给了犹太人，所以，端到皇帝餐桌上的是被事先吃过了的面包。

"枢密院想要把这些弊端向皇帝陛下据实禀报，商议如何补救和纠正；然而，最仁慈的大人很不乐意倾听这样一些令人不愉快的事情，宁愿自己玩乐消遣。此时此地，梅菲斯特的感觉真是如鱼得水，他赶紧把迄今为止的弄臣干掉，自己作为新的弄臣和参议辅佐皇帝。"

1　弗朗茨·里彭豪森（Friedrich Franz Riepenhausen，1786—1813）和约翰内斯·里彭豪森（Christian Johannes Riepenhausen，1788—1860），铜版雕刻家，歌德收藏了他们的多幅作品。

2　即《浮士德》第二部第一幕的第二场。

歌德把这一场和大量插入其中的喃喃低语朗读得相当出色，我度过了一个非常美好的晚上。

1827年10月7日，星期日

（在耶拿忆福斯夫妇和与席勒的交往，谈人之间的"磁性"）

今天清晨天气很好，我和歌德于八点之前已乘上马车起程前往耶拿，他打算在那里待到明天晚上。

由于到达时间尚早，我们首先来到植物园，歌德查看了各种草木，看到一切井然有序，长得很茂盛。我们还观看了矿物珍品室和几个其他自然科学陈列室，然后应克涅伯尔先生之邀乘车去他家中吃饭。

年迈的克涅伯尔急忙跌跌撞撞地来到门口与歌德拥抱。席间，大家热情真挚，兴致很高；不过谈话没有什么重要内容。能咫尺亲切欢聚，两位老朋友就都感到知足了。

饭后出去兜风，我们乘车往南去沿着萨勒河向上游行驶。多年前我就来过这一带，这里景色优美，但现在一切都是那么新鲜，我仿佛从未见过似的。

当我们又回到耶拿的街道里时，歌德吩咐让车沿着一条小溪向上游前行，然后在一个外观并不起眼的房子前面停下。他说："福斯曾经在这里住过，我也想领你看一看这个有经典意义的地方。"我们穿过房子走进花园。花园里很少看见花木和其他名贵植物，我们走在草坪上，头顶是清一色的果树枝叶。歌德说："这是欧内斯廷[1]的最爱，她在这里也忘不了他们奥伊廷的那些优质苹果，曾经对我夸耀说，这种苹果最好吃了，无与伦比。其实，这是因为她儿时就是吃这种苹果的！此外，我在这里和福斯以及他贤惠的埃内斯蒂纳一起度过不少美好的日子，我很喜欢回忆那些往昔的时光。像福斯这样的人轻易不会再有了。现在很少有人能像他那样对德国高层文化产生如此影响。他

---

1 欧内斯廷（Ernestine Voß，1756—1834）是福斯的夫人，福斯从1782年起在德国奥伊廷任教，她曾与丈夫住在那里。

的一切都是健康而粗犷的，所以他与希腊人的关系不是假装的，而是纯粹自然的，从而为我们其他的人结出了最丰硕的果实。像我这样深知他的价值的人简直不知道该怎样纪念他才足够隆重。"

此时已近六点。歌德认为是回下榻处的时候了，他已经让人在"大熊旅馆"预订了房间。

我们被安排在一个宽敞的房间里，屋内有一个壁龛，还有两张床。太阳刚刚落山，霞光照射在我们的窗户上。不点蜡烛就这么再坐一会儿，我们会感到很惬意。

歌德又把话题转向福斯。他说："我很尊敬他，很想把他留在大学研究院和我这里。可是，海德堡方面给他提供的待遇太优厚，我们给的这点钱无法与之抗衡，只好放他走，我打消留下他的念头，心里很难过。"[1]

歌德接着说："然而，幸运的是我有了席勒。尽管我们俩的性格很不相同，我们的志向却是一致的，这使得我们的关系亲密无间，实际上，我们谁没有谁都无法生活下去。"[2]

歌德随后给我讲了他这位朋友的几段有趣的小故事，我觉得很能反映席勒的性格。

他说："席勒品格高尚，我们可以想象到，他是把一切对他或想要对他表示的空洞敬仰和一切无聊乏味的崇拜都坚决视若寇仇的。当科策布打算为提高他的声望举行一次公众集会时[3]，他非常反感，因为心里厌恶几乎病倒了。同样，他也讨厌陌生人来访。如果他一时有事不能见来访的人，约他下午四点再来，那么通常你也可以猜想到，到了约定时间，他会因满心焦虑而感到身体不适。遇到这种情况他有时也可能变得很不耐烦，甚至很粗鲁。我曾经目睹，有一次，一位素昧平生的外科大夫要拜访他，未经预先通知就闯进门来，他于是大发雷霆，弄得这位可怜的大夫很是尴尬，不知如何才能赶快撤

1　1802年至1805年福斯在耶拿养病，1805年离开，到海德堡大学任教授。

2　指两人之间的合作。

3　1802年3月5日科策布准备在魏玛举办庆祝席勒命名日的庆祝活动，原计划在市政厅礼堂举行，但市府当局不同意，而科策布又坚持非在那里举行不可，结果这次活动没有办成。

退出去。"

歌德继续说："刚才说过，众所周知，我和席勒尽管志向一致，性格则很不相同，而且不仅仅在智力方面，也在身体方面。席勒闻得舒服的空气我却觉得像毒气。有一天，我去看望他，他不在家，他的妻子告诉我，他很快就回来。我于是在他的写字桌旁边坐下，随便写点笔记。可是坐了不一会儿，就隐约感觉心里不舒服，这种感觉越来越强烈，以至于后来几乎要晕过去。起初我不知道，是什么原因使我这么难受，状态完全异常，后来才终于发现，这股难闻的气味是从我旁边一个抽屉里冒出来的。当我把抽屉打开时，我惊讶地发现，里面装的全是烂苹果。我立刻走到窗口，呼吸了一些新鲜空气，这才迅速恢复过来。此时他的妻子又走进来，她告诉我，这个抽屉必须总得装满烂苹果，因为席勒喜欢闻烂苹果的气味，没有这种气味他就无法生活，也无法工作。"

歌德又说："明天一早，我带你去看看席勒在耶拿时曾经住过的地方。"

这时，佣人点上了灯。我们吃了一点晚饭，然后又坐了一会儿，回忆和交谈了各种各样的事情。

我给歌德讲了小时候做的一个很奇怪的梦，这个梦第二天早上原原本本地实现了。

我说："我曾经驯养过三只小红雀，把全部心思都放在了它们身上，我爱它们胜过爱其他一切。它们在我房间里自由地到处乱飞，只要我一进门，就都朝我迎面飞过来，落在我的手上。一天中午，很不幸，我进房间的时候一只小红雀从我头顶上飞了出去，不知道飞到哪里去了。整个一下午我把所有的房顶都找遍了，直到晚上仍不见它的踪影，心里很难过。我郁郁不乐地思念着它，渐渐睡着了。快到天亮的时候，我做了一个梦，梦见我围绕邻居们的房子转来转去，寻找那只失去的小鸟。突然间，我听到它的叫声，看见它蹲在我们茅舍的园子后面一家邻居的房顶上。我试着把它引过来，让它飞下来向我靠近，它渴望觅得食物对着我张开了翅膀，但还是不能决定飞到我的手上来。我随后赶快穿过我们的园子跑进房间，取来装着浸泡油菜籽的杯子；我试着把这种它爱吃的食物递给它，它落到了我的手上，我于是满心高兴地把它带回房间，放到另外两只小红雀那里。

"我做完这个梦醒来，这时天已经大亮。我赶紧穿上衣服，匆匆穿过我们的小园子向刚才我看见鸟儿所在的那幢房子跑去。而让我大吃一惊的是，那只鸟果然在那里！全部情况跟我梦中看见的一模一样。我招引它，它向我靠近，却不肯飞到我手上来。我跑回家，取来鸟食，它就飞到了我的手上，我又把它送回其他的小红雀那里。"

歌德说："不错，你的这段童年的经历非常奇妙，这一类事例在自然界也肯定存在，虽然我们还没有合适的钥匙揭开大自然的各种秘密，但我们都徜徉在它们之中。我们被一种大气层包围，对其中的一切是如何活动的，它们与我们精神的联系状况如何，则一无所知。不过有一点是肯定的，在某些特殊情况下，我们灵魂的触角可以伸到身体之外，使灵魂获得一种预感，甚至可以真的洞察到最近的未来。"

我回答说："还在不久前我有一点类似的经历，我从爱尔福特公路上散步回来，再走大约十分钟就要到魏玛的时候，内心里预感，在剧院的拐角处将遇到一位多年不见，我也很长时间没有去想过的人。想到将要遇见他，心里很不安，因此在我刚要拐弯，就在我大约十分钟前想象中看见他的那个地方，他真的向我走过来时，我大为惊讶。"

歌德回答说："这同样是很奇妙的，而且不只是巧合。正如刚才所说，我们大家都是在秘密和神奇中摸索着前进。一颗心灵只是一声不响地出现在那里就能对另一颗心灵产生明显影响。我可以给你讲许多这方面的事例。我经常发生这样的情况，同一位熟人一起走路，专心地想着什么，我的这位熟人就会立刻开始谈我心里正在想的事情。我还认识一个人，他一言不发，只凭他的精神力量就能使正在谈笑风生的一伙人突然鸦雀无声。他甚至还能让大家怒气攻心，感到一种不可名状的恐惧。

"我们所有人身上都有一点电力和磁力，身体就像一块磁石一样，根据我们接触的是相同的物质还是不相同的物质，而辐射吸引力或者排斥力。当一个年轻姑娘在不知情的情况下和一个蓄意要谋害她的男子待在同一间黑屋子里时，她会对那个她并不知道在自己身边的男子有一种恐怖的感觉，她很害怕，于是跑出房间，向自己的家人奔去。这种情况是可能的，甚至很有可能。"

我对他说："我看过一部歌剧，其中一场演的是两个情人，他们曾经分开很久，彼此相距遥远，无意间又一起来到同一间黑屋子里。可是，他们在一起没有多久，磁力就开始发挥作用；一个预感到另一个就在附近，他们情不自禁地互相吸引，很快，那年轻的姑娘就倒在小伙子的怀里了。"

歌德肯定地说："在相爱的男女之间这种磁力尤其强烈，它甚至能辐射到很远的地方。我在还是年轻小伙子的时候，这种情况经历得多了。一个人散步时，突然非常盼望能有一位可爱的姑娘相伴，我一直想着她，她果然迎面走来了。她说：'我在自己的小屋子里感到心神不定，没有办法，只好到这里来。'

"记得来这里最初几年，我曾经有一段又很快坠入情网的经历。我做了一次较远的旅行，回来已经好几天，由于宫廷事务总是把我拖累到深夜，所以一直未能去看望这位情人。而且，我们相爱已经引起大家的注意，所以我不敢在白天去她那里，怕招惹出更多的流言蜚语。可是，到第四天还是第五天晚上我再也忍不住了，于是出门去找她，还未等缓过神来，我已经站到了她家的房前。我轻手轻脚地上了楼梯，正要进她房间的时候，听见有不同的声音，说明里面不只是她一个人。我又悄悄地下了楼，赶快跑到黑咕隆咚的街上，那时街上还没有灯光照明。我心烦意乱又激情满怀，在城里东西南北都走遍了，闲逛了大约一个小时，一次又一次从她家房前经过，心里充满对这位情人的热切思念。当我再一次经过她家的时候，发现她屋里的灯已经熄灭，终于到了该返回我那孤寂的房间的时候了。我对自己说，她大概出去了；可是在这黑夜里她会到哪里去呢？而我能在什么地方遇见她呢？我又逛了好几条街，碰见了许多人，我常常弄错，以为看见了她的身影和她的体态，可是走近一看总是发现那并不是她。那时我就已经深信物体是能互相感应的，我可以凭自己强烈的渴求把她吸引到身边来。我还相信，我冥冥之中由上苍环抱，我乞求神灵把她的脚步引向我，或者把我的脚步引向她。然而，我又对自己说，你真是一个笨蛋！难道你就不想再试一次，再去她那里一次，你现在需要信号和奇迹！

"这期间，我经过广场往南面走，径直来到后来席勒曾经住过多年的小房子，此刻，我忽然感觉应该转过身回皇宫那边去，再从那里走右边的一条小道。我朝这个方向走了还不到一百步，果然看见一个女子向我走来，体态跟我梦寐以求的那个人完全一样。暮色中，街上只是偶尔从某一扇窗子里透出一点微弱的亮光，因为那个晚上我已被表面上的相似欺骗多次，所以提不起勇气冒昧地同她打招呼。我们擦肩而过，胳膊碰胳膊；我站住了，环顾四周，她也站住了。她说：'是你？'我听出她那亲切的声音，于是说：'终于找到你了！'我高兴得热泪盈眶。我们的手紧紧握在一起。我说：'你看，我没有被希望欺骗。我怀着最殷切的期盼寻找你，我的第六感觉告诉我，肯定能把你找到。我真幸运，感谢上帝，让我的预感变成了现实。'她说：'你这个人真坏，为什么不来找我？我今天偶然得知，你三天前就回来了，我哭了一个下午，以为你把我忘了。一小时前，我说不出为什么，突然感到焦躁不安，很想见到你。几个女友来看我，她们老是不走。终于等到她们走了，我下意识地抓起帽子和大衣，急忙走出门外，来到一片黑暗之中，不知往哪里去。这期间我心里始终想着你，我只有一个感觉，肯定会遇到你。'在她倾诉衷肠时，我们的手一直紧紧握着并且心领神会，我出门远行不在这里并未使我们的爱情冷却。我陪她走到她门前，进了她的家。楼梯很暗，她在我前面，拉着我的手，几乎是在拖着我走。我的幸福无法描绘，既因为终于又见到她，也因为我的信念，我对冥冥中那种感应力的感觉没有错。"

歌德和蔼亲切，情绪极好，我很想再听他讲上几个小时。可是他好像渐渐地困倦了，我们于是回到我们的壁龛，很快就上床睡觉了。

1827年10月8日，星期一，耶拿

（拜访施伦、德贝赖纳，品尝布尔高的鲜鱼，讲鸟的故事）

我们很早起床，穿衣服的时候，歌德给我讲了他前一天夜里做的一个梦，梦见自己被调到哥廷根大学，和那里他认识的教授们进行了多方面有趣的交谈。

我们喝了几杯咖啡，然后乘车前往那幢陈列自然科学收藏品的楼房。我们参观了解剖室，看到动物和原始动物的各种各样的骨骼，也看到了早期人类的骨骼，观看人类骨骼时歌德指出，他们的牙齿表明这是一个品德良好的物种。

接着我们乘车去天文台，施伦博士先生要向我们展示和讲解一些极为重要的器具，我们还怀着特殊兴趣观看了与解剖室毗邻的气象室，歌德称赞施伦博士把这里的一切都安排得井井有条。

然后，我们来到下面花园里，歌德吩咐在凉亭里一个石桌上摆放一点早餐。他说："你大概不知道，我们所在的这个位置究竟有什么特别之处。席勒曾经在这里居住过。[1] 就在这个亭子里，我们经常在这张老旧的石桌旁坐在现在几乎倒塌了的长凳上吃东西，进行有益而有意义的交谈。那时他三十几岁，我自己四十几岁，我们都还踌躇满志，奋发向上，很有希望。一切都过去了；我也不再是曾经的我了，可是古老的地球容颜依旧，空气、水和土地依旧是同样的空气、同样的水和同样的土地。

"等一会儿你跟施伦上楼，让他指给你看看席勒曾经在阁楼上住过的房间。"

这是一个幽静的地方，空气清爽宜人，我们美美地吃了一顿早餐。期间，至少在思想上我们一直有席勒相伴，歌德还说了一些怀念他的话。

然后，我随施伦来到阁楼上，从席勒房间的窗里向外眺望，饱览极为壮观的景色。窗子朝正南方向，你看见几小时路程远处就是那条美丽的河流，经过矮树林，三弯九转，向这边流过来。你还能有广阔的视野，从这里观看行星升落的壮丽景象，我必须承认，为创作《华伦斯坦》中天文学和星象学部分，住在这个地方是绝对有益的。[2]

---

1 席勒于1797年5月至1799年10月住在耶拿。

2 席勒的《华伦斯坦》中有一个情节：主人公华伦斯坦做决定的时候要观察自己星辰的位置，只有星辰处在表示吉利的位置，他才决定行动。正是这个原因让他错失了许多行动的良机，导致悲剧的结局。席勒为创作《华伦斯坦》中这一情节所需的天文学和星象学的知识是从天文学家即耶拿大学教授、天文台台长施伦那里获得的。

我从阁楼上下来，回到歌德那里，他要乘车去见化学教授德贝赖纳先生。[1]歌德非常推崇他，他给歌德看了几个新的化学实验。

时间已到中午，我们又上了马车。歌德说："我想我们不要去大熊旅馆吃饭了，还是在露天里享受这美好的一天吧。我想，咱们可以去布尔高，把葡萄酒随身带着，那里肯定会有好鱼吃，想吃煮鱼吃煮鱼，想吃煎鱼吃煎鱼。"

我们这么做了，一切果然十分壮观。我们沿萨勒河岸边向北行驶，从矮树林和三弯九转的河流旁经过，一路风光秀美，正像我先前从席勒的阁楼上看到的那样。我们很快就来到布尔高，在一家小客栈前下车；附近是萨勒河和那座通往洛伯达的桥，向草地那边望去，这个小镇便近在眼前。

小客栈的情况就像歌德说的那样。老板娘抱歉地说，她什么也没有准备，但一份汤和一份鲜美的鱼是可以向我们提供的。

老板娘做饭的时候，我们去桥上来回散步，沐浴在阳光下，并且高兴地看到，划木筏的工人把这河流变得很有生气和活力，他们站在用松木捆扎的方形厚木板上不时地从桥下划过，尽管干的活儿既辛苦又潮湿，大家却是有说有笑，非常高兴。

我们是坐在露天里吃鱼的，然后又在那里一边喝着葡萄酒，一边天南地北地闲聊，饶有兴味。

一只小鹰从旁飞过，它飞翔的样子和它的外形很像布谷鸟。

歌德说："从前，在博物学研究还很落后的时代，人们普遍认为，布谷鸟只有在夏天是布谷鸟，在冬天就是一只猛禽。"

我回答说："这种看法在民间现在还存在，甚至胡说这种讨人喜欢的鸟一旦完全长成大鸟就要把自己的父母吞掉。所以，人们用它比喻那种最无耻的忘恩负义的言行。就在目前，我知道仍然有些人不听劝阻，很不愿意放弃这种荒谬的看法，他们坚信这种看法就像坚信基督教的某一信条一样。"

歌德说："据我所知，人们把布谷鸟归类到啄木鸟科。"

我回答说："人们有时把它视为啄木鸟，大概是因为它那软弱无力的腿上

1　德贝赖纳（Johann Wolfgang Döbereiner，1780—1849），耶拿大学化学教授。

有两个朝后长的脚趾。不过我不想把它归为啄木鸟科。它与啄木鸟的生活方式不同，没有坚硬的喙能够啄开任何一棵枯死的树皮，也没有尖利的、非常坚硬的尾巴用于支撑它进行这样的活动。它的脚上也没有抓住树皮所需要的尖利的爪子，因此我认为它的那双小腿不是真的用于爬树的，只是摆样子。"

歌德回答说："当鸟类学家们把随便一只有特点的鸟养得略微驯服一些的时候，他们很可能喜出望外；可是大自然相反，它无拘无束，很少关心由头脑狭隘的人制造的那些学科。"

我接着说："例如他们把夜莺归入篱雀类，而夜莺在体质、活动和生活方式上与画眉更为相似。但我也不想把夜莺视为画眉。夜莺是一种介于篱雀和画眉之间的鸟，是一种独立的鸟类，就如同布谷鸟也是一种独立的鸟类一样，都有极其明显的、非常特别的个性。"

歌德说："我所听到的关于布谷鸟的全部说法，都使我对这种稀奇的鸟产生了很大兴趣。这种鸟的生性疑点很多，是个公开的秘密，正因为这个秘密是公开的，所以愈加难以捉摸。而我们又是有多少事情同样捉摸不透啊！我们置身于清一色的奇迹之中，却接触不到事物终极的和精华的部分。以蜜蜂为例。我们看到它们飞出去采蜜，飞到几小时远的地方，而且一再改变飞的方向。现在，它们往西飞了几个星期，飞向油菜花盛开的田野。然后同样又向北飞了很长时间，飞到郁郁葱葱的草原上。接着再换一个方向，向荞麦花开的地方飞去。后来再随便飞到苜蓿作物开花的地方。最终又沿着另一个方向来到繁茂的菩提树上。然而，有谁告诉过它们，现在该往哪里飞，那里有它们想要的东西！然后又说去那个地方吧，那里有新的东西！又是谁把它们领回它们的村庄和它们的蜂房！它们就像扶着一条隐形的牵拉小孩的绳子走过来走过去；但到底是怎么一回事，我们不知道。云雀也是这样。它们在一片青苗地上空边飞边唱，飘过青苗的海洋，风儿将这海轻轻地摇来摇去，看上去像是一道又一道波浪；那个云雀朝它的幼雏飞了下来，准确无误地落在它的那块小巢里。所有这些事物的表象都像白昼一样清楚地呈现在我们眼前，而面对这些表象的内在的精神组带我们眼前则漆黑一团。"

我说："布谷鸟也是这样。我们知道它自己不孵雏鸟，而是把卵产到其他鸟的巢穴里。我们还知道，它把卵产到篱雀的、黄色鹡鸰的，以及黑色篱雀的巢穴里，还产到岩鹨的、红胸鸲的和鹪鹩的巢穴里。这些我们是知道的。我们也同样知道，这些鸟都是吃昆虫的鸟，而且必须吃昆虫，因为布谷鸟本身就是吃昆虫的鸟，它们的雏鸟不可能由一只吃植物种子的鸟养育。可是，布谷鸟凭什么能认出上述这些鸟真的都是吃昆虫的鸟，它们无论在形体还是在颜色上毕竟很不相同。而且，它们的声音和它们召唤鸟的叫声同样相差十万八千里！还有，布谷鸟怎么会把它的卵和它的稚嫩的雏鸟托付给那些在结构、温度、干燥度和湿润度方面都极为不同的鸟巢照料呢！篱雀的巢是由干草秆儿和一些马鬃筑造的，非常轻，任何严寒和冷风都能通透，上面还是敞着的，没有遮盖。然而，小布谷鸟在里面却是长得十分茁壮。鹪鹩的巢相反，外面是用青苔、草茎和树叶筑造，严严实实，里面仔细地塞着各种绒毛和羽毛，密不透风。上方有一个拱形的顶盖，顶盖上只有一个小开口供非常小的小鸟钻进钻出。可以想象，在炎热的6月，这种封闭的巢穴里会热得透不过气来。然而，小布谷鸟在里面却发育得极其良好。黄鹡鸰的巢又是另外一种样子！这种鸟生活在水边、小溪旁和各种各样潮湿的地方。它们把巢筑在潮湿的草甸子上，用灯芯草捆成；在潮湿的地里扒出一个洞，里面蓄上薄薄一层草秆儿，小布谷鸟就是在这种又湿又冷的窝里孵化出来并且渐渐长大的，而且长得非常壮实。在潮湿、干燥、炎热、寒冷等这些差异对任何其他鸟类来说都意味着死亡时，对还非常稚嫩柔弱的小布谷鸟却是完全无关紧要，这是一种什么样的鸟啊！况且成年的布谷鸟怎么会知道它们的雏鸟就是这样，因为它们自己在成年时对于潮湿和寒冷是很敏感的。"

歌德说："正是在这里我们面临一个秘密。要是你观察到了的话，就请你告诉我，布谷鸟是怎么把它的卵放进鹪鹩的巢里的，鹪鹩的巢只有一个小开口，它是钻不进去的，它自己不可能趴到卵上去。"

我回答说："它把卵产到随便一块干燥的地方，然后用嘴叼进去。我还以为，它不仅对鹪鹩的巢是这么做的，对其余所有的鸟巢都是这么做的。因为，其他吃昆虫的鸟的巢如果上面有开口的话也肯定很小，或者太靠近周围的树枝，布谷鸟体大尾长无法趴到卵上面。这是完全可以想象的。但是，布谷鸟生下的卵却格外小，小到像是一只吃昆虫的鸟生下的卵，怎么会是这样呢！这是一个新的谜，这个谜我们只能默默欣赏，不能破解。布谷鸟的卵比篱雀的卵略微大一点，其实，如果布谷鸟要让吃昆虫的鸟孵它的卵的话，它的卵就不应该比篱雀的卵大。这完全合乎情理。然而，大自然为了在特殊情况下表现出自己的贤明，偏离了那个大的普遍法则，规定从蜂鸟到鸵鸟，它们的卵的大小与鸟自身的大小之间必须有一种明确的比例，因此我以为，这是一种随心所欲的行事方法，完全出乎我们的意料，让我们感到惊异。"

歌德回答说："我们当然感到惊异，因为我们的目光太狭窄，看不出这一点来。如果我们的视野再开阔一些，或许也能在这条法则的范围之内发现这些表面上的偏离。你还是继续说吧，再给我多讲一点。难道人们不知道布谷鸟能产多少卵吗？"

我回答说："谁要想明确说出布谷鸟能产多少卵，他就是一个大蠢蛋。这种鸟总是飞来飞去，一会儿在这儿，一会儿在那儿，但在一个鸟巢里永远只能找到它的一颗卵。它肯定会产下若干颗卵的；可谁知道，这些卵都沦落到了何处，而且谁能随后跟到呢！假定，它产了五颗卵，这五颗卵也都成功地孵出了幼雏，并且由慈爱的养父母抚养，那么我们又不得不惊叹，大自然竟然会下定决心为了这五只小布谷鸟至少要牺牲五十只我们最好的鸣禽的幼雏。"

歌德回答说："大自然不仅在这一类事情上，在其他许多情况下也往往不够审慎。它不得不浪费大量的生命，而在这样做的时候有时又不加以特殊的思考。但是，为了唯一一只小布谷鸟怎么就得失去这么多幼小的鸣禽呢？"

我回答说："首先失去的是最初孵出的那窝鸣禽的幼雏。因为可能发生这样的情况，除一只布谷鸟的卵外还有好几只鸣禽的卵被一起孵化出雏鸟，而它们的父母十分喜欢那只刚出生的较大的鸟，对它温柔体贴，只想着它，只给它喂食，致使自己的幼小的雏鸟因得不到食物被饿死，并且从鸟巢里消失。此外，这只小布谷鸟总是要吃的，它需要很多食物，而那些吃昆虫的雏鸟不是总能得到这么多食物。等到这只小布谷鸟完全长大，羽毛丰满，有能力离开鸟巢，自己飞到一棵树顶上的时候，还需要很长时间。即使它已经飞出去很久，它还是不断需要喂养，整个夏天就这么过去，它慈爱的养父母一直跟着它们的这个大孩子，所以也就不可能孵第二窝了。由于这个原因，为了唯一一只小布谷鸟就得失去这么多其他的雏鸟。"

歌德回答说："这很令人信服。不过请你告诉我，这只小布谷鸟一旦飞走，它是否也能由不是孵化它的其他的鸟喂养？我好像听人说过这件事。"

我回答说："是这样的，小布谷鸟一旦离开它低矮的巢穴，落到一棵高大的橡树的树梢上，它便发出一声鸣叫，告诉大家它在那里了。这时，邻近所有其他的小鸟都闻声赶来，对它表示欢迎。飞来的有篱雀、黑色篱雀，黄色鹡鸰也飞了上来，甚至那些天生就一直钻在低矮的灌木丛和茂密的矮树林里的鹪鹩也克服了自己的本性，迎着这位可爱的新伙伴朝这棵高大橡树的树梢高高飞来。不过，这些鸟只是偶尔飞来给它带点好吃的东西，它们可就不如曾经养育过它的那对夫妻那么从一而终地喂养它了。"

歌德说："看来，小布谷鸟和那些吃昆虫的小鸟之间似乎很相亲相爱。"

我回答说："吃昆虫的小鸟非常爱那只小布谷鸟，当你走近一只小布谷鸟藏身的鸟巢时，那些作为它的养父母的小鸟会因惊吓、恐惧和忧虑而手足无措，特别是黑色篱雀，它会十分绝望，几乎抽搐起来趴在地上扑打翅膀。"

歌德说："真够奇怪的，不过可以想象。但是，我觉得，比如一对篱雀夫妻正在孵自己产的卵的时候，还允许一只老布谷鸟走近它的巢并把卵下到里面，这一点很令人难以置信。"

我回答说："这当然有些匪夷所思，不过也不尽然。正因为所有吃昆虫的小鸟都喂养已经离巢的布谷鸟，也就是说，这只鸟不是它们孵出来的，但它们也来喂养它，因此在吃昆虫的小鸟与离巢的布谷鸟之间就产生并保持着一种亲属关系，它们不断地互相了解，都把自己看作是唯一的一个大家庭中的成员。甚至还会出现这样的情况，一对篱雀夫妻去年孵出和养育的布谷鸟，这只布谷鸟今年又把自己的卵送到它们这里来。"

歌德回答说："这当然可以听一听，尽管我们不太能理解。但是我一直感到奇怪，怎么布谷鸟的幼雏也由那些既不是孵化它也不是养育它的鸟喂养呢？"

我回答说："这自然很奇怪，不过还是有一些相似的现象的。所以，我猜想这里甚至有一条贯穿整个大自然的深刻而伟大的法则。

"我曾经捉到过一只小红雀，由人来喂养吧它已经太大了，要是让它自己独自吃食它又太幼小。为了给它喂食，我得花半天的时间费很大的力气；但是，它还是怎么也不想进食，于是我就把它与我多年来一直关在鸟笼子里挂在我窗外的一只叫得很好听的老红雀放到一起。我想，这只小红雀看到老红雀吃食，它也许会来到食物边上，学着老红雀吃东西。然而，它并没有这么做，而是对着那只老红雀张开自己的喙，拍打着翅膀，对它发出乞求的叫声，而那只老红雀立刻予以同情，接受它做自己的孩子，给它喂食，仿佛这只小幼雏就是自己生的一样。

"还有一次，有人给我送来一只灰色的篱雀和三只小篱雀，我把它们一同关在一个大鸟笼子里，让那只大篱雀给这三只小篱雀喂食。第二天，又有人给我送来两只已经离巢的小夜莺，我也把它们放进篱雀的笼子里，那只大篱雀同样收养了它们，并且给它们喂食。几天之后，我又把一窝快要学会飞了的小篱雀连同一窝共五只扁嘴黑头篱雀的幼雏放了进去，大篱雀通通收留了它们，而且喂养它们，像真诚的母亲一样关心它们。它嘴里总是衔满蚂蚁卵，一会儿到大笼子的这个角落，一会儿到大笼子的另一个角落，只要肚子饿了的幼雏的小嘴一张开，它马上就到。不仅如此！这期间已经长大的篱雀的雏雀也开始给几个比它幼小的篱雀喂食，并且像玩儿一样，有些稚气，但明显地是在本能地模仿自己优秀的母亲。"

歌德说："是的，我们面前存在一种神圣的东西，它让我既惊讶又欢喜。假如喂养非亲生小鸟果真是某种普遍法则贯穿于自然界的话，那么有些谜也就解开了，人们可以自信地说，上帝怜悯那些呼唤它的孤苦伶仃的小乌鸦。"

我回答说："对，似乎存在某种普遍法则；因为我也曾经在荒野里看到过这种给非亲生雏鸟喂食的助人为乐的行为和怜悯被遗弃者的现象。

"去年夏天我在悌夫尔特附近捉到两只鸫鹟，大概才离巢不久，因为它们和它们的七个兄弟姐妹是并排蹲在一堆灌木丛里的一根枝条上的，正在让父母给它们喂食。我用我的丝手帕把两只小鸫鹟包起来，然后往魏玛方向走，一直走到射击馆，再向右朝下面伊尔姆河畔的草地走去，经过浴场，向左走进那片小树林里。我心里想，你在这里休息一下，看一看你的那两只鹩鹁吧。可是，当我打开手帕的时候，它们就从我手里溜开，立刻消失在灌木丛和草地里，我怎么也找不到它们了。第三天，我偶然又来到那个地方，听见一只红胸鹁咯咯咯地唤鸟的声音，我猜想附近有鸟巢，于是向四处窥探了一会儿，果然真的发现了一个鸟巢。当我看见在这个巢里除几只快要学会飞的红胸鹁的幼雏外，还有我的那两只小鹩鹁，它们舒舒服服地住在里面，让上了年纪的红胸鹁给它们喂食时，我是多么吃惊啊！对这一非常奇妙的发现我高兴极了。心想，你们真聪明，很会自强自立，而且那善良的红胸鹁对你们也关怀备至，这样，我就一点都不想打扰你们这种宾至如归的生活状况了；相反，我祝愿你们长得最最健康苗壮。"

歌德说："这是我听到的关于鸟类的最精彩的故事之一。为你的健康和对它们那些成功的观察干杯！谁听了这个故事而不相信上帝，摩西和先知们就无法帮助他。这就是我所称之为的上帝无处不在，上帝把它无限的爱的一部分传播和种植到各处，这种东西在动物身上已经显现出嫩芽，在高贵的人的身上将绽放出最美丽的花朵来。把你的研究和你的观察继续下去吧！你在这方面好像有特殊的运气，今后你还会取得完全无法估量的成果。"

我们坐在露天的饭桌旁，闲聊了一些有意思的、深奥的事情，这时太阳正向西边小山的山顶倾斜，歌德认为该起身回去了。我们乘车快速穿过耶拿，在大熊旅馆付完账之后，又去看望一下弗罗曼一家，然后便乘车快马加鞭向魏玛驶去。

1827年10月18日，星期四

（与黑格尔谈柯尼斯堡的德国哲学家哈曼，讨论辩证法）

黑格尔正在这里。[1]歌德个人对黑格尔十分推崇，尽管黑格尔哲学结出的

1　黑格尔于1827年10月16日至18日在魏玛做客，他著有《论哈曼的著述》(1827)。

某些果实并不特别符合他的口味。他今晚举行茶会欢迎黑格尔，策尔特也在座，但他打算今天晚些时候就又离开魏玛。

关于哈曼大家谈得很多，主要是黑格尔发言，他根据自己对这位具有非凡才智的哲学家进行的最认真最仔细的研究所取得的成果，发表了关于他的许多深刻见解。

然后话题转向辩证法的本质。黑格尔说："其实，辩证法不过是按照一定规则整理的，形成方法并存在于每个人身上的矛盾精神，这种才能在辨别真伪时起着巨大作用。"[1]

歌德插话说："但愿这样一些精神上的技巧和精明不要经常被滥用，用在把假的变成真的、把真的变成假的事情上！"[2]

黑格尔回答说："这类情况可能会发生，但都是一些精神不健康的人干的。"

歌德说："那我就做对了，研究自然使我没有得这种精神上的疾病。因为，在这个领域里我们是与无限的、永恒的真实打交道，每一个人都要以绝对纯正和老实的态度观察和处理他的研究对象，否则就会立刻因能力欠缺被摒弃。我还坚信，某些辩证法患者可以从研究自然中得到有效的治疗。"

我们谈天说地，好不热闹。正在这时，策尔特站起来一句话没说就出去了。我们知道，辞别歌德会让他感到难过，因此他选择了这种温和的解救方式，从而避开那个令人伤心的时刻。

1　辩证法（Dialektik）是黑格尔哲学主要组成部分，他不仅把辩证法看作是一种思维方法，同时认为它也是适用于观察一切现象的普遍原则，是一种宇宙观。

2　歌德不认为辩证法是一种宇宙观，在他看来，辩证法仅仅是一种方法，而且很容易被滥用，把真的说成假的，把假的说成真的。

— 1828年 —

1828年3月11日，星期二

（谈神灵与命运，青春与高效率，天才与业绩，身体与创造力，圆寂与永恒，天意与毁灭）

几个星期以来我感觉身体不适，睡得不好，从晚上到第二天早晨一直做梦，心神不安，身处各式各样很不相同的情境，和熟人和不熟悉的人漫无边际地神聊、争吵，而且一切都栩栩如生，第二天早晨依然清楚地知道每一个细节。可是这种梦中的生活消耗我的脑力，以致我在白天浑身松弛，疲惫无力，没有兴趣和心思做任何脑力劳动。

我多次向歌德诉说自己的身体状况，他也一再敦促我要相信自己的医生。他说："你的病肯定不要紧，可能就是一块小积食，喝几杯矿泉水或服少量食盐病就消除了。但是你也不要长久地这么拖下去，还是要治疗！"

歌德可能说得很对，我对自己说，他说得有道理；但在这种情况下我还是下不了决心，也不愿意去看医生，这样，又过了一些不安宁的夜晚和糟糕的白天，丝毫没有设法去消除我的病痛。

当我今天饭后又有些无精打采地出现在歌德面前时，他忍耐不住了，只好对我冷冷地含笑相视，还嘲讽了几句。

他说:"你们都是第二个项狄二世,那位著名的特里斯特拉姆的父亲[1],他有半生的时间因房门吱吱嘎嘎地响而生气,却不能下决心用几滴油来除掉这个每天每日的烦恼。

"不过我们大家都是这样!人的郁闷和开心成就他的命运!我们好像需要魔鬼每天用襻带牵着走,由它来告诉和驱使我们都该做些什么。可是,一旦善良的精灵离我们而去,我们便浑身松弛无力,就要在黑暗中摸索。

"而拿破仑是个好样的!一向心胸开朗,一向明智果断,时时刻刻精神饱满、才华横溢,凡是他认为有益的和必要的事情,他总是立刻着手去干。他的一生是半个神仙在迈步行走,从战役走向战役,从胜利走向胜利。我们完全可以说,他的心境总是通达明快;因此,他的命运也就如此辉煌,既前无古人,也许还将后无来者。

"是的,是的,我的朋友,这个人我们自然是无法模仿的!"[2]

歌德在房间里走来走去。我在餐桌旁坐下,餐桌虽然已经收拾好,但上面还有一点喝剩下的葡萄酒,一些饼干和水果。

歌德给我斟上葡萄酒,还一再让我享用饼干和水果。他说:"你虽然不屑于在今天中午做我饭桌上的客人,但喝一杯我亲爱的朋友送来的葡萄酒,还是会使你感到惬意的!"

我盛情难却,只好品尝这些好吃好喝的东西,歌德则继续在房间里走来走去,情绪激动时还喃喃自语,不时地冒出来几句含混不清的话。

他刚才所说的关于拿破仑的那些话,我都记在了心里,并且试图把谈话再转回到那个题目上。

我开始说:"不过我觉得,拿破仑尤其在他还年轻、精力正处于上升的时期,他的心境总是通达明快的,我们断定是有神在保佑他,他一直走好运。后来那些年月的情况相反,通达明快的心境以及他的好运和吉祥的星象把他抛弃了。"

---

1 这里"第二个项狄"暗指英国作家斯特恩的小说《特里斯特拉姆·项狄的生平与见解》,歌德于1828年3月谈过这部小说。

2 这是歌德读了《拿破仑传》以后的感想。

歌德回答说："你还要怎么样！我也不可能再次写出我的那些情歌和我的《维特》了。我们将发现，那种产生非凡事物的通达明快的绝妙心境总是与青春和高强的工作效率联系在一起的，拿破仑就是历来最具工作效率的人员中的一个。

"是的，是的，我的好朋友，要有工作效率不仅仅要写诗和写各种剧本，还要有一种做出业绩的工作效率，这种工作效率在某些情况下更为重要。就连医生，如果真的想治病救人的话，他也必须有工作效率；他如果不是这样，那就只能偶尔碰巧治好几个病人，但总体上他是在敷衍了事。"

我针对他的话说："在这里，你好像是把常人所说的天才称为高强的工作效率。"

歌德回答说："天才和高强的工作效率两者很接近。因为天才不过就是能使人产生在上帝和大自然面前展示自己业绩的工作能力，这些业绩也正因此可以延续，能长久存在。莫扎特的全部作品都属于这一类；他的作品中蕴藏一种生育力量，这种力量代代相传，轻易不会取尽用完。其他的大作曲家和大艺术家也是如此。菲迪亚斯和拉斐尔，还有丢勒和霍尔拜因[1]不是影响了他们生后几百年吗！最先发明德国古代建筑艺术的形式和比例关系，从而在后来就可能有了斯特拉斯堡大教堂和科隆大教堂的那个人也是一位天才，因为他的思想一直保持着创造能力，时至今日仍在发挥作用。路德是一位非常重要的天才；他已经产生出好一段时间的影响，至于他在未来的世纪里还需要有多少时日才停止发挥创造性作用，这无法预料。莱辛不想接受天才这个崇高的头衔[2]，但是他的持久的影响证明他就是天才。相反，我们在文学领域有另外一些人，而且名气很大，他们在世的时候被认为是伟大的天才，而他们的影响却与他们的生命一起结束，所以，这些人比他们自己和别人想象的要

---

1 霍尔拜因（Hans Holbein, 1497—1543），德国画家，歌德在德累斯顿画廊观看过他的原创作品，其中包括他画的路德的肖像。

2 在他的《汉堡剧评》第一百〇一篇至一百〇四篇，也就是类似结束语的那一篇里，莱辛否认自己是个"天才"，说自己的见解并不是来自"天才"的力量。请参见《汉堡剧评》，张黎译，上海译文出版社，1981年，第509—510页。

渺小。因为我们刚才说过，没有持续的创造能力就不是天才。此外，天才与所从事的业务、艺术和所干的行当无关，各行各业都一样。不管是像欧肯和洪堡那样显示天才于科学，像弗里德里希、彼得大帝和拿破仑那样显示天才于战争和国家行政管理，还是像贝朗瑞那样写诗歌，大家都是一样的，关键在于是否有思想，能纵观全局，使所成就的事业具有持久的生命力。

"我还要再说一句：一个人的作品和业绩的数量不能说明他是一个有创造力的人。在文学领域，有些诗人被看作很有创作能力，因为他们的诗集一卷接着一卷地出版。但是，依照我的理解，这些人根本没有创作能力，因为他们写出来的东西既无生命，也不能持久。哥尔德斯密斯相反，他写的诗很少，其数量不值一提，但我还是要说他作为诗人完全具有创作能力，他的少量的诗正是因为有内在的生命，才能够长久地存在下去。"

谈话停了一会儿，歌德继续在房间里走来走去。此时，我很想听歌德就这个重要的题目再接着谈一点，因此试图让他重新兴奋起来。

我说："这种天才的创造能力仅仅见诸一个重要人物的精神，抑或也见诸他的身体？"

歌德回答说："身体对于天才的创造能力至少有极大的影响。曾经有一个时期，在德国人们想象天才都是矮小的、体弱的，甚至是驼背的；但我更喜欢一个体格适中的天才。

"如果人们说，拿破仑是用花岗岩做的，这也主要是针对他的身体。有什么他没有强求自己去干和能够强求自己去干的！从叙利亚灼热的沙漠到莫斯科积雪覆盖的田野，期间，多少次行军、战役和露天夜宿啊！什么样的劳顿困倦他没有忍受过！睡得少，吃不饱，可是脑子却始终处于高度紧张的工作状态！在雾月18日那种极度紧张和混乱之际，半夜里，他虽然一整天还什么都没吃却不考虑吃一点东西恢复体力，他感觉自己还有足够的力量就在当天深夜起草那份著名的告法兰西人民书。[1]如果我们考虑一下，他所经历和遭受

的一切，就应该想象得到，他在四十岁时身上已经没有哪一块是未受过损伤的了。然而，就是到了那样的年龄，他仍旧不失为顶天立地的完美的英雄。

"但是你说得很对，他的事业的真正巅峰是在他的青年时代，一个早年经历坎坷，又处在群雄角逐时代的人，能够如此出类拔萃，在他二十七岁的时候就受到一个拥有三千万人口的民族的崇拜，这不简单啊！是的，是的，我的好朋友，人要做大事，必须在年轻的时候。拿破仑并不是唯一的一个。"

我补充说："他的弟弟吕西安也是很早就有高就，他当了五百人的议会主席，然后在不满二十五岁的时候做了内政部长。"

歌德插嘴说："你想用吕西安说明什么？历史上有上百个很有能力的人，他们在还年轻的时候就既能在内阁里又能在战场上担任极其重要的职务，获得了巨大荣誉。"他兴致勃勃地接着说："假如我是个君主，我绝不把那些仅凭出身和资历逐渐升上来，年老时继续在已经习惯的轨道上悠闲地漫步前行，当然也就干不出多少像样的事情的人放在我最先考虑的位置上。我愿意要青年人——但是，他们必须是英才，头脑清楚，精力饱满，具有最善良的意愿和最高贵的品性。这样，统治国家和带领人民前进就会是一种乐事！然而，哪里有一个君主会觉得这样舒服，愿意让人家这样伺候呢！

"我对现在的普鲁士太子[1]抱有很大希望。根据我对他的了解和耳闻，他是一个很优秀的人物；要再能识别和选择出精明强干、天资聪颖的人来，就需要这样的人物。因为不管怎么说，总是物以类聚，一个君主，只有本身具有伟大的才能，才会恰如其分地识别和评价他臣仆中具有伟大才能的人。拿破仑有句名言叫作'为天才敞开道路'，他在选用人才时的确特别有分寸，善于把每一个有能力的人安排在真正适合这个人的位置上，因此他一生中从事各种伟大事业时都有人为他献计献策，几乎没有一个君主能像他这样。"

我特别喜欢歌德今晚的表现。他天性中最高贵的部分好像在他身上活跃了起来，他的声音洪亮有力，他的两眼炯炯有神，他浑身充满青春时代焕发出的火一样熊熊燃烧的激情。我觉得奇怪的是，他自己在这样的高龄仍担任

1　指普鲁士王储弗里德里希·威廉四世，1827年2月1日曾来魏玛拜访歌德，首次与歌德相识。

要职，而且这样明确地为青年人说话，主张国家的首要职位即使不由青年人，也要由年纪还不太大的人来担任。我不得不提到几位身居高位的德国人，他们虽然年事已高，在从事各种各样最重要的工作时似乎并不缺少必要的精力和青年人的灵活机敏。

歌德回答说："这种人和像他们一样的人都是有天赋的，他们的情况特殊，他们有第二次青春，而其他人则只有一次。

"任何圆极即生命的圆满实现都是一段永恒，它与尘世的身体结合的那不多的几年不会把它变得陈旧。假如这种圆极能量微弱，那么，它将不太能掌控身体的萎缩，身体反而居支配地位，而当身体老化时，它就既不能挽留也不能阻止。但是，假如这种圆极能量很大，就像所有的天才人物那样，它就会给身体注入活力，不仅改善身体组织、增进健康，而且试图除精神要占据绝对优势外，还将享有自己青春永驻的特权。因此我们看到，那些特别有天赋的人上了年纪时依然还能经历朝气蓬勃、精神焕发的具有异常创造能力的时期。他们好像又一次返老还童，这就是我所说的第二次青春。

"不过年轻归年轻，不管圆极的能量多么大，它永远不能完全支配身体，身体是它的盟友或者是它的对手，它们之间存在巨大差别。

"我一生中有一个时期，要求自己每天拿出一个印张的稿子来，我都轻而易举地做到了。我用三天时间写完我的《兄弟姐妹》(*Die Geschwister*)，我写《克拉维果》用了八天，这你是知道的。这样的事情我现在就办不到了；但我绝不抱怨自己年事已高缺乏创作能力了。我年轻的时候每天而且在任何条件下都能做到的事情，现在只能周期性地，而且在某种有利的条件下才能做到。当我十年或十二年前在解放战争后的那段幸福的日子里，潜心创作《西东合集》的那些诗的时候，我精力充沛，经常在一天里写出两首到三首诗来；而且不管在露天、在马车里，还是在客栈里对我来说都一样。现在我写《浮士德》第二部，只有每天上午才能工作几个小时，这时我睡觉醒来，感到有了精神头儿，日常生活的百般丑态还没使我晕头转向。然而，我都干了什么！最好的情况能写出一页稿子来，通常只能写完一手掌宽大的地方，创作兴致不佳时，则常常写得更少。"

我说："一般说来，是不是没有办法引发创作兴致或者提升创作兴致，如果它不够强烈的话？"

歌德回答说："这个问题有点离奇古怪，对此可以有各式各样的想法和说法。

"任何最高级别的创造能力，任何宽广的纵观全局的视野，任何发明，任何富有成果的伟大思想，都没有人能够掌控，它们雄踞一切尘世力量之上。人应该把这样的能力视为上苍出乎意料的馈赠，视为上帝的纯洁之子，因而要怀着喜悦的感恩之心接受和敬仰它们。这与魔力近似，它能任意操纵人，人则不知不觉地委身于它，自己还以为这样做是出自内心的。在这样一些情况下，人往往被看作是更高的世界主宰的工具，看作是一种配得上接受神的影响的容器。我这样说，是因为我考虑到，一种思想往往能改变几个世纪的面貌，一些个人通过自己创造的成果会给他们的那个时代打下烙印，在随后几代人的时间里依旧清晰可辨，并且继续产生有益的影响。

"不过，还有另外一种创造能力，与其说它与超自然的魔力近似，倒不如说它已经屈从了尘世的影响，人已经更多地控制了它，尽管人在这里依然能找到要屈从神的理由。我把属于实施一项计划的全部因素，其终点已经闪烁光芒的一连串思想的全部中间环节都算在这个范畴里；我把构成一件艺术作品的可见形体的一切也都通通算在这个范畴里。

"例如莎士比亚最初想到要写他的《哈姆雷特》时，全剧的精神实质是作为一种突如其来的印象跃然于心头的，他以高昂的情绪推断一个个具体场景、人物和全剧的结局，认为这是一份纯粹来自上苍的礼物，他自己没有直接的影响，尽管能够这样纵观全局总是要以一种像他那样的头脑为前提的。——后来对各个场次和人物对话的制作，他都完全掌控在自己手里，他可以天天写，时时刻刻写，也可以连续写上几个星期，只要他高兴。而且，我们从他写的全部作品看，他的创作能力始终如一，在他所有的剧本里，我们没有碰到一处可以说是在他情绪不佳，没有竭尽全部所能的情况下写成的。我们读他的作品时，会得到这样的印象，他是一个无论精神方面还是身体方面都是完全并且永远健壮的人。

"不过假如一个剧作家的体格不那么健壮，而是经常承受体弱多病的困扰，那么他每天一场一场地写作所需要的创作能力肯定会经常停滞，甚至几天几天地完全无法工作。如果他现在喝一点提神的饮料来提振缺失的和不充足的创作能力，这或许也是可以的，但是，用这样的方式可以说是勉强写出来的场景，人们会感觉这是它们的一大短处。

　　"因此我建议，不要勉强写任何东西，在那些写不出东西的时段里宁可无所事事或者睡觉，也不去写日后自己不喜欢的东西。"

　　我回答说："你说的这些话我经常听别人说，我自己也经常感受得到，这些话无疑完全真实正确，我们应该尊重。但我还是觉得，有人通过自然的手段好像也能够提升他的创作情绪，不必偏得勉强行事。我在生活中经常有这样的情况，遇到一些复杂情况时不能做出正确决断。这时，我喝几杯葡萄酒便立刻清醒，知道该做什么，而且当机立断。做决定也是一种创造能力，如果几杯葡萄酒就能产生出这一美德来，那么这样的手段就不应该被完全摒弃。"

　　歌德回答说："我不想反驳你的意见，但我刚才说的话也是正确的，我们从中看到，真理就好比一颗钻石，它的光芒不只是射向一个方向，而是射向许多方向。——顺便说一下，既然你这么熟悉我的《西东合集》，你就会知道，我自己曾经说过：

　　　　当你喝了酒，

　　　　神智才清醒——

　　"所以我完全赞同你的意见。葡萄酒中确实存在大量使人产生创造性的力量；不过一切都取决于状况、年代和时间，对这个人有利的事，对另一个人就可能有害。此外，在休息和睡眠中也存在使人产生创造性的力量；不过这种力量也存在于活动之中，于水之中，尤其于大气之中。旷野里的空气新鲜，那是真正适合我们去的地方；在那里，上帝的精神仿佛直接向人们拂面而来，一种神圣的力量在起作用。拜伦勋爵每天都要在露天里待上几个小时，时而在海滩上骑马，时而乘帆船或者划小船，然后在海水里洗澡，游泳锻炼体力，他是历来最具创造力的人物之一。"

歌德在我对面坐下来，我们谈了各种各样的事情。然后我们的话题又停留在拜伦勋爵那里，提到他晚年由于遭遇一些事故而郁郁寡欢，直到最后去了希腊，虽然意愿高尚但运气不好，把他完全毁了。

歌德接着说："总之，你将发现，人到中年生活常常会出现转折，青年时代他得天独厚，一切都能如愿以偿，现在突然变得完全是另外的样子，事故、不幸一桩桩接踵而来。

"你知道我在想什么吗？——必须把人再次毁灭！——上帝委托每一位杰出的人都要完成某种使命，他一旦完成了这种使命，他在人世间就不必继续以这样的形态存在了，天意又会把他用于其他的目的。就是因为人世间的一切都是自然而然发生的，所以魔鬼们就接二连三地陷害他，直到他最后败倒在地。拿破仑以及许多其他人的情况都是这样。莫扎特三十六岁去世，拉斐尔也几乎是在同样的年龄去世，拜伦只比他们大一点点。但他们都最圆满地完成了自己的使命，他们是该走的时候了，以便其他人在这个估计要长久存在下去的世界上还能有事可做。"

此时已经很晚，歌德向我伸出他温暖的手，我于是告辞。

1828年3月12日，星期三

（讴歌大海的力量，称英国人比德国人优秀）

昨晚离开歌德之后，与他进行的重要谈话一直萦回于我的心头。

我们也曾谈到大海的力量，谈到海边空气的力量，歌德表达的看法是，他认为所有生活在气候温和地带的海岛居民和沿海居民都远比那些生活在广大内陆的居民更富创造性、更精力充沛。

想够了，我便带着这些想法和对大海的那种使人富有生气的力量的某种渴望渐渐睡着了，夜里做了如下这个梦，美妙而又非常奇特。

我梦见自己来到一个从未去过的地方，与陌生人生活在一起，非常快乐和幸福。那里大概是地中海海岸，西班牙的南部，或是法国，或是热那亚附近，夏日里天朗气清，周围大自然的景色优美迷人。中午，我和大家坐在长条餐桌旁开怀畅饮，然后和其他几个稍微年轻一点的人，准备下午一起去远处郊游。我们漫步穿过灌木丛生走起来很舒服的洼地，突然发现已经来到大海上一个最小的岛屿。我们站在一块几乎容纳不了五六个人的凸出来的岩石上，一动也不敢动，生怕掉到水里去。沿着我们来的路向后看，只是大海。但前方距离我们要游一刻钟远的地方，是一条宽阔舒展的海岸，极具诱惑力。海岸有些地段平坦，有些地段都是岩石而且适度增高。我们看见在那些绿色的小屋和白色的帐篷之间身穿浅色衣服的人们熙来攘往，喜气洋洋，伴着从帐篷里传来的优美乐曲，凫趋雀跃，欢乐开怀。这时，有一个人对另一个人说："没有别的办法，我们只好脱掉衣服游到对岸去。"我说："你们说得轻巧，你们年轻、漂亮，而且都是游泳好手。我不仅游泳不好，身材也不漂亮，所以不喜欢也不乐意出现在岸边那些陌生人面前。"几个最漂亮的人中有一个说："你这傻瓜，脱衣服吧，你把你的身材给我，我把我的身材给你。"听了这句话，我赶紧脱下衣服，来到水里，在别人的身体里我立刻感觉自己是一个身手矫健的游泳者。我很快游到了对岸，心情无比舒畅和自信，光着身子湿淋淋地走进人群中。我感觉漂亮的肢体很舒坦，举手投足如鱼得水，我立刻与坐在一个小屋前一张桌子旁的陌生人交上了朋友，大家有说有笑，欢天喜地。我的同伴们也陆续来到岸上，加入我们这一伙人里，只有用我的身材的那个小青年还没到，我用他的四肢则感觉极好。他终于快游到岸边了，有人问我是否有兴趣看一看先前的自己。听到这话，我突然感到有些不快，部分是因为我不太喜欢自己，部分也是因为害怕那位朋友会马上把他自己的身材要回去。尽管如此，我还是转过身面向海水，看见第二个自己已经游得相当近了。他微微侧着头，笑着向上看我，对我大声喊道："你的四肢没有力量游泳，我必须得跟惊涛骇浪搏斗，所以我到得这么晚，而且是最后一个，这并不奇怪。"我立刻认出了那张面孔，它是我的，但是变年轻了，略微丰满了，气色非常好。他上了岸，直起腰来，在沙滩上走了几步，他的背部和腿我就全看到了，我为他完美的身材感到高兴。他从多岩石的地段上岸朝我们其他人走过来。当他来到我边上时，他的身高完全跟我现在一样。我心里想，这是怎么回事，你那矮小的身躯竟然长得如此魁伟了！是大海的原始力量对它产生了神奇的影响？还是因为肢体里充满了这位朋友的青春气息？我们在一起愉快地待了好长一会儿，这时我暗自感到奇怪，我的这位朋友似乎不想把他自己的身体再要回去。我想，不错，他看上去确实显得魁伟，对他来说身体换不换其实都一样；而对我来说就不一样了，因为我没有把握自己到了那个身体里会不会又萎缩，会不会又和先前一样矮小。为了使事情确凿无疑，我把我的朋友拉到一旁问他，他在我的肢体里感觉如何。他说："全然没有问题，好极了，我对自己这个人和自己的力量的感受如同往常一样。我不知道你对自己的肢体有什么不满意的，它们完全合我的心意，你看，人就得要会应对环境。只要你有兴趣，你就在我的身体里待着吧，因为，今后能在你的身体里坚持待下去，我完全心满意足。"对于这项声明我喜出望外，此时我感觉自己的所有感受、想法和记忆也完全与往常一样，我在梦中得到的印象是，我们的灵魂完全独立，我未来是可以在别人的身体里生存下去的。

当我今天饭后把这个梦的轮廓告诉歌德时，他说："你的梦很乖巧，我们看到，你睡觉时，缪斯们也会前来造访，而且对你宠爱有加。因此你得承认，你在醒着的时候很难能编出这样独特而美妙的故事来。"

我回答说："我几乎弄不明白，怎么会做这样一个梦，因为这些天以来我一直感觉意志消沉，不可能直接体验到一个如此朝气蓬勃的生命。"

歌德回答说："人的天性中存在着神奇的力量，正是当我们很少指望它们的时候，天性就会准备一些好东西给我们。我一生中有过不少含泪入睡的时候，可是在我梦中出现的都是最可爱的人，他们安慰我，让我高兴，我第二天早上起来的时候，就又是心情愉快，精神焕发。

"此外，我们老一代欧洲人都或多或少心境不佳，我们的状况太矫揉造作、太复杂，我们的食物和生活方式都不是原滋原味的，我们的社会交往缺乏真正的友爱和良好意愿。人人温文尔雅，彬彬有礼，但没有一个人有勇气敢于做不拘谨、表里如一的人，因此一个耿直的人，保持着天生的倾向和信念，其处境就相当不好。据说人们常常希望出生在南海群岛的一个岛屿上做所谓的野蛮人，享受完全不走味儿的纯粹的人的生活。

"当我们情绪低沉的时候，深入地思考一番我们这个时代的痛苦，我们常常会觉得，仿佛人类走向世界末日的条件越来越成熟。灾祸、弊端一代比一代多！我们必须承受父辈的罪孽之苦，这还不够，我们还要用我们自己的罪孽扩大和增加从父辈继承下来的罪孽，并且把它们通通传给我们的后代。"

我回答说："我脑子里也常常有类似的想法，不过，当我随后看到一个德意志轻骑兵团从身边经过，思量思量这些年轻人的飒爽英姿时，我又会获得些许安慰，我对自己说，人类存在的时间还不至于就这么有限吧。"

歌德回答说："我们的乡下人当然会持续保持强壮的体力，但愿他们能够不仅长期给我们提供优秀的骑兵，而且还能确保我们不彻底衰败和毁灭。应该把乡下看作是一个储藏库，正在走向没落的人类可以反复从中提取给养以充实和更新自己的力量。——但是，你去我们的大城市走一走，你就会产生另外一种心情。如果你同第二个跛脚魔鬼或者一个延长诊病时间的大夫并肩去各处巡视一下，他们会悄悄地告诉你一些故事，让你对人类本性和人类社会所遭受的痛苦感到惊恐，让你对它们所遭受的损伤感到惊讶。

"抛开这些使人郁闷的想法吧。你怎么样？在干什么呢？另外，你现今生活如何？给我讲一讲，有什么好的想法告诉我。"

我回答说："我在斯特恩的作品中读到，尤里克[1]在巴黎的街上闲逛并且说，那里十个人中就有一个侏儒。当你刚才提到大城市的弊端时，我正好在想这件事。我还记得，在拿破仑执政时期，我看到法国步兵部队中有一个兵团全由巴黎人组成，他们都很瘦弱矮小，真是无法理解，在战争中用这些人能办成什么事情。"

歌德回答说："而威灵顿公爵的山地苏格兰人可能就是另外一种英雄！"

我回答说："滑铁卢战役前一年，我在布鲁塞尔曾经看见过他们。这些人的确英俊！个个骁勇矫健，朝气蓬勃，灵活敏捷，看来是由上帝亲手创造的。

1　斯特恩的作品《尤里克先生在法国和意大利的感伤旅行》中的人物，是一个牧师。

他们精神抖擞，自由自在，乐观快活，迈着裸露的强壮的双腿轻快地阔步走来，对于他们来说，原罪、父辈的罪恶似乎都不存在。"

歌德回答说："这是一件很独特的事情，是因为出身、土地，还是因为自由的宪法和健康的教育——总之，英国人好像比许多其他国家的人都略胜一筹。——我们在魏玛这里看到的英国人数量极少，大概也绝不是最优秀的。但就是他们这少数人又是多么精明强干，多么可爱！他们如此年轻，十七岁就来到这里，可是他们在德意志这个异国他乡一点都不感觉陌生和不知所措；相反，在社交场合中，其言谈举止充满自信，毫不拘谨，仿佛他们走到哪里都是主人，仿佛全世界都是属于他们的。也就是这个原因，他们让我们的妇道人家喜欢，因而也就使我们的年轻女人们的心产生许多荒淫堕落的欲念。作为一个德国人的一家之长，我喜欢家里人都安安静静，所以每当儿媳通知我有某个新来的英国青年即将来访时，我常常感到有些害怕。我已经想象到，当他离去的时候是流着眼泪的。——这些青年人可能会带来灾祸，他们之所以危险，正是因为他们的品质优秀。"

我回答说："不过，我并不想断言，我们魏玛这里的英国青年比其他的人更聪明、更有才智、更有学识，更是非常的出类拔萃。"

歌德回答说："我的好朋友，这一切都不是他们讨人喜欢的理由，也不是因为他们的出身和财富；他们之所以讨人喜欢是因为他们有勇气保持自己的本色，丝毫没有变形和扭曲，既不半真半假，也不离谱走样；他们正如自己所表现的那样，始终十分完美。我打心眼儿里承认，他们中时而也有很愚蠢的人，但这也是必需的，这在自然的天平上总会起一些杠铃的作用。

"他们享有的个人自由、对英国人的名声所拥有的觉悟，以及英国人的名声对于其他民族具有怎样的意义，这一切已经让子孙受益，使孩子们不仅在家里，而且在学校里远比我们德国人的孩子更受尊重，他们获得的发育成长也远比我们德国人的孩子更幸福和自由。

"在我们可爱的魏玛，我只需要从窗子里向外看，就能看到我们的情况是怎样的。——最近地上有雪，我邻居的孩子刚想在街上试一试他们的小雪橇，立刻就有一个警察走过来，我看见那些可怜的小家伙使足了劲赶快逃跑。现在，当他们受春天的太阳的引诱从家里走出来，想和小伙伴们一起在门前玩耍的时候，我看见他们总是羞羞答答，好像感到不安，好像害怕某个警察老爷又来靠近。没有一个小童敢抽一下鞭子，或者唱唱歌，或者叫喊几声，因为警察会马上就到，来禁止他们。我们这里的一切都是让可爱的青年及早变得温顺，把天性、个性和野性通通除掉，到头来剩下的只有庸人市侩。

"你知道，我几乎每天都有旅行途经这里的外地人或外国人来访。但是，我要是说，对于他们，特别是对于来自德国某个东北方向[1]的年轻学者的亲自光临感到很高兴的话，那我就是撒谎。近视，苍白，驼背，少年老成，这就是我所能描述的大多数人的形象。我一旦同他们开始交谈，就会马上注意到，我们感觉喜欢的事情，他们则觉得平淡乏味、没有意义，他们完全沉浸在理念里，只有高深的哲学思辨问题才符合他们的兴趣。他们身上丝毫没有健康的情感和对于感性事物的乐趣。所有年轻人的感觉、年轻人的欲望他们一律排斥，而且是不可挽回地排斥。而一个人在二十岁的时候就不年轻，到了四十岁怎么能年轻呢。"

歌德叹了一口气，沉默无语。

我想到上个世纪正当歌德青春年少时的幸福时光，泽森海姆夏日的微风浮上了心头，我提醒他想一想这两行诗句：

> 中午过后，我们这群
> 年轻人坐着乘凉。

歌德叹息地说："唉，那当然是很美好的时光！——不过，我们把它们忘记吧，这样，我们对于现在这种灰蒙蒙的雾气弥漫的日子就不会感到完全难以忍受了。"

我说："需要再来一个救世主，把当下形势的严峻、令人不快和巨大压力

1　"德国某个东北方向"系指柏林。柏林位于德国的东北部，那时是普鲁士的首府，同时也是柏林大学的所在地，因而是"国家公仆"和哲学家集中的地方。

拿掉。"

歌德说："如果来了第二个救世主，人们会把这个救世主再次钉在十字架上。不过我们完全不需要一个这么大的人物。如果能够按照英国人的榜样来教一教德国人，少一点哲学，多一点活力，少一点理论，多一点实践，我们德国人就能得到相当大的拯救，用不着等第二个基督大驾光临。通过学校、通过家庭教育由人民从下而上，通过统治者及其亲信由上而下，可以做的事情很多很多。

"例如，我不赞成要求正在学习期间的未来的国家公仆学习太多深奥的理论知识，使得这些青年人精神上和身体上都遭受摧残，未老先衰。他们一旦投身实际工作，虽然拥有大量深奥的哲学知识，但在他们有限的职业范围内这些知识根本无法使用，因此只得被人当作废物遗忘。相反，他们最需要的东西却丧失了，即他们没有必要的精力和体力，而在实际的社交场合举手投足都要有优异的表现，因此能量和干劲是绝对不可缺少的。

"再说，一个国家公仆在生活中，在对待人的时候不是也需要爱和友善吗？——如果他本人感觉不佳，他怎么能感受其他人的爱和友善，并且对其他的人施以爱和友善呢？

"可是所有这些人的情况都非常糟糕！在被捆在办公桌上的学者和国家公仆中，三分之一的人身体开始老朽，抑郁症病魔缠身。这里，有必要自上加以介入，至少使未来的几代人免受类似的糟蹋。"

歌德微笑着补充说："我们希望和期待看到，一百年后我们德国人是什么样子，那时我们是否会变得不再是抽象的学者和哲学家，而是人了。"

1828年5月16日，星期五*

（歌德用小诗回敬攻击他的人）

与歌德一起乘车外出兜游。他想起与科策布、伯蒂格及其同伙的争吵觉得很好笑，还背诵了几句针对科策布的很有趣的箴言诗，不过只是开玩笑，并不是要伤害他。我问歌德，为什么不把这些诗句纳入他的作品里。歌德回答说："这样的诗我有整整一收藏室，但都保密，只是偶尔拿给我朋友中最亲密的朋友看一看。这是我用以反对敌人攻击的唯一无害的武器。我通过这样的武器悄悄地给自己留有喘息的余地，从而摆脱和消除那种不愉快的，通常是在反对敌人对我公开地恶意嘲弄时不得不感受和培养起来的反感。可见这些小诗只是对我个人大有帮助，我并不想让读者操心我个人的私事，或者用这些诗伤害还在世的人。但将来会毫无疑虑地拿出其中某几首与人分享。"

1828年6月6日，星期五*

（卡尔·约瑟夫·施蒂勒为歌德画肖像）

前些时候，巴伐利亚国王[1]派他的宫廷画师施蒂勒[2]来魏玛为歌德画肖像。作为某种推荐性质的信函和对自己技艺的证明，施蒂勒带来一幅已经完成的画像，画的是一位非常漂亮的年轻女子，大小与真人一样；这位女子是慕尼黑的戏剧演员冯·哈根小姐[3]。歌德满足了施蒂勒先生画肖像画时要求他坐着的全部次数，因此他的肖像几天前就画完了。

今天中午我在他家吃饭，而且就我们俩。饭后吃甜点的时候他站起来，带我到餐厅隔壁的小房间里，把施蒂勒最新完成的作品指给我看。——随后，他很神秘地领着我来到所谓镀锡陶器间，那里摆放着漂亮的戏剧演员冯·哈根小姐的画像。我们观赏了一会儿之后，歌德说："对吧，花这番力气是值得的！施蒂勒很聪明！他拿这口美味的小吃给我作诱饵，用这样的小花招儿让我坐下来，使我受宠若惊，得意地希望现在当他画一个老人的头颅时，画笔下出现的也是一个天使。"

---

1 巴伐利亚国王路德维希一世。

2 施蒂勒（Karl Joseph Stieler，1781—1858），巴伐利亚宫廷画师，1828年为歌德画的肖像现保存在新慕尼黑绘画陈列馆。

3 冯·哈根小姐（Charlotte von Hagn，1809—1891），慕尼黑的喜剧演员。

1828年9月26日，星期五*

（观看歌德收藏的古生物化石）

今天，歌德让我看放在他家花园那个空亭子里的大量古生物化石收藏。这是他本人搜集的，他的儿子给增添许多，特别值得注意的是，收藏中包括一组数目很大的骨骼化石，都是在魏玛周围发现的。

1828年10月6日，星期一*

（分享马蒂乌斯先生在植物学研究中的重要发现）

与马蒂乌斯先生一起在歌德家中进餐，他在这里已经好几天了，是来同歌德讨论植物学问题的。尤其是植物的螺旋形倾向，在这方面马蒂乌斯先生有重要发现，他与歌德分享他的发现，从而在歌德面前展现出一片新的领域。歌德似乎是以青年人一般的激情接纳了他朋友的思想，他说："这对植物生理学是很大的支持。对于螺旋形倾向的新的展望完全符合我的植物蜕变学理论，这一展望是以同样的方式发现的，但它向前迈进了很大一步。"

1828年10月17日，星期五*

（支持《环球》捍卫浪漫文学的自由，反对规则束缚）

这几天歌德十分用心地阅读《环球》，经常把这份刊物作为谈话的题目。他觉得库赞及其学派的努力特别重要。

他说："这些人通过创造一种完全有助于方便两个民族之间思想交流的语言，正在把法国与德国拉近。"

因而，歌德对《环球》就有一种特殊的兴趣，因为其中讨论的是法国文学最新的作品，旗帜鲜明地捍卫浪漫文学的自由，或者更确切地说，使浪漫文学摆脱毫无意义的规则的束缚。

今天他说："一些僵硬的、过时的规则全是废物，它们能干什么！所有关于古典和浪漫的大吵大嚷有什么意义！关键在于，一部作品要绝对上乘、优异，它也就可能是古典的了。"

1828年10月23日，星期四

（为卡尔·奥古斯特写的悼词，洪堡，歌德追忆其生平业绩，谈国家的统一与小邦分治）

歌德今天高度评价了总管所写的那篇以卡尔·奥古斯特大公为题材的短文[1]，这篇短文言简意赅地介绍了这位罕见的君主业绩丰厚的一生。

歌德说："这篇短文写得的确很成功，作者非常努力并且很慎重地把材料搜集到一起，然后又赋予这一切薄薄一层深切的爱，而且叙述得也很简单扼要，一件事紧接着一件事，看到这么大量的生活和业绩让我们感到，我们的头仿佛都要晕了。首相把他的文章也寄到柏林去了，不久前收到亚历山大·洪堡的一封极为不寻常的信，我阅读这封信时无不深受感动。[2]洪堡在其漫长的一生中能与大公结成最亲密的朋友，这并不奇怪，因为这位君主天生气质沉稳、兴趣广泛，他总是需要新的知识，而洪堡的学问博大而精深，是随时都能最好、最彻底地回答他的每一个问题的人。

"确实很凑巧，大公正是在他去世前的最后几天，几乎一直是和洪堡一起在柏林度过的，他还就自己所关心的一些重要问题向他的这位朋友做了最后的请教，以求能得到启发。另一方面，也不可谓不是上帝的良苦用心，这样一位德国历史上曾经拥有的最伟大的君主之一，他生命的最后时刻是由洪堡这样的人做见证人的。我已经让人把这封信抄写一份，想与你分享信中的一些内容。"

1　魏玛公国大公卡尔·奥古斯特于1828年去世，米勒总管为他写的悼词，于1828年7月付印。

2　卡尔·奥古斯特是在柏林去世的，因而首相的悼词必须寄到柏林去。他生前与住在柏林的亚历山大·洪堡交往密切；他去世后，友人从柏林给歌德写信，报告了大公的情况。

歌德站起来，去他的斜面桌那里取来那封信，然后又回到我这里在桌旁坐下。他默默地念了一会儿，我看到他眼里含着泪水。他把信递给我，然后说："你自己读吧。"我读信的时候，他站了起来，在房间里走来走去。

洪堡写道：

对已故者的匆促离世有谁会比我更为震惊！三十年来我备受他的褒扬，可以说，他是由衷地宠爱我。就是在这里，他也希望我几乎每时每刻都待在他的周围。我还从未见过这位伟大而仁慈的君主像他在与我们一起在这里度过的最后的日子里那样，那么活跃、风趣、温厚，那么关心国民生活未来的发展，就好像雄伟的、被积雪覆盖的阿尔卑斯山脉清晰明确的离别之光的先兆一样。

我担心这是不祥的先兆，曾多次对朋友们说，我觉得人在身体非常虚弱的时候，这种活跃、这种令人不解的神志清醒是一种可怕的现象。他自己显然是在希望康复和等待大灾难之间摇摆。

当我早餐上最后看见他的时候，是在灾难到来前二十四小时，他有病，什么都不想吃，可是还热心地询问那些从瑞典运来的波罗的海东岸三国的花岗岩卵石，询问可以把我们的大气搅浑的彗星带，询问所有东海岸冬天寒冷的原因。

我最后去见他时，他与我边握手告别，边兴奋地说："洪堡，你以为特普里茨[1]和所有温泉的水都和人工加热的水一样吗？那不是厨灶里的火！你陪国王[2]来特普里茨的时候，咱们再在那里辩论这个问题。你看，你那老旧的厨灶里的火还是会再次把我们聚集在一起的。"真奇怪！在这样一位人物身上一切都不同凡俗。

在波茨坦，我们俩一起在长沙发上坐了好几个小时。他一会儿喝水，一会儿睡觉，一会儿又喝水，又站起来给他夫人写信，然后又睡觉。他

---

1 特普里茨（Töplitz 或 Teplitz），波希米亚的一个温泉，歌德多次去那里疗养。
2 即普鲁士国王弗里德里希·威廉三世。

很快活，但非常疲惫。空暇时间里，他就用那些极为艰深费解的问题与我纠缠不休，诸如有关物理学的、天文学的、气象学的、地球构造学的，有关彗星核心透明度的、月球表面大气层的，有关有色双星的，有关日斑对气温的影响的、原始时期有机物的表现形式以及地热的，等等。他要是在和我谈话中间睡着了，就会常常感到不安，然后一面温和地、和蔼可亲地请我原谅他看上去好像不专注的样子，一面说："洪堡，你看，我没希望了！"

突然他把话锋一转，谈起了宗教。他抱怨正在蔓延的虔诚主义[1]，以及与这种狂热相关联的专制主义政治倾向和对一切较为自由的思想活动的镇压。他大声呼叫："那些家伙是不诚实的，以为通过虔诚主义可以取悦于诸侯，从而获取职位和绶带！他们是以钟爱中世纪文学为名潜伏进来的。"

他的怒气很快就平息了，并且告诉我，他现在是如何在基督教里找到许多安慰的。他说："基督教是一种讲博爱的学说，但从一开始人们就把它丑化了。最早的基督教徒们都是激进分子当中具有自由思想的人。"

歌德看出了我由衷地喜欢这封精彩的信函。他说："你看，大公这个人是何等超尘拔俗。而洪堡做得又是多么好，他所理解的这最后的少数几点特征，的确可以看作是反映这位杰出君主的全部本性的象征。是的，他是这样的！——对此我最有发言权，因为实际上没有其他人像我本人这样如此透彻地了解他。不分轩轾，这样一个人也得早早离去，这难道不是一种悲哀！假使再有短短一百年，身居如此高位的他将会把他的时代大大推向前进的！但是你知道吗？世界不会像我们所想象的和所希望的那样迅速达到自己的目标，总是有拦路虎出现，它们不是到处横生枝节，就是到处直面反对，致使世界虽然总体上在前进，但速度非常缓慢。你还要继续生活下去，你将发现，我

---

1 虔诚主义（Pietismus）是17世纪末为反对路德正教而兴起的宗教运动，解放战争结束以后，受到复辟政策的保护，在普鲁士影响很大。

说的话是对的。"

我说："人类的发展好像已有几千年了。"

歌德回答说："谁知道，也许已有几百万年了！就让它要发展多长时间就发展多长时间吧，反正总是会有困扰它的障碍，总是会有使它的力量不能得以发挥的各种困难。人类将变得比以往聪明、理智，但不会比以往好，比以往幸福和精力充沛，不过这或许只是发生在一些时期里。我预感到，上帝不再喜欢人类的时刻正在来临，为了使人类得到新生，它必须把一切再次砸碎。我坚信，事事都是朝着这个方向安排的，至于人类何时开始它的新纪元，这个时辰在遥远的未来已经确定。但等到那个时候还要有相当长的一段时间，我们还能在目前这个可爱又古老的地球上快快乐乐地玩儿上几千几万年。"

歌德的情绪特别好，精神抖擞，他让仆人拿来一瓶葡萄酒，亲自给我和他自己斟上。我们的话题又回到卡尔·奥古斯特大公那里。

歌德说："你看，他非凡的头脑收纳了整个自然界。物理学、天文学、地球构造学、气象学、植物学以及远古时期动物的形态，还有其他等等，他什么都懂，对什么都感兴趣。我来魏玛的时候，他十八岁，但那时他就已经锋芒外露，预示这棵树的发展前途无可估量。他很快就和我结下非常亲密的友谊，全面参与我所从事的一切工作。我大他差不多十岁，这有益于我们之间的关系。他一个晚上一个晚上地待在我这里，深入地谈论艺术和自然以及临时想到的其他各种有意思的话题。我们经常坐到深夜，在我的沙发上并排坐着睡着了的事，并不少见。我们一起生活工作了五十年，如果说最终做出了一些成绩，这是不足为奇的。"

我说："看来大公的学养非常全面，很少有诸侯权贵具有如此学养。"

歌德回答说："非常之少。许多人虽然就什么问题都能够夸夸其谈，但他们只是触摸了事物的表面，不能深入到核心部分。如果我们考虑到宫廷生活本身会把一位年轻君主的注意力分散和切割得这么可怕，这也就不奇怪了。他什么都得注意到。这个要知道一点，那个要知道一点，结果是这个知道了一点，那个又知道了一点，但什么都不能沉淀下来，什么都不能生根，因此，需要一种强有力的天性作为备用资产，这样就不会使自己在这样的要求中化为乌有。大公无疑是一位天生的伟人，凡是说到的都做到了。"

我说："大公除在自然科学和人文科学方面造诣很高，看来他也善于治理国家。"

歌德回答说："他是一个全面的人。他的一切都是来自一个唯一的伟大源泉。他不管做什么，都是既要把整体做好，也要把个别做好。此外，有三件事对于他治理国家特别有用。首先，他有区分有特殊才能的人和有刚强性格的人的天赋，让每一个人都各得其所。这很重要。其次，他还有一点也同样重要，甚至更重要：他怀有最崇高的善意和最纯洁的博爱之心，一心一意做好事。他总是首先想着国家的福祉，最后才想一点自己。他总是乐意迎合高尚的人，为推动良好的意图助力。他身上有许多超凡的东西。爱是能生产爱的，受人爱戴的人，自己治理国家也就容易了。

"第三，他比他周围的人伟大。发生某一事件时，除有十个声音传到他的耳朵里外，他还能听到第十一个，即自己的声音，而且是更好的。外人的悄悄话对他都不起作用，他轻易不会对弄得模糊不清的功绩置之不理，也轻易不会为介绍来的瘪三提供保护，因为这都不是王公贵族应做的事情。他亲自到各地视察，自己做判断，在任何情况下都是自己心中最有把握。而且他生性寡言少语，话一经说出紧接着就是行动。"

我说："很遗憾，我对他除他的外表外没有更多的了解；不过，就是他的外表也已深深地铭刻在我的心里。我依然能想象出他坐在那辆旧马车上的样子，身上穿着那件穿旧了的灰色大衣，头上戴着一顶军帽，嘴里吸着一支雪茄烟，每逢出外狩猎，身边总是带着他的那群宠物狗。我看见他总是乘坐那辆寒酸的旧马车，而且从来都只是由双马驾驶。六匹马驾驶的豪华马车和佩戴星形勋章的男士大礼服看来不太合他的口味。"

歌德回答说："这对于今天的诸侯们来说根本不再合时宜了。现在重要的是，要看一个人在人类的天平上有多大分量，其余一切都是没用的。一件佩戴星形勋章的男士大礼服和一辆六套马车充其量只能令那些最不文明的群众赞叹不已，而不会让大公敬佩。此外，大公的这辆旧马车没有装上弹簧垫，跟他一起乘车的人，就得忍受可怕的颠簸。但他觉得这样很好，他喜欢粗茶淡饭，不喜欢舒适安逸，反对养尊处优。"

我说："在你的那首题为《伊尔默瑙》(*Ilmenau*)的诗里已经看到了这样一些痕迹，看来你把他描绘得栩栩如生。"[1]

歌德回答说："那时他很年轻，但我们闹腾得的确棒极了。他就像一种名贵的葡萄酒，不过正在发酵期，他不知道把自己的力气往何处使，所以我们经常鲁莽行事，几乎快要送命。骑马打猎，横跨矮树丛和沟壑，蹚水过河，登山越岭，整天累得疲劳不堪，夜间露宿郊野，可能还会在树林里燃起篝火：这些符合他的心意。继承一个公国，他觉得毫无意义，可是要能追捕和猎获一只野兽，他就觉得挺是一回事了。"

歌德接着说："《伊尔默瑙》这首诗是我1783年创作的，诗中写的就是那个时期，那是我们生活中的一段插曲，已经过去许多年了，所以我只能把自己作为一个历史人物来描述，只能与早年的我谈话。如你所知，诗中展示的是一个夜间的场景，大概是在山上一次惊险的狩猎之后。我们在一块岩石根儿下搭起了几个小茅棚，用能闻到野兽留下气味的冷杉做棚顶，然后在里面干燥的地上过夜。茅棚前燃烧着几堆篝火，我们或是煮或是烧烤猎获的野兽。克涅伯尔那时就已经不停地抽着烟斗，他紧靠篝火坐着，说各式各样幽默的笑话让大伙儿开心，与此同时葡萄酒瓶从一只手里传到另一只手里。身段苗条、四肢修长的泽肯多夫[2]伸开胳膊大腿舒舒服服地躺在一根树干上，哼着各式各样的小曲。在旁边一个类似的小茅棚里，大公已经沉入梦乡。我自己坐在他的茅棚前面，看着炭火微光闪烁，陷入了各种沉思，也会突然对我的著作惹出的某些祸害感到遗憾。我现在依然觉得对克涅伯尔和泽肯多夫的描写很不错，把年轻的公爵二十岁时的郁闷和狂热也描绘得很好：

　　好奇心引他去远方，

1　《伊尔默瑙》这首诗于1783年9月3日写成，是献给魏玛公爵卡尔·奥古斯特生日的。诗中写的是作者陪青年公爵出去打猎的经历。

2　泽肯多夫（Karl Sigmund Freiherr Seckendorf, 1744—1783），魏玛宫廷总管，擅长作曲，曾为歌德的一些诗谱曲。他和克涅伯尔都曾经陪同卡尔·奥古斯特与歌德一起郊游、打猎。

他不怕山道狭窄，岩石太陡峭；

潜伏在身边的事故

把他投入受折磨的怀抱。

于是，痛苦的、过分的冲动

粗暴地驱赶他时而东奔，时而西跑，

活动时心中郁郁寡欢，

休息之后，依然满腹气恼。

在晴朗的日子里，阴郁，

遏制不住的沮丧，高兴不起来，

他身心俱已受伤，精疲力竭，

在一张木板床上渐渐睡着。

"他完完全全是这个样子，诗中没有一丁点夸大其词。不过，大公已经从钻研狂飙突进时期即将进入懂得要乐善好施的时代，所以我想在他1783年过生日的时候让他好好地回忆一下自己早年的这个形象。

"我不否认，最初他曾经让我感到一些困惑和忧虑。但他优异的天性很快就得到陶冶，获得了最好的教养，因此跟他一起生活和工作是一种快乐。"

我补充说："在这段最初相处的时期，你曾与他一起单独进行了一次穿越瑞士的旅行。"[1]

歌德回答说："他很喜欢旅行。不过不是为了自己娱乐消遣，而是要到处听听看看，注意各种好的和有用的东西，然后把它们引进自己的国家来。他通过旅行学到的有关农业、畜牧业和工业的知识无穷无尽。况且，他的志向不是个人的和利己的，而是纯粹建设性的，而且是为着公众的最高利益。由于这个缘故，他的名声远远超出了这个小小的公国。"

我说："他无忧无虑、简单朴素的外表似乎表明，他不追求声誉，淡薄功名。看来他的出名似乎并不是刻意寻求的，全都是自己默默无闻地精干实干

1　1779年12月12日至1780年1月14日歌德与卡尔·奥古斯特公爵去瑞士旅行。

出来的。”

歌德回答说：“这是一件很奇怪的事情。一块木头能燃烧，是因为里面含有可燃的物质，一个人能出名，是因为他身上存在让他出名的质料。声誉是追寻不到的，对声誉的一切追逐都毫无价值。可能有人通过聪明的举止和各种人为手段有了某种名气，但缺乏贵重的内核，这样的名气是空洞的，只能昙花一现。

“对待受人民宠爱的态度他也同样如此。他不追求，也绝不去讨好众人，但人民喜爱他，因为他们感觉到，大公有一颗为着他们的心。”

然后，歌德提到大公家族中其余的成员，说他们的特征是大家都有高尚的品格。他谈到现任摄政者[1]的忠厚仁义，谈到年轻的亲王[2]让人抱有极大希望，还深情洋溢地谈论了现在当政的大公夫人的非凡品质和高尚情操，她到处投入大量钱财，用以减轻忧患，催生优良的萌芽。歌德说：“她一向是这个国家的善良的天使，她与这个国家密切相关的时间越长，她的天使作用越大。我1805年与她认识[3]，并且有大量机会领教她的思想和品格。她是我们时代最优秀最杰出的女性，即使不是君主，她也是最优秀和最杰出的。这是因为关键在于，她即使把紫袍脱掉，那许多伟大的，其实也是最优秀的东西依然保留着。”

我们随后谈到德国的统一以及在什么意义上统一才是可能的和值得争取的。

歌德说：“我不担心德国不会统一。我们优质的公路和未来修建的铁路都将发挥它们的作用。而统一首先要彼此相亲相爱，要总是一致抵御外敌。所谓统一，就是德意志的塔勒和硬币应在整个帝国里具有同等价值；所谓统一，就是我们的旅行箱在所有三十六个邦国里都能通行无阻，不必打开检查；所谓统一，就是魏玛公民的城市旅行护照不被一个大的邻国的边检人员视为一个外国人的护照而认为手续不完备。德意志邦国之间再也不谈本国和外国的

1　卡尔·奥古斯特死后魏玛公国的大公职位由卡尔·弗里德里希继承。

2　“年轻的亲王”指卡尔·亚历山大，爱克曼曾当过他的老师。

3　玛丽亚·保罗夫娜1804年与卡尔·弗里德里希大公结婚后移居魏玛。

问题。德国还要有统一的度量衡、统一的商业和交通以及上百种类似的事情，我不能也不想一一列举了。

"但是，如果以为德国的统一就是这个广阔的大帝国只有唯一一个大的首府，这个大首府既有利于有伟大才能的人的个人发展，也能为人民大众谋福祉，那就错了。

"我们可以把一个国家比作一个活着的人的躯体，这个躯体包括许多部分，这样，就可以把一个国家的首府比作心脏，维系生命和健康的血液从心脏流入离它远近的各个部分。但是，如果有一些部分距离心脏很远，它们接收到的鲜活血液就会越来越微弱。有一个才智聪颖的法国人——我想是迪潘[1]——绘制过一幅法兰西文化状况图，他用较浅或者较深的颜色标明各个行政区所受启蒙程度的高低。有些地区，特别是南方那些远离首府的省份，是用纯黑色表示的，说明那里存在着深度的愚昧状态。如果美丽的法兰西不是只有一个大的中心，而是有十个中心向外输送光和生命，会不会更妥当呢？

"德国若不是因为令人称道的民族文化均匀地渗透到帝国各个部分，它何以能够伟大？而民族文化难道就不是从那些一个个单独的既是它的承载者又是它的培育者的诸侯领地走出来的吗？——假如几百年来我们在德国只有维也纳和柏林两座首府，或者甚至只有一座，我倒是想知道，德国的文化状况会是什么样子，当然也包括与文化携手同行的遍及各地的富裕状况！

"德国有二十余所大学分布在全国各地，有百余所公共图书馆同样分布在全国各地。此外，还有大量艺术品陈列馆和自然界实物陈列馆；因为每一位诸侯都设法把这一类美的和好的东西吸纳到自己身边。高级文科中学和技工专科学校绰绰有余，可以说几乎没有哪一个德国乡村没有一所自己的学校！可是这最后一点在法国的情况如何呢！

"再看一看德国的大量剧院，其数目超出七十座，它们作为高一级的国民教育的承载者和支持者也是绝对不可轻视的。对于音乐和声乐以及从事音乐和声乐工作的知觉没有一个国家像在德国这样普及，这也是不可小看的！

1　迪潘（Charles Dupin，1784—1873），法国政治家。

"你再想一想像德累斯顿、慕尼黑、斯图加特、卡塞尔、布伦瑞克、汉诺威以及类似的城市，想一想这些城市自身承载着的伟大的生活元素，想一想它们对于比邻省份的影响，然后问一下自己，如果这些城市长久以来不曾是诸侯官邸所在地的话，一切会是这样吗？

"法兰克福、不来梅、汉堡和吕贝克都是伟大光荣的城市，它们使德国富裕充足所起的作用是无法估量的。但是，它们要是丧失了各自的独立主权，把自己作为地方性城市并入任何一个大的德意志国家，它们还能保持原来的样子吗？——对此我有理由表示怀疑。"[1]

1828年12月3日，星期三*

（应索雷要求给他姑妈的女儿题诗一首）

今天我跟歌德开了一个别具一格又很优美的玩笑。日内瓦州卡尔蒂尼的杜瓦尔夫人[2]很会制作果子酱，她给大公夫人和歌德做了一些柠檬果子酱点心，作为她的厨艺成果寄到了我这里，并且坚信，她做的果子酱比其他所有的果子酱都好，就像歌德的诗比大多数德国的竞争对手的诗都好一样。

这位夫人的大女儿早就希望有一幅歌德的真迹，我突发奇想，用这些柠檬果子酱点心作甜味诱饵引歌德上钩，让他为我年轻的女朋友写一首诗。

于是，我以一个受命于一项重要事务的外交官的面孔去见歌德，我们的交易针锋相对，我以提供柠檬果子酱点心为条件来换取他亲笔写一首诗。歌德很高兴地接受了我开的这个玩笑，他立刻要求把柠檬果子酱点心拿给他吃，他觉得味道好极了。不多小时之后，我惊讶地看到，作为送给我年轻女友的圣诞礼物，下面的诗句如期而至：

---

1 这几段关于德国统一的观点，是爱克曼于1848年根据回忆写的。1848年德国的主流思想是要求德国统一，爱克曼显然是从这一主流思想出发记述了歌德对德国统一的看法。不过，他在转述中强调：正是由于小邦林立才有德国文化多样性的盛况，这完全符合歌德的思想。
2 这一篇是索雷的记载，因此"我"是指索雷，杜瓦尔夫人是他的姑妈。

在那幸福的国度，

柠檬果子酱做得多么美味可口！

精明的妇人使它浸透甘甜，

为了给你迷人的享受！等等。

当我再见到他的时候，他开玩笑地说，现在他能够从自己文学创作这个职业里收获好处了，青年时代相反，为了出版他的《葛兹》连一个出版商都找不到。他说："我接受你的交易合同，当我把这些果子酱点心津津有味地吃完之后，请不要忘记下达命令制作其他成品，我将用文学创作成果作为汇票来支付。"

1828年12月21日，星期日

（爱克曼梦中见到浮士德和梅菲斯特）

我前一天夜里做了一个怪梦，今晚我把它讲给歌德听了，他觉得这个梦很优美。梦中，我看见自己在一个陌生的城市里，和很多人一起站在一条朝东南方向的宽阔的马路上，观赏好像被一层薄薄的云雾遮盖并且闪烁着淡黄色光芒的天空。当有两个火红的圆点形成并从我们面前像流星一样在我们所站位置不远的地方噼里啪啦地陨落时，大家充满期待，不知道会有什么事情发生。我们赶紧跑上前，想看一看是什么东西掉下来了，你瞧怎么着，迎面走来的是浮士德和梅菲斯特。——我既高兴又惊奇，像与一伙儿熟人结伴一样，与他们边愉快地闲聊边并肩前行，并且在下一条路口拐角处转弯。我们都谈了什么我不记得了；但他们身体的行为动作给我留下了很特别的印象，我完全清楚，轻易不会忘记。他们俩要比我们往常想象的年轻，而且如果说浮士德是二十七岁的话，梅菲斯特可能就二十一岁。后者看上去绝对儒雅，有朝气，不拘谨；他步履轻盈，就像想象中的水星一样。他的面庞俊美，不恶毒，如果不是从他青涩的额头长出两条秀气的、向一旁弯曲的犄角，就像是一缕隆起的秀发向两侧弯回的话，你认不出来他是魔鬼。当浮士德一边走一边把脸朝向我对我说话的时候，他那具有特征的表情让我大吃一惊。每一个特征都流露出最高贵的品德和宽厚的心胸主宰着他原本的天性。仔细看，他尽管年轻，但人类所有的欢乐、痛苦和思想他仿佛都已经体验过了：他的容颜是这么老成持重。他的脸色有些苍白，可是很有魅力，让你百看不厌。我试图把他的特征都记住，以便画下来。浮士德走在右边，梅菲斯特走在我们两人中间，印象中，浮士德为了跟梅菲斯特或者跟我说话，总得把他那张清秀而且有特点的脸转过来转过去。我们穿过马路，人群都走散了，没有继续注意我们。

—1830年—

1830年1月18日，星期一*

（关于苏黎世作家、传教士拉瓦特尔）

歌德谈到拉瓦特尔，他对我说了拉瓦特尔性格上的许多优点，还把他们早年友情的一些秘密情况告诉了我，说他们那时就像兄弟一般睡在同一张床上。他补充说："可惜的是虚弱的神秘主义给他天才的腾飞很快设定了界限。"

1830年1月22日，星期五*

（谈司各特的《拿破仑传》）

我们讨论了沃尔特·司各特写的《拿破仑传》。

歌德说："确实如此，我们可以责备作者有些地方写得很不准确，同样也很有派性；但在我眼中，正是这两个不足之处使他的作品具有一种完全特殊的价值。——这部书在英国获得巨大成功，看得出，沃尔特·司各特正是由于仇恨拿破仑和法国人才成为英国民意和英国民族感情的真正的译员和代表。他的书绝不是一份法国历史的文献，但它将是一份英国历史的文献。不过，它无论如何都是在这一重要历史进程中的一个不可或缺的声音。

"总而言之，我喜欢听关于拿破仑的针锋相对的意见。我现在正在阅读比尼翁[1]的作品，我觉得这部书具有一种完全特殊的价值。"

1830年1月25日，星期一*

（赞赏日内瓦哲学家迪蒙善于选择和处理题材）

为出版迪蒙[2]的遗著做准备，我编制了遗著的索引，并且把它们带给了歌德。歌德阅读得很仔细，对这大量的知识、趣味和见解似乎很惊讶，他有理由认为，这些都是作者能写出如此不一样、内容如此丰富的书稿的前提。

他说："迪蒙肯定是一个学识广博的人。在他所用的题材里没有一份本身是枯燥的、没有意义的。一个人对题材的选择永远能表明他是一个什么样的人，继承了哪一家的思想。我们虽然不能要求人类思想包罗的范围如此多面，能用同样的才能靠同样的运气处理所有的题材；但是，即使作者能够以不同的方式处理所有的题材，那么，仅仅是处理题材的意图和意志就让我对他抱有很高的评价。我觉得特别值得注意并且可以大概推断的是，在他那里处处存在着实际的、有益的、善意的倾向。"

我同时也把《去巴黎旅行》（ Reise nach Paris ）[3]的最初几章带去了，我想给他朗读，但他更喜欢自己独自欣赏。

他随后戏言阅读是很难的，许多人自不量力，以为不事先做足功课，不准备一些知识就能立刻阅读任何哲学和自然科学著作，好像不过是读一本小说而已。

他接着说："这些善良的人，他们不知道学会阅读需要花费多少时间和精力。我用了八十年学习阅读，可现在还不能说，已经到达终点了。"

1　比尼翁男爵（ Louis Pierre Baron Bignon，1771—1841 ），法国外交家和历史学家，拿破仑一世的密友，歌德正在阅读他写的《法国史》（1827）。

2　迪蒙（ Pierre-Etienne-Louis Dumont，1759—1829 ），日内瓦哲学家、政治家，索雷的伯父。

3　《去巴黎旅行》是迪蒙的作品。

1830年1月27日，星期三

（高度评价马蒂乌斯先生的科学发现）

中午和歌德一起进餐，很是轻松愉快。他谈到马蒂乌斯先生，给予很高的评价。他说："马蒂乌斯先生把植物生长的倾向概括为螺旋式的，这一观点具有极其重要的意义。如果说我对他还有什么希望的话，那么我希望他坚决而勇敢地贯彻实施他所发现的本原现象，希望他有胆量把一个事实作为规则说出来，无须到很远的地方去求证。"

然后，他让我看海德堡博物学家大会上的辩论以及辩论后的真迹复制稿。我们一起研究并且推断它们的性质。

歌德说："我很清楚，在这些自然科学大会上不会得出像大家所想象的那么多的结果来。不过，这些会议之所以好，是大家可以互相认识，也可能建立起友情，其结果，一位重要人物的某一个新的学说会得到承认，而这个人物也愿意承认和促进我们在另一个学科里的发展志向。不管怎么样，我们看到大家正在行动，谁也不可能知道会产生出什么样的结果来。"

随后歌德把一位英国作家的来信拿给我看，收件人地址是：致歌德侯爵殿下。歌德笑着说："我这个头衔大概要感谢德国的报界人士。他们出于对我太多的热爱，把我称作德国的侯爵作家。于是，德国人的这个无辜的错误造成英国人也犯了同样无辜的错误。"

歌德接着又回到马蒂乌斯先生这个话题上，称赞他有想象力。他接着说："实际上，没有这样高度的天赋根本不可能成为一个真正伟大的博物学家。而且我以为，他的想象力不是模糊不清的，设想出的事物不是不存在的；相反，这是一种立足于真实土壤的想象力，以真实和可辨认为标准向着所预料的、所推测的事物迈进。因此它可以检验所预料的事物是否也是可能的，是否不与其他有意制定的规则产生矛盾。这样一种想象力当然首先需要有一个见多识广的、冷静的、能纵观充满生机的世界以及它的规则的头脑。"

我们谈话的时候，佣人送来一个包裹，里面是《兄弟姐妹》的波希米亚文译本，歌德好像很高兴的样子。

1830年1月31日，星期日*

（陪亲王拜访歌德，欣赏他的手迹）

陪亲王去拜访歌德，他在书房里接待了我们。

我们谈到他的作品的不同版本，听他说，绝大部分版本他自己都没有，这让我感到突然。那个附有按照绘画原件制作的铜版画的《罗马狂欢节》（*Dar Römischen Karnevals*）第一版他也没有。他说，他在一次拍卖会上出价六个塔勒也未能买到。

随后他给我们看了他的《葛兹·冯·伯利欣根》的第一稿，完全是五十多年前受妹妹的启发用很少几个星期写出来的最初的样子。手稿的字体修长，笔法潇洒明快，他后来写的德文一直保持着这种特点，现在也是如此。原稿很干净，整页整页地读下去没有丝毫改动，你可能会以为这是一份拷贝，而不是快速拟就的第一稿。

如歌德所说，他最初的作品全都是自己手写的，包括他的《维特》，不过《维特》的手稿已经丢失。后来他就不自己手写了，几乎全部口授，只有诗歌和匆匆记下来的计划是他亲手写的。他很少想到为一部新的作品制作副本；相反，经常把自己仅有的一份最珍贵的创作因偶然原因寄到斯图加特的一个印刷厂去。

我们把《伯利欣根》的手稿充分地观赏完之后，歌德又把他的《意大利游记》的原件拿给我们看。在这些每天每日记下的观察和说明中，其字体与《葛兹》的字体一样，具有同样潇洒明快的特点。一切都是明确的、坚定的、准确无误的，没有丝毫改动，看得出来，作者瞬间记下的细节一直清晰地浮现在他的脑海里。这位旅行者每到一个城市所用纸张的型号和颜色都不一样，除此之外，其他一切始终没有变化，很稳定。

快到手稿结尾处是歌德随手画的一幅有趣的钢笔画，画上是一位意大利的律师，身穿宽大的法官礼服在法庭前演讲。这是我们能想象得出的最奇怪的人物，他的礼服如此引人注目，你会以为，他选择这套服饰是为了去参加假面舞会的。不过，这一切都是忠实地按照真实生活描绘的。胖胖的演讲者站在那里，美滋滋的，把食指放在大拇指尖上，其余的手指都伸开，这么一小点动作都与他戴的那一顶大假发十分相称。

1830年2月3日，星期三*

（谈基佐、维勒曼、库赞、居维叶、边沁；分析迪蒙为什么成为温和的自由党人）

我们谈论了《环球》和《时代》，由此谈起了法国文学和法国的文学家们。

除此之外，歌德还说："基佐是一个合乎我心意的人，他踏实正派，有深厚的认知功底，属于超然于一切党派之上的开明的逍遥派，自行其是。如今大家把他选进议会，我很想看到他在议院里扮演什么样的角色。"[1]

我回答说："有些人只是表面上了解他，说他有些学究气。"

歌德反驳说："需要知道的是，人们指责他有哪一种学究气。所有有名望的人在生活方式方面都有某种规律性，有坚定的原则，他们勤于思考，不把生活上的事情当儿戏，这样的人很容易被那些眼光肤浅的观察者看作是学究。基佐是一个视野开阔、心境平和、能持之以恒的人，就法国人的灵活性而言，他简直无法估量，他们正是需要这样的人。"

歌德继续说："作为演说家，维勒曼也许更辉煌。他掌握灵活发挥的技巧，原因是他总能用令人信服的措辞抓住听众的注意力，引起他们热烈喝彩；但是，他远比基佐肤浅，远远不如基佐实际。

"至于库赞，他能给我们德国人的东西虽然不多，但他对于法国人来说十分重要，他把我们多年以来众所周知的哲学作为新鲜事物带给了他的同胞，他给法国人的将是一个全新的方向。

"居维叶是伟大的博物学家，他的描述和他的风格值得赞赏。他对一件实

1　基佐于1814年波旁王朝复辟后任内务部秘书长，1816年至1820年继续在内务、司法部任职。他拥护"宪章"，赞成君主立宪制；1820年被解职，回巴黎大学任教，讲授《欧洲代议制政府起源史》。

事的阐述比任何人都好，但他几乎什么哲理都没有；他可以教育学生了解很多知识，但都不深刻。"

听到这一切我很感兴趣，更何况这与迪蒙对于这些人的看法很接近。我答应歌德，给他把有关段落从迪蒙的稿件中抄下来，以便他时而把这些段落与他自己的看法加以比较。

提到迪蒙，话题就转到他与边沁[1]的关系上。歌德对此有如下表述："当我看到像迪蒙这样一位如此理智、如此有分寸、如此实际的人能做蠢人边沁的学生和忠实的崇拜者时，我感觉这是一个很有趣的问题。"

我回答说："在一定程度上可以把边沁看作是一个有双重人格的人。我注意到边沁既是天才又是一个有激情的人，作为天才他凭想象创造了原理，迪蒙没有忘记这些原理是他制定的；作为有激情的人他因为过分追求利益而逾越了自己的理论界限，从而既在政治上又在宗教上都成了激进主义者。"

歌德回答说："一位白发老人在他最后的日子里还能够成为激进主义者，就此结束自己漫长的一生，这对我来说可是一个新的课题。"

我试图解决这个矛盾，我说，边沁坚信自己的理论和自己立下的法则是优异的，当他与外部世界接触不多，不能判断一场暴力颠覆活动的危险时，鉴于这些法则在不彻底改变现存体制的情况下不可能引进英国，他就越是被自己狂热的激情裹挟而不能自拔。

我继续说："迪蒙相反，他不感情用事，比较清醒，从不赞成边沁的过分言行，更不会让自己也陷入类似的错误之中。此外，他的优点是，曾经把边沁的原理应用到一个当时由于发生了政治事件而在一定程度上被看作是新国家的日内瓦，在那里一切都获得圆满成功，这一出色成就将原理的价值表现了出来。"[2]

歌德回答说："正像所有有理性的人那样或者应该做到的那样，迪蒙也是

---

1 边沁亦译本瑟姆（Jeremy Bentham，1748—1832），英国社会学家，功利主义的创始人，激进主义者，力图彻底改革英国议会。

2 日内瓦自1798年起归法国管辖，1815年独立。迪蒙自1814年起为日内瓦大议会议员，遵循边沁的主张在议会行事。

一个温和的自由党人，我本人也是温和的自由党人，我在漫长的一生中就是以此为宗旨努力工作的。"

歌德继续说："真正的自由党人总是寻求用自己可以支配的资源尽力多做好事；而谨防试图用火与剑立刻消灭那些常常是不可避免的错误。他努力通过一种聪明的推进方式逐渐排除公开的缺陷，而不是采取暴力措施同时还常常把同样多的好东西一起毁掉。在这个永远不完美的世界上，在时间和事态有助于他做得更好之前，他一直安于把事情做好。"

1830年2月6日，星期六

（歌德儿子谈祖母的一件有趣的事情）

在冯·歌德夫人家中进餐。小歌德讲了他祖母法兰克福议会参事歌德夫人的一些有趣的故事，二十年前他做学生的时候曾经看望过她，一天中午，他与祖母一起应邀出席大主教举行的宴会。

他说，大主教出于特殊的礼貌在台阶上迎接参事夫人；因为他穿的是通常的宗教服装，祖母以为他是一个普通神职人员，所以没有太注意他。宴会上她坐在他的旁边，起初脸上也没有表示出特别友好的神情。但是，在谈话过程中她从其余在座客人的态度上渐渐弄清楚这是大主教。

大主教随后为她和公子的健康举杯祝酒，接着参事夫人也站起来为大主教殿下的健康干杯。

1830年2月10日，星期三*

（在研究颜色学过程中，歌德深感孤单）

今天饭后我在歌德那里待了一会儿。他很高兴，春天的脚步正在走近，天又越来越长了。然后我们谈论了颜色学。他似乎怀疑为他简单的理论打开局面的可能性。他说："一个世纪以来，我的敌人的错误传播得太普遍，致使我不能希望在自己孤军奋战的道路上还能找到任何一个同伴。我就这么一个人待下去了！我常常觉得自己就像一只船舶遇难时船上的某一个人那样，他抓住一条只能负担一个人重量的木板。这个人逃命了，其余所有的人都得凄惨地溺水而死。"

1830年2月14日，星期日*

（大公太夫人路易丝去世；谈戏剧文学，表扬《环球》，批评《时代》；那不勒斯的滑稽剧）

今天这一天是魏玛的哀悼日；大公太夫人路易丝于中午一点三十分去世。当政的大公夫人命令我以她的名义去向冯·瓦尔德纳小姐[1]和歌德慰唁。

我首先去瓦尔德纳小姐那里。看见她哭成了泪人，万分悲伤，完全沉湎于痛失亲人的感情之中。她说："我侍奉已故女君主五十年有余，她曾亲自选我为宫廷贵妇，她这一自作主张的选择是我的骄傲和幸福。我离开自己的祖国来悉心侍奉她。如今，她该是也把我一起带走，这样，我就不需要还得长时间地期盼着重又与她相依为命了！"

随后我去见歌德。可是歌德那里的情况完全不同！他对遭受到的损失肯定感受深刻，但看上去是在想尽一切办法控制自己的感情。我看见他正在和一位好友坐在饭桌前，还喝着一瓶葡萄酒。他谈兴正浓，情绪似乎也非常好。他看见我便说："正好，来吧，请坐！长期威胁着我们的打击终于到来，我们起码不用再同那个残酷的不确定性做斗争了。现在，我们必须仔细想一想，如何把我们的生活恢复正常。"

我指着他的纸张说："那儿就是你的安慰，工作是让我们从痛苦中重新站起来的最好手段。"

歌德回答说："只要有光明，我们就不能气馁，只要还能创造，我们就不要松劲。"

1　瓦尔德纳小姐（Luise Adelaide Waldner）出生在法国的阿尔萨斯，1775年起为侍奉大公夫人的宫女。

歌德随后谈到一些年事已高的人，也提到著名的妮侬[1]。他说："妮侬九十岁的时候还很年轻，但她也懂得保持内心的平衡，对人世间事物的好恶维持在合理范围。即使死神也不会引起她过度敬畏。她十八岁那年一场重病痊愈后，周围的人给她描绘她经历的危险时，她相当平静地说：'那有什么大不了的呢！即使我死了，别的人不是还都留在世上吗！'后来她又活了七十多年，和蔼可亲，尽享生活的一切欢乐；由于她这种特有的沉着冷静，使她始终能超然于任何消耗精力的激情之上。妮侬明白这一点；很少有人能效仿她。"

然后，他把巴伐利亚国王的一封信递给我，这是他今天收到的[2]，他的情绪这么好这封信大概也有不少功劳。他说："读一读吧，你得承认，国王一直以来对我亲善有加，他对于文学的进步和人类的进一步发展有着强烈兴趣，这绝对让我高兴。我恰巧今天收到这封信，为此我感谢上苍给了我这一特殊的恩宠。"

然后我们谈了剧院和戏剧文学。歌德说："基佐想断言只有三十六个悲剧场景。席勒尽一切努力想再找出几个来，但找到的还没有基佐断言的那么多。"

这就把话题引到《环球》上的一篇文章，而且是一篇对阿尔诺的《古斯塔夫·阿道夫》(*Gustav Adolf*)的评述。[3]歌德觉得文章作者评述的方式方法很有趣，他表示完全赞同。评述者只局限于列举出文章作者的全部往事，不抨击他本人和他的文学创作原则。歌德补充说："《时代》在评论方面就不是这么有智慧。它自以为是，要给作家规定他必须走的道路。这就是一个大错误，达不到改进这份杂志的目的。没有什么比对一个作家说'你必须如何如何'再愚蠢的了！我们永远不能让一个作家与自然所规定的不一样。如果你想强迫他成为另外一个人，那你就把他毁了。

"如前面所言，我的朋友《环球》的先生们做得就非常聪明：他们把阿尔

---

1 妮侬九十岁高龄依然风韵犹存。

2 1830年1月11日歌德写信给巴伐利亚国王路德维希一世，1830年2月7日收到回信。

3 阿尔诺（Emile-Lucien Arnault，1787—1863），法国剧作家，他的悲剧《古斯塔夫·阿道夫》1830年在巴黎上演。

诺从各处听来的全部空洞的客套话印成一份长长的清单；他们这么做是在很巧妙地暗示，作家今后要谨防触礁。如今再要找到一个全新的场景几乎是不可能了。只有观察的方式、处理和描述场景的技巧可能是新的，在这种情况下，我们就要更加小心地对待任何一种模仿。"

接着歌德给我们讲述了基佐是用什么样的方式方法装饰他在威尼斯的艺术剧院的，以及他的巡回演出剧团的即兴表演多么受欢迎。他说："我在威尼斯还看到了这个剧团的两位女演员，尤其是扮演布里赫拉[1]的演员，还莅临观看了几部这种即兴演出的戏。这些演员的演出效果非常好。"

然后歌德谈到那个那不勒斯的丑角，他说："这些可爱的滑稽人物的一个主要逗乐之处在于，演员有时在舞台上好像突然完全忘记了自己的角色是演员。他仿佛又回到家里，和家里人亲切交谈，讲述他刚才演过的戏，以及他将要演的一部其他的戏；至于解个小手，他也很随便，不感到害羞。他的夫人于是对他大声喊叫：'亲爱的，你好像完全控制不住自己了；要考虑你是在一个重要的众人大会上啊！'丑角又明白过来，接着回答说：'对了！对了！'他回到先前的演出当中，观众报以热烈掌声。此外，滑稽剧院的名声是这样的：上流社会没有人宣称自己去过。可以想象，妇女根本不去，只是男人去观看。

"通常，丑角是一种活着的报纸。在那不勒斯白天发生的一切引人关注的事件，晚上都能在他这里听到。不过，这种结合着民间方言土语的地方趣味使外来的人几乎不可能听懂他说的话。"

歌德把话题转到对他早年的一些其他事情的回忆上。他谈到自己不大信任纸钞，以及在这方面曾经有过什么样的经验。作为证据他给我们讲了一段有关格林[2]的故事，而且是在法国大革命时期，格林感到在巴黎不再安全了，他又回到德国，住在哥达。

歌德说："有一天，我们在格林家中吃饭。我记不太清楚话是怎么说到这

1　布里赫拉（Brighella），意大利喜剧的典型人物。

2　冯·格林男爵（Friedrich Melchior Baron von Grimm，1723—1807），德裔法国作家，属于法国大百科全书派，常年为德国各小邦国报告法国的情况。

儿的，格林突然喊道：'我打赌，在欧洲没有一个君主有像我的这样一副如此昂贵的硬袖口，而且也没有人能像我这样付这么高的价钱购买它。'——可以想象，我们都大声惊呼不敢相信，特别是妇人们，大家都很想看一看这副精美的硬袖口。格林于是站起身，从他的箱子里取出一副非常华丽的尖形袖口来，我们都不禁为之愕然，高喊不可思议。我们试图对这副袖口进行估价，但都未能高过一百至二百金路易。格林笑着大声说：'你们离目标差远了！我付了二十五万法郎买下它们的，而且幸运的是，我把法国大革命时期的纸钞用这么好的价格兜售了出去。第二天这些纸钞就一文不值了。'"

1830年2月15日，星期一*

（歌德谈死亡）

今天上午在歌德那里待了一会儿，是以大公夫人的名义去询问他的身体状况的。我发现他闷闷不乐，心事重重，但丝毫不见昨天的那种有点猛烈的激动不安。他好像今天才深深地感觉到大公太夫人大人之死给他们五十年的友谊关系撕开的口子。他说："我必须强制自己工作，要坚持住，适应这种突如其来的离别。死亡的确是某种不寻常之事，人们不顾一切经验认为一个对于我们贵重的客体是不可能死的，死亡的出现总是令人难以置信，让人出乎意料，它在一定程度上可以说是一种不可能突然变成了现实。从一种我们熟悉的存在过渡到我们根本一无所知的存在，这有点像是聚变反应，它让留下来的人无不被深深地震撼。"

1830年3月5日，星期五*

（歌德谈年轻时代与莉莉的爱情）

歌德年轻时代一位女友的近亲，冯·蒂尔克海姆小姐在魏玛待了一段时间。[1] 今天我对歌德表示，对于她启程离开我感到惋惜。我说："她这么年轻，就有这么崇高的信念、这么成熟的思想，这是我们在这种年龄人的身上很少见到的。特别是她的出现给魏玛留下了深刻印象。她要是再多待些时候，对于某些人来说可能很危险。"

歌德回答说："我也感到非常遗憾，未经常见到她，起初还总是推迟邀请她来跟她安安静静地聊聊，在她身上再次寻找她亲属的那些讨人喜爱的特点。"

他继续说："《诗与真》的第四卷前不久已经完成，你将发现我在书中讲述了关于我青年时代那段与莉莉不期而遇的恋爱故事。若不是一些温馨的顾虑妨碍我，而且顾虑的不是我本人，而是当时还在世的情人，我早就把这卷写完并且出版了。要是那样的话，我就是在很骄傲地告诉全世界，我是多么爱莉莉；我相信，她也不会脸红地承认，我的爱得到了回报。然而，我有权不得到她的同意就把这件事公开说出来吗？我一直打算请求她同意；但总是犹豫不决，直到最终再也没有必要了。"

歌德接着说："你言谈间如此关心这位可爱的，而今已经离开我们的年轻姑娘，这唤起我对自己昔日的全部回忆。我看见妩媚动人的莉莉栩栩如生地站在我面前，觉得似乎又感觉到一丝她那令人愉悦的气息近在咫尺。她确实是我的第一个刻骨铭心的真爱；也可以说，她是我的最后一个，因为与那一次的爱情相比，我此后生活中全部让我动心的短暂的好感都是轻微的、肤浅的。"

他又往下说："我从未像那次与莉莉相爱时那么接近于我的真正的幸福。把我们分开的障碍其实并不是不可逾越的，——然而，我还是失去了她。

"我对她的爱慕有些微妙，也有些奇怪，影响了我现在对那段痛苦而又幸福时期的描述风格。将来你阅读《诗与真》的第四卷时，你会发现那次恋爱与小说中描写的爱情完全不一样。"

---

1 冯·蒂尔克海姆（Friederike Elisabeth Cäcilie von Türckheim）是歌德年轻时热恋的女友莉莉·舍内曼的外孙女，她来魏玛看望她的姑奶奶。

我回答说："对于你与格蕾琴和弗里德里克的爱情我们也可以说同样的话。[1]对于这两次爱情的描述同样新颖而独特,写小说的人是想象不出也虚构不出这样的爱情故事的。这似乎源于作者是一个说大实话的人,不企图掩饰所经历的事情,后来显露出的更大好处是,能够把事件简单说明白的地方就别再说任何令人感伤的废话。"

我补充说："爱情本身也从来都不一样;爱情永远是独特的,永远根据我们所爱的人的性格和人品而变化。"

歌德回答说："你说的完全正确,因为爱情不仅仅是我们的,也是那个诱惑我们的可爱的对象的。而且,不要忘记,还有那个超自然的力量作为不可抗拒的第三者加入进来,通常每一次爱情都有这种力量伴随着,它是爱情中真正的元素。在我与莉莉的关系中,这种力量尤其起作用,它使我的整个生活改变了方向,如果我声称把自己的祖籍挪到了魏玛,我现在能在这里就是这种改变的直接结果的话,那么,我说得并不过分。"

1830年3月6日,星期六［5日,星期五］*

(读圣西门的《回忆录》,谈当代法国文学状况)

最近以来歌德在阅读圣西门的《回忆录》(*Memoiren*)。[2]

几天前他对我说："我读到路易十四之死就停下来了,对此前的几十卷我都极其感兴趣,而且是由于主人的意志走向与仆人的高尚情操对比鲜明。但是,自从那位君主辞世,另一个人上台的那一瞬间开始,我对这份读物就再也没有兴趣了,因为这个人太糟糕,圣西门跟他相比也并无自己的优势;这种反感出现时,正是那位'统治者'离开我的时候,我于是就把书丢开了。"

---

1 格蕾琴(Gretchen)和弗里德里克(Friederike)都是歌德年轻时的情人,歌德在自传《诗与真》第五卷和第十一卷中分别记述了自己与这两位少女的交往。

2 圣西门(Louis de Rouvrog,Herzog von Saint-Simon,1675—1755),法国军官,路易十四死后被委任为摄政顾问。他的《回忆录》因批评路易十四的专制主义而被封杀,直到1829年至1830年才被允许出版。

几个月来，歌德一直非常勤奋地阅读《环球》和《时代》，大约两个星期前开始他停止阅读了。每逢拿到用纸条封着的期刊，他都原封不动地搁在一边。不过，他还是请朋友们把世界上发生的事情讲给他听的。最近一段时间他埋头于《浮士德》第二部分，工作效率很高。特别是那场《古典的瓦尔普吉斯之夜》几个星期以来把他完全吸引住了，因而这一场进展得也就既快又好。在这种绝对有工作效率的时期里歌德一般不喜欢读书，除非读物能使他轻松愉快，让他舒舒服服地休息，或者阅读的东西与他手头正在从事的题材一致，并且有所帮助。相反，如果读物很重要，使他兴奋，干扰他平心静气地进行创作，可能会分散和转移他的工作兴趣，他就坚决回避。现在《环球》和《时代》好像就是后一种情况。他说："我认为，在巴黎有重要事件正在酝酿之中；我们处于一场大爆炸的前夜。但因为我对此无能为力，所以就只好静候事态的发展，不让事件的紧张过程天天白白地消耗我的激情。我现在很少阅读《环球》和《时代》，而我的《瓦尔普吉斯之夜》却是进展得相当不错。"

　　随后他谈到他很感兴趣的当代法国文学的状况。他说："法国人所认为的在他们当代文学发展方向上的新鲜事物，实际上不过是德国文学五十年来想要的并且已经成为的新鲜事物的反映。历史剧的萌芽现在在他们那里是新的事物，这在我的《葛兹》里已经存在半个世纪了。"他补充说："此外，德国作家从来没有想过，也永远不会企图为了给法国人施加影响而写作。我本人始终只关注我们德国，昨天还是前天我才想起来，要把自己的目光向西面转，也看一看我们莱茵河彼岸的邻居是如何想象我的。但就是这时他们对我的作品也没有影响。就连那个模仿法国形式和叙述方式的维兰德实际上也一直是彻头彻尾德国式的，要是把他的作品翻译过去，也不会好看。"

1830年3月14日，星期日 ［10日，星期三］

　　（谈与席勒一起创作叙事谣曲，法国文学的极端浪漫主义倾向，梅里美、拜伦以及贝朗瑞的特点；什么是为国效劳）

　　晚上在歌德家里。他让我看了大卫的木箱里的全部珍品，我几天前看见他忙着开箱把它们取出来，现在都清理好了。他把法国最优秀的青年作家的椭圆形石膏侧面像整整齐齐地并排摆在桌子上，同时再次说到，大卫的非凡才能无论在理解方面还是在制作方面均属上乘。他还给我看了大量最优秀的浪漫文学作家作为作者赠品经大卫中转敬献给他的最新的作品。我看到有圣伯夫[1]、巴朗什[2]、维克多·雨果、巴尔扎克、阿尔费雷德·德·维尼、朱尔·雅南[3]等人的著作。他说："有大卫寄来的珍品，让我这些日子过得很愉快。我整个星期都在专心研究这些年轻作家，通过从他们身上感受到的新鲜印象，我获得了一种新的生命。我很喜欢这些肖像和书籍，我将为它们制作一套单独的目录，在我的艺术品收藏室和图书馆里将把两者放在特殊的位置上。"看得出来，受到法国年轻作家如此崇拜，歌德感到由衷的高兴。

然后他读了一点埃米尔·德尚的《论文集》（*Studien*），称赞《科林斯的未婚妻》（*Die Braut von Korinth*）翻译得很忠实原文，很成功。他说："我有这首诗的意大利文翻译手稿，它把原作的韵律都原原本本地再现了出来。"

《科林斯的未婚妻》还引起歌德谈了他其余的叙事谣曲。他说："这些叙事谣曲绝大部分要归功于席勒，是他激励我写的，因为他的《季节女神》总是需要新的稿件。[4]这些谣曲我在脑海里已经酝酿许多年，它们作为优美的图像、美丽的憧憬，来来去去，往返于我的心间，因而很容易使我在想象时感到快乐。我很不情愿地下决心与这些长久以来同我结为朋友的光辉形象告别，把它们用贫乏枯涩的文字表现出来。当它们被写在纸上时，我是怀着一种掺杂着忧伤的感情观看它们的；我觉得，仿佛是与一位亲爱的朋友永别了。"

歌德继续说："我写其他诗作的时候情况完全不同。事先我完全没有印象和预感，它们突如其来，要我立刻就写，以致使我感觉是被驱使着把它们马上本能地和做梦一般地写了下来。在这种梦游患者的状态中经常发生这样的

---

1 德·圣伯夫（Charles Augustin de Sainte Beuve，1804—1869），法国批评家、作家，属于浪漫主义作家群。

2 巴朗什（Pierre Simon Ballanche，1776—1847），法国作家。

3 雅南（Jules Janin，1804—1874），法国浪漫主义作家，杂志文艺专栏工作人员。

4 歌德与席勒于1797年展开写"叙事谣曲"的竞赛，《科林斯的未婚妻》就是歌德写的叙事谣曲之一。这些叙事谣曲发表在1798年的《艺术年鉴》上，而不是像正文中记述的在《季节女神》上。

情况：当一切都写完了，或者当我没有空位置继续往下写的时候，我才发现，面前是一张完全斜放着的纸。我曾经有不少这种把字写在斜纹纸上的稿子；不过这些稿子都陆续丢失了，因此很遗憾，再不能出示这种专心致志进行文学创作的样品了。"

然后话题又转回到法国文学，确切地说转回到几位颇为重要的作家身上最新的极端浪漫主义方向上面。歌德认为，这种正在形成的文学革命对于文学本身极其有利，但对于掀起这场革命的具体作家来说却是不利的。

他说："没有一场革命能避免走极端。政治革命开始时通常不过是要消除各种各样的弊端，可是转眼之间人们就深陷流血和恐怖之中了。法国人现在进行的这场文学革命情况也是如此，起初要求的不过是较为自由的形式，但如今他们并不就此止步，而是除形式外，也抵制以往的内容。他们开始把描述高尚思想和业绩宣布为索然无味，着手写形形色色的卑鄙和邪恶。魔鬼、巫婆和吸血鬼取代了希腊神话的优美内容，史前时代的英雄豪杰让位给了骗子和被判在橹舰上划桨的囚犯。认为这一类内容才有滋有味！这才有影响！——而当读者尝过一次这种味道很浓的菜肴并且已经习惯了之后，他们就总是渴望有更多的菜肴、更浓的味道。一个有才能的青年作家想产生影响，博得公众认可，但还不足以能够自行其是时，他就必须迁就当时的审美趣味，甚至在描写惊骇恐怖内容方面还试图要超过前人。在这种追逐表面效果的手段中，一切深入研究，一切循序渐进地全面发展人的才能的手段都通通被置之度外。这是一个有才能的作家所能遭遇的最大损失，尽管文学总的看来在这个暂时的方向上是赢家。"

我问："这种把少数有才能的作家毁掉的努力，怎么可能会在总体上对文学有利呢？"

歌德回答说："我所说的极端和弊病会渐渐消失，最后却有一个很大的好处保存下来，那就是，除获得更为自由的形式外，还获得了比较丰富多彩的内容，人们再不会把来自极其广阔的世界和极其绚丽多姿的生活的题材看作没有文学性而排斥在外。我把当下这个文学时期比作是一种发高烧的状态，本身虽然不好，不值得向往，但它导致的积极后果是增进了健康。那种目前经常构成一部文学作品全部内容的真正的卑鄙与邪恶，未来只会作为令人舒服的药物成分出现；所以，暂时被排除的绝对的纯洁与高尚不久也将会作为更大的渴求被重新找回来。"

我补充说："我发现，就连你所喜爱的作家之一梅里美在他的诗歌集《居士拉》（*La Guzla*）里也同样用了令人恐怖的题材，踏上了那条极端浪漫主义的轨道。"[1]

歌德回答说："梅里美对这些事物的处理完全不同于他的同行。诚然，在他的作品中不乏教堂的墓地、夜间的交叉路口、幽灵和吸血鬼之类各种各样令人恐怖的内容，但是这一切让人生厌的内容都不触及作家的内心。相反，他对这些内容的处理是客观的，保持着一定的距离，像是在冷嘲热讽。他完全像一位艺术家在工作，觉得尝试一下这些内容会很有意思。如前面所说，在这一点上他完全违背了自己的内心，甚至完全否认了自己是法国人，而且否认的程度严重到让人们起初以为《居士拉》中的诗歌是真正的伊利里亚民歌，因此说他的故弄玄虚获得了成功，是比较准确的。"

歌德接着说："梅里美当然是一个很全面的人；因为一般说来，客观地处理一种题材需要有比人们所想象的更大的魄力和才能。拜伦就是这样，尽管他的性格很强势，有时也有把自己完全否认掉的魄力，这一点可见诸他的几部戏剧作品，尤其是他的《马里诺·法列罗》（*Marino Faliero*）。在读这部剧本时，我们会完全忘记这是拜伦甚至这是一个英国人写的。我们完全置身于威尼斯，完全置身于故事情节所发生的那个时代。人物讲的话完全出自他们的内心，出自他们特有的境况，丝毫没有作家本人主观的思想、感情和见解。这才是正确的方法。——对于我们那一类年轻的法国极端浪漫主义作家，我们当然就无法这么赞扬他们了。他们的作品凡是我读过的，无论是诗歌、小说，还是戏剧，都带着作者个人的色彩，从来不会让我忘记这是一个巴黎人或者是一个法国人写的；甚至在处理外国题材时，他们也总是停留在法国和巴黎，完全受一时的愿望、需要、内心矛盾和骚动情绪所束缚。"

---

1 1827年梅里美隐名发表诗歌《居士拉》，模仿伊利里亚也，就是塞尔维亚民歌形式。

我试探着插嘴说："贝朗瑞说的也只是那个大都会的状况和他自己的内心感受。"

　　歌德回答说："贝朗瑞也是一个其描述的事情和内心的感受都有一些价值的人。他身上具有一个重要人物的素养和内涵。他是一个天资绝对聪颖的人，稳重坚定，自强自立，从容平和，从来不问诸如：什么是合乎时宜的？什么是有影响的？什么讨人喜欢？别人在干什么以便自己去效仿他们？他总是从自己原本的天性出发我行我素，不操心读者或是某个党派期待什么。他在一些危机四伏的时期当然也倾听过人民的声音、愿望和需求；但是，这只会使他更加坚定，因为人民告诉他，他的内心感受和人民的内心感受是不矛盾的，他们从来不诱使他说那些不是发自肺腑的话。

　　"你知道，总体上我不喜欢所谓的政治诗歌，但贝朗瑞写的政治诗歌我是喜欢的。他的政治诗都不是凭空捏造，都不是仅仅出于想象或是虚构的需要，他从不无的放矢；相反，他的主题永远十分明确，永远具有重要意义。他爱戴和敬佩拿破仑，追念在其领导下发生的那些伟大战役，而且这些追念正是在这个时候对于有点沮丧的法国人来说是一种安慰；此外，他痛恨僧侣统治，痛恨伴随耶稣会教士眼看着就要重新闯入的那个黑暗时代：因为这些事物确实是我们不能拒绝给予完全赞同的。——而他每次对这些事物的加工处理都是多么精彩啊！他在表现这个题材之前，要在内心怎么样地翻来覆去地琢磨啊！当一切都酝酿成熟之后，他接下来的哪一步没有在显示风趣、智慧、幽默和揶揄、真诚、质朴和挺秀呢！他的诗歌年年都会使上百万人快乐起来；这些诗也是绝对适合给劳工阶级唱的，因为它们大大超越寻常水平，使得人们在与这些优美的心灵打交道时养成自己也不得不用较好的、较为高尚的方式思考的习惯。这还不够吗？对于一个诗人来说还有比这更好的称赞吗？"

　　我回答说："毫无疑问，贝朗瑞很优秀。你本人知道，多年以来我是多么喜爱他；你也可以想象，听你这么谈论他我心情多么高兴。不过，要是让我说我更喜爱他的哪一类诗歌的话，那么，我比较喜爱的是他的爱情诗而不是政治诗，因为我不能总是把那些政治诗歌的专门包装和影射弄清楚。"

　　歌德回答说："这是你的原因，那些政治诗根本不是为你写的；但是你问一问法国人，他们会告诉你那些诗好在哪里。总而言之，一首政治诗在最好的情况下总是只被看作是一个单独的民族的喉舌，而在大多数情况下，只是被看作某一个党派的喉舌。不过，如果是一首好诗，无论这个民族还是这个党派都会欣喜若狂地把它捉住。但是，一首政治诗永远只能被看作是某种时代形势的产物，时代形势当然都要过去的，其后，这首诗在题材方面的价值也随之被夺走。——此外，贝朗瑞很幸运！巴黎就是法国，他的伟大祖国的全部重要旨趣都集中在首都，都在首都获得它们真正的生命和真正的反响。而且，他的大部分政治诗都绝不可被看作仅仅是某一个别党派的喉舌；相反，他所抵制的事物绝大部分是全民族普遍关注的，所以这位作家的诗几乎总是被人们当作伟大的人民的声音倾听。这在我们德国是办不到的。我们没有一个城市，甚至没有一个邦国让我们能够断然相告：这里是德国。如果我们在维也纳问这个问题，回答是：这里是奥地利！如果在柏林，回答便是：这里是普鲁士！仅仅在十六年前，当我们最终想要摆脱法国人的时候，那时才到处都是德国；在这里，一位写政治诗歌的作家可能会广泛地发挥作用。然而不需要他了。普遍的贫困和普遍的屈辱感作为一种超自然的力量向这个民族袭来，作家能够点燃的煽情之火已经在各处自发地燃烧起来。不过，我不想否认阿恩特、克尔纳和吕克特都曾经产生过一些影响。"[1]

我有点冒失地说："人们责备你，说你在那个伟大的时代没有也拿起武器来，或者至少是没有以作家的身份参加到战争中去。"[2]

歌德回答说："我的好朋友，我们不谈这个吧！这是一个荒谬的世界，它不知所求，我们让它自说自便吧。我没有仇恨怎么可能去拿起武器！我已经不再年轻怎么能恨得起来！如果我作为一个二十岁的人遇上那次事件，我肯定不是最后一个参战的人；可是我那时已经六十开外了。

1　阿恩特（Ernst Moritz Arndt，1769—1860）、克尔纳（Theodor Körner，1791—1813）和吕克特都是参加反对拿破仑的解放战争的诗人。

2　1813年至1814年在德国展开了声势浩大的反对拿破仑占领的民族解放战争，许多作家，特别是青年作家都以各种形式参加了这场战争。而歌德对这场战争的态度不仅冷淡甚至反对，再加之他一向尊重拿破仑，这样就引起了人们对他产生误解、愤怒和仇视，在文学界反对歌德一时成为一种时髦。

"而且，我们大家也不可能都以同样的方式为祖国效劳，每个人只能根据自己的天赋鞠躬尽力。我艰苦奋斗了半个世纪，可以说，大自然给我规定的日常工作我都夜以继日地完成，从不歇息，从不给自己一点休养时间，而是不停地努力，不停地研究，尽可能多做而且做好。如果每一个人都能够这么说自己的话，那么，大家的情况就都会不错的。"

　　我用安慰的口气回答说："其实你不必因那种责备生气；相反，你应该为此感到骄傲。因为这只能说明，舆论对你的评价如此之高，使得他们那些人要求你这个对自己的民族文化贡献比任何人都多的人，总归应该什么都能够做到。"

　　歌德回答说："我不愿意说出我是怎么想的。那些流言蜚语背后所隐藏的对我的恶意比你知道的要多。我感觉这是人们多年来用以迫害我，试图暗中对付我的那种旧仇恨的一种新的形式。我很清楚，我是许多人的眼中钉，他们恨不得要把我拔掉；他们因为动不了我的才能，于是就想来搅和我的品格。一会儿说我骄傲，一会儿说我自私，一会儿说我对年轻有为的作家充满嫉妒，一会儿说我沉溺于肉欲，一会儿说我不信仰基督教，现在又说我不爱我的祖国和我们可爱的德意志人。——你认识我已经多年，对我十分熟悉，你会感觉到这些流言蜚语意味着什么。但是，如果你想了解我所遭受的痛苦，请你读一读我的《赠辞》[1]吧，从我的回击中你将清楚，那些人是如何轮番上阵力图

1　由席勒创办的《季节女神》，在他与歌德结成友谊联盟之后成了他们实现共同理想的媒介。他们俩计划在这份刊物上探讨除宗教和政治以外的所有重大问题，以提高德国的文化水平，使政治上分裂的德国成为一个文化上统一的大国。但是，事与愿违，这份杂志出版后不仅读者寥寥无几，还招来了各方面的批判和攻击，到1797年不得不停刊。面对这种形势，歌德与席勒认为，不能退却，只能进攻。一个偶然的机会，歌德读到一位古罗马诗人写的名为"赠辞"的短诗，专门嘲讽各种社会恶习。歌德觉得，写这样的"赠辞"能有力地打击他与席勒的反对者，建议两人合作写这种讽刺短诗。席勒欣然接受了歌德的建议，并且认为讽刺的对象应包括文学界所有的庸人和蠢材。这样，1795年年底一场所谓的"赠辞之战"就拉开了序幕，到1796年1月他们就写出了近二十首"赠辞"，原计划出书，后来刊登在1797年的《艺术年鉴》上。这样的"赠辞"总共有大约几百首，很大一部分根本分不清作者究竟是歌德还是席勒，甚至连他们自己也分不清都是谁写的，因为他们常常是一个人出思想，一个人写词句；一个人写正文，一个人加标题；一个人写初稿，一个人修改补充。

使我愤世嫉俗的。

"这就是一个德国作家，一个德意志殉道者啊！——确实是这样，我的好朋友，你会有同感的。而我本人也几乎无所抱怨。其他人的情况并不比我好，大部分人过得甚至比我还差。在英国和法国，情况和在我们德国完全一样。莫里哀吃过多少苦头，卢梭和伏尔泰什么苦难没有遭遇过！拜伦被那些利嘴毒舌的人赶出了英国，要不是死神早早地让他免除市侩们的仇恨，他最后可能就得逃到天涯海角去。

"如果只是心胸狭窄的大众迫害才情较高的人，那也算罢了！还不止于此，有天赋有才能的人之间还要互相倾轧。普拉滕恶意招惹海涅，海涅恶意招惹普拉滕[1]，谁都企图把对方弄成既低劣又可恶的人。不过，因为这个世界博大而广阔，还是足以能够让人平平静静地生活与工作的，况且，每个人自身的才能就已经是一个给他制造太多麻烦的对手。

"坐在房间里写战争歌曲！——这可能会是我参战的方式！——走出露宿营地，夜间听敌方前线上战马嘶鸣，那我也可以忍受！但这不是我的生活，不是我的职责，而是特奥多尔·克尔纳的。他也完全适合写战争歌曲。[2]可是我生性不好战，不喜欢战争，倘若我写了战争歌曲，那也是一副假面具，与我很不相称。

"我写作从不矫揉造作。凡是我没有经历过，没有感到燃眉之急或是感到苦恼的事情，我就不写也不会说出来。我写爱情诗，只是在我恋爱的时候。我没有仇恨，怎么能写出表达仇恨的诗歌呢！而且，跟你私下里说，我

---

1 普拉滕跟海涅以及伊默曼的文学论战是19世纪20年代至30年代德国文坛一件颇具轰动性的大事，已经年迈的歌德甚至也卷入其中。事情的起因是，1828年海涅在他的《游记》第二卷中引用了好友伊默曼的一首讽刺短诗，诗中作者表达了对当时成为文学时尚的所谓"东方诗体"的不满。普拉滕认为这是针对他的阿拉伯—波斯诗体，他不能忍受对他的攻击，决定反击。他选定伊默曼的《梯格儿悲剧》作为攻击对象，写出了《浪漫的俄狄浦斯》（1829），对伊默曼和海涅进行人身攻击。伊默曼和海涅不甘示弱，继续攻击普拉滕。

2 反拿破仑的解放战争期间，一批青年作家既拿枪也拿笔参加战斗，出现了所谓的"解放战争文学"，其中最著名同时也是影响最大的作家是特奥多尔·克尔纳。他作为战地诗人写下了许多洋溢着爱国主义激情的诗篇，在军营和民间广泛流传。尤其是他写的《吕措军团勇猛剿猎》由韦伯谱曲后成为德国热血青年最喜欢咏唱的歌曲。

并不恨法国人，尽管我感谢上帝让我们摆脱了他们的统治。对我来说，只有文明和野蛮这两件事情是重要的，法国人是世界上最有文化修养的民族之一，我本人的文化修养大部分要归功于法国人，对这样一个民族我怎么恨得起来呢！"

歌德接着说："总而言之，民族仇恨是一件奇怪的事情，你会发现在文明发展最低的阶段，民族仇恨最强烈。但会有一个阶段，民族仇恨将完全消失，人们在一定程度上超越民族，认为邻国人民的福与痛仿佛就是自己遇到的福与痛。这个文明发展阶段符合我的本性，我在六十岁之前就早已坚定地站在这个文明发展阶段上面了。"

1830年3月15日，星期一

（歌德为耶拿大学做贡献）

晚上在歌德那里待了一会儿。他谈了许多耶拿以及他在耶拿大学各个部门所做的安排和改进。他说化学、植物学和矿物学在过去只作为药剂学的一部分讲授，后来他给这几个学科设立了单独的教授席位；这首先对自然科学博物馆和他的图书馆很有益处。

与此同时他还洋洋自得地、兴致勃勃地给我讲了他强行占领紧挨着图书馆的一座大厅的故事，这座大厅原本由医学院占用，他们不愿意交出来。

他说："图书馆的状况很糟糕，那个地方潮湿狭窄，远不是存放图书珍品的合适之处，特别是由于大公买下了比特纳的图书馆就又给这个图书馆增添了一万三千册书籍。[1]如前面所说，因为没有空地方让这些书籍各就各位，所以只好把它们大堆大堆地乱放在地上。因此，我确实有些着急。本该再建一座新的图书馆，但缺乏资金；不建新的图书馆也是完全可以的，因为紧挨着图书馆的那些工作房间有一座空着的大厅，这座大厅很合适，完全能够非常

---

[1] 1784年卡尔·奥古斯特就已经买下了著名学者比特纳（Christian Willhelm Büttner，1716—1801）的一万三千册图书，1801年比特纳死后，这批图书由歌德领导的大公图书馆接管。

漂亮地满足我们的一切需要。但这座大厅不归图书馆所有，而是供医学院学生有时用来上讨论课的。我于是去找那些先生，非常有礼貌地请求他们把这座大厅让给图书馆。可是他们不予以通融。他们说万不得已时他们愿意让步，但条件是我必须为他们新建一座用于上讨论课的大厅，并且马上就建。我回答他们说，我很愿意为他们安排另外一个地方，但不能承诺马上建一座新的大厅。那些先生似乎并不满意我的这个答复；因为第二天上午我派人去问他们要钥匙的时候，回答是：钥匙找不到了。

"没有别的办法，只好强行占领。我叫人找来一个泥瓦工，把他带到图书馆里与那座大厅邻接的那堵墙的前面。我说：'朋友，这堵墙肯定很厚，它把这一套房子分成了两个不同部分。你试一试，看它有多结实。'那个泥瓦工开始动手；他刚刚使劲地凿了五六下，石灰和砖头就掉了下来，透过墙上出现的裂缝能看见一些令人敬畏的老学究肖像的光影，它们是用来装饰这座大厅的。我说：'朋友，继续往下凿，我觉得光线还不够亮。不要拘束，就像在你自己家里一样。'在我的热情鼓励下，这位泥瓦工大刀阔斧，使那道裂缝很快就大得完全可以当门使用了。紧接着，我的图书馆管理人员挤进大厅，每个人都抱着一满怀的书，把它们扔到地上作为占领的标记。顷刻间，长凳、椅子、斜面桌全部消失，我忠实可靠的工作人员行动敏捷迅速，不几天的工夫所有的书籍全部上架，都整整齐齐地靠着墙摆放完毕。此后不久，医学系的学生大人们成群结队地由他们惯常走的门进入大厅，发现里面有如此巨大而突如其来的变化，大家都惊呆了。他们不知道该说什么，又都悄悄地退了回去；但是，他们对我暗中怀恨在心。不过，每当我看见他们个别的人，特别是每当我请他们当中这个或那个人来家中吃饭的时候，他们都是那么喜人，都是我非常可爱的朋友。我把这次恶作剧的全过程告诉了大公，他听后感觉非常好玩儿；当然这一切都是在他的默许和完全赞同的情况下进行的。后来，我们每每说起此事都会开怀大笑。"

歌德心情愉快，回忆起这些往事感到很高兴。他接着说："不过，我的朋友，为了使好事得以贯彻实施我曾经煞费苦心。后来，因为图书馆太潮湿，我想让人把那座完全废弃的旧城墙上那一块有危害的部分拆除并且清理干净时，我的遭遇又跟上次一样。没有人倾听我的恳求和我的那些好的理由和合理的设想。别无选择，我最终还是得采取强行占领的措施。当市政当局的老爷们看见我的工人在旧城墙下准备动手时，他们派代表去见当时正在多恩堡的大公，毕恭毕敬地请求殿下大人赏脸，下令禁止我强行拆毁他们那座令人敬畏的旧城墙。而大公本是暗中授权我采取这一步骤的，所以回答得很聪明：'我不干预歌德的事务，他知道自己该做什么，并且能判断怎么才能把事情做好。你们要是有胆量的话，就去找他，把你们的要求告诉他本人！'"

歌德笑着补充说："然而，没有人在我这里露过面，我继续让人拆那座碍事的旧城墙，我高兴的是，看到我的图书馆终于干爽了。"

1830年3月17日，星期三［19日，星期五］*

（谈席勒的剧本，边沁的激进，财富是怎么得来的，驳布里斯托尔对《维特》的诋毁，书籍的教育作用有限）

晚上在歌德那里待了一两个小时。我受大公夫人委托把《有个性的伽马》（*Gemma von Art*）[1] 还给了他，并且向他表达了我所想到的有关这部剧本的一切长处。他回答说："如果有一些构想新颖、作者特征明显的作品问世，我总是高兴的。"他用双手拿起这本书，从侧面稍微看一下，然后补充说："我一向不喜欢看到一位戏剧作家把剧本写得太长，以致无法按照他所写的原样发表。这一欠缺会把我本应感受到的快乐夺走一半。你就看一看，《有个性的伽马》是一本多么厚的书吧。"

我回答说："席勒写的剧本并不好多少，可他却是一位非常伟大的戏剧作家。"

歌德回答说："他在这方面当然是有欠缺的，特别是他集中在青年时代写的那些最初的剧本，都是长得没完没了。他心里想得太多，要说的话也太多，

---

1 《有个性的伽马》的作者是瑞士民间作家博恩豪泽（Thomas Bornhauser，1799—1856）。

他控制不住自己。后来，当他意识到这个错误的时候，不知花了多少精力，试图通过学习和工作克服它，但从来没有真正成功过。恰当地把握题材，与其保持着距离，把精力只集中在绝对必要的事物上，这当然要求一个文学巨匠要有魄力，这要比我们想象的困难。"

仆人报告内廷参事里默尔已到，他走了进来。我准备离开，因为我知道，歌德通常在今天晚上要和里默尔一起工作。可是歌德请我留下来；我于是很高兴地留了下来，因而我就成了歌德的那种充满自负、幽默和狡猾情趣的闲聊的见证人。

歌德开始说："索默灵[1]刚刚七十五岁就病死了。人都是窝囊废，他们没有勇气再多坚持一些时候！我要称赞我的朋友边沁这个极其彻底的傻瓜；他的状态良好，而且比我还年长几个星期。"

我回答说："我可以补充一句，在另外一点上他也同你一样，即他仍然完全像青年时期一样在工作。"

歌德回答说："可能吧。不过我们俩是处于一根链条上相反的两端：他要拆毁，我要保持和建造。他到这把年纪还如此激进，真是疯狂到极点。"

我反驳说："我想，我们必须将两种极端主义区别开来，一种是为了未来进行建造，事先要扫清道路，因而把一切都拆毁，而另一种则是满足于指出市政当局的薄弱部分和错误，希望不用强制手段就能收到好的结果。你要是出生在英国，肯定逃不脱后面这一种极端主义的。"

歌德完全用梅菲斯特的表情和声调回答说："你把我看成什么啦？我应该去侦查那些滥用职权的行为，而且把它们揭露出来并一一查明，难道我这个人在英国要靠揭露滥用职权活着吗？我要是出生在英国，我会是一位富有的公爵，更可能是一位年收入三万英镑的教会主教。"

我回答说："说得很好！但是，你也许没有中头彩，而是抽了一个空签呢？空签太多太多了。"

歌德回答说："我的最最亲爱的，不是每个人都是为头彩而生的。难道你

1　索默灵（Samuel Thomas Sömmering，1755—1830），法兰克福的心理学家、解剖学家。

以为我会干那种跌倒在空签上的蠢事？——我会首先抓住那三十九项条款部分，全方位捍卫它们，尤其是条款九，这是我特别关注并且含情脉脉地献身的对象。[1]我会用韵文体和散文体作品招摇撞骗，一直写到够我拿年收入三万英镑为止。一旦达到这一高度，我便会不遗余力地保持这种良好状态。特别是，我会千方百计地使愚昧尽可能更加不明事理。噢耶，我把那些无辜的头脑简单的大众怎么溺爱成这个样子，把那些可爱的少年学生怎么修理成这个样子，以致没有人察觉，甚至都没有勇气敢说，我的辉煌处境是建立在最有害的滥用职权的基础之上的！"

我语气肯定地回答说："不过你是通过卓越的才能达到这种高度的，这让人想到你的时候至少会感到安慰。在英国则往往正是那些最愚蠢、最无能之辈享用最高贵的世俗财富，他们享用这些财富绝不是基于自己的功绩，而是基于庇护、巧合，尤其是出身门第。"

歌德回答说："世界上那些五光十色的财富是自己掠夺来的还是继承的，其实都一样。但是，最初占有这批财富的人肯定都是有突出才能的人，他们利用了别人的无知和虚弱。——满世界的弱智和傻瓜，他们无须去疯人院寻找。说到这里我突然想起，已故大公知道我对疯人院反感，曾经费尽心机连蒙带骗地把我领进一所疯人院。但我十分及时地察觉到情况不妙，便告诉他，我丝毫不觉得需要去看一看那些被关起来的傻子，对于那些四处乱跑的傻子我就更是完全无法忍受了。我说：'殿下，如果非这么做不可的话，我愿意跟着你进地狱，但就是不能去疯人院。'噢耶，用我的方式处理那三十九项条款，让头脑简单的大众惊异，对于我来说，这是一件多么好玩儿的事情啊！"

我说："不当主教，你也能获得这种娱乐的。"

歌德回答说："不，我会感到不安；撒这样的谎，要支付很高代价的。没有希望戴上主教冠，不能指望年收入三万英镑，我干吗要这么做。此外，我在这个领域一度小试锋芒。那时我还是一个十六岁的小男孩，写了一首关于基督下地狱的激情颂歌，甚至都付印了，但没有人知道，几天前我才又偶然

1　"三十九项条款"是英国议会于1571年承认的英国圣公会的教义，其中第九条是承认原罪的条款。

发现了它。诗中充满传统偏见，我将把它作为堂而皇之的升天护照。对吗，里默尔，你读过这首诗吗？"

里默尔回答说："没有，阁下，我没读过这首诗。不过，我记得在我来到这里后的第一年你得了重病，说胡话时突然背诵起关于同一个题材的美极了的诗句。这无疑是你对少年时写的那首诗的记忆吧。"

歌德说："这种情况是很有可能的。我知道一个例子，一位来自社会底层的老人，他在奄奄一息的时候突然背诵起非常美妙的希腊格言警句来。人们坚信不疑这位老人一句希腊文都不懂，因此大喊万万没有想到，倒是那些机灵的人已经开始要从愚氓们的轻信中找出了些好处，他们不幸地发现，那位老人少年时曾经被迫学习各种各样的希腊格言警句，而且要给一个出身上层家庭的小男孩当面背诵，人们力求通过他的例子激励那个小男孩。他学的是那种真正古典的希腊文，完全是死记硬背的，并不懂得，而且五十年前开始就再也不去想它了，直到在他最后一次生病的时候那些没用的语句终于又突然开始涌动并且活跃起来。"

歌德随后用同样的恶言恶语和冷嘲热讽转回到英国高级僧侣领巨额薪水的话题上，还讲了他与德比的主教洛德·布里斯托尔的那次较量。[1]

歌德说："洛德·布里斯托尔经耶拿来到这里，希望与我认识并且让我找一个晚上去拜访他。他喜欢时而粗鲁一点，以此炫耀自己。但是，如果我们同样这么粗鲁地回敬他，他还是相当好对付的。我们谈话过程中，他想针对《维特》训诫我、指责我，说我通过《维特》唆使人们去自杀。他说：'《维特》是一本完全不道德的，应该诅咒的书。'——我大声喊：'停住！如果你这么说可怜的《维特》，那么，你用什么调门儿去说世界上那些大人物，他们为唯一一场战役就要把十万人送上战场，其中八万人要么死掉，要么互相烧杀劫掠。在这样骇人听闻的暴行过后，你们却感谢上帝，并且合唱感恩赞美的歌曲！还有，如果你通过布道吓唬你教区里那些心灵懦弱的人，告诉他们被

---

1 洛德·布里斯托尔（Lord Bristol，1730—1803），德比的主教，根据歌德的日记记载，这次拜访是在1797年。

惩罚打入地狱是多么恐怖，致使他们失去理智，最后在一所疯人院结束惨淡的一生！或者，如果你通过你的一些传统的、在理性面前站不住脚的教条把有害的可疑的种子播撒在你的信仰基督教的听众的心田，致使他们迷失在一座迷宫之中，再也走不出来，只能死在那里！那么，你对自己说什么，你如何训斥自己呢？而你现在却要追究一位作家的责任，还要诅咒一部作品，而这部作品由于一些头脑狭隘的人的错误解读，让世界至多也就摆脱掉了几十个干不出一点好事，只能把它那一点点微弱的余光完全吹灭的笨蛋和废物！我以为，自己给人类帮了一个大忙，理应得到他们的感谢，现在你出来要把我的这一小小的、端正的战斗行为变成犯罪，而你们其他的人，你们的牧师们和诸侯们，则可以大干特干，恣意妄为！'

"对我的主教发动的这一攻势，效果极佳。他变得如同绵羊一般温顺，从现在起，他在我们后面的谈话过程中对我的态度很是彬彬有礼，言谈举止十分得体。之后我和他一起度过了一个很友好的晚上。因为，洛德·布里斯托尔不管多么粗鲁，但他是一个有思想、有视野的人，完全有能力深入探讨各种极为不同类型的题目。临别时，他陪我到门前，然后让他的一位文职僧侣继续护送我。当我们一起来到街上的时候，他从后面对着我大喊：'哦，冯·歌德先生，你谈得太好啦，你让洛德太喜欢你啦，你善于发现走进他内心的秘密。如果你不是这么坚决果断地粗暴行事，你在这次拜访后肯定不会像现在这样满意地回家去。'"

我补充说："你为了你的《维特》什么都忍受过了。你同洛德·布里斯托尔的这次较量让我想起你与拿破仑关于这个题目的谈话。塔列朗[1]是不是也在场？"

歌德回答说："他在场。不过，我对拿破仑没有可抱怨的。他对我极其和蔼亲切，像他这样一位伟大的天才指责这个题材是在预料之中的。"

话题从《维特》转到一般的小说和戏剧作品以及它们对受众起着道德教

---

1 塔列朗公爵（Herzog Charles Maurice Talleyrand-Perigord，1754—1838），法国官员，维也纳会议上的法兰西代表，歌德称他为"世纪第一外交官"。他在他的回忆录中记载了拿破仑同歌德的谈话。

育的作用抑或是伤风败俗的作用上面。歌德说："假使一本书比让我们每天都要耳闻目睹大量骇人听闻场景的生活本身起着更为伤风败俗的作用的话，那情况就非常糟糕了。即使一本书或者一部剧本影响了小孩子，我们也绝对不需要因此愁眉苦脸。老实说，每天每日的生活比最有影响力的书起的作用更大。"

我说："不过，还是要注意不要当着孩子的面说那些我们认为不宜让他们听的事情。"

歌德回答说："可敬可佩，我本人就是这么做的；但我认为这种谨慎小心根本没用。小孩子像狗一样，有很尖锐灵敏的嗅觉，他们什么都能发现，什么都能挑出来，主要是对其他的人不利。他们也总是知道得很清楚这个或那个家中常客与他们父母的关系，因为他们通常还是不会装假的，所以可以给我们当最好的晴雨表，从他们身上察觉你们家的人对我们满意还是不满意的程度。

"很久以前，社会上有人说了我的坏话，我觉得这件事很重要，于是就总是惦记着想知道这一打击来自何处。一般说来这里的人对我的态度都非常友善；我想来想去，怎么也想不出那些恶意的话语可能是谁说的。突然间，我明白了。因为，有一天我在街上遇见几个我的熟人的小男孩，他们没有像往常那样跟我打招呼。我忍无可忍，于是跟踪他们的足迹很快就发现他们亲爱的父母正在恶意地吐着舌头以示对我的蔑视。"

1830年3月29日，星期一*

（儿童文学作家坎佩）

晚间，在歌德那里待了一会儿。他看上去很安详快活，心情十分平和。我看见他的孙子沃尔夫和他的知心朋友卡罗利妮·埃格洛夫施泰因伯爵夫人围在他身旁。沃尔夫总是给他亲爱的祖父捣乱，在他身上爬来爬去，一会儿坐在这边肩上，一会儿坐在那边肩上。不管十岁男孩的重量对于他这个年龄的老人来说有多么不舒服，可他一切都能忍受并且疼爱有加。伯爵夫人说：
"亲爱的沃尔夫，不要把你慈祥的祖父折腾得这么厉害吧！托着你那么重的分
量，他肯定会很累很累的。"——沃尔夫回答说："这不用你说，我们马上去睡
觉，然后祖父就有时间又从疲劳中完全恢复过来了。"——歌德开始发言："你
看，爱总是有一点不礼貌的性质。"

话题转向坎佩[1]和他的儿童文学著作。歌德说："我一生当中与坎佩只会
见过两次，期间相隔四十年，我第二次见到他是在卡尔浴场。当时我发现他
老态龙钟，干瘪消瘦，古板，谨小慎微。他一生只为儿童写作；而我相反，
一点都不喜欢孩子，甚至连二十岁的大孩子都不喜欢。还有，他不能容忍我，
我是他的眼中钉、绊脚石，他想方设法避开我。然而，有一天命运完全出乎
意料地把我带到他的身旁，他只好对我说几句话。他说：'本人对您的才能敬
佩之至！您在许多学科都达到了惊人的高度。可是您看，这都是一些与我毫
不相干的，其他人重视而我根本不重视的事情。'对于这种不够礼貌的坦率我
并不生气；相反，我对他说了各种各样亲善友好的话。事实上，我是很器重
坎佩的。他对孩子们的帮助令人难以置信；他是孩子们的快乐，也可以说是
孩子们的福音。他的两个还是三个恐怖故事，不仅写作时就技巧不熟练，而
且还把它们纳入了为孩子们编的集子里，只是因为这个原因，我才感觉应该
责备他几句。为什么要把这样一些恐怖的印象加进孩子们快乐的、活泼的、
天真无邪的梦幻里，完全没有这个必要！"

1830年4月5日，星期一

（关于戴眼镜，人的谦虚和自负，杂志《混沌》，贝希托尔斯海姆夫人的诗）

众所周知，歌德不喜欢眼镜。

他一有机会就对我说："这可能是我的一个怪癖，但我就是克服不掉它。

1　坎佩（Joachim Heinrich Campe，1746—1818），德国儿童文学作家，致力于语言的纯洁性，歌德在
《赠辞》中嘲讽他太夸张过分。

当一个陌生人鼻子上架着眼镜进屋来找我时，我马上就会情不自禁地感到败兴。我很不自在，我的盛情美意的一大部分被立刻预先夺走，我的思想被糟蹋，我再也不能无拘无束地、自然大方地舒展自己的内心世界。我总有来者不怀好意的印象，好像一个陌生人第一次问候我时就要骂人似的。多年来，我曾经在送交付印的作品中表达过对于眼镜的厌恶，现在这种感觉比先前更加强烈。如果有一个戴眼镜的陌生人走过来，我马上就会想：他没有读过我最近写的诗，这已经是他的一点损失；或者他读过了，了解你的特点，但不屑一顾——这就更糟糕了。唯有一个戴眼镜的人不让我讨厌，这就是策尔特；其他所有戴眼镜的人我都讨厌。我总觉得我似乎成了这些陌生人仔细研究的对象，他们好像要通过武装起来的目光穿透我最隐蔽的内心世界，洞察我这张老脸上的每一道细微的皱纹。可是，在他们试图以此方式认识我的同时，却妨害了我们之间全部公正的平等关系，因为他们阻止我作为给我的补偿也去认识他们。一个人说话时我不能面对他的眼睛，他灵魂的镜子是用两片让你眼花的玻璃片掩盖着，试问，我能了解这个人什么！"

我回答说："听人说，戴眼镜能使人变得自负，因为眼镜可以把人提升到一个觉得自己远远超然于天生的能力之上的完美的感性阶段，这种错觉在他们身上潜移默化，最后他们以为这种人为的高度就是自己与生俱来的能力。"

歌德回答说："这个说法听着很顺耳，好像是出自一位博物学家之口。可是仔细看一下，它是站不住脚的。因为果真是这样的话，那么所有的盲人就都是谦谦君子，而所有视力好的有天赋的人都是狂妄自负的。但情况完全不是这样；相反，我们发现，所有智力和体力天生健康的人通常都是最谦虚的人，所有特别是那些没有把智力用到点子上的人反而更加自高自大。看来好像是善良的大自然把自负和狂妄作为起均衡作用的协调和补充手段给所有那些在脑力方面先天不足的人的。

"此外，谦虚和自负都是道德和精神性质的事物，与身体并无多大关系。心胸狭窄和头脑迷糊的人才傲慢自负，而头脑清楚天资也高的人则从来不傲慢自负。后者最多是为自己的力量感到快乐；因为这种力量是真实的，所以这种感觉可能什么都是，就不是傲慢自负。"

我们还闲聊了一些其他的事情，最后也谈到了由冯·歌德夫人领导的魏玛的杂志《混沌》，参与这份杂志工作的不仅有德国本地的先生们和女士们，而且主要还有居住在这里的年轻的英国人、法国人和其他外国人，因此几乎每一期都是欧洲各种最为人们所熟悉的语言的混合体。

歌德说："我女儿的确干得不错，我们必须称赞她，感谢她创办了这份极具独特风格的杂志，并且使我们社交圈内的一些成员始终保持工作兴致，因而使这份杂志得以存在近一年了。当然，这只是外行人的一种业余爱好，我很了解，他们没有出版什么伟大的、经得起时间考验的作品。但有这份杂志总归是好的，它在一定程度上反映了当今我们魏玛社会的思想高度。此外，重要的是，它让我们那些年轻而又经常茫然不知所措的先生和女士有事可做；这份杂志也使他们有了一个精神的中心，这个中心为他们提供讨论和交谈的话题，这也就保护了他们不去散布毫无意义的、恶意中伤的流言蜚语。每一期刊物一出版我就立刻阅读，可以说，总体上我还没遇到过拙劣的东西；相反，有时甚至发现有些文章写得相当不错。例如，冯·贝希托尔斯海姆夫人[1]为大公太夫人辞世写的那首哀歌，你有什么可反对的？难道这不是一首很好的诗？对于这首诗以及对于我们年轻的女士和先生的大多数的诗唯一可以反对的大体是：他们的诗像汁液丰富，催生大量寄生嫩芽儿的树一样，包含太多的思想和感受，他们控制不住，所以不太能够约束自己，不知道何时搁笔为好。冯·贝希托尔斯海姆夫人也碰到了这个问题。为了保持押韵，她添上了另外一个诗行，这一诗行不仅彻底损害了这首诗，在一定程度上甚至把它毁掉。我在原稿中发现了这个错误，所以还能及时删除它。"他笑着补充说："必须积累多年实践经验，而后才能懂得如何删除。席勒在这方面尤为出类拔萃。有一次，我在他编辑《文艺年鉴》时，看见他将一首由二十二个诗节组成的冗长拖沓的诗削减为由七个诗节组成，而且经过这次可怕的大手术作品毫无损失；相反，这七个诗节就包含了那二十二个诗节中的全部好的和有影响力的思想。"

1　冯·贝希托尔斯海姆（Freifrau Julie von Bechtolsheim，1751—1847），爱森纳赫的已故副宰相贝希托尔斯海姆男爵的夫人，歌德的朋友，维兰德的女友。

1830年4月19日［12日］，星期一*

（两位俄国人拜访歌德）

歌德告诉我有两个俄国人今天来家中拜访过他。他说："总体上他们都是挺不错的人，但其中一个对我不礼貌，因为整个会晤期间他没说一句话。进来时默默地鞠了一躬，然后坐在这里一声不吭，半小时后又是默默地一鞠躬，然后告辞。好像他来的目的就是要看一看我，观察一下我。我坐在他们对面，他的目光没有离开过我。我很烦；因此我开始废话连篇，脑子里想到什么说什么。我想，我要把北美洲的合众国作为题目，浮皮潦草地谈谈我知道的和我不知道的那些与我不相干的事情。但这好像很合两位客人的心意，因为他们离开我家的时候看上去没有一点不满意的迹象。"

1830年4月22日，星期四［23日，星期五］*

（歌德期待见到黑格尔的学生亨宁）

在歌德家中吃饭。冯·歌德夫人在座，因此谈话气氛活跃；但谈了什么我不太记得了，或者说什么都不记得了。

吃饭时，一位途经这里的外地人请告知，说他没有时间在此停留，明天一大早就得起程离开。歌德让人告诉他，他很遗憾，今天一个人都未能看见；也许明天中午会有人来。他笑着补充说："我想，这就够了。"但他同时答应他的女儿，他期待由她推荐的年轻的亨宁[1]饭后来访，而且是考虑到他那双应该与他母亲的眼睛相似的褐色的眼睛。

1830年5月12日，星期三*

（谈一尊用青铜制作的摩西雕像）

歌德窗前立着一尊用青铜制作的摩西雕像，这是米开朗琪罗著名原创的

1　亨宁（Henning）大概是柏林哲学家黑格尔的学生亨宁的儿子。

复制品。[1]我觉得与身体的其他部分相比胳膊显得太长、太粗壮，我对歌德坦率地说出了我的这个意见。

歌德兴奋地喊道："可那是两块写着摩西十诫的沉重的牌子啊！难道你以为抬这两块牌子是一件微不足道的小事？此外，难道你以为要指挥和驯服一大批犹太人的水手有两只普普通通的胳膊就够用了吗？"

歌德一边说一边笑，我无法获知，是我说的话真的没有道理，还是他只是拿为他的艺术家辩护开个玩笑。

1830年8月2日［？］，星期一*

（欢呼圣-伊莱尔在与居维叶的辩论中获胜）

七月革命已经开始的消息今天传到魏玛，引起普遍骚动。[2]我下午去歌德那里，他对我大声叫道："说说看，你对这个大事件有什么想法？火山爆发了；熊熊大火正在燃烧，一次秘密谈判为期不远了！"

我回答说："一段可怕的历史！但鉴于这种众所周知的状况和一个这样的政府，我们只能期待事件能以驱逐迄今为止的王室告终。"[3]

歌德回答说："我最亲爱的，我们俩似乎还没有相互理解对方的意思。我说的根本不是那些人，而是一些完全另外的事情。我说的是在科学院公开爆发的，并且对于科学发展极其重要的居维叶与圣-伊莱尔之间的辩论！"[4]

1　歌德大约在1812年拥有这具雕像的复制品。

2　1830年7月27日巴黎民众起义，史称"七月革命"。由于报纸停刊，歌德到8月2日才得知巴黎爆发了革命。1830年9月在德国有些地方的民众受法国七月革命的影响也开始起义，1831年1月哥廷根爆发了大规模民众与大学生骚乱。

3　1830年7月25日查理十世国王颁布敕令，修改出版法，限制新闻出版自由，解散新选出的议会，修改选举法。当天下午，反对派发表声明，拒绝承认解散议会，宣布政府已失去合法性。27日，几千名工人和手工业者走上街头，反对政府的决定。28日黎明，起义开始。查理十世和首相波利尼亚克伯爵拒绝谈判，7月29日起义者控制了巴黎，外省的起义者也取得了胜利。查理十世的王室被驱逐，建立了路易-菲利普王朝，史称"七月王朝"。

4　关于这次争论，请参见第468页注释3。很显然，歌德对自然科学的兴趣远超过对政治的兴趣。

歌德的这番表示让我很意外，我不知道该说什么，在这几分钟之内我感觉自己的思想完全停滞了。

歌德继续说："这件事非常重要，你不能理解我听到7月19日会议这则消息时的感受。现在我们有了圣－伊莱尔这么一个强大的、可持久的同盟者。同时我还看到，法国自然科学界对这个事件极为关注，因为7月19日的会议是在十分糟糕的政治骚动的情况下举行的，尽管如此，大厅里仍然座无虚席。而最为精彩的是，由乔弗利引进的法国综合处理自然的方法如今再不能取消了。这件事是经过科学院三次自由讨论决定的，而且有大量人士在场，现在已经成为公众事务，再不能去找那些秘密委员会，进行秘密封杀和镇压了。从现在起，博物学研究在法国也是由精神主宰，精神驾驭物质。人们把目光投向伟大的上帝创造世界的准则，投向神秘莫测的上帝工厂！如果我们用分析的方法干的仅仅是一些物质部分的事情，如果我们感受不到是饱满的精神规定每一部分的方向，是饱满的精神通过存在于内部的法则管制或者准许每一项超出常规的行为，那么与大自然打的全部交道意义到底何在！

"五十年来我为这项伟大的事业呕心沥血；起初我孤单一人，后来有人支持我，最后我能高兴地雄踞相关的英才们之上。当我把我对颌间骨的第一份观察寄给彼得·坎珀[1]的时候，我完全被冷落，心里十分沮丧。布鲁门巴赫[2]对我同样不好，尽管依据个人交往他是站在我一边的。后来我赢得了一些与我志同道合的人，如索默灵、欧肯、达尔顿、卡鲁斯以及其他同样优秀的人。现在，乔弗利·德·圣－伊莱尔也坚决站在我们一边，跟他在一起的还有他全部法国的知名学子和追随者。对于我来说，这个事件具有完全难以置信的价值。我有理由为我为之奉献一生的事业终于取得普遍性胜利而欢欣鼓舞，尤其是这也完全是我自己的事业。"

1　坎珀（Peter Camper，1722—1789），著名荷兰解剖学家，1784年歌德发现了人与其他动物的颌间骨，并于1785年3月将写成的手稿寄给他。坎珀对歌德的发现不予承认。歌德的论文一直到1820年才正式发表。

2　布鲁门巴赫也是歌德颌间骨理论的反对者，只是后来他才承认颌间骨确实存在。

1830年8月21日,星期六*

(关于提携一个青年人的事)

我向歌德推荐一位很有发展前途的青年人[1]。他答应要为这位青年人做点事情,但对他好像不太信任。

他说:"没有人像我这样为提携有才能的青年人失掉了整整一生的宝贵时间和金钱,而这些人最初都是让人抱以极大希望的,可是到头来竟一事无成,这大概是因为他们在这方面工作的热情和兴趣逐渐消逝。现在轮到你们年轻人扶植后辈了,来接任我的角色。"

在歌德说这番话的时候,我用许下迷惑人的诺言的青春与有两次花期却不结果实的树木加以比较。

1830年10月13日,星期三*

(歌德如何训练记忆力)

歌德把一些表格拿给我看,里面有他用拉丁文和德文写的许多植物的名称,为的是能熟记它们。他告诉我,他曾经有一个房间,全是用表格裱糊的,他在里面边在墙前走来走去,边工作和学习。他补充说:"后来把墙刷白了,我觉得很可惜。我还有另外一个房间,墙上写满了对我多年来的作品按时间顺序所做的摘记,而且我总是把最新作品再补充上去。可惜这个房间也给粉刷了,我感到非常惋惜,因为正是现在它对我十分有用。"

1830年10月20日,星期三*

(何为圣西门主义者,与歌德辩论如何为大众谋福祉)

在歌德那里待了一小会儿,受大公夫人委托为一枚银质的纹章盾与他商

1　这个青年人名叫埃特米勒(Ernst Moritz Ludwig Ettmüller,1802—1877),日耳曼语文学者,1830年在耶拿大学获得教授资格。

议，王储要把这枚纹章盾奉赠给这里的弩弓射击协会，他是这个协会的成员。

我们的谈话很快就转到其他事情上，歌德请我告诉他我对圣西门主义者[1]的看法。

我回答说："他们理论研究的主要方向好像就是：作为个人福祉的必要条件是，人人都为整体的福祉而工作。"

歌德回答说："我则以为，人人必须从自己做起，先有个人的福祉，最后整体的福祉自然水到渠成。此外，我觉得他们的那套理论完全不切实际，是不可能实现的。它与一切自然的、一切经验的和几千年来事物的一切运行进程相悖。如果每一个人都能作为个人尽职尽责，在他职务的范围内恪守本分、勤奋工作，那么整体就会繁荣兴旺。我作为职业作家从来不问：广大群众要的是什么？我怎么做对整体有利？而是一直努力使自己更明达事理，有所进步，提升自己人格的内涵，永远只说自己认识到的好事和真事。毋庸置疑，这一点的确在大范围内起了有益作用；但这不是目的，而完全是必然的结果，正如所有自然力的作用都有这样的结果一样。假如我作为作家把大量群众的愿望作为自己的目标，并且努力去满足它们的话，那么我就得像已故科策布那样给他们讲一些趣闻逸事糊弄他们。"

我回答说："对此无可非议。但是，福祉不仅仅只有我作为单独的个人所享受的那一种，还有我作为国家公民和一个大集体的成员所享受的那一种。如果我们不把为全民获得最大限度的福祉作为原则的话，那么立法以什么样的基础为出发点！"

歌德回答说："如果你要拿立法说事，我当然没有任何理由反对。不过，这样的话能使用你的原则的人选就很少了。因为你的原则只是给诸侯和立法者开的药方；我虽然也觉得法律更应该致力于减少大众的痛苦，而不是妄自尊大想要给大众引来幸福。"

我反驳说："两者结果很可能都一样。譬如，在我看来道路不好是很糟糕

1　"圣西门主义者"系指赞同、支持并实践法国哲学家圣西门（Saint-Simon，1760—1825）主张的空想社会主义思想的人。

的，可是，如果一位君主能在他的国家把道路直至最后一个村庄都修好，这就不仅仅消除了一个大弊端，同时还为百姓谋得了极大的福利。此外，司法机构工作效率低也是一大灾难。如果一位君主能通过对诉讼程序要公开并以口头方式进行的规定给百姓提供快捷的司法服务的话，那么就不仅仅再一次消除了一个大的弊端，而且还再一次收获了极大的福利。"

歌德插话说："我想跟你完全唱反调。有一些弊端我们可以放一放，不必都点出来，以便给人类今后发挥他们的力量留有余地。我的主要理论暂且是这样的：父亲负责管理他的家，工匠负责照料他的顾客，僧人负责引进博爱，而警察不要干扰快乐！"

─ 1831年 ─

1831年1月4日，星期二*

（谈瑞士画家特普费尔的漫画小说《浮士德博士的冒险故事》）

我和歌德一起翻阅我的日内瓦朋友特普费尔[1]的几本素描，他作为作家和造型艺术家均有同样高度才能，但至今好像更喜欢通过看得见的形象表达自己活生生的思想观点，而不是通过粗浅草率的言辞。那本含有娱乐性的《浮士德博士的冒险故事》（*Abenteuer des Doktor Festus*）的钢笔素描给人的印象完全是一本滑稽小说，歌德特别喜欢。他一页接着一页地翻看，不时大声叫喊："真的太棒了！处处闪烁天赋和智慧的光辉！有几张画完全不可逾越！如果他将来选择一个不那么浅薄的题目，并且再细心一点，他可以把事情做到极致。"

我说："人们把他与拉伯雷[2]比较，并且指责他是在模仿拉伯雷，借用了拉伯雷的思想。"

歌德回答说："这些人不知道自己要的是什么，我丝毫没有发现这一类问

---

1 特普费尔（Rudolf Töpffer，1799—1846），瑞士画家、幽默小说作家，作品有漫画小说《浮士德博士的冒险故事》。

2 拉伯雷（Rabelais Francois，1494—1553），法国僧侣、医生，《巨人传》，即两部讽刺小说《巨人卡冈都亚之子，狄波莎德王，十分有名的庞大固埃的可怖而骇人听闻的事迹与勋业记》（1535）和《庞大固埃之父，巨人卡冈都亚十分骇人听闻的传记》（1533）的作者。

题。我觉得特普费尔与此相反，他完全自力更生，是我遇到的绝对有独立创造才能的人。"

1831年1月17日，星期一*

（关于法国国王查理十世，法国作家司汤达及小说《红与黑》）

我看见库德赖在歌德那里观赏建筑结构的素描。我出示了我的一枚1830年的五法郎硬币，上面刻有查理十世[1]的肖像。歌德拿这个削尖了的脑袋开玩笑。他说："他的信仰器官显得很发达，毫无疑问，他是出于过分的虔诚才不认为必须偿还债务的；相反，我们则深陷他的债务之中，现在欧洲不会很快恢复平静，究其责任就是他玩弄的花招。"

随后我们谈到《红与黑》，歌德认为这是司汤达[2]最优秀的作品。他补充说："但我不否认，他的几个女性人物有一点太富于幻想。可是，她们都证明作者进行了大量心理观察，目光深邃透彻，因此愿意原谅他有些细节未必真实。"

1831年1月23日，星期日*

（变戏法游戏有助于训练小孩子的灵活性）

与王储一起在歌德家里。他的孙子们快乐地玩着魔术游戏，尤其瓦尔特戏法变得很熟练。歌德说："我不反对男孩子空闲时间干点这种傻事。尤其当着一些观众的面变戏法，这是训练自由演讲，使身体和思想获得多一些灵活性的极好手段，我们德国人本来就不太灵活。这么做的损失充其量会产生一

1　查理十世（Karls X，1757—1836），法国国王路易十六的兄弟，1789年至1814年流亡，1814年王朝复辟，当上了国王。在他统治时期，1830年爆发了革命，他被推翻。

2　司汤达（Marie Henri Beyle Stendhal，1783—1842），法国作家，1830年发表小说《红与黑》。

点虚荣心，前面说到的收益可以把这点损失完全抵消。"

我说："观看的人也会设法抑制这样的冲动，他们通常都是很专注地看着这位小艺术家的手指，一有失误就幸灾乐祸地嘲笑他，公开揭露他的小秘密让他恼火。"

歌德回答说："他们的情况跟演员一样，今天观众对他们大声欢呼，明天对他们吹口哨、发嘘声，这一切都是极其正常的。"

1831年3月10日，星期四*

（大公夫人的两项善举）

今天中午在歌德那里待了半小时。我向他通报，大公夫人决定派人将一千塔勒作为礼金送交魏玛剧院管理部门，她要求用这笔钱培养有才能、有作为的年轻人。这则消息使将剧院未来发展牵挂在心上的歌德喜形于色。

随后我同他商谈了大公夫人的另一项托付，即她有意将一位既没有职位又没有财产，仅仅靠自己的才能挣得薪酬的目前最优秀的德国作家招聘到魏玛来[1]；让他在这里有一个无忧无虑的环境，这样，他就有适当的闲暇时间，使自己的每一部作品都尽可能成熟到完美无缺的程度，而不发生那种浮皮潦草、急于行事的不幸状况，因为这既对于他个人的才能，也对于文学都没有好处。

歌德回答说："大公夫人的意图确实气概豪迈，她高尚的思想令我折服；但选择哪一个人合适，这是很难把握的。我们当下有才能的人中最优秀的都已经受雇于国家机关，有退休金或个人财产，生活无忧无虑。另外，不是每个人都适合到这里来，这么做也不是对每个人都真的有所帮助。不过，我会记住她的崇高意愿，看看后面几年我们能不能有点有利的机会。"

---

1 可能指小说家施平德勒（Karl Spindler，1796—1855）。

1831年3月31日，星期四*

（大公夫人探望病中的歌德）

最近一段时间歌德又感觉身体很不舒服，因此只让最亲密的朋友来看他。几星期前给他放过血；随后右腿出现病痛，直到最后通过脚上的一块伤口把心里的炉火泄了出来，接着病情很快就好转了。这块伤口也愈合好几天了，他又是跟此前一样文雅、轻松、快活。

大公夫人今天前来拜访他，从他这里回去时感到很宽慰。她询问了歌德的身体状况，歌德的回答很是彬彬有礼，他说，至今还没有察觉病已痊愈，但大公夫人莅临看望让他重新感觉到有再次获得健康的运气。

1831年4月14日，星期四*

（伊尔默瑙官员阿克曼回忆歌德的一次著名演说）

苏瓦雷在王储家里。在座的一位比较年长的先生[1]回忆起歌德来这里最初几年的一些事情，他给我们讲了如下一个很典型的事例。

他说："1784年，歌德在伊尔默瑙矿井隆重的揭幕仪式上发表了他的著名演说，我当时在场，应邀前来出席揭幕仪式的有城里以及周围附近所有的官员和相关人士。他好像把演说全都记在脑子里了，讲演时语言通顺畅达，文辞运用达到了炉火纯青的地步。突然间，他的精神似乎完全不在良好状态，思路像被切断了一样，已经彻底不能掌控后面大体还要说什么。任何其他的人发生这种情况都会狼狈不堪，但歌德全然不是。相反，他从容镇定，环顾四座长达至少十分钟之久，为数众多的听众被他人格的力量所吸引，在这段长而几乎引人发笑的间歇中大家始终保持肃静。终于他又能驾驭他的演说了，他继续讲了下去直到结束，非常通顺熟练，而且谈笑自若，仿佛什么都没有发生过。"

1　指伊尔默瑙的官员阿克曼（Heinrich Anton Ackermann）。

1831年6月20日，星期一

（歌德谈语言的产生、功用、准确性）

今天下午在歌德家里待了半小时，他还在吃饭。

我们切磋了几个自然科学问题，特别谈到因语言的不完备和语言的欠缺使错误的判断和错误的观点得以流传，后来再去克服它们就不那么容易了。

歌德说："很简单，事情就是这个样子。所有的语言都是由人类相近的需要、他们所从事的活动以及他们的共同感受和直接体验而产生的。当一个比较高明的人获得了对于大自然神秘莫测的活动的预感和认识时，要表达这种与人世间的事物相距非常遥远的事物，他从传统中接受的语言就不够用了。他需要使用有灵魂的语言，这样才能充分表达自己特有的感知。可是，因为情况不是这样，所以他在直接体验那些不寻常的自然界的关系时就总得采用人类的表达方式，可这么做时他几乎处处吃亏，不是降低了他要表达的对象，就是伤害甚至毁坏了他要表达的对象。"

我回答说："你每次处理自己要表达的对象都是反复推敲，逐字琢磨，反对一切空话废话，总是能为自己高水平的感知找到最独特的表达方式，现在你说这样的话，可就有点意味深长了。但我以为，一般说来我们德国人还是应该满意的。我们的语言非常丰富、发达，并且能够做到不断完善，所以尽管偶尔也不得不求助于比喻，但我们还是能相当地接近原本要表达的对象。与我们相比，法国人的情况就很不利。他们通常是用技术领域里的比喻表达所观察到的较高一层的自然关系，因而这种表达立马变得实惠和平庸，不再能满足较高深的直观体验的需要。"

歌德插话说："还是在最近听到居维叶与圣-伊莱尔之间的争论时，我就感觉到了你是多么正确。圣-伊莱尔是一个对自然的精神主宰的确有高深见解的人；但是，他只要被迫使用传统的表达方式，他的法语就完全不中用了。而且还不仅仅在表达那些神秘莫测的精神活动时如此，表达那些完全能看得见的、纯粹实体的对象和情况时也是如此。他要是表达一个有机体的各个部分，他只有表达物质的语言材料譬如组成一只胳膊的有机整体的骨骼，这样，

第三部分（1822—1832年） 675

一个有机体的骨骼就与用以盖房子的石头、横梁和木板一起落到同一个表达方式的等级上了。"

歌德接着说："法国人每谈到自然界的产品时，都使用'组合体'（Komposition）一词，这同样不恰当。我可以说一部制造出来的机器是由各个部件组装而成的，并且说这么组装成的客体是组合体，但是，如果我打算表达的那个整体的各个部分是有机生成的并且渗透一个共同的灵魂，我就不能说这是组合体了。"

我回答说："我甚至觉得表达纯正的艺术和文学产品用'组合体'一词似乎也不恰当，把这些产品贬低了。"

歌德回答说："这是一个很卑劣的词，要归咎于法国人的创造，我们应该赶快尽可能不再用这个词。怎么可以说，莫扎特组合了《唐璜》！——《唐璜》是一个组合体！仿佛这是一块由鸡蛋、面粉和白糖搅和在一起做的点心或者饼干似的！这是一部精神的产物，无论部分还是整体都与一种精神浑然一体，充满生命的气息，产物的制作者绝不是在尝试、在拼接、在任意行事，而是被他的天才的精灵所控制，精灵要求什么，他必须做什么。"

1831年6月27日，星期一*

（痛批雨果的《巴黎圣母院》）

我们谈到维克多·雨果。歌德说："他是一个很有才能的人，但完全受他那个时代的不幸的浪漫主义倾向束缚，因而被诱骗，除描写美好的事物外还描写了最不能忍受的、最丑陋的事物。这几天我读了他的《巴黎圣母院》（*Notre-Dame de Paris*），我用不少的耐心忍受这本读物给我制造的痛苦。这是一部迄今写得最让人恶心的书！而且，我们不得不承受的严刑折磨甚至也不能通过从它对人的本性和人的性格的真实描述所感受到的快乐得到补偿。相反，他的书全然没有自然本色，全然没有真实！他所展示的所谓出场人物都不是有血有肉的活人，而是可怜的木偶，他随意摆弄，按照他预期的效果的需要，让它们出各种各样洋相，做各种各样鬼脸。这是一个什么样的时代，这个时代不但让这样一本书可能产生，而且还觉得完全可以容忍，甚至觉得赏心悦目！"

1831年7月14日，星期四*

（符腾堡国王访问歌德）

我与王储殿下一起陪同符腾堡国王去见歌德。回来时国王显得很满意，他说这次访问使他很愉快，他托付我为此向歌德表示感谢。

1831年7月15日，星期五*

（歌德称研究自然乐趣无限）

我在歌德那里稍稍待了一会儿，向他转告了国王昨天交给我的任务。看见他正在忙于研究植物生长的螺旋形倾向，他认为这一项新发现很有发展空间，将对自然科学产生巨大影响。他补充说："什么都超越不了研究自然给予我们的快乐。它的奥妙深不可测，但我们人类敢于而且善于总是把目光不断地投向里面。正是因为它始终保持深不可测，所以它对于我们永远有吸引力，让我们一再走近它，一再去品尝新的认识和新的发现。"

1831年7月20日，星期三*

（歌德追忆在卡尔浴场的那次艳情）

饭后在歌德那里待了半小时，我看见他情绪很好，很平和。我们谈的事情五花八门，最后也谈到了卡尔浴场，他拿自己亲自经历的一些风流韵事开玩笑。他说："一次小小的艳情是唯一能够使我们忍受在浴场停留的办法，否则就得寂寞死了。而我几乎每次都很幸运，能在那里找到随便一种小小的缘分，让我在很少几个星期里获得几许消遣。我特别想起一件事，它让我至今兴犹未尽。

"情况是这样的，有一天，我拜访冯·德雷克夫人[1]。我们平平常常地闲聊了一会儿之后，我便又告辞，出去的时候遇见一位夫人带着两个非常漂亮的年轻姑娘。夫人问冯·德雷克夫人：'刚才从你这儿出去的那位先生是谁？'冯·德雷克夫人回答说：'是歌德。'夫人回答说：'噢，太遗憾了，他没有继续待在这里，我未能有幸与他认识！'德雷克夫人说：'噢，我亲爱的，你什么都没有损失，他在妇人们中间总是寡言少语，枯燥乏味，除非这些妇人长得漂亮，足以能引起他的一些兴趣。我们这个年龄的妇女就别想能让他变得健谈、热情而亲切了。'

"两个姑娘跟母亲回家时，她们回想起冯·德雷克夫人的话。她们说：'我们年轻，长得漂亮，让我们试试看能不能把那个尚未开化的著名人士俘获，使他驯服！'第二天早上她们在泉边散步，从我身旁走过时一再向我优雅地、亲切地鞠躬致意，我也热情周到，不时地走近她们，跟她们打招呼。她们真是妩媚可爱！我不断跟她们说话，她们把我带到她们的母亲那里，我就这样被俘虏了。从那时起，我们每天见面，甚至整天地待在一起。为了使我们的关系更密切，曾经发生过这样的事情，她们中一个人的未婚夫来了，我便更靠近另外一个。可以想象，我对她们的母亲也是热情友好。总之，我们大家都对对方完全满意，我和这家人一起度过了一些非常快乐的日子，这给我留下了至今依然极其美好的回忆。两位姑娘很快就把她们母亲与冯·德·雷克夫人的谈话讲给我听了，并且告诉我，她们为了征服我策划了什么阴谋，阴谋是怎么获得成功的。"

在此，我想起歌德早前给我讲的另外一个故事，放在这里可能很合适。

他对我说："很久以前，我和一位老相识傍晚在御花园里散步，在林荫道的尽头我们意外发现我们圈内的另外两个人，他们并排走来，安安静静地交谈着。我对这位先生和这位女士都知之甚少，但这与本题无关。也就是说他们在聊天，看样子什么都没想，突然两人都低下了头，互相给对方轻轻一吻。

1　冯·德雷克夫人（Elise von der Recke，1756—1833），德国作家，1785年在魏玛与歌德相识，1820年和1823年两人先后两次在卡尔浴场相遇。

然后又回到自己刚才走的方向上，继续很严肃地交谈着，仿佛什么都没发生似的。我的朋友非常吃惊地大声叫道：'你看见了吗？我可以相信自己的眼睛吗?'我非常平静地回答说我看见了——但我不相信自己的眼睛！"

1831年8月2日，星期二*

（植物学家康多尔的对称理论）

我们谈到植物的蜕变，特别是康多尔的对称理论，歌德认为这仅仅是一种错觉。

他补充说："自然不会屈从任何一个人。与许多事物相比它更像一个调皮的少女，用无穷的魅力吸引我们，可是，就在我们以为抓住并且拥有了她的那一瞬间，她挣脱我们的胳膊溜掉了。"

1831年10月19日，星期三*

（歌德参观水果和工业产品展览会）

促进农业生产协会今天在贝尔维德勒举行大会，这也是水果和工业产品的第一个展览会，展品比我们期待的丰富。随后是大量与会会员的大型宴会。歌德走进来，使在场宾客惊喜不已，然后，他观看了展出的产品，显然很感兴趣。他的光临给人留下非常愉快的印象，尤其给那些过去没见过他的人。

1831年12月1日，星期四［11月30日，星期三］

（赞索雷的一首三部曲，谈《帕里亚》和《爱欲三部曲》都是如何形成的，批评雨果写的作品太多）

在歌德那里待了一小时，什么都聊了聊。后来我们也谈到了索雷。

歌德说："这几天我读了他的一首很好看的诗，而且是一首三部曲，前面两部具有欢快的乡村风格，而最后一部的标题是《午夜》(*Mitternacht*)，风格阴森可怕，令人毛骨悚然。他的《午夜》写得相当成功，读者在其中真的呼吸到了夜晚的气息，几乎像在伦勃朗的绘画中观众也以为感受到了夜晚的微风一样。维克多·雨果处理了类似的题材，但就不这么成功。这位具有无可争辩的伟大才能的作家，他描述的夜晚从来不是真正的夜晚；相反，景物依然清晰可见，仿佛事实上还是白天，他所描述的夜晚只是虚构的夜晚。索雷在他的《午夜》里无疑超过了著名的维克多·雨果。"

听歌德这么赞扬索雷，我很高兴，打算尽快读到他的这本三部曲。我说："我们的文学中只有很少几部三部曲。"

歌德回答说："一般说来，三部曲这种形式在近代作家的作品里很少见了。关键在于，要找到一种本身就能够分三部分处理的素材，第一部分是介绍人物情节的引子，第二部分是主要角色从沉沦到冲突得以解决的重大转折，第三部分是大和解结局。在我的那几首写单身汉和女磨坊主的诗里，以上这些要求一应俱全，尽管我写它们的时候，绝没有考虑要写一部三部曲。[1] 我的《帕里亚》也是一部典型的三部曲[2]，而且我是立刻有意把这组诗作为三部曲处理的。我的所谓《爱欲三部曲》相反，最初的构想并不是要把它写成三部曲，它是渐渐地，在一定程度上偶然地变成三部曲的。如你所知，我的《哀歌》最初只是一首自成一体的诗，后来，于同一个夏天和我一起在玛丽浴场度假的斯琴玛诺夫斯卡来拜访我，她那迷人的钢琴演奏的旋律在我心中激起了那些青年时代幸福时日的回响。因此，我献给这位女友的那几节诗也完全是用那首《哀歌》的格律和语气写的，并且作为《和解》的结局很顺利地与《哀

1　这首三部曲的总标题是《单身汉与女磨坊主》，其中的诗歌有《贵族侍童与女磨坊主》《单身汉与推动磨坊水车的小溪》《女磨坊主的背叛》以及《女磨坊主的后悔》等。

2　《帕里亚》三部曲不是一气呵成，而是从1821年至1823年历经三年时间才写成的。放在第一部的《帕里亚的祈祷》于1822年6月、10月和12月写成，而最早开始写的是《传奇》(1821年12月和1822年4月)，最后写成的是《帕里亚的感谢》(1822)。

歌》衔接了起来。魏甘德[1]打算重新出版我的《维特》，请我写一篇前言，这对于我是一个绝佳的机会，我于是写了那首《致维特》（*An Werther*）的诗。可是，因为我心中还一直保存着那次激情的余波，所以这首诗就自然而然地发展成《哀歌》的前奏。现在这三首摆放在一起的诗全部浸透着那一次苦恋的情感，于是，就在我不经意间形成了那部《爱欲三部曲》。[2]

"我曾经建议索雷多写点三部曲，而且也可以像我刚才说的那么做。为了写一部三部曲，他不必费力去寻找特别的素材，他应该从他大量现存的尚未印刷的作品中随便挑选一部，附带加上一篇导言或者《和解》的结局一类文章，而这样，就使那三首诗的每两首之间都有一个明显的空隙。用这样的方式会更加容易达到目的，节省许多思考，而思考正如迈尔所说，众所周知是一件很难的事情。"

1　魏甘德（Christ Friedrich Weygand），莱比锡的书商和出版商，1774年出版歌德的《维特》，1824年出版《维特》出版五十周年纪念版，为此请求歌德扩充一下这部小说。

2　《爱欲三部曲》包括《致维特》《哀歌》和《和解》。这三首诗并不是在同一时间、同一情景下写成的；现在这样排列也不是按照写作时间先后，列在首位作为整个三部曲前奏的《致维特》恰恰是最后写成的。也就是说，歌德事先并没有写这样一篇三部曲的计划，而是三首诗都完成以后，发现它们的主题相近可以编成三部曲。这三首诗的写作背景大致是这样的：1806年歌德在卡尔浴场认识了莱韦措夫人并与之相恋。十五年后，即1821年两人又在浴场相遇，不过这次吸引歌德的不再是夫人本人，而是她的女儿乌尔里克。这位少女也特别喜欢歌德这位老人，她每天陪歌德散步。1823年春歌德得了重病，康复后于7月中旬来玛丽浴场疗养，碰巧又与乌尔里克相遇。刚从重病中恢复过来的歌德全身充满力量，好像生命又重新开始了似的。此时，他回忆起五十年前在斯特拉斯堡上学时与他相恋的弗里德里克，觉得眼前的乌尔里克仿佛就是当年的弗里德里克，于是深深地爱上了这位十九岁的少女。七十四岁的老人与十九岁的少女先在玛丽浴场后在卡尔浴场，五个星期的时间始终在一起。歌德向乌尔里克求婚，但由于周围人的反对和乌尔里克本人的犹豫两人未能喜结良缘，最后不得不分手。歌德十分痛苦，于是在1823年9月中旬在从卡尔浴场回魏玛的路上写下了《哀歌》。1823年8月中旬歌德在玛丽浴场聆听了波兰钢琴家玛丽亚·斯琴玛诺夫斯卡的演奏，音乐让他感动得流下眼泪，眼泪化解了他失恋的痛苦。他于是在这位钢琴家的纪念册上题了三节诗，题为《和解》。最后，1824年是《少年维特之烦恼》出版五十周年，出版社要出纪念版，出版商魏甘德请歌德写一篇序言。这时，一年前在玛丽浴场的恋爱与失恋的情景又浮现在他的眼前，他觉得那次遭遇与维特的命运十分相似，于是写下了凄婉悲凉的诗篇《致维特》。

　　在编他的《歌德全集最后手定本》时，歌德将上述三首诗放在了一起，称为《爱欲三部曲》。《致维特》是三首诗中最后写成的，但从内容方面考虑，歌德将这首诗放在首位，作为三部曲的序曲。《哀歌》居中，是整个三部曲的重点，而最早写成的《和解》放在最后，作为终曲。

接着，我们谈到维克多·雨果，说他写的作品太多，这极大地损害了他的才能。

歌德说："一个人如果逞性妄为，要在仅仅一年之内写两部悲剧和一部小说，如果他好像只是为了筹集巨款而工作的话，他怎么可能不越写越差，不把他那最杰出的才能糟蹋干净。我绝不责怪他想要发家致富，也不责怪他贪图眼前的名声；但如果他想流芳后世，他就应该少写点作品，多做点工作。"

歌德随后仔细地分析了《玛丽昂·德洛姆》（*Marion Delorme*）[1]，旨在让我明白，这部剧本的题材只是写一幕好的，而且是真正悲剧性的素材，但作者被完全次要的考虑所左右，把题材过分地扩展成冗长的五幕。歌德补充说："我们只是有了一个好处，即看到作者对于细节的描述是第一流的，这一点也并不微不足道，当然也是重要的。"

---

1 《玛丽昂·德洛姆》是雨果写的一部悲剧，1829年写成，1831年上演，但遭当局禁演。

—1832年—

1832年1月5日，星期四*

（欣赏瑞士画家特普费尔的钢笔画和水彩画）

我的日内瓦朋友特普费尔寄来几册新出的钢笔画和水彩画，其中绝大部分是瑞士和意大利的风景图片，都是他徒步旅行时陆续收集起来的。这些优美的图片，特别是水彩画令歌德惊诧不已，他说，他好像看到了著名的洛里[1]的作品。我说明，这还绝对不是特普费尔最好的作品，他还可以把完全另一样的作品寄来。歌德回答说："我不知道你想要的是什么样的作品！还能有比这更好的作品吗！即使真的还有一些更好的作品，那又有什么意义呢！一位优秀的艺术家一旦达到某种高度，其作品是否这一部比另一部更完美，都是无所谓的。行家看一部作品总是看大师的手笔，看他有多大才能，有多少手段。"

1832年2月17日，星期五*

（迪蒙的雕像和他写的米拉波伯爵回忆录，谈所谓个人"创造"）

我给歌德寄去一尊在英国雕刻的迪蒙的肖像，他好像很感兴趣。

我今天傍晚去看望他的时候，他说："我已经把这位知名人士的肖像反反复复地看过多次了。最初我有点反感，但这应该归咎于艺术家的处理方式，

---

1 洛里（Gavriel Lory，1760—1836），瑞士画家、作家。

他刻线条时手有些太重，刻得太深。但是，我把那个极有特色的头看的时间越长，我就越是看不出那些线条太重太深了，从深重的背景中露出的是一种美丽的表情，宁静、善良、儒雅、宽容，它们刻画出了这位聪明、亲切、乐善好施的人的性格特征，也使观众赏心悦目。"

接着，我们继续谈迪蒙，特别是关于他所写的关于米拉波伯爵[1]的回忆录，其中他公开亮出米拉波所善于使用的各种各样的原始资料，并且也查明了许多有才能人的姓名，他为了自己的目的把这些人动员起来，借助他们的力量进行工作。歌德说："我没有读过比这本回忆录更富教育意义的书了，通过读这本书我们洞察到那个时代最隐蔽的角落，我们觉得米拉波成了一个奇迹是很自然的，这位英雄的伟大并不因此有任何损失。但是现在，法国期刊最年轻的评论家对于这一点有一些不同想法。这些善良的人以为，那本回忆录的作者想通过揭露米拉波的超长行为的秘密毁掉他们的米拉波，要求将至今以米拉波的名义独吞的伟大业绩的一些部分归还给其他的人。

"法国人把米拉波视为他们的赫拉克勒斯，这完全正确。但他们忘记了这个庞然大物也是由各个部分组成的，古代希腊的赫拉克勒斯是一个集体，是他个人行为和其他人的行为的伟大承载者。

"无论我们持何种态度，实际上我们大家都是在一个集体里。因为我们拥有的包括我们本人在内的财产，能称之为纯粹是我们自己财产的是何等之少！我们必须接受一切，必须既向我们的前辈学习，也向我们的同辈学习。即便是伟大的天才如果把一切都归功于自己的内在原因，他也是不会进步的。但是这一点许多很善良的人都不理解，他们怀着独创的梦想懵懵懂懂地摸索半辈子。我认得一些艺术家，他们以不跟大师学自诩，认为一切都基于他们自己的天赋。这些蠢人！好像这是完全行得通似的！仿佛世界硬是要与他们亦步亦趋，尽管他们笨头笨脑，还是很喜欢他们似的！我敢断言，一位这样的艺术家只要从这间屋子的墙壁经过，走马观花地看上几眼我挂在墙上的那几

---

1 米拉波伯爵（Graf Honore-Gabriel-Riquetti Mirabeau，1749—1791）是法国大革命早期的领导人之一，1789年代表第三等级出席三级会议，反对君主专制，曾提出《人权宣言》草案。1790年他秘密会见国王，为宫廷出谋划策；1791年1月29日成为国民议会议长，任职仅两个月，1791年4月2日去世。迪蒙的回忆录揭示了许多法国大革命期间的幕后活动。

位大师画的画，如果他还有一些天分的话，离开这里时他肯定是另外一个人，一个水平有所提高的人。

"如果不是力量和兴趣把外部世界的资源拉到我们这边并使其为我们更高尚的意图服务，那我们究竟还有什么可取之处。我自觉可以这么当之无愧地说和谈论自己。的确如此，我在自己漫长的一生中做了一些事情，也做成了一些事情，我至多可以以此自诩。但是，如果我们想老老实实承认什么真正是自己的，那么除去看和听、辨别和选择，并且给所见所闻注入一些思想使其富有生气，再用一些技巧把它们复述出来的能力和兴趣外，我们还有什么呢？我绝不将我的作品只归功于自己的聪明才智，还要归功于我身外成千上万的人和事，他们和它们给我提供了原料。来者有傻子和智者，有头脑清楚和头脑狭隘的人，有孩童、青年和成熟练达的老人家；大家告诉我，他们感觉如何，有什么想法，是怎么生活和工作的，积累了哪些经验，而我只需拿过来用，别人栽树我乘凉，坐享其成。

"说一个人拿出的东西是出自自身，还是来自别的人，说他是通过自己还是通过别的人起作用，其实都是无稽之谈；重要的是，他要有宏大的志愿，要灵活并且有韧劲将其付诸实施；其他一切都无关紧要。——因此，如果说米拉波尽其所能利用了外部世界和外部世界的力量，他这么做完全正确。他有辨别人才的天赋，有才能的人感到被他本性中那种强大的、不可抗拒的力量所吸引，于是就心甘情愿地服从他和他的领导。这样，在他周围就聚集了一大批杰出的人力资源，他把自己的激情全部灌注到他们身上，让他们开始为自己更高尚的意图工作。他善于与其他人一起，或者通过其他的人发挥作用，这正是他突出的才能，他的与众不同，他的伟大之处。"

1832年3月11日，星期日

（谈《圣经》，教会，耶稣基督，真经和伪经，宗教改革运动，上帝与人等）

傍晚，在歌德家中待了约一个小时，就各种话题开怀畅谈。我买了一本英文版《圣经》，让我非常遗憾的是，其中没包括那几册后来伪造的外经而且没收入它们是认为它们不真，不是源自上帝。我为那位十分高贵的、一次虔诚信仰转变的典范托比亚斯，以及所罗门的智慧和耶稣的箴言不在其中感到若有所失，因为这些外经全都达到了思想与伦理的伟大高度，只有少数人能与之比肩。我对歌德说，我感到遗憾的是，有一种极其狭隘的观点，认为《旧约》中有几部经书直接来源于上帝，其他几部同样优秀的经书则不是来源于上帝；仿佛有一些高尚的、伟大的东西竟然可能不是来源于上帝，不是上帝施以影响的结果。

歌德回答说："我完全赞成你的意见。不过，对于《圣经》这些事物的观察确实存在两种立足点。一种立足点类乎原始宗教，这种观点是纯自然的、纯理性的，它来源于上帝。只要得到上帝恩宠的生灵存在，这种观点就永远不变、永远继续、永远有效。但这种观点只是针对优选出来的人，它太高尚、太尊贵，不能普遍传播。此外是教会的立足点，这种观点比较人性化。它脆弱、可变，并且总是处于变化当中；而且，只要有软弱的人存在，这种观点就永远处于持续不断的转变状态。上帝的启示之光一尘不染，它太纯洁、太耀眼，以至于那些可怜的，甚至软弱的人不能适应和忍受。于是教会作为乐善好施的中间人出现，来抑制和减缓那种太纯洁太耀眼的光芒，以便让人人都得到救助，让许多人感到慰藉。基督教会的信念是：教会是基督的接班人，它能够使人摆脱深重的罪孽，所以它拥有巨大的权力。保护这种权力、这种威望以及教堂本身的安全，是全体基督教神职人员的主要关注所在。

"因此，教会很少过问哪一本经书能给心灵以巨大启迪，是否包含有关高尚的伦理道德和崇高的人类天性的教义；相反，它更多着眼于摩西五经中关于原罪的故事和对救世主基督产生需求的过程。此外，它还关注先知书中反复暗示的那个即将来赎罪的人，在福音书中这个人真的降临人间，被钉死在十字架上，以此为人类犯下的罪孽赎罪。所以你看，为着这样的目的和志向，用这样的标准衡量，那个高贵的托比亚斯，以及所罗门的智慧和耶稣的箴言就都没有多少分量了。

"此外，《圣经》里的故事是真还是伪，对这个问题不必大惊小怪。什么是真经，真经无非就是所讲的故事相当优秀，与最纯洁的自然和理性和谐一致，至今仍然有助于我们最大限度地成长发展！什么是伪经，伪经讲的不外是些荒谬的，思想贫乏和愚蠢并且不开花结果，起码不结优良果实的故事！如果一部《圣经》真实与否要由流传给我们的故事真实与否来决定，那么人们就可以怀疑福音书中有几个篇章的真实性，因为其中的《马可福音》和《路加福音》都不是根据直接的观察和体验写的，而是后来根据口头流传写下来的，那最后一部福音是使徒约翰在他垂暮之年才写的。尽管如此，我认为四福音书全部都是真经，因为它们折射出了基督的尊贵人格，以及他曾经在人世间表现出的那种神一般的超凡入圣。要是有人问我，我是否生来就对基督怀有敬畏崇拜之心，我就说：完全是！——我把他视为道德的最高准则的神圣体现，对他躬身跪拜。——要是有人问我，我是否生来就崇拜太阳，我就再次说：完全是！因为太阳同样是最高存在的体现，而且是让我们这些凡人能够觉察到的最高存在的最强有力的体现。我祈求获得上帝附着在太阳身上的光和生产能力，我们连同所有的植物和动物在内都是靠这种光和生产能力而生活、劳作和生存的。但是，要是有人问我是否愿意对使徒彼得或者保罗的指示俯首帖耳，我就说：请不要打扰我，请你连同你们那些荒唐的言行一起离我远点儿吧！

"使徒说：别压制精神吧！

"在教会的规章中有许多无稽之谈。但是，教会要统治，它就必须有一批头脑简单的人对它卑躬屈膝，情愿让它统治。得到巨额捐助的高级僧侣最害怕的莫过于下层大众受到启蒙，因此长期禁止他们接触《圣经》，能禁止多久，就禁止多久。如果一个可怜的基督教教区的居民在福音书中看到基督贫困潦倒，带着他的门徒谦卑恭顺地徒步行走，而一位阔绰的教区大主教却乘着六匹马拉的豪华马车呼啸而来，那么，他对这位接受巨额捐助的大主教的穷奢极欲会做何感想！"

歌德接着说："我们根本不知道，我们都有哪些东西应归功于路德和普遍的宗教改革运动。我们摆脱了头脑简单的精神枷锁，由于我们文化素养的不断增长，我们已经有能力探求本源，去理解基督教的清白无辜。我们重又获得勇气，坚定地立足于上帝的土地之上，用上帝赋予我们的人之本性去感觉。尽管人文科学总是不断向前迈进，尽管自然科学总是不断向纵深发展，尽管人要怎么拓宽就怎么拓宽自己的精神境界，但他都超越不了在福音书中闪烁着的光芒四射的基督教的尊严和基督教的道德文化！

"我们新教的教徒们越是意气昂扬地阔步前进，天主教的教徒们就越是加快脚步跟在后面。他们一旦感觉到被时下日益扩展的伟大的启蒙运动所感动，不论他们愿意与否，都势必要跟上来，而最终的结果是：两者合为一体。

"令人讨厌的新教派系，连同父亲与儿子、兄弟与姐妹之间的仇恨和敌视在内也都将停止。因为，人们一旦理解并且进入基督原本的纯真教义和博爱的意境之中，他们将感觉到自己作为人的伟大和自由，就不会再特别重视这样或那样外表上的崇拜了。我们大家也将逐渐从言辞和信仰的基督教越来越走向信念和行为的基督教。"

话题转到基督之前生活在中国人、印度人、波斯人和希腊人中间的伟大人物，上帝的力量在这些人身上也像在《旧约》中那几个伟大的犹太人身上一样起过作用。我们也谈到上帝对在我们生活的现今世界里的那些伟大人物起了怎样作用的问题。

歌德说："有些人认为，上帝从远古时期开始已经退归沉寂，人现在完全是依靠自己，他必须考虑，在没有上帝，没有它每天每日隐含着的气息的情况下自己要如何应付各种局面。听他们这么说的时候，我们几乎是相信的。我们在宗教和道德事务方面也许还得承认有某种神祇的作用，但认为在自然科学和艺术方面一切纯属现世，都是纯粹人的力量的产物。

"倒是应该有人来尝试一下，凭借人的意志和人的力量创作出能与由莫扎特、拉斐尔或莎士比亚署名的杰作相媲美的作品来。我深知，这三位俊杰绝不是世间所仅有的，在艺术的各个领域都曾经有大量优秀人才效力，他们的创作完全与上述那三位俊杰的创作一样优秀。但是，倘若他们与那三位同样伟大，他们也就和那三位一样超越于寻常人的天性之上，一样是得到了上帝的恩赐。

"总而言之，这是怎么一回事，又应该是怎么一回事呢？上帝在众所周知的凭空虚构的六天创世工作之后绝没有去休息；相反，他一直和第一天一样奔波劳碌。他如果不曾计划以此作为物质基础建立一所培养大批英才的学校的话，只是用简单的元素拼凑一群笨蛋，让他们年复一年地在阳光下转动，他肯定不会感到愉快。所以，他现在仍继续在有较高才能的人身上起作用，为的是把才能低微的人拉上来。"

歌德不说话了。我则把他的这些金口玉言保藏在了心中。

附录一　爱克曼生平年表

1792—1823年

参见爱克曼的序言

1823—1831年

1823年

6月7—21日：在魏玛

6月22日—9月30日：在耶拿

自10月1日：又回到魏玛

10月3日：赠送歌德第一本《论诗》

1824年

2月：《论诗》的第二卷计划内包括《谈话录》

5月末—7月末：第一次度假旅行

自8月1日：又回到魏玛

10月：受聘任马洛寄宿学校年轻英国人的德语教师

1825年

3月21—22日：剧院失火

9月3日：卡尔·奥古斯特接掌政权周年庆典

11月7日：歌德任职周年纪念（耶拿的荣誉博士）

1826年

5月30日：爱克曼建议独立出版《谈话录》

6月6日—7月13日：第二次度假旅行

自7月14日：又回到魏玛

1827年

自5月：在图书馆工作为的是得到一个职位

1828年

2月16日：马洛教授去世，这是教育界的损失

6月14日：卡尔·奥古斯特去世

自7月 17日：与奥古斯特·克拉蒂奇的关系

1829年

4月8日：因爱克曼的三部曲《关于歌德的肖像》，路德维希国王致信歌德

7—8月：因对义务与爱之间的关系有争执，与歌德暂时疏远；连8月28日也只是书面致贺

8月29日：《浮士德》（第一部）在魏玛首演

自9月12日（至1831年2月19日）：奥提丽的杂志《混沌》

自12月：爱克曼给王储上英语课

1830年

2月14日：大公太夫人去世

4—9月：到意大利旅行

10月27日：奥古斯特·冯·歌德去世

10月、11月：爱克曼住在诺特海姆贝特拉姆家中

11月23日：又回到魏玛

1831年

1月：给王储上课（每周两节英语和两节德语，月薪三十塔勒）

1月22日：歌德的文学遗嘱，爱克曼为遗著出版人

5月15—16日：歌德与爱克曼签订合同

10月、11月：去诺特海姆与约翰娜·贝特拉姆举行婚礼

11月16日：夫妻悄悄搬到魏玛

11月17日：爱克曼又来《拜访》歌德

1832—1854年

1832年

1月：歌德向玛丽娅·保罗夫娜申请给爱克曼一笔报酬

3月22日：歌德去世

4月：开始整理遗著工作；同时继续在宫廷里教课

5月15日：策尔特也去世

6月：索雷的悼词《关注歌德》

10月：斯图加特晨报刊登由爱克曼翻译的卡莱尔致歌德的悼词

10月14日：约翰·海因里希·迈尔去世

1833—1834年

里默尔出版歌德与策尔特的通信集

1834—1837年

与里默尔合作编审出版四开本

1834年

3月26日：儿子卡尔·爱克曼出生

4月14—30日：约翰娜·爱克曼生病去世

爱克曼去赫尔果兰岛休养

秋季：编辑《谈话录》（爱克曼致奥提丽，9月18日）

1835年

早春：贝蒂娜·冯·阿尔尼姆的《歌德与金德通信集》

5月：《谈话录》第二部分撰写结束

夏季：卡尔·亚历山大在耶拿大学学习；爱克曼回故乡休假，在赫克斯特编辑《谈话录》第一部分

11月：《谈话录》第一部分编辑结束

12月：与布罗克豪斯签订合同

1836年

4月：《谈话录》两卷本出版

6月24日：王储成年，但选修课持续到1839年

夏季：爱克曼遵医嘱去诺德尼岛旅行

7月：索雷在通用图书上登《谈话录》广告

1837年

1月16日：四开本编审结束，里默尔和爱克曼一起写了前言

2月：爱克曼也是大公夫人的名义图书管理员

7月：考虑出版《谈话录》的第三卷小开本

1838年

3月：新卷本《诗集》出版

夏季：爱克曼在伊尔梅瑙做冷水浴疗养

1839年

2月：爱克曼为布罗克豪斯《当代百科全书》写歌德条目

1839—1840年

科塔出版社重新整理四十卷集的歌德作品集，爱克曼为此花很多时间做审定工作

1840年

8月：去故乡汉堡旅行休养

1841年

复活节：里默尔的两卷本《有关歌德的报告》

4月21日：爱克曼请索雷参与《谈话录》第三部分的工作；索雷于10月寄去他的笔记

1842年

夏季：汉莎－纪念册用爱克曼的《故乡》一诗和1828年3月2日的谈话作为第三部分的预告

10月18日：卡尔·亚历山大与尼德兰索菲公主举行婚礼

1843年

2月：任命爱克曼为内廷参事；经济上的忧虑

6月23日：为完成他的谈话录第三卷，通过亚历山大·冯·洪堡向普鲁士国王申请资助；后者同意提供一百杜克特[1]（7月18日洪堡致爱克曼）

夏季：去诺德尼岛沐浴疗养，因逾期不归引大公夫人不快。爱克曼请求，允许他继续在消费水平较低的家乡用完支付给他的三百塔勒年薪，但宫廷需要他回去

1844年

3月5日：爱克曼致信劳帕

7月9日：为防止继续欠债，回家乡躲避。在致做了父亲的卡尔·亚历山大的贺信中再次请求，在他留家乡期间仍然给他发放整年退休金；再次被拒，但同意提供经济资助并将假期延至1846年5月

1845年

1845年3—11月：对布罗克豪斯采取断然措施

6月26日：莱比锡上诉法院裁决对布罗克豪斯的控告，由爱克曼承担诉讼费用；但9月22日德累斯顿高级上诉法院撤销了这个裁决，并强令由法院承担诉讼费用

12月19日：里默尔去世

1846年

5月：近两年后，爱克曼返回魏玛；回应布罗克豪斯的小册子

1　13—19世纪欧洲的一种金币名。

1847年

饥荒之年，对于爱克曼也不例外

1848年

1月10日：致信大公夫人，并赠《谈话录》第三部分

1月29日：与出版商海因里希斯霍芬签约

3月：在撒克逊－魏玛也爆发革命；推翻政府，武装自卫队

4月：《谈话录》第三部分出版

1849年

8月28日：魏玛庆祝歌德一百周年诞辰；爱克曼还带着他十五岁的儿子观看了庆祝演出和节日彩灯

10月21日：冯·米勒总管去世

1850年

由牛津将《谈话录》译成了英文

夏季：爱克曼带卡尔去北海旅行；最后一次去故乡汉诺威探望

1851年

7月14日：致信与布罗克豪斯接洽，商谈按牛津的样本同步编排《谈话录》第一至第三部分的事宜

夏季：为让卡尔成为画家，带他去德累斯顿接受艺术培训

1852年

带卡尔第一次，也是唯一一次去柏林继续接受培训

10月20日：《浮士德，第二部》，舞台上演的第一幕《浮士德在皇帝的宫廷》是由爱克曼加工的，音乐是埃伯魏因为自己五十周年纪念而作

1853年

7月8日：卡尔·弗里德里希大公去世，卡尔·亚历山大为继承人

8月、9月：为提振精神，爱克曼去杜斯特恩布罗克海滨浴场疗养

12月：女友西尔维斯特去世，留给爱克曼一小笔资金用于卡尔的继续深造

12月21日：向布罗克豪斯提出《谈话录》第四卷的不现实报价

1854年

5—7月：在贝尔卡浴场生病，8月住到伊尔梅瑙疗养院

12月3日：爱克曼死于大脑软化

附录二　歌德著、译作品一览表

歌德生于1749年8月28日，卒于1832年3月22日。

Ach, um deine feuchten Schwingen 《啊，为了你湿润的翅膀》

Achilleïs 《阿喀琉斯》

Alexis und Dora 《亚力克西斯和多拉》

Altschottisch 《古苏格兰语》

An Lord Byron 《致拜伦勋爵》

An Schwager Kronos 《致内兄克洛诺斯》

Anteil an Lavaters *Physiognomischen Fragmenten*　拉瓦特尔的《观相术片断》[参与创作]

Aufenthalt in Karlsbad 1807 《1807年在卡尔浴场小住》

Auf Schillers Schädel (Im ernsten Beinhaus wars) 《席勒的遗骨》(《在庄重的藏骨室》)

Aus Makariens Archiv 《玛卡莉笔录选》

Ballade 《叙事谣曲》

Benvenuto Cellini 《本维努托·切里尼》[翻译]

Briefe des Pastors 《牧师的信札》

Buch des Unmuts 《恼怒卷》

Briefwechsel zwischen Goethe u. Zelter in den Jahren 1796 bis 1832 《1796—1832年歌德与策尔特通信集》

Briefwechsel zwischen Schiller und Goethe in den Jahren 1794 bis 1805 《1794—1805年间歌德与席勒通信集》

Charon 《卡戎》［翻译］

Christus nebst zwölf alt-und neutestamentlichen Figuren 《基督与十二个〈旧约〉和〈新约〉中的人物》

Claudine von Villa Bella 《克劳蒂娜·冯·维拉－贝拉》

Clavigo 《克拉维果》

Cupido, loser, eigensinniger Knabe 《丘比特，你这个调皮任性的小男孩》

Dichtung und Wahrheit 《诗与真》

Der Bürgergeneral 《市民将军》

Die Braut von Korinth 《科林斯的未婚妻》

Die glücklichen Gatten 《幸福夫妻》

Die Leiden des jungen Werthers 《少年维特之烦恼》

Die natürliche Tochter 《自然的女儿》

Die Aufgeregten 《被煽动的人们》

Der Fischer 《渔夫》

Die Fischerin 《渔家女》

Die Geschwister 《兄弟姐妹》

Der Groß-Cophta 《柯夫塔大师》

Der Gott und die Bajadere 《神与舞姬》

Die Metamorphose der Pflanzen 《植物的演化》

Die Metamorphose der Tiere 《动物的演化》

Dar Römische Karnevals 《罗马狂欢节》

Das Tagebuch 《日记》

Der Versuch als Vermittler von Objekt und Subjekt 《实验作为主客体的中介》

Versuch einer Witterungslehre 《试论天气学》

Die Wahlverwandtschaften (1809) 《亲和力》（1809）

Egmont 《哀格蒙特》

Ein jeder kehre... 《各人自扫门前雪》477 (832)

Elegie von Marienbad 《玛丽浴场哀歌》

Erlkönig 《魔王》

Erwählter Fels 《挑选出的岩石》

Eugenie 《欧根妮》

Faust 《浮士德》

Freudig trete herein... 《愿你高高兴兴地进来……》

Gebildetes fürwahr genug... 《受过足够的教育……》

Glücklich Land, allwo Zedraten... 《有柠檬蜜饯的地方都是幸福的……》

Götter, Helden und Wieland 《诸神、英雄以及维兰德》

Götz von Berlichingen 《葛兹·冯·伯利欣根》

Gutmann und Gutweib 《贤夫贤妻》

Hanswursts Hochzeit 《汉斯乌尔斯特的婚礼》

Hermann und Dorothea 《赫尔曼与窦绿苔》

Hier im Stillen gedachte 《在这里默默地思念》

Ich hab's gesagt der guten Mutter 《已经把它告诉了我的好妈妈》

Ilmenau 《伊尔默瑙》

Im Felde schleich ich still und wild 《我默默而无所拘束地徜徉在田野中》

Im Sinne der Wanderer 《漫游者的感想》

Inschrift für Gerhard v. Reutern 写给格哈德·冯·洛伊特的《碑文》

Iphigenie 《伊菲革涅亚》

Italienischen Reise 《意大利游记》

Jägers Abendlied 《猎人的晚歌》

Johannisfeuer... 《约翰节的篝火》

Kein Wesen kann zu nichts zerfallen 《任何存在都不能化为乌有》

Kriegsglück (1814) 《战争之福》(1814)

Kunst und Altertum 《艺术与古代文化》

Läßt mich das Alter im Stich 《年龄已把我丢弃》

Legende vom Hufeisen 《马蹄铁的传奇》

Lieb um Liebe 《为爱情而爱》

Maximen und Refiexionen 《座右铭与思考》

Mehr als ich ahndete 《超出了我的预感》

Meinen feierlich Bewegten... 《我的庄严之举啊……》

Müllerin-Trilogie 《女磨坊主》三部曲［总标题是《单身汉与女磨坊主》］

Novelle 《中篇小说》

Pandora 《潘多拉》

Paria, Die drei 《三部〈帕里亚〉》

Paria-Trilogie 《帕里亚》三部曲

Poetische Gedanken über die Höllenfahrt Christi 《关于耶稣地狱之行的一些富有诗意的想法》

Rameaus Neffe. E. Dialog von Diderot. Aus d. Manuskript übers, u. mit Anmerkungen begleitet (1804) 《拉摩的侄儿，狄德罗的对话，译自手稿并附有注释》(1804)

Reise in die Schweiz vom Jahre 1797 《1797年瑞士之行》

Rezension von Byrons Cain 对拜伦《该隐》的书评

Rezension von Geoffroy de Saint Hilaire's Principes de Philosophie zoologique 乔弗利·德·圣-伊莱尔《动物哲学的原则》的书评

Römische Elegien 《罗马哀歌》

Serbische Lieder 《塞尔维亚之歌》

Stirbt der Fuchs... 《狐狸之死……》

Tag-und Jahreshefte 《记事录》

Tasso 《塔索》

Trilogie der Leidenschaft 《爱欲三部曲》

Über den Zwischenkiefer d.Menschen und der Tiere 《论人类与动物的颌间骨》

über Zahn 《论察恩》

Um Mitternacht (1818) 《午夜时分》(1818)

Vermächtnis 《遗嘱》

Wallensteins Lager 《华伦斯坦的兵营》[参与创作]

Was wär ein Gott 《上帝如果只从外部推动，那它成了什么?》

West-östlicher Divan (1819) 《西东合集》(1819)

Wie Kirschen und Beeren behagen 《像樱桃和梅子一样让人喜欢》

Wie man getrunken hat 《当你喝了酒》

Wilhelm Meisters Lehrjahre 《威廉·迈斯特的学习时代》

Wollen die Menschen Bestien sein 《假如人要成为野兽》

Xenien 《赠辞》

Zahme Xenien 《温和的格言警句》

Zur Farbenlehre 《颜色学》

Zur Naturwissenschaft überhaupt 《自然科学通论》

Zwo wichtige biblische Fragen 《两个迄今没有解释过的〈圣经〉上的问题》

Zweiten Aufenthalt in Rom 《重游罗马》

zur Fortsetzung von Ifflands *Hagestolzen* 为伊夫兰特的《怪僻的老鳏夫》写续篇

zur Fortsetzung von Mozarts *Zauberflöte* 为莫扎特的《魔笛》写续篇

译后记

　　早在十多年前我就有将《歌德谈话录》翻译成中文的意愿，并且也着手开始了这项工作。因为期间又有其他事项插入，翻译工作只能断断续续地进行，拖延了很长时间，今天终于全部完成了。感谢商务印书馆的支持，这部《歌德谈话录》全译本才有望与读者见面。

　　《歌德谈话录》是中国读者最喜爱的德国文学作品之一。20世纪60年代朱光潜先生的摘译本虽然只选择了《歌德谈话录》原著的四分之一，其影响却是很大的，大大推动了中国学术界对歌德的文艺思想和美学理论的认识、了解和深入研究。此后，更有《歌德谈话录》的简易本、删节本、全译本等陆续问世，它们源自不同的原文版本，翻译风格各具独到之处。我们的这个译本是参照岛屿出版社1981年出版的约翰·彼得·爱克曼（Johann Peter Eckermann）辑录的《与晚年歌德的谈话》（*Gespräche mit Goethe in den letzten Jahren seines Lebens, Insel-Verlag 1981, erste Auflage*）第一版翻译成汉语的，是迄今最完整的中文译本。原著共两卷，第一卷包括作者前言和正文的第一和第二部分，这两部分的谈话内容几乎涵盖了歌德的全部文艺理论，美学思想，对德国和世界文学的观察判断，对重要诗人、文学家、艺术家、哲学家、美学家、历史学家、自然科学家乃至著名政界商界人士的品格和业绩的分析点评；第二卷包括作者前言和正文的第三部分，其中有近六十篇谈话辑录是日内瓦博物学家索雷提供的。这一部分除文学、艺术、哲学、美学、历史、自然科学等领域外，还涉及植物学、动物学、生物学、矿物学、天文学、水文学、人类学、建筑学、社会学、历史政治、宗教伦理等众多学科。一些辑录篇幅很长，有明显综合归纳的痕迹，我们怀疑是否经过了爱克曼的加工整理，但可以肯定的是，谈话包含的大量真知灼见完全与歌德的思想一脉相承。译本中的注释均以原著的注释为基础，同时参考了其他多个版本提供的相关材料，然后根据我们自己的理解和所掌握的知识编写成文；在每一日期下括号内的谈话内容提示是译者加上的。

这部《歌德谈话录》全译本是我和我的丈夫范大灿同志合作的成果。他负责译者序言和注释部分，我负责文本翻译，我们的宗旨是力求内容清楚正确，把握好"谈话"的核心思想，文字要通畅易懂，尽量贴近谈话的语言风格。不敢奢望我们的翻译能准确无误地再现爱克曼的辑录，当然更不敢奢望能原原本本地再现歌德丰富多彩的人生和他崇高的伟人形象。我们只是希望这部《歌德谈话录》全译本能给读者在认识、研究、欣赏歌德的时候提供一点帮助。

安书祉

2014年4月于北京

图书在版编目（CIP）数据

歌德谈话录 /（德）约翰·彼得·爱克曼辑；安书祉译；范大灿注. —— 北京：商务印书馆，2023
ISBN 978 - 7 - 100 - 18653 - 7

Ⅰ. ①歌⋯　Ⅱ. ①约⋯　②安⋯　③范⋯　Ⅲ. ①歌德(Goethe, Johann Wolfgang Von 1749-1832) – 语录
Ⅳ.①I516.64

中国版本图书馆 CIP 数据核字（2020）第101338号

权利保留，侵权必究。

歌 德 谈 话 录

〔德〕约翰·彼得·爱克曼　辑

安书祉　译

范大灿　注

商 务 印 书 馆 出 版
（北京王府井大街36号　邮政编码 100710）
商 务 印 书 馆 发 行
山西人民印刷有限责任公司印刷
ISBN　978 - 7 - 100 - 18653 - 7

2024年3月第1版　　　　开本 787×1092　1/16
2024年3月第1次印刷　　　印张 46½　插页 4

定价：158.00元